KB267519

길 위의 인생

레프 톨스토이 탄생 200주년 기념 작품집

길 위의 인생

발행 2026년 3월 25일

지은이 레프 니콜라예비치 톨스토이
옮긴이 이강래
펴낸이 홍철부
펴낸곳 문지사
등록 제 25100-2002-000038호

주소 서울특별시 은평구 갈현로 312
전화 02)386-8451/2
팩스 02)386-8453

ISBN 978-89-8308-617-4 (03890)
정가 20,000원

ⓒ2026moonjisalnc
Printed in Seoul Korea

* 잘못 만들어진 책은 본사나 구입하신 서점에서 교환해 드립니다.

길 위의 인생

레프 니콜라예비치 톨스토이

문지사

서문

이 책이

신앙을 위한 것으로 생각해서는 안 됩니다.

이 책은 내 인생의 밑바닥에 기록된 생활에 대한 인상印象입니다.

또 한편, 나 자신과의 싸움에 있어서

내 가슴을 누비는 반성이기도 합니다.

이런 까닭으로 하여

당신에게 얼마간의 평화를 줄 수 있을 것으로 기대합니다.

사실, 나는 그런 것을 드리고 싶은 것입니다.

당신은 거기에서 작은 사랑과 고뇌의 시작을 발견할 수 있을 것입니다.

그리고 당신에게 필요한 또 다른 것을 얻을 수도 있을지도 모릅니다.

왜냐하면 당신은 삶의 길을 나보다는 뒤에서 걸어오기 때문입니다.

지금 당신은 확고한 이상理想을 찾을 때입니다.

무엇보다 기쁨을 가지고 빛나는 삶을 발견하는 일이 우선입니다.

우리의 인생에 있어서 가장 아름다운 삶의 노래는

새벽에 부르는 노래입니다.

언제든지 새벽의 노래는 삶의 걸음에서 불리어집니다.

삶에 있어서 가장 중요한 것은

마음속에 환희의 노래를 간직하는 일입니다.

나는 알고 있습니다.

한때 당신의 젊음은 찬란한 정오의 햇살을 즐기는 꽃밭이었고

푸른 나무였다는 것을 말입니다.

어쨌든 기 최초의 첫 장에서 무엇인가,

나를 꾸짖을 내용이 있다는 것을, 나는 잘 알고 있습니다.

내가 당신보다 더 훌륭한 사람이라고 생각해서는 안 됩니다.

이 작은 책이

당신의 진정한 친구가 되어주었으면 하는 바람만이 있을 뿐입니다.

Tolstoi

나를 위한 기도문

나는 황폐한 제단 앞에서 흔들리고 있는
작은 등불입니다.
지금 알 수 없는 의문과 그림자에 떨고 있습니다.
어둡기 전에 길을 잃는 것이 아닌가 두려워하고 있습니다.
당신과 함께 괴로워하고 있습니다.
대다수의 사람들이 진리를 구하고 있습니다.
아직도 길은 멀고 목적지는 먼 저쪽입니다.
두 다리는 떨리고 몸과 마음은 지쳐 있습니다.
마른 입술은 노래조차 부를 수 없습니다.
삶의 배낭 속에는 희망마저 비어 있습니다.
지금 나는 허무하게 삶의 주위를 맴돌고 있습니다.
오래전부터 길에 대해 안내의 말을 걸어 주는
친절한 나그네조차 만날 수 없습니다.
목마름을 추겨줄 샘조차 발견할 수 없습니다.
그러나 나는 외톨이라고 불안해하지 않습니다.
여기저기 외로운 오솔길에서
나와 같은 괴로움을 지닌 많은 형제가
저녁노을이 내리고 밤이 다가오는
어둠 속에서 헤맸다는 것을 알고 있기 때문입니다.

행복하거나 괴로워하는 자들이
그들만의 진리를 구하고 있다는 것을 알고 있습니다.

나는 쾌락 앞에 타고 있는
작은 등불입니다.
타오를수록 쾌락에의 목마름은 점점 더해갑니다.
무엇보다도 무서운 열기는 증가하고 있습니다.
"쾌락이여!
너는 시다와 함께 그 이름을 고쳤지만
그 변하지 않는 미소의 매력적인 그늘에서
너의 얼굴을 감출 수가 없구나.
쾌락이여!
네 앞에서
나는 청춘의 향기를 간직했다.
너를 위해서
나는 희망의 불을 밝혔다.
너와 더불어 모든 길을 방황하며 걷고
너에게서 금방 지나가 버리는 도취를 희구하기도 했다.
죄와 잘못을 너로 해서 기르고
너로 하여 일체의 희망과 신뢰를 간직하고,

너의 미친 모습에서, 나의 생명을 느끼려고 하였다.
그러나 너는 약속한 행복을 언제까지나 감추고 있다.

숱한 나의 시간 속에서
너는 그 허무한 증거를 보인 것이다.
나는 너에게 기쁨을 구하였지만
발견한 것은 오직 부끄럼뿐이었다는 것을 고백하지 않을 수 없다."
이렇게 하여 등불은 내 생애의 패배를 비춘 것입니다.

나는 가책 앞에 타고 있는
작은 등불입니다.
타오를수록 나의 마음은 피를 흘립니다.
한밤중에 나는 가끔 돌연히 눈을 뜹니다.
말없이 나의 마음은
나를 부르고 그 속삭임은 어둠을 채웁니다.
그리하여 방안은 지난날 추억의 환영으로 가득 찹니다.
이때 나는 소리치고 싶은 강렬함에 휩싸이게 됩니다.
그런데도 내 음성의 울림이 나를 무섭게 합니다.
그런 까닭으로

나는 어둠 속에서 이름이나 물건을 부르고 있는
나의 마음에 귀를 기울이면서 침묵을 지킵니다.
누가 나를 불태우고
나의 영혼을 떨게 할 수 있겠습니까.
육체는 침대를 덥게 합니다.
상처마다 작열하는 장미로 찔리고 있습니다.
나는 정열의 우상과 가책의 환영
그리고 장미에 못 박혀 있습니다.
등불이 다 탈 때까지
이렇게 나는 밤을 지새울 것입니다.
그러면서도 나를 때리는 이 가책 때문에
나를 찢어 놓은 것 같은
이 참회로 해서 우상 일체를 뚜드려 부수고
아, 신이여!
모든 제단 위에
당신의 이름만을 걸어놓고 싶은 것입니다.
그리하여 오직 부끄러움으로 해서
당신 앞에 엎드려 산산이 부서진
이 마음을 바치고 싶습니다.

차례

차례

제2부 인생길

제3부 귀향

나는 후회한다.
나의 청춘을 어둡게 하였다는 것을
현실보다도 공상을 더 좋아했다는 것을
인생에 등을 돌렸다는 것을.

제1부
부활

　　모든 사물의 기원은 비밀이다. 그것은 이성을 초월한 것, 설명할 수도 없고, 정의할 수도 없는 것이다. 모든 인간이 풀 수 없는 수수께끼이며, 해명할 수도 없다. 다시 말하면 어떤 일이 이루어졌을 때, 그것을 과거에 연관시켜 설명할 수 있지만, 기원이 이루어진다는 것은 있을 수 없는 일이다. 그것은 언제나 창조의 기적을 전제로 한다. 왜냐하면 그것은 결과가 아니기 때문이다. 그러나 그것은 과거의 온갖 환경과 기회 속에서 자신의 출현에 뒤따르는 모든 것에 모습을 드러낸다. 그러나 출현한 기원 그 자체는 어디까지나 우리의 이해를 넘어서는 그 무엇이다.

인간들이여!
자연이 베푸는 음식에 감사하라

인간들이여!

자연이 베푸는 음식물에 감사하라.

불결한 음식물로 육체를 더럽혀서는 안 된다.

너희들에게는 일용할 풍요로운 양식이 곳곳에 있다.

푸른 산야에 반짝이는 열매가 달린

나뭇가지가 휘어져 있지 않은가!

부드러운 들판에는 건강한 채소가 무성하다.

그 밖에도 우리의 혀를 달콤하고 즐겁게 해주는

영양 많은 신선한 우유

맑은 향을 뽐내고 있는 달콤한 꿀이

모두 준비되어 있다.

대지는 활발한 율동으로 넘치는 풍요를

너희들의 식탁에 아낌없이 제공해 주고

잔인한 살육도 피 흘림도 없이

너희들의 생명을 이어준다.

오직 야생의 들짐승들만이

서로의 육체를 먹이로 굶주린 배를 채울 뿐이다.

모든 짐승이 다 살육을 하지는 않는다.

보아라, 염소나 말, 소는 한가롭게 풀을 뜯으며

이곳저곳에서 평화롭게 살아가고 있지 않은가.
오직 잔인한 호랑이와 사자, 굶주린 이리와 곰 같은
육식동물만이 피를 찾을 뿐이다.
이 참혹한 생존의 다툼은 자연의 형벌인가?
하나의 위장이 다른 위장을 삼켜야 한다는 약육강식
인간을 닮은 동물은 서로 피와 살로 자신의 배를 채워야 하고
그 피를 빨고 살을 먹으며 살아가는 것이 생존의 법칙인가?
우리를 탄생시키고 구제하는 어머니 같은 대지
그 은혜로운 은혜 속에 축복받고 있는 인간이 짐승처럼
갈기갈기 찢긴 피 묻은 주검의 육체를
날카로운 이빨로 탐욕스럽게 물어뜯는 모습은
정녕 부끄러운 일이 아니란 말인가?
인간들이여!
다른 생명을 희생시키지 않으면
처절한 굶주림을, 채워지지 않는 위장을
해결할 방법이 없다는 말인가?

그 옛날 전설에 의하면
황금시대라고 불리던 평화스러운 시절이 있었다.

사람들은 이웃으로 서로 정을 나누며 행복하게 살며
대지가 주는 낟알과 열매만으로 만족하면서
다른 생물의 피로 입을 더럽히지 않았다.
겁 많은 토끼는 두려움 없이 들판을 뛰어다녔고
물속의 물고기도 낚싯바늘에 걸리는 일이 없었다.
생명을 위협하는 잔혹한 올가미와 함정도 없었으며
그 누구도 불안과 공포를 몰랐다.
지상에는 안녕과 평화만이 드리우고 있었다.
그것이 지상의
낙원!
지금 그 평화는 어디에 머무르고 있는가?
부드러울 만큼 온순한 양들은
인간의 기쁨을 위해 존재하는 동물이 아닌가.
그렇다면, 왜 인간을 위해 죽음까지 당하지 않으면 안 되는가.
그 풍만한 젖가슴으로 우리에게 젖을 양식으로 주고
부드러운 털로 우리의 몸을 감싸주는 양들.
인간은 다른 동물과 무엇이 다른가.
우리의 가까운 이웃처럼 묵묵히 생명을 이어가는 황소들
농부의 벗으로 협력자로서 삶의 터전을 마련해 준
그들에게 무슨 죄가 있어
고된 일과 무거운 멍에로 닳아버린 목을
날카로운 도끼로 내리치는 잔인한 인간의 손
오, 인간들의 혐오스러운 생존의 습관이여!
그것도 범죄의 길임을 깨달아야 할 것이다.

너희들에게 간절히 호소한다.
논밭의 일꾼인 황소를 살해함으로써
일하는 경작지에서 떼어놓지 말라.
가난한 너희들에게 아낌없이 봉사한 황소가
자연사할 수 있도록 온정으로 보살펴 주어라.
자신의 생명을 방어할 줄 모르는 천진한 가축을
죽이지 말라.
너희들의 몸을 부드러운 털로 감싸주고
자신의 소중한 젖을 아낌없이 나누어 마시게 하면서
푸른 목장에서 평화롭게 살다가 숨을 거두게 하라.
잔인한 올가미를 치우고 함정을 없애라.
하늘을 나는 새들을 방해하지 말라.
그들이 걱정 없이 날아다니며 행복한 노래를 부르게 하라.
비겁한 그물을 걷고 죽음의 먹이를 매단 바늘을 버려라.
물속의 자유로운 물고기를 속임수로 낚지 말라.
살아있는 짐승의 피로 더 이상 입을 더럽히지 말라.
우리와 똑같은 생명을 가지고 있는 존재를 소중히 여겨라.
그들의 죽음과 우리의 죽음은 같다.
오직 자연이 허락한 만찬으로
인간에게 어울리는 음식으로 건강한 삶을 살아라.

어린 사과나무의 말

오래 묵은 사과나무에서 잘 익은 사과가 어린 사과나무 쪽으로 떨어졌다. 어린 사과나무는 잘 익은 사과에게 말했다.

"반가워요, 사과님. 당신도 이제부터 빨리 썩어서 싹을 틔워 나처럼 나무로 자랐으면 좋겠네요."

그러자 이 말을 들은 잘 익은 사과가 볼멘소리로 말했다.

"뭐라고? 썩는 게 좋으면, 너나 썩으려무나. 바보야, 네 눈에는 내가 얼마나 곱고 빨간 모습으로 싱싱한지 보이지도 않니? 난 썩기 싫어. 그냥 이대로 즐겁게 살고 싶단 말이다."

"하지만 사과님! 지금 당신의 젊고 싱싱한 몸은 잠시 빌려 입은 옷과 같은 거예요. 거기에는 새 생명이 없다는 것을 아셔야 해요. 사과님은 아직 모르고 계신 것 같은데, 생명은 오직 당신 안에 숨어 있는 씨 속에 있어요."

"내 안에 무슨 씨가 있다는 거지? 그런 바보 같은 말은 하지 마라."

잘 익은 사과는 황급히 말하며 입을 다물었다.

자기 안에 영적인 생명이 깃들어 있음을 깨닫지 못하고 동물적인 생활을 하는 사람이라면, 이 잘 익은 사과와 같다.

잡초의 항변

한 농부가 뜰 안의 잡초를 뽑고 있었다.

허리를 굽혀 얼마 동안 잡초 뽑기에 열중하다 보니 얼굴에서 땀방울이 떨어졌다.

"잡초가 없으면 뜰 안이 깨끗하고 보기 좋을 텐데, 왜 조물주는 쓸모없는 잡초까지 만든 것일까?"

그는 혼잣말로 불평을 늘어놓았다.

그러자 옆에 뽑혀 버려진 잡초가 농부에게 말했다.

"당신이 우리 잡초를 아무 쓸모 없는 존재라고 취급하니, 한마디 말하지 않을 수 없소. 당신은 모르고 있는 것 같은데, 우리도 도움을 주고 있다는 사실을 말해 주지요. 우리가 메마른 땅이나 진흙 속에 뿌리를 내림으로써 땅을 부드럽게 만들어 준다는 것이오. 그러니까 우리를 뽑은 땅은 잘 갈아져 있을 것이오. 또 많은 비가 내릴 때는 흙이 물에 씻겨 내려가는 것을 막고, 땅이 말랐을 때는 바람에 흙모래가 날리는 것을 방지하는 역할까지도 도맡고 있소. 이렇듯 우리는 당신의 뜰을 지켜왔다고 감히 자랑스럽게 말할 수 있지요. 그러므로 당신이 쓸모없는 잡초라고 여기는 우리가 없었다면, 당신이 꽃을 가꾸려고 해도 빗물이 흙을 흘려보내고, 바람이 흙을 날려버릴 것이요. 그러니까 꽃이 아름답게 피었을 때는, 우리를 생각해야 합니다."

농부는 잡초의 말을 듣고 이마의 땀을 닦으며 미소 지었다.

존재의 의미

어느 날 강물에서 살고 있는 물고기들이 인간들의 목소리를 들었다. 그것은 물고기는 물속에서만 살 수밖에 없다는 이야기였다.

그 말은 들은 물고기들은 무척 놀라며 모여서 물이 뭔지 알고 있느냐고 토론을 벌였다.

"우리는 물을 떠나서는 살지 못한다. 그러나 우리는 아직 물을 알지 못한다. 도대체 물이란 무엇인가?"

그러자 한 영리한 물고기가 말했다.

"바다에 살고 있으면서 공부를 많이 한 노인 물고기가 있다는 소문을 들었는데, 우리 모두 그 바다로 가서 지혜로운 노인에게 물이 어떤 것인지 물어보면 어떨까?"

강물에 살고 있던 고기는 떼를 지으며 바다로 갔다.

마침내 지혜로운 물고기를 만나자, 물은 어떤 것이며, 왜 물이 자신들에게 필요한지 물어보았다.

지혜로운 늙은 물고기가 조용히 말해 주었다.

"물은 우리가 그 속에서 살 수 있도록 베푼 은혜란다. 너희들이 물을 모르는 것은, 너희들이 그 안에서 살고 있으면서도, 물의 고마움을 모르기 때문이다."

이와 같이 인간도 자연 속에서 살고 있으면서도, 자연의 베풂을 깨닫지 못하는 것과 같다.

노아의 술

탈무드에서는 아침에 마시는 술은 돌, 낮술은 구리, 저녁에 마시는 술은 은銀, 3일에 한 번 마시는 술은 황금과 같다고 말한다.

유대인들은 유년 시절부터 포도주 맛을 경험한다.

안식일의 술은 기쁨의 일부가 되기 때문이다.

한편 성서에도 술에 관한 내용은 비유의 대상으로 여러 곳에서 되풀이되는데, 그것은 즐거운 일이나 풍족을 나타날 때 인용된다.

하나님이 지상에서 가장 올바른 사람이라고 부르는 노아가 포도나무를 심으려고 하자, 사탄이 찾아와서 물었다.

"무슨 나무를 심고 있습니까?"

"포도나두입니다."

"포도나두란 어떤 나무입니까?"

"포도는 매우 달고 신 맛이 나는 열매 과일이지요. 이 열매를 발효시키면, 우리의 마음을 황홀하게 하는 술이라는 것으로 변한답니다."

"그렇게 좋은 나무라면 나도 좀 거들까요."

노아는 사탄에게 고마움을 표시하며 승낙했다.

이에 사탄은 양과 돼지, 사자와 원숭이를 죽여 그 피를 밭에 거름으로 뿌렸다. 그로 인하여 노아가 술을 마시면 첫 잔은 양처럼 순해지고, 좀 더 마시면 사자처럼 맹렬히 격해지고, 더 마시면 돼지처럼 난잡하고, 욕심을 내어 더 마시면 원숭이처럼 시끄러워졌다. 하나님이 지상에서 가장 올바른 사람이라고 부르는 사람인데, 보통 사람은 어떨까.

달걀만 한 낱알

어느 날, 산기슭 사이를 뻗어간 오솔길에서 마을 아이들이 달걀만 한 이상한 물건을 주웠다. 그것은 곡식 낱알과 비슷한 모양을 하고 있었다.

그곳을 지나던 마을 사람이 아이들이 갖고 있는 그 묘한 물건을 보자 호기심에서 과잣값을 주고 샀다.

마을로 돌아오자 진기한 물건이라고 생각했으므로, 곧장 궁궐로 달려가 그것을 임금님에게 바쳤다.

임금님은 그 물건을 받자, 학자들을 불러 그 이상한 물건이 달걀인지, 낱알인지 알아보라고 명했다.

학자들은 골똘히 생각했다. 그러나 알 수가 없었다. 그래서 그 물건을 창가에 놓아두었다.

그러자 닭이 와서 부리로 쪼았다. 그 물건에 구멍이 뚫렸다. 그제야 학자들은 그것이 낱알임을 알게 되었다.

학자들은 임금님에게 가서 그 물건은 귀밀 낱알이라고 아뢰었다.

임금님은 놀랐다. 그렇다면 이런 낱알이 대체 언제 어디서 생긴 것인지, 꼭 알아 오라고 명했다.

학자들은 또 골똘히 생각했다. 온갖 책들을 다 뒤져 보았지만, 전혀 알 수가 없었다. 그래서 임금님께 대답을 드릴 수가 없다고 아뢰었다.

"저희가 갖고 있는 책 내용에는 그에 대한 어떤 것도 쓰여 있지 않습니다. 농부를 불러다 이런 묘한 낱알이 언제 어디서 생겼는지 들어본 일이 있는가를 물어보시는 쪽이 더 좋을 듯싶습니다."

임금님은 신하를 불러 어느 지역이라도 좋으니 나이 많은 농부를 데려오라고 명했다. 그래서 명을 받은 신하는 수소문하여 나이 많은 한 농부를 임금님 앞에 대령시켰다.

그는 창백한 얼굴에 이가 빠지고 두 개의 지팡이를 의지해서 겨우 걸어 다니는 노인이었다.

임금님은 그 노인에게 낱알을 보여 주었다.

그러나 노인은 너무 나이를 많이 먹어 시력을 잃은 까닭에 손으로 그 낱알을 이리저리 주무르고 쓸어볼 뿐이었다.

임금님은 노인에게 어디서 이런 낱알이 생겼다는 말을 들은 일이 있는지, 또 농사짓는 밭에 이와 같은 정체불명의 낱알을 심어본 일은 있었는지, 아니면 장터나 길거리에서 낱알을 산 적이 있는지를 물었다.

노인은 귀까지 멀어 임금님의 말을 알아듣는 데 많은 노력이 필요했다.

그러나 노인은 현명하게 대답했다.

"저는 이런 낱알을 저의 밭에다 심은 일도, 거두어들인 일도 없습니다. 이런 것을 산 일도 없습니다. 제가 곡식을 샀다면, 모두 보통의 곡식뿐입니다. 그러나 저의 아버지한테 이런 낱알에 관해서 물어보신다면, 혹시 알고 있을지 모르겠습니다."

그래서 임금님은 그 노인의 아버지를 데려오라고 명했다. 곧 노인의 아버지가 임금님 앞으로 불려 왔다.

노인의 아버지는 지팡이를 하나만 짚고 있었다. 임금님은 그에게 곡식 낱알을 보였다. 그리고 이런 낱알이 어디서 생겼는지, 밭에 심어본 일이 있는지, 혹은 사본 일이 있는지를 물었다.

노인의 아버지는 아직도 귀가 밝았다. 아들보다도 잘 들을 수가 있었다. 그가 말했다.

“저는 밭에다 이런 곡식을 심어본 일이나 거두어들인 일이 없습니다. 또 사본 적도 없습니다. 제가 농사지을 당시는 돈으로 곡식을 팔고 사는 일이 없었고, 모두 자기가 농사지은 곡식을 먹었고 나눠 가졌기 때문입니다. 그러므로 저는 이런 낱알이 어디서 생겼는지 알 수 없습니다. 제가 농사지을 때의 곡식은 오늘날의 낱알보다 조금 컸으나 아무리 풍작이라도 이렇게 큰 것은 처음 봅니다. 저의 아버지한테 들은 즉, 그때의 곡식은 훨씬 더 컸고 풍작이었다고 하오니, 저의 아버지를 불러서 물어보십시오.”

임금님은 노인 아버지의 아버지를 부르러 보냈다. 그 역시도 임금님 앞으로 불리어 왔다. 노인 아버지의 아버지는 지팡이도 없이 튼튼한 다리를 하고, 눈은 빛났으며, 귀도 밝았고 말씨도 확실했다.

임금님은 그에게 낱알을 보였다.

그는 낱알을 보자마자

“오랫동안 이런 옛날 곡식을 본 일이 없습니다.”

하고 놀라며 말했다. 그러고는 그 낱알을 입에 넣고 깨물어 보았다.

“이것이 틀림없습니다.”

“그럼 말해 주게. 이런 곡식이 어디서 생겼는지, 그대는 밭에다 이런 낱알을 심어본 일이 있는지, 아니면 그대가 젊었을 때는 이런 낱알을 살 수 있었는지. 아는 바가 있으면 말해 보게.”

그러자 노인 아버지의 아버지는 말했다.

“제가 젊었을 때는 이런 곡식은 이 세상 어디에서나 생산되었습니다. 저희는 누구든지 이런 낱알을 먹고 살아왔습니다.”

임금님은 놀라며 물었다.

“그렇다면 그대는 이런 낱알을 어디선가 사다가 그대의 밭에 심었겠군.”

그러자 노인은 웃었다.

"저의 젊은 시절에는 곡식을 사고팔고 하는 따위의 큰 죄는 누구나 생각조차 하지 않았습니다. 곡식은 모든 사람이 스스로 자급자족했습니다. 저희는 이 낱알을 스스로 심고 가꾸고 거두어들였습니다."

임금님은 다시 물었다.

"그렇다면 그대 자신이 이런 곡식을 심었단 말이지? 그대의 밭은 지금 어디 있는가?"

노인 아버지의 아버지는 말했다.

"저의 밭은 하나님의 대지입니다. 호미를 들면 모든 곳이 밭입니다. 토지는 자유입니다. 토지를 소유한다는 말조차 몰랐습니다. 자기의 땅은 다만, 노동의 대가일 뿐이었습니다."

임금님은 말했다.

"그럼 두 가지만 더 묻겠네. 첫째, 옛날에는 이런 곡식이 생산되었는데 왜 오늘날에는 없다는 말이냐. 두 번째, 그대의 손자는 지팡이가 두 개나 필요하고, 아들은 하나만 짚고 있는데, 제일 나이 많은 그대는 지팡이 없이도 힘차게 걸어 다닐 수 있을 뿐만 아니라, 눈은 빛나고 이는 튼튼하며 말씨도 확실하니, 도대체 어찌 된 까닭인가?"

노인 아버지의 아버지가 대답했다.

"그 두 가지 이유는 사람들이 스스로 노동하며 살기를 그만두었기 때문입니다. 그리고 남의 물건에 대한 탐욕이 생겼기 때문입니다. 옛날의 생활은 그렇지 않았습니다. 그때에는 하나님의 뜻에 따라서 살았습니다. 자기 스스로 필요한 것을 생산하고 남의 물건에 대해서는 탐욕을 내지 않았습니다. 그래서 건강한 정신과 육체를 보존할 수 있었습니다."

딸기

바람 한 점 없는 무더운 7월의 어느 날이었다.

숲속의 무성한 나뭇잎은 싱그럽게 푸르렀다. 여기저기에 백엽나무와 도토리나무 잎들이 떨어져 진한 물감을 덩어리로 풀어 놓은 것 같았다.

들장미는 달콤한 향기를 풍기고 숲속 빈터는 마치 클로버로 짠 융단이 깔린 듯했다. 어느새 높이 자란 보리는 밭고랑에 그늘을 만들고 반쯤 익은 이삭은 따사롭게 물결쳤다. 숲에는 낮은 관목이 서로 엉켜있고 귀밀 밭 사이에서 메추라기가 시끄럽게 울어댔다.

숲속의 꾀꼬리는 생각이 난 듯 짧게 노래를 부르는가 싶더니 잠잠해졌다. 넓은 들판은 약속한 것처럼 무더웠다. 길바닥은 발이 묻힐 만큼 마른 흙먼지가 쌓여 있어 잠시도 가만있지 않고 짙은 구름처럼 날아올라 조금만 바람이 불어도 사방으로 뽀얗게 흩어졌다.

농부들은 집을 고치기도 하고 수레로 거름을 운반하며 제각기 바쁜 일손을 멈추지 않았다. 가축들은 빈 밭에서 모이를 찾아 이리저리 몰려다니는가 하면, 소는 마른 풀밭에서 꼬리를 쳐들고 귀찮게 달라붙는 파리를 쫓고 있었다.

사내아이들은 길바닥에서 거친 풀을 뜯어 먹고 있는 말을 바라보며 할 일 없이 서성거렸다. 그 사이 여자애들은 숲속에서 산나물을 뜯어 자루에 담는가 하면, 냇가 밝은 곳에 있는 넝쿨 속으로 기어들어가 별장에 가져다 팔 딸기를 따느라고 정신이 없었다.

별장은 아름답게 꾸며져 있었다. 그 안에 살고 있는 사람들은 모두가 호화롭고 깨끗하고 사치스러운 옷을 입고 화사한 양산을 쓰고 한가롭게 오솔길을 걷거나 나무 그늘에 앉아 간이탁자를 앞에 놓고 더위를 잊기 위해 가지고 온 차나 음료수를 마시고 있었다.

고풍스러운 석탑이라든가 베란다, 발코니, 그리고 전설이 흐를 듯한 회랑 등(모든 것이 새롭고 깨끗했다)이 달린 니코라이 세메요노비치의 으리으리한 별장 옆에는 항상 삼두마차가 머물러 있었다.

이 마차는 십오 웨르스트쯤 떨어진 마을에서 상트페테르부르크에 살고 있는 한 신사를 태우고 온 것이었다.

이 신사는 유명한 진보파의 인물로서 온갖 정부 공사입찰에 관계하며 교묘하게 표면적으로는 정부 쪽을 가장하면서 실제는 자유주의를 표방하는 친구들과 교저를 맺고 있었다.

그는 시골 마을(매우 바쁜 사람이었기 때문에, 그곳에서는 하루 밖에 묵은 일이 없었다)에서 살며 자기와 뜻이 같은 사상을 지니고 있는 어릴 때부터의 오랜 친구를 찾아온 것이다.

두 사람은 헌법 원리의 운용에 관해서 약간의 견해 차이를 가지고 있었다. 이 상트페테르부르크의 신사는 사회주의적 성향을 띤 서구적인 인물로 자기가 종사하고 있는 몇몇 사업체에서 많은 수입을 얻고 있는 사업가이기도 했다.

반면 그의 친구 니콜라이 세메요노비치는 성격적으로 토박이 러시아 사람이다. 범슬라브주의 색채를 띤 정교도 신자로 대지주였다.

그들은 잘 손질한 정원에서 함께 식사하고 있었는데, 더위 때문에 거의 음식에는 손을 대지 못했다. 손님을 위해 애써 음식을 만든 요리사와 조수의 노력이 헛수고가 되고 말았다. 그들은 얼음으로 차게 한 생선 수프와 설탕과 비스킷을 섞어 예쁘게 만든 얼음만을 먹었다.

손님과 함께 식사하고 있는 사람은 시골 의사와 아이들의 가정교사(그는 저돌적인 사회혁명 사상을 가진 학생이었지만, 니콜라이 세메요노비치는 그것을 억제하는 방법을 알고 있었다), 그리고 이 집 여주인 격인 아내 마리아와 세 명의 아이였는데, 그중에 막내 아이는 과자를 먹기 위해 따라온 것이다.

식사 분위기는 어색하리만큼 딱딱했다. 왜냐하면 신경질적인 마리아가 막내 고오카에 대해 너무 신경을 썼기 때문에 소화불량을 일으켰다.

고오카란 사내아이 니콜라이는 상류 가정의 습관에 따라서 부르는 이름이었다.

또 그녀의 신경에 거슬리는 일은 손님과 남편 사이에 정치 이야기가 나오면, 전혀 사양할 줄을 모르는 저돌적인 가정교사가 끼어드는 광경이었다. 그러면 손님은 입을 다물고 말았지만, 니콜라이 세메요노비치는 젊은 혁명론자를 타이르기에 애를 먹었다.

그들은 일곱 시쯤 되어 식사를 끝냈다. 식후에 두 친구는 베란다로 나가서 차가운 탄산수와 백포도주를 마시며 유쾌하게 이야기를 나누었다.

그들은 선거의 가장 좋은 효율적 방법은 직접선거인가, 간접선거인가 하는 데서 의견을 달리했다. 그리고 파리 때문에 방충망을 친 식당에서 차를 마시게 되었을 때는 약간의 격론까지 벌였다. 차를 마시면서 여러 가지 이야기를 나누는 동안 이 집의 안주인 마리아도 함께 있었다.

그녀는 소화불량이 된 막내 고오카의 용태가 걱정되어 이야기에 별로 재미가 없었지만, 화제는 그림과 예술에 관한 것으로 옮겨갔다. 마리아는 데카당파의 작품 중에는 아직도 부정할 수 없는 화풍이 있다는 것을 주장했다. 그녀는 이때 데카당 미술에 관한 것만을 생각하고 있었던 것은 아니다. 전부터 여러 번 말한 내용을 되풀이한 데 지나지 않았다.

손님에게 이 문제는 조금도 흥미가 없어 보였다. 그러나 데카당 미술에 관해서는 여러 가지 이야기를 들어 알고 있는 처지여서 그것을 매우 자연스럽게 되풀이해서 말했으므로, 아무도 그가 데카당파 미술에 관해서 이해하지 못하고 있다고는 생각하지 않았다.

이렇게 이야기를 나누고 있는 동안에 니콜라이 세메요노비치는 아내의 표정을 보고 뭔가 불만스럽고 불쾌한 일이 있다는 것을 느꼈다. 그는 아내가 하는 이야기에는 싫증을 내는 편이었다. 이미 백 번도 더 들은 것처럼 생각되었기 때문이다.

호화로운 거실 안의 청동 램프에 불이 켜지자, 정원의 불도 밝아졌다. 아이들은 침대로 들어갔다. 병이 난 고오카는 이미 의사의 치료를 받아 안정된 상태였다.

손님은 니콜라이 세메요노비치와 함께 베란다로 나가자 뒤따라 하인이 등피가 달린 촛대와 탄산수를 가져왔다. 그리고 한밤중에 다시 논쟁이 벌어졌다. 이번에는 현재와 같은 위급한 시기에 러시아는 어떤 정책이 필요한가 하는 문제였다.

두 친구는 다 같이 담배를 한 모금씩 빨고는 계속해서 강경한 어조로 이야기를 이어갔다.

별장 옆 마구간에는 먹이를 주지 않은 세 필의 말이 묶여 있었는데, 목에 붙어 있는 작은 종이 땡그랑 하고 어둠 속을 울렸다. 마차 안에는 늙은 마부가 기지개를 켜기도 하고 하품을 하며 졸면서 앉아 있었다.

이 마부는 이십 년이나 같은 주인을 섬기며 이삼 루블을 술값으로 쓰는 외에는 급료를 모두 멀리 있는 형제들한테 보내주는 성실한 사람이었다.

그때 별안간 별장 뒤뜰 안에서 수탉이 큰 소리로 날카롭게 울자, 마부는 주인이 자기의 존재를 잊은 것이 아닌가 할 정도로 불안한 생각에 휩싸였다. 그는 마차에서 내려와 곧장 안으로 들어갔다. 그는 주인이 음식을 먹으며 담소하는 모습을 눈여겨보았다.

그는 주인한테 갈 마음이 내키지 않아 별장 하인을 찾으러 갔다. 그때 하인은 작업복을 입은 채 대기실에 앉아서 졸고 있었는데, 그는 농노 출신으로서(급료와 손님에게서 받은 팁을 합치면 웬만한 금액이 되었다) 다섯 명의 딸과 두 아들의 대가족을 먹여 살렸다.

마부는 그를 깨웠다. 그러자 그가 벌떡 일어나 눈을 비볐다.

마부가 너무 늦어 걱정된다면서 돌아가고 싶어 한다는 뜻을 주인에게 전하러 갔다.

하인이 집 안으로 들어갔을 때는 논쟁이 한창이어서 의사가 주인과 손님 사이에 끼어들어 말참견하는 중이었다.

"나는 러시아 국민이 달리 발전할 길이 있다는 뜻의 이야기는 인정할 수 없습니다. 무엇보다도 필요한 것은 자유입니다. 정치적 자유, 이것이야말로 일반 대중에게 있어 가장 큰 자유이지요. 물론 타인의 최대 권리를 인정한다는 조건에서 말입니다."

손님은 이렇게 말했지만, 차츰 머리가 산란해져서 자기가 바른말을 하고 있다고는 생각되지 않았다. 논의에 열중해서 어느 것이 가장 바른 판단인지 분별이 되지 않았다.

"그건 그렇지요."

니콜라이 세메요노비치가 불분명하게 대답했다. 손님의 말에는 귀도 기울이지 않고, 자기가 하고 싶은 이야기만을 골똘히 생각하면서 부정도 긍정도 하지 않았다.

"그건 그렇습니다마는 다른 수단으로서도 할 수 있을 겁니다. 투표의 다수에 의해서가 아니라 일반적인 동의에 의해서지요. 미르(러시아의 마을회의)의 결의를 보십시오."

"아, 미르 말이지요?"

"아무도 이것을 부정할 수는 없습니다."

의사가 끼어들었다.

"우리 슬라브인에게는 그들만의 특성이 있다는 것만큼은 인정해야 합니다. 정말 그래요. 예컨대 폴란드인의 거부권처럼 말입니다. 나는 굳이 좋다고는 주장하지 않습니다만……"

"내 결론을 말씀드리게 해 주십시오."

니콜라이 세메요노비치는 계속해서 말했다.

"러시아의 국민성은 특색을 가지고 있습니다. 그 특색은……"

그러나 이때 작업복 차림의 하인 이반이 졸린 눈으로 들어왔기 때문에 그의 말은 중단되었다.

"마부가 걱정하고 있는뎁쇼."

"곧 가지. 오늘은 수고 값을 톡톡히 주겠노라고 가서 말해 주게."

"네, 알겠습니다."

하인이 나갔으므로 니콜라이 세메요노비치는 자기의 생각을 끝까지 설명할 수가 있었다. 그러나 손님이나 의사는 이미 그의 말을 스무 번 가까이 들어왔던 터에 역사상의 예를 들어 그의 말을 반박했다. 그는 역사에 매우 정통한 견해를 갖고 있는 듯했다.

의사는 손님의 편을 들어 그의 박식을 칭찬하고 서로 알고 지낼 기회를 얻게 되었음을 기뻐했다. 이야기는 계속되어, 어느새 길 건너편의 숲이 훤하게 밝아오고 꾀꼬리도 눈을 떴다.

그러나 아직도 친구들은 담배를 피우며 이야기를 나누고 있었다. 아마도 하녀가 들어오지 않았더라면 이야기는 더 오래 계속되었을 것이다.

하녀는 고아 출신으로 먹고살기 위해서는 남의집살이하지 않으면 안 되었다. 그녀가 어느 상인의 집에 있었을 때, 점원의 꾐에 빠져 어린애를 낳았다. 그 아이가 죽었기 때문에 그 후에는 어느 관리의 집에 하녀로 들어갔지만, 거기서도 학생인 아들이 그냥 두지 않았다.

그래서 그녀는 리콜라이 세메요노비치 집의 하녀가 된 것이다. 이번 주인은 그녀를 식구처럼 대해 주며 급료도 확실하게 챙겨 주었으므로 행복한 생활 속에 열심히 일했다.

그녀는 마님이 의사와 주인을 부른다는 말을 전하러 온 것이다.

"음, 고오카의 용태가 나빠진 모양이로군."

불현듯 세메요노비치는 막내아들을 생각했다.

"왜 그러지?"

하고 물었다.

"코오카 도련님이 좀 아프시데요."

하녀가 근심 어린 표정으로 말했다.

"야아. 이것 봐라. 벌써 날이 훤히 밝았군. 정말 너무 오랫동안 이야길 했군요."

손님이 말했다.

그는 이렇게 긴 시간 동안 이야기를 나눈 것이 스스로 대견스러운 듯 자신과 친구를 칭찬하는 말을 했다. 그러고 나서 그는 작별을 고했다.

이반은 손님의 모자와 양산을 찾기 위해 지친 다리를 끌고 뛰어다녔다. 그러나 양산은 손님이 찾지 못할 구석에 놓아 팁을 받으려니 하고 기대했으나 허사였다. 평소에는 기분 좋게 일 루블이나 주던 손님이 오늘은 너무 이야기에 골몰했기 때문에 그만 잊어버리고 만 것 같았다.

"이젠 할 수가 없군."

마부는 자리에 앉자, 줄을 당겼다. 종이 가볍게 울렸다. 상트페테르부르크의 신사는 기분 좋게 마차에 흔들리며, 친구가 편협된 사상에 사로잡혀 있다고 생각했다.

한편, 니콜라이 세메요노비치는 곧장 아내가 있는 곳으로 가려고는 하지 않고 조금 전의 일을 생각하고 있었다.

'상트페테르부르크의 친구가 가지고 있는 사상은 너무 견고하군. 너무 깊이 빠져 있어.'

아직도 그는 아내에게로 서둘러 갈 필요를 느끼지 않는 모양이다. 가보았자 별 신통한 방법도 없을 것이라고 여겼다.

그 달갑지 않은 사건은 모두가 딸기 때문에 일어났다.

어제 마을의 아이들이 딸기를 팔러 왔었다. 그는 잘 익지도 않은 것을 값도 깎지 않고 두 사발씩이나 사주었다. 그러자 아이들이 달려와 딸기를 마구 먹어댔다.

마리아는 그때까지 침대에서 일어나지 않았으나 뒤에 고오카도 딸기를 먹었다는 사실을 알자, 그 애는 전부터 배를 앓고 있는 터였으므로 화를 내지 않을 수 없었다.

그녀는 남편에게 잔소리했고 거의 싸우는 것처럼 언쟁이 오갔다.

밤이 되자, 고오카의 배는 더 아팠다. 니콜라이 세메요노비치는 그냥 두면 낫겠거니 했던 것인데 의사를 불러올 만큼 상태가 악화한 것이다.

그가 아내가 있는 곳으로 가자, 그녀는 지금은 볼품없이 되었지만, 옛날에는 화려한 빛깔의 비단 잠옷을 입고 촛농이 떨어지는 양초를 켜 든 채 의사와 함께 아들 방에 서 있었다.

의사는 안경 너머로 주의 깊게 그릇 속에 담긴 것을 검사하고 있었다.

"그래요, 모두가 그 딸기 때문이에요."

마리아는 힘주어 말했다.

"하지만, 딸기가 어쨌다는 거야?"

남편이 우물우물 건성으로 말했다.

"딸기가 어쨌느냐고요? 당신이 옆에 있으면서 아이들한테 그걸 먹이시지 않았어요? 그래서 저는 밤새도록 아이의 병간호하지 않으면 안 되었어요. 그 애는 어쩌면 죽을지도 몰라요."

"아닙니다. 생명에는 관계없습니다. 약을 먹이고 조심하기만 하면, 아무렇지도 않을 겁니다. 약을 곧 지어 드리지요."

의사가 웃으면서 말했다.

"잠이 깊이 들어 있는데요."

그녀가 짜증 난 소리로 말했다.

"그래요? 그럼 그냥 두십시오. 제가 내일 다시 들리겠습니다."

"네, 그렇게 해주세요."

의사는 돌아갔다. 니콜라이 세메요노비치는 아내와 단둘이 남게 되자, 오랫동안 아내의 마음을 진정시키느라고 애를 먹었다. 그가 잠든 것은 날이 훤하게 밝은 무렵이었다.

이때 이웃 마을에서는 농부와 어린아이들이 밭일을 끝내고 돌아오고 있었다. 어떤 사람은 말을 타고 다른 사람은 말을 끌고 왔으며, 그 뒤로 두 살 난 망아지들이 따라왔다.

열두 살 난 소년 타라스카 레즈우노프는 털가죽 코트를 입고 맨발에 모자를 쓴 모습으로 암놈 얼룩소를 타고 새끼 망아지를 데리고 다니는 어미 말의 고삐를 잡고 마을 언덕을 달려 올라갔다.

검둥개가 즐거운 듯 뒤를 따라 내달렸다.

제법 통통하게 살이 오른 망아지는 검은 점이 섞인 다리로 좌우를 걸어

차면서 따라갔다. 타라스카는 집으로 돌아오자 문 앞에 말을 매어놓고 거침없이 안으로 들어갔다.

"얘들아, 아직도 자고 있어?"

그는 남루한 이불 속에서 잠자고 있는 동생들에게 소리쳤다. 그들 옆에서 자고 있던 어머니는, 어느새 일어나셨는지 우유를 짜러 가고 없었다.

구로우시카는 헝클어진 머리카락을 두 손으로 매만지면서 벌떡 일어났다. 그러나 그 옆에 자고 있던 페지카는 낡은 털가죽 코트 속에 머리를 처박고 꼼짝도 하지 않았다. 그러고는 한쪽 발뒤꿈치를 이용해 잠옷 자락 사이로 내민 미끈한 다리를 긁으면서 자는 체했다.

전날 밤 아이들은 딸기를 따러 가기로 약속하였기 때문에 타라스카가 밭에서 돌아오자, 동생들을 깨웠다.

그래서 타라스카는 동생들과 약속한 대로 한 것이다. 밭일하는 동안에는 숲속에 앉아서 졸음이 오는 걸 겨우 참았지만, 지금은 정신이 말똥말똥하여 여자아이들과 딸기를 따러 갈 생각만을 하고 있었다.

어머니가 우유를 가득 따라주었다.

그는 높은 걸상의 탁자 앞에 앉아 손으로 빵을 잘라 먹었다.

그는 셔츠와 바지만을 입고 흙먼지로 맨발 자국을 남겨 놓으며 성급하게 뛰어갔다. 길바닥에는 먼저 간 아이들의 분명하고 크기도 거의 같은 발자국들이 흩어져 있었다. 여자아이들의 모습이 어두컴컴한 나뭇잎 사이로 빨갛고 흰 점처럼 보였다.

지난밤에 그들은 작은 병이나 항아리를 준비해 두었었다. 그리고 아침이 되자 밥도 먹지 않고 간식도 지니지 않은 채 성상 앞에서 두어 번 십자를 긋고는 곧장 밖으로 뛰어나온 것이다. 타라스카는 숲 뒤쪽에서 그들을 따라잡았다. 그곳은 길에서 멀리 떨어져 있었다.

이슬이 풀숲 위와 작은 나뭇가지 위에 내려앉아 반짝거렸다. 여자아이들의 맨발은 이미 젖어 있었다. 처음에는 차가웠지만 부드러운 풀밭과 땅 위를 걷고 있는 동안 곧 따뜻해졌다.

딸기를 발견한 곳은 나무를 벌채한 잡목숲이었다. 여자아이들은 우선 작년에 딸기를 딴 넝쿨을 찾았다. 연한 새순이 돋아난 관목 사이에 키 작은 풀들이 자라고 있는 곳이 보였다. 그 풀숲 속에는 아직도 갈색빛이거나 너무 익어 새빨간 산딸기들이 수두룩했다.

여자아이들은 몸을 구부리고 햇볕에 그을린 작은 손으로 하나하나 정성껏 딸기를 땄다. 그러고는 좋지 못한 것은 입에 넣고 좋은 것은 항아리 속에 담았다.

"구로우시카 이리 좀 와 봐, 좋은 것들이 있어."

"그래 갈게."

그들은 길에서 그다지 멀리 떨어지지 않은 숲속에 있었으나 큰 소리로 주고받았다.

타라스카는 다른 아이들과 떨어져서 개울 건너 벌채한 숲으로 갔다. 어느새 그곳에는 어린나무들이 녹색 잎을 달고, 특히 호두나무와 단풍나무가 사람 키만큼이나 자라 수풀도 무성하였으며, 딸기는 다른 곳의 것보다 더 크게 열려있었는데 짙은 그늘에 숨어 물기도 많았다.

"구로우시카!"

"왜 그래?"

"늑대가 오면 어쩌지?"

"늑대가 온다고? 그까짓 것 어때, 난 조금도 무섭지 않아."

구로우시카가 당당하게 말했다. 그러고는 늑대 같은 것은 아주 잊어버리고 열심히 딸기를 땄다. 그리고 좋은 딸기를 항아리에 담는가 하면 자기도 모르는 사이에 입으로 가져가기도 했다.

"어마, 타라스카가 골짜기를 건너갔어. 얘얘! 타라스카."

"그래, 이리 와아."

골짜기 건너편에서 타라스카가 대답했다.

"얘들아, 저기로 가자, 저쪽이 훨씬 많데."

그러면서 여자아이들은 어린나무를 붙잡고 의지하여 언덕을 내려가 골짜기 건너편 풀숲으로 갔다. 그러자 그들은 금세 딸기로 가득한 햇볕이 잘 드는 경사진 풀밭을 발견했다. 모두는 아무 말도 하지 않은 채 손을 부지런히 놀렸다.

그러자 그 침묵을 깨뜨리며 느닷없이 그들 가까이에서 무언가 헝클어지듯 뛰쳐나왔다. 나무와 풀밭 사이를 가르며 무너지는 소리를 냈다.

구로우시카는 너무나 놀라서 애써 딴 딸기를 절반은 쏟아 버렸다.

그러고는

"엄마!"

하면서 울음을 터트렸다.

"토끼다. 토끼. 타라스카! 토끼가 있어."

구로우시카는 빽빽한 나무 사이를 뚫고 재빠르게 달아나는 귀가 긴 밤색의 동물을 가리키며 소리쳤다.

"왜 그러지?"

토끼가 사라지자, 타라카가 놀란 구로우시카를 재미있다는 표정으로 바라보면서 말했다.

"난, 늑댄 줄 알았어."

구로우시카가 대답했다. 그러고는 놀라움과 무서움에 눈물을 흘리더니 금세 웃음을 터뜨렸다.

“이런 바보!”

“무서운 걸 어떡해.”

구로우시카는 웃음소리를 섞어 말했다.

평온을 되찾은 그녀들은 딸기를 따면서 앞으로 나아갔다. 태양은 이미 높이 떠올라 밝은 빛과 그림자로 나뭇잎을 물들이고 이슬은 반짝반짝 빛을 발했다. 이미 여자아이들은 그 이슬로 허리까지 젖어 있었다.

어느새 여자아이들은 숲의 끝까지 와있었다. 그러면서도 앞으로 나가면 딸기가 더 많은 줄 알고 멈출 수가 없었다.

이때 반대편에서 뒤늦게 와서 딸기를 따고 있던 아이들과 어른들이 부르는 큰 소리가 들려왔다.

아침밥을 먹을 때쯤이 되자 항아리와 병에 딸기가 거의 가득 찼다. 막 산기슭을 내려오려고 하는데, 그녀들과 마찬가지로 딸기를 따러 온 아크리나 아주머니를 만났다. 그녀의 뒤로는 배가 나오고 러닝셔츠를 입은 사내아이가 아장아장 따라오고 있었다.

“이 애는 덮어놓고 나를 따라온다고 떼를 쓰지 않겠어? 하기야 함께 있어줄 사람이 없기도 하지만.”

아크리나는 어린아이를 안으며 변명하듯 말했다.

“방금 말이죠, 큰 토끼가 튀어나왔어요. 굉장한 소리를 내면서요. 우린 깜짝 놀랐거든요.”

“정말이야?”

아크리나는 어린애를 내려놓으면서 말했다.

여자아이들은 아크리나와 헤어져서 다시 딸기를 따기 시작했다.

“좀 쉬자.”

그러면서 구로우시카는 호두나무 그늘에 앉았다.

“배가 고픈데, 빵을 가져왔으면 좋았을걸.”

“맞아, 나도 먹고 싶어.”

구로우시카가 맞장구를 쳤다.

“아크리나 아줌마가 큰 소리로 부르고 있잖아? 들리니?”

“오리구시카야!”

아크리나가 조금 더 큰 소리로 불렀다.

“왜 그래요?”

“애가 거기 없니?”

아크리나가 다급하게 외쳤다.

“없어요.”

잠시 후 수풀 속을 달려오는 소리가 나더니 옷자락을 무릎까지 걷어 올리고 바구니를 팔에 건 아크리나가 나타났다.

“그 애 못 봤어?”

“못 봤는데요.”

“이거 큰일 났구나, 아, 미시카!”

“미시카야!”

숲속 어디에서도 대답이 없었다.

“이걸 어떡해. 길을 잃어버렸나 봐. 이런 넓은 숲속에서 길을 잃다니. 그 어린 것이……”

오리우시카는 황급히 일어나서 구로우시카와 함께 찾으러 나섰다. 아크리나 아주머니는 반대쪽으로 갔다. 그들은 계속해서 큰 소리로 미시카를 불렀으나 메아리만 돌아올 뿐이었다.

“이젠 지쳤어.”

뒤로 주저앉으면서 구로우시카가 없이 말했다. 그러나 오리우시카는 쉬지 않고 소리를 지르며 사방으로 찾아보았다.

아크리나의 비통한 목소리는 넓은 숲속으로 울려 퍼졌다. 다소 지치고 짜증이 난 오리구시카는 찾기를 그만두고 집으로 돌아갈까, 생각하고 있는데, 그때 도토리나무 밑 그늘진 수풀 속에서 무엇인가에 놀라 필사적으로 울어대는 새소리를 들었다.

그녀는 무성한 수풀로 둘러싸여 있는 곳을 보았다. 그 안에는 나무줄기와는 다른 작고 부드러운 것이 있었다. 그녀는 주의 깊게 그것을 살펴보았다.

어린 미시카였다. 새가 놀라 소리를 지른 것은 그 때문이었다.

미시카는 머리 아래에 손을 받치고 불룩한 배를 러닝셔츠 밑으로 드러내고 누워있었는데, 통통하고 귀여운 다리를 뻗고 기분 좋게 잠들어 있었다.

오리구시카는 흥분한 나머지 아주머니를 불렀다. 그러고는 아이를 깨워서 딸기를 주었다. 그런 일이 있고 난 후 오리구시카는 만나는 사람마다 집에서는 부모와 이웃 사람들에게는 자기가 어떻게 아크리나의 아이를 찾아주었는지를 자랑스럽게 이야기했다.

태양은 숲 뒤에서 높이 솟아올라 대지와 그 위에 있는 모든 것을 눈부시게 내리쬐고 있었다.

"오리구시카, 미역 감으러 가지 않을래?"

뒤를 따라온 아이들이 말했다. 그래서 모두 노래를 부르며 개울로 갔다. 껑충껑충 뛰기도 하고, 소리를 지르기도 하고, 발로 물장구를 치기도 하면서 목청을 높였다.

놀이에 열중한 아이들은 서쪽 하늘에서 검은 구름이 뒤덮이기 시작한 것도, 해가 구름에 숨었다가 다시 나온 것도, 그리고 주위가 온통 꽃과 백엽나무 잎으로 훈풍을 이루고 있는 것도, 또 멀리서 천둥소리가 울리고 있는 것도 모르고 있었다.

그녀들은 비가 쏟아져 흠뻑 젖을 때까지 옷을 입지 않았다. 비에 젖어 살갗에 달라붙은 낡은 치마를 입은 두 여자아이가 집으로 달려가, 무엇인가를 열심히 먹으면서 밭에서 감자를 캐고 있는 아버지에게 점심밥을 가지고 달려갔다.

그녀들이 집으로 돌아와서 점심을 먹었을 때는 이미 치마는 말라 있었다. 정성껏 딸기를 골라서 바구니에 담아 니콜라이 세메요노비치 별장으로 가지고 갔다. 언제나 후한 값으로 사주곤 했었는데, 이번에는 거절당했다.

베란다 안락의자에 앉아 더위에 지쳐 있던 마리아는 딸기를 팔러 온 여자아이들을 보자 손에 들고 있던 부채를 흔들면서 소리쳤다.

"필요 없다. 필요 없어."

그러나 학교 공부에 너무 지쳐 있었기 때문에 집에서 쉬면서 근처의 동무들과 공차기 놀이를 하고 있던 열두 살 난 맏아들 와리아는 딸기를 보자 오리구시카한테로 달려갔다. 그리고는

"그거 얼마니?"

하고 물었다.

"삼십 코페이카예요."

"비싼데."

별장집 아들은 어른들이 늘 그렇게 말했기 때문에 흉내를 냈다.

"조금 기다려. 저쪽으로 돌아와."

그는 그렇게 말하면서 유모를 찾으러 뛰어갔다.

그동안 오리우시카와 구로우시카는 정원 등과 숲, 뜰 안 풍경이 반사되어 있는 유리창에 정신이 팔려있었다. 하지만 그녀들은 별로 놀라움을 나타내지 않았다.

왜냐하면 부자들의 생활을 이해할 수 없는 세계에서 살고 있는 사람들이

라고 전부터 생각하고 있었기 때문이다.

와리아는 유모에게로 달려가서 삼십 코페이카만 달라고 졸랐다. 유모는 이십 코페이카도 많다고 하면서 상자 속에서 돈을 꺼내 주었다.

와리아는 지난밤의 피곤한 잠에서 방금 일어나 담배를 피우면서 신문을 읽고 있는 아버지의 눈을 피해, 여자아이들에게 이십 코페이카를 주고 접시에 딸기를 받았다. 그러고는 정신없이 먹었다.

한편 오리구시카는 집으로 돌아오자, 이십 코페이카를 싸서 묶은 손수건을 이빨로 풀어서 어머니에게 드렸다.

어머니는 그 돈을 잘 간수 한 다음 개울로 가져갈 빨랫감을 챙겼다.

아침 식사를 끝낸 뒤 아버지와 함께 감자밭 손질을 마친 타라스카는 어두컴컴한 참나무 그늘에서 낮잠을 즐기고 있었다. 사실은 아버지가 매어둔 말을 지켜보기 위해서였는데, 그만 잠이 들어버린 것이다.

남의 땅 경계에서 풀을 뜯기고 있었기 때문에 밀밭이나 채소밭에 조금이라도 피해를 주어서는 안 되었다.

그날도 니콜라이 세메요노비치 댁은 평소와 다름없었다. 조금도 변화가 없었다. 세 그릇의 런치가 차려져 있었고 파리가 벌써부터 그것을 빨고 있었다. 그러나 아무도 식탁에 와서 앉는 사람이 없었다. 왜냐하면 모두 식욕이 없었기 때문이다.

별장 주인 니콜라이 세메요노비치는 자기의 견해가 옳았음에 만족해했다. 아침 신문에 그것이 암시되어 있었기 때문이다.

마리아는 평화스러웠다. 고오카에게 먹인 약이 효과가 있어 의사도 만족했다. 그럴 것이 자기가 한 치료가 좋은 결과를 가져왔으니까.

맏아들 와리아도 기분 좋은 표정이다. 왜냐하면 딸기를 한 그릇 가득히 먹었기 때문이다. 얼마 후면 태양은 회색빛으로 긴 밤을 부를 것이다.

참새

나는 사냥을 끝내고 귀가를 서두르며 오솔길을 걷고 있었다. 그런데 갑자기 내가 데리고 간 사냥개가 앞쪽을 향해 달려가더니 눈앞에 먹이라도 발견한 듯 살금살금 기어갔다.

나는 오솔길 저편에 작은 참새 한 마리가 있는 것을 발견했다.

아직 노랑 주둥이가 둥글고 머리 위에 보송보송 털이 나 있는 새끼였다. 참새는 둥지에서 떨어진 것이 분명했다(바람이 강하게 나무를 흔들었기 때문이다).

아직 연약한 새끼 참새는 날개를 팔딱거리면서 불안한 모습으로 웅크리고 있었다.

개는 천천히 새끼 참새를 향해 다가갔다. 자신감에 찬 개의 행동은 조금도 빈틈을 보이지 않았다.

그때 느닷없이 옆의 나무 위에서 가슴팍이 검은 어미인 듯싶은 참새 한 마리가 돌멩이처럼 수직으로 개의 콧잔등을 향해 날아왔다. 그리고 깃털을 곤두세우고 미친 듯이 소리를 지르면서 이를 드러낸 개의 입언저리를 향해 거침없이 덤벼들었다.

참새는 제 몸을 내던져 새끼를 구하기 위해 날아 내려온 것이었다. 그 작은 참새는 공포로 떨고 있었다. 짹짹거리는 울음소리는 거칠고 쉬어 있었다. 어미 참새는 자기의 목숨을 희생하는 것이다.

그 작고 가엾은 참새에게 개는 커다란 괴물로 보였을 것이다. 무엇보다도 어미 참새는 가만히 나뭇가지 위에 앉아 있을 수만은 없었을 것이다. 그 참

새의 의지보다도 강한 어떤 이 나뭇가지에서 공격적으로 날아내리게 한 것
이었으리라.

개는 주춤했다. 그리고 뒷걸음질을 쳤다. 분명히 개도 이 커다란 힘을 느
낀 것이다.

나는 급히 망설이고 있는 개를 불러들여 불현듯 감사에 충만한 마음으로
그 자리를 떠났다.

그렇다, 나는 감사했다. 이 작은, 마음이 풍족한 새에 대해서, 그리고 그
사랑의 본능에 감사했다.

나는 생각했다.

'사랑은 죽음보다 강하다. 죽음의 공포보다 강한 것이다. 다만 사랑에 의
해서만 인생은 지탱되고, 그리고 움직여지는 것이라고……'

*투르게네프

독수리

우리는 얼마 동안 독수리 한 마리를 감옥에서 길렀다. 매우 작은 야생 독수리였다.

어느 죄수가 상처를 입어 거의 죽어가는 놈을 주워 왔다.

독수리는 오른쪽 날개가 부러졌고 한쪽 다리는 심한 상처를 입고 있어 화가 난다는 듯 사람들을 노려보며 갈고리 같은 주둥이를 벌렸다.

죄수들이 오랫동안 그놈을 구경하고 있다가 흩어지자, 절름발이 새는 한쪽 발로 톡톡 뛰어 날개를 파닥거리며 구석진 곳을 찾아서 검은 그림자처럼 숨었다. 독수리는 도랑에 면한 한쪽 편편한 자리에 거처를 정한 듯 좀처럼 움직이지 않았다.

그 독수리는 감옥 안뜰에서 석 달 동안 길러졌는데, 한 번도 구석에서 나온 일이 없었다. 처음에는 자주 그놈을 보러 갔다. 그리고 때로는 개를 끌고 가서 밖으로 나오도록 얼러댔다.

그때마다 개는 화가 나서 덤벼들었다. 그러나 가까이 가기를 꺼렸다. 그 광경이 죄수들을 몹시 재미스럽게 해주었다.

"이 겁쟁이 놈아, 무서워하지 말아!"

그러나 얼마쯤 지나자 개는 무서움을 이기고 독수리를 공격했다. 사람들이 얼러대자, 힘을 얻은 개는 새의 다친 날개를 물었다. 그러자 독수리는 필사적으로 주둥이와 발톱으로 개의 공격을 막았다.

그리고는 상처 입은 임금님처럼 자기의 재난을 구경하며 떠들어 대는 죄수들을 쏘아보면서 거만하고 용맹한 자세를 취하며 자기 자리인 구석진 곳으로 물러가는 것이었다.

얼마쯤 지나자, 죄수들은 독수리를 갖고 노는 것도 싫증이 났다. 그래서 독수리는 다시 관심 밖으로 밀려났다. 그런데 누군가 매일 아침 고깃덩어리와 물을 담은 그릇을 그놈 가까이에 놓아주는 사람이 있었다.

처음 며칠 동안 독수리는 아무것도 먹으려 하지 않았다. 그러나 그놈도 본성을 버릴 수 없다는 듯한 망설임 끝에 자기에게 주어지는 먹이를 먹기로 결심한 모양이다. 놈은 야생의 맹수답게 절대로 사람 손에서 직접, 또는 사람이 보고 있는 앞에서는 먹이에 연연하지 않았다. 하지만 나는 가끔 좀 떨어진 곳에서 먹이를 먹고 있는 모습을 훔쳐볼 수가 있었다.

아무도 곁에 없고 혼자만 있다는 생각이 들면, 그놈은 마음 놓고 구석에서 나왔다. 그러고는 열서너 걸음 울타리를 따라 절름거리면서 걸었다. 그런 다음 다시 제자리로 돌아갔다. 이렇게 왔다 갔다 했는데, 마치 의사의 지시에 따라 자기 건강을 위해 운동이나 하는 것처럼 여유를 부렸다.

어쩌다가 나를 발견하면, 놈은 발을 절름거리며 재빨리 구석으로 들어가 숨었다. 그러고는 목을 움츠리고 입을 벌리고 털을 곤두세웠다. 그 모습은 마치 싸울 준비를 하는 용사처럼 보였다.

나는 가끔 친목을 도모하기 위해 그놈을 쓰다듬어 주려고 했지만, 소용이 없었다. 제 몸에 손이 닿기만 하면 가차 없이 물어뜯으며 소란을 피웠다. 두세 번 그놈은 내가 건네주는 고기를 먹은 일이 있었다. 그러나 내가 그놈 곁에 있는 동안, 줄곧 그 흉악한 찌를 듯한 눈으로 나를 노려보았다.

그놈은 쓸쓸하게도 원망을 품고 죽음을 기다리는 중이다. 모든 물건, 모든 사람에 대해서 싸움을 시도하고 화해하기를 거부하면서 견고한 죽음의 성을 쌓고 있었다.

두 달 가까이 독수리에 대해서 까맣게 잊고 있다가 불현듯 죄수들은 다시 그놈의 일을 생각해 냈다. 그러고는 동정의 마음을 나타냈다. 그 독수리를 초원으로 돌려보내 주자는 데 모든 죄수가 동의했다.

"죽게 해 줘. 자유로이 자기의 땅에서 죽도록 해주자는 말일세."

죄수들은 이구동성으로 말했다.

"그렇지, 이런 방자한, 제멋대로 생겨 먹은 새는 감옥생활에는 길들지 않거든."

다른 죄수가 덧붙였다.

"그놈은 우리와는 달라."

또 누군가가 말했다.

"그렇고말고, 그놈은 새고 우리는 사람이니까."

"독수리는 말이지, 숲의 왕자라는 사실을 알아야 해."

스쿠라토프가 말했다. 그러나 그날은 아무도 그 새에게 별다른 주의를 기울이지 않았다.

어느 날 오후, 작업 시작을 알리는 종소리가 울렸을 때, 사람들은 그 독수리를 잡아다가 주둥이를 묶었다(그놈이 미친 듯 몸부림을 쳤기 때문에). 그리고 놈을 감옥에서 망루 벽 위로 데리고 갔다.

감방 안에 있는 열두 명의 죄수들은 그놈이 어디로 가는지 꼭 알고 싶어 했다. 그것은 이상한 일이었다. 그들 모두는 마치 자기가 자유를 얻은 듯 기뻐했다.

"이 괘씸한 짐승아, 사람은 네놈에게 친절을 베풀어 주려고 하는데, 그 인사가 고작 사람의 손을 할퀴는 거냐?"

그 독수리를 붙잡고 있던 사나이가 성질 사나운 새를 귀여운 듯 바라보면서 말했다.

"날려 보내라, 미키도카!"

“죄수로 묶여 있다는 것은 그놈에게 걸맞지 않아. 이제부터라도 자유로운 몸으로 만들어 줘. 즐거운 자유의 몸으로……”

그들은 독수리를 망루 벽 위에서 초원으로 던졌다. 늦가을 무렵의 잿빛 하늘이 내려앉은 추운 날씨였다. 바람은 헐벗은 초원 위를 휙휙 소리를 내면서 노랗게 말라 버린 숲 사이를 지나갔다.

독수리는 상처 입은 날개를 펄떡거리면서 똑바로 날아갔다. 재빨리 우리의 곁을 떠나 몸을 감추려는 것처럼 비상했다.

죄수들은 풀 위를 스치듯이 머리를 쳐들고 날아가는 그 독수리를 계속 지켜보고 있었다.

“아직도 보이나?”

한 죄수가 매우 걱정스럽다는 듯한 표정으로 물었다.

“그놈은 곁눈질도 안 하는군. 한 번 뒤돌아보지도 않는단 말이야.”

다른 사람이 서운하다는 듯 말했다.

“여보게, 자네는 그놈이 혹시 인사를 하려 되돌아오기라도 할 것으로 생각했었나?”

세 번째 사나이가 말했다.

“참, 그렇군. 그놈은 자유의 몸이지. 분명 그것을 느끼고 있어. 오랜만의 자유를 느끼고 있는 거야!”

“그렇지 자유를!”

“여보게, 이젠 아무도 그놈을 만날 수 없는 거지.”

“이놈들아, 거기서 뭘 꾸물거리고 있어? 빨리 작업장으로 가지 않고!”

호위병의 고함이 들렸다.

그러자 모두 천천히 자기 일자리를 향해 걸어갔다.

*도스토옙스키

항해

나는 함부르크에서 런던까지 항해한 일이 있었는데, 그때 배 안의 선객은 단 두 명이었다. 나와 작은 원숭이였다.

갓 태어난 지 얼마 안 되는 부드러운 털을 가진 암컷 원숭이로 함부르크의 무역 상인이 영국에 있는 친구에게 선사하기 위해서 배에 태운 것이다.

새끼 원숭이는 갑판 위에 가는 쇠사슬에 묶여 이리저리 뛰면서 슬픈 듯이 캑캑 소리를 지르며 나의 시선을 끌었다.

내가 그 원숭이 옆으로 지나갈 때마다 검고 작은 손을 내밀었다. 그리고 우울한, 마치 사람과 같은 눈으로 나를 바라보는 것이었다.

나는 인사라도 하듯 그의 손을 잡아 주었다. 그러자 원숭이는 뛰는 것도 비명 지르는 모습을 자제했다.

조용한 항해였다.

바다는 연잎 빛의 탁상 보처럼 둥글게 펼쳐진 채 움직이지 않았다. 그때 길게 늘어진 원숭이의 울음소리에 못지않은 슬픈 여음을 끌며 식당의 작은 종이 울렸다.

가끔 바닷개가 헤엄쳐 왔다. 그러고는 다시 힘차게 몸을 돌려 바닷속으로 사라졌다. 그럴 때면 해면은 잔물결에 밀려 순간적으로 어지러워졌다.

선장은 말이 없는 사나이였다.

햇볕과 해풍에 씻긴 구릿빛 얼굴에 파이프 담배를 물고 있었다. 그러고는 화난 듯한 표정으로 해면에 침을 뱉었다.

내가 여러 가지 일을 물으면 선장은 건성으로 대답했다. 그래서 하는 수 없이 나는 동반자인 원숭이에게로 돌아갔다.

나는 원숭이 옆에 앉았다. 원숭이는 발버둥 치는 동작을 멈추고 갈색의 손을 내밀었다.

갑자기 안개가 자욱이 끼어 배가 움직이지 않는 것 같았다. 그 습한 공기가 우리 두 명에게 지루한 졸음을 재촉하는 여운을 주었다. 그러자 곧 우리는 고독한 외톨박이인 듯한 생각에 빠져들었다.

우리의 모습은 마치 한 식구처럼 앉아 있는 광경을 연출하였다.

나는 마침내 유쾌한 마음이 들었다. 그러자 그 특별한 감정이 내 마음속에 일어났다.

우리 모두는 한 어머니의 자식이라는 초자연적인 생각들이었다.

그리고 가엾은 짐승이 양순해지며, 마치 집안 식구를 대하듯 나에게 다가오는 작은 새끼 원숭이가 매우 기쁘게 느껴졌다.

*투르게네프

돌의 가르침

두 여인이 원로 장로에게 가르침을 받기 위해 찾아왔다. 한 여자는 자신이 큰 죄인이라 생각하고 있었다.

그녀는 젊었을 때 남편을 배신하고 곁을 떠났기 때문에, 줄곧 괴로워하고 있었다.

또 한 여자는 한평생 율법을 지키며 이렇다 할 죄를 지었다고 생각하지 않았고 자기의 삶에 만족하며 살고 있었다.

장로는 두 여인에게 지금까지 살아온 것에 대해 여러 가지를 물었다.

한 여자는 눈물을 흘리면서 자신의 죄를 고백했다.

그녀는 자신이 저지른 죄가 참 크다고 생각하고, 아예 용서를 바라지도 않았다. 한편 또 한 여자는 이렇다 할 죄를 저지른 기억이 없다고 말했다.

장로는 먼저 첫 번째 여자에게 말했다.

"하나님의 종이여, 밖에 나가 당신이 들 수 있는 만큼 큰 돌을 찾아서 가지고 오시오. 그리고 그대는……"

하고, 그는 죄를 저지른 적이 없다는 여자에게 말했다.

"그대는 가능한 한 많은 돌을 가져오되 작은 돌만 가져오시오."

여자들은 밖으로 나가 장로가 시키는 대로 했다.

한 여자는 큰 돌을 한 개 가져오고, 다른 여자는 작은 돌을 가득 채운 자루 하나를 가지고 왔다.

장로는 그 돌을 보고 여자들에게 말했다.

"이번에는 가지고 온 그 돌을 다시 가지고 가서 제자리에 놓고 오시오."

여자들은 장로가 명령한 대로 하기 위해 밖으로 나갔다.

첫 번째 여자는 돌이 있었던 곳을 금방 찾아내어 제자리에 놓았다. 그러나 다른 여자는 어디서 어떤 돌을 주웠는지 생각나지 않아서 시키는 대로 하지 못하고 다시 장로에게 되돌아왔다.

장로가 그녀에게 말했다.

"자, 죄라는 것도 그와 같소. 저 여인은 자신이 어디서 그 돌을 주웠는지 기억하고 있었기 때문에, 그 크고 무거운 돌을 쉽게 제 자리에 가져다 놓을 수 있었고, 그대는 어디서 그 많은 작은 돌을 주웠는지 기억하지 못했기 때문에 그렇게 할 수 없었던 거요. 죄도 마찬가지요. 저 여인은 자신의 죄를 기억하고 남들의 비난과 스스로 양심의 가책을 겸허하게 견뎌냈기 때문에 죄의 결과에서도 해방될 수 있었던 거지요.

그런데 그대는 작은 죄를 많이 짓고도 그것을 기억하지 못해 후회하기는 커녕, 죄의 생활에 익숙해져서, 오히려 남의 잘못을 비난하면서 점점 깊은 죄에 빠졌던 것이오."

우리는 모두 죄인이다. 그러므로 회개하지 않는다면, 우리는 모두 멸망하고 말 것이다.

삶의 모습

울퉁불퉁한 회색빛 자갈이 끝없이 깔린 길가에 한낮의 태양이 강렬한 열기를 더하며 내리쬐고 있었습니다.

하지만 길을 따라 늘어선 망고나무의 푸르른 그늘이 강물처럼 이어져 있어 나그네의 발걸음을 한결 가볍게 해주었습니다.

어느 작은 마을로부터 떠나온 사람들은 등짐을 지고 있거나 머리에 커다란 바구니를 이고 있었는데, 그 안에는 도시 사람들을 위한 약간의 곡물이나 과일, 채소가 들어 있었습니다.

그 행상의 대다수가 여인들이었으나 신발이 성가시다는 듯 맨발로 열기에 달아 있는 자갈길을 아주 편한 걸음걸이로 걸어가고 있었습니다. 서로들 웃음과 잡담으로 이야기꽃을 피우다가 웃음을 터뜨릴 때는 검게 그을린 그녀들의 얼굴이 은빛으로 환히 드러나 보이기도 했습니다.

또 그녀들 중에는 서로의 가슴을 장밋빛으로 꽃피우고 싶은 젊은 연인들도 끼어 있어 보는 사람들에게 부러움과 선망의 대상이 되기도 하였습니다.

때때로 여인들은 길가에 짐을 내려놓고 잔잔한 그늘을 드리운 망고나무 아래에서 잠시 쉬기도 하였습니다. 그러나 얼마 지나지 않아서 갈 길이 급하다는 듯 다시 머리에 짐을 이고는 발걸음을 재촉했습니다.

그들 가운데 맨 나중까지 남은 여인은 거의 땅에 무릎을 꿇고서 바구니를 힘겹게 머리에 이었습니다. 하지만, 그 여인도 멀어져 가는 사람을 따라 황급히 달려갔습니다.

그 뒤로 작열하는 태양과 회색의 자갈길이 고요 속으로 끝없이 뻗어 있을 뿐 아무런 변화도 일어나지 않았습니다.

이러한 삶의 움직임에는 오랫동안 그녀들의 일상생활 속에 깃들어 있는 특별한 자비로운 분위기가 항상 함께하고 있음을, 우리는 관심을 두고 유의하지 않으면 안 됩니다.

그러한 움직임은 그녀들에게 선택의 여지가 있어서 스스로 택하게 되었던 것이 절대로 아니라는 사실을 염두에 둘 필요가 있습니다.

사실, 삶의 움직임이란 순수한 필요에 따른 것이라는 일반적인 개념이 있습니다. 그렇다면, 우리는 그러한 움직임에 자신을 몰입시켜 삶이란 무엇인가 하는 문제에 부딪혀 보기로 합시다.

여인 중에는 아무리 나이가 많아 보았자 열다섯 살도 채 안 되어 보이는 한 소녀가 일행이 되어 걸음을 재촉하고 있었습니다. 그 소녀 역시 머리에 바구니를 이고 있었는데, 다른 여인들보다도 훨씬 작은 몸집임에도 불구하고 바구니는 그녀들과 똑같았습니다.

그러나 소녀의 얼굴에는 짜증스러움이나 고통의 억눌린 표정은 없었고 오히려 즐거워 보이는 삶의 밝음이 소녀를 더욱 신선하게 만들었습니다. 가득 웃음 띤 얼굴로 주위를 신기하다는 듯 살펴보면서 아주 여유로운 모습으로 걸어가고 있었습니다.

다른 여인들처럼 길을 재촉하면서 앞쪽만 보고 걸어가는 것이 아니라, 낮게 떠 있는 구름을 바라보기도 하고 해안처럼 빛나는 망고나무 잎사귀에 눈길을 보내다가, 누군가와 시선이라도 마주치면 정다운 미소를 보내는 것이었습니다. 고통 속에서도 찾을 수 있는 작은 미소, 그것이 바로 우리 삶의 진실한 분위기입니다.

그 소녀도 다른 여인들처럼 맨발이었습니다. 그녀 역시 나그넷길을 걸어가는, 멀고 먼 인생의 길을 여행하는 우리의 동반자임이 틀림없습니다.

행복은 무지개의 정원

짙은 향기를 풍기며 밝은 빨간색으로 온통 칠해 놓은 듯한 장미꽃밭이 녹색의 철문 바로 안쪽에 자리 잡고 있습니다.

그 꽃밭 위로 왕벌들이 날아다니고 있었고, 적당히 넓은 정원에는 마타골드나무와 강낭콩 넝쿨이 꽃을 피운 채 어울려 있었습니다.

저 멀리 강이 내려다보이는 아름다운 정원이었습니다.

이제 막 저녁노을에 물든 강물은 온통 황금빛을 띠고 곤돌라와 같이 생긴 작은 어선들이 강 표면 위에 검은 그림자처럼 가볍게 떠 있었습니다.

강둑 반대 쪽에 위치한 마을의 집들이 한 마장 가량의 면적에 옹기종기 모여 있어 한 폭의 그림과 같았습니다.

강 건너로부터 마을 사람들의 말소리가 저녁 바람을 타고 들려왔습니다.

정문에서 집 창문 밖으로 아주 작은 길이 나 있었는데, 그 길은 마을에서 도심지로 뻗은 신작로에까지 닿아 있어서 마을 사람들이 나들이할 때나 귀가할 때는 으레 이 지름길을 이용했습니다. 그런데 이 길은 강물로 흘러 들어가는 시냇물의 작은 둑에서 끝나고 있었습니다.

아마도 이 지점에서 옛날 마을 사람들은 시냇물을 건널 요량으로 대나무로 된 다리를 놓았을 것입니다. 그러나 지금은 나룻배가 닿는 선착장 구실을 하는 널따란 널빤지가 놓여 있어 하루 일을 끝낸 사람들이 조용히 뱃길을 건너고 있었습니다.

두 사람의 나룻배 사공이 나그네를 강 건너로 건네주고 있는 동안 나머지 마을 사람들은 쌀쌀해진 저녁 바람을 피하기라도 하려는 듯 옹기종기 모여 앉아 하루의 이야기 속에 차례를 기다리고 있었습니다.

저녁 어스름과 함께 옷깃을 스며드는 찬 바람을 못 이기겠다는 듯 누군가가 모닥불을 피웠습니다. 곧 작은 불빛이 어둠을 살랐습니다.

그때 나이 어린 소녀가 모닥불을 지피는 장작을 바구니에 담아 가지고 왔습니다. 아마도 소녀는 뱃사공의 딸인가 싶습니다.

소녀는 나룻배가 다시 강을 건너오는 동안 장작더미를 나르고 있었는데, 몹시 힘겨워 보였습니다. 장작 바구니를 소녀의 혼자 힘으로 머리에 이기에는 너무나 컸던 것입니다.

누군가가 소녀를 도와 그녀의 작은 머리에 나무 바구니를 얹어주자, 소녀는 온 세상을 다 얻기라도 한 듯이 얼굴 가득히 미소를 머금는 것이었습니다. 그때 배에 탔던 마을 사람들이 차례차례 조심스럽게 선창 가를 내려와서 강둑의 작은 길을 따라 큰길로 접어들자 떠들기 시작하였습니다.

이곳 강 연안을 끼고 넓게 펼쳐진 평야는 오랜 세월을 거쳐오는 동안 모래와 질 좋은 토양으로 퇴적된 아주 비옥한 땅이었습니다.

평탄하고 잘 경작된 토지 주변에는 드문드문 오랜 나무숲들이 구름 더미처럼 몰려 있었고, 넓은 평원이 저 멀리 강 끝까지 펼쳐져 있었습니다.

하얀 꽃이 가득히 피어 달콤한 내음을 풍기는 콩밭은 꿈처럼 아름다움을 주는 아주 인상적인 풍경으로 나지막한 언덕에서, 마을을 내려다보면 들판 한쪽으로 끝없는 강물이 굽이굽이 흘러가고 있었습니다.

언제부터 트인 길인지는 몰라도 큰길을 따라 작은 사잇길이 밭과 숲사이로 아련히 뻗어 있습니다.

그 작은 길은 아주 오랜 옛날부터 인간의 꿈과 소망이 들꽃처럼 피어 있는 생명의 길이었습니다. 이 길을 걸어본 사람들의 설레는 기분을 설명이라도 하듯 많은 순례자가 오랜 세월을 걸쳐서 성지를 찾아가는 순례의 길이기도 합니다.

그래서 길가의 이곳저곳에는 조그마한 사원들이 세월처럼 자리 잡고 있었고, 수명을 다한 듯한 망고나무들이 짙은 숲 그늘을 드리운 채 길 주변에서 여행자들을 맞고 또 보내고 있었습니다.

그러나 지금은 황홀한 노을이 그 황금의 날개로 망고나무를 감싸고 있을 따름입니다.

그런 길을 따라 작은 오솔길로 접어들면 대나무숲이 오랜 세월을 지내온 듯 저마다 퇴색한 빛깔로 우르르 몰려 있습니다. 바람 소리가 대나무 숲속에 가득했습니다.

그런 곳 한옆에 장난삼아 서 있는 듯싶은 한 그루 사과나무에 어미 염소가 묶여 있었고, 바로 그 곁에는 새끼 염소 한 마리가 노을빛과 함께 뒹굴고 있었습니다. 아름다운 저녁 한때가 머무는 잔잔한 풍경입니다.

오솔길은 다시 큰길로 이어져 있었고, 길옆 망고나무 숲 밑에서는 샘물이 전설처럼 솟아나고 있습니다. 그런 숲속엔 숨 쉬지 않는 침묵이 감돌고 있었고, 대지 위의 만물까지도 축복이 내려오고 있음을 알기라도 한 듯 고요와 평화스러움이 깃들어 있습니다.

이러한 것들은 평화란 말로써 표현되고 기억될 수 있는 영원한 아름다움의 추억만이 아니라, 전체적인 마음의 움직임이 부재不在할 때 찾아오는 평화인 것입니다.

그 자리에는 단지 측량할 수 없는 행복만이 있을 뿐입니다.

아낌없이 주는 사랑

아주 옛날 하늘을 향해 많은 가지를 높이 뻗은 자태가 우람한 고목이 있었습니다. 그 나무가 꽃을 피울 무렵이면 온갖 모양과 빛깔, 크기를 달리한 나비들이 나무 주위에서 춤을 추었습니다.

꽃이 피고 열매가 맺으면 먼 곳에서까지 새들이 찾아와 그 숲속에서 노래를 부르곤 했습니다. 그럴 때마다 팔을 뻗은 나뭇가지들은 그늘에서 쉬고 있는 모두를 축복해 주었습니다.

그런데 한 작은 소년이 늘 나무 밑에 와서 놀곤 했습니다. 그 큰 나무는 소년에 대해 차츰 애정을 쌓아갔습니다.

만일 큰 것이 자신이 크다는 사실을 느끼지 않는다면, 큰 것과 작은 것 사이의 사랑에는 변함이 없습니다. 나무는 자신이 크다는 것을 알지 못합니다. 오직 인간만이 크다는 것을 알고 있을 뿐입니다.

크다는 사실을 안다는 것은 항상 에고(ego:자아)를 갖고 있음을 뜻하는 것입니다. 그러나 사랑은 크지도 작지도 않습니다. 사랑은 가까이 다가오는 사람이라면, 누구라도 받아들이려는 진실이 있습니다.

그리하여 나무는 언제나 자기 곁에 와서 즐겨 노는 이 작은 소년을 더욱 더 사랑하게 되었습니다. 가지는 높았으나 소년이 꽃을 꺾고 열매를 딸 수 있도록 허리를 굽히고 머리를 숙여 주었습니다.

사랑은 언제나 머리를 숙일 준비가 되어 있었습니다. 그러나 '에고'는 머리를 숙일 준비가 전혀 되어 있지 않은 교만함이 있습니다. 당신이 에고에게 다가가면 그 가지는 더욱 높게 뻗을 것입니다.

장난꾸러기 소년이 가까이 오면 나무는 가지를 굽혀 주었습니다. 나무는 소년이 꽃을 꺾을 때면 매우 기뻤습니다. 자신의 존재가 소년으로 하여 사랑의 기쁨으로 가득 차곤 했습니다. 무엇인가를 줄 수 있을 때 사랑은 항상 행복합니다.

이제 소년은 자랐습니다. 그는 가끔 나무의 우묵한 곳에 한가롭게 누워 잠을 자기도 하고, 그 열매를 먹기도 하며 나무의 잎과 꽃으로 왕관을 만들어 쓰고는 숲의 왕처럼 행동하기도 했습니다.

사랑의 꽃이 자기의 가슴 속에 자리 잡고 있을 때 인간은 이와 같은 행복감을 맛보게 됩니다. 그러나 에고의 가시가 거기에 있으면 사람은 가난하고 비참해집니다.

소년이 꽃 왕관을 쓰고 춤을 추는 것을 보며 나무는 기쁨에 가득 찼습니다. 나무는 미풍 속에서 이파리들을 나부끼며 사랑의 찬가를 불렀습니다.

소년은 자랐습니다. 그는 나무 꼭대기까지 기어 올라가 가지에 매달리며 놀았습니다. 나무는 소년이 가지 위에서 놀고 있을 때면 더 큰 행복을 느꼈습니다.

사랑은 누군가에게 평온을 줄 때만 행복합니다. 그러나 에고는 불안을 줄 때 행복합니다.

시간이 흘러감에 따라 소년에게는 다른 번거로운 의무가 생겨나기 시작했습니다. 그의 마음에 야망이란 그림자가 자라고 있었던 것입니다. 그에게는 합격해야 할 시험이 있었고, 잡담하며 함께 돌아다닐 친구들이 생겼습니다. 그래서 소년의 발걸음은 차츰 나무로부터 멀어져갔습니다. 그러자 나무는 그가 오기를 애타게 기다렸습니다.

나무는 그 영혼으로부터 "오라, 오라! 나는 너를 기다리고 있다."라고 부르짖는 것이었습니다. 사랑은 밤낮없는 기다림입니다. 나무는 언제나 소년을 기다렸습니다. 소년이 오지 않으면 나무는 슬펐습니다.

사랑은 나누어 가지지 못하면 슬프고, 누군가에게 주지 못하면 더 고통스러운 것입니다. 나누어 가질 수 있을 때만 사랑은 기쁨을 느낍니다. 모든 것을 내줄 수 있을 때 사랑은 가장 행복합니다.

소년은 성장함에 따라 나무에 오는 시간이 점점 뜸해져 갔습니다. 인간이 성장하여 야망이 크게 자라면 사랑할 시간은 점점 멀어져가는 것입니다. 소년은 이제 세속적인 일들에 온 마음을 빼앗기고 있었습니다.

어느 날 소년이 나무 옆을 지나가자, 나무는 그에게 간곡히 말했습니다.

"나는 네가 오기를 기다렸건만, 너는 끝내 오지 않았어. 난 매일 너를 기다리고 있었단다."

소년이 말했습니다.

"그런데 너는 무얼 갖고 있지? 왜 내가 너에게 와야 하지? 너는 돈이라도 갖고 있어? 난 돈을 갖고 싶어."

에고는 언제나 동기라는 욕망이 뒤따르게 마련입니다. 쓸모 있는 목적이 있을 때만 에고는 그 완강한 모습을 드러내는 것입니다. 그러나 사랑은 동기가 없습니다. 사랑은 그것 자체가 보답인 것입니다.

깜짝 놀란 나무가 말했습니다.

"내가 무엇인가 줄 때에만, 너는 나에게 오겠다는 말이니?"

내주기를 아까워하는 것은 사랑이 아닙니다. 에고는 축적하기를 두려워하지 않습니다. 그러나 사랑은 무조건 줍니다.

"우리에게는 그와 같은 돈이 없어. 그래서 우리는 즐겁단다."

나무는 계속 말했습니다.

"우리에게는 꽃이 피고 많은 열매가 맺어, 우리는 나그네들에게 그늘을 주고 미풍 속에서 춤추며 노래한단다. 우리에게는 돈이 없어도 순결한 새들은 짹짹거리며 가지 위에서 뛰어놀곤 하지. 우리가 돈에 유혹당하게 되면 너희들 약한 인간처럼, 우리도 어떻게 하면 평화를 얻을까를 배우기 위해, 어떻게 사랑을 찾아낼 것인가를 배우기 위해 사원에 가야만 할 거야. 그래서 우리는 돈이 필요 없어."

그러자 소년이 말했습니다.

"그렇다면, 왜 내가 너에게 와야 하니? 나는 돈이 있는 곳으로 가겠어. 지금 나는 돈이 필요해."

에고는 권력이 필요하기에 돈을 갈망합니다.

나무는 잠시 생각하더니, 이렇게 말했습니다.

"사랑하는 이여! 아무 데도 가지 말렴. 내 열매를 따서 팔도록 해. 그러면 너는 돈을 갖게 될 거야."

소년의 표정은 금세 밝아졌습니다.

그는 나무에 기어올라 열매를 모두 땄습니다. 채 익지 않은 것까지 가지를 흔들어 떨어뜨렸습니다. 줄기와 가지가 부러지고 잎이 땅에 떨어졌으나, 나무는 행복했습니다.

상처를 받아도 사랑은 행복함을 느낍니다.

그러나 얻은 후에도 에고는 만족감을 느끼지 못합니다. 에고는 언제나 더 많이 갖기를 열망하고 있습니다.

소년이 감사하다는 인사는커녕 한 번도 뒤돌아보지 않았으나 나무는 조금도 서운함을 느끼지 못했습니다. 열매를 따서 팔도록 하라는 제의를 소년이 받아들였을 때, 나무는 오히려 소년에게 감사하고 있었던 것입니다.

그 후, 소년은 오랫동안 돌아오지 않았습니다. 그는 돈을 갖고 있었고, 그 돈으로 더 많은 돈을 버는데 바빴습니다. 그는 나무에 관한 일은 까맣게 잊고 있었던 것입니다.

몇 해가 지나갔습니다. 나무는 슬펐습니다.

나무는 소년이 다시 돌아오기를 간절히 바라고 있었습니다. 마치 가슴은 젖으로 가득 차 있으나 아들을 잃어버린 어머니처럼 나무는 소년을 기다리고 있습니다.

여러 해가 지난 어느 날, 이젠 어른이 된 소년이 나무를 찾아왔습니다. 나무는 너무 기쁜 나머지 외치듯 말했습니다.

"어서 오너라. 나의 소년이여! 와서 나를 안아다오."

그러나 젊은이는 말했습니다.

"그런 감상은 그만둬. 그것은 어린 시절의 일이었어. 이제 난 어린아이가 아니야."

에고는 사랑을 미친 짓으로 보며 철없는 환상으로 여깁니다. 그러나 나무는 그를 초대했습니다.

"어서 오너라. 와서 내 가지에 힘껏 매달려 보렴. 자, 함께 춤추며 놀아보자꾸나!"

하지만 젊은이는 말했습니다.

"그런 쓸데없는 말은 그만두란 말이야! 나는 집을 지어야만 해. 너는 나에게 집을 지어 줄 수 있어?"

나무는 외쳤습니다.

"집이라고? 나에겐 집이란 것이 없어."

오직 인간만이 집이라는 것을 갖고 있으며, 인간 이외에 그 누구도 집에서 살지 않습니다. 당신은 사방을 벽으로 둘러싸여 갇힌 인간의 상태를 알고 있습니까? 건물이 크면 클수록 인간은 작아지는 것입니다.

"우리는 집에서 거처하지 않으니, 너는 내 가지를 잘라 갈 수 있지 않겠어? 그러면 너는 집을 지을 수 있을 거야."

그 말을 듣자 잠시도 지체하지 않고 그는 톱을 가져와서 나무의 가지들을 전부 잘랐습니다. 나무는 이제 몸통만이 남게 되었습니다.

그러나 사랑하는 이를 위해 사지가 잘려 나갈지라도 사랑은 언제나 줄 준비가 되어 있는 것입니다.

그 남자는 나무에 감사할 생각조차 하지 않았습니다. 이리해서 그는 자기 집을 지을 수가 있었습니다. 그리고 날이 가고 달이 가고 해가 갔습니다.

이제 나무는 통나무가 되어서도 소년을 기다리고 또 기다렸습니다. 나무는 그를 부르고 싶었습니다. 그러나 나무는 힘을 줄 가지도 잎도 없었습니다. 바람이 불어 지나갔으나 바람결에 소식을 부탁할 수조차 없었습니다. 나무의 영혼은 오직 한 가지 기도만을 올리고 있었습니다.

"오라, 오라, 나의 사랑하는 이여! 어서 오라."

그러나 아무 일도 일어나지 않았습니다.

세월은 흘렀고 그 남자 역시 이젠 늙었습니다.

어느 날 그는 초라한 모습으로 지나가는 길에 나무 앞에 와 섰습니다.

나무가 물었습니다.

"너를 위해 다른 무언인가 해줄 수 있는 일이 있을까? 넌 무척 오랜만에 왔구나."

늙은이는 말했습니다.

"나를 위해 무엇을 더 줄 수 있겠니? 나는 더 많은 돈을 벌기 위해 먼 나라로 가고 싶어. 지금 나는 여행할 배가 필요해."

나무는 기쁜 듯이 말했습니다.

"하지만, 그건 문제없는걸. 사랑하는 이여, 내 몸통을 잘라다 그것으로 배를 만들게. 네가 돈을 벌러 먼 나라로 가는 것을 도울 수 있다면, 나는 무척 행복할 거야. 그러나 꼭 기억해 두게. 난 네가 돌아오길 언제까지나

기다리고 있을 거라는 것을."

　그는 톱을 가져와 마지막 나무의 몸통마저 잘라 배를 만들어서 그걸 타고 어디로인가 떠나갔습니다. 나무는 이제 작은 그루터기로 남게 되었습니다. 그리고 나무는 사랑하는 이의 귀향을 기다리는 것이었습니다.

　나무는 기다리고 또 기다렸습니다. 하지만, 그 남자는 영영 돌아오지 않았습니다.

　에고는 아무것도 얻을 것이 없는 곳에는 가지 않습니다. 끊임없이 요구하는 욕구만이 있을 뿐입니다. 그러나 사랑은 관용입니다. 사랑은 왕이요, 황제인 것입니다.

　어느 날 밤, 나는 그 나무 그루터기 곁에서 쉬고 있었습니다. 나무는 나에게 속삭였습니다.

　"나의 친구는 아직 돌아오지 않았습니다. 나는 혹시 그가 물에 빠지지나 않았을까, 길을 잃지나 않았을까 매우 걱정하고 있습니다. 그는 그 먼 나라의 어딘가에서 길을 잃었을지 모릅니다. 어쩌면 그는 살아있지 않을지도 모릅니다. 나는 그의 소식을 얼마나 갈망하는지 모릅니다. 마지막으로 그의 소식이라도 들었으면 좋겠습니다. 그러면 나는 행복하게 죽을 수 있을 것 같습니다. 그러나 내가 그를 부를 수 있다고 해도 그는 오지 않을 것입니다. 이제 나에게는 줄 것이란 아무것도 남아 있지 않고, 그는 받을 말밖에는 이해하지 못하니까요."

　에고는 받는 언어 밖에는 이해할 줄 모릅니다. 주는 언어는 사랑뿐입니다. 만일 우리의 인생이 그 나무처럼 될 수 있다면, 누구라도 그 그늘에서 쉴 수 있도록 가지를 멀리까지 크게 뻗칠 수 있다면, 우리는 사랑이 무엇인가를 이해하게 될 것입니다.

사랑에는 경전도 없고, 도표도 없고, 사전도 없습니다. 사랑에는 정해진
원칙도 없습니다. 이처럼 사랑을 설명하기란 매우 어렵습니다.

사랑은 다만 있을 뿐입니다. 당신이 가까이 와서 내 눈 속을 들여다보면,
당신은 어쩌면 사랑을 그 눈 속에서 발견하게 될지도 모르겠습니다. 내가
포용하려고 팔을 뻗칠 때 당신은 그것을 느낄 수 있을지도 모르겠습니다.

사랑, 사랑이란 무엇이겠습니까.

만일 사랑이 나의 눈 속에서, 나의 팔 안에서, 나의 침묵 속에서 느껴지
지 않는다면, 어떠한 언어로도 사랑을 이해할 수 없을 것입니다.

큰곰자리별

옛날도 아주 먼 옛날, 이 땅 위에는 큰 가뭄이 있었습니다. 강이라는 강, 우물이라는 우물은 모조리 밑바닥까지 말라 버렸습니다.

그래서 나무나 풀들은 시들었고 사람이나 짐승들도 물을 마시지 못해 죽어갔습니다.

어느 날 밤, 한 소녀의 어머니가 병이 나서 애타게 물을 찾았습니다. 그러나 어디를 찾아보아도 한 방울의 물도 발견할 수가 없었습니다.

소녀는 물을 찾아 헤맨 끝에 너무 지쳐 풀 위에 쓰러져 잠이 들고 말았습니다.

얼마나 지났는지, 그 소녀는 눈을 뜨고 무심결에 손에 쥐고 있는 바가지의 무게를 느끼고 살펴보자, 그 안에 맑은 물이 넘치도록 가득 차 있었습니다. 소녀는 너무 기뻐서 어쩔 줄 몰라 하며, 무심코 그 물을 마시려고 하였습니다.

그러나 어머니에게 물을 가져다드리지 않으면 안 되겠다는 생각이 들자, 그대로 바가지를 들고 집으로 달려갔습니다. 소녀는 너무나 빨리 뛰었기 때문에 발길에 개가 엎드려 있는 것도 몰랐습니다.

소녀는 그만 개에 걸려 바가지를 떨어뜨렸습니다. 밟힌 개는 슬픈 듯이 비명을 질렀습니다. 황급히 소녀는 바가지를 들어 올렸습니다.

너무 놀란 소녀는 물을 엎질러 버린 줄 알았습니다. 그러나 다행스럽게도 바가지가 똑바로 떨어졌기 때문에 물은 그대로 가득 들어 있었습니다.

소녀는 손바닥의 물을 따라 흥분해 있는 개에게 주었습니다. 그러자 개는

다 마시고 나서 기쁘다는 듯이 소녀의 주위를 맴돌았습니다.

소녀가 바가지를 다시 집어 들었을 때 ,지금까지 나무로 되어 있던 그 바가지는 은으로 변했습니다.

소녀는 재촉하듯 정성껏 바가지를 들고 집으로 돌아와서 어머니에게 드렸습니다.

그러자 어머니가 말했습니다.

"엄마는 이제 곧 죽을 몸이니까 안 마셔도 괜찮다. 어서 너나 마셔라."

그러면서 어머니는 바가지를 소녀에게 내밀었습니다.

그러자 은으로 된 바가지는 다시 금으로 변했습니다.

소녀는 바가지를 들고 있는 동안 더 참을 수가 없어서 입으로 가져가려고 했습니다.

그때 한 노인이 와서 물을 좀 마시게 해 달라고 간청하는 것이었습니다. 소녀는 침을 삼키고 노인에게 물바가지를 갖다주었습니다.

그러자 갑자기 그 바가지 속에서 일곱 개의 커다란 다이아몬드가 튀어나왔습니다. 그리고 맑은 물이 폭포처럼 흘러넘치기 시작했습니다.

또한 일곱 개의 다이아몬드는 높은 하늘 위로 올라가 대웅성大熊星 큰곰자리별이 되었던 것입니다.

*코우비스

기도

“오오. 안 돼요. 안 돼! 그런 일이 있을 수 있습니까. 선생님! 이젠 어쩔 도리가 없단 말씀이죠? 오, 모두들 기도 따위나 드리고……”

이렇게 말하면서 젊은 아이 엄마는 무슨 결심이라도 한 듯 성급한 걸음 걸이로 아이들의 방을 나왔다. 그 방에서 세 살 먹은 외아들이 머리에 부종이 나서 죽은 것이다.

작은 소리로 무언가 말을 나누고 있던 남편과 의사는 입을 다물었다. 남편은 조용조용 아내의 옆으로 가서 헝클어진 머리를 쓰다듬어 주었다. 그리고는 무거운 한숨을 내쉬었다.

의사는 고개를 숙인 채 그 옆에 서서 입을 굳게 다물고 꼼짝도 하지 않았다. 그의 태도는 절망임을 암시하고 있었다.

“이를 어떡하지, 어쩌면 좋아.”

남편은 절망하듯 말했다.

“잠자코 계세요. 아무 말씀도 마시고!”

그녀는 울부짖었다.

그 말소리에는 무엇을 증오하는 듯한 울분이 묻어 있었다. 그러고는 몸을 돌려 아이들 방으로 갔다. 남편은 황급히 그녀를 붙잡으려고 했다.

“가아챠, 이리 좀 와.”

그녀는 피로한 듯한 커다란 눈으로 남편을 쳐다보더니 말없이 아이들 방으로 들어갔다.

어린애는 베개를 베고 유모 팔에 안겨 있었다. 눈은 뜨고 있었지만, 아무것도 보지를 못했다.

유모는 심각한 표정으로 어린애의 얼굴을 바라보고 있었는데, 꼭 다문 아이의 입에는 거품이 묻어 있었다. 아이 엄마가 들어왔지만, 미동도 하지 않았다.

아이 엄마가 어린애를 안으려고 베개 밑에 손을 넣었을 때, 유모는 조용히 말했다.

"저쪽에 가 계세요."

그러고는 아이 엄마로부터 몸을 피했다. 그러나 아이 엄마는 유모의 말에는 귀도 기울이지 않고 익숙한 솜씨로 어린애를 안았다.

그녀는 아이의 헝클어진 머리카락을 손으로 쓰다듬어 주면서 창백한 작은 얼굴을 물끄러미 들여다보았다.

"틀렸어! 이젠 그만이야."

그녀는 속삭이듯 말하며 재빠르게 어린애를 유모에게 다시금 건네주었다. 그러고는 방에서 나갔다.

어린애는 두 주일 동안 병으로 누워 있었다. 아이가 앓고 있는 동안 어머니는 하루에 몇 번씩 절망과 희망 사이를 오고 갔다. 그녀는 하루에 한 시간 그 반쯤밖에는 자지 못했다.

그러면서 하루에도 몇 번씩 침실로 가서 큰 성상 앞에 금빛 법복을 입고 어린애를 살려 달라고 하나님께 빌었다.

어두운 빛깔의 성상은 작은 손에 금빛 책을 들고 있었는데, 그 책에는 다음과 같은 글이 쓰여 있었다.

'괴로워하는 자, 무거운 짐을 진 자는 모두 내게로 오라. 내가 너희를 편히 쉬게 하리라.'

이 성상 앞에 서서 그녀는 간절히 기도를 올렸다. 영혼까지 모든 힘을 기도에 흡입시켜 간구하면, 그녀의 마음속 깊은 곳에서 신은 움직이지 않는다는 것. 그리고 하나님은 그녀를 위해서가 아니라 스스로를 위해서 계시다는 것을 느꼈다.

그러나 그녀는 빌었다. 성경에 쓰인 글과 자신이 지은 말을 외었다. 그리고 열심히 기도했다.

어린애가 죽었다는 사실을 분명히 깨닫게 되자, 그녀의 머릿속에서는 모든 것이 갈가리 찢기고 세상이 무너지는 슬픔과 고통에 한없이 눈물을 흘렸다. 그러고는 자기 침실로 돌아와서도, 그곳이 어딘지 모르는 듯 낯익은 물건들을 놀란 시선으로 바라보았다.

잠시 극도의 허탈감에 빠져 있다가 겨우 침상에 누워 남편의 잠옷을 똘똘 말아 베고는 의식을 잃고 말았다.

그러자 꿈속에서 그녀는 죽은 코스챠카가 튼튼하고 건강한 모습으로 귀여운 곱슬머리와 가늘고 하얀 목덜미를 드러내놓고 안락의자에 앉아 있는 것을 보았다.

아이는 살찐 통통한 다리로 거실 안을 활기차게 뛰어다니며 붉은 입술을 내밀고 열심히 한쪽 발이 없고 잔등에 구멍 뚫린 종이 장난감 말 등에 인형을 태우려고 열중하고 있었다.

"저 애가 살아있었을 때는 얼마나 기뻤는지 몰라."

하고 그녀는 꿈속에서도 생각했다.

"그런 애가 죽다니 이 무슨 끔찍한 벌이람. 왜 죽었을까? 내가 그처럼 빌었는데도 하나님은 이토록 고통스러운 이별을 주신 것일까? 저 생명이 나의 삶이며, 그 애 없이는 살아갈 수 없다는 것을 하나님은 모르신다는 말인가? 저 불쌍하고 귀여운 죄 없는 어린것을 예고 없이 빼앗아 가시고 나의 생활을 산산이 부수어버리시다니. 내가 밤낮없이 열심히 기도를 드렸는데도 왜 이런 고통을 주신다는 말인가? 정말 하나님은 계신 것일까?"

아이 엄마는 또다시 생각에 빠졌다. 아이가 걸어가고 있다. 작은 아이가 저렇게 높은 곳에 있는 문 안으로 들어가다니, 귀여운 아이들이 하듯이 작은 손을 흔들면서 뒤를 돌아보며 생글생글 웃으면서 걸어가는 아이.

"오오. 귀여운 아기야. 이렇게 귀여운 내 아기를 하나님은 빼앗아 가시다니! 하나님은 정녕 무자비한 분이신가? 왜 내가 기도를 드린 것일까?"

그때 유모 마트로사가 이상한 말을 했다. 아이 엄마는 그 말의 당사자가 유모임을 알고 있었지만, 그녀가 천사처럼 보였다.

"이게 천사라면 왜 날개가 없을까?"

아이 엄마는 이렇게 생각했다. 그러나 그녀는 누구인지 똑똑하게 기억은 안 났지만, 교회와 관계있는 사람이 한 말을 기억해 냈다. 요즈음 천사에게는 날개가 없다는 것이다. 그러자 천사 마트로사가 말했다.

"주인아주머니, 하나님에게 욕하셔도 소용없어요. 하나님께서도 모든 사람이 하는 말을 다 들어주실 수는 없지 않아요? 그들이 말하는 데로라면 다른 사람을 원망하거나 해치는 일을 하나님께 비는 거예요. 요즈음은 더 그래요. 러시아의 많은 사람들이 빌고 있어요. 대승정님, 큰 사원 스님, 교회 사람들, 누구 할 것 없이 다 하나님의 힘으로 소원이 이루어지도록 빌고 있어요. 하지만 그렇게 빌어도 소용없으며 하나님도 절대 환영하지 않으실 거예요. 하나님은 이 세상 모든 사람의 아버지이십니다."

"그건 그래요. 옛날부터 전해 내려오는 말이니까요. 하지만 나의 경우는 달라요. 난 나쁜 일을 하나님께 고한 것은 아니니까요. 나는 오직 내 귀여운 아기를 살려 달라고 빌었을 뿐인데, 어째서 하나님은 그 말을 들어 주시지 않는지 몰라?"

이렇게 아이 엄마는 슬픔과 감정에 북받쳐 울음을 참는 듯했다. 한편으로 아이가 토실토실 살찐 손으로 자기 목을 끌어안고 재롱을 부리던 일, 아이의 따뜻한 체온을 느꼈던 일들을 회상했다.

"그 애가 죽지만 않았더라면 얼마나 좋았을까?"

하고 깊은 연민에 빠졌다.

"하지만, 하나님을 믿는 이유가 뭐죠. 무엇 때문에 기도를 올리는 걸까요. 아주머니?"

마트로사는 언제나 그렇듯 잠자코 쳐다보았다.

"누가 무엇을 빌든지 하나님이 그 소원을 들어주실 수 없을 때가 있어요. 이건 누구나 다 알고 있는 일이에요. 저도 그런 경우를 겪었으니까요."

천사 마트로사는 진심으로 말했다. 그것은 어젯밤 주인을 부르러 보냈을 때, 그녀가 유모를 보고 말했을 때와 꼭 닮은 목소리였기 때문이다.

"주인님은 지금 집에 계셔요. 조금 전에 보았으니까요."

"그런 일은 얼마든지 있어요."

하고 마트로사는 대수롭지 않게 말했다.

"어느 젊은이가 죄를 짓지 않고 술에 취해 방탕하지 않도록 힘을 달라고 간절히 빌었어요. 세상의 악을 멀리하여 온전한 생활을 빌었던 거예요."

'어쩜 저렇게 마트로사는 말솜씨가 좋아졌을까?'

하고 아이 엄마는 생각했다.

"하지만 하나님은 도와주시지 않았어요. 왜냐하면 사람은 자기 스스로 노력하여 해결하는 능력이 필요하기 때문입니다. 노력으로 좋은 결과를 얻을 수 있다는 삶의 이치를 깨달아야 합니다. 아주머니는 저에게 검정 닭 이야기를 읽으라고 가르쳐 주셨죠? 그 이야기는 검정 닭이 자기 목숨을 살려준 아이에게 답례로서 마법의 대마초 씨앗을 선물했다는 내용이죠. 그 씨앗이 아이의 바지 주머니에 들어 있는 동안은 공부를 하지 않아도 무엇이나 잘할 수 있었기 때문에 그것을 믿고 게을리하였지요. 그러자 지금까지 알고 있던 것까지도 어디론가 달아나 버리고 말았다는 이야기입니다. 하나님도 인간에게서 악을 뽑아 버리실 수는 없답니다. 그래서 하나님께 빌어도 응답을 해주시지 않아요. 그 대신 하나님은 우리에게 자기 스스로 악을 뽑아내고 마음을 깨끗이 하는 지혜의 능력을 주셨지요.”

“어쩌면! 당신은 어디서 그런 것을 배워 가지고 왔을까?”

아이 엄마는 감탄하며 말했다.

“하지만 마트로사, 넌 아직 내가 물어본 말엔 대답을 하지 않았어.”

“잠깐만 기다려 주셔요. 다 말씀드릴 테니……”

마트로사는 말했다.

“이런 일도 있었어요. 어느 집안이 자기들은 아무 죄도 없는데 몰락해 버렸거든요. 그 집 가족들은 너무 허망해서 울었습니다. 그리고 지금까지 살아온 훌륭한 저택에서 쫓겨나 불결한 단칸방에서 살며 먹을 식량조차 없었습니다. 그래서 하나님께 도와달라고 빌었지만, 여전히 하나님은 그 소원을 들어주시지 않았습니다. 왜냐하면 그렇게 하는 것이 그들을 위해서 좋다고 생각하셨기 때문입니다. 그 사람들에게는 알 수 없는 일이었지만, 하나님은 만일 그 사람들이 아쉬움 없이 살고 있다면 타락하리라는 것을 예견하고 계셨기 때문입니다.”

“그건 그래요.”

아이 엄마는 그녀의 말이 옳다고 고개를 끄덕였다.

“하지만 어떻게 그런 심한 말을 사용할 수가 있을까요? 더구나 하나님에 관한 말을 하면서 형편없더라니 불경스러워요.”

아이 엄마는 다시 말을 이었다.

“하지만, 나는 무엇 때문에 하나님이 내 아이를 빼앗아 가셨는지를 묻고 있는 거예요."

그리고 아이 엄마는 자기 앞에서 죽은 코스챠가 살아 마치 종소리와 같은 귀여운 웃음소리를 듣는 듯한 슬픔에 휩싸였다.

"왜 나에게서 아기를 빼앗아 가셨죠? 만약 하나님이 그런 일을 하신다면 나쁜 분임이 틀림없어요. 그런 하나님이라면 아무 소용이 없어요. 하나님이 어떤 존재인지 알고 싶지도 않아요."

그러자 웬일인가! 마트로사는 이미 그녀가 아닌 새롭고 이상한 존재로 변모되어 있었다. 그녀의 입으로 하는 말이 아니라, 무엇인가 특별한 힘에 아이 엄마의 가슴에 격렬한 불길로 울려왔다.

"너는 불쌍하고 철없는 맹목적인 생물이야."

이렇게 그녀의 변신이 소리치듯 말했다.

"너는 일주일 전만 해도 코스챠가 튼튼하고 탄력 있는 몸매와 긴 곱슬머리로 사람들에게 귀여운 미소를 짓는 모습을 알고 있다. 언제까지나 그 모습을 그대로 간직하고 있을까?

너는 그 애가 엄마 또는 아빠라는 말을 할 수 있고, 사물을 구별하는 재능에 놀라움을 나타낸 때도 있었을 것이다. 또 그 애가 비틀거리면서 뛰어가는 귀여운 모습이라든가, 방안을 이곳저곳 기어다니는 것을 보며 집안 식구들이 함께 즐거운 한때를 보내던 일, 작은 모자를 서투른 손동작으로 머리에 쓰려고 안간힘을 쓰는 모습, 그보다 어린아이가 이도 없는 잇몸으로 젖꼭지를 빠는 모습에 황홀했겠지.

그리고 알몸으로 엄마의 몸속에서 세상 밖으로 나오려고 숨을 몰아쉬며 우주를 무너뜨릴 힘찬 탄생의 소리를 듣고 몹시 기뻐하던 때가 있었을 것이다. 무엇보다도 그 이전에는 당신의 아이가 어디 있는 것조차도 모르면서 지낸 수년간의 시절을 그리워하면서 그대로 젊음이 멈추어 있어야 하며 또 사랑하는 사람이 지금 모습 그대로 있어야 한다고 생각하고 있다.

하지만 당신들은 단 일 분간도 멈춰 있지 못하는 흐름 속의 존재다. 당신들은 끊임없이 흘러가는 강물과 같으며 떨어지는 돌과 같이 죽음을 향해서 추락하고 있을 뿐이다. 죽음은 시간을 조이며 당신들을 기다리고 있다. 당신은 그 애가 귀여운 모습으로 태어났으나 죽은 뒤에는 단 일 분도 똑같은 형상일 수 없다는 사실을 전혀 모르고 있다.

인간의 과정은 무無에서 시작하여 갓난애로 태어나 어린이가 되고, 유년, 소년 시절을 거쳐 청년, 장년, 노년으로 성장 소멸해 간다는 사실을 깨닫지 못하는 것이다. 만약 그 애가 살아 있었다면, 어떤 사람이 되었는지 당신은 모른다. 그러나 나는 알고 있다.”

그러자 아이 엄마는 갑자기 눈앞에 나타난 한 늙은 신사를 보았다. 그는 전등불이 휘황한 음식점에, 언젠가 아이 엄마는 남편과 함께 그런 음식점에 가본 일이 있었다.

식탁을 앞에 두고 뚱뚱하게 살이 찐 몸매와 주름이 잡힌 얼굴에 수염을 꼿꼿이 위로 추켜세운 꾀죄죄한 모습으로 푹신한 장의자에 깊숙이 몸을 파묻고 앉아 술에 취한 눈으로 목마른 듯이 굵고 새하얀 목을 드러낸 음탕한 짙은 화장을 한 여자들을 바라보고 있었다.

그리고 추잡스러운 농담을 되풀이하면서 큰 소리를 질렀다. 이에 같은 여자 패거리들의 추켜세우는 웃음소리가 일어나자, 그는 만족스러운 표정을 지었다.

“저게 우리 애라니?—우리 코스챠라니, 절대로 그럴 리 없어.”

아이 엄마는 몸서리치며 말했다. 이 추잡스러운 노인을 살펴보고 있노라니까, 눈매와 입 주위가 코스챠와 닮은 것이 무서웠다.

이 모든 것이 꿈이었으면 하고 애써 자신을 정리해 본다. 실제로 코스챠는 이런 노인이 아니라고 다짐하면서 목욕탕에서 물장난을 치고 있는 알몸의 코스챠를 떠올린다.

포동포동한 앞가슴, 코스챠의 해맑은 웃음, 아이 엄마는 이런 모습을 상상하면서 느꼈다.

"그렇지, 이런 모습이 코스챠란 말이야. 저런 영감쟁이와는 전혀 다르지."

그녀는 이렇게 중얼거렸다.

그와 동시에 눈을 뜨고 두려운 현실로 돌아왔다.

그녀는 아이들 방으로 갔다. 유모는 죽은 코스챠의 몸을 씻기고, 모든 준비를 갖추어 놓았다. 높고 깡마른 코, 이마를 덮은 머리카락, 어린 것은 약간 높은 침상에 뉘어 있었다.

그 주위를 촛불로 밝혀 놓았고 머리맡의 작은 탁자 위에는 하얀 자정향 꽃과 장미, 히아신스가 핀 채로 향기를 뿜었다.

유모는 의자에서 일어나 돌처럼 굳어 움직이지 않는 귀여운 얼굴을 들여다보았다. 그때 마트로사가 안으로 들어왔다. 그녀는 여느 때처럼 단순하고 선량한 얼굴 모습에 눈에는 눈물이 가득 차 있었다.

"나더러는 울지 말라더니, 자기가 울고 있군."

아이 엄마는 이렇게 생각하면서 죽은 아이에게로 시선을 옮겼다.

순간 아이의 얼굴과 꿈에 본 노인의 얼굴이 한데 합쳐져 있어 너무 놀라 비틀거렸다.

그러나 그녀는 나쁜 생각을 떨쳐 버리고 가슴에 십자를 그은 다음, 자기의 따뜻한 입술로 죽은 아이의 찬 이마와 합장하고 있는 작은 손에다 입을 맞추었다. 그러자 갑자기 히아신스의 짙은 향기가 죽은 아이의 영혼이 다시 돌아오지 않는다는 사실을 말해 주는 듯 생각되었다.

그녀는 숨이 막힐 듯이 흐느껴 울었다. 다시 한번 죽은 아들의 이마에 입을 맞추고 흐느끼기 시작했다.

이제 그녀의 눈물은 절망이 아니었다. 겸허하고 평화로운 눈물이었다. 그녀는 괴로웠으나 초조하지는 않았다. 그녀는 이 세상에 일어나는 모든 일은 없어서는 안 되는 생존의 법칙이며 전능하신 하나님의 뜻임을 깨닫기 시작한 것이다.

“이젠 울음을 그치세요, 아주머니.”

유모가 나직이 말했다. 그리고 작은 주검 옆으로 가서 아이의 이마에 남아 있는 어머니의 눈물을 닦아주었다.

“아주머니가 우시면 죽은 아기가 오히려 괴로워질 겁니다. 코스챠는 이제야 평안한 데에 머물게 되었습니다. 죄 없는 천사가 된 것이지요. 만약 살아 있었다면, 어떤 인간이 되었을지 아무도 모르는 게 아니겠어요.”

“하지만 엄마인 난 슬퍼요.”

아이 엄마는 슬픈 목소리로 말했다.

그녀의 음성에서는 슬픔과 사랑이 묻어 나오고 있었다.

무덤까지 가는 길

유대인 자녀들이 임종이 가까운 아버지의 병실 옆에서 장례식에 대한 준비를 세우고 있었다.

큰아들이 말했다.

"조문객들을 위해서는 오십 대의 마차가 필요할 것 같다."

그러자 작은아들이 말했다.

"제 생각으로는 오십 대의 마차를 빌리려면 비용이 너무 커서 장례를 치르지 못할 것입니다."

큰아들이 다시 말했다.

"장례식 예배는 랍비 스티븐 와이즈에게 부탁드려야 한다."

작은아들이 말을 이었다.

"그건 안 될 말입니다. 랍비 와이즈는 100달러의 수고비를 요구할 것입니다. 동네 랍비에게 부탁하면 10달러만 주어도 충분합니다."

침대에 누워 있던 아버지가 두 형제의 대화를 듣고 말했다.

"둘째야, 내 옷을 가져오너라."

황급히 작은아들이 말했다.

"아버지는 절대로 침대를 떠나서는 안 됩니다. 위험합니다."

이에 아버지가 말했다.

"내 발로 공동묘지로 걸어간다면 장례식 비용이 절감되지 않겠느냐."

"……?"

회개한 죄인

'가라사대 예수여! 당신의 나라에 임하실 때, 나를 생각하소서 하니, 예수께서 이르시되 내가 진실로 네게 이르노니, 오늘 네가 나와 함께 천국에 있으리라 하시니라.'

어떤 곳에 일흔 살이나 된 나이 많은 사나이가 혼자 살고 있었다. 그 사나이는 그때까지 자기의 전 생애를 온갖 죄로 삶을 치장하듯 살아왔다. 그러던 중에 이 사나이는 병에 걸렸다. 하지만 후회는 하지 않았다.

드디어 죽음이 닥쳐온 최후의 순간에 사나이는 울면서 애원했다.

"하나님이시여, 당신께서는 도둑에게도 십자가를 주십니다. 부디 저도 구원해 주십시오."

그가 이렇게 말을 마치자마자, 그의 영혼은 육체를 떠났다. 그리하여 이 죄인의 영혼은 하나님을 동경하고 자비에 입어 천국 문 앞에 이르렀다.

죄인은 그곳에 이르자, 문을 두드리며 천국으로 들여보내 달라 간청했다.

그때 그는 문 쪽에서 들려오는 소리를 들었다.

"문을 두드리는 자는 누구인가? 저 사나이는 살아 있는 동안 어떤 일을 하였는가?"

천국의 고발인이 이에 대답했다. 고발인은 이 사나이가 저지른 지상에서의 죄과를 낱낱이 고했다. 결국 착한 일이란 한 가지도 아뢸 것이 없었다.

그러자 문 저쪽에서 소리가 들려왔다.

"죄인은 천국에 들어올 자격이 없느니라. 물러가라!"

죄인은 말했다.

"제발 부탁입니다. 저는 당신의 음성을 들으면서 존안을 뵐 수도, 들을 수도 없습니다."

그러자 그 소리는 대답했다.

"나는 사도 베드로다."

이에 죄인이 말했다.

"저를 불쌍히 여기소서. 사도 베드로시여! 인간은 약한 존재입니다. 그러나 하나님은 자비로우시지 않습니까? 당신은 그리스도의 제자이시며 그리스도에게 직접 가르침을 받으셨고, 또한 그분의 모범을 보이시는 분이 아니십니까? 이런 일을 생각해 봐주십시오.

언젠가 그리스도께서 마음이 언짢으시어 슬퍼하고 계셨을 때, 당신을 향해 자지 말고 기도하라고 세 번씩이나 부탁하신 일이 있었지요. 그런데도 당신은 졸음을 참을 수가 없어 잠들어 버렸고, 그리스도께서는 세 번이나 당신이 잠들어 계신 걸 보셨습니다. 지금의 저도 그와 마찬가지입니다.

그리고 또 이런 일도 생각해 보시기 바랍니다. 당신은 죽을 때까지 그리스도의 곁을 떠나지 않겠다고 그처럼 굳게 약속해 놓고서도, 그리스도께서 가야바에게 끌려가시자, 세 번이나 떨어지지 않았습니까? 저도 그와 마찬가지입니다.

또 이런 일은 어떻게 생각하십니까? 그때 당신은 닭이 울기 시작하자마자, 곧 그곳을 떠나 몹시 우셨지요. 저도 그와 같습니다. 저를 천국에 들여보내 주지 못할 아무런 이유도 없다고 생각합니다."

그러나 천국 문 저쪽의 소리는 더 이상 아무 대답도 하지 않았다.

한참 만에 또 죄인은 문을 두드리기 시작했다. 그리고 천국에 들여보내 달라고 간청했다.

그러자 저쪽에서 다른 소리가 들렸다.

"저 자는 누구냐? 저 사나이는 살아 있는 동안 어떤 일을 했느냐?"

고발인의 목소리가 들리고, 다시 그의 온갖 죄과가 반복되었다. 역시 좋은 말이란, 그 어느 것도 아뢰어지지 않았다.

문 저쪽의 소리가 말했다.

"물러가라! 너 같은 죄인은 우리와 함께 천국에 살 수 없느니라."

죄인은 애원했다.

"제발 부탁입니다. 저는 당신의 음성을 들으면서 존안을 뵐 수도, 들을 수도 없습니다."

그러자 소리는 대답했다.

"나는 왕이며 사도인 다윗이다."

죄인은 낙심하지 않고 천국 문에 붙어 서서 말을 시작했다.

"저를 불쌍히 여기소서. 왕 다윗이시여! 인간은 약한 자입니다. 그러나 하나님은 자비로우신 분이 아니십니까? 하나님께서는 당신을 사랑하시어 뭇사람들 위에 당신을 끌어올리셨습니다. 당신은 온갖 것들을 다 가지고 계십니다. 왕도과 영예, 부귀와 처자 할 것 없이 모두를 말입니다.

하지만 당신은 지붕 위에서 한 가난한 사나이의 아내를 보자, 죄의 싹이 터 당신은 그의 아내를 빼앗고 칼로 그를 죽여 버리시지 않았습니까? 당신은 풍족하면서도 가난한 자의 손에서 최후의 양을 빼앗고 그 사나이를 죽여 버렸던 것입니다. 저도 그러한 일을 해 온 것입니다.

그러니 생각해 보시기 바랍니다. 당신은 얼마나 그 일을 후회하셨던가. 그래서 이렇게 말했습니다. '나는 나의 죄를 알았고, 이 죄를 더없이 슬퍼한다.'라고 말입니다. 저도 그와 마찬가집니다. 제가 천국에 들어가지 못할 까닭은 없다고 생각합니다."

그러나 문 저쪽 소리는 아무 대답도 하지 않았다.

얼마쯤 지나자 또 죄인은 문을 두드리며 천국으로 들여보내 달라고 졸랐다. 그러자 문 저쪽에서 세 번째 소리가 들려왔다.

"저 자는 누구냐? 저 사나이는 살아 있을 때, 무슨 일을 했는가?"

고발인은 사실대로 대답했다. 그리고 세 번째도 이 사내의 나쁜 짓만 들어 말하고 착한 일은 없었으므로 아뢰지 않았다. 문 저쪽의 소리가 말했다.

"물러가라. 죄인은 천국에 들어올 수 없다."

죄인은 대답했다.

"당신의 음성을 들으면서도 저는 존안을 뵐 수도, 존함을 들을 수도 없습니다."

그 소리에 대답했다.

"나는 그리스도의 훌륭한 제자 성 요한이다."

그러자 죄인은 기뻐하며 말했다.

"이젠 정말 내가 천국에 들어가지 못할 까닭이 없습니다. 베드로와 다윗은 그들이 인간의 미약함과 하나님의 자비를 알고 있기에 나를 들여보내 주지 않았지만, 당신은 많은 사랑을 지니고 있기에 저를 들여보내 주시리라고 믿습니다. 성 요한이시여, 당신이 쓰신 책 속에 하나님은 사랑이며, 사랑하지 않는 자는 하나님을 알지 못한다고 하셨습니다.

늙은 후에는 형제들이여, 서로 사랑하라고 사람들에게 말씀하신 분이 바로 당신이 아니십니까? 그런 당신이시라면, 저를 미워하여 쫓아버리시지는 않으시겠죠? 당신은 스스로 말씀하신 것을 저버리시겠습니까, 아니면 저를 사랑하여 천국 안에 들여놓아 주시겠습니까?"

이때 천국의 문이 열렸다. 그리고 요한은 회개한 죄인을 끌어안아 천국으로 불러들였다.

쿠나라의 눈

아쇼카왕에게 쿠나라라는 이름을 가진 왕자가 있었다.

그런 이름이 붙여진 것은 그가 깜짝 놀랄 만큼 아름다운 눈을 가지고 있었는데, 그 눈이 마치 쿠나라라는 새의 눈과 같았기 때문이다.

왕자는 궁전에서 멀리 떨어진 곳에서 홀로 살며 신과 영원에 대한 명상에 빠져 있었다. 그때 왕의 한 왕비(계모)가 그를 사모했으나, 그는 그 사랑을 거절했다.

왕비는 그것을 자신에 대한 모욕으로 받아들이고 복수할 것을 결심했다.

그가 먼 곳으로 파견됐을 때, 그녀는 계략을 짜내 왕의 상아 옥새를 훔쳐내어, 왕자의 눈을 도려내라는 명령서를 만들어 거기에 옥새를 찍은 뒤 비밀리에 지방 장관에게 보냈다.

왕비의 명령서를 받은 지방 장관은 그것을 차마 실행할 결심이 서지 않았지만, 이 사실은 안 왕자가 스스로 그것을 요구했다.

왕자의 눈을 도려낼 사람이 나타났다. 많은 사람이 눈물을 흘리는 가운데, 쿠나라의 한쪽 눈을 도려내자 왕자는 자기 눈을 손에 받아놓고 말했다.

"오! 이 천덕꾸러기 같은 둥근 고깃덩이야! 너는 무엇 때문에 지금까지 보고 있었던 것을 더 이상 보려 하지 않는 것이냐? 너를 존중하며, 너를 나라고 생각한 사람들을 그동안 얼마나 속이고 현혹했는지 아느냐!"

또 하나의 눈을 도려냈을 때, 왕자는 또 말했다.

"고깃덩이 눈, 사람들 선망의 대상이었던 것이, 이제 나에게서 사라졌구나. 그렇지만, 나는 완전하고 맑은 진리의 눈을 얻었노라. 왕께서는 더 이상 나를 자기의 아들로 인정하지 않으시겠지만, 나는 하늘에 있는 왕, 즉 진리의 아들이 되었다. 나는 고통과 슬픔으로 가득 찬 왕국을 잃은 대신, 모든 고뇌와 비애를 소멸시키는 진리의 왕국을 얻었노라.”

자신이 눈을 잃은 것은 왕비의 명령 때문이었다는 사실을 알았을 때, 왕자는 이렇게 말했다.

“명령서를 보낸 왕비께서 앞으로도 오래오래 장수하시고 행복하시기를! 왕비님 덕분에 상상할 수 없는 큰 행복을 누리게 되어 감사드립니다.”

두 눈을 잃은 왕자는 노래를 부르고 비파를 뜯으면서 아내와 함께 곳곳을 걸어 다녔다.

그가 자신의 아버지가 있는 성문 앞에 다다라, 그 왕궁의 창문 밑에서 노래를 부르자, 왕은 아들의 목소리를 알아듣고 그를 데려오라고 명령했다. 왕은 아들이 왕비의 명령으로 눈을 잃은 것을 알고, 그녀를 처형하라고 명령했다. 그러나 쿠나라는 부왕에게 이렇게 말했다.

“왕이시여! 왕비가 아무리 비열한 행동을 해도 당신께서는 고결하게 행동하십시오. 가장 큰 덕행은 인자함입니다. 저는 전혀 분노를 느끼지 않습니다. 저는 제 눈을 도려내라고 명령하신 어머니를 위해 오로지 선을 기원하고 있습니다. 다만 솔직하게 말씀드리자면, 저도 제 눈이 원래대로 돌아가면 좋겠다고 생각하고는 있습니다.”

그렇게 말한 순간, 그의 눈은 다시 예전처럼 아름답고 신비로운 빛을 발하기 시작했다.

*불교의 전설

인생의 세 가지 의미

가난한 구두장이가 아내와 자식을 거느리고, 어느 월세 농가를 얻어 살고 있었다. 물론 이 구두장이는 집도 땅도 없었다.

오로지 그는 구두 짓는 일로 가족들을 하루하루 부양하고 있었다. 곡식값은 비싸고 노임은 헐하였기 때문에, 버는 것은 먹는 식비에 거의 쓰였다.

이 구두장이는 아내와 단 한 벌의 모피 외투를 가지고 번갈아 입고 있었는데, 이제는 그것마저 낡아서 누더기가 되었다. 그래서 그는 2년 전부터 새 외투를 단들기 위해 양가죽을 사야겠다고 마음먹고 있었다.

가을로 접어들자, 구두장이에게 조금은 여유가 생겼다. 아내의 작은 손지갑 속에는 3루블이 들어 있었고, 또 마을 사람에게, 5루블 20코페이카를 빌려준 것이 있었다.

마침내 구두장이는 아침부터 양가죽을 사기 위해 마을 사람을 찾아갈 준비를 했다. 그는 식사를 마치자, 아내의 면내의를 껴입고, 그 위에 긴 나사 외투를 걸쳤다.

그러고는 3루블의 지폐를 주머니에 넣고, 나뭇가지로 지팡이를 만들어 마을을 향해 길을 떠났다. 그는 길을 걸으면서 이렇게 생각했다.

‘마을 사람들에게 빌려준 5루블을 받고 주머니에 있는 3루블을 보태어 새 외투를 만들 양피를 사는 거야.’

구두장이는 마을에 도착하여 돈을 빌려준 농부의 집을 찾아갔다. 그러나 주인은 외출 중이었다. 그 집의 부인은 1주일 안으로 돈을 보내겠다고 약속하여 발길을 돌렸다.

또 다른 집을 갔으나 이 사람은 지금 돈이 한 푼도 없다고 하면서 구두 수선비로 20코페이카를 줄 뿐이었다. 구두장이는 할 수 없어 양피를 외상으로 사려고 했으나 가죽 장사는 외상으로 줄 수 없다는 것이었다.

"돈을 가져와요. 돈만 가져오면 얼마든지 마음에 드는 것으로 줄 테니까. 외상이라면 진저리가 나요. 얼마나 받기 어려운지, 원!"

이렇게 되어 구두장이는 겨우 수선비 20코페이카와 어느 집에서 낡은 털 장화에 가죽을 대고 수선하는 일을 얻었을 뿐, 헛수고만 하고 그냥 집으로 돌아가게 되었다.

구두장이는 기분이 상하고 힘이 빠져 20코페이카를 몽땅 털어 술을 마시고 양피도 사지 못한 채 집으로 돌아가는 발걸음은 무거웠다.

집을 나설 때에는 좀 추운 것 같았으나 술 한잔을 마시고 나니 모피 외투가 없어도 몸이 따뜻했다. 구두장이는 한 손에 든 지팡이로 얼어붙은 땅을 두드리며 혼잣말로 중얼거렸다.

"술 한잔을 하고 나니 온몸이 후끈거리는군. 가죽옷 따위는 필요 없어. 나란 존재는 귀하지 않은가. 그렇고 말고, 모피 외투쯤 없어도 살아갈 수 있어. 한평생 그런 것은 필요 없어. 그러나 집사람이 가만히 있지 않을 텐데 이 일을 어떻게 하지? 나는 죽을힘을 다해 일을 하는데, 언제나 남편을 무시한단 말이야.

그래, 저 사람들이 이번에도 돈을 가져오지 않으면 그놈의 모자라도 빼앗아 버리자. 암, 그렇게 하고말고. 그런데 이 무슨 짓들인가? 고작 20코페이카를 주다니! 이걸 가지고 무얼 하란 말이지? 기껏해야 술 한잔 마시면 그만인걸.

네놈들은 어렵다고 엄살을 부리지만, 나는 더욱 죽을 지경이야. 너희들은 집도 있고, 가죽도 있고, 그 외에도 가진 것이 많지만, 나는 고작해야 이

낡은 외투뿐이야.

너희들은 농사를 지어 빵을 얻지만, 나는 모두 돈을 내고 사야 해. 어떻게 해서라도 1주일에 3루블은 빵값으로 치러야 해. 아! 집에 가면 빵도 없을 텐데. 지금 당장 1루블 반은 있어야 해. 이런 형편이니 너희들은 내 돈을 갚아 주어야 하겠어.”

이렇게 중얼거리면서 구두장이는 길모퉁이의 교회 근처까지 왔다. 그때 교회 뒤에서 무엇인가 흐릿한 물체가 보였다. 이미 날이 어두워졌기 때문에 구두장이는 눈을 크게 뜨고 자세히 바라보았다. 그러나 그것이 무엇인지 분간할 수가 없었다.

“여기에는 저런 돌 같은 것은 없었지. 그러면 가축인가? 짐승 같지는 않은데, 머리는 사람 같아 보이는데, 너무 하얗군. 사람이라면 이런 데 있을 리가 없지.”

구두장이는 좀 더 가까이 가보았다. 그때야 똑똑히 보였다. 그런데 이게 웬일인가!

그 물체는 사람이 분명한데 죽었는지 살았는지 벌거숭이 알몸으로 그 차디찬 교회 벽에 기댄 채 꼼짝도 하지 않고 서 있었다.

순간 무서운 생각이 들었다.

‘아마도 나쁜 놈들이 저 사람을 죽인 뒤 옷가지를 벗기고 여기에다 버린 것이 틀림없다. 그렇다면, 내가 가까이서 꾸물대고 있다가는 나중에 무슨 봉변을 당할지 모른다.’

그래서 그는 그 옆을 황급히 지나쳐 갔다. 교회 모퉁이를 돌아서니 그 사람이 보이지 않았다. 교회를 지나 한참을 가다가 뒤를 돌아다보니 사나이는 벽에 기대서 몸을 일으켜 움직이고 있었다.

무슨 동정을 살피고 있는 것 같았다. 구두장이는 더욱 겁이 나서 이상한 생각이 들었다.

'가까이 가볼까? 아니면 모른 채 지나가 버릴까? 만일 가까이 갔다가 무슨 봉변이라도 당할지 몰라. 저놈의 정체를 모르지 않은가? 좋은 일을 하고서야 이곳까지 왔을 리가 없고, 곁에 다가가면 갑자기 달려들어 내 목을 졸라 죽일지도 몰라.

어쩌면 목을 졸라 죽이지는 않더라도 귀찮은 일을 당할 거는 뻔하지. 저 사나이는 분명히 알몸인 데, 내가 입고 있는 옷을 몽땅 벗어 줄 수도 없는 거고. 아! 하나님, 제발 무사히 지나가게 도와주소서.'

그렇게 생각하고 구두장이는 발걸음을 재촉했다. 교회를 거의 다 지나가게 되자, 드디어 양심의 소리가 들리기 시작했다. 그래서 구두장이는 걸음을 멈추었다.

'세몬, 너는 무엇을 망설이는 거야? 사람이 저렇게 당장 죽어가고 있는데, 너는 겁을 먹고 못 본 채 슬그머니 도망치려 하다니. 네가 대단한 부자인가? 빼앗길 물건이라도 있단 말인가? 그런 행동은 하나님을 거역하는 것이다. 세몬!'

결국 구두장이 세몬은 발길을 돌려 그 사나이에게 다가갔다.

세몬이 그 사나이에게 가까이 다가가서 자세히 살펴보니, 그는 젊고 힘도 있을 듯 생겼고, 몸에는 아무런 상처가 없었다. 그러나 추위 때문에 몸이 얼어붙어 말을 잘 듣지 못하는 모양이었다.

그는 벽에 기댄 채 세몬 쪽을 보려고도 하지 않았다. 너무 지친 나머지 눈을 들어 쳐다볼 수 없는 형편에 이르러 있었다. 세몬이 가까이 다가가자 그제야 고개를 들어 그를 바라보았다.

사나이의 눈과 세몬의 눈이 마주치자, 사나이에 대한 동정이 솟아났다. 그래서 손에 들었던 털 장화를 땅바닥에 집어 던지고, 허리띠를 풀어 장화

위에 놓고, 긴 외투까지 벗었다.

"이렇게 있으면 어떻게 되는지 알아요? 빨리 이것을 입어요."

세몬은 양팔로 사나이를 부축하여 일으켜 세웠다. 그는 겨우 일어났다. 일으켜 세워놓고 살펴보니 키도 헌칠하고, 몸과 손도 깨끗하고, 얼굴도 잘생긴 귀공자 모양의 젊은이였다.

세몬이 그의 어깨에 긴 외투를 걸쳐 주었으나 팔이 소매에 잘 끼워지지 않았다. 겨우 소매를 끼워주고, 옷깃을 이리저리 당겨 허리띠까지 매어 주었다.

세몬은 자기가 쓰고 있던 헌 모자까지 벗어 떨고 있는 젊은이에게 씌워 주려 했으나, 모두 벗어 주고 나니 머리가 썰렁하여 다시 모자를 썼다.

'나는 머리가 벗겨져 있으나 이 젊은이는 머리숱이 많으니까, 모자보다는 장화를 신겨 주는 것이 훨씬 좋겠군.'

구두장이 세몬은 젊은이를 다시 자리에 앉히고 털 장화를 신도록 했다. 그러고 나서 말했다.

"됐어. 이제 일어서서 움직여야 몸이 녹지. 그다음은 내가 거들지 않아도 잘할 거야. 그런데 걸을 수 있겠나?"

사나이는 일어나서 감격한 표정으로 세몬을 바라보았으나, 아무 말이 없었다.

"젊은이, 왜 아무 말을 하지 않는 거요? 이런 곳에서 겨울을 날 셈인가? 날씨가 추우니 빨리 집으로 가야지. 걸을 힘이 없는가? 자, 여기 내 지팡이가 있으니, 이것을 짚고 걸어봐요."

그러자 사나이는 걷기 시작했다. 별로 힘들지 않게 잘 걸었다. 두 사람이 걷기 시작했을 때, 세몬이 말을 걸었다.

"젊은이는 대체 어디서 왔는가?"

“나는 이 고장에서 사는 사람이 아닙니다.”

“이 고장 사람이라면 내가 다 알지. 그런데 왜 이런 곳까지 왔나?”

“그 이유는 말씀드릴 수 없습니다.”

“분명 어떤 못된 놈들에게 봉변당했겠지.”

“아닙니다. 그 누구도 나를 해치지 못합니다. 나는 하나님의 벌을 받은 자입니다.”

“물론 모든 것은 다 하나님의 뜻인 줄 알고 있지. 그러나 이제 어디라도 가서 쉬어야 할 것이 아닌가? 그럼, 자네는 어디로 갈 작정인가?”

“갈 곳이 없습니다. 저는 어디든 마찬가지입니다.”

세몬은 다시 놀랐다. 젊은이는 불량한 사람은 아닌 것 같았고 말씨도 공손한데, 자세한 내막은 말하지 않았다. 세몬은 마음속으로 생각했다.

‘세상에는 말 못 할 사정도 있지.’

세몬은 젊은이에게 말했다.

“그러면 우리 집으로 같이 가는 것이 좋겠군. 몸을 녹이면 정신도 날 테니까.”

세몬은 집을 향해 걸음을 빨리했다. 이 낯선 젊은이도 조금도 뒤처지지 않고 잘 따라왔다.

찬 겨울바람이 세몬의 내의 속으로 파고들었다. 술이 점차 깨면서 추위를 느끼기 시작했다. 세몬은 코를 실룩거리며 속옷 자락을 여미면서 은근히 걱정되었다.

‘아니, 모피는 어찌 되었고 양가죽을 사러 간 사람이 외투도 없이 돌아오니, 게다가 벌거숭이 사나이까지 데리고 왔으니, 아내 마트료나가 화를 낼 것이 분명했다.’

아내 마트료나 생각을 하자, 세몬의 마음이 갑자기 침울해졌다. 그러나 옆에 함께 걷고 있는 낯선 사나이를 바라보았다.

교회 벽 모퉁이에서 처음 보았을 때, 그의 모습을 생각하자 다시 마음이 유쾌해졌다.

세몬의 아내 마트료나는 서둘러 집안일을 끝냈다. 장작을 쪼개고 물을 길어온 다음, 아이들과 함께 저녁 식사를 마치고 나서 잠시 생각에 잠겼다.

빵은 언제 굽는 것이 좋을까, 저녁에 할까, 내일 아침에 할까, 여러 가지를 궁리하고 있었다.

'남편 세몬이 밖에서 저녁을 먹고 들어오면, 저녁은 이것으로 충분하고, 내일 아침 식사 끼니도 이것으로 해결되겠지.'

마트료나는 큰 빵 조각을 만지며 궁리하고 있었다.

'오늘 저녁에는 빵을 굽지 않아도 되겠다. 밀가루도 조금밖에 없으니, 이것으로 금요일까지 먹도록 하자.'

그녀는 빵 굽는 일을 그만두기로 하고 남편의 옷을 깁기 시작했다. 바느질을 하면서 남편이 어떤 양피를 사 올 것인가 즐거운 생각을 하고 있었다.

'모피 장사에게 속아넘어가지는 말아야 할 텐데. 그이는 사람이 워낙 좋아서 믿을 수가 없어. 성격상 절대로 남을 속이지 못하는데, 어떻게 남들한테는 잘 속아넘어가는지.

8루블이라면 적은 액수는 아니니까, 그만한 돈이면 좋은 외투를 살 수 있을 거야. 지난겨울에는 모피 외투가 없어서 얼마나 고생했는가! 냇가에도 못 나가고 들에도 못 나갔었지. 오늘만 해도 그랬어. 그이가 옷이란 옷은 모두 껴입고 나가버리니, 나는 입을 옷조차 없잖아.

그런데 왜 이렇게 늦을까? 돌아올 시간이 지났는데. 혹시 이 양반이 그 돈으로 술을 퍼먹고 있는 것은 아니겠지?'

마트료나가 그런 생각을 하고 있을 때 출입문의 계단이 삐걱거리는 소리가 나면서 누군가가 들어오는 소리가 났다. 마트료나는 바늘을 옷감에 꽂아놓고 문밖으로 나가보니 두 사나이가 들어오는 것이었다.

남편 곁에는 생전 보지도 못한 젊은 사내가 털 장화를 신고 모자도 없이 서 있었다. 그녀는 남편이 술을 마셨다는 것을 알아차렸다.

"그러면 그렇지, 또 술을 마시고 왔군."

남편을 다시 쳐다보니 긴 외투도 입지 않고, 속옷 차림에다 손에는 아무것도 가진 것이 없이 빈손으로 서 있었다.

마트료나는 화가 머리끝까지 치밀어올랐다.

"그 돈으로 모두 마셔 버린 거야? 형편없는 이런 건달하고 잔뜩 술을 마시고 또 집에까지 끌고 왔군."

마트료나는 두 사람 뒤로 따라 들어가다가 이 낯선 젊은이가 입고 있는 외투가, 바로 남편이 입고 나간 것임을 알았다.

외투 속에는 내의도 입은 것 같지 않았고, 모자도 쓰고 있지 않았다.

방 안에 들어온 젊은이는 앉지도 않고 그냥 선 채로 고개도 들지 않았다.

그래서 마트료나는 분명히 이 사람은 무슨 나쁜 짓을 저질러 겁을 먹고 있으리라고 생각했다.

마트료나는 화가 난 얼굴을 하고 난로 가로 물러나서 두 사람의 동정만 살피고 있었다. 세몬은 모자를 벗고 아무렇지도 않다는 듯이 태연하게 의자에 걸터앉았다.

"여보, 왜 그러고 있어? 저녁 준비를 해야지."

그러자 마트료나는 아무 대꾸도 하지 않고 난로 옆에 그대로 서서 두 사람의 눈치를 살피고 있을 뿐이었다.

세몬은 아내가 화가 난 원인을 알았다는 듯이 사나이의 손을 잡고 힘없이 말했다.

"이보게 앉아요. 저녁 식사를 해야지."

그러자 낯선 사나이는 말없이 의자에 앉았다.

"그래, 저녁 준비가 안 되었는가?"

마트료나는 마침내 분통을 터뜨렸다.

"안 되긴 왜 안 돼요? 준비는 했죠. 그러나 당신을 위해 준비한 건 아니에요. 그 꼴을 보니 당신은 염치도 없이 또 술을 퍼마셨군요. 모피 외투를 사러 간다던 사람이 외투도 없이 빈손으로 돌아오고 그것도 모자라 건달까지 집에 데려오다니! 나는 당신 같은 주정뱅이에게 줄 음식은 없어요."

"그만해요, 마트료나. 무슨 영문인지 모르면서 함부로 화를 내면 못 써요. 그렇게 화를 내기 전에 오늘 어떤 일이 있었는지 알아보는 것이 도리가 아니오?"

세몬은 긴 외투 주머니 속에서 돈을 꺼내어 아내에게 내밀었다.

"돈은 여기 그대로 있소. 도리포노프는 오늘은 돈이 없다면서, 내일은 꼭 주겠다고 약속했소."

마트료나는 더욱 화가 치밀어올랐다.

이건 무슨 일인가? 사 오겠다던 외투는 사 오지 않고, 도리어 하나밖에 없는 외투를 전혀 모르는 낯선 사내에게 입혀 함께 오다니. 그녀는 탁자 위에 놓인 돈을 챙기면서 말했다.

"저녁은 없어요. 벌거숭이 주정뱅이에게까지 신경을 쓸 겨를이 없어요."

"이봐, 마트료나. 말을 조심해요. 우리 사정도 들어봐야지."

"당신 같은 주정뱅이에게 무슨 말을 더 들어요? 사실 나는, 당신 같은 얼간이 사내와 결혼한 것을 후회할 생각이 없었어요. 더구나 어머니가 주신 것들을 늘 술값으로 다 없애 버리고, 오늘은 양피를 사러 간다더니, 그 돈마저 다 술을 퍼마시고 오는군요."

세몬은 아내에게 자기가 마신 것은 고작 20코페이카 밖에 안 되며, 이 젊은이를 데리고 온 경위에 대해서 열심히 사실대로 설명하려고 했으나, 마트료나는 그가 한마디도 하지 못하게 하고, 말을 가로막고는 쉴 새 없이 악담을 퍼부어 댔다.

그녀는 10년 전의 일까지 들추어 계속 분풀이를 해댔다. 그뿐만 아니라, 그녀는 세몬에게 달려들어 그의 옷소매를 붙잡고 사정없이 흔들어댔다.

"내 옷을 내놔요. 하나밖에 없는 내 옷을 빼앗아 입고는 염치도 좋지. 빨리 벗어요. 정말 못난 인간 같으니라고. 차라리 당신 같은 사람은 죽어 버리는 게 나아요"

세몬이 옷을 벗으려고 하자, 마트료나가 덤벼들어 옷을 잡아당기는 바람에 옷의 실밥이 터졌다.

마트료나는 옷을 빼앗아 입고 문 쪽으로 나가려다가 문득 걸음을 멈췄다. 기분은 매우 상했지만, 남편이 데리고 온 이 낯선 젊은 남자가 도대체, 어떤 사람인지 알고 싶은 충동이 일어났다.

마트료나는 언성을 낮추며 말했다.

"정말 사람이 모자라지 않았다면, 이렇게 벌거숭이로 있을 리가 없어요. 그런데 이 젊은이는 속옷도 입고 있지 않았어요. 당신과 마찬가지예요. 만일 두 사람이 나쁜 짓을 안 했다면, 어디서 끌고 왔는지, 왜 똑똑히 말을 못 해요?"

"그러니까, 그 말을 하려던 참이었어. 내가 집으로 돌아오는 길에 이 사람이 교회 담 밑에 벌거벗은 몸으로 쭈그리고 앉아 있었는데, 얼어 죽을 정도였어요.

글쎄, 여름철도 아닌데 알몸으로 떨고 있잖겠소. 정말 하나님이 도우신 거요. 내가 그리로 지나갔으니까 망정이지, 그렇지 않았다면 영락없이 죽고 말았을 거요. 사람이 살다 보면, 언제 무슨 일을 당할지 알 수 없는 거요. 그래서 내 외투를 입히고 집에까지 데려왔지.

마트료나, 이제 당신도 마음을 가라앉히고 이 사람의 처지를 한번 생각해 봐요. 사람은 누구나 한번은 죽는단 말이오.”

마트료나는 다시 욕설을 퍼부으려 하다가 문득 젊은이를 쳐다보자, 말문이 막혔다. 그는 의자의 맨 끝에 앉아 꼼짝도 하지 않고 죽은 듯이 그림자처럼 앉아 있었다.

두 손은 무릎 위에 얌전히 올려놓고, 고개를 가슴에까지 떨어뜨리고 눈을 감은 채, 마치 무엇에 목이 졸리듯 얼굴을 일그러뜨리고 있었다.

세묜은 아내가 입을 다물고 조용했기 때문에 다시 입을 열었다.

“마트료나, 당신에게는 하나님도 없단 말이오?”

마트료나는 이 말을 듣고 다시 한번 젊은이를 쳐다보았다. 그 순간 그녀의 기분이 차츰 가라앉기 시작했다.

그녀는 문가에서 몸을 돌려 난로가 놓인 한쪽 구석으로 가서 서둘러 저녁 준비를 시작했다. 탁자 위에 잔을 놓고 코바스를 따르고 남은 빵을 내놓으며, 그들에게 말했다.

“자, 어서들 식사하세요.”

세묜은 젊은이를 식탁으로 데리고 갔다.

“식탁에 앉아요.”

세묜은 큰 빵을 잘게 잘라서 둘이 먹기 시작했다. 마트료나는 탁자 한쪽에서 한 손으로 턱을 받히고 낯선 젊은이를 관찰하듯 바라보았다.

그러자 다트료나는 이 젊은이가 불쌍하게 생각되어 계속 돌보아주고 싶은 마음이 들었다.

그때 젊은이는 갑자기 밝은 표정으로 변하며 일그러진 얼굴을 펴면서 마트료나 쪽으로 눈길을 돌리며 싱긋 웃었다.

그들이 식사를 마치자, 마트료나는 식탁을 치운 다음, 그 낯선 젊은이에게 물었다.

"도대체 당신은 어디서 왔어요?"

"저는 이 지방에 사는 사람이 아닙니다."

"그러면 왜 그런 곳에 있었어요?"

"그 사정은 말할 수가 없습니다."

"길에서 강도라도 만났단 말인가요?"

"아닙니다. 나는 하나님께 벌을 받았습니다."

"그래서 그렇게 벌거벗은 몸으로 쭈그리고 있었어요?"

"네, 그래서 알몸으로 앉아 있다가 얼어 죽을 뻔했지요. 그것을 보고 주인 양반이 저를 불쌍히 생각하여 외투를 벗어 입히고, 털 장화를 신겨 여기까지 데리고 온 것이지요. 두 분께서는 틀림없이 하나님의 은총을 받으실 겁니다."

마트료나는 자리에서 일어나 방금 기워놓았던 세몬의 낡은 내의를 그 젊은이에게 주었다. 그리고 바지도 찾아서 건네주었다.

"아니 젊은이는 내의도 없잖아. 자, 이것을 입고 아무 데나 마음에 드는 곳에서 주무세요."

젊은이는 외투를 벗고 내의를 입은 다음, 침대에 누웠다. 마트료나는 등불을 들고 외투를 집어 남편 곁으로 갔다.

마트료나는 외투 자락을 덮고 눕긴 했으나 좀체 잠이 오지 않았다. 낯선 남자의 일이 머릿속을 떠나지 않았기 때문이다.

그 젊은이가 마지막 남은 빵을 모두 먹었으니, 내일 아침 먹을 빵이 없다는 것과, 내의와 바지까지 줘 버렸으니 여간 아쉬운 생각이 들지 않을 수 없었다. 그러나 젊은이가 조용히 웃던 모습을 생각하니 가슴이 뭉클해지는 것이었다.

마트료나는 오랫동안 잠을 이룰 수가 없었다.

세몬 역시 잠을 자지 못하고 외투 자락을 잡아당기고 있었다. 그때 그녀가 말을 걸었다.

"남은 빵을 다 먹어 버렸는데, 내일 먹을 것을 준비해 두지 못했으니 어떻게 하면 좋지요? 이웃집에 가서 좀 꾸어올까요?"

"그래, 그게 좋겠군. 어쨌든 굶기야 하겠소"

그녀는 누워서 말했다.

"분명 저 사람은 나쁜 사람이 아닌 것 같은데. 왜 자기 신분을 밝히지 않지요?"

"글쎄, 말 못 할 사정이라도 있겠지."

"세몬!"

"왜?"

"우리는 남을 도와주는데, 왜 남들은 우리를 도와주지 않지요?"

세몬은 대답할 말이 없었다.

"그런 생각을 해 봐야, 무슨 소용이 있어."

라고 말한 뒤 돌아누웠다. 그리고 곧 잠이 들었다.

다음 날 아침, 세몬은 일찍 잠에서 깨었다. 아이들이 일어나기 전에 마트료나는 이웃집에 빵을 꾸러 갔다.

어젯밤에 데리고 온 젊은이는 낡은 셔츠를 입고 속바지를 입은 채 의자에 앉아 천장만 바라보고 있었다. 그렇게 앉아 있는 모습이 어제보다 한결

밝아 보였다.

"어이, 젊은이! 배속에서는 먹을 걸 찾고, 몸에는 입을 것이 있어야 하니 벌이를 해야 하지 않겠나. 자네는 무슨 일을 할 줄 아나?"

"저는 아무것도 할 줄 모릅니다."

세몬은 뜻밖의 대답에 깜짝 놀랐다.

"그래도 하겠다는 마음만 있으면 돼. 사람이란 무엇이나 배우면 할 수 있는 거야."

"그렇지요. 모두 일을 하니까, 저도 하겠습니다."

"그런데 자네 이름은 무엇이라고 하는가?"

"미하일이라고 합니다."

"이봐, 미하일! 자네는 자기에 대해서 말하고 싶지 않으니, 그건 아무래도 좋아. 굳이 우리가 알아야 할 이유는 없으니까. 그러나 자기 몫은 해야 해. 내가 시키는 일을 하겠다면, 우리 집에 있어도 좋아. 괜찮은가?"

"감사합니다. 열심히 배워 익히겠습니다. 무슨 일이든 가르쳐 주십시오."

세몬은 실을 손가락에 감고 꼬기 시작했다.

"별로 어려운 것은 아니야. 잘 보게."

미하일은 그것을 자세히 들여다보더니 쉽게 익혀서 손가락으로 실을 꼬았다.

세몬은 다시 꼰 실을 꿰는 법도 가르쳤고, 가죽을 맞추는 일, 또는 돼지털을 꿰매는 일까지 미하일은 쉽게 배웠다.

미하일은 세몬이 어떤 일을 가르쳐도 즉시 터득하여 사흘 만에, 오래전부터 구두 일에 종사한 사람처럼 능숙하게 일을 했다.

일단 일을 시작하면 쉴 새도 없이 일만 하고, 먹는 것은 생각보다 양이 적었다. 한가할 때도 말하거나 웃는 일도 없으며, 좀체 밖으로 나가는 일도 없었다.

미하일이 유일하게 웃었던 적은 마트료나가 그를 위해 저녁 식사를 준비하던 첫 번째 만남의 순간이었다.

그로부터 하루가 지나고, 1주일이 가고, 또 그렇게 해서, 어느덧 1년이란 세월이 흘렀다.

미하일은 여전히 세몬의 집에서 부지런히 일을 했는데, 구두장이 직공으로서 점점 인기가 높아져 미하일만큼 튼튼하고 멋있는 구두를 짓는 사람은 없다고 소문이 퍼졌다. 그러자 이웃 마을에서까지 주문이 밀려들어서 수입은 점점 늘어갔다.

겨울철이 접어든 어느 날이었다.

세몬과 미하일이 마주 앉아 열심히 일을 하고 있는데, 방울 소리가 요란하게 들려오더니 집 앞에 삼두마차가 멈춰 섰다.

창문으로 내다보니 마차가 집 앞에 멈추고, 젊은 사람이 마부석에서 뛰어내려 마차의 문을 열었다. 그러자 마차 안에서 모피 외투를 입은 한 점잖은 신사가 모습을 드러냈다.

마차에서 내리자, 세몬의 구둣방을 향해 걸어왔다. 신사가 문 앞에 이르자 마트료나가 달려 나가 문을 열었다. 신사는 허리를 꾸부리고 들어와 다시 허리를 폈는데, 아주 키가 커서 머리가 천장에 닿을 정도이고, 몸집도 방 안을 채울 만큼 우람했다.

세몬은 일어나 인사를 하면서 신사의 거구에 어안이 벙벙했다. 이제까지 이렇게 큰 사람은 본 일이 없었기 때문이다. 세몬은 몸이 마르고 키가 호리호리한 체격이었다.

미하일 역시 깡마른 편이며, 마트료나도 나무처럼 삐쩍 말랐다. 그런데 이 신사는 딴 세상에서 온 것처럼 얼굴은 붉고 윤기가 돌며, 목은 황소처럼 굵은 것이 마치 몸 전체는 무쇠로 뭉쳐진 것 같았다.

신사는 숨을 크게 숨을 내쉬더니 외투를 벗은 후 의자에 앉아서 물었다.

"이 가게 주인은 어느 쪽인가?"

세몬이 나서며 말했다.

"네, 제가 주인입니다. 나으리."

그러자 신사는 큰 소리로 젊은 하인에게 말했다.

"페치키, 그것을 이리 가져와."

젊은 마부가 달려가서 무슨 꾸러미를 가져왔다. 신사는 그것을 탁자 위에 놓더니 젊은이에게 명령했다.

"풀어라."

젊은이가 보따리를 풀었다. 가죽이었다. 신사는 가죽을 손가락으로 가리키며 말했다.

"주인 양반, 이 가죽이 어떤 가죽인 줄 알겠나?"

"네, 알겠습니다."

"이봐, 이 가죽을 정말 안단 말이지?"

세몬이 가죽을 만져 보며 말했다.

"아주 좋은 물건입니다."

"그야 물론 좋은 가죽이지. 자네 같은 친구는 한 번도 보지 못했을걸. 독일제 가죽인데, 20루블이나 주었지."

세몬은 떨리는 목소리로 말했다.

"저 같은 놈은 구경도 못 했습니다."

"그야 그렇겠지. 그러면 이 가죽으로 내 발에 맞는 구두를 지을 수 있겠는가?"

"네, 지을 수 있습니다."

그러나 신사는 갑자기 큰 소리로 말했다.

"지을 수 있다고! 자네는 먼저 누구의 구두를 짓는지, 어떤 가죽으로 짓는지 똑똑히 알아야 해. 나는 1년을 신어도 찢어지지 않고 모양이 찌그러지지 않는 완전한 구두를 원한단 말일세. 그러니까 자신이 있으면 맡아서 재단하고, 그렇지 않으면 아예 처음부터 손을 안 대는 것이 좋아.

미리 말해 두지만, 구두가 1년이 못 되어 찢어지거나 찌그러지는 날에는 자네를 감옥에 보낼 것이야. 그러나 1년이 지나도 이상이 없으면 공임으로 10루블을 주지. 어때? 장담할 수 있나?"

세몬은 은근히 겁이 나서 대답을 못 하고 미하일 쪽을 바라보았다. 그리고 미하일의 옆구리를 찌르면서 상의했다.

"이봐, 미하일! 어떻게 하지?"

미하일은 그 일을 맡으라는 뜻으로 고개를 약간 끄덕였다. 세몬은 미하일의 뜻에 따라 신사의 주문을 받아들여 1년을 신어도 찢어지지 않는 구두를 만들기로 약속했다.

신사는 젊은이를 불러 왼쪽 신발을 벗기게 하고, 다리를 쭉 내밀었다.

"그럼, 치수를 재게."

세몬은 한 자 이상 되는 종이를 붙여 자리를 펴고, 무릎을 꿇고 앉아 신사의 양말을 더럽히지 않게 손을 닦은 뒤 종이를 가지고 치수를 재기 시작했다.

세몬은 먼저 발바닥을 재고 발등 높이를 잰 다음 종아리를 재려고 했으나 종이 끝이 닿지 않았다. 신사의 종아리가 통나무처럼 굵은 것이다.

"잘해. 발목이 아프지 않게 주의해."

세몬은 다른 종이를 덧붙였다. 신사는 의젓하게 앉은 채 양말 속의 발가락을 움직이면서 주위를 살펴보다가 미하일을 보았다.

“저 사람은 누군가?”

“저 사람은 우리 가게 직공인데, 그가 나으리의 신발을 짓게 됩니다.”

신사는 미하일에게 말했다.

“분명히 알아두라고. 1년 동안 끄떡없는 구두를 만들어야 해.”

세몬은 미하일을 바라보았다. 그런데 미하일은 신사의 얼굴은 보지도 않고, 뭔가의 한구석을 바라보고 있었다. 마치 누군가를 알아내려고 살피는 표정이었다.

미하일은 한참 동안 그런 모습으로 있었다. 그러다가 갑자기 싱긋 웃더니 얼굴 전체가 환하게 밝아졌다.

“너는 무엇을 보고 싱글거리고 있어? 이 바보 같은 녀석아! 정신 차려서 기한 내에 구두를 만들어낼 생각은 하지 않고서 말이야.”

그러자 미하일이 대답했다.

“네, 꼭 기한 내에 만들어 놓겠습니다.”

“그래. 그럼 됐어.”

신사는 구두를 신고 모피 외투를 입은 후 문 쪽으로 걸어갔다. 문을 나설 때 허리를 굽히지 않았기 때문에 이마를 세게 부딪혔다.

신사는 화를 내며 분통을 터뜨리더니 이마를 문지르며 마차를 타고 떠났다. 신사가 사라지자, 세몬이 말했다.

“정말 어마어마한 분이야. 저 정도면 도끼로도 넘어뜨리지 못하겠는데, 온 방이 흔들릴 정도로 부딪혔는데, 별로 아프지 않은 표정이네.”

마트료나도 가만히 있지 않고 거들었다.

“저토록 호강하고 사는데, 몸이 안 크겠어요. 저렇게 크고 튼튼한 사람에게는 저승사자도 가까이 못 올 거예요.”

세몬이 미하일에게 말했다.

“일을 맡기는 했으나 걱정이군. 만일 잘못되는 날엔 꼼짝없이 감옥에 가는 거야. 가죽은 비싸고 나으리의 성질은 괴팍한데, 만에 하나 실수하는 날엔 큰일이야. 이봐 미하일, 자네는 눈도 밝고 솜씨도 좋으니까 이 치수대로 재단하게. 나는 가죽을 꿰매겠네.”

미하일은 하라는 대로 신사가 가지고 온 가죽을 탁자 위에 놓은 뒤 가위를 가지고 재단하기 시작했다. 마트료나가 미하일 곁으로 가서 그가 재단을 하는 것을 보고 깜짝 놀랐다.

마트료나도 이제는 구두 만드는 일에 상당히 익숙해졌는데, 미하일은 신사가 주문한 모양과는 아주 엉뚱하게 재단하고 있었다. 마트료나는 주의를 주려고 하다가 다시 생각했다.

‘내가 그분의 장화를 어떻게 만들어야 하는지에 대해 잘못 들었는지도 몰라. 미하일이 나보다 더 잘 알고 있겠지. 괜히 참견했다가는 망신만 당할지도 모르지.’

미하일은 재단을 마치고 깁기 시작했는데, 그것은 장화를 만들 때 꿰매는 두 겹 실이 아니고 가벼운 슬리퍼를 만들 때 사용하는 한 겹 실로 꿰매는 것이었다.

마트료나는 그것을 보고 다시 한번 놀랐으나, 역시 아무 말도 하지 않고 지켜만 보았다.

미하일은 조금도 흐트러지지 않고 열심히 꿰매고 있었다.

점심시간이 되어 세몬이 일어나 미하일 쪽을 보니 그 신사가 가져온 가죽으로 슬리퍼를 만들고 있는 것이 아닌가. 세몬은 너무 놀라서 크게 소리를 질렀다.

“아니, 이게 뭐야? 미하일은 우리 집에 1년을 같이 있으면서 한 번도 실수한 적이 없는데, 하필이면 이제 와서 이토록 엄청나게 실수하다니! 나으리는 굽이 있는 장화를 주문하셨는데, 이 사람은 슬리퍼 따위를 만들어 버렸으니, 가죽마저 못 쓰게 됐잖아! 그 나으리께 어떻게 변명한다? 이 비싼 가죽은 구할 수도 없는데, 이 일을 어떻게 하면 좋단 말인가!"

그래서 미하일에게 물었다.

"여보게, 미하일! 그게 무슨 짓인가? 아니 나를 영 죽일 작정인가? 이래서야 감옥밖에 더 가겠는가? 나으리는 장화를 주문했는데, 도대체 무엇을 만들어 놓았는가?"

세몬이 너무 기가 막혀 꾸중하고 있는데, 밖에서 소리가 나더니, 누군가가 문을 두드렸다.

두 사람이 창문을 내다보니 누가 말을 타고 와서 문 앞에 서 있었다. 문 가까이 가보니 조금 전에 그 신사와 왔던 젊은 하인이었다.

"안녕하세요?"

"예, 어서 오세요. 무슨 일로?"

"실은 방금 주문했던 장화 때문에 마님의 심부름을 왔습니다."

"장화 때문이라뇨?"

"장화가 이제는 필요 없게 되었습니다. 조금 전에 나으리께서 갑자기 돌아가셨습니다."

"네?"

"여기를 나와 댁으로 돌아가는 도중에 마차 안에서 돌아가셨습니다. 마차가 집에 도착하여 내려드리려고 가까이 가보니 나으리께서 굳어 있지 않겠습니까? 돌아가신 거죠. 마차에서 겨우 끌어내었습니다.

그래서 마님은 나를 이곳으로 보내면서, '방금 나으리께서 주문하신 장화는 이제 필요 없으니, 그 가죽으로 죽은 사람에게 신기는 슬리퍼를 만들어 오라'고 하셨습니다. 그래서 이렇게 급히 달려왔습니다."

미하일은 탁자 위에서 남은 가죽을 모아서 둘둘 말아서 묶고, 다 된 슬리퍼를 툭툭 털어 앞치마로 곱게 닦아서 젊은 하인에게 건네주었다. 젊은이는 슬리퍼를 받아 들고 돌아갔다.

다시 1년이 지나고 2년이 지나, 미하일이 세몬의 집에 머문 지가 벌써 6년이 되었다. 그래도 여전히 어디를 가는 일도 없었고, 쓸데없는 말은 한마디도 안 했다.

그동안 그가 웃었던 일은 두 번 있었는데, 한 번은 마트료나가 저녁 식사를 준비하고 있을 때, 서로 얼굴을 마주치는 순간이었고, 또 한 번은 장화를 주문하러 왔던 신사를 보았을 때였다.

세몬은 자기 직공에 대해서 만족하고 대견스럽게 생각하고 있었다. 그는 이제 어디서 왔느냐고 묻지도 않았고, 혹시 미하일이 떠나지 않을까 그것만 걱정하고 있었다.

어느 날, 온 식구가 집 안에 모여 있었다. 마트료나는 냄비를 화덕에 올려놓고 음식을 만들고 있었고, 아이들은 의자를 넘어 다니며 장난질을 하기도 하고, 창밖을 내다보기도 했다.

세몬은 창가에서 열심히 구두를 꿰매고 있었고, 미하일은 다른 창가에서 구두 뒤꿈치를 만들고 있었다.

그때 사내아이가 의자를 넘어 미하일에게 와서 어깨를 흔들면서 말했다.

"미하일 아저씨, 저것 좀 보세요. 어떤 아주머니가 여자아이 둘을 데리고 이리로 오는 것 같아요. 그런데 한 아이는 절름발이야!"

사내아이가 말하자, 미하일은 하던 일을 멈추고 창밖으로 고개를 돌리고 유심히 바라보았다. 그때 세몬은 미하일의 태도에 놀랐다.

지금까지 창밖을 내다보거나 한눈을 파는 일이 없었는데, 오늘따라 창에 얼굴을 바짝 붙이고, 무엇에인가 정신없이 눈길을 보내고 있지 않은가.

세몬도 이상해서 하던 일도 멈추고 창밖을 내다보니 정숙한 옷차림을 한 여자가 자기 집을 향해 오고 있었다. 모피 외투를 입고 목에는 목도리를 두른 채 여자아이들의 손을 잡고 있었다.

여자아이들은 얼굴이 너무나 똑같이 닮아 분간할 수가 없었다. 그런데 한 아이는 다리를 절고 있었다.

여인은 층계를 올라와 문을 연 다음 두 여자아이를 먼저 들여보내고 자기도 따라 안으로 들어왔다.

"안녕하세요?"

"어서 오십시오. 무슨 일로 오셨습니까?"

여인은 탁자 옆에 앉았다. 두 여자아이는 그녀의 무릎에 기댔는데, 낯선 사람으로 인해 낯설어하는 눈치였다.

"이 아이들이 봄에 신을 수 있는 구두를 맞추려고 합니다."

"아, 그래요. 우리는 그렇게 작은 구두를 만들어 본 일은 없지만 만들 수는 있습니다. 겉에 장식한 것도 있고, 안에 천을 댄 것도 있는데, 어느 것으로 할까요? 이 미하일이란 사람은 아주 솜씨가 좋답니다."

세몬은 그렇게 말하면서 미하일을 돌아다보니, 그는 하던 일을 멈추고 여자아이에게서 눈을 떼지 못하고 있었다.

세몬은 그의 그런 태도에 깜짝 놀랐다. 사실 두 아이는 깜찍한 만큼 똑똑한 얼굴이었다.

눈은 새까맣고, 두 뺨은 포동포동하고 볼그스레하며, 모피 외투를 입고 있었고, 목에는 비싼 목도리를 두르고 있었다.

그렇지만 미하일이 왜 저렇게 이 아이들에게 정신을 뺏기고 있는지, 도저히 이해할 수가 없었다.

마치 오랫동안 헤어졌던 친구를 만난 것처럼 말이다.

세몬은 이상하게 생각하면서도 돌아서서 여인과 값을 흥정하고 아이들의 발 치수를 재려고 하였다.

여자는 다리가 불편한 아이를 무릎에 앉혀 놓으면서 말했다.

"미안하지만 이 아이의 치수는 두 가지로 재야 합니다. 불편한 발을 먼저 재서 한 짝을 만들고, 이쪽 발의 치수는 똑같이 세 짝을 만들어 주세요. 둘은 쌍둥이기 때문에 발 치수가 똑같아요."

세몬은 치수를 잰 다음, 다리가 불편한 한 아이를 가리키며 말했다.

"왜 이렇게 되었습니까? 아주 귀여운 아인데, 태어날 때부터 이랬습니까?"

"아닙니다. 애들 어머니가 그만……."

그러자 마트료나가 나섰다. 여자와 두 아이에 대해서 알고 싶은 것이다.

"그럼, 아주머니는 이 아이의 친엄마가 아닌가요?"

"저는 친어머니도 친척도 아닙니다. 아무런 관계가 없지만, 내가 맡아서 기르고 있는 겁니다."

"그런데, 이렇게 훌륭히 키우셨군요."

"네, 내가 낳은 자식은 아니지만, 키우다 보면 정이 들지요. 저는 두 아이를 내 젖으로 키웠어요. 제가 낳은 아이도 있었으나 하나님께서 데려가셨지요. 죽은 제 아이는 별로 불쌍하지 않았는데, 이 아이들은 정말 가여워서 견딜 수가 없어요."

"그러면 이 아이들은 누구의 자식입니까?"

여자는 다음과 같이 이야기했다.

"8년 전의 일입니다. 이 두 아이는 태어난 지 1주일도 못 되어서 고아가 되었어요. 애들 아버지는 이 아이가 태어나기 사흘 전에 죽었고, 엄마는 아이들이 태어난 지 하루도 안 되어서 죽었어요.

저는 남편과 시골에서 농사를 짓고 살았는데, 이 아이들의 부모와는 이웃이었어요. 서로 한식구처럼 살았어요.

이 애들 아버지는 숲속에 들어가 혼자서 일을 하는데, 하루는 큰 나무가 넘어지면서 허리를 다쳤어요. 간신히 집에까지 왔으나 곧 저세상 사람이 되었지요.

그런데 그의 아내는 며칠 후 쌍둥이를 낳았지요. 이 아이들이 바로 그들의 자식입니다. 그러나 워낙 가난한 데다 돌봐 줄 친척도 없어서 해산을 혼자서 하다가 그만 죽은 거예요.

다음 날 아침 제가 어찌 되었나 싶어서 그 집을 갔더니 가엾게도 벌써 싸늘한 시체가 되어 있는 거예요. 그리고 숨이 넘어가는 순간 고통에 몸부림치다가 그만 이 아이를 덮쳐서 한쪽 다리를 못 쓰게 만들었어요.

조금 후에 마을 사람들이 모여들어 시체를 목욕시키고, 옷을 입히고, 관을 짜서 장사를 지냈지요. 모두 친절하고 인정 있는 사람들입니다.

그러나 갓 태어난 아이들이 문제였어요. 정말 난처했어요. 그곳에 모인 사람 중에 젖을 물릴 수 있는 사람은 저 혼자뿐이었어요. 저에게는 그때 태어난 지 겨우 8주밖에 안 되는 아들이 있었어요. 그래서 제가 우선 두 아이를 맡기로 하고 집으로 데려왔지요.

그다음에 마을 사람들이 모여 이 아이들을 어떻게 하는 것이 좋은가 의논했지만, 좋은 방법이 없어, 결국 저는 두 아이를 맡기로 하였습니다.

처음엔 온전한 아이에만 젖을 먹였습니다. 다리가 불편한 아이에게는 아예 줄 생각을 안 했어요. 제 생각으로는 그런 상태에서는 도저히 살 수가 없다고 생각했기 때문이지요. 그러다가 갑자기 불쌍한 생각이 들어 같이 젖을 먹이게 되었어요. 그래서 제 아이와 두 아이를 한꺼번에 젖을 먹여 키웠는데, 다행히도 제가 젊고 기운이 넘치고, 아무거나 잘 먹었기 때문에 가능

했지요.

두 아이에게 동시에 젖을 먹이고 기다리는 동안에 한 아이가 젖을 놓으면 기다리던 아이에게 젖을 주고, 교대로 젖을 주며 아이를 키웠어요.

그런데 하나님의 돌보심으로 이 두 아이는 건강하게 잘 자랐으나, 제가 나은 아이는 2년째 되던 해에 그만 죽고 말았어요. 그 뒤로는 아이를 못 낳게 되었지요.

그 후 살림은 형편은 점점 나아졌고, 남편은 이곳에서 남의 일을 맡아보고 있습니다. 급료도 많아서 불평 없이 살아가고 있습니다. 하지만 제게 아이가 없잖아요. 이 두 아이가 없었다면 저 혼자 얼마나 적적하게 살았겠어요! 제가 이 아이들을 귀여워하는 것은 너무나 당연하지요. 이 아이들은 제게 촛불과 같은 존재입니다.”

여인은 한쪽 다리가 불편한 아이를 끌어안고 한 손으로는 흐르는 눈물을 닦았다.

마트료나는 깊은 한숨을 내쉬며 말했다.

“부모 없는 아이들은 자랄 수 있지만, 하나님 없이는 살아갈 수 없다고 하더니 정말 그런가 봐요.”

세 사람이 그런 이야기를 계속하고 있는데, 미하일이 앉아 있는 구석에서 갑자기 번개 같은 섬광이 비치면서 온 방이 환하게 밝았다.

모두 놀라서 그쪽을 바라보았더니 미하일은 단정히 앉아 두 손을 무릎 위에 올려놓고 하늘을 쳐다보며 밝은 미소로 빙그레 웃고 있었다.

여인이 두 여자아이를 데리고 돌아가자, 미하일은 의자에서 일어나 일감을 탁자 위에 올려놓고 주인 내외에게 공손히 인사하면서 말했다.

“이제 작별을 해야겠습니다. 주인님도 아주머니도 용서하십시오. 하나님이 저를 용서하여 주셨으니 두 분께서도 용서해 주실 줄 믿습니다."

주인 부부가 미하일을 바라보고 있으니, 그에게서 눈부신 광채가 비치고 있었다. 세몬도 일어나 미하일에게 정중하게 인사를 했다.

"미하일, 이제 보니 자네는 보통 사람이 아닌 것 같은데, 자네를 붙잡을 수도 없고, 그동안 궁금했던 일을 일일이 캐물을 수도 없네. 그러나 꼭 한 가지만은 알고 싶네.

내가 자네를 처음 집에 데리고 왔을 때는 매우 침울한 표정을 짓고 있었는데, 내 아내가 저녁 준비를 하자, 자네는 빙긋 웃으며 밝은 표정으로 변했는데, 무슨 이유로 그랬는가?

또 거인 신사가 장화를 주문했을 때, 자네는 웃으면서 밝은 표정을 지었는데, 이번에는 저 부인이 여자아이들을 데리고 왔을 때도 똑같이 미소 지었네. 그리고 온몸에 밝은 빛이 비쳤는데, 어째서 자네에게서 밝은 빛이 나며, 왜 세 번 밝게 웃음을 띠었는지, 그 이유만이라도 알려 줄 수 있겠나?"

그러자 미하일은 비로소 말을 시작했다.

"제 몸에서 빛이 나는 것은 다름이 아니라, 저는 지금까지 하나님의 벌을 받고 있었습니다. 오늘에야 비로소 용서받았습니다.

또 세 번 웃은 것은 하나님께서 말씀하신 세 가지 진리를 깨달았기 때문입니다. 한 가지 말씀은 아주머니께서 저를 가련하다고 느껴 보살펴 줄 마음이 생겼을 때 깨달음이 있어서 웃었고, 또 한 가지 말씀은 거인 부자가 장화를 주문했을 때 알게 되어 두 번째 웃었고, 방금 두 아이를 보았을 때 마지막 세 번째의 말씀을 깨닫게 되어 웃었던 것입니다."

세몬은 다시 물었다.

"미하일. 어째서 하나님은 자네에게 벌을 내리셨는가? 그리고 자네가 알았다는 하나님의 세 가지 말씀은 대체 무엇인가? 궁금하니 좀 들려주겠나."

미하일은 조용한 목소리로 대답했다.

"제가 하나님께 벌을 받은 것은 말씀을 거역했기 때문입니다. 저는 원래 천사였는데, 하나님의 명령을 어겼습니다. 저는 지금 말씀드린 바와 같이, 천사였습니다.

어느 날 하나님은 저에게 한 여인의 영혼을 빼앗아 오라는 명령을 내렸습니다. 그래서 제가 인간 세상에 내려와 그 여인을 보니, 아주 몸이 쇠약해서 누워 있었습니다. 그리고 쌍둥이 딸을 방금 해산했습니다.

갓난아이들은 어머니 옆에서 움직이고 있었으나, 어머니는 아이를 안고 젖 먹일 힘도 없었습니다. 그때 제 모습을 발견한 여인은 하나님이 자기를 데리고 갈 사자를 보낸 줄 알고 슬프게 흐느끼며 애원했습니다."

그 여인이 울면서 말했습니다.

"오, 천사님! 제 남편은 숲속에서 혼자 일하다가 나무에 깔려 며칠 전에 돌아가셨습니다. 저는 형제도 없고, 어머니도 또 할머니도 없기에 갓난아이를 돌볼 사람이 없습니다. 제발 제 영혼을 불러가지 마시고 이 아이를 제힘으로 키우도록 해주세요. 부모 없는 아이는 살지 못합니다."

"저는 그 여인이 애원하는 것을 보고 한 아이에게는 어머니 젖을 물려주고, 다른 아이에게는 어머니 품에 안기게 한 다음 하늘나라로 돌아갔습니다. 그리고 하나님께 말씀을 드렸습니다."

"하나님, 저는 산모의 영혼을 빼앗아 올 수가 없었습니다.

남편은 나무를 하다가 숲속에서 목숨을 잃었고, 그의 아내는 쌍둥이를 낳아 기진맥진하면서 제발 자기 영혼을 가져가지 말라고 애원하면서, '자기 아이를 자기 손으로 키우게 해주세요. 어린 생명은 부모 없이는 살 수가 없습니다'라고 했습니다. 그래서 저는 산모의 영혼을 빼앗지 못했습니다.

그러자 하나님께서 다시 분부하셨습니다.

'지금 곧 내려가 산모의 영혼을 데려오너라. 그러면 세 가지의 말뜻을 알게 될 것이다. 즉, 인간의 내부에는 무엇이 있는가? 인간에게 허락되지 않는 것이 무엇이 있는가? 사람은 무엇으로 살아야 하는가? 이 세 가지를 알게 되는 날에 너는 하늘나라로 돌아올 수 있을 것이다.'

그래서 저는 세상으로 다시 내려와 그 산모의 영혼을 데려갔습니다. 쌍둥이 아이는 어머니 품에서 떨어져 있었으나 영혼이 떠나는 순간 시신이 침상에서 쓰러지면서 한 아이를 덮쳐 한쪽 다리를 못 쓰게 만들었습니다.

저는 그 마을을 떠나 하늘로 올라가 그 여인의 영혼을 하나님께 바치려고 했는데, 갑자기 돌풍이 불면서 저의 두 날개를 부러뜨렸습니다.

그래서 그 여인의 영혼만 하늘나라로 올라갔고, 저는 지상으로 떨어져 쓰러져 있었던 것입니다."

세몬과 마트료나는 자기들이 먹이고 입혀주던 사람이 누구이며, 자기를 위해 열심히 일해 주던 사람이 어떤 사람인지 알게 되자, 형용할 수 없는 기쁨과 두려움으로 눈물을 흘렸다.

천사는 다시 말을 이었다.

"저는 홀로 벌거벗긴 채 버려졌습니다. 저는 그때까지 인간의 부자유나 추위, 고통, 굶주림 같은 것을 알지 못했습니다.

저는 갑자기 인간이 된 것입니다. 배가 몹시 고팠고, 몸은 얼어, 어떻게 해야 좋을지 몰랐습니다. 그때 문득 들판 가운데 하나님의 교회가 서 있는 것을 보고, 그곳에 몸을 의지하려고 다가갔습니다.

그러나 교회 문이 잠겨 있어서 안으로 들어가지 못하고 찬바람을 피해 교회 뒤로 돌아가 앉아 있었습니다.

해가 지고 어둠이 찾아오자, 배는 더 고파지고 몸은 차츰 얼어붙어 저는 완전히 병이 들었습니다.

그때 문득 사람의 발소리가 들려왔는데, 한 사람이 장화를 들고 제가 있는 쪽으로 오면서 혼자 무엇이라고 중얼거렸습니다.

저는 인간이 되어서 처음으로, 언젠가는 반드시 죽어야 하는 인간의 슬픈 모습을 보았습니다.

저는 그 인간의 얼굴이 너무나 무서워 얼른 돌아앉아 버렸습니다.

하지만 그 남자가 중얼거리는 소리를 들어보니, 이 추운 겨울에 어떻게 입을 것을 마련할 것이며, 어떻게 처자식을 먹여 살릴 것인가 하는 말이었습니다.

그때 저는 생각했습니다.

'나는 지금 추위와 허기로 죽어가고 있다. 마침 사람이 오고 있으나, 그는 자기 아내의 모피 외투를 어떻게 마련할 것이며, 무슨 방법으로 살아갈 것인가를 걱정하고 있다. 그러므로 이 사람은 나를 도와줄 능력이 없을 것이다.'

그는 저를 발견했으나 얼굴을 찡그리고 조금 전보다 더욱 무서운 모습으로 걸음을 재촉하여 지나갔습니다. 저의 조그마한 희망마저 사라져 버렸습니다.

그런데 갑자기 남자가 발을 멈추고 뒤돌아서서 저에게로 오는 소리가 들렸습니다.

제가 다시 그 얼굴을 쳐다보았을 때는, 방금 지나가던 사람의 얼굴이 아니라고 생각했습니다.

아까는 그 얼굴에 죽음의 기운이 서려 있었으나, 이제는 생기가 가득하고 하나님의 인자한 그림자가 어려 있음을 보았습니다.

그는 제 곁으로 다가와 입고 있던 옷을 벗어서 저에게 입혀주고 자기 집으로 데리고 갔습니다. 그 사람의 집에 도착하니 한 여인이 우리를 맞이하였으나 불친절하게 대했습니다. 그 여인은 남자보다 훨씬 더 무서운 얼굴이었습니다.

그 여인의 입에서 죽음의 독기가 뿜어 나와 저는 그 입김에 제대로 숨을 쉴 수가 없어서 질식할 것만 같았습니다. 여인은 저를 추운 밖으로 쫓아내려고 하였습니다. 만일 그때 저를 몰아냈다면 여인은 당장 죽고 말았을 것입니다. 저는 그것을 알고 있었습니다.

그러나 남편이 갑자기 하나님의 얘기를 하자, 여인은 급히 태도를 바꾸어 부드러워졌습니다. 여인은 서둘러 저녁 식사 준비를 하면서 저를 쳐다보았을 때, 벌써 그 얼굴에는 죽음의 그늘은 사라지고 생기에 찬 밝은 표정이었습니다.

저는 거기서 하나님의 모습을 발견했던 것입니다.

그때 저는 인간 안에 무엇이 있는 줄을 알게 될 것이라고 하신 하나님의 첫 번째 말씀의 뜻을 깨닫게 된 것입니다.

저는 처음으로 인간 안에 사랑이 있다는 것을 깨달았습니다. 하나님께서 저에게 약속하신 것을 이렇게 알게 하는구나, 생각하니 저는 너무 기뻐서 가볍게 웃었던 것입니다.

그러나 아직은 하나님의 말씀 모두를 알 수 없었습니다. '인간에게 무엇이 허락되지 않고 있는가? 사람은 무엇으로 사는가?'라는 말씀을 모르고 있었습니다.

여러분과 함께 살다 보니, 어느새 1년이 지났습니다.

그러던 어느 날, 가게에 한 사람이 나타나 1년을 신어도 찢어지거나 찌그러지지 않는 장화를 주문했습니다. 제가 그 사람을 바라보았더니 뜻밖에도 그 사람의 등 뒤에 저의 동료인 죽음의 천사가 서 있는 것이었습니다.

저 외에는 누구도 그 천사를 볼 수 없었으나, 저는 그 천사를 잘 알고 있었습니다. 그리고 해가 지기 전에 그의 영혼은 떠날 것을 알았습니다.

저는 생각했습니다. 이 손님은 1년을 신어도 닳지 않는 장화를 주문했지만, 자기가 오늘 죽는다는 것을 모르고 있구나. 그래서 저는 인간에게 허락되지 않은 것은 무엇인가 하는 하나님 말씀의 뜻을 깨닫게 되었습니다.

인간 안에 무엇이 있는가는 이미 깨달았습니다. 그리고 이번에는 인간에게 허락되지 않은 것이 무엇인가를 깨달았습니다. 그것은 자기 육체에 무엇이 필요한가를 아는 지식입니다. 그래서 저는 두 번째로 웃었습니다.

동료 천사를 만난 것도 기뻤고, 두 번째 말씀을 알게 해주신 하나님의 지혜에 기뻤습니다. 그러나 아직 사람은 무엇으로 사는가에 대해서는 알지 못했습니다.

그래서 저는 계속 여러분의 신세를 지면서 하나님께서 마지막 말씀의 뜻을 깨닫게 해주실 것을 기다리고 있었습니다.

그리하여 8년째 되던 오늘 쌍둥이 여자아이를 키우는 여인이 가게를 찾아와 그 아이들을 보는 순간 어머니가 죽은 후에도 두 쌍둥이가 아무 탈 없이 잘 자라고 있는 사실을 깨달았습니다.

저는 생각했습니다. 그 어머니가 갓난아기를 생각해서 살려달라고 애원했을 때, 나는 그 말을 믿고 아이들은 부모가 없이는 살아가지 못한다고 생각했으나, 다른 여자가 잘 기르고 있었습니다.

그리고 그 여인은 아이들이 잘 자라주는 것에 보람을 느낀다고 하면서 감동의 눈물을 흘리는 것을 보았습니다.

저는 여기서 살아 계신 하나님의 모습을 보았고, '사람은 무엇으로 사는가?'라는 말씀의 뜻도 깨닫게 되었습니다. 하나님께서 마지막 말씀을 깨닫게 해주시고 저를 용서하셨다는 기쁨에 세 번째로 웃었던 것입니다."

잠시 후 또 천사의 모습이 나타났는데, 전신이 빛으로 둘러싸여 있어서 눈이 부셔 똑바로 볼 수가 없었다.

그 천사는 큰 음성으로 엄숙하게 말하기 시작했다. 그것은 그가 말하는 것이 아니라, 하늘에서 울려오는 소리 같았다.

천사는 이렇게 말했다.

"비로소 나는 인간의 삶을 깨달았다. 모든 인간은 자기만을 생각하고 걱정한다고 살 수 있는 것이 아니라, 사랑으로써 살아가는 것이다. 아이들을 낳고 죽어 가는 어머니에게는 자기 아이들을 위해 무엇이 필요한지를 아는 것을 허락하지 않았다.

또 부자는 자신에게 무엇이 필요한지를 알지 못했다. 즉, 인간은 누구에게도 자기가 무엇이 필요한지, 다시 말해서 산 사람에게 필요한 것이 장화인지, 아니면 죽은 사람에게 필요한 슬리퍼인지 아는 것이 허락되지 않았다. 내가 인간이 되어 살아갈 수 있었던 것은 나의 일에 여러 가지 염려와 걱정 때문이 아니라, 내 곁을 지나가던 한 사람과 그 아내에게서 사랑이 있어서 나를 가엾게 생각하고 사랑해 주었기 때문이다.

또 두 고아가 자라 온 것도, 모두 그들의 인생을 생각하고 염려해 주었기 때문이 아니라, 그 아이들을 불쌍히 여기고 사랑해 주었기 때문이다.

모든 인간이 살아가고 있는 것은 자기 자신의 일을 염려하고 걱정하기 때문이 아니라, 그들 가운데 사랑이 있었기 때문이다. 나는 이미 하나님께서 인간에게 생명을 주시고, 그들이 잘 살 수 있도록 하고 있다는 것을 깨달았지만, 지금 나는 또 다른 한 가지를 알게 되었다. 그것은 다름 아닌 하나님께서는 인간이 각기 흩어져 무관하게 살기를 원치 않으신다는 것이다.

그러므로 인간 각자에게 무엇이 필요한가를 보여 주지 아니하시고, 전 인류가 하나 되기를 원하시며, 전체로서의 자신과 만인으로서의 개인, 즉 모든 인간을 위해 무엇이 필요한가를 보여 주시고 계시한 것이다.

그러므로 나는 이제야 깨달았다. 모든 사람이 자기의 일을 걱정하고 노력으로써 살아갈 수 있다고 생각하는 것은 인간이 그렇게 생각하고 있을 뿐이다. 실은 인간은 사랑에 의해서 살아가는 것이다.”

말을 끝내자, 천사는 하나님께 영광의 찬송을 노래했다. 그 웅장한 목소리는 온 집안이 울리는 것 같았다. 그러자 천장이 갈라지고, 땅에서 하늘까지 불기둥이 뻗쳤다.

세몬과 그의 아내, 아이들 모두는 바닥에 엎드렸다. 미하일은 등의 날개를 활짝 펼쳐지더니, 하늘로 올라갔다.

세몬이 정신을 차렸을 때는 집은 전과 다름없었고, 방에는 가족 외에 아무도 없었다.

싯다르타

　기원전 5세기 초엽, 인도 히말라야산맥 높은 기슭 베나레스에서 북쪽으로 며칠 동안 여행을 하면 가비라 성에 닿는다.

　그곳 성주는 정반왕 수도타나였다. 그에게는 두 아내와 두 명의 자매가 있었는데, 두 아내는 오랫동안 아이를 낳지 못했다. 그런데 노년에 나이 많은 마야 부인이 아들 싯다르타를 낳았으므로 왕은 매우 기뻐했다.

　싯다르타가 열아홉 살이 되었을 때, 그의 아버지는 사촌 동생 아름다운 야수다라와 결혼시켜 이들 젊은 부부를 궁전에서 살게 했다.

　궁전은 아름다운 정원과 울창한 숲속에 자리 잡고 있어 젊은 싯다르타의 감정을 사로잡는 온갖 것들이 넘쳐났다.

　사랑스러운 아들에게 행복하고 즐거운 생활 속에서 살 수 있도록 정반왕은 싯다르타를 섬기는 시종들에게 엄명을 내려, 왕자에게는 절대로 슬픈 생각을 갖게 해서는 안 되며 슬픈 상념을 일으킬 만한, 어떠한 것도 보여 주지 못하게 지시했다.

　싯다르타는 자기가 사는 궁전에서 한 발도 밖으로 나갈 수가 없었다. 그리고 궁전 안에서는 상처 입은 것, 더러운 것, 노쇠한 것은 볼 수 없었다. 싯다르타의 시종들은 보기에 불쾌한 느낌을 주는 아주 사소한 것들까지 치워 버리기 위해 애를 썼다.

　심지어 정원 나무의 마른 잎까지 깨끗이 훑어 버렸고, 동물들도 병에 걸리거나 늙은 것은 어리고 건강한 놈으로 바꾸었다.

　궁궐 안의 시종들도 한결같이 젊고 아름다운 용모의 소유자들이었다. 이

렇듯 싯다르타는 자기와 똑같이 아름답고 건강하고 즐거운 풍요로운 삶을
즐기는 행복한 인생만을 볼 뿐이었다.

싯다르타는 일 년 동안 이런 변함없는 일상에서 지내왔는데, 언제부터인
가 그런 것에 조금씩 싫증을 느끼기 시작했다. 뭔가 좀 다른 사람들의 생활
상을 보고 싶다는 생각에 이르게 되었다.

그래서 싯다르타는 어느 날 마부를 시켜 마차를 준비해 궁궐을 빠져나가
생전 처음 거리로 나갔다.

젊은 왕자의 눈에 비치는 모든 것 — 길거리와 집, 바삐 움직이는 사람들,
색다른 옷을 입은 남자와 여자, 가게에 쌓여 있는 물건들 모두가 싯다르타
에게는 신기하고 매혹적으로 보였다.

어느 큰 거리에서 싯다르타의 시선을 끈 것은 그가 여태껏 한 번도 본
적이 없는 한 인간의 모습이었다.

그 사람은 붉은 얼굴에 입을 벌린 채 거친 숨을 고통스럽게 내쉬면서 어
느 집 벽에 없이 기대앉아 큰 소리로 슬픈 듯이 신음하고 있었다.

“저 사람은 왜 저러는가?”

싯다르타는 마부에게 물었다.

“네, 저 사람은 병이 나서 그러는 겁니다.”

마부가 대답했다.

“병이라니?”

“병이란 몸의 건강 상태가 잘못된 것을 말합니다. 저 사람은 그래서 괴로
워하고 있는 것입니다.”

“정말 괴로워 보이는구나. 그렇지만 어째서 저 사람만 병에 걸린단 말이
냐? 왜 우리 중에는 병이 없느냐?”

“병은 누구나 다 걸립니다.”

“나도 걸린다는 말이지?”

마부는 대답하지 않았다. 싯다르타도 더 이상 묻지 않았다.

얼마쯤 가자, 싯다르타가 탄 마차 앞으로 한 노인이 구걸을 하기 위해 길을 막아섰다. 등이 굽고 빨간 눈에 눈물이 고인 노인은 마르고 떨리는 다리를 질질 끌면서, 무슨 말인지 알아듣지 못할 소리를 중얼거렸다.

“이 사람도 병자인가?”

싯다르타는 물었다.

“아닙니다. 이 사람은 노인입니다.”

마부가 대답했다.

“노인이라니?”

“나이를 많이 먹은 사람이란 말씀입니다.”

“어째서 이렇게 되는 거냐?”

“오래 살았기 때문입니다.”

“사람은 누구나 다 나이를 먹는 것이냐?”

“네, 누구든지 나이를 먹고 늙게 마련입니다.”

“그만 궁궐로 돌아가자.”

싯다르타의 음성은 무거웠다.

마부는 말을 황급히 몰았으나 거리 변두리에서 많은 사람들 때문에 길이 막혔다. 들것에 사람 모습을 한 물체를 싣고 어디론가 서둘러 가고 있는 중이었다.

“저것은 뭐냐?”

싯다르타는 물었다.

“죽은 사람의 시체입니다. 저 사람들은 시체를 태우기 위해서 운반하는 중입니다.”

마부가 대답했다.

"죽음이란, 도대체 뭐야?"

싯다르타는 물었다.

"죽음이란 생명이 끝났다는 것을 말합니다."

"어떻게 끝난다는 거야? 인생에 끝남이 있느냐?"

"사람이 죽으면 인생은 끝나는 것입니다."

싯다르타는 마차에서 내려 시체를 운반하고 있는 사람들 곁으로 갔다. 시체는 유리알 같은 눈을 뜨고 더러운 이빨을 드러내고 있었으며 몸은 완전히 굳어 있었다.

"어째서 이 사람만이 이런 꼴이 되었느냐?"

싯다르타는 물었다.

"누구든지 이렇게 되는 겁니다. 인간은 누구나 다 죽습니다."

싯다르타는 되풀이해서 말했다. 그러고는 마차로 돌아갔다. 그는 마차에서 머리를 깊이 숙인 채 궁궐로 돌아왔다.

하루 종일토록 싯다르타는 홀로 정원 한구석에 앉아 움직이지 않았다. 그리고 자기가 본 것에 대해 깊은 생각에 빠졌다.

모든 사람은 병에 걸리고, 늙고, 그리고 죽어 버리는 것이다.—한 시간 뒤에 자기 자신도 병에 걸릴는지 모른다는 사실, 매시간 나이를 먹어가며 육체가 시들고 쇠약해져서 반드시 죽고 만다는 것을 알면서도, 인간은 어떻게 살아갈 수가 있단 말인가?

그것을 알고 있는 이상 무엇을 기뻐할 것이며, 또한 살아가기 위해 어떤 일을 할 수 있단 말인가?

"절대로 이럴 수는 없어."

그는 자신에게 소리쳤다.

"이런 고통에서 벗어날 길을 찾지 않으면 안 되겠다. 내가 그 길을 찾아 낼 것이다. 그래서 사람들에게 그 길을 가르쳐 줘야 한다."

싯다르타는 결심했다. 그리하여 다음 날 밤, 그는 마부를 불러 말을 준비할 것과 궁궐 문을 열어두도록 명했다. 집을 떠나기 전에 그는 자기 아내의 처소로 갔다.

아내는 잠이 들어 있었다. 싯다르타는 그녀를 깨우지 않았다. 마음속으로 아내에게 작별을 고하고 잠든 집안사람들을 깨우지 않도록 조용히 걸으면서 궁전으로 다시는 돌아오지 않을 굳은 결심을 하며 떠났다.

싯다르타에게는 목적지가 있을 수 없었다. 무작정 자기 나라와 멀리 떨어진 곳, 말이 힘에 지쳐 더 이상 움직이지 못할 때까지 낮과 밤을 가리지 않고 무작정 가고 있을 뿐이었다.

그는 길에서 만난 승려에게 부탁하여 옷을 바꾸어 입고 머리를 깎고 중생제도의 도를 찾아 바라문교의 선승에게로 가서 가르침을 받았다.

그러나 윤회와 모든 욕망에서 도피하여 자기의 몸을 깨끗이 하는 데 중점을 두고 있는 교리는 그를 만족시키지 못했다.

결국 그는 그 선승에게서 떠나 깊은 숲속으로 들어가 단식과 노동을 하면서 육 년의 세월을 보냈다.

구원은 자기의 육체를 괴롭히는 곳에 있다고 배웠기 때문이다. 그러나 이 구도의 길도 그를 만족시킬 수 없었다. 단식하며 자기 육체를 괴롭힌 까닭에, 그는 얼마 안 가서 몸을 움직일 수 없게 되었다.

그런 고통을 겪으면서도 구원의 길을 찾을 수가 없었으므로, 그는 단식이나 육체를 죽이는 것 같은 따위의 허망한 의식에서 벗어나 사색과 죄를 회개하는 자기반성에서 구원을 찾아보려고 결심했다.

그 무렵부터 그에게는 제자들이 찾아들게 되었으며, 많은 이들로부터 영광과 찬사를 받게 되었다. 그러자 여러 가지 유혹이 나타났다.

지난날 젊은 왕자로 영광과 풍족함을 버린 것들이 아깝게 생각되었으며, 아버지와 아내의 곁으로 돌아가고 싶은 생각에 빠져들게 되었다.

그러나 그는 자기의 덕성의 타락을 깨닫자 깜짝 놀라 제자들과 자신을 따르고 있는 사람들에게서 벗어나 아무도 모르는 곳으로 가 버렸다.

그는 오랫동안 마음속의 갈등에 격심한 괴로움을 받았다. 그러나 그가 보리수 아래 단좌 하여 사색을 계속하던 중에, 돌연 그의 앞에 구원의 길이 열렸다. 그 구원의 길은 다음과 같은 것이었다.

무릇 육체적인 것은 일시적인 것으로 언제인가는 멸망하지 않으면 안 된다. 인간이 육체에만 얽매여 있는 한 고통과 쇠퇴와 죽음 속에 묶여 있지 않으면 안 된다.

여기서 벗어나려면 어떻게 하면 좋을까? 인간의 마음이 육체적인 것에 연결되어 있는 한 사람은 살아가기를 욕구한다. 그리하여 욕망이 충족되지 않는 불행과 죽음의 공포가 고통을 낳는다. 그러므로 육체적인 추악한 욕망을 없애 버리지 않으면 안 된다.

그의 가르침을 네 가지 진리에 대한 자의식으로 이루어져 있다.

첫 번째 진리는 모든 사람은 고통에 가득 차 있다.

두 번째 진리는 고통의 원인은 육욕에 있다.

세 번째 진리는 고통은 육욕을 없앰으로써 피할 수 있다.

네 번째 진리는 해탈은 구원의 네 단계에 의해서 완성된다는 것이다.

그 첫 단계는 심령의 각성이다. 둘째 단계는 불순한 생각이나 복수심에서 해방되는 것이다. 셋째 단계는 의혹이나 원한이나 성급함에서 해방되는 것이다. 넷째 단계는 자비이다.

사람에 대해서 뿐만 아니라 생명이 있는 모든 생물에 대한 사랑이다. 자신의 육욕을 죽이기 위한 성찰이 악한 여러 가지 생각으로부터 마음을 정화시키는 정숙으로 쏠려져야 한다. 참된 교화, 참다운 자유는 오직 사랑 가운데 있는 것이다. 자기의 육욕을 사랑으로 바꾸는 것으로 사람은 무지와 정욕의 사슬을 끊어 버리고 고통과 죽음에서 벗어날 수 있는 것이다.

이상과 같은 가르침을 위한 법칙은 다음 열 가지 계율에 나타나 있다.

(1) 살상하지 말라, 생명을 소중히 여겨라.

(2) 도둑질하지 말라, 빼앗지 말라, 자기의 노동으로 만들어진 것이 모든 이들에게 이롭게 조력하라.

(3) 불순과 해독에서 깨끗한 생명을 보호하라.

(4) 거짓말하지 말라. 항상 진실을 말하라. 두려워 말고 사랑을 지녀라.

(5) 못된 소문은 마음에 두지 말라. 거짓말을 퍼뜨리지 말라.

(6) 맹세하지 말라.

(7) 잡담하는 데 시간을 허비하지 말라. 용건만을 말하라. 그밖에는 입을 열지 말라.

(8) 이욕을 쫓지 말라. 질투하지 말라. 이웃 사람의 행복을 기뻐하라.

(9) 마음속에서 악을 깨끗이 쓸어내라. 적에 대해 미움을 품지 말라. 그러나 모든 것을 사랑으로 보라.

(10) 불신앙에서 해방되라. 그리하여 진리를 이해하도록 힘쓰라.

이와 같은 가르침을 불타 싯다르타는 설법하고 전파했다.

처음 제자들은 그를 버렸으나 다시 모여들었다. 그리하여 불타는 바라문교 교도들에게는 박해당했으나 그의 가르침은 더욱 퍼져 나갔다.

불타는 육십 년이나 되는 오랜 기간 이곳저곳을 돌아다니면서 자신의 가르침을 설법했다. 그러다가 한 마을에서 다른 마을로 가는 도중 죽음이 그에게 찾아왔다. 그때 그의 나이 여든 살이었다.

그 무렵 그는 몹시 쇠약해져 있었지만, 변함없이 계속 걸어 다니며 설법했다.

그렇게 옮겨 돌아다니던 중, 그는 심한 피로를 느끼며 이렇게 말했다.

"목이 타서 심히 괴롭구나."

제자들은 그에게 물을 주었다. 그는 물을 조금 마시고 그 자리에서 잠시 쉬고 있다가 곧 다시 일어나 걷기 시작했다. 그러나 발타 강가에서 걸음을 멈추고 나무 밑에 앉아서 말했다.

"죽음이 다가온 것 같다. 내가 죽은 뒤에도 너희들에게 말한 모든 것을 기억하라."

그의 애제자 아난타는 그 말을 듣고 참을 수가 없어 옆으로 물러나며 울었다. 싯다르타는 그를 위로하며 말했다.

"이젠 됐다. 아난타, 울고불고하면 못쓴다. 일찍이든 늦게든, 우리는 친한 사람과 헤어지지 않으면 안 되는 삶이야. 이 세상에 영원한 것이 있는가?"

그는 다른 제자들을 향해서 덧붙여 말했다.

"나의 벗이여, 내가 그대들에게 가르친 대로 살아 나가라. 그대들에게 달라붙어 있는 정욕의 그물에서 해방되라. 파멸은 온갖 육체적인 것에 있어서는 피할 수 없지만, 진리는 파멸하지 않는 것이며 영원한 것임을 기억하라. 그 속에서 자기의 구원을 탐구하라."

이것이 그의 마지막 말이었다. 이 말을 마친 다음, 이 세상에서 조용히 사라져 갔다.

제2부

인생길

　삶의 길은 단 하나이며, 우리는 모두 세상의 나그네이다. 동서남북 어디로 가든 발길 닿는 곳마다 반드시 '이곳은 내 땅이다.'라고 말하며, 당신의 삶을 방해하는 사람을 만나게 될 것이다. 하지만 우리에게는 길을 아는 힘이 분명히 주어져 있다. 결국 우리는 이 세상의 모든 곳을 돌아다닌 끝에, 우리의 아내가 자식을 낳을 수 있는 한 조각의 땅과 우리가 걸음을 멈추고 경작할 수 있는 한 뙈기의 땅, 우리의 뼈를 묻을 수 있는 한 뼘의 땅도 없다는 것을 깨달을 수 있을 것이다. 이렇듯 인생길은 넓다. 그러나 많은 사람들이 그것을 모르고 지금도 그 길을 걷고 있다.

길 위를 달려간
인생의 마지막 사람은 행복합니다

나는 흘러간 유쾌한 시간을 회상하고 있습니다.
돌바닥을 디디던 맨발로
발코니에 젖은 난간에 이마를 기대어 보노라면
달빛을 받은 육체는
벅찬 감정에 무르익은 과일처럼 빛나고 있습니다.
기다림!
그 시간은 우리를 지치고 힘들게 합니다.
지나치게 익어버린 열매들!
심한 목마름과 피로
타는 듯한 갈증을 더 이상 참을 수 없게 되었을 때
나는 작은 열매를 깨물었습니다.

뭉크러지는 열매들!
우리의 입안을 무료와 같은 짐짐한 맛으로 채워주고
한순간 넋까지 어지럽혔습니다.
아직 젊었을 적의 무화과여!
싱싱한 살갗을 깨물어 사랑의 향기가 풍기는 과즙을
더 이상 기다리지 않고 빨아들여야 합니다.
그리고 난 다음
우리들이 괴로운 인생의 마지막 날을 끝마치게 될
그 길 위로 달려간 사람들은 행복할 것입니다.

최초의 슬픔

그리샤는 발코니로 나와 파란 눈을 깜빡거렸다. 그는 활짝 열려있는 마구간 안에서 진한 갈색의 말 잔등을 보았다.

그곳에는 화려하게 장식된 안장이 준비되어 있었고, 바로 옆에 소매 없는 가죽 외투를 입은 마부 이그나트가 서 있었다. 그 광경을 보자, 그리샤는 못 견디겠다는 듯 작은 뜰을 가로질러 곧장 마구간을 향해 걸어갔다.

"어쩐 일이에요?"

그는 이그나트에게 물었다. 무척이나 좋아하는 마구간 안을 이리저리 둘러보면서.

"이놈은 아직도 다리를 절고 있겠죠?"

"그럼요. 절고 있습죠."

이그나트는 그의 꾸중을 기다리고 있었다는 듯한 어조로 대답했다.

"이젠 다 나았나요?"

"지금도 치료하는 중입니다."

"그럼 안 돼요! 오늘은 코로리요크를 아무 데도 보내서는 안 돼요. 난 싫단 말이에요!"

"도련님이 싫어해도 할 수 없습죠. 어른께서 정거장과 마을로 갈 테니 준비하라고 해서 소인은 준비하는 중이니까요."

"그렇지만 난 싫어요. 내 말인 걸 알잖아요. 내 거란 말이에요."

소년은 고함을 쳤다.

"보리는 주었나요?"

"주라는 말씀도 없는데 줄 수가 있나요."

이그나트는 건성으로 대답했다. 길게 자란 수염이, 늘 우울한 느낌을 주는 마부의 얼굴은 오늘따라 보기 싫을 정도로 떨떠름한 표정을 지었다.

"아버님에게서 아무런 분부가 없으셨으니까요."

"보리도 안 줬다 그 말이죠?"

그리샤는 절망한 듯이 외쳤다. 분한 눈물이 그의 눈에 가득 찼다.

이그나트는 재미있다는 듯이 빙그레 웃었다.

"그러면 안 됩니다요. 도련님, 울면 못 써요."

마부가 조용히 말했다.

"걱정할 것 없어요. 도련님의 코로리요크를 절대로 못 살게 하지는 않을 테니까요. 나는 언제나 친절하게 돌봐 주고 있거든요."

이그나트는 다정스럽게 소년의 눈 속을 들여다보았다. 그러고는 차고 거친 손으로 그의 머리를 쓰다듬어 주었다.

그리샤는 울음을 그치고 늘 하는 것처럼 장난을 치기 시작했다. 뜰 안 한쪽에 식구 수만큼 놓여 있는 여러 대의 마차를 차례로 타 보고는 만족스러운 듯이 이리저리 살펴보며 주위를 돌아다녔다.

"참 좋은 마차야."

그리샤는 마치 숙달된 감정사처럼 말했다.

"모두 훌륭한 마차죠."

이그나트도 동감이라는 듯이 말했다.

"다른 것들은 어쨌어요?"

"바퀴에 닿으면 기름이 묻어요, 도련님."

마부가 주의를 시켰다.

"할머님이 또 꾸중을 하실 텐데."

이그나트는 이 별장에 온 지 일 년쯤 되었다. 오자마자 곧 그리샤와 친해
져서 그들 사이에는 다소 미묘하지만, 그러나 진실한 애정으로 맺어져 있는
것만은 사실이었다.

"내가 루호프스키 씨 댁에 있을 때는 이런 말이……."

이그나트가 말을 꺼냈다.

"아저씨는 우리 집에 오기 전에 거기 있었나요?"

"아니죠, 그렇지 않아요. 여기로 오기 전에는 어떤 상인 집에 있었는데
별도리가 없었죠. 너무 가난뱅이라서…… 그리다가 재판에 걸리게 됐지, 뭡
니까. 재판에 걸릴 아무런 이유도 없는데 말이죠. 내가 무얼 훔치기라도 했
단 말인가? 나 원 참……."

"그 상인이 아저씨를 재판에 넘기겠다고 했어요?"

"그래서 난 마음대로 하라고 했습죠. 난 그 사람의 편리를 봐서 그렇게
했던 건데, 그야 내가 말하고 마차를 가지고 나오긴 했었죠. 그렇지만, 그놈
은 일 년 동안이나 월급조차 주지 않고 또 휴가를 달라고 해도 안 줬거든요.

나에게는 어머님이 계셨죠. 말하자면 그놈은 내가 여행권을 안 가졌다는
약점을 이용한 겁니다. 나는 아내 마트로나와 어머니를 데리고 밤중에 마차
준비를 했죠. 그렇게 해서 고향집으로 돌아간 거랍니다. 걸어서는 갈 수가
없었으니까요.

아이는 아직 어리고 집까지는 육십 킬로가 되었거든요. 그러자 그놈은 끝
까지 뒤를 쫓아와서 우리를 붙들었지, 뭡니까. 그래서 나는 말을 깨끗이 돌
려주었지요. 잠시 빌렸을 뿐이었죠. 그런데 그 개만도 못한 놈이 화를 낸
거죠. 머슴살이하던 하인이 제집으로 돌아간 것뿐인데 말입니다. 그걸 가지
고 재판에 걸겠다는 겁니다. 당치도 않게 도둑질했다고 하면서 말이에요."

"그럼, 아저씨는 재판받아야 해요?"

“그런가 봅니다.”

“그렇다면 어쩔 셈이에요?”

“뭐, 하는 수 있습니까?”

이그나트는 대답을 애매하게 했다. 그는 짙은 눈썹을 못마땅하다는 듯 찌푸렸다. 그 얼굴은 한참이나 그대로 괴로운 표정을 짓고 있었다.

“훔친 일이 없다고 하면 되지 않아요?”

그리샤는 진지한 표정으로 말했다.

“그게 무슨 소용이 되겠습니까? 요즈음 재판이란 순 엉터린 걸요. 재판을 받으면 난 다주 도둑놈이 돼 버리겠지요.”

“왜 그래요?”

소년은 열심히 물었다.

“도련님! 이제 그 얘기는 그만둡시다.”

이그나트는 얼굴을 찡그린 채 우울한 웃음소리를 내면서 말했다.

그래서 그들은 화제를 바꾸었다.

“마트로나라는 분은 아저씨의 부인이죠?”

그리샤가 끈질기게 물었다.

“그런데 왜 아저씨하고 같이 빵을 굽지 않아요?”

이그나트는 바보처럼 웃었다.

“빵 말입니까? 여편네는 나한테 여러 가지로 이야길 해주거든요.”

“이야기를요? 우리 엄마는 아버지한테 이야기 같은 건 안 하는데…… 포리카는 아저씨의 아인가요?”

“그렇답니다.”

“아저씨는 아이가 그 애뿐이에요?”

“네, 그 애 하나죠.”

"왜 더 안 낳아요?"

이그나트는 웃음을 터뜨렸다. 그러고는 머리를 흔들었다.

"도련님도 참, 무슨 그런 말을 다 묻습니까?"

"왜 웃어요?"

그리샤는 잠시 머뭇거리다가 자기의 생각을 설명하려는 듯이 말을 계속했다.

"우리 아빠하고 엄마는 애를 셋 낳았단 말이에요. 알겠어요? 아저씨."

소년은 다정하고 친근한 표정을 지으며 이그나트의 눈을 들여다보면서 말했다.

"언제 우리 마을로 한 번 같이 가요. 그때까지 코로리요크의 다리를 잘 고쳐 주세요."

"네, 그렇게 하고말고요."

이그나트가 다정하게 말했다.

"도련님, 다만 제가 그때까지 여기를 떠나지 않으면 말입니다."

"어디 가요?"

소년은 놀라서 물었다.

"아, 아무 데도 가는 건 아닙니다. 그저 좀……"

이그나트는 늘 하던 버릇대로 모호하게 대답했다.

이 두 친구 사이의 정다운 대화는 늘 할멈 때문에 깨어졌다.

"어유 참, 도련님. 이런 곳에 계셨군요."

할멈은 마구간 속을 둘러보며 말했다.

"소중한 도련님을 이런 불결한 마구간 속에 계시게 두다니."

그녀는 야단치듯 계속 말을 이었다.

"어머님께 고해바쳐도 되겠어요. 도련님, 굉장한 친구가 생겼군요. 자아,

저리 갑시다. 저리 가요."

그러고 나서 그녀는 이그나트를 돌아보며 말했다.

"이봐요, 정신 차리세요. 당신은 도련님한테 나쁜 걸 가르치면 안 된단 말이에요."

"아니, 안나 할멈. 내가 어떻게 나쁜 것을 도련님께……."

이그나트는 낭패하며 말했다.

"정말 대단한 선생이시군."

할멈은 경멸하듯이 말하며 소년을 재촉했다.

"자아 갑시다, 도련님 어서."

그리샤는 식사할 때나 부모를 만나는 정도였다. 아버지는 조금도 쉴 사이 없이 일에 바빴고, 어머니는 하루 종일 누워 앓고 계셨다. 머리가 아프지 않을 때는 다른 데가 아팠다. 그래서 아이들의 시끄러운 소리나 밝은 햇빛조차도 피하고 있었다.

그리샤가 가끔 어머니한테 달려가면, 그녀는 아들을 어루만져 주고 또 다정하게 여러 번 입을 맞추어 주었다. 그런 다음에는 방해하지 말고 밖에 나가서 놀라고 타일렀다.

어떤 때는 그리샤가 이런 어머니의 나무람을 싫다고 떼를 썼다.

"엄마, 나 조용하게 있을게."

소년은 간청하듯 말했다.

그러고는 안락의자에 앉아 두 손을 무릎 위에 올려놓았다.

"몸은 괜찮니?"

어머니는 불안한 표정을 지으며 물었다.

"네에!"

그는 이상한 생각에 잠겨 건성으로 대답했다. 그러고는 열심히 물어보는 것이었다.

“엄마, 더울 때는 왜 땀이 나요?”

“너 더우니?”

어머니가 주시하며 물었다.

“더워요……. 셔츠를 세 개씩이나 입은걸요.”

“하나가 아니고?”

“아니요. 자, 보세요!”

그리샤는 무늬가 있는 셔츠를 가슴까지 걷어 올려 보이며 큰 소리로 말했다.

어머니가 괴로운 듯 얼굴을 찌푸렸다.

“왜 그렇게 큰 소리를 내니!”

또 어머니는 꾸지람했다.

“아참, 깜빡 잊어버렸어.”

소년은 잘못했다는 얼굴로 입을 다물었다.

“그런데 엄마, 왜 꼬리가 있어요?”

조금 있더니 소년은 다시 작은 소리로 속삭였다.

“꼬리라니 무슨?”

“말이나 개 말이에요.”

“왜 꼬리가 있다니? 꼬리는 그냥 꼬리지. 처음부터 그렇게 생겨 있는 거야. 조금도 이상할 게 없잖니?”

“왜 이상할 게 없다니요? 파리를 쫓는걸요. 말이나 개는 꼬리로 파리를 쫓아요.”

소년의 쓸데없는 이야기는 어머니의 신경을 어지럽혔다. 그녀는 얼마 안 가서 그리샤가 스스로 이야기하는 것에 지친 나머지 그만둘 것이라는 생각에 조용히 참고 기다렸다. 하지만 그리샤는 의자에 등을 기대고 다리를 모으고 비벼대기 시작했다.

"그런데 엄마, 이는 어디에서 끓는지 아세요?"

소년은 다시 말했다.

어머니는 더 이상 참을 수 없는 듯이 얼굴을 찌푸리며 눈을 감아 버렸다.

"아니, 얘는 무슨 소릴 하는 거야?"

"말고삐 속에 있단 말이에요. 한 번쯤은 제대로 청소해야지……."

"너 또 마구간에서 놀았구나. 이번 가을에는 가정교사를 구해야지, 안 되겠다. 정말 어쩔 수 없는 애로구나."

"어째서요?"

소년은 끈질기게 물었다.

"자아, 이젠 그만하고 저리 가거라. 할머니한테 가서 누나와 놀렴. 넌 혼자 있을 때는, 언제나 그 아저씨와 함께 있다지?"

그리샤는 한숨을 내쉬었다. 그러고는 자리에서 일어났다. 다시 한숨을 쉬었다.

소년은 시원한 방에서 나가고 싶은 마음이 없었다. 병을 앓고 있었기 때문에 매사를 세심하게 보살펴 주지는 않지만, 늘 다정하고 자기가 좋아하는 어머니의 곁을 떠나고 싶지 않은 것이다.

"우리 입 맞출까!"

어머니가 조용히 말했다.

소년은 기다렸다는 듯이 입을 맞추었다. 그리고 어머니의 얼굴에 자기의 얼굴을 갖다 댔다. 어머니는 소매 밑으로 소년의 여윈 어깨를 어루만졌다. 그러고는 슬픈 목소리로 말했다.

"너 꽤 말랐구나, 그리샤. 왜 이렇게 말랐지?"

“너무 심한 장난을 쳤기 때문에 그래요.”

그는 늘 하던 대로 대답했다. 그러나 어머니의 다정한 목소리가 그의 신경을 자극했다. 소년은 왠지 슬픈 생각이 들었다.

“정말 넌 돌보기 힘든 아이다. 이 엄마는 네가 여간 신경이 쓰이는 게 아니야. 알겠니? 그리샤.”

그러자 어머니의 상냥한 마음씨에 감동되어 그리샤는 어머니의 말을 잘 알아듣지 못하면서도, 그녀의 어깨에 머리를 댄 채 흐느껴 울기 시작했다.

“애, 너 갑자기 왜 그러니? 응?”

어머니는 놀라서 물었다. 그러고는 열이 나지 않나 하고 아이의 이마를 짚어 보았다.

그러나 그리샤는 곧 울음을 그치고 방을 나갔다. 미처 문밖에 나서기도 전에 자기의 까닭 모르는 눈물을 까맣게 잊어버리고, 다시 새로운 장난에 골몰했다.

그리고 가슴을 두근거리며 잊고 있던 주머니 속의 작은 고삐를 만져 보았다. 그러면서 이 고삐를 가지고 어떻게 재미있게 놀까 골몰했다.

그러는 동안 그리샤의 가슴 속에는 최초의 진실한 슬픔이 뭉클하게 치밀어 올라왔다.

어느 날 아침, 아버지는 신문에서 눈을 떼지도 않은 채 식탁 너머로 어머니를 향해서 이렇게 말했다.

“당신은 이그나트가 끌려가게 된 사실을 알고 있소?”

“벌써요?”

어머니는 놀라며 물었다. 그리고 무엇인지 생각에 잠기더니 마시지도 않은 컵을 식탁 위에 내려놓았다.

“어떻게 좀 도와줘야 하지 않겠어요? 어린애도 있고 한데.”

어머니는 조용히 말했다.

"뭐라고?"

아버지는 한번 어깨를 으쓱하면서 말했다.

"공연히 남의 일에 간섭해서 욕을 볼 필요는 없어요. 그쪽 상인이란 작자가 워낙 악질이라니까. 난 잘 모르긴 하지만."

"그러니까 더 그렇지 않아요?"

어머니가 간곡한 어조로 말했다.

"뭐가 더 그래? 어쨌든 그가 빗장을 풀고 말을 몰아갔다는 거니까 도둑으로 몰려도 어쩔 수 없는 거지. 이건 분명한 일이야."

"하지만, 그게 어쨌다는 거예요? 그 상인은 여행증을 빼앗고 나서 봉급도 주지 않고 부려 먹기만 했다잖아요? 이그나트는 노예처럼 혹사당하던 곳에서 도망친 것 아녜요?"

"어쨌든 주인의 허락도 없이 말을 가져간 것은 옳은 일이 아니야. 지금 와서 이러니저러니 해 봤자, 이미 엎지른 물이지."

아버지는 격분한 어조로 말하고 나서 다시 신문 읽기에 열중했다.

그리샤는 열심히 듣고 있었지만, 무슨 이야기인지 알 수가 없었다.

"엄마, 이그나트가 어디로 끌려간다는 거예요?"

그는 큰 눈을 두리번거리며 물었다.

어머니는 망설이는 듯한 표정으로 어린아이를 건너다보았다. 그리고 어린 아들과 마부가 보통 사이가 아니라는 것을 생각하자, 금세 울음이 나올 듯해 눈길을 돌렸다.

"이그나트한테 누가 왔어요?"

그리샤는 열심히 물었다.

"왜 말해 주지 않는 것이오? 하찮은 일을 두려워해서 무엇이든 숨기려

들기 때문에 아이들은 배짱 있는 어른으로 성장하지 못하는 거요. 언제까지나 어린애로 있는 거지.”

아버지는 불만스럽다는 듯이 말했다.

“그게 아녜요. 얘한테는 그런 얘기를 들려주어선 안 돼요.”

어머니는 눈에 눈물을 머금고 슬픈 음성으로 소리쳤다. 그러고는 이마에 손을 대고 일어섰다.

“뭐요, 그게! 그게 뭐냔 말요!”

그녀의 뒤에서 아버지가 버럭 소리를 질렀다.

“이그나트는 말을 훔쳤기 때문에 징역살이하게 된 거야. 알겠니?”

그는 사정없이 격분한 어조로 말했다. 순간 그리샤의 얼굴이 새파랗게 변했다.

“이그나트는 도둑질했고, 그자의 아내 마트로나도 도둑질을 거들어 준 거다.”

“포리카는요?”

그리샤가 애써 물었다.

“포리카라니? 그 집의 아이 말이냐? 그 애는 너무 어려서 데려가지 않을 거다. 어떻게 할지 잘은 모르지만 말이다.”

그리샤는 아버지를 쳐다보았다. 그의 눈은 용서할 수 없다는 격분해 타오르면서 안색이 조금씩 파랗게 변해갔다. 소년은 아버지가 무서워 가만히 참고 있다가 겨우 말을 꺼냈다.

“왜 그런 짓을 했을까요?”

그러자 그는 책망하듯이 말했다.

“도둑질했기 때문이라고 하지 않았어! 그건 도둑질한 거나 마찬가지야.”

“틀려요! 아버지도 방금 그 상인이 나쁜 사람이라고 하시지 않았어요?”

“그렇다고 했지.”

“그럼, 왜 그렇게 하는 거예요. 어째서 그렇게 하느냐 말이에요!”

그러자 아버지는 갑자기 언성을 높였다.

“입 좀 닥치지 못하겠니? 정말 귀찮은 놈이로구나!”

그리샤는 애써 마음을 가다듬고 일어섰다. 그러고는 방을 나섰다. 그러나 문밖으로 나가자마자 알 수 없는 분노와 슬픔이 가슴 깊은 곳에서 터져 나올 것만 같았다. 소년은 단숨에 복도를 벗어나 발코니로 올라갔다.

그는 무엇보다도 이그나트를 만나고 싶었다. 그러나 마구간 문은 굳게 잠겨 있었고 이그나트의 모습은 보이지 않았다.

저쪽에 할멈이 혼자 앉아 차를 마시고 있었는데, 제복을 입은 낯선 남자가 그녀와 마주 앉아 있었다.

그 남자는 비교적 얌전하게 접시에 담은 잼을 찍어 먹으면서 차를 마시고 있었다. 그리샤는 그 광경을 보면서 할멈이 손님에게 대접하고 있다고 생각했다.

이그나트의 행방에 대해서 정신을 쏟고 있었기 때문에 그 제복을 입은 남자에게 별다른 관심을 두지 않았다.

“할머니, 누가 이그나트를 찾아왔어요?”

소년은 떨리는 목소리로 물었다.

할멈은 즉시 대답을 하지 않고 머뭇거리다가 힘없이 말했다.

“그래요. 지금 곧 도련님의 좋은 친구가 끌려가게 되었어요. 그러니 도련님은 지금부터라도 마구간에 가서는 안 돼요.”

“어떤 사람이 왔는데요?”

“그 사람은 다시는 돌아오지 않을 거랍니다. 어떤 사람이 왔느냐고요? 바로 이분이죠.”

그리샤는 쉽게 이해할 수 없었다. 어른들의 세계는 너무나 모르는 것이 많았다.

소년은 이그나트와 마트로나를 감옥에 데리고 갈 사람은 무섭고 험악한 얼굴을 한 사나이가 틀림없을 것이라고 믿고 있었다. 그러나 할머니를 찾아온 손님은 햇볕에 탄 선량한 얼굴로 그리샤를 바라보며 뭔가 어색하다는 듯, 좀 멍청한 느낌을 주는 웃음을 띠었다.

그와 할멈 이외에는 주위에 아무도 없었다. 그제야 그리샤는 이해하게 되었다.

"당신이에요?"

소년은 남자를 뚫어지게 바라보면서 놀란 듯한 반신반의하는 표정을 지으며 다급하게 물었다.

"그래 나다."

그 남자는 환하게 웃으며 비교적 명랑하게 대답했다.

그러고는 소년에게 자리를 내주어야 할 것인지 망설이면서 앉아 있었다.

"이놈! 나쁜 놈아! 내가 때려줄 테다!"

그리샤는 소리치면서 와락 덤벼들었다.

그와 동시에 갑자기 소년의 얼굴이 무섭게 일그러지면서 입술이 떨렸다. 그러고는 큰 소리로 울음을 터뜨렸다. 그것은 순진한 아이의 울음소리였다. 순경은 딱하다는 듯이 웃으면서 손을 흔들며 바라보고 있었다.

그리샤는 자기 방으로 달려갔다. 그러고는 구석진 침대 뒤에 숨어 몸을 벽에 붙이고 두 손으로 가슴을 힘껏 눌렀다. 알 수 없는 분노가 가슴 속에 가득 차 터져 나올 구멍을 찾고 있는 것 같았다.

그는 마룻바닥에 누나의 인형이 떨어져 있는 것을 보자, 발로 힘껏 밟아버렸다. 그러고는 방 저쪽 구석으로 차 던졌다. 벽에는 소년이 그린 그림이 걸려 있었는데, 그것을 찢어서 마룻바닥에 내던졌다.

그렇게 법석을 떨고 있는 동안에 차츰 마음이 안정되는 듯싶었다. 소년은 쇠로 된 접이식 침대에 이마를 대고는 생각에 빠졌다. 난생처음으로 힘이라는 능력에 대해서 공상을 하기 시작했다.

적을 치기 위해서는 힘이 필요하다는 사실을 깨닫는 최초의 자기 발견이었다. 모든 참혹하고 부정한 사람들, 즉 이그나트를 유죄라고 말한 재판관, 그를 끌고 가지 않으면 안 되는 순경, 그런 사람에게 잼을 접대해 준 할멈이나 아버지까지도 혼을 내주기 위해서는 절대적으로 힘이 필요했다.

그리샤는 아버지가 이그나트의 운명에 대해서 냉담한 데 대해 더욱 화가 났다. 아버지는 이그나트를 위해서 최소한의 성의 표시로 구제할 방도를 마련해 주어야 옳은 주인의 태도일 것이다. 순경을 적어도 집안에서 내쫓았어야 옳았다.

그런데도 태연하게 거실에 앉아 신문만 읽고 있는 것이 아닌가. 그리고 '도둑질한 것이나 마찬가지다.'라는 따위의 말을 하고 있지 않은가.

그리샤는 자기의 좋은 친구를 못 살게 만들고 있는 모든 사람에게 원수를 갚고 싶었다.

그는 아버지와 할멈, 순경을 어떻게 벌해 줄 것인가 그 방법을 궁리했다. 그러면서 침대의 녹슨 쇠를 손톱으로 긁고 있었다. 그는 갑자기 귀를 기울였다.

아버지의 큰 목소리와 이그나트의 힘없는 목소리가 들려왔다. 그는 재빨리 뛰어 일어나 하인방 쪽으로 달려갔다. 방 한가운데 이그나트와 마트로나가 고개를 숙이고 서 있었는데, 마트로나의 곁에서 포리카가 옷깃에 코를 비벼댔다.

그 얼굴에는 두려움이나 슬픔보다도 어찌할 바를 모르겠다는 듯한 고통

속에 사로잡혀 있는 것이 분명했다. 그들의 등 뒤로 집 하인들이 몰려와 재미있다는 표정을 지으며 구경하고 있었다.

"그렇지."

그리샤의 아버지가 큰 소리로 말했다.

"이렇게 된 이상 이젠 단념하게. 포리카에 대해서는 걱정하지 않아도 좋아. 우리가 잘 돌봐 줄 테니까. 하나님도 도와주실 걸세. 자아, 그럼. 이그나트 왜, 그러고 서 있나?"

아버지는 손을 흔들었다. 그것이 마지막 이별임을 알렸다. 그러나 아무도 그 자리를 떠나려고 하지 않았다. 이그나트는 말없이 고개를 떨구고 발끝만 내려다보고 있었다.

"이 아이는 내가 맡아서 돌보겠어요."

어머니는 떨리는 목소리로 말하며 포리카에게 팔을 내밀었다가 곧 움츠렸다.

"이젠 어쩔 도리가 없어."

아버지가 어정쩡하게 말했다. 아버지는 이그나트와 마트로나가 절망한 것처럼 침묵으로 일관하고 있는 데 대해서 안절부절못했다.

"이렇게 된 이상 어쩔 수 없지. 형기가 짧으니까, 잠시 고생하면 끝날 걸세. 왜 그러고만 있지?"

마트로나는 말없이 포리카의 손을 놓았다. 그러고는 앞으로 걸어 나와 어머니 앞에 무릎을 꿇고 정중하게 절을 했다.

"마트로나!"

어머니는 젖은 목소리로 외쳤다. 어머니의 눈에서 눈물이 흘러내렸다.

"이렇게 안 해도 괜찮아, 안심하고 가요. 이 아이는 내가 꼭 돌봐 줄 테니까, 아무 걱정하지 말아요. 정말이지 무릎까지 꿇을 필요가 없어요. 나를 믿어요."

어머니는 허리를 굽혀 떨리는 손으로 마트로나의 연약한 어깨를 가볍게 어루만졌다. 그러고는 마룻바닥에 쭈그리고 앉았다.

"이럴 때는 누구든지 참는 게 제일 좋은 방법이에요. 참는 것이……"

어머니는 빠른 말로 속삭였다.

"이젠 됐어, 그만들 하지."

지쳤다는 듯이 아버지가 힘없이 말했다.

"나도 딱하다고는 생각하고 있네. 이그나트, 그동안 자네는 정말 열심히 일해 주었어. 형기를 마친 뒤에 꼭 다시 내 집에 와서 일해 주게. 알겠나? 아이 걱정은 말고 몸 건강히 지내라고!"

아버지는 어머니의 손을 잡아끌었으나 그 손을 뿌리치고 마트로나를 힘차게 끌어안았다.

"참아요."

어머니는 다시 속삭였다.

마트로나는 조용히 일어서며 슬픈 얼굴로 방안을 둘러보았다. 그리고 어린 그리샤를 보았다. 한순간 그와 소년의 눈이 마주쳤다.

그러자 그리샤는 머뭇거리다가 층계를 내려가 곧장 앞을 향해 걸어갔다.

"안녕히!"

소년은 아주 작고 다정스러운 음성으로 짧게 말했다.

그러나 마트로나는 아무 말 없이 그를 바라보고 있었다. 아직도 슬픔에 잠긴 표정 그대로였다.

그리샤는 이그나트의 곁으로 다가갔다. 그리고 손을 내밀었다. 그러자 마부는 그 작은 손을 잡더니 와락 끌어당겼다.

"포리카를 귀여워해 주겠지요?"

그가 울먹이는 소리로 물었다.

"물론 귀여워해 주고말고요."

그리샤는 진지한, 그리고 어른스러운 목소리로 대답했다. 그러면서 나이 많은 친구의 얼굴을 씩씩하게 타오르는 눈빛으로 바라보았다. 이그나트는 소년의 머리를 가볍게 쓰다듬었다. 그리고 성상을 향해 바쁘게 십자를 긋고는 문 쪽으로 걸어갔다.

"마트로나!"

어느 하인이 불렀다.

"이그나트가 밖에서 기다리고 있어요. 마차가 와 있으니 어서 나와요."

마트로나는 몸을 부르르 떨었다. 그녀의 넋을 잃은 슬픈 표정은 놀라움으로 변했다.

그녀의 곁에는 아직도 옷깃 속에 얼굴을 파묻은 포리카가 몸을 떨면서 그림자처럼 서 있었다. 마트로나는 천천히 뒤를 돌아보면서 방을 나갔다.

소년은 터져 나오는 울음을 가까스로 참으면서 걷는 듯싶더니 뛰어서 놀이방으로 갔다. 그러고는 침대 위에 앉아 어두운 표정으로 앞쪽을 응시하고 있었다.

복도 쪽에서 아버지의 발소리가 들려왔다. 그리고 방으로 들어와서 그리샤 앞에 멈춰 섰다.

"거기서 뭘 하고 있니? 할머니한테 가거라."

아버지가 책망하듯이 말했다.

소년은 아무 말도 없이 그대로 앉아 있었다. 그러자 아버지의 엄격한 목소리가 들려왔다.

"그리샤. 내 말이 들리지 않니!"

소년은 고개를 쳐들었다. 아버지를 바라보는 눈길에는 분노와 적의가 타올랐다.

"넌 착한 애지."

아버지는 애써 목소리를 낮추어 부드럽게 말했다.

"넌 왜 나한테 화를 내고 있니? 말해 봐라. 내가 나쁜 일이라도 했단 말이냐? 아버지로서 너를 야단치지 않으면 안 되겠다. 넌 어째서 순경한테 예의 없는 짓을 했어? 어디 좀 말해 봐라!"

아버지는 더 참을 수 없다는 듯이 소리쳤다.

어린 아들의 강한 시선이 자신을 억누르는 듯한 느낌 때문에 당황하면서 감정을 자제하는 빛이 역력했다.

"괜찮아요."

그리샤는 낮고 무거운 음성으로 말했다.

"뭐가 괜찮단 말이냐?"

"암만 야단을 쳐도 괜찮아요. 난 아무렇지도 않단 말예요."

아버지는 난처했다.

"좋다! 이제부터 아빠는 아무 말도 하지 않겠다. 난 정말 너를 모르겠어."

그러고 나서 아버지는 문 쪽으로 걸어갔다.

그 뒤에서 그리샤가 소리쳤다.

"아빠도 할머니처럼 순경한테 잼을 대접하죠?"

아버지는 걸음을 멈추었다. 그리고 말했다.

"사람은 누구나 자기 할 일을 갖고 있는 거야. 순경은 이그나트를 잡아 오라는 명령을 받고 왔어. 그 순경은 좋은 사람이야. 그런데 너는 그에게 실례되는 갈을 했거든. 게다가 너는 아빠나 할머니한테까지 몹쓸 생각을 품고 있지 않니, 대체 왜 그리는 거냐?"

그리샤는 천천히 시선을 떨구었다. 그의 얼굴에는 분명히 곤혹스러움과 고통이 떠올랐다.

"정말 어쩔 수 없는 애로구나!"

아버지는 꾸중하듯 말하고 나서 걸음을 옮겼다.

소년은 꼼짝도 하지 않고 그대로 앉아 있었다.

'정말 어쩔 수 없는 애로구나!'

그는 아버지가 꾸중하듯 한 말, 그러나 어딘지 다정한 마음이 담겨 있는 말을 생각하고 있었다.

'어쩔 수 없다, 몹쓸 생각을 품고 있다?'

소년은 괴로운 듯이 생각을 거듭했다.

'내가 몹쓸 생각을 품었다고? 하지만 모두가 한편이 되어 이그나트를 못살게 하지 않나…… 도대체 왜들 그러는 것일까?'

그리샤는 고개를 숙였다. 울음이 터져 나올 것만 같았다.

"누구나 자기 할 일이 있다니…… 하지만 어른들은 왜 이런 악하고 옳지 못한 일을 할 수 있는 것일까?"

소년은 얼굴을 쳐들었다. 그의 깊고 푸른 눈 속에는 괴로운 의문의 빛이 가득 차 있었다.

*아뷔로프

완전한 기쁨

어느 겨울날, 프란체스코는 아우 레프와 어울려 페루자에서 포티웅쿨라를 향해 걸어가고 있었다.

날씨가 너무 추워서 두 형제는 몸을 부들부들 떨고 있었다.

프란체스코는 앞장서서 걷고 있는 동생 레프를 향해 말했다.

"이봐, 레프야. 우리 형제가 이 지상에 거룩한 삶의 모범을 보여줬으면 좋겠구나. 그러나 그것이 완전한 기쁨이 아니라는 것을 잊어서는 안 된다."

조금 더 걷다가 프렌체스코는 또다시 아우 레프를 불렀다.

"레프야, 우리 형제가 병자를 치료하고, 장님을 눈뜨게 하고 악마를 물리치고 죽은 사람을 되살릴 수 있다고 해도, 그 안에 완전한 기쁨은 없다는 사실을 잊지 말아라."

또 잠시 걸은 뒤 프란체스코는 아우에게 말했다.

"레프야. 정말 우리 형제가 온갖 언어와 학문을 깨닫고, 지혜의 책을 모두 읽고, 또 앞날을 예견할 뿐만 아니라 사람들의 모든 비밀을 안다 하더라도, 완전한 기쁨은 없다는 것을 잊지 말아라."

또 얼마쯤 걸으면서 프란체스코는 레프를 불러 말했다.

"신의 어린 양 레프야. 우리가 천사의 말로 대화를 나누고 별의 운행을 알고, 또 대지의 보물을 찾아내고, 인간을 비롯하여 온갖 동물, 나무와 돌, 물의 생명력까지 모든 비밀을 다 안다 하더라도, 이것 역시 완전한 기쁨이 되지 못하리라는 것을 잊지 말아라."

그리고 조금 더 걷고 나서 프란체스코는 동생 레프를 불러 말했다.

"또 우리가 모든 이교도를 그리스도의 신앙으로 귀의할 수 있을 만큼 뛰어난 설교자라 하더라도, 그것 역시 기쁨이 아니라는 것을 잊지 말아라."

그때 레프가 형 프란체스코에게 말했다.

"그렇다면 프란체스코 형님, 어디에 완전한 기쁨이 있다는 것입니까?"

그러자 프렌체스코가 대답했다.

"그것은 바로 여기에 있단다. 우리가 진흙투성이에 젖어서 추위에 감각을 잃고, 굶주리고 지친 몸으로 우리의 목적지인 포티운쿨라에 도착하여 성안에 들어가게 해달라고 애걸해도, 그때 문지기가 '뭐라고? 이 부랑자들아, 온 세상을 별 볼 일 없이 돌아다니며 뭇사람들을 속이고 가난한 사람들에게서 동냥이나 뜯어내는 주제에 무엇이 어째, 꺼지지 못할까!' 하고 말하며, 우리에게 성문을 열어 주지 않는다 하더라도, 우리가 화를 내지 않고 겸손과 사랑으로 문지기의 태도가 옳으며, 하나님께서 그렇게 하라고 시킨 것이라고 여기며, 우리 두 사람은 추위와 굶주림으로 몸을 벌벌 떨면서 문지기에게 한마디도 불평하지 않고 눈비 속에서 아침까지 밤을 지새운다면, 거기에 완전한 기쁨이 있다는 것을 알아야 한다."

고독

독신자 모임에서 즐거운 식사를 끝난 뒤 옛날부터 절친한 벗이 나에게 말했다.

"베르사유 광장을 산책하지 않겠나?"

우리는 천천히 걸음을 옮기면서 잎이 떨어진 나무 사이의 보도 위를 걸었다. 주위가 너무나 조용했다. 다만 영원히 멈추지 않을 듯한 파리의 미미한 마른 소리가 무미건조한 반향으로 귓가에 전해 왔다.

그때 놀랍게도 한 줄기 신선한 바람이 얼굴을 어루만졌다. 어느새 어두운 하늘에는 수없이 많은 별이 반짝이며 엷은 빛에 떨고 있었다.

벗의 다정한 음성이 들려왔다.

"왜 그런지 밤에 여길 오면, 다른 어떤 곳에 있을 때보다도 내 가슴이 가벼워진단 말이야. 그만큼 나의 사색도 점점 깊어지는 듯한 생각에 빠져들거든. 어떤 때는 순간적으로 내 머리가 찬란한 빛에 휩싸이는 것처럼 신비로운 인간 세상의 비밀이 풀리는 착각에 사로잡히지. 하지만 한 줄기 바람에 창문이 쾅 하고 닫히면, 그걸로 만사는 끝나 버리는 거야."

이따금 나무 사이로 두 개의 겹친 그림자가 검게 빛났다. 우리는 두 남녀가 앉아 있는 벤치 앞을 지나고 있었다. 그때 나란히 앉아 있던 두 개의 그림자가 하나의 검은 점으로 합쳐졌다.

벗은 말했다.

"가련한 사람들이여! 나는 모든 사람에게서 혐오보다는 연민을 느낀다네. 나는 인생의 온갖 고통 속에서 한 가지 비밀을 알아냈어. 그것은 우리 인간이 존재함으로써 영원히 고독하다는 것일세. 우리가 삶에 얽매여 있는 것조차도 이 고독에서 벗어나기 위해서야. 지금 벤치에 앉아 있는 연인들이나 자네와 나, 그 밖의 사람들도 한순간만이라도 자신의 고독에서 벗어날 가능성을 갈망하고 있다는 것일세. 그러나 한 가지 분명한 것은 변함없이 고독하다는 사실이지. 우리들은 영원히 고독한 존재야. 어떤 사람은 그것을 뼈저리게 느끼고, 또 어떤 사람은 별로 느끼지 않을 뿐이지. 하지만 공통점은 인간은 다 고독하다는 거야."

이따금 나는 견딜 수 없는 슬픔을 경험하는데, 그것은 무서운 고독이 찾아왔음을 예감하는 거지. 그러나 자네도 알걸세. 이 세상의 그 어떠한 것도 고독을 메워 줄 수 없다는 사실을. 우리가 어떻게 하든, 무엇 때문에 괴로워하든, 격동하고 외치고 힘차게 끌어안아도, 모두 부질없는 짓이지. 우리 인간은 언제나 고독한 거야.

나는 자네를 이곳으로 유인해 왔어. 산책하기 위해 온 것이지만, 사실은 나를 기다리고 있는 어두운 방으로 가는 것을 피하기 위해서였어. 지금 불 꺼진 어둠 속의 빈방이 나를 못 견디게 괴롭히고 있다네. 그렇지만 우리 두 사람은 자네의 말대로 나는 열심히 지껄이고, 자네는 무관심한 듯 지루한 표정으로 내 말에 애써 귀를 기울이며, 지금 우리는 함께 나란히 걷고 있지. 하지만 나나 자네나 고독하다는 공통점은 부인하지 못할 걸세. 그렇지 않은가, 친구?

'가난한 자는 마음이 행복합니다.'

성경에 쓰여 있는 말이지. 이것은 행복의 환상을 잃지 않고 있다는 뜻이야. 하지만 인간의 고독한 슬픔을 이해하지 못하고 있는 말과 다름없어. 이것은 인생을 나처럼 생각하지 않는다는 말과 같은 뜻일세. 나의 삶이란 형이하학적인 피부만으로 접촉하고 있어. 그리고 벗들은 자기의 영원한 고독

을 이해하기 위해 보고, 생각하며, 느끼면서, 그리고 의식 앞에 끝없이 고뇌
하는 모습에서 이기적인 만족을 발견하는 탐욕스러운 존재일 뿐이지.

자네는 내가 정신이 좀 어떻게 된 것으로 생각하나? 그러나 성의 있게
들어주게. 언제인가 내가 영원히 고독한 존재라는 것을 느낀 순간부터 늘
어둡고 불분명한, 눈에 보이지 않는 것에 위협당하고 있었네. 그것이 차츰
강렬해지는 듯 생각되는 거야. 난 생존해 있어. 하지만, 내 곁에는 무엇 하
나 살아 있는 것이 없어. 땅속 같은 어두움, 이것이 내 인생의 전부야. 이따
금 나는 미미한 음향이나 불분명한 소리를 듣고 있지. 그리고 그것들을 통
해 어떤 고통을 느끼지.

그러나 그것이 어디서부터 오는 것인지, 전혀 알 수가 없단 말이야. 그래
서 나는 누구와도 만나지 않는다네. 나는 내 주위를 둘러싸고 있는 암흑 속
에서 타인의 손조차도 볼 수가 없는 고독한 존재란 말일세. 알겠나? 때때로
이 무서운 고뇌를 이해하는 일단의 사람들이 있었지. 그들은 외쳤어.

'누구냐? 거기 가는 사람은…… 나를 부르는 자는 아무도 없구나. 나는
언제나 혼자일 뿐이다. 시간은 흘러간다. 오오, 이 고독! 이 공허여!'

그래도 이런 사람들에게는 아직도 약간이나마 희망이 남아 있지. 나처럼
깊은 고독 속으로 빠져들지는 않는다네. 그들은 인생을 환상과 꿈으로 색칠
하고 있는 시인이었던 거야. 그 사람들조차도 나처럼 고독하지는 않아.

구스타프 프뢰벨은 이 세상에서 가장 불행한 사람이었네. 왜냐하면 그는
드물게 보는 예견을 한 사람이었기 때문이야. 그는 어느 여자 친구에게 다
음과 같은 절망적인 글을 써 보낸 일이 있었어.

'우리들은 공허한 우주 한가운데 떠돌고 있을 뿐입니다. 누구에게도 이해
가 되지 않는 존재입니다.'

사실 그렇지 않은가? 누구에게나 아무것도 이해가 되지 않는 존재가 바

로 인간이란 말일세. 우리가 무엇을 생각하든, 무슨 이야기를 나누든, 또 어떤 일을 하건 간에 그 누구도 무엇 하나 이해를 할 수 없다는 거야. 도대체 지구는 공허한 우주 공간에 모래알처럼 뿌려져 있는 수많은 별의 세계에서 무엇이 만들어지고 있는지 알 수 있겠는가?

또 우리는 무한한 별들 가운데 모습을 감추고 있는 그 공간의 무의미한 일부분밖에는 볼 수가 없다는 사실조차도 모르지 않는가? 그리고 이 별들은 서로 모르는 사이에 가까운 유기체 분자로 어울려 하나의 천체를 형성하고 있는 것은 아닐까?

지구조차도 이 별들 속에서 무엇이 만들어지고 있는 것을 모르는 것과 같이, 우리 인간 역시 서로에게서 무엇이 일어나고 있는지를 모르는 걸세. 인간관계는 별들보다 더 멀리 떨어져 있는 존재일세. 별이 홀로 있는 것보다 인간이 더 외톨이라는 거지. 왜냐하면 영혼에는 밑바닥이 없으니까.

모든 개체는 합쳐질 수 없는데도 끊임없이 접촉을 시도하고 있어. 이보다 더 무서운 불행이 어디에 또 있겠는가? 우리 인간 역시 서로 사슬에 묶이기를 바라는 것처럼 사랑의 손을 요구하고 있어. 하지만 하나가 될 수 없는 운명적인 존재가 아닌가?

하나가 되려는 강렬한 욕구가 우리를 괴롭히거든. 그러나 아무리 노력해 보았자 헛된 꿈이지. 결국은 어떠한 사랑도 열매를 맺지 못한다는 불안감에 사로잡혀 포옹도 친절도 공허할 뿐이야.

우리는 서로 하나가 되었으면 하고 늘 가까이 가기를 원하고 있어. 그러나 아무리 애써도 그 결과는 서로를 밀어붙이는 미움에 불과한 거야. 내가 누구보다도 깊은 고독에 절망하는 것은 우주 속으로 녹아들고 싶다는 강렬한 욕구가 너무 지나쳐 불안한 공포로 영혼을 지배하는 거지.

늘 상대방은 나를 밝은 눈으로 보고 있어. 그러나 배후에 있는 그 사람의 마음을 나는 모른단 말일세. 또 상대방은 나의 말을 조심스럽게 경청하고 있어. 하지만 그가 무엇을 생각하고 있는지? 자네는 그 괴로움을 이해할 수 있겠나?

상대방이 나를 싫어하고 경멸하는지, 전혀 알 수가 없지 않은가? 조소하고 있는지도 모르지 않는가?

또 상대방은 내가 하는 말을 모조리 수집하여 판단하고 냉소하며 비방한 나머지, 나를 평범한 놈이라든가, 바보 같은 놈이라고 생각하고 있는지도 모르지 않는가? 그런 상대방의 생각을 어떻게 알 수 있다는 말인가? 내가 그를 사랑하듯, 그가 나를 사랑하고 있는지, 어떤지를 어떻게 알겠나? 그 작은 머릿속에 무엇이 움직이고 있는지 어떻게 알 수가 있겠는가 말일세.

무서운 비밀이지. 타인의 사상은 풀 수 없는 수수께끼란 말일세. 우리가 알 수도, 바꿀 수도, 방어할 수도 없는 숨은 자유로운 것이지, 그럼, 나는 어떤가? 아무리 애써도 마음의 문을 활짝 열어놓을 수가 없다네.

아무도 침입할 수 없는 내면에 나만의 비밀스러운 자아가 도사리고 있는 거지. 누구도 그것을 열고 안으로 들어갈 수가 없어. 왜냐하면, 이 세상에 존재하는 누구도 나와 같을 수 없으니까 말일세. 그러므로 인간은 서로를 이해할 수 없는 단절의 섬을 만들고 있을 뿐이라네.

지금 자네는 나를 이해한다고 말할 수 있을까? 아닐걸세. 자네는 나를 미친놈으로 생각하고 있어. 나를 주시하고 있는 거야. 그러면서 이 친구는 도대체 어찌 된 것인가 하며 자문하고 있을 테지.

그렇지만 언젠가 자네가 나의 무서우면서도 미묘한 고뇌를 이해하게 된다면, 이곳으로 달려와 주게. 그리고 한 마디로 '알았다.' 말해 줄 수 있겠나! 그러면, 나는 그 순간만이라도 행복했다고 말할 수 있겠지.

특히 여자들은 나에게 더 많은 고독을 가져다준다네. 오오! 이 무슨 슬픔이란 말인가! 사실 나는 여자 때문에 괴로워하고 있음을 자네에게 고백하네. 여자들은 나에게 고독하지 않다는 거짓 희망을 품게 할 만큼 위력적인 존재이지.

사랑을 할 때, 자네는 자신의 존재가 한층 넓어지고, 어떤 초인적인 행복이 사로잡는 듯이 생각될 테지. 그게 왜 그런지 알겠나? 어디서 그와 같은 커다란 행복감이 전해 오는 것인지 알고 있나? 그것은 다만, 자기는 고독하지 않다는 느낌 때문인 거야. 이 얼마나 서글픈 착각인가?

여자는 남자의 마음속까지 파먹을 듯 끊임없이 사랑을 요구하지. 그리하여 우리를 괴롭히기 위해 허위라는 환상의 덫을 놓는 걸세.

때로는 자네도 머리카락이 길고 강렬한 매혹을 지닌 얼굴을 마주 대하고 있는 달콤한 순간을 알고 있을 테지. 눈과 눈이 마주친 것만으로도 남자의 마음은 흔들리게 마련이야. 미칠 듯한 흥분이 이성을 흐리게 만들어 버리지. 야릇한 환상이 우리들을 사로잡아 버리는 걸세.

나와 상대 여자가 하나로 합쳐지는 듯한 환상에 매료되지만, 그것은 다만, 그런 생각의 거품일 뿐이라네. 한 주일 동안 목 놓아 기다리고 희망하며 거짓 기쁨을 경험한 다음, 나는 전보다도 더 깊은 고독을 느끼는 걸세.

입을 맞출 때, 포옹을 할 때마다 고독은 열병보다 더 강렬하게 커진다네. 이 얼마나 두려운 일인가? 시인 샐리는 이렇게 표현했네.

숨 가쁜 애무도, 미칠 듯한 정열도
슬픈 마음을 가진 사람에게는 열매를 맺지 못한다.
육체와 육체를 합일시켜도
마음과 마음은 합쳐지지 않는다.

그리고 그다음은 거침없이 이별이 뒤따라오지. 그것으로 여자와 사랑은 함께 떠난다네. 한때는 내 인생의 전부였으며 진실한 사랑의 대상이었던 여자가 이제는 불분명한 모습으로 하찮은 존재가 되어 머릿속의 작은 거품에 불과할 뿐이지.

여자와 내가 일치하여 희망과 노력이 완전히 하나로 합일되었다는 믿음을 가졌을 때. 우연히 여자가 입 밖에 낸 한마디의 말 때문에, 지금까지의 관계가 서로의 기만이었음을 깨닫는 순간 어둠 속의 섬광처럼 두 사람 사이에 가로놓인 간격을 확인하는 아픔을 겪어야 한다네.

그래서 사랑하는 여자와 함께 있고 서로 말없이 앉아 있다는 사실만으로도 행복을 느끼는 밤이 가장 좋은 때이지. 그 이상의 것을 바라는 마음은 감정의 사치야. 왜냐하면 두 존재가 완벽하게 함께 된다는 것은 절대로 있을 수 없기 때문이니까.

그래서 지금의 나는 사람들에게 마음의 문을 닫아걸고 있네. 나는 내가 믿고 있는 것, 생각하고 있는 것들을 아무에게도 말하지 않네. 나는 내 자신이 무서운 고독을 운명으로 향유하고 있음을 잘 알고 있기에 모든 사물을 무관심하게 바라보고 침묵으로 일관하는 예외자인 셈이지.

타인의 의견이나 논쟁, 만족이 가져다주는 믿음이 나와 무슨 상관이 있겠나? 나는 타인과는 어떠한 관계나 교섭도 가지지 않네. 물론 그들 사이에 끼어들지도 않지.

이보게, 친구! 눈에 보이지 않는 상상은 아무에게 전해지지 않는 침묵과 같은 것이라네. 매일 반복되는 부질없는 사람들의 질문이나 미소에 대해서 나는 평범한 대답을 전할 뿐일세. 왜냐하면 나는 진지하게 대답할 마음의 여유가 없다는 것이 변명이야. 이해할 수 있겠나, 자네는?

우리는 긴 보도를 걸어서 개선문 근처까지 왔다. 그리고 그라티 광장에 닿았다. 친구는 한 편의 가을 시와 같은 서정적인 말을 들려주었다. 그 밖에도 많은 이야기를 했지만, 지금은 기억에 남아 있지 않다.

이윽고 벗은 파리교 위에 서 있는 높다란 뾰족한 탑 앞에서 걸음을 멈췄다. 별빛을 받아 버림받은 듯이 보이는 이집트식 기념비가 우울하게 보였다. 그 측면에는 묘한 글자로 이 나라의 역사가 새겨져 있었다.

그러자 갑자기 나의 친구는 손을 들어 기념비를 가리키며 외쳤다.

"우리는 모두 이 돌과 같은 존재야!"

그런 다음 친구는 말없이 한 걸음을 옮겨놓았다.

친구가 술에 취해 있었던 것인지, 돌아버린 것인지, 아니면 총명했던 것인지, 나는 지금까지 그 언행에 대해 알 수가 없다.

이따금 나는 친구의 이야기가 옳았다고 생각하고 있다.

하지만, 어떤 때는 그 친구가 몽유병자로 생각되기도 하는 것이 솔직한 내 심정이었음을 고백한다.

*모파상

귀여운 여인

　오랭카는 퇴직한 대학교수 프레미안니코프의 딸이었다. 그녀는 지금 무엇을 생각하고 있는 듯 뒷마루에 그림처럼 앉아 있었다.

　무더운 날씨여서 파리 떼들이 성가시게 날아다니며 가벼운 소리를 냈다. 그러나 곧 밤이 온다고 생각하면 즐거웠다.

　동쪽에서 먹구름이 솜뭉치처럼 몰려와서는 이따금 습기를 풍겨 주었다.

　뜰 한가운데 팔짱을 낀 쿠킨이 팽창한 공기로 터져버릴 듯은 낮은 하늘을 올려다보며 서 있었다. 그는 티워리에 있는 야외극장 지배인으로 이 집 셋방에 거주하고 있는 사나이였다.

　"에이, 빌어먹을 놈의 비!"

　그는 절망적인 표정으로 내뱉듯이 말했다.

　"또 비가 오려나? 이건 일부러 오는 거야? 요즘은 날마다 심술궂은 비야. 차라리 목을 매달아 죽을까 보다. 이젠 다 글렀어. 하루하루가 손해야! 젠장 하늘이 미쳤나!"

　그는 주먹을 휘두르며 오랭카에게 큰 소리로 말했다.

　"이것 보세요! 이게 우리들의 걸레 같은 삶이란 말입니다. 올가세미요노프나! 이런 엿 같은 생활은 사내자식 한 놈을 울리기에 충분합니다. 또 우리 같은 인간은 밤에도 변변히 잠도 못 자고 죽으라고 일만 하여 스스로 쇠약하게 만들고 있습니다. 무엇보다도 최선의 일에 써야 할 머리를 아주 못 쓰게 만들고 있지요. 그러면 결과가 어떻게 될까요? 무엇보다도 대중이란 떼거리는 무지하고 야만적입니다. 나는 대중 앞에 훌륭한 가극과 무언극을 위해 일류 악사를 무대에서 연주하도록 예술성을 주장하고 있습니다. 그런데 대중이 바라고 있는 것이란? 어처구니가 없어요. 그들은 이런 종류의 것에 는 아주 무식하거든요.

그들은 어릿광대 따위만을 찾아 허둥대고 있습니다. 속되고 좋지 못한 것 만 찾아 즐기는 것이지요. 게다가 날씨마저 왜 이렇습니까? 매일 밤비가 쏟 아지고…….

오월 초부터 시작해서 유월 한 달 내내 계속되고 있으니, 정말 진절머리 가 나요! 구경 오는 사람은 없고, 그런데도 임대료는 꼬박꼬박 바쳐야 한단 말씀이에요. 관리들한테 돈도 줘야 공연을 계속할 수 있어요. 빌어먹을 ……."

다음날도 저녁때가 되자, 또 먹구름이 떼를 지어 몰려왔다. 그러자 쿠킨 은 히스테릭한 웃음을 띠며 자조 섞인 말로 떠들기 시작했다. 그의 표정은 비구름보다 더 변화가 심했다.

"좋다! 얼마든지 와라! 뜰 안 가득 넘쳐 나를 물귀신으로 만들어라! 혼쭐 이 나갈 때까지, 증오를 받아 줄 테니! 건물 주인, 돈 뜯어 가는 놈들, 모두 나를 들볶아도 좋다. 에잇! 감옥에라도 처박혔으면, 차라리 시베리아에 유 배 가서 사형을 받았으면 속이 시원하겠구나! 핫하하!"

그다음 날도 마찬가지였다.

오랭카는 잠자코 열심히 쿠킨이 떠벌이는 말을 툇마루에 그림자처럼 앉 아 듣고 있었다. 어떤 때는 순간적으로 눈에 눈물이 고이는 것 같았다.

이리하여 쿠킨의 저주받은 불행은 마침내 오랭카의 여린 마음을 움직였 다. 오랭카는 어느덧 그를 연민하게 되었다.

쿠킨은 얼굴빛이 누렇고 곱슬머리를 이마에까지 드리운 작은 사나이였 다. 그는 늘 버릇처럼 힘없는 목소리로 말했다. 말할 때는 그의 입이 한쪽으로 비뚤어졌다. 그리고 언제나 절망한 듯한 표정이 얼굴에 떠 있었는데, 그런데도 그녀의 마음에 물빛 같은 애정을 불러일으키는 것이다.

오랭카는 누군가를 늘 습관처럼 사랑하고 있었다. 그녀는 사랑 없이는 살아갈 수 없는 운명적인 여자였다.

훨씬 이전에는 아버지를 사랑했다. 하지만 그녀의 아버지는 괴로운 듯이 가쁜 숨을 쉬면서 늘 어두침침한 방 안에 앉아 있는 치매 노인이었다.

또 오랭카는 일 년에 한 번 인사차 보리양스크에서 다니러 오는 숙모에게 깊은 애정을 느꼈다.

그리고 그녀가 여학교에 다니고 있었을 때는 불어 선생님을 사랑했다.

오랭카는 매우 건강한 육체와 영혼의 소유자로 부드러운 눈길과 잔잔한 미소, 정숙하고 정에는 약하지만 자비심이 강한 처녀였다.

그 장밋빛 볼이라든가 작고 검은 사마귀가 있는 하얀 목덜미며, 어떤 유쾌한 말을 듣고 있을 때 떠오르는 상냥하고 순진한 표정을 보면 남자들은

"아아, 참 미인이구나!"

하고 찬사를 아끼지 않는다.

그러면 그녀는 천진한 미소로 대답하는 매력을 지닌 여자였다.

같은 여자들도 이야기하는 도중에

"어쩌면 저렇게 예쁠까!"

하고 못 견디겠다는 듯이 그녀의 손을 잡는다.

그녀가 태어나면서부터 살고 있으며, 아버지의 유언으로 상속받은 이 집은 티워리 읍내에서 얼마 떨어지지 않은 곳에 있는 작은 규모의 전원주택이었다.

저녁이 찾아오면 오랭카는 악대의 열정이 넘치는 악기 소리와 폭죽이 펑펑 터지는 불꽃 소리로 밤을 보냈다. 그것은 쿠킨이 그의 운명과 싸우며 연

주하는 '냉정한 관객'이라는 작품으로 그의 생존의 적을 공격하고 있는 것 같은 미묘한 충격 속에서 그녀는 상쾌한 충동에 사로잡혔다.

어쨌든 인생은 감동의 기록이라고 단정하고 싶은 것이 오랭카의 생각이었다.

그녀는 늦게까지 잠을 잘 생각을 하지 않았다. 새벽녘에 쿠킨이 집으로 돌아오면 침실 창을 살며시 노크하고 커튼 사이로 얼굴과 한쪽 어깨만 드러내고는 정다운 미소를 그에게 던져 주는 일이 하루의 끝냄이었기 때문이다.

쿠킨은 오랭카에게 정식으로 결혼을 신청했다. 그리하여 두 사람은 젊은 남자들의 시새움과 부러움을 축복으로 받으며 결혼했다. 그녀의 하얀 목과 통통하게 살이 오른 아름다운 어깨를 바로 눈앞에서 바라보았을 때, 쿠킨은 감격스럽다는 듯 말했다.

"당신은 어쩌면 이렇게 귀여울까!"

그는 행복했다. 그러나 결혼식 날도 밤낮으로 비가 오던 때와 마찬가지로 그의 얼굴에는 절망의 표정이 남아 있었다.

그런대로 두 사람은 화목하게 가정을 꾸려 나갔다. 오랭카는 쿠킨의 사무실에 앉아 극장 일을 이것저것 돌보며 계산서를 작성하기도 하고 급료 지불 같은 일들을 맡아 처리하느라고 나름대로 바쁜 시간을 보냈다.

그녀의 장밋빛 볼과 순진하고 명랑하게 웃는 얼굴이 금세 사무실 창에 보였는가 하면, 이번에는 작은 간이식당이나 무대 뒤에서 볼 수 있었다.

어느새 그녀는 잘 아는 주위 사람들에게 연극이란 인생에 있어 가장 중요한 표현이며, 연극을 통해서만 인간은 참다운 기쁨을 얻을 수 있고, 또 교양을 쌓을 수 있고, 인간답게 살 수 있다고 말하게끔 되었다.

"그렇지만 구경하는 사람들이 그 뜻을 안다고 생각하세요?"

그녀는 이렇게 말하는 것이었다.

"손님들이 찾고 요구하는 것은 보잘것없는 어릿광대예요. 어제 우리들은 '파우스트의 배신'을 무대에 올렸지요. 그랬더니 좌석은 텅 비었습니다. 그렇지만 와니치카와 함께 흥밋거리의 속된 연극을 공연했다면 좌석은 틀림없이 만원이 되었을 거예요. 내일 와니치카와 저는 '지옥의 합창'을 무대에 올려 볼 작정입니다. 꼭 와 주세요."

그리고 쿠킨이 연극 배우에게 말한 것을 그녀는 되풀이해서 설명하였다. 그녀는 남편과 똑같이 예술에 대한 대중의 무지와 냉담을 비난했고 관객의 수준을 비평하는 안목을 보여 주었다.

쿠킨은 배우들과 함께 무대 연습에 열중했다. 또 한편으로는 배우의 연기를 지도하고 악사들의 몸짓에 이르기까지 세심하게 감독하는 남편의 모습에 감동하면서, 그 고장 신문에 그와 관련한 악평 기사가 실리면, 그녀는 눈물을 흘렸다.

어떤 때는 그 악평 기사를 취소시키기 위해 신문사를 찾아가는 열성에 배우들은 그런 그녀를 좋아했다. 그래서 그녀를 '와니치카의 그림자'라든가, '귀여운 여자'라는 애칭으로 불렀다.

그녀는 배우들이 어려운 형편에 놓이면 약간의 돈을 빌려 주기도 했다. 간혹 배우들이 그녀를 속이는 일이 있으면 자기 혼자서 눈물을 흘리기도 했다. 그러나 남편에게 일러바치는 짓은 안 했다.

두 사람은 그해 겨울을 즐겁게 보냈다. 겨우내 거리에서 연극 공연을 했다. 그리고 자기들의 무대를 단기간 러시아 연극협회나 단체, 미술 단원을 시골 극단에 빌려주었다.

오랭카는 더욱 건강하여져서 명랑한 마음으로 신혼생활을 즐겼다. 그러나 쿠킨은 점점 몸이 마르고 혈색이 거칠어져 갔다.

관객이 몰리지 않는 겨울 공연에 손해가 없었는데도 큰 손실이라느니, 재기 불능의 파멸이라느니 항상 우는 소리를 입에 달고 지냈다. 밤에는 마른 기침에 잠을 제대로 이루지 못할 정도로 건강에 적신호가 울렸다.

그래서 그녀는 더운 보리수 물을 만들어 향수를 섞어 온몸을 문질러 주기도 하고 따뜻한 숄로 덮어 주기도 하였다.

"당신은 어쩌면 이렇게도 아름다울까요?"

오랭카는 그의 머리카락을 쓰다듬으면서 진심으로 상냥하게 말했다.

"정말 당신은 좋은 분이에요!"

사순절이 가까워지자, 쿠킨은 새로운 단원과 단체를 모으기 위해 모스크바로 떠났다. 남편이 없으면 그녀는 잠을 이룰 수가 없었다. 그래서 별을 바라보며 창가에 앉아 지냈다.

그녀는 가정부가 닭장에 들어가지도 않았는데 겁에 질려 밤새도록 뜬눈으로 날이 새기를 기다리고 있는 암탉과 자기를 견주어 보기도 했다.

쿠킨은 모스크바에 머물고 있었다.

그는 부활제 무렵에는 돌아온다는 연락을 보내오고 티워리에서 해야 할 일들을 이것저것 지시하고 챙기기도 했다.

그러나 부활제를 앞둔 일요일 밤늦게 불길함을 예감하는 노크 소리가 갑자기 문밖에서 들려왔다.

선잠에서 깬 가정부가 맨발로 마당을 가로질러 물구덩이에 빠지면서 허둥지둥 달려 나갔다.

"빨리 문을 열어 주십시오."

문밖에서 다급한 목소리가 들려왔다.

"긴급 전봅니다."

오랭카는 전에도 남편에게서 온 전보를 받은 일이 있었으나 이번에는 웬일인지 공포에 싸여 몸이 떨렸다.

그녀는 손을 떨면서 전보를 읽었다.

'이반페트로비치 금일 돌연 사망. 화요일 장례식. 선처를 바람'

장례식. 그리고 그다음에 무슨 뜻인지 알 수 없는 말—전보는 그렇게 적혀 있었다. 그리고 가극단 무대감독의 사인이 선명했다.

"아아, 여보!"

오랭카는 목메어 흐느꼈다.

"와니치카, 내 소중한 당신! 어째서 나는, 당신을 알게 되었을까요? 왜 사랑했을까요? 절망한 이 불쌍한 오랭카는 당신을 잃고 외톨이가 되어 버렸어요!"

쿠킨의 장례식은 예정대로 화요일 모스크바에서 거행되었다.

오랭카는 장례식이 끝나자, 곧바로 집으로 돌아왔다. 그리하여 자기 방에 들어서자마자 방바닥 위에 몸을 던지고 옆방까지 들릴 만큼 큰 소리로 한없이 흐느껴 울었다.

"가엾은 여자다!"

이웃 사람들은 가슴에 십자를 그으면서 함께 슬픔을 나누었다.

"딱하게도 올가세미요노프나가 저렇듯 탄식하고 있구나! 너무 가여운 여자야."

그 후 사흘이 지난 어느 날, 오랭카는 우울한 생각에 잠겨 미사에서 돌아오는 길이었는데, 어디서부터인가 이웃에 살고 있는 앙드레비치프스트와로프가 그녀의 뒤를 따라오고 있었다.

그는 목재상 바바카에프 상회의 지배인으로 늘 맥고모자를 쓰고 옷에 금시계 줄을 늘인 장사꾼이라기보다는, 오히려 시골 신사 같은 몸차림을 한 중년의 남자였다.

“세상일이란 다 운명입니다. 올가세미요노프나!”

그는 동정에 넘친 음성으로 정중하게 말했다.

“우리들이 소중히 여기고 있는 사람이 죽는 것도 하나님의 뜻입니다. 그러니까 우리들은 매사에 순종하고 인내해야 하는 존재이지요.”

문 앞에까지 오랭카를 전송하고서야 그는 안녕히 계시라는 말을 건네며 돌아갔다. 오랭카는 그가 떠나간 후 침착하고 위엄 있는, 그러면서 울림이 있는 매력적인 목소리에 감동하는 자기의 생각에 놀랐다.

눈을 감으면 그의 검은 수염이 자극적으로 느껴졌다. 어쨌든 그녀는 그가 매우 좋은 사람이라는 인상을 가진 것은 분명했다.

오랭카도 그에게 호감을 주었는지, 그 증거로 얼마 후 그녀와 겨우 안면이 있는 정도의 마을 노부인이 초청하지도 않았는데 집으로 커피를 마시러 와서는 테이블에 앉자마자, 목재상 지배인 프스트와로프에 관한 이야기를 자랑스럽게 늘어놓았다.

그 부인은 프스트와로프를 퍽 믿음직스럽고 훌륭한 남자라느니, 그 정도면 어떤 여자라도 기꺼이 결혼하리라는 말까지 했다.

그런 일이 있은 지 사흘쯤 지나서, 이번에는 프스트와로프가 직접 찾아왔다. 그는 오래 머물러 있지는 않았다. 한 십 분쯤 차를 마시고는 별다른 말이 없이 돌아갔다.

그러나 그가 떠나자, 오랭카는 이미 그를 사랑하고 있음을 스스로 확인할 수 있는 계기가 되었다.

그의 마음은 밤중에 열병에라도 걸린 듯 잠을 이룰 수가 없어 날이 밝자 노부인을 불러오게 할 정도여서 지체하지 않고 약혼이 이루어졌다. 그리고 얼마 뒤에는 두 사람의 결혼식이 마을에서 간소하게 치러졌다.

남자는 대개 점심때까지 사무실에 앉아 있다가 그 뒤에는 거래처를 찾아

나섰다. 그가 없는 시간은 오랭카가 계산서를 작성하기도 하고 주문서를 확인하며, 저녁 늦게 그가 돌아올 때까지 사무실을 지켰다.

"재목이 해마다 비싸져요. 이십 퍼센트씩 값이 올라가고 있답니다."

그녀는 단골손님이나 친구들에게 능숙한 장사꾼처럼 말했다.

"글쎄 생각해 보세요. 우리는 시골 목재를 직거래하고 있으니까 와시치카는 늘 지방으로 출장을 가지 않으면 안 돼요. 그리고 그 운임!"

그녀는 겁이 난다는 듯이 두 손으로 볼을 누르며 되뇌는 것이었다.

"그 운임!"

그녀에게는 마치 가지가 몇 해 동안이나 재목상을 운영하고 있었던 것처럼 생각되는 모양이었다. 또 자신의 인생에서 가장 중요한 부분이 있다면 목재라는 새로운 삶의 이정표가 세워졌다.

그녀에게는 각재, 기둥, 대들보, 통나무, 판자라는 명칭 속에도 정다운 감동을 일으키는 그 무엇이 있는 것처럼 느껴졌다.

밤에 잠을 자고 있을 때, 그녀는 두꺼운 판자나 커다란 목재가 여기저기 집채처럼 쌓여 있는 산등성이며, 어디인가 멀리 통나무를 운반해 가는 마차들의 긴 행렬을 꿈속에서 보았다.

높이 40피트나 되는 6인치 판자가 열병식을 하는 군대처럼 한쪽 끝에 우뚝 서서 행군하는가 하면, 통나무와 목재들이 서로 부딪쳐 마른 소리를 내며 넘어졌다가 일어났다가 쌓이는 장면을 꿈속에서 현실로 착각했다.

그만 오랭카는 가위에 눌려 고함을 질렀다. 그럴 때 프스트와로프는 상냥하게 말했다.

"오랭카, 왜 그러는 거요? 마음의 안정을 찾기 위해 기도를 드리는 게 좋을 거야!"

남편의 생각은 곧 그녀의 생각이었다. 남편이 방이 너무 덥다고 한다든가, 장사가 잘되지 않는다고 하면, 그녀 역시도 같은 마음이었다.

남편은 잡기나 오락에는 조금도 흥미를 보이지 않았다. 축제일에는 집에 꼼짝도 하지 않고 틀어박혀 있었다. 그녀도 그대로 따라 했다.

토요일이 되면 포스트와로프와 그녀는 언제나 저녁기도에 참석했다. 또 일요일에는 아침 예배를 드리기 위해 교회에 갔다가 집으로 돌아올 때는 늘 다정한 모습으로 어깨를 나란히 하고 걸었다. 두 사람의 주위에는 항상 즐거운 향기가 감돌았다.

걸음을 옮길 때마다 그녀의 비단옷이 기쁜 듯이 살랑살랑 소리를 냈다. 집에서는 여러 종류의 잼을 바른 과자와 빵을 먹고 동양 차를 마시며 질 좋은 파이를 먹었다. 매일 열두 시가 되면 이 집에서는 순무로 만든 수프와 양고기며 구운 오리의 맛있는 냄새가 담장 너머까지 풍겼다.

그래서 이 집 앞을 지나치려면 누구나 시장기를 느끼지 않을 수 없었다. 사무실에서는 항상 더운물이 끓고 있어서 손님들은 차와 곁들인 비스킷을 대접받았다.

일주일에 한 번씩 부부는 목욕을 하기 위해 마을 어귀에 있는 온천을 찾았다. 그리고 두 사람은 얼굴을 빨갛게 빛내면서 돌아오곤 했다.

"하나님의 은혜로 우리들은 무엇 하나 부족함이 없어요."

오랭카는 친구에게 자랑삼아 늘어놓았다.

"나는 모든 사람이 남편과 나처럼 산다면 얼마나 행복할까, 생각해 본답니다."

프스트와로프가 산간 지방으로 목재를 사기 위해 떠나 있는 동안 그녀는 그가 집에 없음을 실감하며 몹시 외로워하여 밤에도 자지 않고 슬퍼했다.

그들이 방을 빌려주고 있는 스밀닝이라는 군의관은 밤이 되면, 때때로 그녀가 거처하고 있는 거실까지 찾아와서 이야기를 나누기도 하고 트럼프를 즐기기도 했다.

남편이 집에 없는 동안은 이런 일이 그녀를 위로해 주었다.

어느 날 그가 자기 가정에 관해서 이야기하자, 그녀는 매우 흥미 있게 들었다. 그에게는 젊은 아내와 어린아이가 있는 단출한 가정이었으나 불행하게도 아내의 음탕한 행위로 별거 생활을 하는 중이라고 했다.

이런 일로 하여 그는 아내를 극도로 미워하는 한편, 아이의 양육비를 매달 사십 루블씩 보내주고 있다는 것이었다. 이 이야기를 들으면서 오랭카는 한숨을 쉬며 고개를 흔들었다. 그녀는 그를 가엾게 생각했다.

"그럼, 안녕히 계십쇼"

그가 작별 인사를 하고 자리에서 일어서자, 그녀는 촛불을 켜 들고 층계까지 전송하면서 늘 이렇게 말했다.

"당신이 함께 있어 주셔서 너무나 즐거웠어요. 그럼 안녕히 가세요."

그녀는 변함없이 남편에게 하는 것처럼 침착성과 분별 있는 태도를 그대로 흉내 내어 말했다. 소위가 층계를 내려가 저쪽 문 있는 곳까지 걸어가는 것을 전송하면서,

"이봐요! 프라트치 씨, 부인과 진심으로 화해해야 해요. 아이들을 위해서 부인을 용서하셔야죠. 이번은 아이들을 위해서입니다."

그리고 남편 프스트와로프가 먼 곳에서 돌아오면 그녀는 작은 목소리로 소위에 대해서, 또 그의 불행한 가족에 대해서 이야기했다. 그리고 부부는 한숨을 쉬고 고개를 흔들면서 진심으로 아이들은 아버지가 곁에 없어서 슬퍼할 것이라고 동정 어린 말을 주고받았다.

그러자 어떤 기묘한 생각이 두 사람 사이에 떠올라 그들은 교회를 찾아 성상 앞에 깊숙이 머리를 숙였다. 그리고 하나님이 자기들에게도 아이가 태어날 수 있도록 은총을 베풀어 주시기를 빌었다.

이렇게 프스트와로프 부부는 평화롭고 의좋게 서로를 사랑하면서 6년의 세월을 보냈다. 마을에서는 누구나 부러워하는 모범가정 부부로 소문이 날 정도였다.

어느 겨울날, 안드레비치는 재목 운반을 감독하기 위해 방한 모자를 쓰지 않고 재목장에 나갔다가, 이것이 원인이 되어 감기에 걸려 자리에 눕게 되었다.

그는 몇몇 유명한 의사의 치료를 받았으나 별 효과 없이 넉 달 동안을 앓다가 죽고 말았다. 그래서 오랭카는 또다시 혼자 몸이 되었다.

"어째서 나를 홀로 남겨 두셨나요. 여보……"

그녀는 절망 속에서 남편의 장례를 치른 뒤에 한없이 울었다.

"앞으로 나는 당신 없는 세상을 어떻게 살아가야 하나요. 불행하고 불쌍한 나! 친절하신 여러분, 제발 나를 불쌍하다고 생각해 주세요. 나는 이제 혼자가 되어 버렸답니다."

오랭카는 늘 검은 상복을 입어야 하는 화려한 모자나 장갑을 몸에 지닐 수 없는 미망인이 되었다.

그녀는 교회와 남편 묘지에 가는 일 이외에는 거의 바깥출입을 삼갔다. 이렇게 수녀와 다름없는 절제된 시간을 보냈지만, 그 뒤 여섯 달도 못 되어 검은 상복을 벗어 버리고 닫힌 문을 열고 세상 밖으로 나왔다.

아침에 가정부와 함께 시장으로 식료품을 사러 가는 그녀의 모습이 종종 눈에 띄었다. 그러나 그녀의 집에서 어떤 일이 일어나고 있는지, 어떻게 살아가고 있는지에 대해서는 알 수가 없었다.

하지만 그녀가 정원에서 소위와 함께 차를 마시고 있는 모습을 보고 사람들은 짐작했다. 소위가 소리를 내어 그녀에게 신문까지 읽어 주는 모습이라든지, 우체국에서 이웃집 부인을 만났을 때 나눈 이야기라든지, 그런 사실들로 동네 사람들은 두 사람 사이의 관계를 알 수 있었다.

"우리가 살고 있는 마을에는 가축에 대한 완전한 검사가 없어요. 그것이 유행병의 원인이 된답니다. 오염된 우유에서 전염병이 발생한다든지, 말이나 소에 의해서 병이 감염되는 경우가 자주 일어납니다. 그러기 때문에 가축의 병은 인간의 건강과 직결되므로 조심해야 하겠어요."

그녀는 군의관의 말을 그대로 답습하여 무슨 일에 대해서나 똑같은 의견이었다. 그녀는 무엇이건 자신이 스스로 할 수 있는 것, 생각하거나 소유한다는 것은 있을 수 없는 일이었다. 오직 자기가 빌려준 셋방을 통해 새로운 행복을 발견하는 일이 최상의 기쁨이었다.

이 이야기의 주인공이 다른 여자였다면, 아마 세상 사람들로부터 굉장한 비난을 받았을 것이다. 그러나 오랭카에 대해서는 누구도 부정하다거나 나쁘게 해석하는 사람이 없었다.

오히려 그녀가 취한 행동은 매우 자연스러운 귀여움으로 보았다. 그들의 관계가 달라진 사실을 그녀나 군의관은 다른 사람들에게 전혀 말하지 않았다. 오히려 숨기려고 애썼다.

그러나 오랭카로서는 천성적으로 비밀을 지킬 수 없는 일이었기 때문에 끝까지 성공하지 못했다. 군의관 동료들의 방문을 받고 오랭카가 차를 따라 주거나 저녁 식사를 대접할 때, 그녀는 가축의 질병이나 도살장에 관해서 이야기를 시작하는 것이었다.

그럴 때마다 군의관은 몹시 난처했다. 그러다가 손님이 돌아가 버리면 기다렸다는 듯이 그는 그녀의 손목을 잡고 화가 난 듯이 소리치며 꾸짖었다.

"자기가 모르는 일에 대해서는 절대로 말해서는 안 된다고 몇 번이나 일러두지 않았어요? 우리 군의관끼리 이야기할 때는 제발 그런 말을 입 밖에 내지 말아 줘요. 정말 곤란해요."

그러자 그녀는 놀라움과 낙담의 눈길로 그를 바라보며 울먹이듯 말했다.

"그럼, 나는 무슨 얘기를 해야 하죠?"

그녀는 눈물을 글썽거리면서 그를 껴안으며 제발 화를 내지 말아 달라고 애원했다. 그러면 그들은 다시 행복한 마음으로 돌아갔다.

그러나 이 행복도 오래 계속되지는 못했다. 어느 날 갑자기 군의관이 떠나가 버렸다. 그의 부대가 먼 곳으로—시베리아로 이동하게 되었기 때문에 그는 동료들과 함께 떠나가 버린 것이다.

오랭카는 또다시 홀로 남겨졌다.

그녀는 완전히 외로운 여자가 되어 버렸다.

그녀의 아버지는 이미 오래전에 세상을 떠났다. 그가 만년을 의지하며 보냈던 등의자는 먼지투성이가 되어서 한쪽 다리마저 부러져 헛간에 나뒹그러져 있었다.

그녀는 점점 여위어져서 아주 보기 싫을 정도로 용모가 초췌했다. 사람들은 거리에서 그녀를 만나도 그 전처럼 다정한 표정으로 바라보지도 웃지도 않았다.

분명 오랭카의 성년기는 이미 멀리 달아나 버렸고, 전혀 생각지 않았던 어떤 변화된 생활이 시작된 것이 분명했다.

만년에 이르자, 오랭카는 뒷마루에 앉아 티워리에서 연주하고 있는 악대의 음악과 불꽃이 터지는 소리를 들었으나, 어떠한 감정이나 흥미를 느낄 수 없었다.

그저 멍하니 비어 있는 듯한 눈길로 정원 어디인가를 바라보고 있었을 뿐이었다. 그러다가 이윽고 밤이 되면 잠자리에 누워 사람의 그림자도 없는 빈 뜰을 꿈에 보았다. 그녀는 매사에 진력이 난다는 듯이 먹고 마시며 하루 하루를 메마른 여름날처럼 보냈다.

그중에서도 가장 괴로운 것은 어떤 일에 대해서도 의욕을 가질 수 없었다. 하지만 그녀는 자기 주위의 온갖 것을 관심 깊게 살펴볼 수 있는 계기가 되었다. 모두 의아한 낯선 것들이었다.

그러나 그것에 대해 어떠한 의욕도 감정도 표출해 낼 수가 없었다. 또 그것을 어떻게 보아야 할지 판단할 기력조차 없었다. 삶에 대한 의욕을 느끼지 못한다는 것은 얼마나 무서운 상실인가!

그 예로 앓고 있는 병자를 본다든지, 내리는 비를 본다든지, 마차를 끌고 가는 농부의 거동을 보아 병자인지, 비와 농부 사이에는 어떤 관계가 있는가를 표현할 능력이 없으며, 천 루블의 돈이 얼마만큼의 가치가 있는가를 전혀 가늠할 수 없었다.

쿠킨이나 프스트와로프, 군의관과 함께 있을 때는 무슨 일이건, 모두 설명할 수 있었고 의견을 말할 수 있었으나, 웬일인지 홀로 남은 그녀 머릿속의 영혼은 바깥마당처럼 텅 비어 있었다. 그리고 몹시 심한 감기에 몸살을 앓고 있는 듯 괴롭고 쓰라린 나날이 계속되었다.

거리는 차츰 확장되어 갔다. 작은 길은 큰 길이 되었고 티워리와 재목장이 있었던 곳은 새로운 광장이 생겨 그 주위로 집들이 즐비하게 들어섰다. 이 얼마나 빠른 세월의 속도가 변화를 가져다주고 있는가!

오랭카의 집은 헐어서 지붕에 풀이 돋고 한쪽으로 기울어졌으며, 정원은 화려함을 잃고 덩굴과 잡풀로 우거져 거의 폐허처럼 보였다.

오랭카 자신도 보기 흉하게 늙어 버렸다. 여름이 되자 그녀가 고양이처럼 뒷마루에 쪼그리고 앉아 있는 모습이 무너진 담장 사이로 보였다. 그녀의 마음은 공허와 슬픔에 가득 차 있어 보기에도 딱할 정도로 처량해 보였다.

겨울에는 창가에 앉아 날리는 흰 눈을 바라보며 보냈다. 따뜻한 봄이 오면 꽃향기를 맡거나 교회 종소리를 듣거나 하면, 지난날의 기억이 갑자기

가슴 속으로 밀려와 부드러운 고통을 감내해야 했다. 그러면 그녀의 흐린 눈에서 눈물이 방울져 흘러내렸다.

하지만 그것도 잠시일 뿐 이내 공허감이 밀려왔다. 그럴 때면 깊은 바닷속으로 가라앉는 기분에 빠지며 가슴을 쓸어내렸다.

검은 새끼 고양이가 그녀에게 몸을 비벼대며 꾸르륵 마른 소리를 냈다. 그러나 오랭카는 이런 새끼 고양이의 아양에는 아무런 흥미도 느끼지 않았다. 그녀는 그런 것에는 조금도 관심을 두지 못했다.

또다시 그녀는 자신의 존재와 영혼, 이성을 빼앗을 만한 열정적인 사람을 기다리고 있었다. 오직 그녀에게 사랑을 주고, 생활의 목적을 주고, 그녀의 묵은 피를 따뜻하게 할 수 있는 사랑을 기다리며 찾고 있었다.

그녀는 비벼대는 고양이를 떨쳐 버리면서 말했다.

"저리 가! 귀찮아!"

이렇게 하루를 보내고 달이 저물고 해가 바뀌어도, 그녀에게는 변화가 없었다. 점점 사막처럼 되어가고 있었다. 어떠한 즐거움도 화려한 생각도 품지 않았다. 그녀는 무슨 일이나 자신의 감정까지도 가정부 마우라가 하라는 대로 움직였다.

유월의 어느 무더운 날 저녁 무렵, 별안간 한 떼의 가축이 쫓기듯 몰려들어와서 마당에 먼지를 자욱하게 일으키고 있을 때, 누군가 요란하게 문을 두드렸다. 놀란 오랭카는 황급히 문을 열기 위해 달려 나갔다. 그리고 밖을 내다보았을 때 아연하여 말문이 막혔다.

그곳에는 머리카락이 회색이 된 스밀닝이 군복 같은 옷차림으로 서 있었다. 그러자 모든 일이 한순간에 떠올랐다. 그녀는 울면서 한마디의 말도 못하고 머리를 그의 가슴에 묻었다. 두 사람은 너무나 기쁜 나머지 어떻게 집안으로 들어왔는지, 언제 의자에 앉았는지 몰랐다.

“정말 기뻐요. 당신과 함께 있다니! 그동안 어떻게 지냈어요?”

그녀는 기쁨에 찬 떨리는 소리로 속삭였다.

“나는 영원히 여기서 당신과 함께 살고 싶어졌습니다. 세미요노우나.”

그는 진심으로 말했다.

“나는 군 복무를 끝냈습니다. 그리고 민간인으로 전공을 살려 무엇이든 한 번 해볼 작정으로 찾아왔습니다. 게다가 아이를 학교에 보내야 합니다. 이젠 다 컸으니까요. 그동안 나는 아내와 화해했답니다.”

“부인은 어디 계시는데요?”

오랭카는 놀라면서 물었다.

“지금 아이들과 함께 여인숙에 있어요. 나는 급한 대로 셋방을 구하고 있습니다.”

“어머나, 당신도 셋방을? 왜 우리 집으로 오지 않으세요? 우리 집이 마음에 들지 않으시나요? 이봐요, 방세 같은 것은 안 받아요.”

오랭카는 다시금 울기 시작하면서 흥분한 어조로 말했다.

“제발 여기 와서 사세요. 당신이 와 주면 얼마나 기쁘겠어요!”

이튿날 낡은 지붕은 다시 칠해지고 벽은 물청소로 깨끗해졌다. 오랭카는 활개를 펴고 정원을 돌아다니면서 이것저것 지시를 했다.

그녀의 얼굴은 옛날처럼 웃음을 띠고 명랑하게 빛났다. 마치 긴 잠에서 깨어난 것처럼 활발해 보이는 표정에 행복이 감돌았다.

군의관의 아내는 짧은 단발머리에 간질환자 같은 표정에 깡마른 외모를 하고 있었다. 그 부인과 함께 그들의 아이 사샤도 왔다.

소년은 볼에 보조개가 있는 눈이 푸르고 투실투실하게 살이 찐 열 살의 몸집이 작아 보였다. 사샤는 집 안으로 들어오자 곧 고양이를 쫓아다녔다. 그러자 활기찬 명랑한 웃음소리가 울렸다.

"아줌마, 저게 아주머니네 고양이이에요?"

소년은 오랭카에게 물었다.

"저 고양이가 새끼를 낳거든 한 마리 주세요. 엄마는 쥐가 너무 싫대요."

오랭카는 아이에게 이야기를 걸기도 하고 차를 따라주기도 했다. 그녀의 마음은 따뜻해졌다. 그리고 사샤가 마치 자기 아들이나 되는 것 같은 부드러운 느낌이 들었다.

저녁때 사샤가 테이블에 앉아 밀린 숙제나 공부를 시작하면, 그녀는 사랑과 다정한 눈빛으로 조용히 아이를 바라보면서 자신에게 중얼거렸다.

"정말, 예쁘기도 해라. 이렇게 어린 것이 영리할까!"

"섬은 사방이 물로 둘러싸여 있는 육지의 한 조각입니다."

사샤가 소리를 높여 국어책을 읽었다.

"섬은 육지의 한 조각입니다."

그녀도 되풀이했다. 이것이 몇 년 동안 침묵하며 생각과 표현을 잃어버린 이래 그녀가 확신을 가지고 말한 최초의 의견이었다. 이제야 그녀는 자신의 의견을 갖게 된 것이다.

저녁 식사 때, 그녀는 사샤의 부모와 이야기하면서 라틴학교가 과목은 대단히 어렵지만 상업학교보다는 훨씬 월등하여 졸업하면 학교 교사나 의사, 목사가 될 수 있는 여러 가지 길이 열리게 되기 때문이라고 자세히 설명하기도 했다.

그 후 사샤는 라틴학교에 입학하였다. 아이의 어머니는 언니가 있는 하리코프로 가서는 끝내 돌아오지 않았다. 아이의 아버지는 가축 검사로 시골 출장이 잦았다. 그리고 며칠씩 집에 돌아오지 않는 일이 빈번했다.

그러자 오랭카에게는 사샤가 가정에서 따돌림을 받는 고아처럼 생각되었다. 그녀는 사샤를 자기가 거처하고 있는 안채로 데리고 와서 작은 방 하나를 내주었다.

반년 동안 사샤는 그녀와 함께 지냈다. 매일 아침 오랭카는 아이의 침실을 찾았다. 그리고 볼에 손을 얹어 숨소리도 내지 않고 잠들어 있는 아이를 지켜보았다.

그녀는 아이를 깨우는 것이 측은했다.

"사셴카 – 사샤!"

그녀는 늘 언짢은 음성으로 소곤거리듯 말했다.

"자아, 일어나야지. 학교에 갈 시간이야."

아이는 일어나서 옷을 갈아입은 다음 기도를 드렸다. 아침 식사가 끝나면 동양 차를 마시며 비스킷 두 개와 빵 반 조각을 먹었다. 겨우 잠에서 깨어났기 때문에 기분이 좋지 않아 보였다.

"넌 아직 훈화를 모르는구나? 사셴카."

오랭카는 마치 먼 여행길이라도 떠나기 직전인 것처럼 아이를 바라보면서 말했다.

"왜 그렇게 일거리를 만드니! 학생은 열심히 공부해야 해. 그리고 선생님의 말씀을 잘 들어야지."

"좋아요. 제발 그냥 내버려두세요!"

사샤는 짜증 섞인 음성으로 말했다.

그리고 곧 커다란 학생모를 쓰고 가방을 어깨에 멘 자그마한 모습으로 학교를 향해 서둘러 걸어갔다. 그러면 오랭카는 조용히 따라갔다.

"사셴카.'

그녀는 뒤를 따라가서는 과일이나 캐러멜을 손에 쥐어 주었다. 학교 가까운 거리에 접어들면 사샤는 같은 반 키가 큰 여자애가 뒤따라오는 것을 계면쩍게 여겼는지 뒤를 돌아보면서 볼멘소리로 말했다.

“이젠 그만 돌아가세요. 아주머니, 여기서부터는 나 혼자서도 갈 수 있으니까요.”

그녀는 그림자처럼 발걸음을 멈추고 아이의 모습이 교문에서 보이지 않을 때까지 바라보았다.

오오, 그녀는 얼마나 사샤를 사랑하고 있었던가! 오랭카가 느낀 사랑은 깊은 원초적인 것은 아니었다. 지금 그녀에는 어머니로서의 본능이 눈뜬 만큼 자연스럽게, 순수하게 또 유쾌하게 진실한 마음으로 애정에 골몰해 본 적은 없었다.

보조개가 있고 커다란 학생모를 쓴 작은 아이에 대해서 그녀는 자기의 전 생애를 바치고 싶었다. 따듯한 기쁨과 눈물로써 사랑을 보여 주고 싶은 것이다. 그러나 무슨 까닭일까? 누가 그것을 밝혀 말할 수 있을까?

사샤를 배웅하고 나면, 그녀는 특별한 사랑으로 가슴을 가득 채우면서 만족하고 상쾌한 마음으로 집을 향해 가볍게 발걸음을 옮겼다.

이 반년 동안에 몹시 젊어진 그녀의 얼굴에는 미소가 떠올라 밝게 빛났다. 거리에서 만난 사람들은 기쁜 듯이 그녀를 바라보았다.

“안녕하세요, 올가세미요노프나! 요즘 잘 지내시죠?”

“라틴어 학교는 퍽 어려운가 보죠.”

그녀는 시장이나 거리에서 안면이 있는 사람들을 만나면 선생님처럼 말했다.

“너무 과목이 많아요. 어제 일 학년 학생들에게 우화 암송을 숙제로 냈어요. 그리고 또 라틴어 번역과 기하 제도를 미리 복습해 오라는 거예요. 사실 말이지 어린아이에게는 너무 많은 과제예요.”

그리고 그녀는 교사의 책임감과 교과서에 관한 내용을 시작해서 학교 수업에 대해 샤사가 말한 것을 그대로 되풀이하였다.

세 시에 그들은 점심을 먹었다. 저녁이 되면 함께 소리를 내어 일과를 공부했다. 아이가 잠들면 오랭카는 십자를 그어 기도를 하면서 오랫동안 곁에 머물렀다. 그러고는 자기 방으로 돌아와 사샤가 학교를 졸업하고 의사나 교사가 되어 훌륭한 마차와 넓은 정원이 있는 저택에서 결혼하여 아이를 갖게 될 때의 먼 훗날의 미래를 그려보는 것이었다. 그녀는 언제까지나 같은 생각을 되풀이하면서 잠들었다.

하지만 그녀의 감은 두 눈에서는 눈물이 소리 없이 흘렀다. 그런 동안에 검은 고양이는 곁에서 불분명한 소리를 냈다.

그때 갑자기 문을 두드리는 소리가 요란하게 들려왔다. 오랭카는 깜짝 놀라 공포에 질려 숨이 막힐 듯 심장이 뛰었다. 잠시 후 다시 문 두드리는 소리가 들렸다.

'필경 하리코프에게서 전보가 왔을 거야.'

그녀는 몸을 떨었다.

'사샤의 어머니가 아이를 돌려 달라고 연락해 왔을 거야. 이를 어쩌나!'

그녀는 절망했다. 순간 머리와 손발이 싸늘해졌다. 자기 자신보다 더 불행한 사람은 이 세상에 없는 것처럼 느껴졌다. 짧은 시간이 지났다. 그리고 군의관이었던 수의사가 클럽에서 돌아왔다는 사실을 알았다.

'아아! 다행이다.'

그녀는 다시금 명랑한 마음을 되찾았다. 그러고는 침대 위에 누워서 사샤의 일을 생각하였다.

지금 사샤는 옆방에서 깊이 잠들어 있다. 그리고 때때로 잠꼬대하는 소리가 들려왔다.

'정말 혼내 줄 테야! 저리 가! 닥쳐!'

*체호프

슈라아트 커피점

슈라아트는 인도 지방의 한 도시이다. 그곳 거리에 아주 오래된 고풍스러운 커피점이 있는데, 여러 나라에서 온 여행자들이 모여들어 서로 이야기를 나누는 장소로 소문이 나 있었다.

언제인가 페르샤의 위대한 신학자가 그곳에 들렀다. 이 신학자는 평생 신의 존재에 대해 심혈을 기울여 많은 책을 읽었고 직접 저술하기도 하였다.

한편으로는 온갖 지식을 섭렵하여 머릿속에 변질된 지식을 채워 넣은 신학자는 불행하게도 하나님을 믿지 않게 되었다.

페르샤의 임금은 이러한 사실을 알고, 신학자를 국외로 추방하기에 이르렀다.

그리하여 한평생을 바쳐 우주 만물을 창조한 하나님에 관해서 연구했으면서도, 이 불행한 신학자는 자신의 영혼까지 부정하는 정신 착란이라는 덫에 갇히고 만 것이다.

그는 지식 이상의 또 다른 어떤 것의 필요함을 깨닫는 대신, 이 세상을 지배하는 것은 절대적으로 지식밖에는 없다는 견고한 자기 고집에 빠졌다.

한편 신학자는 아프리카인 노예와 함께 지내고 있었는데, 늘 그를 데리고 다녔다. 신학자가 커피점 안으로 들어가자, 노예는 정원의 돌계단 위에 습관처럼 익숙하게 걸터앉았다. 그러고는 달라붙는 파리를 장난하듯 쫓아내고 있었다.

신학자는 커피점 안의 푹신한 의자에 앉아 아편을 주문했다. 잠시 후 아편을 입에 물자 차츰 긴장이 풀리면서 폭발할 것 같은 흥분에 휩싸이자, 노예를 향해서 소리쳤다.

"야, 이놈아, 하나님이 있다고 생각하니 없다고 생각하니?"

"물론 계십죠."

노예는 당연하다는 듯이 대답했다. 그러면서 허리춤에서 나무로 만든 작은 우상을 끄집어냈다.

"이것 보십쇼. 주인님, 이게 하나님입죠. 제가 이 세상에 살고 있는 동안 지켜주실 하나님인 거죠. 하나님은 고맙게도 이런 나무로 되어 있어서, 우리나라에서는 누구나 다 믿고 있습죠."

신학자와 노예의 대화를 듣고 있던 커피점 안의 사람들은 모두 놀랐다.

신학자의 질문에도 놀랐지만, 노예의 대답에 격찬하였다. 그러자 노예의 대답을 들은 한 프라마교도가 격양된 어조로 말했다.

"가엾은 미치광이로군. 하나님이 사람의 허리춤에서 나오다니 말이 되나? 하나님은 한 분밖엔 안 계셔. 그 목각 인형은 프라마님이시란 말이다. 프라마님은 이 세상의 누구보다도 높으시지. 이 세상을 프라마님이 지으셨으니까 말이야. 그러니까 프라마님이 유일하고 위대하신 하나님이야.

이 하나님에게는 갠지스 강가에 절간이 있고, 프라마교도들이 마음속으로부터 제사를 드리고 있거든. 또 우리 교도들은 누가 참된 하나님인가를 알고 있지. 이만 년이나 지난 옛날부터 말이지. 설사 이 세상이 바뀐다 해도 우리 교도들은 조금도 변하지 않거든. 유일한 참다운 하나님이신 프라마님이 우리를 지켜주고 계시니까."

프라마교도는 그렇게 말한 다음, 모든 사람을 설복했다고 생각하는 모양이었다. 그러나 그 자리에 있던 유대인 환전상이 그를 반박하고 나섰다. 그 환전상은 말했다.

"참다운 하나님의 성전이 인도 같은 곳에 있다니 어림없는 소립니다. 하나님께서 프라마교도의 그 까다로운 계급 차이 따위를 지켜주신단 말요? 진짜 하나님께서는 프라마님이 아니란 말이에요. 아브라함, 이삭 그리고 여호와란 말입니다. 그리고 진짜 하나님은 다만 우리를, 즉 이스라엘 백성들만을 지켜주시는 단 한 분의 주인이십니다. 하나님은 태초부터 우리 민족만을 사랑하고 계신다는 말씀입니다.

오늘날에 와서 우리 민족이 비록 세상 이곳저곳으로 흩어져 버리기는 했지만, 그게 모두 하나님께서 우리를 시험하고 계시는 증거죠. 머지않아 하나님께선 처음 약속하신 대로 당신의 백성들을 예루살렘으로 모이게 하실 겁니다. 그때 가서는 옛날과 같은 기적이 다시 일어나 예루살렘의 성전이 온 세상의 지배자로 만들 거요."

유대인은 이렇게 말하면서 울었다. 그는 더 말하고 싶었지만, 그곳에 있던 이탈리아 사람이 끼어드는 바람에 중단했다.

이탈리아 사람이 언성을 높였다.

"거짓말 말아요. 당신은 하나님께 옳지 못한 일을 바라고 있소. 하나님은 한 민족을 다른 민족보다 더 사랑할 수는 없는 거요. 오히려 그와는 정반대요. 만약 하나님께서 이스라엘을 특별히 지켜주셨다면, 어째서 진노하시어 이스라엘을 지리멸렬하게 만들어 흩어지게 하시고는, 그 신앙을 전파하는 대신 그대로 정체 상태에 머물게 하면서, 벌써 천팔백 년이나 지나도록 그냥 내버려두신단 말요?

하나님은 절대로 한 민족만을 편애하시지는 않소. 구원을 바라는 모든 사람을 받아들이시는 거요. 그것은 참다운 로마 가톨릭교회 안에서 이루어지는 하나님의 뜻이요."

이탈리아 사람은 역설했다. 그러자 옆에 있던 개신교 목사가 창백한 얼굴로 반박했다.

"구원은 당신들의 교파에만 있다니 그게 무슨 소리요? 성경 말씀에 따라 진실한 마음으로 그리스도의 뜻을 좇고, 하나님께 봉사하는 자는 누구든지 구원받을 수 있다는 걸 알아두시오."

그때 슈라아트 거리의 세관에 근무하는 한 터키 사람이 엄숙한 표정으로 기독교도들을 향해 얼굴을 돌렸다. 이 터키 사람은 긴 담뱃대로 담배를 피우고 있었다.

터키 사람이 말했다.

"제멋대로 로마 교회 따위를 믿어 봤자 소용없소. 당신들이 믿고 있는 신앙 따위는 벌써 육백 년 전에 마호메트의 참다운 가르침으로 변해버린 지 오래요. 그리고 당신들도 아시다시피 마호메트의 가르침은 유럽이나 아시아로 점차 넓게 퍼져갈 것이오.

오랜 옛날부터 개화된 중국 땅에까지 전파되고 있을 정도요. 당신들이 아는 바대로 우대인은 하나님으로부터 멀리 배척되어 있어요. 지금 유대인들은 곳곳에서 굴복당하고, 당신들의 유대교는 더 이상 전파되지 못하고 있다는 것이 그 증거요.

하지만 마호메트교는 어디서나 환영받아 끊임없이 퍼져가고 있다는 사실을 명심하시오. 이게 바로 마호메트교가 참다운 종교라는 증거요.

하나님의 마지막 예언자, 마호메트를 믿는 자만이 구원을 얻을 수 있단 말입니다. 그리고 오마라를 따르는 자만이 구원받소. 알리를 따르는 자는 구원을 받지 못합니다. 왜냐하면 알리를 따르는 자는 믿음이 없는 자이기 때문이오."

이런 말을 듣고 알리 교파에 속해 있는 페르샤 신학자는 그 말을 반박하려고 했다. 그러자 커피집에 모여 있던 다른 신앙이나 교파에 속해 있는 사람들 간에 큰 논쟁이 벌어졌다. 커피점 안에는 또 다른 기독교의 수녀나 라마승, 배화교도들도 함께 있었다.

모두 '하나님이란 무엇인가?' '어떻게 하나님을 경배할 것인가?'하는 문제에 대해서 격렬히 논쟁을 펼쳤다. 모두가 자기 나라 사람들만이 참다운 하나님을 알고 있으며, 어떻게 하나님을 경배해야 하는지 잘 알고 있다고 주장했다.

모두 큰 소리로 논쟁을 계속했다. 그런데 오직 한 사람, 공자 연구가인 중국인만이 신중한 태도로 그 논쟁 속에 끼어들지 않았다. 그는 동양 차를 마시면서 다른 사람들이 떠드는 소리에 조용히 귀를 기울이고 있었다. 그러면서도 그 자신은 아무 말도 하지 않았다.

그리하여 논쟁이 한창일 때, 터키 사람이 그 중국인을 발견하고 말을 건넸다.

"제 말이 맞죠? 당신은 아무 말씀도 안 하시지만, 제 편이죠? 저는 요즘 중국 땅에도 여러 가지 종교가 전파되고 있다는 사실을 알고 있습니다. 당신 나라의 상인이 저한테 말해 주었습니다. 중국에서는 마호메트교를 가장 올바른 종교라고 생각하여, 모두 이 가르침을 따르고 있다고 말입니다. 당신도 제 편이 되어 주십시오. 그리고 참다운 하나님과 그분의 예언자에 관해서 생각하시는 바를 솔직하게 말씀해 주세요."

"그렇지, 그러는 게 좋겠어. 제발 당신의 생각을 좀 말해 주시오."

다른 사람들도 그 중국인에게 시선을 집중했다.

공자 연구가인 그 중국인은 눈을 감은 채 무엇인가를 곰곰히 생각하고 있더니, 잠시 후 눈을 뜨고 넓은 옷소매에서 두 손을 꺼냈다. 그리고는 가슴 앞에 두 손을 모으고 조용한 목소리로 말했다.

"여러분, 제가 보기에는 여러분들이 모두 자애를 가지고 계시기 때문에 신앙 문제에서 의견 일치를 보지 못하는 것이라고 사료됩니다. 만약 여러분들이 제 의견을 경청해 주신다면, 저는 한 가지 예를 들어 말씀드리려고 합니다.

저는 영국 기선을 타고 중국에서 이 슈라아트로 왔습니다. 항해 도중에 물을 보급하기 위해 스마트라 섬의 동쪽 해안에 정박한 일이 있습니다. 그때는 정오경이었는데, 우리들은 잠시 상륙하여 섬사람들이 사는 마을에서 그리 멀지 않은 곳에 있는 코코아나무 밑에 모여 앉았습니다. 우리들은 제각기 국적이 다른 여행객이었지요.

그때 우리가 앉아 있는 곳에 눈먼 장님이 모습을 드러냈습니다. 뒤에 안 일이지만, 그 사람이 눈이 멀게 된 까닭은 너무나 오랫동안 태양을 바라보고 있었기 때문이라고 했습니다. 그 사람은 태양이 무엇인가를 알고 싶었고 광선을 자기 수중에 넣기 위해 그랬던 것입니다.

그는 오랫동안 고심하면서 과학적인 측면에서 많은 연구를 했습니다. 또 태양 광선을 병 속에 넣어 두려고도 했습니다. 하지만 모든 것이 수포로 그치고 그 결과 시력을 잃으면서 마침내 장님이 되고 말았습니다.”

그때 그 사람은 자기 자신에게 말했습니다.

“태양 광선은 액체가 아니다. 만일 액체라면 어디에라도 따라 넣을 수 있을 테고, 바람이 불면 물결처럼 흔들릴 것이다. 태양 광선은 불도 아니다. 불이라면 물을 끼얹으면 꺼져버릴 테니까. 또 그것은 정령도 아니다. 왜냐하면 보이는 것이니까. 그렇다고 육체도 아니다. 그럴 것이 스스로 움직일 수가 없으니까. 만약 태양 광선이 액체도, 불도, 정령도, 육체도 아니라면 결국 그것은 무無일 뿐이다.”

이렇게 생각했던 것입니다. 그리하여 항상 태양만을 쳐다보고 생각한 결과 시력을 잃었을 뿐만 아니라, 이성까지도 상실하고 말았던 것입니다.

그 사람은 완전한 장님이 됨과 동시에 갑자기 태양은 없는 것이라고 믿게 되었습니다.

그런데 그 장님이 우리가 앉아 있는 곳으로 왔을 때, 노예가 그의 뒤를 따르고 있었습니다. 그 노예는 자기 주인을 코코아나무 밑에 앉혔습니다. 그런 다음 떨어진 코코아 열매를 주워다가 초를 만들기 시작했습니다. 열매의 섬유로 심지를 만들어 껍데기 속에 기름을 짜 넣고 그 속에 담갔습니다.

노예가 그런 일을 하는 동안 장님은 한숨을 쉬면서 그에게 말하는 것이었습니다.

"이놈아! 너 거기 있느냐? 내가 진실로 얘기하겠는데, 태양 같은 건 없단 말이다. 봐라. 이렇게 깜깜하지 않은가! 그런데 세상 놈들은 태양! 태양! 하고 지껄인단 말이야. 도대체 태양이란 게 뭐야?"

"태양이 뭔지 전 모릅니다. 전 몰라도 상관없어요. 다만 저는 그 빛을 알고 있을 뿐이죠. 이렇게 초를 만들고 있는 것도 밤에 빛이 필요하기 때문입니다. 덕분에 아무리 어두운 밤이라도 집안에서 주인님 시중을 들어드릴 수가 있고, 뭐든지 찾을 수가 있거든요."

이렇게 노예는 대답했습니다. 그러고는 열매를 쳐들고 말했습니다.

"이것이 나의 태양입니다."

마침 그때 지팡이를 든 절름발이가 함께 있었는데, 그는 이 두 사람의 대화를 듣자 큰 소리로 웃었습니다.

그러고는 장님에게 말했습니다.

"당신은 태양이 뭔지 모른단 말이지? 타고난 장님이로군. 태양이 뭔지 내가 가르쳐 드릴까? 태양이란 말요, 둥근 불덩어리야. 이 불덩어리는 아침마다 바다에서 떠올라 밤에는 이 섬의 산 너머로 사라진단 말씀이야. 이건 누구나 다 보고 있는 거니까. 당신도 눈만 멀지 않았다면 볼 수가 있었을 텐데 말이지."

그의 곁에 있던 어부가 이 말을 듣자, 절름발이를 향해서 말했습니다.

"당신은 이 섬 밖으로는 나가 본 일이 없구먼. 만약 당신이 절름발이가 아니어서 바다 가운데로 나갈 수가 있다면, 태양은 이 섬 뒤로 사라지는 것이 아니라, 아침마다 떠오르듯이 밤에도 바닷속으로 사라진다는 사실을 알았을 거요. 이건 정말 확실하지. 내 눈으로 매일 같이 보고 있는 것이니까."

이 말을 듣자, 인도인이 말했습니다.

"놀라운 일인데요. 학식이 있을 만한 분들이 이런 어처구니없는 말씀을 하시다니, 이해할 수 없습니다. 태양이 불덩어리라면, 어째서 바다 가운데 떨어져도 꺼지지 않습니까?

태양은 하나님이에요. 이 하나님을 데에와라고 합니다. 하나님은 스페루브야 금산 주위의 하늘에서 마차를 타고 돌고 계셔요. 한번은 이런 일이 있었어요. 라그우와 케토우라는 간악한 뱀이 이 데에와님에게 달려들어 몸을 칭칭 감아 버렸어요. 그 때문에 갑자기 세상이 깜깜해졌어요. 그러나 데에와님의 종인 우리가 하나님이 자유로운 몸으로 되시기를 빌자 곧 그렇게 되었습니다.

한 번도 자기가 살고 있는 섬을 멀리 떠나 본 일이 없었기 때문에 세상일을 모르는 당신들 같은 사람들은 태양은 자기가 살고 있는 섬만 비치고 있는 줄 아는 겁니다."

이번에는 그 자리에 함께 앉아 있던 이집트인 선장이 말했습니다.

"아니, 그건 이치에 맞지 않는 거짓말이요. 태양은 하나님이 아닐뿐더러, 인도의 금산 주위만을 돌고 있는 것도 아니오

일찍이 나는 흑해와 아라비아 연안을 항해했고, 마다가스카르와 필리핀 군도까지 가보았지만, 태양은 어디든지 다 비치고 있었소. 인도뿐만이 아니란 말요.

절대로 태양은 하나의 산 주위를 돌고 있는 게 아니오. 일본의 해안에서도 뜬단 말입니다. 그래서 그 나라에선 자기 나라를 가리켜 해 뜨는 나라라고 합니다. 태양은 또 훨씬 서쪽에 있는 영국의 섬나라에서도 뜹니다. 나는 그것을 잘 알고 있소. 이 눈으로 수없이 직접 보아왔고, 나의 증조부한테서도 많은 이야기를 들었으니까요. 나의 증조부는 지구 끝까지 항해한 사람이란 말입니다."

그 이집트 선장은 더 말하려고 했지만, 우리가 타고 있던 배의 영국인 선원이 가로채어 말했습니다.

"태양이 어떤 식으로 돌아다니는가를 알려면, 영국을 빼놓고 다른 땅은 없소. 영국 땅에서만 태양의 모든 것을 알 수 있단 말입니다. 영국에서는 해가 지는 날이 없어요. 영국 땅은 지구 위의 어디에나 있습니다. 태양은 항상 지구 주위를 돌고 있다는 사실을 잘 알고 있지요.

우리도 지구 주위를 돌고 있지만 태양은 지구 어디서나 아침에 떠서 밤에 지는 거요. 그리고 우리는 태양에 부딪힌 일도 없단 말입니다."

그리고 나서 영국인은 지팡이를 들고 모래 위에 그림을 그려가며 태양이 어떤 모양으로 지구 주위를 돌고 있는지 설명하려고 했습니다.

그러나 그는 제대로 설명할 수가 없었으므로 항해사를 가리키며 말했습니다.

"참, 저 사람은 나보다 학식이 많소. 훨씬 훌륭하게 설명해 줄 거요."

그 항해사는 학식이 많은 사람이었습니다. 그러나 사람들의 이야기를 잠자코 듣고만 있었습니다. 자기한테 어떤 질문을 하기까지 인내하며 듣고 있었던 것입니다. 그런데 사람들이 시선을 보내오자, 비로소 그는 입을 열었습니다.

"여러분들은 지금 서로를 속이고 있습니다. 그리고 자기 자신까지도 속이고 있는 것입니다. 태양이 지구의 주위를 돌고 있는 것이 아닙니다. 지구가 태양의 주의를 돌고 있는 것입니다. 스물네 시간 동안, 일본이나 필리핀 군도나 스마트라, 아프리카와 유럽, 아시아에 이르기까지 그 밖의 모든 땅이 태양을 향해서 자전하고 동시에 태양의 주위를 돌고 있는 것입니다.

태양은 다만 하나의 산이나 섬만을 비치고 있는 것은 아닙니다. 지구를 비치고 있는 것 같이 다른 수많은 유성도 똑같이 비치고 있는 것입니다. 우리가 자기의 발밑이 아니라, 하늘을 쳐다본다면 누구나 알 수 있는 일입니다. 그리고 태양이 자기 한 사람이나 자기 나라만을 비치고 있는 것이 아님을 알게 될 것입니다."

현명한 항해사는 이렇게 말했습니다.

"이 경험이 풍부한 항해사는 뱃길을 따라 지구의 모든 곳을 두루 다녀 보았고, 하늘의 이치와 순리를 잘 파악하고 있다고 할 수 있겠지요"

공자 연구가 중국인은 이렇게 이야기한 다음 다시 말을 이었다.

"그렇습니다. 사람들이 신앙에 관해서 과신한 나머지 의견이 일치되지 않는 것은 자기에게 원인이 있습니다. 태양의 이야기는 하나님의 이야기라고도 할 수 있습니다. 누구나 다 자기만의 태양을 바라고 있기 때문이지요. 적어도 자기 나라만을 비치는 태양을 바라는 욕망에 사로잡혀 있다는 말입니다.

인간은 자기들의 사당에 전 세계를 안을 수 없는 하나님을 모시려고 하는 것입니다. 이러한 사당에 모든 인간을 위해 하나의 가르침, 하나의 신앙으로 결합하기 위해 하나님께서 세우시는 성전과 비교할 수가 있겠습니까? 모든 인간의 사당은 하나님의 세계를 만든 곳입니다.

그 안에는 세례와 궁륭, 등화와 성상, 그림과 율법서, 제물과 제단, 사제가 갖추어져 있습니다. 그러나 과연 이와 같은 사당에 태양과 같은 세례,

천공과 같은 궁륭, 일월성신과 같은 등화, 사람들을 사랑하고 도와주는 살아 있는 성상이 있을까요? 사람들의 행복을 위해서 곳곳에 뿌려 놓은 하나님의 은혜를 기록하고 표현한 그림들이 있을까요?

마치 마음속에 쓰여 있듯이 명백한 율법책이 어디 있겠습니까? 이웃을 사랑하는 자기 부정이라 할 수 있는 희생의 제물이 어디에 있겠습니까? 그 위에서 하나님 스스로가 그 제물을 받아들이실 만한 착한 사람의 심장과 같은 제단이 어디에 있겠습니까?

하나님을 이해하려는 마음이 깊으면 깊을수록 사람들은 하나님을 더 잘 알 수가 있는 것입니다. 하나님을 알면 알수록 사람들은 하나님께 가까이 가고, 또한 하나님의 은혜와 인간에 대한 사랑에 본받을 바가 많아지는 것입니다.

그러므로 사람들은 온 세계 곳곳을 비추고 있는 빛을 남김없이 보아야 합니다. 그리하여 다만, 자기의 우상 속에서 그 빛의 한 부분만 보고 있는 타인의 미신을 비방하거나 경멸하는 일을 그쳐야만 합니다.

또 완전한 장님이어서 빛을 볼 수 없는 비신앙자까지도 경멸해서는 안 되는 것입니다."

공자 연구가인 중국인은 이와 같이 말했다.

그러자 커피점 안에 있던 사람들은 입을 다물었다.

그리하여 누구의 신앙이 옳고 잘못됐다는 따위의 논쟁은 완전히 사라지고 만 것이다.

*상피에르

여동생

1882년 5월 3일, 르아브르 항구에서 중국해를 향해 바람의 성모 호가 출범하였다.

이 배는 중국에서 화물을 하역시킨 뒤 새 물건을 싣고 부에노스아이레스로 가서, 거기서 다시 브라질로 물건을 싣고 갔다.

우리는 이 항구에서 저 항구로의 이동으로 하여 배의 피손, 몇 달씩 이어지는 바다에서의 해상 생활, 항로에서 멀리 밀어내는 거센 폭풍우, 그밖에 돌발적인 해상사고와 재난이 배의 순조로운 항해를 방해하여 거의 4년 동안이나 타국의 바다를 헤매고 떠다닌 끝에, 1886년 5월 8일에야 간신히 미국에서 생산된 통조림 상자를 싣고 마르세유항에 도착했다.

르아브르에서 출항했을 때는 선장과 기관사, 열네 명의 선원이 승선하고 있었으나, 항해하는 동안 선원 한 명이 죽고, 네 명의 동료 선원은 갖가지 사고로 실종되어, 프랑스로 돌아왔을 때는 아홉 명만이 생존해 있었다.

범선에는 죽은 선원 대신 두 명의 미국인과 한 명의 흑인, 그리고 싱가포르의 한 술집에서 만난 한 명의 스웨덴인이 고용되어 있었다.

배의 돛을 내리고 삭구(索具:배의 밧줄)는 돛대에 열십자로 비끄러매어졌다. 그러자 예인선이 다가와 가쁜 엔진 소리를 내면서, 다른 배들이 정박해 있는 곳으로 끌고 갔다. 바다는 잔잔하고, 희미하게 잔물결이 일고 있었다.

범선은 다른 배들 틈으로 비집고 들어갔다. 거기에는 전 세계에서 모여든, 온갖 형태와 모습을 갖춘 크고 작은 배들이 부두를 따라 서로 맞닿을 듯 들어서 있었다.

바람의 성모 호는 새로운 동료에게 자리를 내준 이탈리아의 여객선과 영국의 범선 사이로 들어갔다.

선장은 세관과 항구 관리들과 입항 절차를 마친 뒤 선원들에게 하룻밤 동안 특별 휴가를 주어 상륙시켰다.

아늑한 여름밤이었다. 휘황찬란한 불빛에 싸여 있는 마르세유의 시가지를 걸어가니, 곳곳의 음식점에서 맛있는 음식 냄새가 진동하고, 주위에서 사람들이 떠드는 소리, 마차 바퀴가 삐걱거리는 마른 소리, 즐겁게 고함치는 소리가 유혹하듯 들려왔다.

바람의 성모 호에서 내린 선원들은 거의 넉 달 만에 땅을 밟았다. 그렇게 막상 육지에 오르자, 도시에 처음 온 시골뜨기처럼 둘씩 짝을 지어 건들거리며 시내를 걸어갔다.

그들은 부두에서 가장 가까운 거리에서 뭔가를 찾는 것처럼 기웃거렸다. 넉 달째 여자의 그림자도 구경하지 못한 것이다.

그들 중 선두에 건강하고 행동이 거침없는 젊은 셀레스탱 뒤클로가 상륙할 때마다 동료들의 안내역을 맡고 있었다.

그는 좋은 장소를 물색할 줄 알았고, 요령도 알고 있었으며, 선원들이 상륙했다 하면 으레 벌어지기 마련인 싸움에 말려드는 일도 없었지만, 휘말려 들어도 결코, 동료를 두고 혼자만 달아나지 않고 용감하게 맞서 싸웠다.

선원들은 마치 보이지 않는 배수로처럼 바닷가를 따라 걸어가며, 움막과 어두운 창고의 역한 냄새를 풍기고 있는 거리를 어슬렁거리며 돌아다녔다.

마침내 셀레스탱은 문마다 등불이 걸려 있는 좁은 골목길을 따라 그곳으로 들어갔다. 선원들은 싱글거리며 웃거나 콧노래를 흥얼거리면서 뒤를 따랐다.

등불의 우윳빛 유리에 커다란 글씨로 숫자가 적혀 있고, 문 앞 나지막한 지붕 밑 짚의자 위에 앞치마를 걸친 여자들이 줄지어 앉아 있었다. 그녀들은 선원들을 보자, 골목 한복판으로 달려 나와 가로막고 서서 저마다 자기 집으로 끌어당겼다.

그런가 하면, 어떤 집 문이 활짝 열리더니, 몸에 꼭 끼는 올이 성긴 무명 바지에 짧은 치마, 금빛으로 장식한 검은 비로드 가슴받이를 걸친, 거의 알몸이나 다름없는 여자가 나타났다.

"이봐요. 미남자님들, 여기 좀 와봐요!"

하며 부르기도 하고, 때로는 직접 달려 나와 선원 중의 한 사람을 붙잡고 열심히 문 쪽으로 끌어당기기도 했다.

그녀는 마치 거미가 자기보다 힘이 센 파리를 거미줄로 유인할 때처럼, 꼭 들러붙었다. 그러자 젊은이는 가볍게 저항했고, 다른 선원들은 어떻게 되어가는지 구경하고 있었다.

그때, 셀레스탱 뒤클로가

"여기가 아니야. 들어가지 마, 좀 더 가야 해."

하고 소리쳤다.

젊은이는 그 명령에 따라 힘겹게 여자를 뿌리쳤다.

이렇게 하여 선원들은 화난 여자가 욕설을 퍼붓는 소리를 들으면서 다시 걸음을 옮겼다.

골목 안에 울려 퍼지는 시끄러운 소리를 듣고 다른 여자들도 뛰어나와 선원들에게 달려들어 목마른 목소리로 손님의 환심을 사려고 아양을 떠는 것이었다.

하지만 그들은 앞으로 더 나아갔다. 허리에 찬 칼을 찰랑거리는 젊은 병사들과 혼자 단골 가게에 들어가는 상인, 점원으로 보이는 남자를 만났다.

다른 골목에도 같은 등불이 켜져 있었지만, 선원들은 집마다 밑으로 흐르는 악취 풍기는 구정물을 튀기면서 앞으로 나아갔다. 뒤클로는 다른 곳보다 조금 나은 문 앞에서 걸음을 멈추고 동료들을 안으로 안내했다.

선원들은 유곽의 홀 안에 자리를 잡았다. 그리고 각자 창녀를 하나씩 골라 거미처럼 붙어 있었다. 그것이 유곽에서의 관습이었다.

세 개의 테이블을 한데 붙이고, 밤의 시작을 여자들과 함께 술부터 걸친 선원들은, 곧 여자들과 함께 이층으로 올라갔다. 투박한 단화 소리가 오랫동안 나무 계단 위에서 요란하게 들려온 뒤, 모두 좁은 문을 열고 각자 방으로 들어갔다.

그런 일이 있은 다음, 다시 아래층으로 내려와 마시고는, 한참 뒤에 또 이층으로 올라갔다.

여흥이 한창 무르익어가고 있었다. 반년 치 급료가 네 시간 동안의 방탕 놀음으로 모두 날아가고 말았다.

밤 11시 가까이 되자, 그들은 완전히 술에 만취되어 눈에 핏발이 서고, 자기도 무슨 소리인지 알 수 없는 거친 말로 소리 지르고 있었다.

노래를 부르는 자도 있고, 고함을 치는 자도 있고, 주먹으로 테이블을 쾅쾅 내리치거나 술을 병째 들이붓는 자도 있었다.

셀레스탱 뒤클로는 그들의 한 가운데 몸집이 퉁퉁하며 뺨이 빨간 여자가 그의 무릎 위에 앉아 있었다. 그도 동료들 못지않게 마셨지만, 아직 완전히 취해 있지는 않았다. 많은 생각들이 그의 뇌리에 떠올랐다가 사라졌다.

그는 감상적인 기분이 되어 자신의 짝과 무슨 얘기를 할까 생각하고 있었다. 그러나 어떤 생각이 떠올랐다가도 이내 다시 사라져 버려, 도저히 그것을 확실하게 붙잡아 말로 표현할 수가 없었다.

그는 웃으면서 말했다.

"음, 아가씬 여기 얼마나 있었지?"

“여섯 달쯤요.”

하고 여자가 대답했다.

그는 만족스럽다는 듯이 고개를 끄덕여 보였다.

“그래 어때, 재미있어?”

그녀는 잠시 생각에 잠기는 것이었다.

“뭐, 이제야 이 생활에 익숙해졌어요.”

하고 그녀는 말했다.

“어쨌든 먹고는 살아야 하니까요. 하녀나 세탁부가 되는 것보다는 낫죠.”

뒤클로는 그 말도 맞는다는 듯이 크게 고개를 끄덕였다.

“아가씨는 마르세유 출신이 아니지?”

여자는 그렇다는 표시로 머리를 좌우로 흔들어 보였다.

“그럼 먼 곳에서 왔어?”

여자는 고개를 끄덕였다.

“어디서 왔는데?”

여자는 뭔가를 생각하는 듯이 고개를 갸웃하며 말했다.

“페르피냥에서 왔어요.”

“그래?”

뒤클로는 그렇게 말한 뒤 입을 다물었다.

“당신도 선원인가요?”

이번에는 여자가 물었다.

“그래, 우린 모두 선원이야.”

“그럼 먼 곳을 갔다 왔나요?”

“응, 상당히 먼 곳까지 갔지. 그리고 많은 것을 보았어.”

“틀림없이 세계를 한 바퀴는 돌았겠군요.”

“한 바퀴가 아니라, 두 바퀴도 돌았을 거야?”

여자는 뭔가 기억해 내려는 듯 생각에 잠겼다.

“많은 배도 만났어요?”

“그야 물론이지.”

“그럼, 혹시 바람의 성모 호라는 배를 만난 적이 없어요? 그런 배가 있다는데요.”

그는 여자가 자기 배의 이름을 말했기 때문에 놀랐지만, 한번 놀려주자는 생각이 들었다.

“만나다마다, 지난주에도 만났는데.”

“정말이에요? 정말 만났어요?”

그렇게 말하는 여자의 얼굴이 새파랗게 질렸다.

“정말이지, 그럼!”

“거짓말 아니에요?”

“맹세코 절대 거짓말 아니야.”

“그럼, 그 배에서 셀레스탱 뒤클로라는 사람을 만나진 않았어요?”

여자가 물었다.

“셀레스탱 뒤클로?”

그 말을 듣고 그는 그냥 놀란 정도가 아니라, 거의 까무러칠 정도였다.

이 여자가 어떻게 내 이름을 알고 있단 말인가!

“그 사람을 알고 있어?”

하고 그가 물었다.

이에 여자도 뭔가에 놀란 것 같은 표정을 지었다.

“아니에요. 내가 아니고, 그 사람을 알고 있는 여자가 있어요.”

“어떤 여잔데? 이 집에 있어?”

"아니, 이 근방에 있어요."

"이 근방 어디?"

"바로 이 근처예요."

"뭐 하는 여잔데?"

"그냥 보통 여자요, 나 같은……"

"그 여자가 뒤클로한테 무슨 볼일이 있대?"

"그런 건 나도 몰라요. 뭐, 한 고향 사람이겠죠."

두 사람은 서로를 뚫어지게 쳐다보았다.

"그 여자를 만나보았으면 좋겠는데."

그가 말했다.

"왜요? 두슨 할 말이라도 있나요?"

"할 말이 있지."

"무슨 말을요?"

"셀레스팅 뒤클로를 만났단 말이야."

"당신이 셀레스탱 뒤클로를 만났어요? 그 사람, 잘 있던가요?"

"물론 잘 있어. 그래서?"

여자는 입을 다물고 잠시 생각에 잠겼다가 조용한 목소리로 말했다.

"지금 바람의 성모 호는 어디로 가고 있죠?"

"어디냐크? 마르세유."

"정말이에요?"

하고 여자가 큰 소리로 외쳤다.

"정말이지, 왜?"

"그럼, 당신은 뒤클로를 알고 있나요?"

"방금 알고 있다고 말했잖아."

그녀는 또다시 생각에 잠겼다.

"네, 그렇군요. 잘 됐어요."

하고, 그녀는 나직한 목소리로 말했다.

"그 사람한테 무슨 볼일이라도 있어?"

"그 사람을 만나면 말해 주세요. 아니, 그럴 필요 없어요."

"도대체 무슨 말인데?"

"아니에요, 아무것도 아니에요."

물끄러미 여자를 응시하던 그는 불안해졌다.

"그렇다면, 넌 그 사람을 알고 있다는 말이야?"

"아니에요. 전 몰라요."

"그런데 왜 그런 말을 하지?"

여자는 대답은 하지 않고 황급히 일어나서, 안주인이 앉아 있는 카운터로 가서, 레몬을 집더니 그것을 둘로 잘라 컵 속에 즙을 짜 넣었다.

그런 다음 물을 타서 셀레스탱에게 가지고 왔다.

"자, 이것 좀 마셔요."

그녀는 다시 그의 무릎 위에 올라앉았다.

"이건 왜?"

그녀한테서 컵을 받아 들며, 그가 물었다.

"술 깨라고요. 그러면 모두 얘기하겠어요. 어서 마셔요."

그는 그것을 단숨에 들이켠 다음, 옷소매로 입을 닦았다.

"이젠 말해, 들을 테니까."

"당신은 날 만난 것을, 그 사람한테 절대 말하지 않을 거겠죠? 누구한테서 이런 얘기를 들었는지 말이에요."

"그래, 좋아! 말하지 않겠어."

“맹세해요!”

그는 맹세했다.

“절대로?”

“절대로.”

“그렇다면, 그 사람에게 전해줘요. 그의 아버지와 어머니가 돌아가시고, 그 형님도 죽었다고요. 열병으로. 한 달 사이에 세 사람이 죽었다고요.”

뒤클로는 온몸의 피가 한꺼번에 심장으로 몰리는 것 같은 강렬한 느낌을 받았다. 무슨 말을 해야 할지 몰라, 잠시 묵묵히 있다가 입을 열었다.

“그게 정말이야?”

“네, 정말이에요.”

“그걸 누구한테서 들었지?”

여자는 그의 어깨에 두 손을 얹고, 그의 두 눈을 똑바로 들여다보았다.

“아무한테도 말하지 않겠다고 맹세해요.”

“바로 맹세했잖아. 하나님 이름으로 맹세코 말하지 않겠어.”

“난 그 사람의 여동생이에요.”

“프랑수아즈!”

그가 소리쳤다.

그녀는 그의 얼굴을 조심스럽게 들여다보다가 입술을 엷게 움직이며, 거의 들릴락 말락 하는 음성으로 말했다.

“그럼, 당신은 셀레스탱 오빠?”

두 사람은 돌이 된 것처럼 꼼짝도 하지 않고, 서로의 눈을 응시했다.

그들의 주위에서는 모두 술에 취해 고함을 지르고 있었다. 컵 부딪치는 소리, 손뼉을 치는 소리, 구두 뒷굽을 울리는 소리, 여자들의 젖은 교성이 시끄러운 노랫소리와 한데 뒤섞여 퍼졌다.

“어째서 우리에게 이런 일이!”

뒤클로는 여자가 겨우 알아들었을 만큼 낮은 목소리로 말했다.

그러자 여자의 눈에서 눈물이 쏟아졌다.

“네, 죽었어요. 세 사람 모두 한 달 사이에…….”

그녀는 얘기를 계속했다.

“그때 난, 어떻게 해야 할지 몰랐어요. 혼자 남아 약값과 의사의 진료비, 장례식 비용으로 집안의 모든 것을 팔아치우고 정리하고 나니, 남은 건 내 몸뚱어리뿐이었어요.

그래서 카쇼 나리의 집에 하녀로 들어갔어요. 오빠도 알고 있죠? 그 절름발이 남자 말이에요. 그때 난 겨우 열다섯 살의 소녀였어요.

오빠가 집을 나갔을 때는 열넷이었죠. 난 결국 카쇼 나리와 죄를 짓고 말았어요. 어린 나는 정말 미친 바보였어요.

그다음에는 법률사무소 직원 집에 애 보기로 들어갔어요. 이 사람도 마찬가지였어요. 처음에는 나에게 방도 구해주고 살림을 차려 주었지만, 그것도 오래가지 못했어요. 그 사람은 끝내 나를 버렸고, 난 사흘 동안 아무것도 먹지 못하고, 누구도 거들떠보는 사람이 없어서, 결국에는 이곳의 여자들과 마찬가지로 이런 곳에 흘러 들어오고 말았어요.”

그렇게 말하는 그녀의 눈과 코에서 넘쳐나는 눈물이 뺨을 타고 입속으로 흘러 들어갔다.

“아아! 우리가 도대체 무슨 짓을 저질렀다는 거야!”

“난 오빠도 벌써 죽은 줄 알았어요.”

그녀는 흐느끼며 말했다.

“내 잘못이 아니에요.”

이어 그녀는 속삭이듯 말했다.

"넌 어째서 날 알아보지 못했니?"

그 역시도 속삭이는 목소리로 말했다.

"어떻게 알아봐요? 그건 내 탓이 아니에요."

그녀는 한층 더 심하게 흐느껴 울었다.

"정말이야. 난 널 알아볼 수가 없어. 내가 집을 떠날 무렵의 너는, 지금과는 완전히 딴판이었으니까. 어째서 넌 나를 알아보지 못했을까?"

그녀는 절망적으로 손을 내저었다.

"난 매일 많은 남자의 얼굴을 보면서 살고 있어서, 모두 똑같은 얼굴로 보이는걸요."

그는 심장이 터질 것처럼, 마치 격하게 얻어맞은 어린아이처럼 비명을 지르며 울고 싶었다.

그는 일어서며 그녀를 자기 몸에서 떼어놓고, 그 선원다운 큼직한 두 손으로 그녀의 머리를 감싸며, 누이의 얼굴을 응시했다.

그의 뇌리에 조금씩 어린 누이의 모습이 떠오르더니, 마침내 아버지와 어머니를 형과 함께 집에 남기고 떠났을 때의 그 작고 가녀린 명랑한 소녀의 모습이 선명하게 떠올랐다.

"그래, 넌 프랑수아즈야! 내 동생!"
하고 그가 젖은 음성으로 말했다.

그러자 그의 목구멍에서 술에 취한 사람의 딸꾹질 같은 통곡이, 비통한 사나이의 통곡이 치밀어 올라왔다.

그는 누이의 머리를 놓고, 컵이 산산조각이 되도록 테이블에 내리치더니, 짐승이 짖는 목소리로 울부짖었다.

동료들이 놀라서 그를 돌아보았다.

"아니 저런, 엉망으로 마셔댔군 그래!"

하고 누군가가 말했다.

"이봐! 뒤클로, 무슨 소릴 질러대는 거야! 다시 이층으로 가자고……."

하며, 다른 남자가 한 손으로 셀레스탕의 소매를 붙잡고, 다른 손으로는 새빨간 얼굴에 까만 눈을 반짝이며, 앞섶을 풀어 헤친 장밋빛 비단 속옷 차림으로 웃고 있는 여자를 끌어안으면서 말했다.

돌연 뒤클로는 입을 다물더니 숨을 죽이고 뚫어지게 동료들을 쳐다보았다. 그리고 으레 싸움을 시작하려 할 때의 결연한 표정을 지으며, 비틀비틀 여자를 안고 있는 선원에게 다가가더니, 그와 여자 사이에 미친 듯이 뛰어들어 두 사람 사이를 갈라놓았다.

"이봐, 떨어져! 어쩌면 이 여자가 네 누이라는 걸 모르겠어? 그녀들은 모두 누군가의 누이라고……, 지금 내 앞에 있는 이 여자가 바로 내 누이동생 프랑수아즈야. 핫!"

그는 마치 웃고 있는 것 같은 목소리로 통곡하면서 비틀비틀 걸음을 옮기다가, 두 팔을 번쩍 위로 치켜들면서 마룻바닥에 엎어졌다. 그리고 마치 빈사 상태에 빠진 사람처럼 허덕이면서 바닥 위를 뒹굴었다.

"그를 재워야 해."

동료들 가운데 한 사람이 말했다.

"이대로 밖에 나갔다가는 유치장 신세라고……."

동료들은 셀레스탕을 업고 이층에 있는 프랑수아즈의 방으로 옮겨, 그녀의 침대에 눕혔다.

*모파상

아들의 힘

“죽여라! 저놈을 당장 쏴 죽여라! 저 살인자의 목을 베어버려라! 죽여라. 죽여!”

군중들이 일제히 외치는 함성 들려왔다.

거리에는 수많은 사람이 한 사내를 포박하여 끌고 가고 있었다.

그 키 큰 사내는 허리를 꼿꼿하게 펴고, 머리는 높이 쳐들고, 확고한 걸음걸이로 흐트러짐 없이 걸어가고 있었다.

그 건강하고 남자다운 얼굴에는 자기를 에워싸고 있는 사람들에 대한 경멸과 증오의 표정이 서려 있었다.

그는 권력어 저항하는 민중의 투쟁에서 권력 편에 서서 싸운 사람 중 한 명이었다. 지금 그는 민중에게 붙잡혀서 형장으로 끌려가고 있었다.

‘어쩔 수 없는 일이지! 힘이 언제나 우리 편에 있으라는 법은 없으니까. 어쩔 수 없는 일이야! 지금은 놈들에게 권력이 있어 죽어야 한다면 죽어주지. 아무래도 그게 내 운명인 모양이군.’

사내는 그렇게 생각하며 어깨를 움츠리고 군중의 고함에 냉정한 미소를 지었다.

“저놈은 경찰이었어, 오늘 아침까지 우리에게 총을 쏘았던 놈이야!”

군중 속에서 누군가가 외쳤다.

군중은 그를 더욱 거칠게 앞으로 끌고 갔다. 어제 군대에 의해 살해당한 사람들의 시체가 아직도 처리되지 않은 채 길바닥에 나뒹굴고 있는 곳에 이르자, 군중은 더욱 흥분하여 소리쳤다.

“뭘 우물쭈물하는 거야! 당장 여기서 죽여 버리지 않고, 어디로 자꾸 끌고 가는 거야!”

잡혀가는 사내는 눈살을 찌푸리며 더욱 고개를 높이 쳐들 뿐이었다. 그는 군중이 자기를 증오하는 것 이상으로 군중을 증오하는 것처럼 보였다.

“모조리 죽여 버려야 해! 간첩도, 왕족도, 사제들도, 이런 놈도 죽여야 해!, 지금 당장 죽여!”

여자들도 앙칼진 목소리로 외쳤다.

그러나 군중의 지도자들은 그를 광장까지 데려가서 처치하기로 작정하고 있었다.

광장은 그리 멀지 않았다. 그때 잠깐 조용해진 사이, 수많은 사람의 뒤쪽에서 한 어린아이의 우는 소리가 들려왔다.

“아버지! 아버지!”

여섯 살쯤 된 사내아이가 군중 사이를 헤치고 잡혀가는 남자에게 가까이 다가가려 하면서 울부짖고 있었다.

“아버지! 우리 아버지를 어떻게 하려는 거예요? 잠깐만요. 잠깐만요. 나를 데려가세요, 나도 데려가 줘요!”

아이가 걷고 있는 쪽의 군중들 사이에서 고함이 그쳤다. 군중은 마치 어떤 힘에 밀려서 길을 비켜 주는 것처럼 아이에게 길을 내주어 아버지 쪽으로 갈 수 있게 해주었다.

“아, 귀여운 아이야!”

한 여자가 말했다.

“얘야, 누구를 찾고 있니?”

또 한 여자가 아이 쪽으로 허리를 구부리며 물었다.

“우리 아버지예요! 아버지한테 가고 싶어요!”

아이가 소리쳤다.

"아가, 너 몇 살이니?"

"우리 아버지를 어떻게 하려는 거예요?"

"얘야, 어서 집에 가거라. 엄마한테 가."

한 남자가 아이에게 말했다.

잡혀가는 사내도 아이의 목소리를 듣고, 사람들이 아이에게 하는 말도 듣고 있었다. 그의 얼굴이 점점 어두워졌다.

"그 아이는 어머니가 없습니다!"

아이에게 엄마한테 가라고 말한 남자를 향해, 그는 이렇게 외쳤다.

아이는 드디어 사람들을 헤치고 또 헤치며 나아가 아버지한테 가서 그 손에 매달렸다.

군중 속에서는 여전히

"죽여라! 목을 매달아! 총살해!"

하고 외치는 소리가 계속 들려오고 있었다.

"얘야, 왜 집에 있지 않고 나왔니?"

아버지가 아들에게 말했다.

"이 사람들이 아버지를 어떻게 하려는 거예요?"

아이가 말했다.

"저, 얘야.'

"예?"

"카츄샤 아주머니 알지?"

"옆집 아줌마, 알아요."

"그래, 그 아주머니한테 가거라, 아버지도 곧 갈 테니까."

"아버지도 같이 가지 않으면 싫어!"

아이는 울음을 터뜨렸다.

"왜 싫어?"

"사람들이 아버지를 괴롭히고 있잖아."

"그렇지 않아. 봐라, 아무 짓도 하지 않잖아?"

잡혀가는 사내는 아이를 떼어 놓고 군중을 지휘하는 남자에게 다가가서 말했다.

"부탁이 있소. 어디서 죽어도 상관없으니 이 아이가 보는 곳에서만은 죽이지 말아 주시오."

그리고 아이를 가리켰다.

"2분 동안만 포승을 풀고 내 손을 잡아 주시오. 나는 아이에게 친구와 산책하고 있는 거라고 말하겠소. 그러면 저 아이는 집으로 돌아갈 거요. 그때 어디든 좋으니 마음대로 죽이시오."

그 말에 지휘자는 동의했다.

잡혀가던 사내는 다시 아이를 안아 올리며 말했다.

"아버지 말 잘 듣지, 얘야? 어서 카츄샤 아주머니한테 가거라."

"아버지는?"

"보렴, 아버지는 친구하고 잠시 산책하고 갈 테니, 너 먼저 집에 가 있으려무나. 아버지도 곧 갈 테니까. 자, 어서! 넌 착한 아이지?"

아이는 아버지를 가만히 쳐다보며, 고개를 좌우로 갸웃거리면서 생각하는 눈치였다.

"어서 가라니까. 아버지도 곧 간다고 하잖니?"

"꼭 오실 거죠?"

아이는 아버지의 말을 믿었다. 그러자 한 여자가 아이를 군중 속에서 데리고 나갔다.

아이의 모습이 보이지 않게 되자, 사내가 말했다.

"이제 됐소. 자, 죽이시오."

그때 갑자기 아무도 예상치 못한 일이 일어났다.

바로 그때까지 잔인하고 무자비한 증오심으로 불타고 있던 사람들의 가슴 속에 일제히 똑같은 움직임이 일어난 것이다.

한 여자가 말했다.

"이 사람, 풀어주는 게 좋겠어요."

"그래요. 풀어줍시다!"

누군가가 또 말했다.

"용서해 줍시다."

"용서해요. 용서해 줘요!"

마침내 사람들이 일제히 외치기 시작했기다.

그러자 조금 전까지 군중을 증오했던 오만하고 냉혹한 사내는 흐느껴 울기 시작하며 두 손으로 얼굴을 가리고 마치 자기 죄를 부끄러워하는 듯 군중들 사이로 빠져나갔다.

이제 그를 가로막는 사람은 아무도 없었다.

*빅토르 위고

믿음이 없는 사람

1852년 초, 내가 브뤼셀에 살고 있었을 때, 낯선 젊은 남자가 찾아왔다. 그는 꾸밈없이 솔직한 미소와 생기 있는 눈빛을 한, 무척 인상이 좋은 젊은이였다.

그는 멋을 낸 옷차림을 하고 있었는데, 조각된 단추가 달린 비로드 조끼를 입고, 노란색 장갑을 끼고 단춧구멍에 꽃을 꽂았으며, 손에는 지팡이를 들고 있었다.

그리고 흰 셔츠를 잘 보이게 드러내고 있었다.

"누구신가요?"

하고 내가 묻자, 그는 성직자라고 대답했다.

그러고는 덧붙여 말했다.

"아닙니다. 전에 성직자였던 사람이라고 말하는 편이 낫겠군요. 나는 진실한 것을 위해 거짓을 버렸습니다. 하지만, 지금은 당신처럼 추방당한 사람입니다."

나는 그에게 의자를 권했다.

"나는 아나톨리 료레라고 합니다."

그는 자신의 이름을 말했다.

우리는 이야기를 나누기 시작했다. 그는 나에게 반평생을 살아온 지난 삶을 들려주었다.

그 이야기에 따르면, 그는 스물다섯 살이 되었을 때, 왜 그렇게 되었는지, 자신도 모르는 사이에 성직자가 되는 교육을 받고 자랐다. 본의 아니게 성직자가 되어 버린 것이, 그를 눈뜨게 했다는 것이다.

그는 인간의 삶과 자신 사이를 가로막고 있는 빠져나갈 수 없는 어둠의 벽, 즉 성직 제도의 벽을 본 그날부터, 오랫동안의 신비주의적 교육에 대한 의문의 미망에서 눈을 뜬 것이다.

첫 미사가 그에게는 임종의 순간처럼 괴로웠다. 제단을 내려오면서 그는 자기가 유령이 된 것 같은 기분을 느꼈다. 자신을 기다리고 있는 미래를 생각하자, 막연하게 두려움이 밀려오기 시작했다.

그때가 그의 나이 스물다섯 살이었다. 그는 자기의 몸 구석구석까지 열정의 피가 끓고 있는 것을 느꼈다. 그의 내부에 있는 삶은 만족을 원하고 있었다. 그렇지만, 그 요구가 그에게는 번민의 불꽃처럼 느껴졌다.

요컨대, 그에게는 성직에 적성이 맞지 않았고, 그 사실을 너무 늦게 깨달은 자신에 대해 변명할 수가 없었다.

성직자로서의 자신에게 부과된 의무에 대한 저항감은 점점 치열해져서 몇 년 동안 계속되었다. 한편, 그는 자기가 짊어진 성직자의 의무에 대해서만큼은 엄격하고, 충실히 정직하게 수행하였다.

하지만, 그는 많은 고난을 겪은 뒤 그 투쟁에서는 패자가 되어, 아니 승자가 되어 거기서 벗어날 수 있었다.

결국 인간이 성직자를 이긴 것이다.

료레는 자신의 젊음과 생명과 신성으로는 극복할 수 없는 자연의 삶에 몸을 맡겼다.

이것은 그가 나에게 얘기했을 때의 그 자신이 한 표현이다. 그는 자신의 양심에 대한 위선자가 되기보다는, 로마에 대한 배교자가 될 것을 선택했다. 그리하여 그는 성직에서 물러났다.

교회를 떠난 사람에게 열린 문은 오직 하나였다. 그것은 민주주의라는 길이었다. 료레가 지닌 모든 성향이 그를 그쪽으로 안내했다. 성직자이기 전에 그는 민중의 아들이었다.

그는 브르타뉴의 한 가난한 집안에서 생명을 얻었다. 그러므로 그가 민중에게로 돌아간 것은 물방울이 원래의 바다로 돌아가는 순환처럼 지극히 자연스러운 일이었다. 또 그것은 그에게 기쁜 일이었다.

그는 이러한 사연을 담담하고 솔직하며 자신감에 찬 목소리로 얘기했다. 평범한 민중으로 돌아온 그는 거침없이 성장해 갔다. 선천적으로 정치사상가의 소질이 있었던 그는 몇몇 신문에 논설을 기고했고, 결국 열렬하고 극단적인 신념을 가진 젊은 혁명 투사가 되었다.

그는 자신의 지난 이야기를 끝내자, 자기의 사상에 대해 피력하기 시작했다. 나는 조용히 귀를 기울였다.

그런데 이야기 도중에 그가 흥분해서 외쳤다.

"그렇습니다! 우리는 그것을 교훈으로 삼아야 합니다. 민주주의를 정착시키려면 절대적으로 수단이 필요합니다. 인간을 개조하려면 어릴 때부터 새롭게 교육해야 합니다. 오직 교육을 통해서만 혁명의 논리를 가르칠 수 있습니다."

"나도 그에 대해서는 동감입니다."

내가 그렇게 말하자, 그는 더욱 열기를 띠기 시작했다.

"나는 교육의 목표는 인간의 지혜를 초자연적인 것으로부터 해방하는 데 있다고 생각합니다."

"그 초자연적인 것이라는 말은 어떤 의미로 하는 말씀인지요?"

나는 물었다.

"요컨대 인간은 종교적인 환상 때문에 멸망할 거라는 말을 하고 싶은 겁니다. 종교적인 미망은 인류의 미래를 질식시키고 있습니다. 민중이 광신적인 분위기 속에서 호흡하고 있는 한, 더 이상 인간의 이성과 지혜를 기대할 수 없습니다.

그렇습니다! 창세기 때부터 전해 내려온 인간의 지혜는 그런 미망의 어둠에 덮여 멸망하고 종교적인 환상의 바닷속에서 익사하고 있습니다. 그 바다 위에 떠 있는 배에 격랑의 물이 새어들고 있지요. 이제는 의심할 여지 없이 현실에만 의지해야 할 때가 아닌가 합니다.

둘 더하기 둘은 넷, 이것 외에 구원은 없습니다. 오직 사실 위에 삶의 철학을 세우고, 이성으로 검증될 수 없는 것은 절대로 허용하지 말아야 합니다. 현실적인 것은 볼 수 있는 것, 느낄 수 있는 것뿐입니다.

모든 신앙은 자기 손바닥을 들여다보듯 명백해야 합니다. 그렇습니다, 다툼이 있을 뿐입니다. 기적처럼 보이는 모든 미망과의 필사적인 다툼이 있을 뿐입니다. 그러므로 우리는 자기 자신만을 믿어야 합니다.

요람 속에는 실제로 우리가 볼 수 있는 것, 갓난아기 외에는 아무것도 없고, 무덤에는 멸망 외에는 아무것도 없다는 사실을 깨달아야 합니다.

모든 환상과는 완전히 관계를 끊어버려야 합니다. 지구 위에 살고 있는 생명 외에는 아무것도 존재하지 않습니다.

현재 우리의 머리 위에 있는 하늘 외의 다른 하늘은 없고, 우리 지구는 그 하늘을 회전하고 있을 뿐입니다. 우리는 건전한 이성으로 명확하게 판단하고, 모든 환상을 제거하지 않으면 안 됩니다.

이렇듯 열매를 원하지 않는 사람은 나무를 베어 버립니다. 종교에서도 그 존재와 모든 주장을 박탈해야 합니다.”

“그럼, 당신의 종교는 무엇입니까?”

내가 물었다.

“신학교 학생이었다고 말씀드리지 않았던가요?”

“그래서요?”

“그러니까, 나는 절대적으로 무신론자란 말입니다.”

“나는 그런 식의 표현에는 찬성할 수 없군요. 예수회 학교라고 반드시 위대한 신앙인을 만들어낸다고는 할 수 없으니까요. 그건 그렇고, 어쨌든 이야기를 더 들어봅시다. 말씀을 계속하시지요.”

“이젠 다 말씀드린 것 같습니다만, 가설을 피하고 환상의 감옥에서 탈출하여, 인간의 지혜가 해방될 수 있도록 서로를 합치는 것, 그것이 무엇보다도 중요합니다.”

“나는 미신에서 만들어진 가설이나 인간의 지혜를 방해하는 환상을 싫어하는 점에서는 당신과 다르지 않습니다. 그러니까, 표면상 당신과 나는 견해가 같은 것처럼 보이지만, 꼭 그런 것 같지는 않군요. 당신의 의견을 좀 더 정확하게 들려주시겠습니까?”

“좋습니다. 내가 주장하는 가장 큰 이유는 유신론자들이 말하는 이념이라는 것을 전면적으로 배제하는 데 있습니다. 이념은 초자연적인데, 이 세상에서, 또 인간에게서 추방하지 않으면 안 됩니다.

이 세상에서 초자연적이라고 할 수 있는 것은 신이므로, 그 신을 타파해야 하며, 인간 안의 초자연적인 것은 영혼이며, 이 영혼을 타파해야 하는 것입니다. 영원한 것, 불멸이란 절대 있을 수 없습니다. 우리는 이런 진실을 교육의 기본으로 삼아야 합니다. 내가 말하고 싶은 주장은 이것입니다.”

“아니요, 당신이 한 말은 겨우 시작에 불과합니다. 당신은 이 세계가 뭐라고 생각합니까?”

“물질에 지나지 않습니다.”

“그러면 인간은?”

“역시 물질이지요.”

"그럼, 당신은 세계라는 물질과 인간이라는 물질을 구별할 수 있습니까?"

"그런 어리석은 짓은 하지 않지요. 물질과 물질은 같습니다. 바로 그 점에 평등의 원칙이 있으니까요."

"그럼, 유기체의 경우는?"

"유기체? 그건 물질의 한 형태에 불과합니다. 필연적으로 각각의 어떤 형태를 가지고 나타날 뿐입니다. 그 맹목적 존재인 유기체가 계단이라는 형태의 환상을 만드는데, 그 첫 번째 계단을 당신들은 이지理知라 부르고, 두 번째를 양심, 세 번째를 영혼, 그리고 마지막 단계를 신이라고 부르고 있는 것입니다.

모든 종교가 그러한 계단을 가지고 있습니다. 그러므로 우리는 그것을 타파해야 합니다.

신이라는 계단도, 영혼이라는 계단도, 양심이라는 계단도, 이지라는 계단도, 나아가서는 유기체라는 계단까지 모두 타파해야 합니다.

만약 유기체가 기적적인 것으로 보이거나 유기체 사이에 차별을 두어, 어떤 형태의 물질이 다른 형태의 물질보다 우월하다는 결론을 내린다면, 그것은 절대로 배척되지 않으면 안 됩니다! 유기체의 귀족 제도는 타파되어야 합니다.

언젠가는 소멸하는 물질을 갖는 형태는 그 자체가 무無에 지나지 않습니다. 만물은 원자에 의해서 불가분의 관계인 의식이 없는 원자에 의해 구성되어 있습니다. 다른 것보다 차원이 높은 원자가 있다면, 그것은 신이 되어버립니다. 물질을 말하는 자는 곧 평등을 말하는 자입니다. 그러므로 물질과 물질은 언제나 평등합니다."

나는 그의 얼굴을 조용히 바라보았다.

"그러면 날아다니는 모기도, 자라나는 우엉도, 구르는 돌도 모두 인간과 같다는 말인가요?”

그는 잠시 생각에 잠겼지만, 아무리 괴로워도 자기 자신에게 정직해야 한다고 결심한 듯이 말했다.

“당신의 삼단논법은 엄격하지만, 옳다고 하지 않을 수 없군요.”

“정직한 사상가는 흔치 않습니다. 당신은 한결같은 성실함으로 논리정연하게 말했어요. 나는 당신의 그 성실함을 이용하고 싶진 않습니다. 그러니까, 조금 전의 잔인하고 극단적인 논법은 삼가기로 하겠습니다. 인간에 대해서만 얘기합시다.

영혼이 없으면 신도 없고, 초자연적인 것도 이념도 없으며, 물질은 다 똑같다는 당신의 논리를 적용해 봅시다. 나는 문제의 수많은 측면 가운데 단 하나에 대해서만 말하겠습니다.”

“말씀해 보시죠.”

“당신은 이 세상에서 사는 우리 인생의 목적이 뭐라고 생각합니까?”

“행복입니다.”

“나는 의무와 책임이라고 생각합니다. 지금 우리의 문제는 나의 사상이 아니라, 당신의 사상입니다. 이제부터 불필요한 감상적인 논쟁은 그만두기로 하고 물질 평등의 저울이 있다고 합시다. 어떤 한 사람의 행복은 무게와 가치에 있어서 다른 한 사람의 행복에 비해 얼마만큼 우월한 것일까요?”

“전혀 우월하지 않지요.”

“얘기를 계속하기 전에 묻겠습니다만, 모든 행동에는 반드시 그것을 결정하는 동기가 필요하다는 것을 인정하십니까?”

“물론입니다.”

“그렇다면 이야기를 계속하겠습니다. 한 사람의 행복을 다른 한 사람의 행복을 위해 희생할 필요가 있다면, 이 두 가지 행복을 저울질해 그 무게가 어느 정도일 때, 어떤 사람의 행복을 다른 사람의 행복을 위해 희생시키는 것이 불가피하고 도리에 맞는다고 할 수 있을까요?”

“그런 일은 있을 수 없습니다.”

“그렇다면, 인간은 타인의 행복을 위해 자기 자신이나 자기의 행복을 희생할 필요가 없다는 것이군요.”

그 점에 대해서는, 그의 마음속에 조금의 의혹도 남아 있지 않은 것 같았다. 그는 침착한 목소리로 대답했다.

“전혀 희생할 필요가 없습니다.”

“그렇습니까? 인류의 행복을 위해 자기의 행복을 희생할 필요가 없다는 말이군요.”

그 말을 듣고, 료레는 부르르 몸을 떨었다.

“그 상대가 인류라면 문제가 다르지요.”

“어째선가요? 영이라는 숫자는 아무리 더해도 영일 텐데요.”

그는 한순간 입을 다물었지만, 이윽고 간신히 내 말에 동의했다.

“진리는 언제나 진리입니다. 무척 신랄한 말씀이지만, 당신의 삼단논법은 옳습니다.”

나는 말을 계속했다.

“나는 당신의 주의 주장을 비판하고자 하는 게 아닙니다. 다만 거기서 당연히 나오는 결론에 대해 말하고 있을 뿐입니다. 당신 자신도 조금씩 그 결론에 도달하고 있어요. 당신이 상당히 논리적으로 공정하게 생각해 주어서 내가 무척 수월합니다.

그래서 ‘인간은 물질이고 무에서 태어나 무로 돌아간다, 거기에 있는 것은 생명뿐이고, 그 생명만이 인간에게 종속돼 있다’는 얘기가 되는군요. 인간의 모든 이성과 양식과 철학은 오로지 그 생명을 이용하고, 가능한 한 생명을 영원히 지속시키기 위한 것일 뿐이다.

따라서 유일한 도덕은 위생학이고, 인생의 목적은 행복이며, 인생의 삶을 누리는 것입니다.

요컨대 인생의 목적은 살아가는 데 있다는 얘기가 되는군요.

이 같은 결론에서 다시 여러 가지 많은 결론을 끌어낼 수 있지만, 지금은 그 문제는 접어두고 한 가지만 묻겠습니다. 당신은 진심으로 그렇게 생각하고 있습니까?"

"예, 정말 그렇게 생각합니다."

"그렇다면 한 젊은이가 자신과 똑같은 한 사람, 또는 많은 사람을 위해 자신의 이웃, 자신과 똑같은 원자, 똑같은 물질을 위해 자신의 생명을 내던질 경우, 당신은 그 사람을 뭐라고 부르겠습니까?"

"바보라고 부르겠습니다."

우리는 냉정하게 작별했다.

아나톨리 료레는 브뤼셀을 떠나 영국에 갔다가 호주로 향했다. 항해는 다섯 달 동안 계속되었다.

배가 항구에 다가갔을 때 갑자기 폭풍이 일기 시작했다. 배는 뒤집혔고, 승객과 선원들은 거의 모두, 어떤 사람은 보트를 타고, 어떤 사람은 헤엄쳐서 목숨을 구했다.

그들 중 아나톨리 료레도 무사히 살아남은 사람들 가운데 한 사람이었다.

미친 듯한 파도 속에서 공포에 울부짖는 사람들, 모두가 오로지 자기만을 생각하는 처참한 생존 경쟁의 아우성 속에서, 그는 물결 사이로 숨바꼭질하며 표류하는 부서진 보트를 발견했다.

보트에는 세 여자가 타고 있었고, 바다는 아직도 거칠게 요동치고 있었다. 하지만 용감한 선원 중에서 이 물에 빠지기 직전의 여자들을 구하기 위해 바다에 뛰어드는 사람은 아무도 없었다.

그때, 아나톨리 료레가 바다에 뛰어들어 그중 한 여자를 간신히 구했다.

그러나 보트에는 아직 두 여자가 남아 있었다. 그는 다시 뛰어 들어가 또 한 여자를 살려냈다.

모든 사람이 그를 향해

"이제, 그만! 그만둬요!"

하고 외쳤다.

그러나 그 자신도 부상 입고 탈진한 상태에서도 다시 한번 바다에 뛰어 들었다. 그 뒤 그의 모습은 끝내 다시 볼 수 없었다.

*빅토르 위그

미리엘 승정

샤르르 미리엘 씨는 데이뉴 승정이였다.

어느 날 밤, 이 승정 집 문을 두드리는 사람이 있었다.

"들어오시오."

승정은 나직이 말했다. 그러자 문이 활짝 열렸다. 누군가가 힘껏 밀어서 연 것이 분명했다.

그와 동시에 남루한 옷차림의 사나이가 안으로 들어왔다. 그는 힘겨운 자세로 한 걸음씩 다가오더니 등 뒤에 문을 열어놓은 채 우뚝 섰다.

허름한 차림에 배낭을 메고 지팡이를 들고 있었는데, 그의 눈은 거칠고, 대담하면서 피로한 데다가 흥분한 빛이 떠돌았다. 난로의 불빛이 그를 불안하게 비치고 있었다.

승정은 조용한 눈길로 그를 바라보았다. 그리고 방금 들어온 사나이에게 어떻게 왔느냐고 물어보려고 했을 때, 그 사나이는 지팡이를 두 손으로 고쳐 잡고는 승정을 향해 무거운 음성으로 말했다.

"내 말을 들어주시오. 나는 장발장이라는 사람입니다. 감옥살이하고 나온 사람이죠. 나는 십구 년 동안이나 형무소 신세를 졌습니다. 그러다가 나흘 전에 풀려나와 퐁따르리에로 가려고 길을 떠난 거요. 쥐론에서부터 나흘 동안 쉬지 않고 걸어왔소이다. 오늘은 십이 마일을 걸었죠.

저녁때 이곳에 도착하여 여관으로 갔지만 내쫓기고 말았어요. 석방자 여행증을 가졌기 때문입니다. 그래서 다른 여관을 찾아갔지만 역시 재워 주지 않더군요. 아무도 나를 들여보내 주지 않는단 말이오. 알겠소?

경찰서에 사정을 이야기해 보았으나 허사였습니다. 개집에도 들어가 보았지만, 개도 사람과 마찬가지로 물려고 달려들며 내쫓는 것이었습니다. 내가 어떤 사람인지 그 개가 더 잘 알고 있었던 모양입니다. 할 수 없이 나는 들판에서 별을 친구 삼아 노숙하려고 했으나 별도 구름에 가리어 나와 있지 않았단 말입니다.

게다가 비까지 내릴 것 같은 날씨입니다. 비를 내리지 못하게 하는 하나님은 계시지 않는가 한탄도 해 봤습니다. 그러고는 하룻밤 지새울 어느 집 문간이라도 찾아보려고 다시 거리로 돌아왔습죠. 그래서 저쪽 광장에 있는 돌 위에 누워 있으려니까, 웬 친절한 아주머니가 이 댁을 가리키며 찾아가 보라고 일러줍디다 그려. 그래서 여기로 온 것입니다.

대체 이곳은 어떤 집입니까? 여관인가요? 그렇다면, 나는 돈을 갖고 있습니다. 노역으로 적립해 두었던 돈이죠. 형무소에서 십구 년 동안 일해서 모은 백 프랑 십오 스우입니다. 돈은 꼭 치르겠습니다. 지금 나는 몹시 지쳐 있고 십이 마일이나 걸어왔으니까, 너무 배가 고픕니다. 제 사정을 살피시어 꼭 묵게 해주시겠습니까?"

"마그로와르, 식사를 한 사람 더 준비해요."

승정이 큰 소리로 말했다.

사나이는 세 걸음 앞으로 걸어가 식탁 위에 놓인 밝은 등불 곁으로 갔다. 그러고는 얼떨떨한 표정으로 말했다.

"괜찮겠습니까? 나는 옥살이를 하고 나온 사람이란 말이에요. 형무소에서 방금 석방된 놈이란 말입니다."

그는 헐렁한 주머니에서 커다란 노란 종이를 꺼내어 펼쳐 보였다.

"내 여행증입니다. 보시다시피 노란빛입니다. 이것 때문에 나는 어디를 가나 내쫓기고 맙니다. 읽어 보시지 않겠소? 나도 몇 글자 읽을 줄은 압니다. 형무소에서 글을 배웠거든요. 지원자들을 위한 강습소가 마련되어 있답니다. 아시겠습니까? 여행증에는 이렇게 쓰여 있단 말입니다.

장발장, 방면 죄수. 생년월일
십구 년간 징역살이를 한 자임. 가택 파괴 및 절도죄로 오 년. 탈옥을 기도한 죄로 십사 년. 매우 위험한 요주의 인물임

바로 이렇습니다. 그래서 모두 나를 피하는 겁니다. 그런데도 당신은 나를 기꺼이 재워 주시겠다는 겁니까? 여기는 여관인가요? 음식과 침대를 주겠다는 말씀이죠? 당신 집에는 마구간이라도 있단 말입니까?"

"마그로와르, 침대에 시트를 깔도록 해요."

승정은 침착하게 말했다.

가정부 마그로와르는 승정의 분부를 받들기 위해서 조용히 방을 나갔다.

승정은 사나이를 바라보았다.

"이봐요, 장발장이라고 했던가? 어서 이쪽으로 앉아 불을 쬐시오. 곧 식사를 준비할 테니까. 그리고 식사를 하는 동안에 침대도 마련될 겁니다."

그제야 사나이는 분명히 이해할 수 있었다. 그때까지 우울하고 굳은 표정이었던 그의 얼굴에는 의혹과 기쁨과 멍청한 표정이 떠올랐다. 그러고는 마치 정신 나간 사람처럼 중얼거리기 시작했다.

"정말입니까! 나를 재워 주신다고? 내쫓지 않는다고? 징역을 살고 나온 버림받은 나를? 그리고 죄인을 당신이라고 불러주시다니! 너라고는 안 하셨어요. 나는 어딜 가나 개새끼 꺼지라는 말을 들어왔어요. 당신도 나를 내쫓을 줄 알고 있었죠. 그래서 나는 미리 내 신분을 솔직하게 말씀드렸던 겁니다. 그런데 식사를 주시겠다, 침대, 세상 사람들과 똑같이 요와 이불이 있는 침대! 아아, 이 얼마나 훌륭한 분이신가! 주여, 부디 성함을 알려 주십시오. 나는 얼마든지 돈을 내겠어요. 당신은 정말 좋은 분이십니다. 여관집 주인이시죠? 그렇지 않은가요?"

"저는 목사입니다."

하고 승정은 정중히 말했다.

"목사! 오오, 당신은 이 큰 교회의 목사님이시군요. 정말 그렇습니까. 나는 그만 당신이 쓰고 있는 둥근 모자를 미처 생각 못 했습니다."

이렇게 말하면서 사나이는 배낭과 지팡이를 방구석에 놓고, 여행증을 주머니에 넣은 다음 의자에 앉았다.

그 사이에 승정은 일어서서 열린 문을 닫았다.

마그로와르 부인이 들어왔다. 그녀는 한 사람분의 식사를 가져다 식탁 위에 놓았다.

"마그로와르, 그 식사 그릇은 될 수 있는 대로 난로 가까이에 놓아요."

승정은 이렇게 말하고 나서 손님 쪽을 돌아보았다.

"알프스의 밤바람은 매우 차갑습니다. 당신은 몹시 추우실 테죠?"

승정이 당신이란 말을 부드럽고 무게 있는 음성으로 부를 때마다 사나이의 얼굴은 빛났다. 징역을 살고 나온 죄수를 당신이라고 부르는 것은 목마른 사람에게 깨끗한 물을 주는 것과 같았다.

천대받는 사람은 타인의 존경에 심한 갈증을 느끼게 마련이다.

"이 등잔은 별로 밝지 못한데."

승정이 말했다.

마그로와르 부인은 곧 그 뜻을 이해했다. 그래서 승정의 침실 난로 위에 있는 두 개의 은촛대를 가져다가 모두 켜 놓았다.

손님이 왔을 때, 그 촛대에다 불을 켜는 것을 승정이 좋아한다는 사실을 그녀는 잘 알고 있었다.

"당신은 좋은 분이십니다."

사나이는 말했다.

"죄인인 나를 무시하지 않으시고 훌륭한 식사와 잠자리까지 기꺼이 마련해 주셨습니다. 내가 어디서 왔으며, 어떤 인간인가를 솔직히 말씀드렸는데도 말이지요."

승정은 석방된 죄수의 손을 잡고 말했다.

"당신이 어떤 사람인지 내게 말하지 않았어도 좋았습니다. 이곳은 내 집이 아니라 예수님의 집입니다. 이 집의 대문은 들어오는 사람들에게 그 이름을 묻지 않습니다. 다만 마음속에 슬픔이 있는지 없는지만을 물을 뿐입니다. 당신이 괴로움과 목마름, 배고픔의 슬픔을 알고 있다면, 이곳에서 환영받습니다. 내가 당신을 이 집에 맞아들였다고 말해서는 안 됩니다.

누구도 안식처가 필요한 사람 이외에는 이 집 주인이 될 자격이 없습니다. 여기 있는 모든 것은, 당신이 소유할 수 있습니다. 무엇 때문에 내가 당신의 이름을 알 필요가 있겠습니까? 게다가 나는 당신이 말하기 전부터 당신의 이름을 알고 있습니다."

사나이는 놀랄 듯이 눈을 크게 떴다.

"정말입니까? 이미 당신은 내 이름을 알고 있었단 말이지요?"

"그렇소."

승정은 위엄있게 대답했다.

"당신의 이름은 내 형제입니다."

사나이는 말했다.

"나는 여기 들어올 때, 매우 배가 고팠습니다. 그런데 당신께서 너무 친절히 대해 주시는 바람에 놀란 나머지 배가 고픈 것도 잊어버렸습니다."

승정은 그를 바라보며 물었다.

"당신은 많은 고통을 겪었군요?"

"말씀 마십쇼. 붉은 옷, 발에 채운 쇠고리, 판때기 침상. 그리고 추위와 더위, 노역과 매질! 대단치 않은 일에도 이중 쇠사슬로 묶이는 겁니다. 말 한마디 잘못 했다간 당장 독방에 감금당하죠. 누워 있는 병자들까지 쇠사슬로 묶어두니 말이죠. 차라리 개 팔자가 났습니다. 이런 생활을 십구 년 동안 계속했습니다. 지금 내 나이 마흔여섯입니다. 그런데 이번엔 또 노란색 여행증이란 족쇄 말입니다."

"음, 과연!"

하고 승정은 신음하듯 말했다.

"이제 당신은 그 슬픈 곳에서 나왔습니다. 그렇지만 들어보세요. 백 명의 올바른 사람들의 흰옷보다도 회개한 사람의 눈물 젖은 얼굴에 하늘의 더 많은 기쁨이 있을 것입니다. 만약 당신이 그 고통스러운 곳에서 인간에 대한 증오와 노여운 감정을 품고 나왔다면, 당신은 가엾은 사람입니다. 그러나, 만일 거기서 호의와 온화한 생각을 지니고 나왔다면, 당신은 우리들 누구보다도 훌륭한 사람입니다."

그동안에 마그로와르 부인은 저녁 식탁을 차렸다.

승정의 얼굴에는 갑자기 남을 환대하는 성격을 지닌 사람만의 독특하고 쾌활한 표정이 떠올랐다.

"자, 그럼 식사를 듭시다."

승정은 힘차게 말했다.

승정은 여느 때처럼 기도하고 나서 수프를 부었다. 사나이는 허겁지겁 먹기 시작했다.

그때 승정이 말했다.

"식탁에 뭔가 빠진 것 같은데."

사실 마그로와르 부인은 식탁에 필요한 세 사람분의 식기를 갖추어 놓았을 뿐이었다. 그러나 승정이 손님과 식사를 같이 할 때는 식탁 위에 여섯 벌로 된 장식용 은식기를 차려 놓는 것이 이 집의 습관으로 되어 있었다.

마그로와르 부인은 승정의 주의를 깨닫고 말없이 방을 나갔다. 그리고 잠시 후에 승정이 말한 나머지 세 벌의 식기가 식탁에 마주 앉은 그들 앞에 가지런히 놓여 번쩍번쩍 빛났다.

식사가 끝나자, 승정은 탁자 위에 놓은 두 개의 은촛대 중 하나는 자기가 들고 다른 하나는 손님에게 주면서 말했다.

"자아, 그럼, 당신의 방으로 안내해 드리지요."

사나이는 승정의 뒤를 따라갔다.

그들이 승정이 거처하는 침실을 지나쳤을 때, 마그로와르 부인은 침대 머리맡에 있는 장식장 안에 은식기를 챙겨 넣고 있었다. 그것은 매일 밤 그녀가 잠들기 전에 하는 마지막 일과였다.

승정은 손님을 예배소 침실로 데리고 갔다. 그곳에는 하얀 시트를 깐 새 침대가 마련되어 있었다. 사나이는 작은 탁자 위에다 은촛대를 놓았다. 승정은 잘 자라는 인사를 하고는 자리를 떴다.

교회당의 시계가 새벽 두 시를 쳤을 때, 장발장은 잠에서 깼다. 그가 눈을 뜬 것은 침대가 너무나 푹신했기 때문이었다.

그는 이십 년 동안이나 이런 훌륭한 침대에서 자 본 일이 없었다. 그래서 그는 가벼운 흥분을 감추지 못하고 옷을 벗지 않고 잤는데도 잠자리가 어색하여 깊이 잠을 들 수가 없었다.

밤하늘의 별만큼이나 복잡한 생각이 그의 머릿속을 오락가락했다. 그러나 끊임없이 이어지는 기억의 파편들을 쫓아버리는 한 가지 영상이 있었는데, 그것은 마그로와르 부인이 식탁 위에 놓았던 여섯 벌의 은식기와 커다란 한 개의 수저였다. 그것들이 그의 머릿속에서 집요하게 떠나지 않는 것이다.

지금 그 물건들은 저쪽에 불과 몇 걸음 안 되는 곳에 있지 않은가. 그가 취침하고 있는 방으로 오기 위해서 회랑을 지나왔을 때, 나이 많은 하녀가 그것을 침대 머리맡의 작은 찬장에 챙겨 넣고 있는 것을 보았다.

이미 그는 그 찬장을 눈여겨 보아두었는데, 식당에서 들어가면 바로 오른쪽이었다. 그것은 두꺼운 은제 그릇으로 큰 수저까지 포함한다면, 그가 십구 년 동안 형무소에서 일해서 받은 돈의 두 배는 될 것이다.

그는 한 시간가량이나 악몽에 시달리듯 투쟁과 망설임 속에서 헤맸다.

어느새 시계가 세 시를 알렸다. 그는 눈을 뜨고 침대 위에 일어나 앉았다. 그러고는 팔을 뻗어 침대 구석에 던져둔 배낭을 만져 보았다.

다시 다리를 늘어뜨리고 침대 위에 걸터앉았다. 하지만 그래도…… 잠시 주저하며 귀를 기울였다. 집안은 고요했다.

이윽고 그는 신발을 주머니에 쑤셔 넣고 배낭을 어깨에 짊어졌다. 그러고는 숨을 죽이고 발소리가 들리지 않게 승정의 침실로 다가갔다.

승정은 침실 문을 열어놓은 채 잠들어 있었다. 장발장은 모자를 깊숙이 내려쓰고, 찬장이 있는 곳으로 똑바로 걸어갔다.

찬장 문에 열쇠가 걸려 있었다. 하지만 그는 능숙한 손놀림으로 찬장을 열었다. 먼저 눈에 띈 것은 은식기가 들어 있는 꽃무늬 바구니였다. 그는 그것을 움켜잡자 거침없이 성큼성큼 방을 나와 곧바로 예배소 안으로 들어갔다.

그곳에서 지팡이로 창문을 가볍게 연 다음 배낭에 은식기를 챙겨 넣고 빈 꽃바구니는 바닥에 내버린 채 정원을 가로질러 담장을 뛰어넘어 그림자처럼 자취를 감추었다.

다음 날 아침, 해가 뜰 무렵 승정은 정원을 거닐고 있었다. 그때 마그로와르 부인이 허겁지겁 달려왔다.

"목사님! 어젯밤의 그 사내가 은식기를 훔쳐 달아났어요. 보세요. 여길 뛰어넘어 갔어요."

승정은 잠시 침묵을 지키고 있었다. 그러더니 근엄한 표정으로 마그로와르 부인을 향해 조용히 말했다.

"그렇지만, 그 식기가 우리의 것은 아니잖아요? 나는 오랫동안 그 은식기를 내 것으로 간직하고 있었지만, 사실 그것은 잘못이었어요. 그 물건은 가난한 사람들의 것이라오. 그런데 그 남자는 가난한 사람이었었거든."

몇 분 뒤에 승정은 어젯밤 장발장이 앉아 있던 그 식탁에서 아침 식사를 들었다. 식사를 끝내고 막 자리에서 일어서려고 하는데, 누군가가 문을 두드렸다.

"들어오시오."

승정은 나직이 말했다.

문이 열렸다. 세 남자가 한 사나이의 목덜미를 잡고 들어섰다. 세 남자는 관헌이었으며, 한 사나이는 장발장이었다.

승정은 노인인데도 불구하고 되도록 힘차게 그들에게로 다가갔다.

"아아, 참 잘 왔소."

승정은 장발장을 보면서 명랑한 음성으로 말했다.

"다시 당신을 만나서 반갑소. 그런데 어떻게 된 일이오? 나는 당신한테 촛대도 함께 주고 싶었는데, 그건 은으로 만든 거라서 이백 프랑은 될 거요. 왜 그것을 가져가지 않았나요?"

장발장은 눈을 쳐들었다. 그리고 사람의 말로는 도저히 표현할 수 없는 존경하는 마음으로 노승정을 바라보았다.

"그럼, 이 사나이가 한 말이 사실인가요?"

관헌 한 사람이 물었다.

"우리는 이 사나이를 거리에서 만났습니다. 도망치듯 걷고 있었죠. 그래서 붙잡아서 조사해 본즉 은식기를 갖고 있더군요."

"아아, 그럼 이런 말은 하지 않던가요?"

승정은 미소 띤 얼굴로 말했다.

"하룻밤 재워 준 늙은 목사가 선물한 것이라고 말입니다. 그랬는데도 당신들은 이 사람을 이리로 데려왔군요. 그건 당신들의 오해였소."

"그러면 이대로 놓아줄까요?"

"물론이지요."

승정은 거침없이 대답했다.

관헌들은 장발장을 놓아주었다. 그는 뒤쪽으로 쓰러질 듯이 비틀거렸다.

"나는 정말 용서를 받은 것일까?"

그는 마치 꿈속에서 헤매는 사람처럼 어리벙벙한 소리로 중얼거렸다.

"그렇지. 이미 자네는 용서받았어. 그걸 아직 모르나?"

관헌 중의 한 사람이 말했다.

"자아, 그럼 떠나기 전에 이 촛대를 간직하시오. 이건 당신 것이니까."

승정은 난롯가로 가서 은촛대 두 개를 가져다 장발장에게 주었다.

장발장은 온몸을 떨고 있었다. 그는 무의식적으로 그 촛대를 받아 들고는 그를 멍하니 바라보았다.

"그럼 잘 가시오. 한 마디 말해 두겠는데, 다음에 올 때는 마당을 돌아서 들어올 필요가 없어요. 언제나 정문으로 출입해도 상관없습니다. 문은 밤이나 낮이나 늘 열려있으니까요."

승정은 장발장에게 이렇게 말한 다음, 관헌들을 향해서 덧붙였다.

"이젠 돌아들 가시지요."

관헌들은 더 이상 지체하지 않고 나갔다.

장발장은 자기가 정신을 잃어가는 듯한 심한 현기증에 몸을 가눌 수가 없었다.

승정은 그의 곁으로 와서 속삭였다.

"장발장! 잊어서는 안 돼요. 절대로 잊어서는 안 되는 말입니다. 이 은그릇은 정직한 사람이 되기 위해서 사용하겠다고, 당신이 내게 약속한 것을 말입니다."

아무런 약속을 한 기억이 없는 장발장은 넋 나간 사람처럼 서 있었다.

승정은 다음과 같은 말을 하기 위해 목에 힘을 주었다. 그리고 엄숙히 말했다.

"장발장, 당신은 내 형제입니다. 더 이상 당신은 악에 속한 사람이 아니란 뜻입니다. 선한 세계로 들어온 것이지요. 나는 당신의 영혼을 맡았습니다. 나는 당신의 영혼을 암흑의 세계에서 끌어내어, 그것을 하나님 앞에 드리는 것이 내 임무입니다. 이제 당신은 우리 하나님의 선한 양입니다."

　*빅토르 위고

축제일에 생긴 일

　나에게는 어릴 때부터 함께 지내온 마음씨 착한 친구가 있었다. 그는 부자는 아니지만, 그렇다고 가난뱅이도 아니었다.

　혼자 살고 있는 독신자로서 한두 명 정도의 가정부나 도우미를 고용할 여유가 있지만, 한 사람도 쓰지 않고 있다. 인색해서가 아니라, 그렇게 하는 것이, 오히려 귀찮기 때문이었다.

　왜 그러냐 하면 고용인이 그에게 어떤 짓을 할는지도 모르고, 또 독신자인 그가, 그들에게 별로 시킬 일도 없어서였다.

　고용인은 할 일이 없으니 지루해질 터이고, 그러다가 공연한 말다툼을 일삼기 십상이 아닌가. 그러니 사람을 두는 것이 편리하기는커녕, 오히려 불쾌함을 갖게 할 것이 자명하다는 그의 생각이었다.

　이렇듯 온순하고 매사를 조심하는 내 친구에게는 싸움이란 즐길 것이 못되고 스스로 회피하는 모습을 취했다.

　그는 생활하는데, 아무런 불편이 없었으므로 강가의 큰 저택 한구석에 버려진 듯 떨어져 있는 외딴집에 살며, 오랫동안 행복스럽게 지내왔다.

　그에게는 시중을 들어 줄 가정부는 없었으나 그 저택의 관리인이 그를 위해서 이것저것 잔일을 돌봐 주었다.

　그가 외출할 때는 문에 자물쇠를 잠그고 열쇠를 주머니에 넣고 다녔다. 작은 집이었지만, 그래도 방은 세 개나 되었다.

　이렇듯 그에게는 아무런 걱정거리도 없는 것 같았으나, 갑자기 크리스마스 날 큰 불상사가 일어난 것이다.

여기서 나는 이야기를 잠시 바꾸어, 우리 고향에서 일어난 한 가지 사건에 관해 이야기하고 싶은 유혹에 빠진다.

그것은 내가 그 친구와 거의 매일 같이 서로 이야기하며 의견을 나누던 사건이었다.

우리 고향 마을에서 한 상인이 도둑을 재판하는 배심원이 되는 것을 한사코 거부한 사건이 화젯거리로 등장하였다.

그 이야기는 다음과 같다.

먼 옛날, 마을에는 세 명의 도둑이 살고 있었는데, 예전부터 도둑이 많기로 유명했다. 그런데 이 도둑들은 어느 날, 부자 상인의 창고를 털기로 작정하고 기회를 엿보고 있었다.

그 창고는 돌로 지은 견고한 건물이었는데 창문조차 없었다. 그러나 위쪽의 지붕 처마 밑에는 아주 작은 구멍이 뚫려 있었다. 그 높은 곳까지 올라가려면 사다리가 필요했다.

그러나 요행히 올라가는 데 성공했다 하더라도 건물 안으로 들어가는 일은 불가능할 것 같았다. 왜냐하면 구멍보다 큰 사나이가 기어들어 가는 것은 역부족이다.

그러나 도둑은 상인의 창고를 털기로 작정한 이상, 조금도 그 계획을 포기할 수 없었다. 그도 그럴 것이 그 안에는, 어떤 힘든 고생을 치르고도 가질 수 없는 값 비싼 온갖 종류의 물건들로 차 있었기 때문이다.

여름옷, 털가죽 모자, 고급 모피, 동방에서 온 비단 이불, 귀족들이 찾는 옷감들이 바닥에서 천정까지 가득 쌓여 있었다. 대담한 도둑이 어찌 이런 재물을 포기할 수 있겠는가!

그래서 도둑은 매우 교묘한 방법을 궁리해 냈다. 가족이 없는 도둑이 가족을 거느린 도둑에게 말했다.

"내게 한 가지 좋은 생각이 있네. 자네한테는 다섯 살짜리 사내 아들이 있지. 그놈은 아직 몸집이 작고 호리호리하지 않나? 그 애 같으면 구멍으로 들어갈 수가 있을 거야. 그 애를 우리 편으로 만들기만 하면 일은 쉽사리 성취될 걸세. 그러니 자네는 아이 엄마를 잘 설득해 크리스마스 날에 데리고 오라는 말이야. 그때 새벽기도에 간다고 하면 될 걸세.

그건 그렇고 구멍 난 곳까지 올라가자면 우리 중에 한 놈이 맨 밑에 서고, 그 어깨 위어 다른 놈이 올라서고, 세 번째가 또 그 어깨 위에 올라가는 거야. 내 작전이 어떤가?

이렇게 높다란 기둥을 만들면 사다리 없이도 구멍까지 닿을 수 있거든. 그런 다음에는 자네의 아들 녀석을 밧줄로 묶은 뒤 손목에 등불을 매달은 다음 안으로 밀어 넣는 거지.

무사히 창고에 들어가면 사방을 잘 살펴본 뒤에 밧줄을 끄르게 하는 거야. 그러고 나서 가장 좋은 물건들을 골라 줄에 묶게 하지. 그다음에는 우리가 밧줄을 들어 올리기만 하면 되는 거야. 이렇게 모두 끌어낸 뒤에는 아들 녀석이 제 뭄을 다시 끈에 매게 해서 우리가 끌어올리지.

그런 다음에 우리 세 사람이 그 물건들을 똑같이 나누는 거야. 우리 몫 외에 애를 데리고 온 자네는 반 몫을 더 차지하란 말일세. 그렇지! 젠장, 잊을 뻔했군. 아들 녀석한테는 맛난 과자를 사주지."

"그것참, 기막힌 생각인데."

애아범 도둑은 그 말에 즉시 찬성했다.

그리고 크리스마스 전야가 되자, 그 도둑은 아내에게 말했다.

"애한테도 잘 말해 준비를 시켜둬. 내가 같이 데리고 갈 테니까."

아내는 남편 말대로 아이를 딸려 보냈다. 그러나 그때 세 사람의 도둑들은 교회로는 가지 않고 모스크바 변두리 술집에 모여 보드카 술을 마시며 기분 좋게 잔치를 벌이고 있었다. 그들은 어린애를 잠시나마 자도록 구석의 마룻바닥에 뉘었다.

밤이 깊어 가고 술집 주인 늙은이가 문을 닫기 시작할 무렵에야 그들은 일어나 초롱불을 켜 들고 목적지로 향했다. 물론 아이도 함께 데리고 갔다. 그리고 계획한 대로 모든 일을 진행했다. 일은 처음부터 더 바랄 수 없을 만큼 손발이 맞았다.

어린애는 생각보다 영리하여 창고 속으로 들어가자, 주위를 살펴보더니 재빨리 좋아 보이는 물건들은 골라 밧줄에 묶었다. 그러자 도둑들은 곧 그것을 끌어올렸으며, 얼마 안 가서 많은 재물을 확보할 수가 있었다.

벌써 세 사람만의 힘으로는 운반할 수가 없을 만큼 창고밖에 쌓였다. 더 이상 훔칠 필요가 없을 정도로 충분했다.

그러자 밑에 있던 도둑이 어깨 위의 도둑에게, 또 가운데 도둑은 맨 위에 있는 도둑에게 말했다.

"이봐, 그만하면 됐어. 더 꺼내도 가져갈 수가 없단 말이야. 꼬마 녀석한테 몸을 묶으라고 해. 그 애를 끄집어 올려야 되니까."

패거리의 맨 위에 서 있던 도둑이 구멍 안으로 어린애한테 속삭였다.

"꼬마야, 이젠 더 안 꺼내도 돼. 어서 네 몸을 밧줄에 묶어. 우리가 꺼내 줄 테니까."

어린애는 밧줄로 자기의 몸을 묶었다. 도둑들은 아이를 끌어 올리기 시작했다. 마침내 위까지 거의 다 끌어 올렸을 때 갑자기 줄이 끊어져 버렸다. 창고 벽돌담을 스치며 많은 물건을 끌어올리느라 밧줄이 약해져 있었기 때문이다.

순식간에 어린애는 지금까지 물건을 훔치던 그 창고 밑바닥으로 떨어지고 말았다.

도둑들은 뜻밖의 사고를 당하자 매우 당황하기 시작했다. 그러고 있는데, 갑자기 주위가 시끄러워지면서 저택 정원에 매여 있던 개가 이리저리 뛰면서 무서운 소리로 짖어대기 시작했다.

이에 놀란 집안사람들이 잠에서 깨어 일어나게 되면 도둑들은 꼼짝달싹 못 하게 될 것이다. 더구나 많은 사람이 깨어나서 크리스마스 새벽 예배에 갈 시간이 임박해 있었다. 그러면 도둑들은 훔친 물건과 함께 붙잡힐 것은 자명한 일이었다.

도둑들은 훔친 재물을 들고 도망쳤다. 집안의 여기저기서 사람들이 모두 일어나 등불을 들고 뛰쳐나왔다.

그러고는 창고 쪽으로 몰려갔다.

그 안으로 들어가자 정돈되어 있던 물건들이 어지럽게 흩어져 있고 쌓여 있던 많은 물건을 도둑맞은 것을 알았다. 그때 창문 밑에 상처를 입은 어린애가 나뒹굴어져 울고 있는 것을 보았다.

집안사람들은 어떤 일이 벌어졌는지 곧 깨달았다. 그들은 급히 길가로 달려가 창 밑을 살펴보았다. 그곳에는 몹시 당황한 도둑들이 조금 밖에 물건을 들고 가지 못했기 때문에 거의 그대로 쌓여 있었다.

이를 목격한 상인 집안사람들은 경찰에 알릴 것인지, 아니면 도둑놈을 쫓아갈 것인지 서로 자기의 주장을 내세우느라고 소란을 피웠다. 그러나 깊은 어둠 속으로 달아난 도둑 일당을 어디로 갔는지 쫓아갈 수 있겠는가? 무엇보다도 그것은 두려운 일이기도 했다.

그러나 그 집 주인은 매우 훌륭한 사람이었다. 영리하고 마음씨 착하고 또 사리를 분별할 줄 아는 인물로 독실한 기독교 신자이기도 했다.

그는 집안사람들에게 단호하게 말했다.

"이쯤에서 그만두는 게 좋겠어. 소용없는 짓이니까! 이 이상 뭘 어떻게 하겠다는 건가! 물건은 모두 그대로 있으니 이만한 일로 뒤를 쫓아갈 필요가 없지 않겠나!"

그러자 집안사람들이 말했다.

"사실 그렇긴 합니다. 하나님께서 악인의 죄를 증명하기 위해 어린애를 남겨 놓아주셨으니까요. 이건 아주 확실한 증거입니다. 이 아이를 조사하면 모든 것을 알 수 있습니다. 어느 집 아이인지 알면, 모든 것이 판명되는 것이지요."

상인이 말했다.

"아니, 내 얘긴 그런 게 아니야. 이 어린아이한테는 죄가 없어. 아무것도 모르고 시키는 대로 했을 뿐이거든. 사건에 어린애를 끌어넣는 건 안 돼, 그보다도 어떻게 잘 좀 돌봐 줘야지. 꾸짖거나 때려서는 안 돼. 어린애는 하나님의 양이니까 잘 돌봐 줘야 해.

아이의 모습을 좀 보게. 온몸이 얼고 무서워서 떨고 있지 않나. 그 애한테 아무것도 물어서는 안 되네. 아이로 하여금 그의 아버지를 비방하게 만드는 것은 우리들 기독교도의 취할 태도가 아니니까. 저 아이가 이곳에 남겨진 것은 반드시 하나님의 뜻인 거야.

그 사람들로 하여 나를 모욕하고 싶지는 않네. 어쨌든 저 아이는 내게로 왔네. 그러니 자네들은 잠자코 있어. 나는 저 애를 내 집으로 데리고 갈 작정이니까."

주인의 말에 모두 입을 다물고, 누구도 어린애를 위협하거나 괴롭히지 않았다. 마침내 어린애는 상인 집에서 살게 되었다.

상인은 아이를 친자식처럼 양육하며 이것저것 집안일을 가르쳐주었다. 그는 선량하고 고운 마음씨를 가지고 있었으므로 아이는 착하고 바르게 성장하였다. 그리하여 그는 아름답고 영리한 젊은이가 되었으며, 집안사람들로부터 사랑을 받았다.

상인에게는 딸 하나가 있을 뿐 아들은 없었다. 그리고 도둑의 아들과 함께 자란 딸은 그와 사랑하는 사이가 되었다. 이런 사실이 알려졌을 때 상인은 아내에게 말했다.

"여보, 딸아이도 이젠 시집갈 나이가 됐지 않나. 누굴 사위로 맞아야 좋겠어? 이건 아주 중대한 문제이거든. 우리 집같이 재산이 있는 사람들은 더 그렇지만, 모두 딸에게 많은 지참금을 주어 보내려 한단 말이야. 그런 눈치가 보이면, 오뉴월 파리 떼처럼 여기저기서 사기꾼이나 건달패들이 몰려올 것이 뻔하겠지."

아내는 대답했다.

"정말 그건 그래요. 여태까지도 그런 예가 얼마든지 있었거든요."

"거봐, 내 말이 맞지."

하고 상인은 갈했다.

"재산을 탐내는 불량한 젊은이들이 몰려들 것은 틀림없어. 선량한 듯 보이면서 마음은 정반대인 자들이지. 사람의 마음이란 정말 알 수 없는 거야. 딸을 주고 난 뒤에 후회해 봤자 소용없다는 얘기야. 그러니 주변에 있는 손쉬운 방법부터 생각해 보잔 말일세."

"그건 또 무슨 말씀이세요?"

"다른 얘기가 아니라, 지금 우리와 함께 살고 있는 애와 딸아이를 맺어주자는 거야. 그 아이는 착한 젊은이로 성장해 있어. 밖에서 한 번도 말썽을 피워 본 적이 없지 않은가. 딸애는 이미 그 아이한테 마음이 끌려 있어. 두 아이를 결혼시키는 게 어떻겠어?"

부부는 그렇게 하기로 합의했다. 그리하여 젊은 그들을 결혼시켰다.

마침내 상인 부부는 연로한 끝에 세상을 떠났다. 젊은 부부는 여러 명의 아이를 낳았다. 그러는 동안 세월이 흘렀다. 그들은 명예도 얻고 행복스러운 나날을 보내고 있었다.

그런데 마을에 재판이 열리게 되어, 이미 노인이 된 그도 재판의 배심원으로 참석하게 되었다.

도둑에 대한 공판이 열렸다. 그는 떨면서 자리에 앉아 심문 내용을 주의 깊게 듣고 있었다. 그러자 얼굴이 갑자기 창백해졌다가 붉어지며 두 눈을 감았다. 눈물이 눈까풀 밑으로 흘러내렸다. 마침내 법정 안까지 들릴 만큼 큰 울음소리가 터져 나왔다.

재판장이 놀라서 물었다.

"왜 그러십니까?"

"제 일은 걱정하지 마십시오. 저는 남을 재판할 수가 없습니다."

"그게 무슨 말씀입니까? 이곳은 법정입니다. 올바른 사람이 죄지은 사람을 재판하지 않으면 안 됩니다."

여러 사람이 말했다. 그러자 그가 대답했다.

"옳은 말씀입니다. 하지만 저 자신은 바른 사람이 아닙니다. 저는 재판을 받은 사실은 없지만 도둑임이 틀림없습니다. 원하건대, 제가 여러분 앞에서 제 죄를 자백하도록 허락해 주십시오."

그러나 사람들은 그에게 참회할 기회를 허락지 않았다. 나중에 그는 덕망이 있는 몇몇 사람들에게 그가 겪은 지난날의 사건을 말해 주었다.

즉 어렸을 때 밧줄을 타고 창고로 들어갔다가 붙잡혔으나 벌을 받지 않고 용서를 받았을 뿐만 아니라, 그 은인 집에서 아들과 같은 대우를 받으며 살아온 지난 이야기를 숨김없이 들려주었다.

이와 같은 그의 참회는 마을 사람들을 감동하게 했다.

그리하여 그 마을에서는 누구 한 사람 그의 재판 받지 않은 과거의 죄를 책하려고 하지 않았다. 사람들은 전과 다름없이 그를 존경했다.

나는 이 이야기를 친구와 함께 주고받으면서 기뻐한 것이다.

"이제는 안심을 해도 되겠어요. 그런 착한 마음가짐이 사람들에게 있는 것이니까요."

"그렇군요. 하지만 그보다도 더 필요한 것은 만약에 대비해서, 우리도 그런 마음의 준비를 갖추는 일이 중요하지 않을까요?"

우리들은 이런 이야기를 나누었다. 그런 바로 다음 날, 연극과 같은 사건이 일어난 것이다.

친구가 나를 찾아와서 말했다.

"사건이 일어났어요."

"무슨 사건이?"

"불유쾌한 사건이지요."

나는 생각했다. 사건이란 아마도 작은 일에 지나지 않을 것이라고. 왜냐하면 친구는 생각이 깊고 신중한 사람이었기 때문이다.

친구는 말했다.

"아주 불쾌한 사건이에요. 어떤 자가 나의 평화로운 생활을 엉망으로 만들어 놓았어요. 한 시간쯤 외출했다가 돌아와 보니 잠근 문이 저절로 열리는 게 아니겠어요. 책상 서랍은 열린 채 바닥에 놓여 있고 그 속에 있던 물건은 마구 흐트러져 있었어요.

온갖 값진 물건들이 바닥에 던져져 있었습니다. 무엇보다도 비장에 두었던 귀중품과 돌아가신 아버님께 물려받은 금시계와 내 장례식 때 쓰려고 간직해 두었던 오백 루블을 도둑맞은 것입니다."

나는 깜짝 놀라 그에게 어떤 말을 해야 좋을지 몰라 당황하지 않을 수 없었다.

"원 그럴 수가! 어제 그런 이야기를 농담처럼 했더니, 오늘은 우리 중에 한 사람에게 똑같은 사건이 일어나다니!"

어쩌면 신이 시험을 치르고 있는지도 모른다.

'어떤가? 자네는 어제 타인의 훌륭한 영혼에 의해서 위로를 받았으니, 오늘은 자네가 자신 속에 어떤 영혼이 있는지 보여 주어야 할 게 아닌가?'

나는 조용히 앉은 채 물었다.

"그래, 당신은 어떻게 했나요?"

"그게 글쎄 어떻게 해야 좋은지 알 수가 없단 말입니다. 사람들은 즉각 고발하라고 야단들이지만."

그는 우정에 힘입어 나의 의견을 묻고 있었다. 그러나 이런 경우에 내가 어떤 말을 할 수 있겠는가! 도둑맞은 사실을 고발하라는 이야기는 다른 사람들의 말이었다. 그 이상 어떤 조언을 할 수가 있단 말인가?

내 재물이 아니라 그의 재물을 잃어버린 것이다. 사람들은 남이 받은 모욕에 대해서는 누구나 쉽게 용서할 수가 있는 것이다.

나는 말했다.

"나로서는 아무 말도 할 수가 없군요. 하지만 원하신다면, 내가 전에 당한 당신의 경우와 같은 아니, 오히려 더 심한 사건에 관해서 이야기를 해드리지요."

그가 말했다.

"그 얘기를 꼭 좀 들려주세요."

그래서 나는 도둑맞은 일에 관해서 이야기를 시작했다.

"언젠가 나는 새로 털 코트를 맞췄습니다. 삼백 루블이나 들었는데, 너무 옷이 무거웠습니다. 그래서 코트를 입으면 힘이 빠질 만큼 어깨를 누르는 것이었습니다. 그 바람에 나는 걸을 때 항상 코트를 어깨에서 약간 벗어젖히는 나쁜 습관이 들었습니다. 그 때문에 소매를 찢고 말았습니다. 크리스마스 전날 아침 가정부가 나에게 말했습니다."

"코트가 찢어졌는데, 저는 양복점처럼 모피를 기울 수가 없습니다. 바느질을 하면 소매가 우그러듭니다. 관리인 아저씨의 말에 의하면 자기 동네에 소문난 수선집이 있는데, 바느질을 잘하는 모양입니다. 그러니 그에게 수선해 오도록 하시면 어떻겠어요? 저녁때까지는 다 되겠지요."

"그게 좋겠군."

내가 대답하자 가정부는 코트를 관리인에게 전해 주었습니다. 그래서 그는 즉시 수선집으로 찢긴 털 코트를 가지고 갔습니다.

크리스마스이브는 진눈깨비와 함께 찾아왔습니다. 쏟아지면서 녹는 눈이었습니다. 그래서 모피 코트가 필요 없게 되고 외투를 입는 편이 낫게 되었습니다.

나는 코트에 대한 일은 잊어버리고 물어보지도 않았습니다. 그러나 크리스마스 날 집안에서 무슨 일이 있는지 시끄럽게 다투는 소리가 들렸습니다. 그러자 새파랗게 질린 얼굴로 관리인이 크리스마스 인사말도 할 사이 없이 나의 코트가 없어졌으며, 수선집 주인이 자취를 감추었다는 것이었습니다. 그리고 그는 나에게 도난신고를 하라고 당부하였습니다. 그러나 나는 승낙하지 않았습니다. 그래서 그가 스스로 신고한 것입니다.

그가 신고는 했습니다만, 코트의 행방은 묘연했습니다. 수선집 주인은 어디론지 자취를 감추고 말았던 것입니다. 그래서 그의 아내가 두 어린애를 데리고 경찰에 출두했습니다. 한 아이는 서너 살이 되었고, 또 한 아이는 젖먹이였습니다.

사람들의 갈에 의하면 아주 가난뱅이라는 것이었습니다. 아내와 무섭게 여윈 아이들은 쓰러진 오막살이에서 살며 먹을 것조차 변변치 않은 모양이었습니다.

나의 코트에 관해서 수선집 아내의 말을 들어보면, 그녀의 남편은 내 코트를 수선한 다음, 갖다주기 위해 외출해서는 지금까지도 돌아오지 않았다는 것입니다. 그래서 사람들이 갈 만한 곳을 모두 찾아보았으나 행방을 알 수가 없었습니다.

나는 단념하고 새로 코트를 맞추었습니다. 그리고 잃어버린 물건에 대한 일은 거의 잊었습니다. 그런데 뜻밖에 어느 날, 관리인이 헐레벌떡 달려와서는 빠른 말로 이렇게 이야기하는 것이었습니다.

"주인님! 놀라지 마십시오. 저는 그 일이 있은 뒤로 줄곧 수선쟁이를 찾아다녔습니다. 그놈이 자기 아내를 몰래 만나러 오기를 기다리며 감시하고 있었습죠. 보람이 있었는지 끝내는 붙잡아 재판관에게 끌고 갔습니다. 지금 그놈을 간수가 지키고 있습니다. 곧 가셔서 주인님의 코트가 없어진 사실을 밝혀야 합니다."

나는 내키지 않았지만, 그곳으로 갔습니다. 과연 간수가 볼품없는 한 사나이를 지키고 있었습니다. 그가 바로 수선집 주인이었습니다. 그의 한쪽 발은 차바퀴에 치였는지 더러운 헝겊으로 싸여 있었고 누추한 옷을 걸친 모습은 정말 반쯤 죽은 사람처럼 보였습니다.

재판관은 나에게 물었습니다.

"당신이 모피 코트를 잃으셨나요? 그건 어떤 물건이며, 값은 얼마나 됩니까?"

나는 정직하게 대답했습니다.

"그 코트는 삼백 루블을 내고 만든 것입니다. 그러나 잃어버린 당시에는 얼마나 값이 되는지 알 수 없습니다. 아마도 입었던 옷이라 백 루블 정도는 되지 않을까요."

재판관은 수선쟁이를 심문하기 시작했습니다. 그리고 그는 유죄로 판정되었습니다. 왜냐하면 그가 이렇게 진술했기 때문입니다.

"저는 옷을 수선해 그 댁 관리인한테 가지고 갔습니다. 돌려드리고 돈을 받으려고 말이죠. 그런데 운이 나쁘게도 그의 집에는 아무도 없었습니다. 그때 저는 나으리의 성함이나 주소도 모르고 있었거든요. 무엇보다도 저의 집에는 돈이란 한 푼도 없는 형편이었습니다. 그래서 저는 급한 나머지 나으리의 코트를 전당포에 잡히고 받은 돈으로 차와 설탕과 맥주를 샀습니다. 아침이 되어 정신이 들자, 겁이 난 나는 도망을 쳤던 것입니다. 나머지 돈으로 술을 마셨습니다. 내가 한 일이 너무 두려웠기 때문이었습니다. 그 뒤로는 어떻게 지냈는지 저 자신도 알 수가 없습니다."

그는 어디에 돈을 써 버렸는지, 그리고 옷을 전당 잡힌 곳이 어디인지도 모르고 있었습니다.

"자네 생각으로는 그 코트 값이 얼마나 된다고 생각하나?"

그러자 수선공은 주저 없이 명확하게 대답했습니다.

"아주 훌륭한 코트였습니다."

"값이 얼마나 된다고 생각하는가?"

"값으로 치자면……"

"백 루블쯤 된다고 보나?"

"더 될 겁니다."

"그럼, 백오십 루블쯤으로 보나?"

"그 정도는 충분합니다."

그는 용감하였으며, 조금도 부끄러워하는 기색이 없었습니다.

재판관은 형벌을 선고했습니다. 수선공은 석 달 동안 징역을 살도록 유죄 판결이 내려졌고, 나에게 코트값을 변상하도록 선고되었습니다.

나는 충분한 보상을 받은 셈이 되었습니다. 왜냐하면 재판관으로부터는 그 이상의 것은 기대할 수 없었기 때문입니다.

그날 나는 집으로 돌아왔고 수선공은 감옥으로 끌려갔습니다.

그런 일이 있은 지 얼마 지나지 않아 나는 하나님으로부터 신경통이란 병을 하사받았습니다. 그 때문에 나는 몹시 고통을 겪으면서 밤에 잠을 제대로 잘 수 없었습니다. 왜냐하면 여러 가지 생각이 떠올랐기 때문입니다.

나의 머릿속에서는 수선공과 어린애를 안고 있는 그 아내의 모습이 떠나지를 않았습니다.

'한편으로는 내 코트 때문에 감옥살이하게 되었으니, 그의 아내와 아이들은 어떻게 지내고 있을까?

나는 결코 잃어버린 코트에 대한 배상금은 받지 않겠다. 그런데 왜 그 사실을 신고했다는 말인가?'

나는 두렵고 불안한 생각이 들어 그 수선공의 아내가 어떻게 살고 있는지, 또 아이들은 어떻게 되었는지 형편을 알아 오도록 사람을 보냈습니다.

관리인이 살펴보고 와서 하는 이야기로는 수선공의 아내는 집을 내쫓기게 되어 오늘 떠날 채비를 하고 있다는 것이었습니다. 오막살이 집세가 육 루블이나 밀렸다는 것이었습니다.

어찌 된 일인지 신경통 때문에 밤새껏 잠을 이룰 수가 없었습니다. 극심한 피로감에 싸여 누워 있는데, 갑자기 그 수선공이 나타나서 불에 달군 인두를 가지고 잠옷 위를 어루만지듯 온몸을 문지르기 시작하는 것이었습니다. 무엇보다도 인두가 닿는 관절은 바늘로 찌르는 듯한 통증이 전해 왔습니다.

나는 견딜 수가 없어서 육 루블을 주었습니다. 하지만 나의 양심은 더욱 고통스러웠습니다. 왜냐하면 그 수선공을 불행에 빠뜨린 죄는 남을 용서할 줄 모르는 나의 잔인함에 있었기 때문입니다.

그러자 이번에는 수선공의 아내가 육 루블을 보내준 데 대한 인사를 하러 왔습니다. 그녀는 남루한 누더기를 걸치고 아이들은 벌거벗은 몸으로…….

나는 다시 삼 루블을 주었습니다. 그러나 밤이 되자 수선공은 얼음같이 찬 인두를 가지고 나타났습니다. 내가 왜 이런 고통을 당해야 하는가 하는 깊은 자책감에 빠졌습니다.

그렇다면 어떻게 해야 좋다는 말인가. 이렇게 불분명한 의식 속에서 확실한 결단을 내리지 못하는 상태에 더 이상 머물러 있을 수는 없다고 나는 고뇌와 회의에 사로잡혔습니다.

그렇게 머뭇거리는 동안 부활제가 다가왔습니다. 수선공은 앞으로도 반 달 동안은 더 감옥에 있어야만 했습니다. 나는 그의 아내에게 2루블, 때로는 3루블을 몇 번인가 주었습니다. 그러나 부활제가 오면 더 많이 주어야 될 것이라는 부담스러운 마음을 가져봅니다.

그래서 나는 내 힘이 닿는 대로 격려금을 주었습니다. 그런데 수선공의 아내는 거기에 점점 익숙해져서 늘 불만스러운 표정을 짓는 버릇이 늘어갔습니다. 게다가 나한테 화까지 내는 데는 어이가 없을 정도였습니다.

그녀는 이렇게 말했습니다.

"우리의 은인은 내 가족 모두를 쇠사슬로 묶어 놓았어. 나는 아이들을 데리고 아무 일도 할 수가 없단 말이야. 그러니 당신은 우리들을 죽인 거야. 머지않아 하나님이 당신의 목숨을 거두어 가실 거예요."

"정말 우습기도 하고, 한편으로는 화가 치밀어 오르는가 하면 측은하고 또 창피스럽기도 했습니다. 만약 나의 코트가 그 수선공과 함께 아주 사라져 버렸더라면 형편이 좋았을 것입니다. 그편이 훨씬 자비롭고 유익하기도

했을 것입니다.

　그러나 지금에 와서는 굶주리고 추위에 떠는 어린애들의 어머니 입을 틀어막자면 도둑의 가족을 부양할 수밖에 없는 내가 안타까울 뿐입니다.

　더구나 나의 양심은 괴로움을 받고 있습니다. 사형집행인이라 하더라도 어찌 사람을 굶어 죽게 내버려둘 수가 있겠습니까?

　어쨌든 나는 그 수선공의 가족을 부양하고 있습니다. 그러나 마음속에서는 고통이 늘어갈 뿐이었습니다. 이제 나는 남의 코트를 훔친 것보다 더 나쁜 짓을 한 것 같은 죄책감에 사로잡혔습니다. 그런 생각에서 도저히 벗어날 수가 없었습니다.”

　나의 긴 이야기를 끝냈을 때, 도둑맞은 내 친구는 이렇게 말했다.

　“나도 그렇게 생각하고 있습니다. 그래서 나는 고소를 하지 않을 작정입니다. 사람들을 시끄럽게 하기를 원치 않습니다. 도둑맞았다는 그 사실만으로 모든 것은 끝났습니다.”

　이런 사연으로 사건은 마무리되었다. 사실. 나로서는 별다른 이야기를 더 이상 할 수도 없는 처지였다.

　*리에스코프

행상인

채소 장사 제롬 크렌케빌은 거리의 이곳저곳 손수레를 끌고 다니며 소리 높여 외쳤다.

"배추요, 무, 감자 사려."

양파를 가지고 있을 때는 좀 달랐다.

"싱싱한 아스파라거스 사요."

왜냐하면 파는 가난한 사람들의 아스파라거스라고 할 수 있기 때문이다.

어느 가을 10월 20일 오전이었는데, 그가 몽마르트르 거리로 손수레를 끌고 오자, 양화점 부인이 가게 안에서 뛰어나왔다.

그리고 채소를 실은 손수레 곁으로 와서 더러운 것이라도 만지는 것 같은 손짓으로 파 한 단을 집어 들며 말했다.

"파단이 왜 이래요? 값이 얼마예요?"

"십오 스우요, 아주머니. 이런 좋은 양파는 더 이상 살 수 없습니다."

여자는 얼굴을 찡그리며 양파 단을 수레에 멋대로 집어 던졌다.

이때 64호란 표지를 단 순경이 와서 크렌케빌에게 고함치듯 말했다.

"이봐, 얼른 가지 못해?"

크렌케빌은 거의 50여 년 동안이나 아침부터 밤늦게까지 거리를 누비며 손수레로 노점상을 하고 있었기 때문에 순경의 명령은 그에게 있어 무엇보다도 지켜야 할 규칙이었으며, 이 세상의 질서라고 생각하고 있는 터였다.

그래서 속히 손수레를 끌고 떠날 준비를 하면서 여자에게 마음에 드는 것을 빨리 고르라고 독촉했다.

“이것저것 골라도 마찬가지야!”

여자는 화가 난 듯이 거칠게 말했다. 그리고 닥치는 대로 파단을 만지더니, 제일 나은 것을 골라내어 가슴에 안았다.

“십사 스우로 해요. 십사 스우면 됐지, 뭘 그래요. 얼른 가게에서 가져다 드릴게요. 지금은 돈을 안 갖고 나왔거든요.”

여자는 파단을 가지고 가게 쪽으로 달려갔다.

마침 그때 구둣가게로 어린애를 안은 여자 손님이 들어왔다.

64호 순경은 크렌케빌에게 두 번째 명령을 내렸다.

“이봐, 그래도 안 가는가?”

“저는 돈을 받아야 갑니다.”

그렌케빌은 볼멘소리로 대답했다.

“나는 자네가 돈을 기다리고 있다는 것을 모르는 게 아니야. 나는 근무자로 교통 방해가 되지 않도록 속히 떠나라고 말하는 거야.”

순경은 강경한 어조로 말했다. 그러는 동안 구둣가게에서는 여주인이 어린애의 구두 크기를 재고 있는 동안 파는 초록빛 대가리를 내밀고 탁자 위에 가지런히 놓여 있었다.

크렌케빌은 손수레를 끌고 거리를 채소 장사로 돌아다닌 50여 년 동안 관리 나으리가 하는 말은 절대복종하지 않으면 안 되는 법이라 명심하고 있었지만, 한편으로 그는 권리와 의무의 문제에 있어서는 매우 예외적인 위치에 서 있었다. 즉 그는 법률문제에 관해서는 전혀 문외한이었다.

무엇보다도 사적인 권리를 집행함은 사회적인 의무를 수행하는 데 방해가 된다는 사실을 잘 이해하지 못하고 있었다.

그는 십사 스우의 돈을 받는 일에 너무 매달려 있었기 때문에 손수레를 끌고 교통 방해에서 벗어나야 하는 사회적 의무를 생각할 여유가 없었다.

순경은 네 번째로 속히 물러가라고 명령을 내렸다. 아주 침착한 태도로 뭔가 결심한 듯 말했다.

"자네에게는 내가 빨리 떠나라는 말이 안 들리나?"

크렌케빌의 눈은 무슨 일이 있든 간에, 자리에 머물러 있지 않으면 안 되는 중요한 이유가 있다는 듯 빛났다. 그는 퉁명스러운 어조로 대답했다.

"나으리께서 제 말을 알아듣지 못하시는구려. 저는 돈을 받으려고 기다리고 있다고 하지 않았습니까?"

"뭐라고? 그럼, 자넨 업무방해죄로 끌려가고 싶은가? 그렇다면 그렇다고 말하게!"

그 말을 듣고 크렌케빌은 천천히 어깨를 움츠리고는 슬픈 듯이 순경의 얼굴을 쳐다보았다. 그리고 그 눈으로 흐린 하늘을 올려다보았다. 그 눈은 이렇게 말하는 듯했다.

'내가 정말 죄인인지 아닌지는 하늘에 계신 하나님만이 알고 계시지.'

하지만 그 눈이 말하는 의미를 이해하지 못했을 것이며, 동시에 그가 명령에 복종하지 않는 충분한 이유를 발견하지 못한 순경은 또다시 거친 어조로 물었다.

이 채소 장사가 자기의 명령을 따를 것인가, 끝내 거역할 것인가 말이다.

오늘따라 몽마르트르 거리에는 마차가 여느 때보다 더 붐비고 있었다. 쌍두마차, 사두마차, 짐수레, 승합마차 등이 서로 비비대며 부딪치자, 이쪽저쪽에서 사람들의 아우성이 들려왔다.

거리 으슥한 곳에서는 마부들이 술집 여자들과 입에 담지 못할 험담을 주고받으며 지껄이고, 승합마차 차장은 이 혼란의 원인이 도로를 가로막고 있는 채소 장사 그렌케빌이라 여기고 그를 바보 파대가리라고 욕설을 퍼부었다. 그러는 동안 보도 위에는 구경꾼들이 이 싸움에 모여들었다.

순경은 구경꾼들이 자기를 보고 있음을 깨닫고, 이제는 아무래도 직권을 행사할 수밖에 없다고 생각했다. 그는 주머니에서 낡은 수첩과 짤막한 연필을 꺼냈다.

그러나 크렌케빌은 무슨 움직일 수 없는 힘에 지배받고 있는 듯 꼼짝도 하지 않았다. 게다가 이제는 앞으로건 뒤로건 움직일 수가 없었다. 불행하게도 그의 손수레 바퀴가 다른 우유배달 손수레 바퀴와 얽혀 있었기 때문이다. 그리하여 크렌케빌은 절망적인 기분으로 머리를 북북 긁으며 소리쳤다.

"저는 돈 가져오기를 기다린다고 하지 않았습니까? 이게 대체 무슨 꼴이람. 아아! 하나님 맙소사!"

이 말은 반항보다 절망을 표현한 것이었는데, 순경은 이 말 속에서 무언인가 자기에게 대한 모욕적인 의미를 캐내려고 애썼다.

순경에게 대한 모욕은 무슨 말이든 간에 전통적 관습적으로 다음과 같은 말 '소 같은 자식!'(도둑 사이에 순경을 가리키는 은어)로 정리될 수 있을 것이다.

"뭣이라고? '소 같은 자식'이라 했지. 좋아! 그럼, 나하고 같이 가자!"

채소 장사는 무슨 영문인지 알 수가 없었다.

커다랗게 뜬 눈으로 순경을 절망적으로 바라보았다. 그리고 순경의 푸른 제복을 두 손으로 붙잡고 외쳤다.

"제가 소 같은 자식이라 했다고요? 예, 제가?"

이 기묘한 체포를 보고 술집 여자들과 거리의 아이들은 배를 쥐고 깔깔거렸다.

그러나 이때 구경꾼들 사이를 헤치고 검정 신사복 차림에 높은 모자를 쓴 노인이 두 사람 앞으로 나왔다.

노인은 순경의 곁에 가서 조용하고 위엄 있는 어조로 말했다.

“당신은 오해하고 계시오. 이 사람은 당신을 모욕한 것이 아니잖소.”

“남의 일어 참견하실 필요는 없습니다.”

순경은 노인에게 말했다. 그러나 상대방이 훌륭한 옷차림을 한 사람이라 그랬는지, 그의 어조는 부드러웠다.

노인은 매우 침착하고 은근한 태도로 변호를 계속했다. 그러자 순경은,

“정 그러면 경찰서에 저와 함께 가셔서 그렇게 말해 주시지요.”

하고 말했다

크렌케빌은 다시 외쳤다.

“제가 소 같은 자식이라 했습니까? 예, 제가?”

그가 이런 우스운 말을 외치고 있을 때, 그제야 구둣가게 여주인이 돈을 쥐고 나왔다.

그러나 순경은 이미 크렌케빌의 멱살을 휘어잡고 있었다. 그러자 양화점 여주인은 경찰에 끌려가는 채소 장수에게 돈을 내지 않아도 좋다고 생각했는지 가지고 나온 십사 스우를 앞치마 주머니에 넣었다.

크렌케빌은 갑자기 손수레가 압수되었다는 사실, 자기가 도로법 위반, 업무 방해로 재판을 받게 되었다는 사실, 그리고 저녁 태양이 가라앉으려 하고 있다는 사실을 깨달았다.

그리하여 그는 중얼거렸다.

“아무렇지나 될 대로 되어라.”

일행과 함께 낯모를 노인은 경찰서에 가서 길거리에서의 교통 혼잡 때문에 부득이 걸음을 멈추게 되어 사건 경과에 대해 자초지종을 목격했다고 증언하였다.

노인은 순경이 모욕당한 사실은 절대 없었다는 것, 그것은 순경의 오해에 지나지 않는다는 것을 누누이 설명했다.

노인은 자기의 이름과 직업까지 밝혔다. 다비드 마아체라는 암브루스 병원의 원장이며, 근위 사단의 기사장이었다.

그러나 크렌케빌은 석방되지 않았고 밤늦게까지 경찰서에 유치되어 있었다. 그리고 날이 밝자 죄수 수송차에 실려 감옥으로 보내졌다.

감옥은 크렌케빌에게 있어 낯선 곳, 고통스러운 곳으로 느껴지지 않았다. 이것도 할 수 없는 일이라고 체념했다. 감옥에서 무엇보다 그를 놀라게 한 것은 벽이나 마루가 생각보다도 깨끗하다는 사실이었다.

그는 말했다.

"이런 곳치고는 너무 깨끗한데! 마룻바닥에 앉아 밥도 먹을 수 있겠군!"

간수가 떠나고 혼자 남겨지자, 그는 구석에 놓여 있는 책상을 움직이려고 했으나 벽에 붙박아 놓아 꼼짝도 하지 않았다. 늙은 채소 장사는 깜짝 놀라며 큰 소리로 말했다.

"어허, 이게 뭐냐? 정말 이런 곳인 줄은 몰랐어."

그는 놀라면서 주위의 것들을 만져 보았다.

차츰 적막과 고독이 그의 마음을 누르기 시작하고 지루한 시간이 이어졌다. 그는 초조한 마음으로 손수레의 행방을 떠올렸다.

'양배추와 무, 양파와 상추가 가득 실려 있었는데.'

그는 우울한 심정으로 자신에게 물어보았다.

"순경은 내 손수레를 어디로 가져갔을까?"

사흘째 되는 날 변호사 레메리 씨가 찾아왔다. 그는 법조계에서 가장 젊은 신진이었다.

크렌케빌은 사건의 전모를 모조리 말하리라고 생각했으나 짧은 어휘밖에 모르는 그에게는 힘겨운 일이었다. 누군가의 도움 없이는 모든 이야기를 끝마칠 수 없는 형편이었다.

젊은 변호사는 이상하다는 듯이 머리를 갸웃거리며 서류를 넘기면서 혼 잣말처럼 중얼거렸다.

"서류상으로 보면 사건이 될 수 없지 않은가?"

그는 피곤한 표정을 띠고 자기의 갈색 머리를 쓰다듬으며 말했다.

"나는 당신이 이 사건의 전말을 처음부터 끝까지 인정하는 편이 유리하 다고 믿소. 내 소견을 말한다면, 그렇게 끝까지 부인해서는 이로울 게 없습 니다."

글쎄. 도대체 무엇을 인정하는 게 필요한 것인지. 그것을 알고 있었더라 면 크렌케빌은 남의 말을 듣기 전에 인정했을 것이다.

프리시 재판장은 크렌케빌을 심문하는 데 귀중한 6분간을 소비했다. 이 심문은 피고가 묻는 말에 대해 제대로 대답할 수만 있었다면 좋은 결과로 끝났을 것이다.

그러나 크렌케빌은 심문당하는 일에는 익숙하지 못했었다. 무엇보다도 이런 높은 사람 앞에 나서게 되면 두려움과 상대방에 대한 무조건적인 존경 이 입을 막아 버렸다. 그래서 늙은 채소 장사는 침묵으로 일관하였다.

그리하여 재판장에서 심문하고 답변하는 법정의 진행이 이루어졌다. 그 결과 피고의 유죄는 이제 움직일 수 없는 판결이 되었다.

재판장은 끝으로 이렇게 말했다.

"결국 피고는 소 같은 자식이라고 한 말을 인정하는 것입니까?"

그러자 피고 크렌케빌의 목구멍에서 녹슨 쇠붙이가 마찰하는 것 같은, 유 리 조각이 부서지는 듯한 불명한 소리가 흘러나왔다.

"순경 나으리가 소 같은 자식이라고 하시길래, 나도 그렇게 말한 것뿐인 데요. 정말 그렇습니다."

그는 자신의 답변이 전혀 기억에 없는 난처한 내용임을 알리려고 애썼다.

그러나 그럴수록 말이 제대로 되지 않아 종이에 쓰지 않으면 이해할 수 없는 말을 정신없이 지껄였다.

프리시 재판장은 크렌케빌이 하는 말을 전혀 이해할 수 없었다.

재판장은 의문을 가지고 말했다.

"피고 크렌케빌은 순경이 먼저 그 말을 했다는 것인데 사실인가?"

크렌케빌은 설명하려다가 중지하고 말했다. 그에게는 그것이 너무나 어려운 일이었다.

"끝내 피고는 변명을 안 하는군. 그 점이 제일 핵심적인 문제임을 명심하도록……"

재판장은 증인을 부르도록 명했다. 64호 순경 그의 이름은 바스챤 마토로였는데, 진실한 사실만 말할 것을 선서한 다음 이렇게 증언하였다.

"본관은 시월 이십 일 하오, 직무 수행 중에 몽마르트르가에서 행상인으로 인정되는 한 사나이를 발견했습니다. 그 사나이의 손수레는 삼백이십팔 번지 가옥 옆에 불법으로 장소를 점령하여 굉장한 교통 혼잡을 유발하고 있었습니다. 본관은 세 차례나 속히 퇴거하도록 명령했습니다. 그런데 그는 본관의 명령에 복종하기를 거절하였습니다. 그래서 본관이 그를 향해 구속 경고를 말하자, 그는 소 같은 자식이라고 폭언하였습니다. 그리하여 본관은 이 말을 듣고 참을 수 없는 모욕감을 느낀 것입니다."

이 간결하고 명료한 답변은 법정 안의 사람들에게 분명히 호감을 준 것 같았다. 보조관은 바얄 부인과 다비드 마체 씨를 증인대로 안내했다. 한 사람은 구둣가게 여자 주인이고, 한 사람은 파아레 병원 원장이며 근위 사단의 기사장 신분을 가지고 있었다.

바얄 부인은 아무것도 못 보았으며 어떤 말도 못 들었다고 증언하였다. 한편, 마체 씨는 행상인에게 속히 물러갈 것을 명령하고 있는 순경을 군중

속에서 보았다고 말했다.

마체 씨의 진술은 괴상한 결과를 가져왔다.

"저는 이 사건의 자초지종을 다 보고 있었습니다."

하고 그는 말했다.

"저는 전적으로 순경이 오해한 것으로 봅니다. 누구도 그를 모욕한 사람은 없었습니다. 그때 저는 순경에게 그런 말을 했습니다. 그런데도 순경은 행상인을 체포하고 저에게도 경찰서로 같이 가자고 연행했습니다. 그래서 저도 경찰까지 가서 제 눈으로 본대로 증언하였습니다."

"앉아도 좋습니다."

재판장은 다시 말했다.

"이봐, 서기! 다시 한번 마토로 순경을 불러오게."

마토로 순경이 나왔다.

"마토로 순경, 그대가 피고를 체포했을 때 증인인 마체 씨가 오해라고 주의하지 않았던가?"

"예, 마체 씨도 함께 저를 모욕했습니다."

"마체 씨는 그대에게 무어라 말했던가?"

"그 역시 저에게 소 같은 자식이라고 했습니다."

속삭이는 소리와 웃음소리가 법정 안에 퍼졌다.

"나가도 좋아."

재판장은 재빨리 말했다. 그리고 방청석을 향해 만일 다시 속삭인다든지 웃는 불미한 일이 있을 것 같으면 퇴장을 명하겠다고 경고했다.

서기는 그 경고에 우쭐거리며 돌아다녔다. 사람들은 한결같이 크렌케빌의 무죄를 믿고 있었다.

또다시 법정 안이 조용해졌을 때 레메리 씨가 자리에서 일어섰다. 그는 경관의 직무를 찬양하는 데서부터 변론을 시작했다.

"그 순경은 참으로 사회에 대한 겸허한 봉사자입니다. 적은 보수를 받으면서 끊임없는 위험을 무릅쓰고 매일매일 영웅적인 임무를 수행하고 있는 공공의 기관원입니다. 그는 병사 아닌 병사입니다. 병사! 이 한마디가 모든 것을 말하고 있습니다."

그리고 레메리 씨는 병역의 도덕성에 관해서 설명하기 시작했다.

레메리 씨의 말에 의하면 그 자신은 무슨 일에 있어서든 군대를 비난하는 행위를 절대로 용서하지 않는 사람이라는 것, 그리고 그 자신이 국민군에 속해 있다는 명예를 가진 사람임을 알 수 있었다.

재판장은 자주 고개를 끄덕였다.

레메리 씨는 의용군 중위 신분으로, 뷔엘오드리에트 부대의 후보였다.

"진실로 저는 파리 시민들의 일상을 평안하게 유지하고 있는 그 고귀한 임무를 잘 알고 있는 사람입니다. 그러므로 저는 피고가 군대 밖에 있는 병사를 모욕하는 장면을 실지로 보았다면, 절대로 크렌케빌을 변호하는 일은 맡지 않았을 것입니다.

피고는 소 같은 자식이라고 망언함으로써 기소된 자입니다. 이 말의 의미는 매우 명백합니다. 만약 여러분이 사전을 찾아보시면 다음과 같은 내용을 알 것입니다. 즉 '소는 그 성질이 우둔하고 충실함. 하는 일 없이 빈둥빈둥 놀고 돌아다님으로 해서인지 경관을 비하하는 의미로 사용되기도 함' 이렇게 되어 있습니다.

그리고 소 같은 자식이란 이 말은 사회의 어떤 부류에서 상용되는 말입니다. 그러나 문제의 요점은 어찌하여 피고가 이 말을 사용하게 된 점이 문제가 아닐까요? 여러분, 용서하십시오. 여기에 이러한 의문을 제출함은 결코 마토로 순경을 저의 나쁜 감정으로써 의심하려는 것이 아닙니다.

　그러나 마토로 순경은 이미 우리들이 주지하는 바와 같이 비상한 노역에 종사하고 있는 공인입니다. 그 결과로 하여 때로는 심한 피로에 시달리는 일도 있을 것입니다. 그리하여 어떤 경우에는 잘못 듣는 일이 없다고는 단정할 수 없을 것입니다. 마토로 순경은 다비드마체 씨조차도 자기를 향해 소 같은 자식이라고 말했다 합니다.

　마체 씨로 말하자면 근위 사단의 기사이고 동시에 파레 병원장인 의학자이며 상류사호에 있는 분이 아닙니까? 마토로 순경이 신경쇠약증에 희생되어 있었다는 점, 만약 지나친 말이라면 여러분의 관용을 비는 바입니다만, 그 결과 마토로 순경은 최면술에서와 같은 착오에 빠져버렸다고 생각지 않을 수 없는 결과에 도달해 있는 것입니다.

　그리고 이런 경우에 설령 피고 크렌케빌이 실제로 소 같은 자식이라 외쳤다 치더라도 과연 이 말이 처벌할 근거를 가지고 있는가 어떤가를 재고할 필요가 있는 것입니다.

　피고 크렌키빌은 술주정과 음란 행위 때문에 파멸한 소매상인의 사생아입니다. 그는 유전적 알코올중독자입니다. 그러한 그가 이제 육십 년의 빈곤한 생애의 마무리를 절실하게 여러분 앞에 내놓고 있는 것입니다. 여러분, 저는 이 가엾은 노인에게 대한 관대한 용서를 빌어 마지않는 바입니다.”

　레메리 씨는 자리에 앉았다.

　프리시 재판관은 이 빠진 입으로 판결문을 읽었다.

　크렌케빌은 두 주일간의 금고와 오십 프랑의 벌금형을 받았다. 결국 법정은 마토로 순경의 진술을 신뢰한 것이다.

　길고 어두운 재판소 복도로 호송되어 갈 때 크렌케빌 영감은 누구에게 동정받고 싶은 강한 욕구를 느꼈다. 그는 그를 호송하는 간수를 세 번이나 불렀다.

“여보시오, 나으리! 여보시오!”

노인은 한숨을 내쉬었다.

“당신이 이 주 전에라도 이런 일이 벌어진다는 사실을 말해 주었더라면!”

그리고 그는 자기가 생각하고 있는 바를 말했다.

“저 나으리님들은 너무 빨리 지껄이는 것이 병이란 말이야. 훌륭한 말씀들을 하지만, 저렇게 빠른 말로 지껄이다간 천천히 생각하고 말할 수도 없지. 아, 간수님! 당신도 저 나으리님들이 너무 빨리 지껄인다고 생각지 않소?”

그러나 간수는 묵묵히 걷기만 했다. 아무런 대답도 없이 노인의 말에는 귀도 기울이지 않았다.

크렌케빌은 간수에게 재차 물었다.

“어째서 당신은 대답을 하지 않소?”

그러나 간수는 침묵으로 일관했다. 노인은 성을 내며 말했다.

“개하고 말하는 것도 아니고, 당신은 어째서 아무 말이 없소? 당신은 입을 벌릴 일이 없는가 보지. 옳아, 당신은 입안에 공기가 들어가는 게 무서운 모양이군?”

다시 감옥에서 혼자 있게 된 크렌케빌은 무서운 고독 속에 잠기면서 벽에 붙박아 놓은 책상에 걸터앉았다.

그의 생각으로는 재판이 잘못되었다고 판단할 수가 없었다. 그토록 굉장했던 분위기로 보아 법정은 그 판결의 약점을 가리고 있었다.

노인은 자기에게 이해하기 곤란한 판결을 한 재판장을 비롯하여 하잘것 없는 관리들이 잘못되었다고는 믿을 수가 없었다.

노인은 그렇게 으리으리한 의식 속에서 무엇인가 자신의 무지함이 절룩거리고 있음을 깨달을 리 없었다. 교회에도 가본 일이 없는 노인은 그 법정보다도 훌륭한 곳을 본 적이 없었다.

그는 자기 입으로 소 같은 자식이라고 말하지 않았음을 잘 알고 있었다. 그런데 그 말을 했다는 죄과로 두 주일간의 금고형이 선고된 것이다.

그의 머릿속에는 모든 것이 굉장한 비밀처럼 생각되었다. 이 세상에 가장 착한 사람들이 믿는 신앙심과 같은, 그리고 존경과 공포가 동시에 따르는 어떤 비밀의 계시와도 같이 노인을 압박해 왔다.

이 불쌍한 노인은 자기가 무슨 신비적인 혼돈으로 하여 64호 순경을 모욕한 것이리라 생각하고 자기의 죄를 인정하게 된 것이다.

그것은 카테키즘(초기 기독교의 비밀)의 교육을 받은 어린아이가 이브의 죄와 동일시 생각하는 것과 같은 감정이었다.

자기를 감옥에 집어넣고 나으리님들은 그가 소 같은 자식이라 외쳤다고 꾸짖었다. 그러자 그는 자신도 모르게, 정말 자기가 그렇게 외친 것이라고 믿게 되었다.

그는 초자연의 세계로 끌려들어 갔다. 그리고 자기에 대한 재판은 하늘의 계시인 것처럼 생각하기에 이르렀다.

만약 그가 자기의 죄에 대해서 똑똑한 생각을 가질 수 있었다면, 자기의 형벌에 대해서도 확실한 판단을 가질 수 있었을 것이다.

그에게는 법정이 자랑스러운, 그리고 거룩한 축제장처럼 생각되었다. 그저 눈부신 광경으로만 느껴졌다. 그것은 이해할 수 없는 일이고 반항할 수 없는 절대적이며, 거기 대해서는 슬픔이나 기쁨도 가져서는 안 될 것처럼 생각되었다.

감옥을 나온 후 크렌케빌은 전과 같이 몽마르트르 거리에서 손수레를 끌고 다녔다.

"배추요. 무, 감자 사려!"

이렇게 외쳤다.

그는 자기가 금고형을 받은 것을 자랑으로는 생각지 않았지만 부끄러워하지도 않았다. 그는 그 사건에 대한 괴로운 기억을 이미 잊고 있었다.

그것은 그의 머릿속에서 연극 같기도 하고, 여행 같기도 하고, 꿈같기도 한 환상과 같은 것이었다.

어떤 노파가 손수레 곁으로 와서 상치를 고르면서 그에게 말했다.

"그동안 어디 갔다 왔소, 크렌케빌 영감님. 한 달이나 보이지 않았으니, 몸이라도 불편하셨소? 그리고 보니 좀 파리해졌군."

"난 훌륭한 곳을 다녀왔다오, 마리오시 할머니!"

노인은 편하게 대답했다.

그의 생활에는 별다른 변화가 없었다. 다만 여느 때보다 자주 선술집을 찾을 뿐이었다. 왜냐하면 그에게는 모든 것이 제사 잔치 때처럼 느껴지고 형벌로 하여 매우 신분이 높은 분들과 안면이 있게 된 것이 퍽 기뻤기 때문이다.

그는 전에 없이 좋은 기분으로 자기의 골방으로 돌아왔다. 그리고 자리에 누워 호두 장사가 두고 간 포대를 뒤집어쓰고 생각에 잠겼다.

'감옥에서 그리 고생되는 일은 없었다. 그곳에도 사람한테 필요한 것은 다 있었지. 그렇지만 역시 내 집이 좋은걸.'

그러나 그의 행복한 상태는 오래 계속되지 못했다. 얼마 안 가서 그는 단골 사람들의 날카로운 눈초리가 자기를 쏘아보고 있음을 깨달았다.

"최상품의 상추가 있는데요, 쿠안트로 아주머니."

"안 사요!"

"안 사요? 왜? 공기만 마시고는 못 살 텐데."

그러나 쿠안트로 부인은 대답이 없었다. 그리고 새침해서 자기의 빵 가게로 도망치듯 들어가 버렸다.

최근까지도 푸성귀와 꽃으로 가득한 그의 손수레가 오기를 기다려 주던 단골 아낙네들이나 가게 아이들은 그에게서 이미 멀어져 있었다.

그는 자신이 형벌을 받게 된 사건의 원인이 된 구둣가게 앞에서 외쳤다.

"바얄 아주머니, 바얄 아주머니, 십오 스우 빚을 갚아 주시오!"

그러나 바얄 부인은 계산대 옆에 앉은 채 얼굴도 돌리지 않았다.

몽마르트르 거리의 사람들에게는 크렌케빌이 죄를 지어 감옥에 들어갔다가 나왔다는 사실이 문제였다. 그리하여 그 누구도 그와 상대하지 않게 된 중요한 계기가 되었다. 그가 금고형을 받았다는 소문은 리시에 거리의 시끄러운 뒷골목에까지 퍼져 있었다.

점심나절이 지나서 채소 장사는 로올 부인을 만났다. 로올 부인은 가장 신용이 있는 소중한 단골이었다.

그러나 로올 부인은 손을 흔들어 다른 채소 장사의 손수레를 불러서 커다란 양배추 단을 집어 들었다.

이 광경을 본 크렌케빌의 마음은 아팠다. 그는 자기의 손수레를 풋내기 마르테레의 손수레 곁으로 끌고 가서 애원하듯 로올 부인에게 말했다.

"아주머니, 저한테는 눈도 거들떠보지 않으시다니 너무하십니다."

로올 부인은 크렌케빌의 말에는 한마디의 대답도 없었다. 왜냐하면 그는 전과자였으니까.

그리하여 늙은 행상인은 이 모욕에 견딜 수가 없어 그만 큰 소리로 떠들어 댔다.

"개 같은 년!"

로올 부인은 양배추를 손에서 떨어뜨렸다. 그리고 외쳤다.

"정신 차려, 이 망할 늙은 자식! 감옥에서 나온 게 언젠데, 벌써 또 싸움을 걸어?”

크렌케빌은 침착한 때였더라면 절대로 이런 일로 로올 부인을 욕하지는 않았을 것이다. 그러나 이미 그는 정신을 잃은 상태에 빠져 흥분해 있었다.

그는 세 번이나 로올 부인을 욕했다.

첫 번째는 ‘개 같은 년’, 두 번째는 ‘쌍년’, 세 번째는 ‘갈보 같은 년’이라고 했다.

그리고 이 때문에 크렌케빌은 마침내 몽마르트르 리시에 거리의 사람들로부터 배척받는 외톨이가 되었다.

노인은 혼잣말을 중얼거리며 그 자리를 떠났다.

“저런 개 같은 년이 어디 있담. 저런 계집은 생전 처음이야.”

마침내 로올 부인 한 사람만이 그를 돌보지 않게 된 것이 아니라, 모든 사람이 그를 멀리하는 참으로 딱한 처지에 놓이게 되었다.

그리하여 그의 성질은 차츰 거칠어져 갔다. 로올 부인과 싸운 그는 이유 없이 말다툼하고 걸핏하면 단골손님에게 욕을 퍼부었다.

만일 물건을 고르는 손길이 조금만 늦어도 느림보, 바보니 하고 욕설을 퍼부었다.

술집에 가서도 주위 사람과 늘 말다툼했다. 그의 친구 호두 장사까지도 크렌케빌 영감은 이제 어쩔 수 없는 악당이 되었다고 한탄할 정도였다.

그는 손을 댈 수 없는 거칠고 싸움을 즐기는 불량한 노인으로 전락하고 말았다.

그는 교양이 없는 사회에 태어났기 때문에 대학의 사회과학 교수만큼 현대 사회조직의 불완전성이나 그 피치 못할 개혁에 대해 자기의 생각하는 바를 발표할 수는 없는 무능자였다.

그는 여러 가지로 궁리는 하고 있었으나 그것은 그의 머릿속에 아무런 근거도 없이 되는 대로 쌓여 있는 쓰레기 더미 같은 사고력에 불과했다.

불행은 그를 몹쓸 사람으로 만들었다. 그리하여 그는 자기에게 아무런 악한 일을 하지 않은 사람, 때로는 자기보다 약한 사람에게까지 복수를 하게끔 변질되었다.

한 번은 술집의 소년을 몹시 때렸다. 소년이 그에게 감옥이 어떠냐고 물었기 때문이었다.

"이 빌어덕을 꼬마 녀석아!"

크렌케빌은 소년을 향해 고함을 쳤다.

"네 아비 놈이 감옥에 끌려가는 게 더 옳은 일이다! 이런 독약 물을 팔아서 신사들한테서 돈을 긁어내는 뻔뻔한 놈!"

마침내 그는 거리의 거친 사람으로 전락하고 말았다. 한 인간이 이런 혼돈 상태에 이르면 다시금 일어설 수는 없는 불능의 존재가 되는 것이다. 그의 곁을 지나는 사람은 모두 그에게 침을 뱉고 욕설을 퍼부었다.

설상가상으로 불행한 노인에게 가난이 찾아왔다. 참으로 시궁창 같은 삶의 나날이었다.

예전에는 몽마르트르에서 하루에 십오 프랑이나 번 일이 있는 늙은 채소 장사는 하루 종일 손수레를 끌고 다녀도 한 스우의 돈도 주머니에 들어오지 않았다.

추운 겨울이 닥쳐왔다. 골방에서까지 쫓겨난 그는 손수레 밑에 거적을 깔고 밤을 새으지 않으면 안 되었다. 거의 한 달 가까이 겨울비가 쏟아졌기 때문에 하수도가 넘쳐서 그 손수레 밑에 찬물이 흘러들었다.

악취가 나는 시궁창 위에 거적때기를 깔고 우두커니 쭈그리고 앉아 노인은 어두운 생각에 잠겨 있었다. 그 주위는 쥐와 파리, 고양이의 세계였다.

하루 종일 아무것도 먹지 못했다. 이제는 뒤집어쓸 포대조차 없어 보였

다. 노인은 꼬박꼬박 먹고 시간이 되면 잘 수 있었던 때의 일을 희미하게
떠올렸다.

그의 마지막 바람은 굶주림과 추위에도 고생하지 않는 죄수들에 대한 그
리움이었다.

문득 그의 머리에 번개 같은 생각이 떠올랐다.

"옳지! 나도 그 방법을 알고 있다. 어째서 그 짓을 하지 않았담."

그는 일어서서 비슬비슬 거리를 빠져나갔다. 밤 열한 시가 지난 흐린 우
중충한 날씨였다. 찬 무서리가 내리고 있어 비가 올 때보다 더 춥고 몸이
오그라드는 듯했다. 어쩌다가 지나치는 행인은 벽에 바싹 붙어서 걸어갔다.

크렌케빌은 에우스타피 교회 옆을 지나 몽마르트르 거리로 가려고 했다.
그런데 이미 거리는 텅 비어 있어 을씨년스러웠다.

순경은 교회 입구 가스등 아래 보도 위에 서 있었다. 가스등 불빛에 젖은
가랑비가 연무처럼 퍼지며 내리고 있는 것이 보였다.

순경은 우산을 뒤집어쓰고 얼어붙은 그림자처럼 미동도 하지 않고 어두
운 곳보다 밝은 곳이 좋아서인지, 또는 단순히 걷기가 싫어서인지 가로등
밑을 사이좋은 친구나 되는 듯이 떠나지 않았다.

오직 비에 젖어 떠는 듯한 불빛이 인기척 하나 없는 어두운 밤의 연인처
럼 그를 지켜주고 있을 뿐이다.

순경의 부동자세는 인간이라고 단정하기에는 너무나 견고했다. 빗물에
젖어 보도에 비치는 그의 긴 장화의 검은 그림자가 길게 뻗쳐 있어 멀리에
서 보면 반신이 물속에서 일어선 거대한 동물처럼 환상적으로 보였다.

가까이 다가가서 보니 낮은 모자를 쓴 순경의 모습은 마치 승려나 병정
같기도 했다.

그의 커다란 얼굴 윤곽이 모자챙의 그림자 때문에 더욱 크게 보였다.

그의 얼굴은 조용하고 슬픈 표정을 숙명처럼 간직하고 있는 듯싶었다. 순경은 짧지만 새까만, 그리고 잿빛이 섞인 수염을 기른 마흔 살이 넘은 고참 경사였다.

크렌케빌은 가만가만 그의 곁으로 가서 떨리는 목소리로 말했다.

"이 소 같은 자식아!"

그리고 그는 이 신성한 말에서 일어날 효과적인 결과를 기다렸다. 곧 놀라운 변화가 일어날 것이라는 확신 때문에 알 수 없는 행복감을 느꼈다.

그러나 아무 일도 일어나지 않았다. 순경은 비옷 주머니 속에 손을 넣은 채 미동도 하지 않고 서 있었다. 그의 어둠 속에서 커다랗게 빛나는 두 눈은 슬픈 듯이, 그리고 얼마간 가엾은 듯한 빛을 띠고 젖어 있는 노인을 바라보고 있었다.

크렌케빌은 놀라지 않을 수 없었다. 그러나 다시 용기를 내어 말했다.

"나는 당신에게 소 같은 자식이라고 했어. 내 말을 듣지 못했나?"

긴 침묵이 냉기를 띠며 밀려왔다.

그런 동안 가랑비가 내리고 어두운 밤이 지배하고 있을 따름이었다.

마침내 순경은 입을 열었다.

"노인장, 그런 말을 하는 게 아니요. 난 진심으로 충고하지만, 그런 말을 해서는 안 돼요. 당신 같은 나이가 되면 자기 스스로 돌볼 줄 알아야 하오. 자, 어서 가요."

"왜 당신은 날 잡지 않아?"

크렌케빌은 실망했다는 듯 물었다.

순경은 축축이 젖은 머리를 흔들었다.

"무례한 말을 한다고 모두 체포한다면, 내가 할 일이 너무 많아 지쳐 떨어지지. 또 그게 무슨 소용이 있단 말이오?"

크렌케빌은 이 관대한 경멸에 적지 않게 놀라며 알 수 없다는 듯이 한참 동안을 젖어 있는 보도 위에 멍청하게 서 있었다.

그러나 그곳을 떠나기 전에 뭔가를 꼭 설명해야 한다고 애썼다.

"나는 당신 때문에 소 같은 자식이라 한 게 아니요. 나는 딴 놈 때문에 말한 거요. 나는 어떤 목적이 있어서 말한 거라고……."

순경은 엄격한 어조로 그에게 말했다.

"어떤 목적이 있든, 또 누구 때문이든 간에 그런 말을 무책임하게 해서는 안 되오. 왜냐하면 한 사람이 자기의 의무를 충실히 수행하기 위해 적지 않은 고통을 견디고 있는데, 하찮은 말로 모욕당해서는 안 되오. 내 말을 이해하겠소? 다시 한번 말하겠는데, 어서 집으로 가시오."

그리하여 크렌케빌은 고개를 숙이고 손을 희미하게 흔들면서 어두운 밤비 속을 헤치며, 어디론가 사라졌다.

*프랑스

정말, 이래도 된단 말인가?

들녘 한복판에 있는 커다란 굴뚝에서 쉴 새 없이 검은 연기를 내뿜고, 쇠사슬 소리와 용광로 돌아가는 소리가 들려온다.

돌 더미로 담장이 둘러쳐진 주물공장이 있는 그곳에는 간선 철도가 놓여 있고, 그 주우로 공장장과 노동자들의 작은 집들이 장난감처럼 늘어서 있으며, 공장과 그 맞은편 산기슭 광산에서 노동자들이 개미처럼 바쁘게 일하고 있었다.

어떤 자는 지하 백 미터의 어둡고, 축축하고, 숨이 막힐 것 같은 갱도 안에서 끊임없이 생명의 위험과 마주한 채 밤낮을 교대로 광석을 캐내는 데 열중했다.

그런가 하면 어둠 속에서 몸을 구부리고 광석과 진흙을 갱도로 운반한 뒤, 빈 화차를 밀어 작업장으로 돌아가서, 다시 그곳의 광석과 진흙을 담는 일을 되풀이하는데, 일주일 내내 하루 열두 시간에서 열네 시간 동안 고된 작업을 해야 했다.

한편, 용광로에서는 가마 바로 옆의 숨 막히는 열기 속에서, 이글이글 녹아내린 광석과 제련한 찌꺼기를 밑으로 흘려보내는 관 바로 옆에서 땀에 젖어 일을 하고 있었다.

그와 마찬가지로 기관사와 화부, 대장장이, 벽돌공, 목수도 각자의 일터에서, 일주일 내내 하루 열두 시간에서 열네 시간씩 작업에 열중해야 한다.

그들은 일요일마다 주급을 받으면 몸을 씻지도 않은 더러운 몸으로, 작업자들을 유혹하고 있는 매춘부나 요릿집과 선술집에서 술을 마시고, 월요일이면 아침부터 다시 되풀이되는 고된 노동에 매달린다.

바로 그 공장 부근에서는 농부들이 영양부족으로 마른 말을 부리며 밭을 갈고 있다. 이 농부들이 밤에 방목하러 나가지만 않는다면, 모두 새벽에 자기 소유의 말에 안장을 얹고, 빵 한 조각씩을 싸 들고 밭을 경작하러 나갈 것이다.

한편 일이 없는 농부들은 공장 가까운 거리 주변에 천막으로 둘러친 작업장에 앉아 도로용 자갈을 깨고 있다.

그들의 다리는 여위고 손은 거칠고 손가락은 나뭇가지처럼 휘어지고 몸은 쓰레기 더미와 흡사하고, 얼굴과 머리와 수염뿐만 아니라 열악한 작업장만큼 석탄 가루로 시커멓게 몸에 뒤덮여 있어 분간하기 어려웠다.

그들은 아직 깨지 않은 돌무더기에서 커다란 돌을 캐어, 짚신을 신고 넝마 조각을 감은 발바닥으로 고정한 뒤, 그것을 커다란 쇠망치르 몇 번이고 두드려 깨는 작업에 열중하고 있다.

그리고 깨진 그 돌조각을 손에 들고 작게 바스러질 때까지 망치질에 열중한다. 이렇게 새벽부터 한밤중까지 열다섯 시간에서 열여섯 시간 일하며, 그동안 점심 식사 뒤에 두 시간쯤 쉬고, 아침과 점심으로 두 번 마른 빵을 먹고 물을 마실 뿐이다.

이렇게 그들은 광산에서, 공장에서, 밭에서, 채석장에서 젊었을 때부터 늙을 때까지 일한다. 또 그들의 아내와 어머니들도 한결같이 가혹한 노동에 허덕이면서 히스테리 증세에 시달리며 살고 있다.

그리고 그들의 자식들도 역시 아침부터 밤중까지, 어려서부터 제대로 먹지도 입지도 못하며 몸을 망칠 정도로 중노동을 계속하는 것이다.

한편 그런 가운데 공장과 채석장, 밭 주위를 넝마 차림으로 여기저기 구걸하며 돌아다니는 거지들 사이로 튼튼한 말 네 마리가 끄는 사륜마차가 달려가고 있었다.

그 말은 경외의 눈길로 바라보는 농부들의 집보다 값이 훨씬 높다. 그 사륜마차에는 두 명의 아가씨가 화려한 꽃무늬 파라솔 밑에서 리본과 깃털로 장식한 모자를 쓰고 앉아 있는데, 그 파라솔과 모자 역시 농부의 밭을 갈고 있는 말보다 값이 비싸다.

사륜마차 앞자리에는 흰 군복에 금 단추가 반짝이고 있는 젊은 군인이 앉아 있고, 마부석에는 푸른 비단 루바시카에 비로드 속옷을 입은 뚱뚱하게 살찐 마부가 말을 부리고 있다.

그는 하마터면 길을 걷고 있는 여자를 치어 죽일 뻔한 뒤, 광석으로 더러워진 루바시카를 입고 짐마차를 타고 흔들거리며 지나가던 농부마저도 도랑에 처넣을 뻔했다.

"너, 이게 안 보여?"

하고 마부가 마차를 피하지 않은 농부를 향해 채찍을 휘둘러 보이면, 농부는 한 손으로는 고삐를 잡고 황급히 모자를 벗으며 사죄한다.

사륜마차 뒤에서는 남녀 한 쌍이 햇빛에 반짝이는 자전거를 타고 웃고 떠들면서, 좁은 도로를 달리자 이에 놀라서 가슴에 성호를 긋는 사람들을 보란 듯이 추월한다.

한편 거리 옆 갓길에서는 두 사람이 말을 타고 간다. 한 사람은 영국산 수말을 탄 남자이고, 또 한 사람은 앞서 말을 달리는 부인이다.

말과 안장의 가격은 차치하고라도, 그 부인의 보랏빛 베일이 달린 검은 모자의 값이 돌 깨는 인부의 두 달 치 임금과 맞먹고, 남자가 손에 들고 있는 최신 유행의 영국식 채찍은 광산에 정식으로 고용된 젊은이의 일주일 치 임금에 해당한다.

또한 그 뒤에는 머리를 곱슬곱슬 지지고, 화려한 옷에 하얀 앞치마를 두르고 생글거리며 웃고 있는 아가씨와 구레나룻이 단정한 사내가 함께 짐수레를 타고 오는데, 그는 아가씨에게 뭔가 귓속말을 하고 있고 짐수레 속에서는 냅킨으로 싼 음식, 그리고 아이스크림 같은 것도 있었다.

그들은 마차와 말과 자전거를 타고 야외로 유람 가는 사람들의 하인들이다. 오늘 같은 날은 그들에게 특별한 날이 아니다.

그들은 여름 내내 거의 매일 같이 피크닉을 가는데, 오늘처럼 한 곳이 아니라, 여러 장소에서 먹고 마시기 위해 차와 술과 과자를 싸 들고 유람지로 달려 나가는 것이다.

이 상류계층 사람들은 별장에서 지내는 세 가족이다.

그들 중 한 명은 큰 농장을 가지고 있는 지주의 가족이고, 또 한 명은 3천 루블의 월급을 받는 고급관료의 가족이며, 나머지 한 명은 공장주의 아들인데, 이들이 이곳에서 가장 부유한 가족들이다.

그들은 주위에 넝마처럼 널려 있는 빈곤과 가혹한 노동에는 눈 하나 깜빡하지 않고, 조금도 동정의 기색을 보이거나 신기해하지 않는다. 그런 것을 모두 당연한 일로 여기고 있다.

"안 돼요, 그건 너무해요!"

말 위의 부인이 개를 보면서 말했다.

"차마 그냥 보고 있을 수가 없어요."

이렇게 말하며, 그녀는 마차를 세웠다. 모두 불어로 얘기하고 웃기도 하면서 개를 마차에 태운 뒤, 돌 깨는 사람과 길 가는 사람들에게 석회 먼지를 일으키면서 사라져 갔다.

사륜마차도, 말을 타고 가는 사람들도, 자전거를 탄 사람들도, 마치 딴 세상에서 온 유령처럼 사라졌다.

이곳 공장의 직공과 채석장의 인부와 땅을 파는 농부들은 변함없이 그 고통스럽고 단조로운, 타인을 위한 노동을 계속하다가 무덤에 들어가는 날에야 비로소, 지금의 삶에서 해방될 것이다.

"나도 저렇게 한번 살아봤으면……."

그들은 마차와 자전거, 말을 타고 가는 사람들을 바라보면서 마음속으로 애원하듯 생각한다. 그리고 자신들의 고통스러운 생활에 절망한다.

'정말, 이라도 된단 말인가?'

영혼의 순례

앗시리아의 폭군 앗사르하든은 이웃 작은 나라 라일을 점령하여 도시를 불사르고 백성들을 볼모로 잡아갔다.

또 병사들을 사살하고, 장교들은 거침없이 목을 잘랐다. 항복한 라일 왕을 옥에 가두었다.

어느 날 밤, 앗사르하든 왕은 침상에 누워 라일 왕을 어떻게 죽일 것인가를 생각하고 있었다.

그때 바로 침상 옆에서 이상한 소리가 들려와 눈을 떠보니, 턱수염을 길게 기른 한 노인이 그림자처럼 옆에 서 있었다.

왕은 깜짝 놀라 물었다.

"이 밤중에 넌 누구냐?"

"라일 왕에 대해서 이야기하러 왔다."

"그 작자에 대해서는 아무 소리도 듣고 싶지 않다. 내일이면 사형에 처할 것이다. 지금 어떤 방법으로 죽일 것인지를 생각하는 중이다."

"왜 그를 죽이려고 하는가? 라일 왕은 네가 아닌가?"

노인은 무섭게 말했다.

"무슨 말도 안 되는 소리를 하는가. 나는 나이고, 라일 왕은 라일 왕일 뿐이야."

왕이 화가 나서 소리 지르듯이 말했다.

"아니지. 너와 라일은 같은 인간이야."

노인의 말은 칼날처럼 가슴 속을 예리하게 파고들었다.

“너 자신이 라일 왕이 아니라고 하는 생각은 환상에 지나지 않아.”

“그 무슨 허튼소리. 나는 지금, 침상에 누워 있다. 내 주변에는 순종하는 노예들이 시중을 들고 있어, 내일도 오늘처럼 잔치를 벌일 것이다. 그러나 라일 왕은 새장에 갇힌 새처럼 감옥에 갇힌 몸이 아닌가. 내일이면 혀를 쑥 내밀고 죽을 자다. 그러면 그 시체를 들판의 개들이 뜯어 먹을 것이다.”

왕은 눈을 흘기며 말했다.

“아니, 너는 절대로 그의 목숨을 빼앗을 수 없다.”

노인이 말했다.

“나는 1만 4천 명의 그의 병졸을 죽여 시체로 둑을 쌓을 정도다. 그런데도, 나는 이렇게 멀쩡하게 살아 있지 않은가. 하지만 이제 그들은 없다. 이것만 보아도 내가 라일 왕의 목숨을 빼앗기란 식은 죽 먹기보다 쉽다는 게 증명되지 않은가?”

“병졸들이 없다는 것을 어떻게 알 수 있는가?”

“내 눈에 보이지 않기 때문이다. 그들은 이미 무참히 학살당했지만, 나는 이렇게 살아 있지 않은가. 그들은 고통스러울 것이다. 그러나 나는 즐겁다.”

“그것은 네가 그렇게 생각하는 것뿐이다. 너는 너 자신을 괴롭혔을 뿐이지, 절대로 그들을 괴롭힌 것이 아니다.”

“무슨 소리인지, 도무지 모르겠군.”

그러자 노인은 물이 가득 차 있는 성수반을 가리켰다. 왕은 일어나 성수반 가까이 갔다.

“옷을 벗고 이 안에 들어가라.”

노인이 말했다.

왕은 노인이 시키는 대로 옷을 벗고 성수반 안으로 들어갔다.

“내가 위에서 물을 뿌리기 시작하거든, 머리를 물에 담그도록 하라.”

노인은 물 주전자를 왕의 머리 위로 높이 쳐들어 물을 쏟았다. 그러자 왕의 머리가 물속에 잠겼다.

앗사르하든 왕은 물에 몸이 잠기자, 돌연 자기가 아니라, 다른 사람처럼 느껴졌다.

그러자 자기 몸이 침상 위에 누워 있고, 그 옆에는 아름다운 여인이 있었다. 그 여인은 지금까지 한 번도 본 적은 없지만, 자기 부인임을 알았다.

그녀가 일어나면서 왕에게 말했다.

"폐하, 어제는 매우 피곤하셨죠? 늦잠을 주무시더군요. 그래서 깨우지 않았어요. 하지만, 지금 대신들이 폐하를 기다리고 있어요. 자, 어서 옷을 입고 나가보도록 하세요."

앗사르하든 왕은 이 말에 자기가 라일 왕이 되었다는 사실을 알았지만, 조금도 놀라지 않았다. 다만 어째서 진작에 그것을 깨닫지 못했을까. 이상하게 생각하면서 옷을 갈아입고 대신들이 기다리는 궁전으로 갔다.

대신들은 그들의 왕에게 엎드려 절을 했다. 그리고 명령에 따라 왕 앞에 줄지어 앉았다.

그들 중 가장 원로인 대신이 난폭한 앗사르하든 왕의 횡포에 도저히 참을 수 없으니, 당장 그와 맞서 목숨을 걸고 싸우기를 간청했다. 그러나 라일 왕은 동의하지 않았다.

그리고 사신을 앗사르하든에게 보내어 항의하도록 하겠다면서 대신들을 퇴궐시켰다.

그 후 왕은 저명한 인물을 대신으로 임명하여 앗사르하든 왕에게 항의 말을 전했다.

그 일이 끝난 후 자신이 라일 왕이라 생각하고 있는 앗사르하든은 몇몇 호위 병사들과 산토끼 사냥을 나갔다. 사냥은 성공적이어서 왕 자신도 두 마리를 잡았다.

그리고 궁전으로 돌아와 술잔치를 벌이고, 노예들의 춤을 보면서 흥에 잠겼다.

다음 날, 그가 궁전에 나가자. 거기에는 청원인과 고소인, 그리고 죄인들이 왕을 기다리고 있었다.

왕은 평소와 다름없이 자신이 처리해야 할 사건을 다루었다.

일이 끝나자, 왕은 또 사냥을 나갔다. 이번에도 사냥은 성공적이었다.

왕은 늙은 어미 암사자를 쏘아 죽이고 새끼 두 마리를 사로잡았다. 사냥이 끝난 뒤 또다시 잔치를 벌이고 음악과 춤을 즐겼다. 그리고 밤에는 사랑하는 아내와 즐거운 밤을 보냈다.

이와 같이 그는 평소의 왕으로서의 직무와 쾌락으로 그날그날을 보내면서 얼마 전 앗사르하든 왕에게 보낸 사신이 돌아오기를 초조하게 기다리고 있었다.

그러나 한 달이 지나도 아무런 소식이 없었다. 지루한 기다림 속에 얼마 후 사신이 돌아왔을 때는, 그의 귀와 코가 잘려져 있었다.

앗사르하든 왕이 사신을 통해 보낸 대답은 다음과 같다.

'라일 왕은 금은과 노송나무를 조공으로 바쳐라. 또한 라일 왕은 정기적으로 앗사르하든 왕에게 문안 인사를 올려라. 만일 이행하지 않는다면, 사신에게 한 것과 같은 고통을 주겠다.'

예전에 앗사르하든 왕이었던 라일 왕은 다시 대신들을 소집하여, 어떻게 대처하면 좋을지 의견을 물었다. 이에 대신들은 한결같이 입을 모아 공격을 당하기 전에 선제공격으로 앗사르하든 왕의 나라에 쳐들어가야 한다고 말했다.

왕은 그 주장을 받아들여 직접 선두에 서서 진격해 들어갔다. 전투는 7일

동안 계속되었다. 왕은 매일 같이 말을 몰아 군사들의 사기를 진작시켰다.

전투가 벌어진 지 8일째 되는 날, 그들의 군대는 넓은 분지에서 앗사르하든 군대를 만났다. 라일 왕의 군대는 용감하게 싸웠다.

그러나 예전에 앗사르하든이었던 라일은 적군에게 분지를 빼앗기면서 개미 떼처럼 산에서 퇴각당하였다.

라일의 군대는 불과 몇백에 불과하였고, 앗사르하든의 군대는 수천 명이나 되었다. 그리하여 라일 자신도 사로잡히는 몸이 되고 말았다.

그는 다른 포로들과 같이 앗사르하든 군대의 호위를 받으며 9일 동안이나 도보로 걸어 10일째 되는 날, 니네베에 도착하여 감옥에 투옥되었다.

라일은 굶주림과 상처보다는 오히려 치욕과 분노에 떨었다. 무엇보다도 자신이 받은 고통을 적에게 되돌릴 수 없다는 사실을 절감했다.

단지 그가 할 수 있는 일이라고는 자신이 당하는 고통을 적에게 보여 그들을 기쁘게 하는 일밖에 없었다. 그래서 어떤 힘들고 고통을 당해도 절대로 괴로워하지 않고 한 나라의 황제답게 처신하겠다고 결심했다.

왕은 20일 동안 처형될 날만 기다리며 감옥에서 지냈다. 그는 대신과 왕족들이 형장으로 끌려가는 것을 보았다. 그들은 손발이 잘리고 산 채로 몸의 가죽이 벗겨져 신음을 내면서도 조금도 공포스럽거나 불만을 나타내지 않았다.

또 사랑하는 왕비가 손발이 묶인 채 끌려가는 처참한 모습을 보았다. 자기 아내가 앗사르하든의 노예가 된다는 것을 알았으나, 그는 아무 말도 할 수 없었다.

그때 그를 감시하고 있던 병사가 그에게 말했다.

"이봐, 라일! 불쌍한 신세가 되었군. 한때는 왕이었는데, 빌어먹을 이런 꼬락서니가 되다니……."

라일은 그 말을 듣자, 지금까지 잊고 있던 일들이 되살아났다. 불현듯 감옥 벽에 머리를 부딪혀 자살할 생각을 했으나 그럴 힘도 용기도 없었다. 그는 극도의 절망감으로 감옥 마룻바닥에 쓰러졌다.

마침내 간수 두 사람이 문을 열고 들어왔다. 그리고 그의 두 팔을 가죽끈으로 묶고는 형장으로 끌고 갔다.

라일은 핏방울로 얼룩져 있는 형틀을 보았는데, 그 피는 조금 전에 그의 대신이 흘린 피였다. 이제는 자신도 처형된다는 것을 알았다.

옷이 벗겨졌다. 왕은 늠름하고 우람했던 자기의 몸이 이토록 야위고 수척해진 데 대하여 스스로 놀랐다. 사형 집행관 두 사람이 그의 여윈 팔을 붙들고 높이 쳐들어 형틀에 매달았다.

'아! 이제는 죽는구나! 모든 것이 끝이야.'

왕은 생각했다. 그러자 지금까지 침착했던 모습이 무너지면서 왕은 흐느껴 울며 살려달라고 애원했다.

왕의 울부짖음에 한 사람도 귀를 기울이지 않았다.

'아니, 그럴 리가 없다.'

왕은 생각했다.

'지금 나는 분명히 잠들어 있는 것이다. 이것은 꿈이다.'

그는 눈을 뜨려고 몸부림쳤다. 그러자 깊은 잠에서 깨어났다. 하지만 눈을 뜨고 보니 자신은 왕 앗사르하든도 아니고, 라일도 아닌, 동물로 변신해 있었다.

어느새 자기가 동물이 되어 있다는 것을 알고 깜짝 놀랐다. 그런데 더욱 놀라운 것은, 지금까지 한 번도 본 적이 없는 짐승이었다는 점이다.

이상한 짐승이 된 왕은 골짜기에서 풀을 뜯거나 꼬리로 파리를 쫓거나 하고 있는데, 한편 그 주위에는 다리가 긴 잿빛 새끼 당나귀가 놀고 있었다.

그 새끼 당나귀는 앗사르하든을 보자 황급히 달려왔다. 그리고 부드러운 코끝으로 앗사르하든의 배를 비비면서 열심히 젖꼭지를 찾아 빨아먹기 시작했다.

그때야 앗사르하든은 자신이 암컷 당나귀라는 사실을 깨달았다. 하지만 그는 놀라지 않았다. 오히려 기분이 들떴다. 그는 혼자만이 아니라 자손들까지 경험할 수 있는 기쁨을 맛본 것이다.

이때 갑자기 무엇인가 붕 하는 소리와 함께 날아왔다. 그리고 배에 부딪히는 순간 그 예리한 끝머리가 피부를 뚫고 살에 박혔다.

심한 통증을 느낀 앗사르하든은 새끼가 물고 있는 젖꼭지를 빼고 조금 전까지 서성거리던 들판을 향해 달리기 시작했다. 새끼 당나귀도 뒤따라 달려왔다.

두 마리 당나귀는 겨우 초원에 도달했다. 그 순간 또 하나의 화살이 날아와 새끼의 목에 박혔다.

화살은 피부를 뚫고 살에 꽂히자, 새끼는 부르르 떨었다. 끝내 아픔을 못 이겨 비명을 지르다가 무릎을 꺾고 그 자리에서 쓰러졌다.

앗사르하든은 그 광경을 보고 있을 수 없어서 새끼 당나귀를 감싸듯 한 뒤, 그 위에 버티고 섰다. 그러자 새끼는 비틀거리면서 일어났다. 하지만 가늘고 긴 다리로 몇 걸음 걷다가, 다시 풀밭에 주저앉았다.

그때 두 발을 가진 무자비한 동물, 즉 인간이 달려와 새끼 당나귀의 목을 칼로 찔렀다.

'그럴 리가 없다. 이것은 꿈에 지나지 않는다'

앗사르하든은 이렇게 생각하면서 있는 온 힘을 다해 눈을 뜨려고 애를 썼다.

'분명히 나는 라일도 아니고, 당나귀도 아닌 앗사르하든 왕이다!'

왕은 큰 소리를 외쳤다. 이와 동시에 성수반에서 머리를 쳐들었다.

그때 노인이 옆에 서서 마지막 물방울을 그의 머리 위에 떨어뜨리는 중이었다.

"아! 얼마나 고통스러웠는지 모른다. 참을 수 없는 고통의 시간이었다."

앗사르하든은 말했다.

"오랜 시간이었다고?"

노인이 반문하면서

"너는 잠깐 물속에 머리를 담갔다가 쳐들었을 뿐이야. 자, 이것을 보아라. 주전자에는 아직 물이 남아 있다. 그래. 이제는 뭘 알겠느냐?"

앗사르하든은 겁에 질려 말 한마디도 못 하고 노인을 쳐다보고만 있었다.

"이제는 깨달았을 테지."

노인은 말을 이었다.

"라일은 다름 아닌 바로 너다. 그리고 네가 죽인 그 많은 병사도 바로 너란 말이야. 병사들뿐만 아니라, 네가 죽여 술안주로 즐긴 짐승들도 너란 말이다. 너는 자기 혼자만이 목숨을 가진 줄로 알 테지만, 나는 그 미망의 구름을 헤쳐 주었을 뿐이다. 그뿐만 아니라, 네가 다른 사람에게 나쁜 짓을 하면, 그것이 곧 자기 자신에게 나쁜 짓을 한 것과 같다는 것을 너에게 깨우쳐 준 것이다."

노인은 의자에 앉으며 말을 이었다.

"생명이란 단 하나뿐이고, 만물에 공통된 운명이다. 그러므로 네 생명은 그 공통된 것의 일부에 지나지 않은 것이다. 네가 갖고 있는 생명에 변화를 요구한다면, 네 생명과 다른 사람의 생명 사이에 가로놓여 있는 장애물을 허물어 남을 생각하고, 남을 자신처럼 생각하지 않으면 안 된다.

그러면 너의 작은 생명이 점점 확대되어 가는 것이다. 남의 생명을 끊는다는 것은 네 힘으로 불가능한 것이다. 이제 모든 것을 알겠느냐?"

왕은 불현듯 새끼 당나귀를 생각했다.

"너는 제한된 네 생명만을 생각했기 때문에 남의 생명을 빼앗아 자기 생명의 행복을 증진하는 어리석은 짓을 한 것이다. 그런 짓을 하면 점점 더 너의 생명이 줄어들 것이다. 네가 죽인 생명은 바로 네 눈앞에는 보이지 않지만, 결코 사라진 것이 아니다. 너는 남의 생명을 죽이면 자신의 생명이 연장될 줄 생각했을 것이다. 그것은 인간의 욕망에 찬 어리석은 짓이다."

왕은 죽은 병사들의 모습을 떠올렸다.

"생명은 시간과 공간을 초월하여 존재하는 것이다. 순간적인 생명이 있는가 하면 1천 년의 생명도 있다. 네 생명도, 이 세상에 있는 모든 유형의 생명도 같은 것이다. 생명은 바꿀 수 없는 유일한 존재이다. 엄연히 존재하는 유한한 것이기 때문이다. 이렇듯 다른 모든 것은 단지 존재하는 것처럼, 우리에게 허상으로 보일 뿐이다."

노인은 말을 마치자 홀연히 모습을 감추었다. 한순간의 꿈과 같았다.

다음 날 아침, 앗사르하든 왕은 라일을 비롯한 모든 포로를 석방하라는 명령을 내렸다. 물론 사형도 취소시켰다.

그리고 아들인 앗사르바니팔에게 왕위를 물려주었다. 그러고는 지금까지 배운 것을 다시 생각하기 위해 사막을 향해 길을 떠났다.

그는 방랑의 여러 곳을 다니며, 생명은 하나밖에 없는 것이므로 남에게 피해를 주는 것은 결국, 자신을 해치는 것이라고 열심히 설교하였다. 남루한 나그네의 모습은 서서히 빛으로 빛나고 있었다.

세 그루 사과나무의 환생

어느 가난한 농부의 집에 아들이 태어났다. 농부는 크게 기뻐하며 이웃집에 가서 아들의 이름을 지어 달라고 부탁했다.

하지만 이웃집에서는 거절했다.

그 이유는 가난한 농가 자식의 대부나 대모가 되는 것이 싫었기 때문이다. 할 수 없이 이 가난한 농부는 다른 집으로 가보았으나, 역시 마찬가지였다. 온 마을을 다 돌아다녔지만, 이름을 지어 주려고 하는 사람은 아무도 없었다.

실망한 농부는 이웃 마을을 향해 떠났다. 농부에게는 오로지 태어난 아기의 이름을 지어 주어야 한다는 생각뿐이었다.

농부가 정신없이 이웃 마을을 향해 서둘러 가고 있을 때, 맞은편에서 한 나그네가 오고 있었다.

나그네는 그를 보더니 발길을 멈추고,

"안녕하시오? 그래 어딜 그렇게 바삐 가시오?"

하고 인사를 건넸다.

"네, 사실은 하나님께서 보배를 내려 주셨습니다. 어린아이란 젊어서는 즐거움이 되고, 나이 먹어서는 의지가 되며, 죽어서는 연미사를 올려주게 되는데, 집이 가난하다 보니까, 우리 아들놈에게는 아무도 이름을 지어 주려고 하지 않는군요. 그래서 이름을 지어 줄 분을 찾아가는 길입니다."

그러자 나그네는 농부의 말을 듣고는 잠시 생각하는 듯하더니.

"내가 대브가 되어주면 어떻겠소?"

라고 농부에게 말했다.

농부는 크게 기뻐하며, 나그네에게 감사의 인사를 했다.

"그러면 대모는 누구로 하면 좋을까요?"

"대모는 읍내 장사꾼의 딸에게 부탁해 보시오. 읍내에 가면 그곳 광장에 가게를 몇 채 가진 큰 돌집이 있을 거요. 그 가게 주인을 불러내서 딸을 대모로 해달라고 부탁해 보시오."

이에 농부는 의아스럽게 생각했다.

"어떻게 나 같은 농부가 부자 상인을 불러낼 수 있겠습니까? 나 같은 농군은 우습게 보고 딸을 대모로 해주지 않을 겁니다."

"그런 걱정은 하지 않아도 될 것이오. 가서 부탁만 하면 될 터이니, 내일 아침 무렵에 준비나 잘해 두시오. 내가 가서 세례를 해 주리다."

가난한 농부는 그 길로 읍내로 가서 상인을 찾아갔다. 돌집 안마당으로 들어가자, 가게 주인이 나와서 물었다.

"무슨 볼일이라도 있소?"

"다름이 아니라 하나님께서 이 사람에게 귀한 아들 하나를 점지해 주셨습니다. 아들이란 젊어서는 즐거움이 되고, 나이 먹어서는 의지가 되며, 죽어서는 연미사를 올려주게 되는 것이지요. 제발 댁의 따님을 대모로 삼게 해 주십시오."

"그래, 세례는 언제 하오?"

"내일 아침입니다."

"좋소. 알았으니까 돌아가 있으시오. 내일 기도식을 올리기 전에 딸을 보내줄 테니."

이튿날 대부가 될 사람과 대모가 될 사람이 모두 와서는 아기에게 세례를 주었다.

아기의 세례를 마치자마자, 눈 깜짝할 사이에 대부는 어디론가 사라져 버려서, 어디에 사는 누구인지도 모르게 되었다. 그 후로는 아무도 그 사람을 보지 못했다.

아기가 건강하게 자라남에 따라 농부 부부의 즐거움은 더해 갔다. 아이는 힘이 세고 부지런했으며, 영리한 데다 온순하기까지 했다.

이윽고 아들은 자라 열 살이 되었다. 학교에 보내자, 다른 아이들이 오 년 걸려 배우는 것을 이 아이는 일 년 만에 모두 깨우쳤다. 아들은 더 이상 학교에서 배울 것이 없게 되었다.

아들이 열한 살 되던 해 부활절을 맞이했다.

아들은 대모에게 가서,

"그리스도는 부활하셨도다."

하고 축하 인사를 하고 입맞춤을 한 다음 집으로 돌아와서 물었다.

"아버지, 제 대부님은 어디 계십니까? 찾아가서 부활제 인사를 드려야 할 텐데요."

그러자 농부가 말했다.

"귀여운 우리 아이야. 네 대부님이 어디 계시는지, 우리도 모른단다. 우리도 늘 그 일을 걱정하고 있지만, 그분은 너에게 세례를 해주고 가시더니, 다시는 모습을 보이시지 않는구나. 소문도 들은 적이 없고, 어디 계시는지도 모르니, 지금도 살아 계시는지, 어쩐지 그것조차 모르는 형편이란다."

아들은 부모에게 절하며 말했다.

"아버지, 어머니. 저에게 기회를 주세요. 대부님을 찾아 가게 말이에요. 꼭 찾아서 부활제 인사를 드리고 싶어요."

농부 부부는 기꺼이 이를 허락했다.

그리하여 아들은 자기의 대부를 찾아 길을 떠났다. 아직 나이 어린 십

세의 아들은 집을 나와 정처 없이 걸었다. 반나절쯤 걸었을 때, 어떤 나그네를 만났다. 나그네는 발길을 멈추고 물었다.

"젊은이, 어딜 가나?"

"예, 저는 제 대모님께 부활제 인사를 드리고 집으로 돌아왔습니다. 그러고 나서 부모님께 저의 대부님은 어디 계시느냐고 여쭈었는데, 부모님께선 대부님이 어디 계시는지 모른다며 세례를 끝내고 가신 뒤로는 전혀 소식이 없으니, 살아 계시는지조차 모르겠다고 하셨습니다. 그래서 저는 대부님을 만나 뵙고 싶어서 이렇게 길을 떠나는 것입니다."

그러자 나그네가 말했다.

"허허, 그래. 네가 나를 찾아 나섰구나. 바로 내가 네 대부란다."

아이는 기뻐하며 대부와 부활제 입맞춤을 나누었다.

"대부님, 지금 어디로 가시는 길인가요? 혹시 저희 마을 쪽으로 가실 거면 저의 집에 들러주세요. 그렇지 않고 그냥 돌아가신다면, 저도 따라가겠습니다."

이 말에 대부는 대답했다.

"나는 너희 집에 머무를 틈이 없단다. 이쪽저쪽 마을에 볼일이 많아서 말이다. 집에는 내일 돌아갈 예정이니, 그때 우리 집으로 오너라."

"대부님 집을 어떻게 찾아가야 하나요?"

"그래, 내 알려 줄 테니 잘 듣고 찾아오너라. 먼저 태양이 떠오르는 쪽을 향해 똑바로 걸어라. 그러면 숲이 나온다. 그 숲 한가운데에 넓은 초원이 눈에 띌 것이다. 그 초원에 앉아 부근의 풍경을 둘러보아라. 그런 뒤에 숲을 나서면, 바로 그곳에 뜰이 있다. 그곳에는 금빛 지붕의 집이 있을 것이다. 거기가 내 집이란다. 그 집 문 앞까지 오면, 내가 마중을 나가지."

대부는 이렇게 말하더니 아이 앞에서 사라져 버렸다.

아들은 대부가 가르쳐준 대로 대부의 집을 찾아 다시 길을 떠났다. 한참 걸어가니 숲이 나왔다. 넓은 초원에 이르러 주위를 둘러보니, 초원 한복판에 소나무가 한그루 서 있는데, 그 소나무에는 새끼줄이 매여 있고, 그 새끼줄에는 통나무가 매달려 있었다.

통나무 밑에는 벌꿀 통이 놓여 있었다. 도대체 왜 이런 곳에다 벌꿀 통을 놓아두고 통나무를 매달아 놓았을까 생각하면서 머뭇거리고 있는데, 숲속에서 바스락거리는 소리가 났다.

그쪽을 보니 몇 마리의 곰이 통나무 쪽으로 오고 있는 게 아닌가. 어미곰이 앞장서고, 그 뒤에 어린 곰이. 또 뒤에는 더 작은 세 마리의 새끼 곰이 따라오고 있었다. 어미 곰은 코를 벌름거리더니 벌꿀 통으로 다가가고, 새끼 곰들도 따라 달려가서 통에 매달렸다.

그때 통나무가 가볍게 쓰러지는가 싶더니, 금방 다시 제자리로 돌아오면서 새끼 곰을 건드렸다.

그러자 어미 곰이 재빨리 앞발로 통나무를 밀어젖혔다.

통나무는 먼저보다 세게 밀려갔다가 돌아오면서 새끼 곰을 더욱 세게 내리쳤다. 등을 얻어맞은 놈도 있고 머리를 맞은 놈도 있었다.

새끼 곰들은 비명을 내지르며 흩어졌다.

그러자 어미 곰은 으르렁거리며 두 발로 통나무를 머리 위로 들어 올리면서 힘껏 내던졌다. 통나무가 공중으로 높이 날아 올라가자, 안심한 어린 곰은 통으로 달려가 꿀 속에 코끝을 처박고 핥아먹기 시작했다. 다른 새끼 곰들도 다가왔다.

그러나 벌꿀 통 곁으로 다가오기가 무섭게 통나무가 다시 제 자리로 돌아오면서, 어린 곰의 머리를 세차게 내리쳐서 그 자리에서 즉사하고 말았다.

어미 곰은 먼저보다 더 무서운 소리로 으르렁거리며 통나무를 움켜잡아 힘껏 하늘을 향해 내던졌다.

통나무는 갈나무 가지보다 더 높이 올라가 새끼줄이 느슨해졌을 정도였다. 어미 곰이 꿀통 곁으로 다가가자, 새끼 곰들도 몰려들었다. 그때 높이 올라간 통나무가 공중에서 잠시 멈췄다가, 다시 아래로 떨어지기 시작했다.

처음과는 비교도 할 수 없을 정도로 무서운 기세로 떨어져 내려오면서 어미 곰 머리를 사정없이 때렸다. 어미 곰은 순식간에 벌렁 나자빠져 버둥거리다가 숨이 끊어졌다. 새끼 곰들은 순식간에 사방으로 흩어져 달아나 버렸다.

아들은 그 광경을 보고 놀라서 도망쳤다.

어디쯤에서인가 뜰에 도착했다. 뜰 한가운데에는 금빛 지붕으로 덮인 높직한 궁궐이 자리 잡고 있었는데, 궁궐 문 앞에는 대부가 서서 웃고 있었다.

그는 아이를 집 안으로 맞아들여 정원을 구경시켰다. 어딘가 신비로운 정원의 아름다움, 그 속에 깃들여 있는 평화로움은 이제껏 꿈에서도 보지 못했던 황홀함이었다.

대부는 아들을 궁궐 안으로 데리고 들어갔다. 궁궐 안은 정원보다 더 훌륭했다. 대부는 이 방 저 방을 빠짐없이 보여 주었다. 보면 볼수록 훌륭하기만 해서 아들의 즐거움은 더 해갔다.

이윽고 두 사람은 어느 방문 앞에 이르렀다.

"너는 이 문이 보이겠지?"

대부가 물었다.

"여긴 자물쇠가 없다. 그냥 닫았을 뿐이다. 그러니까 쉽게 열 수는 있지만 열지 않는 편이 좋다. 어디서든 네 마음대로 뛰어다니며 놀아라. 무슨 놀이를 하며 즐겨도 상관없으나 다만 한 가지, 이 방만은 절대로 들어가서는 안 된다. 알겠느냐? 만약에 안으로 들어가는 날엔, 너는 조금 전 이곳으로 오는 도중에 숲속에서 본 일을 생각하게 될 것이다."

대부는 그렇게 말하고는 어디론지 가 버렸다.

아들은 홀로 남아 새로운 삶을 시작했다. 이곳에서는 매사에 즐겁고 기쁜 일뿐이었으므로 겨우 두 시간 머무른 것같이 생각되었으나, 사실은 30년이란 시간이 흐른 것이다. 30년을 궁궐 안에서 보낸 아들은 꼭 닫혀있는 문 앞으로 다가가서 생각했다.

"대부님은 왜 이 방에 들어가서는 안 된다고 하셨을까? 어디 한번 뭐가 있는지 들어가 봐야지."

문을 한 번 잡아당기니 닫혔던 문이 쉽게 열렸다. 아들이 안으로 들어가 보니 방은 궁궐 안의 어느 방보다 크고 훌륭하며, 방 한가운데에는 금으로 꾸민 옥좌가 놓여 있었다. 사내아이는 방 안을 이리저리 실컷 돌아다니다가 옥좌에 다가가 층계를 밟고 올라가 앉았다.

자리에 앉아서 내려다보니 옥좌 옆에 홀笏이 놓여 있었다. 아이가 호기심에 홀을 손에 잡자마자 갑자기 벽이 사방으로 짝 열리며 온 세상이 한눈에 보이고, 각양각색의 인종이 하는 일들을 다 볼 수가 있었다.

정면을 바라보니 바다에 배가 왕래하는 모습이 보였다. 오른쪽을 보니 그리스도 교도가 아닌 다른 나라의 사람들이 살고 있고, 왼쪽에는 그리스도 같은 러시아인이 아닌 이방인들이 살고 있다. 마지막으로 뒤를 보니 러시아인들이 사는 마을이었다.

"어디 한번, 우리 집에서 뭣들을 하고 있나 봐야겠다. 밭에 보리는 잘 영글었을까?"

자기 집 밭을 찾아보니 보릿단이 잔뜩 쌓여 있었다. 수확량이 얼마나 되나 하고 다발을 세기 시작했는데, 얼핏 보니 밭쪽을 향해 짐수레가 달려오고 있었는데, 그 수레에는 농부가 앉아 있었다. 아버지가 밤중에 보릿단을 가지러 온 것이리라고 생각했다.

그런데 자세히 살펴보니, 그 농부는 아버지가 아니라, 유명한 바실리이 크로랴쇼프라는 도둑이 아닌가. 도둑은 밭둑까지 오자, 보릿단을 수레에 싣기 시작했다. 그만 아이는 화가 나서 소리쳤다.

"아버지, 보리를 훔쳐 가요!"

한편 아버지는 한참 잠을 잘 자다가 눈을 떴다.

"내 참, 보릿단을 훔쳐 가는 꿈을 꾸었군. 어디 한번 밭에 가보아야지."

말을 타고 밭에 와 보니 도둑 바실리이가 보릿단을 훔쳐 가고 있었다. 아버지는 황급히 큰 소리로 이웃 농부들을 불렀다. 결국 바실리이는 붙잡혀 감옥으로 송치되었다.

다음에 아이는 대모가 살고 있는 거리 쪽을 바라보았다. 그런데 대모는 어떤 상인의 아내가 되어 있었는데, 침대 위에서 잠을 자고 있었다. 그런데 남편이 슬그머니 일어나서 정부에게 가고 있는 게 아닌가.

이를 목격한 아이는 대모에게 커다란 소리로 말했다.

"일어나세요. 주인아저씨가 나쁜 짓을 하려고 해요."

대모는 그 말에 벌떡 일어나 옷을 갈아입고, 남편의 정부가 사는 집으로 달려가 한껏 정부를 망신을 준 뒤에, 남편을 끌어냈다.

이번엔 아들은 자기 어머니를 찾아보았다. 어머니는 집에서 자고 있었는데, 집 안에 도둑이 들어와 옷궤의 자물쇠를 부수는 중이었다.

어머니는 잠이 깨어 큰 소리로 "도둑이야!" 하고 외쳤다. 이에 깜짝 놀란 도둑은 도끼를 꺼내 소리치는 어머니를 죽이려고 했다.

이 광경을 본 아들은 참을 수 없어 홀을 도둑에게로 던졌다. 이마 관자놀이에 정통으로 홀을 맞은 도둑은 그 자리에서 쓰러져 죽어버렸다.

아들이 도둑을 죽이자마자 사방의 벽이 거침없이 닫히면서 방은 원래대로 되었다. 그때 문이 열리면서 대부가 들어왔다.

대부는 아들에게로 와서 그의 손을 잡아 옥좌에서 내려놓고 이렇게 말하는 것이었다.

"끝내 너는 내가 일러준 말을 듣지 않았구나. 네가 저지른 첫째 잘못은 금단의 문을 연 것이다. 두 번째 잘못은 옥좌에 올라앉아 내 홀을 손에 잡은 일이다. 세 번째 잘못은 세상에 악을 더하게 한 일이다. 만약 네가 한 시간만 더 앉아 있었더라면, 인간의 절반은 못 쓰게 만들었을 것이다."

대부는 다시 한번 아들의 손을 잡고 옥좌에 올라가 홀을 들었다. 그러자 다시 벽이 뚫리면서 무엇이나 다 보이게 되었다.

그때 대부는 말했다.

"자. 이번에는 네가 너의 아버지에게 한 짓을 보아라. 바실리이는 일 년 동안이나 감옥에 갇혀 온갖 나쁜 짓을 배워서 손볼 수 없는 악당이 되어 버렸다. 자, 보아라. 방금 저 사나이는 너희 아버지의 말을 두 필 훔쳐 갔는데, 이제 조금 있으면 집까지 불살라 버릴 것이다. 네가 너의 아버지에게 한 일은 이런 것이다."

아버지의 집이 불타는 것이 아들의 눈에 비치자, 대부는 그것을 닫고 또 다른 쪽을 보도록 했다.

"자, 봐라. 네 대모의 남편은 이미 일 년 전부터 아내를 버리고, 딴 여자와 놀아나고 있어서 대모는 술로 밤낮을 보내고 있다. 네가 대모에게 고해 바쳤던 정부는 아주 타락한 여자가 돼 버렸다. 네가 대모에게 한 행위는 이런 일이다."

대부는 이번에 아들의 집을 보여 주었다. 어머니의 모습이 보였다. 어머니는 자기가 지은 갖가지 죄를 뉘우치면서 울고 있었다.

“차라리 그때, 내가 도둑에게 죽임을 당했더라면 더 좋았을걸. 그러면 이렇게 많은 죄를 짓지 않아도 되었을 텐데. 아! 나는 어떻게 살아야 한단 말인가?”

“네가 어머니에게 한 짓은 이렇다.”

대부는 아래쪽을 가리켰다. 아들의 눈에 도둑의 모습이 비쳤다. 두 사람의 간수가 감옥 앞에서 도둑을 잡아 누르고 있었다.

대부는 말했다.

“이 사나이는 아홉 명의 목숨을 빼앗았다. 자기 자신이 그 죄를 갚지 않으면 안 되는 인간이었다. 그런데 네가 이 사나이를 죽여 버렸기 때문에 그의 죄는 모두 네가 떠맡아야 한다.

이제부터 너는 저 사나이가 저지른 죄 일체에 대한 책임을 지지 않으면 안 된다. 너 스스로가 이렇게 만들기 때문이다. 어미 곰이 처음 통나무를 건드렸을 때는 새끼 곰을 놀라게 했을 뿐이나, 두 번째로 밀어젖혔을 때는 어린 곰을 죽이고, 세 번째로는 집어 던졌을 때는 자기 스스로 파멸시켜 버렸다. 네가 한 짓도 그와 마찬가지다.

나는 너에게 지금부터 삼십 년간 반성의 시간을 줄 테니 세상에 나가서 도둑의 죄를 대신 갚도록 하여라. 만약 그 일을 하지 못하면, 네가 대신 도둑이 된다.”

“어떻게 하면 도둑의 죄를 갚을 수 있을까요?”

아들이 물었다. 그러자 대부는 이렇게 대답했다.

“네가 지은 만큼의 죄를 세상에 나가서 지워 가면 그때, 너는 도둑의 죄를 갚는 것이 된다.”

“어떻게 하면 세상에 나가 죄를 지울 수 있을까요?”

아들이 다시 물었다.

“태양이 떠오르는 쪽으로 똑바로 걸어가거라. 그러면 밭이 나오고, 그 밭에 많은 사람들이 모여 있을 것이다. 그 사람들이 하는 짓을 잘 살펴보며 걸어가면서 눈에 띄는 일을 머리에 새겨 두어라. 나흘째 되는 날에는 숲에 당도할 것이다.

그 숲속에는 암자가 있고, 그 암자에는 은자隱者가 살고 있는데, 그분에게 이제까지 있었던 일을 사실대로 이야기하여라. 그러면 그 은자가 네게 가르쳐줄 것이다. 은자가 네게 가르쳐준 대로 일을 모두 해내면, 그때 너는 도둑이 지은 죄를 갚게 되는 것이다.”

대부는 그렇게 말하고는 곧바로 아들을 문밖으로 내보냈다.

아들은 걷기 시작했다.

“어떻게 이 세상의 모든 죄를 지워 나가야 한단 말인가? 세상에서는 악인을 유배 보내고, 감옥에 가두거나 사형에 처하여 그것으로 악을 지우고 있는데, 죄를 지면서 남의 죄를 내가 떠맡지 않으려면 어떻게 하면 좋을까?”

아들은 곰곰이 생각했지만, 전혀 깨달을 수가 없었다.

정처 없이 걸어가다 보니 밭에 이르렀다. 밭에는 보리 이삭이 누렇게 익어 추수하기에 알맞았다. 그런데 보리밭 속을 망아지가 뛰어다니고 있었다. 많은 사람이 그것을 보고는 저마다 말을 타고 밭 속을 이리저리 달리면서 망아지를 몰아내려 하고 있었다.

망아지가 보리밭에서 튀어나오려고 하면, 다른 사람이 말을 몰고 오기 때문에 망아지는 놀라서 다시 보리밭 속으로 달려 들어가곤 했다.

그러면 사람들은 그 뒤를 쫓아 보리밭 속을 뒤쫓는 것이다. 밭 가에는 한 여자가 서서 사람들이 자기 망아지를 몰아세워 죽이려고 한다면서 울부짖고 있었다.

아들은 망아지를 쫓고 있는 농부들에게 말했다.

"왜 당신들은 망아지를 힘들게 쫓아다니죠? 모두 밭에서 나와 저 아주머니에게 망아지를 불러내도록 하세요"

사람들이 아이의 말대로 해보기로 했다. 아주머니는 밭 가에 서서,

"이리 오너라. 누렁아, 이리 와!"

하고 불렀다.

그러자 망아지는 귀를 쫑긋거리며 듣고 있다가 아주머니에게로 뛰어가 품 안으로 파고들었다. 하마터면 아주머니는 쓰러질 뻔했다. 그제야 농부들과 아주머니는 큰 소리로 함께 웃으며 기뻐했다. 망아지도 좋은지 이리저리 뛰었다.

아들은 다시 걸음을 옮기면서 생각했다.

'이제야 악은 악으로 하여 더 많은 죄를 저지르게 된다는 것을 알았다. 사람이 악한 일을 꾸짖으면 꾸짖을수록 더욱더 퍼져만 간다. 그러므로 악은 악으로 다스릴 수 없는 불치의 죄악이다. 그렇다면 세상의 악은 어떻게 없 앨 수 있다는 걸까? 망아지가 아주머니의 말을 들었으니 망정이지, 만약 듣지 않았다면, 어떻게 몰아냈을지 막연하지 않은가.'

아들은 열심히 생각했으나 이렇다 할 묘책이 떠오르지 않았다. 혼란스러운 마음으로 걸어가다가 어느 마을에 이르렀다.

이미 밤은 깊어 가고 있었다.

마을 변두리 집에 하룻밤 잠자리를 청했다. 주인아주머니는 묻지도 않고 쾌히 들어오라고 했다. 집 안에는 아무도 없었고, 다만 아주머니 혼자서 걸 레질하고 있었다.

아들은 안으로 들어가 벽난로 위에 올라가서 아주머니가 일하는 모습을 살펴보았다. 아주머니는 방바닥을 다 훔치고 나서 이번에는 테이블을 닦기 시작했다. 다 닦자 더러운 걸레 자국이 테이블 위에 줄무늬처럼 남았다. 그

러자 이번에는 반대쪽으로 문지르니 먼젓번 걸레 자국은 없어지는 데, 새로 자국이 생겼다.

다음에는 옆으로 문질러 보았으나 역시 마찬가지였다. 그 원인은 더러운 걸레로 훔치기 때문이었다. 먼저 난 자국이 없어졌나 하면, 다른 자국이 생겨났다.

아들은 한참 동안 물끄러미 바라보고 있다가 보다 못해 말을 걸었다.

"아주머니, 지금 뭘 하고 계시는 겁니까?"

"아니, 자네 눈에는 이게 보이지 않는가. 축제일 준비로 청소하고 있어. 그런데 이 테이블이 왜 이 모양이지. 아무리 훔쳐도 깨끗해지지 않고 자꾸 더러워지기만 하니 기운이 다 빠지는군."

"아주머니, 걸레를 빨아서 훔치면 깨끗해질 텐데요."

아주머니가 그대로 하자, 테이블은 금방 깨끗해졌다.

"아이구, 젊은이, 가르쳐 줘서 고맙네."

이튿날 아침, 아들은 아주머니와 작별하고, 다시 길을 떠났다. 한참을 걸어가니 숲에 당도했다.

그곳에선 농부들이 수레바퀴를 만들 나무를 휘어잡으려고 부산스러웠다.

아들이 가까이 다가가 보니 농부들은 열심히 나무 주위를 빙빙 돌고 있으나 굵은 가지는 조금도 구부러지지 않는 것이다. 자세히 살펴보니 농부들이 만든 받침대가 제대로 고정되어 있지 않기 때문이었다. 받침대가 서로 제각기 돌아가고 있었다.

아들은 이 광경을 한참 주의 깊게 바라보고 있다가 이렇게 말했다.

"아저씨들은 무슨 일을 하고 계신 중인가요?"

"음. 수레바퀴를 만드는 중인데, 영 나무가 휘어지지 않아. 기운만 쑥 빠져 버렸어."

"그러지 말고 받침대를 꽉 고정해 놓고 다시 해보세요. 지금 아저씨들이 받침대와 함께 돌고 있잖아요."

농부들이 그 말을 듣고 받침대를 단단히 고정하고 나자 일이 제대로 되었다.

아들은 그곳에서 하룻밤을 지내고, 다시 길을 떠났다. 하룻낮 하룻밤을 걸어 새벽녘에 목동들이 모여 있는 곳을 발견하고, 그들 곁에 잠시 드러누웠다. 누워서 바라보니, 그들은 소를 풀밭에 풀어놓고 모닥불을 피우고 있었다.

마른 가지를 주워다가 불을 붙이려고 했으나 활활 타오르기도 전에 생나무 가지를 불 위에 올려놓았기 때문에 생나무는 뿌지직 소리를 내면서 밑불을 꺼뜨렸다.

그들은 다시 마른 가지를 주워다 불을 붙였으나, 생나무를 마구 지펴 또다시 불은 꺼지고 말았다.

오래도록 애를 써도 모닥불이 타오르지 않는 모양이었다. 그것을 보고 있던 아들은 말했다.

"당신들이 너무 성급히 생나무를 넣으니까, 안 되는 거예요. 불이 잘 타기를 기다렸다가 화력이 세어진 다음에 생나무를 올려놓아야죠."

목동들은 그가 말한 대로 했다. 화력이 세어진 다음에 생나무를 올려놓으니까, 불은 환한 빛과 따스한 온기를 내뿜으며 타기 시작하여 훌륭한 모닥불이 되었다.

아들은 한참 동안 그들과 어울려 있다가 다시 길을 떠났다.

도대체 무슨 이유로 이 세 가지 일을 경험하게 한 것일까? 아들은 곰곰이 생각해 보았으나 그 까닭을 알 수가 없었다. 그가 부지런히 걸어가는 동안 하루가 지났다.

어느 숲에 다다르자, 숲속에 암자가 있었다. 아들이 암자로 다가가 문을 두드리니 안에서,

"누구냐, 거기 있는 자가?"

하고 묻는 소리가 들렸다.

"큰 죄를 지은 죄인입니다. 죄 갚음을 하려고 돌아다니고 있습니다."

안에서 은자가 나와 다시 물었다.

"대체 너는 어떤 사람의 죄를 짊어졌느냐?"

아들은 자기에게 세례를 준 대부의 이야기, 어미 곰의 이야기, 대부의 궁전과 방 안의 옥좌 이야기, 대부가 자기에게 명령한 일, 그리고 밭에서 망아지를 쫓느라고 농부들이 보리를 마구 짓밟은 일, 망아지가 주인아주머니에게 안긴 일 등을 낱낱이 말해 주었다.

"저는 악을 악으로 다스릴 수 없다는 것을 깨달았습니다만, 어떻게 해야 그것을 없앨 수 있는지 모르겠습니다. 원하옵건대 가르침을 주소서."

그러자 은자가 이렇게 말했다.

"그 밖에 네가 도중에서 본 일을 좀 더 자세히 이야기해 보아라."

아들은 아주머니가 집 안 청소를 하고 있던 일, 수레바퀴를 만들고 있던 농부들의 일, 모닥불을 지피던 목동들의 이야기까지 했다.

은자는 그의 이야기를 끝까지 듣고 나서 암자 안으로 들어가더니 이가 빠진 손도끼를 가지고 나와 말했다.

"자, 가자."

은자는 암자에서 십 리가량 떨어진 곳에 이르자, 한 그루의 나무를 가리켰다.

"이 나무를 찍어라."

아들이 나무를 찍자, 나무는 금세 쓰러졌다.

“이제 그 나무를 세 토막으로 잘라라.”

아들은 나무를 셋으로 잘랐다. 그러자 은자는 다시 암자로 돌아가더니 물을 가지고 왔다.

“그걸 반쯤 흙 속에 파묻어라. 이렇게……”

아들은 은자가 시키는 대로 흙 속에 세 개의 나무토막을 심었다.

“저기를 봐라. 이 산 아래에 작은 개울이 있다. 저기서 물을 한 입 머금고 와서 이 그루터기에 뿜어 주어라. 네가 아주머니에게 가르쳐준 것처럼 물을 주는 것이다. 다음 그루터기에는 네가 농부들에게 가르쳐준 것처럼 물을 주어야 한다. 저 그루터기에는 네가 목동들에게 가르쳐준 것처럼 물을 주어라. 이 세 그루터기가 모조리 뿌리를 내려 세 개의 사과나무로 자라나면, 그때야 비로소, 어떻게 하면 인간의 악을 없앨 수 있는지를 알게 될 것이다. 그러면 너는 모든 죄를 갚게 되는 것이다.”

그렇게 말하고 은자는 암자로 돌아갔다.

아들은 곰곰히 생각해 보았으나 은자가 한 말이 무슨 뜻인지, 도무지 알 수가 없었다. 하지만 은자가 시키는 대로 하지 않을 수 없었다.

아들은 개울로 가서 입에 물을 가득 머금고 왔다. 그리고 한 그루터기에 끼얹어 주고, 다시 가고 또 가고 하여 차례로 물을 주었다. 그러고 나니 아들은 그만 지칠 대로 지치고 배가 고파졌다. 아들은 은자에게 먹을 것을 청하려고 암자로 갔다.

그런데 문을 열어 보니 은자는 이미 죽은 사람이 되어 평상 위에 누워 있었다.

암자 안을 둘러보니 마른 빵이 있었다. 그는 그것으로 대충 요기를 했다. 그러고는 삽을 찾아내서 무덤 자리를 파기 시작했다. 그때부터 밤이 되면 입에 물을 머금어 그루터기에 끼얹어 주고, 낮에는 무덤 자리를 팠다.

겨우 무덤을 판 뒤 은자의 시신을 묻으려는데, 마을 사람들이 왔다.

은자에게 먹을 것을 가져온 사람들이었다.

모두 은자가 죽었다는 말을 듣자, 아들을 축복한 뒤 스승의 자리를 이어 달라고 부탁했다. 마을 사람들은 함께 은자를 매장한 후 아들에게 음식을 남겨 놓고 다시 오겠다는 약속을 하고 돌아갔다.

아들은 은자의 뒤를 이어 거기서 살기 시작했다. 그는 사람들이 가져다주는 것을 먹고 살면서 은자가 지시한 일을 계속하고 있었다. 산 아래 개울에서 물을 머금어다가 그루터기에 끼얹어 주는 일을 계속 반복했다.

그가 그렇게 일 년을 살다 보니, 이제는 더 많은 사람이 그를 찾아왔다.

사람들이 아들을 찾아오는 것은, 숲속에 성인이 살고 있어 산 아래에서 물을 입으로 머금어다가 죽은 나무 그루터기에 끼얹어 주면서 도를 닦고 있다는 소문이 퍼졌기 때문이었다.

그래서 가난한 사람들이든, 부자든, 권력을 쥔 자든, 모두 그를 보려고 찾아오는 것이었다.

부자들은 찾아와서 여러 가지 선물을 놓고 가기도 했다. 그는 식량이나 옷가지 한두 벌 말고는 아무것도 받지 않았다. 선물 받은 물건들을 모조리 가난한 사람들에게 나누어주었다.

그는 하루의 반나절은 물을 입에 머금어다 그루터기에 끼얹어 주고, 나머지 반나절은 쉬기도 하고 찾아오는 사람들과 만나기도 하면서 살고 있었다.

그는 마음속으로 이것이 자기가 지켜나가야 할 생활이며, 이를 통해 세상의 악을 없애고 죄 갚음을 할 수 있다고 생각하게 되었다.

그렇게 아들은 다시 일 년을 살았다. 그러는 동안 하루도 빠짐없이 그루터기에 물을 주었다. 하지만 어느 나무에도 움은 트지 않았다.

어느 날 암자 안에 있으려니까, 누군지 모를 사나이가 노래를 부르며 지나가는 소리가 들려왔다. 아들은 누구일까 하고 밖을 내다보았다.

사나이는 건장하게 생긴 젊은이였는데, 값진 의상을 몸에 걸쳤으며, 타고 있는 말이며 안장은 여간 훌륭한 것이 아니었다.

그는 사나이를 불러 세우고, 어디 사는 누구이며, 어디로 가는지를 물어보았다.

그러자 사나이가 말을 세우고 대꾸했다.

"나는 강도인데, 이곳저곳을 돌아다니며 사람을 죽이지. 사람을 죽이면 죽일수록 기분이 좋아져서 이렇게 노래를 부르는 거야."

아들은 몸을 움츠리며 이렇게 생각했다.

'이 같은 인간 내부에 깃들인 악은 대체 어떤 방식으로 추방해야 할까? 나를 찾아오는 사람들 모두가 자기의 죄를 뉘우칠 뿐인데, 이 사나이는 나쁜 짓을 하고서도 그것을 자랑으로 삼고 있으니……'

아들은 아무 말도 하지 않고 그 살인강도의 곁을 물러서며, 이런 생각에 잠겼다.

'앞으로 일이 어떻게 되어갈까? 강도가 이 근처를 돌아다니면 마을 사람들이 무서워서 잘 오지 못하게 될 거야. 그러면 사람들도 불편하겠지만, 나는 어떻게 살아가야 하나?'

생각다 못해 아들은 다시 강도에게 말을 걸었다.

"내 암자를 찾아오는 사람들은 나쁜 일을 자랑하지 않아요. 모두 죄를 뉘우치고 속죄하려고 합니다. 그대도 하나님이 두렵다고 생각하면 죄를 뉘우쳐야 합니다. 죄를 뉘우치지 못하겠으면, 이곳을 떠나 두 번 다시 와서는 안 됩니다. 세상 사람들에게 겁을 주어 내 곁에서 쫓는 것 같은 짓을 해서는 큰 벌을 받을 것입니다."

강도는 껄껄 소리내어 웃었다.

"나는 하나님 같은 건 두려워하지 않으니까, 네 말 따윈 들을 필요도 없어. 네가 내 주인이라도 된단 말이냐? 너는 하나님께 기도를 드려서 먹고살지만, 나는 강도질로 먹고산다. 사람은 다 저마다 살아가는 방식이 있는 법인데, 널 찾아오는 부인들한테 설교나 하면 되지 웬 잔소리냐. 나는 네 설교를 들을 이유가 없다.

네가 나에게 하나님을 설교해 준 보답으로 내일은 두 사람을 더 죽여주지. 지금 당장 널 죽여도 되지만, 그런 일로 손을 더럽힐 마음은 없다. 앞으로는 내 눈앞에서 얼씬거리지 않도록 조심해라."

이렇게 으름장을 놓고 가 버렸으나, 그 뒤로 다시는 오지 않았다.

그는 팔 년 동안을 암자에서 평온하게 살았다.

어느 날, 그는 새벽녘에 늘 그랬던 것처럼 죽은 나무 그루터기에 물을 준 뒤에 암자로 돌아와, 이제 사람들이 찾아올 때가 되었다고 생각하면서 물끄러미 오솔길에 눈길을 보내고 있었다.

그런데 그날은 아무도 오지 않았다. 아들은 해 질 무렵까지 별일도 하지 않은 채 우두커니 앉아 있었다. 특별히 할 일도 없어, 이제까지의 자기의 지난날을 이리저리 회상해 보았다.

그러다가 문득 하나님께 기도를 드려서 먹고산다며 비아냥거렸던 강도의 말을 떠올렸다. 그러고는 지금까지 해 온 자기의 일을 돌이켜보았다.

"내가 살아가는 방식은 은자의 지시와는 다른 것 같다. 은자는 내게 고행을 지시했는데, 나는 고행을 나날의 양식과 바꾸고 사람들의 칭송을 바라게 되었다. 유혹에 빠져 사람들이 찾아오지 않으면 공연히 언짢아하고, 사람이 찾아오면, 모두가 나를 성인 취급하는 줄로 알고 나도 모르게 우쭐했다.

이래선 안 되겠다. 세상의 평판에 현혹되어 전에 지은 죄를 용서받아야 한다. 사람들 눈에 띄지 않도록 하자. 더 이상의 죄를 짓지 말자."

아들은 마른 빵이 든 조그만 자루와 괭이를 집어 들고 암자를 나와 골짜기 쪽으로 내려갔다. 그때 저쪽에서 강도가 말을 타고 달려왔다. 아들은 놀라 달아나려 했으나, 기어코 강도에게 들키고 말았다.

"어딜 가나?"

하고 강도가 물었다.

그는 세상 사람을 피하여 아무도 찾아오지 않는 곳으로 간다고 대답했다. 강도는 어처구니없다는 식으로 말했다.

"그래, 아무도 찾아오지 않으면 앞으로 무얼 먹고 살아갈 텐가?"

미처 그런 생각은 해보지도 않았던 아들은 강도가 묻자, 먹을 것에 관한 생각이 떠올랐다.

"무엇이든 하나님께서 내려 주시는 것으로 살아가면 되지."

아들이 대답했다. 그러자 강도는 아무 말도 하지 않고, 그냥 돌아서더니 멀리 가 버렸다. 대체 어떻게 된 일일까, 그는 생각했다.

'나는 저 사나이의 생활 수단에 대해 아무 말도 하지 않았다. 어쩌면 저 사나이에게 회개할 때가 왔는지도 몰라. 먼저보다는 거동도 한결 부드러워졌고, 협박도 하지 않는 것을 보면 말이야.'

그러자 아들은 강도의 뒷모습에 대고 외쳤다.

"그대는 지은 죄를 회개하지 않으면 안 됩니다. 절대로 하나님의 눈을 피할 수는 없습니다."

그러자 강도는 말머리를 돌려 달려오더니 허리에서 칼을 빼어 그를 내리치려고 했다. 아들은 놀라 숲속으로 도망쳤다. 강도는 더 이상 뒤쫓아오지는 않고 이렇게 말했다.

"이제까지 두 번 너를 용서해 주었지만, 앞으로 세 번째로 내 눈에 띄면, 다시는 용서 없을 줄 알아라. 못된 늙은이! 죽여 버릴 테다!"

그러고는 자취를 감춰 버렸다.

그날 밤, 그는 죽은 나무 그루터기에 물을 주러 갔다가 그 나무들을 들여다보게 되었다.

그런데 놀랍게도 그중 한 나무에서 싹이 움트고 있지 않는가.

사과나무에 잎이 나오기 시작한 것이다.

그는 세상 사람의 눈앞에서 사라져 홀로 살아왔다. 이제는 마른 빵도 다 떨어져 풀뿌리라도 캐서 끼니를 이어야겠다고 결심했다.

어느 날, 그는 풀뿌리를 캐러 나가려고 했다. 굽은 등을 펴고 나서는데, 나뭇가지에 마른 빵이 든 자루가 걸려 있지 않는가.

아들은 하나님에게 깊은 은혜에 대한 감사 기도를 올리고는, 그것으로 양식을 삼았다. 그 마른 빵이 다 떨어지기가 무섭게 같은 나뭇가지에 똑같은 자루가 걸려 있었다.

아들은 그 빵으로 살아갈 수 있었다. 그러나 꼭 한 가지 불안한 일이 있었다. 다름 아닌 강도가 두려워진 것이다. 강도가 나타나는 기척이 있으면 재빨리 모습을 감추었다.

'저 사람의 손에 걸려 죽으면, 나는 죄 갚음을 하지 못한다.'

이렇게 또 십 년이 지났다.

사과나무는 한 그루만 자랄 뿐 나머지 두 그루는 여전히 죽은 나무 그루터기 그대로였다. 하지만 그는 매일 아침 일찍 일어나 변함없이 개울에 가서 물을 머금고 죽은 나무 그루터기를 축여 주었다.

그러던 어느 날, 그는 수행에 너무도 지쳐 땅바닥에 주저앉아 잠시 쉬면서 이런저런 일들을 생각하다가

'이미 나는 죄를 범한 자가 아닌가. 죽음을 두려워하다니, 하나님의 뜻이라면 죽음으로써 나의 죄 갚음을 하자.'

　그렇게 생각하는 순간 강도가 말을 타고 욕지거리를 하면서 오는 기척이
났다.

　그는 그 소리를 듣자, 하나님이 나와 함께 하시니까, 그 누구에게도 좋은
꼴이나 나쁜 꼴을 당할 까닭은 없다고 생각하고, 강도가 오는 쪽으로 발걸
음을 옮겼다. 강도는 혼자가 아니고, 안장 뒤에 한 사나이를 묶은 채 어딘가
로 데리고 가는 중이었다.

　사나이는 양손을 묶이고 재갈마저 물려 있었다. 사나이는 아무 말도 못
하고 있는데, 강도는 욕을 퍼붓는 중이었다. 그는 강도에게로 가서 앞을 가
로막았다.

　"너는 지금, 이 사나이를 어디로 데리고 가느냐?"

　"숲속으로 끌고 간다. 이놈은 장사꾼의 아들인데. 집안의 돈이 어디 있는
지를 가르쳐주지 않아 실토할 때까지 두들겨 줄 거다."

　이렇게 말하면서 가려 했다. 그는 말고삐를 잡고 놓지 않았다.

　"이 사람을 놓아주어라."

　강도는 화가 나서 아들을 치려고 채찍을 들어 올렸다.

　"그렇다면, 너도 이런 꼴을 당하고 싶으냐? 약속대로 죽여주마! 놓아라!"

　그러나 그는 두려워하지 않았다.

　"못 놓겠다. 나는 너 같은 강도는 무섭지 않다. 나는 오직 하나님만을 두
려워할 뿐이다. 그런데 하나님께서는 널 놓아선 안 된다고 분부하신다. 이
사람을 풀어주어라."

　강도는 미간을 찌푸리고 칼을 내리쳐 결박을 탁 끊었다. 상인의 아들을
풀어준 것이다.

　"모두 썩 꺼지거라! 두 번 다시 내 눈에 띄지 마라. 그랬다간 절대 용서하
지 않을 테다."

상인의 아들은 말 위에서 뛰어내리자 쏜살같이 달아나 버렸다.

강도도 그대로 가버리려고 했으나, 그는 강도를 불러세워 더 이상 어두운 생활은 그만두도록 진심으로 타일렀다. 강도는 우두커니 서서 그의 말을 끝까지 다 듣고 나더니 아무 말 없이 가 버렸다.

이튿날 아침에 그가 죽은 나무 그루터기에 물을 주러 가보니, 둘째 나무에도 움이 터서 사과나무가 되어 자라고 있었다. 이렇게 하여 다시 십 년이란 세월이 지났다.

어느 주위가 고요한 날, 움막에 들어앉아 있는 아들은, 이제 더 이상 모자라는 것도 두려운 것도 없었으며, 마음속은 기쁨으로 가득 차 있다고 생각했다.

'하나님께서는 얼마나 큰 행복을 인간에게 내려 주셨는지 모른다. 그런데도 사람들은 자기 스스로 괴롭히고 있다. 얼마든지 기쁨 속에 살아갈 수 있는 은총을 받는 존재인데도 말이다.'

이렇게 갖가지 인간의 악을 돌이켜보며, 사람들 스스로가 자신을 괴롭히고 있는 것을 생각하니, 악행을 저지르는 인간들이 불쌍하게만 여겨졌다.

'내가 이런 생활을 하고 있다는 게 잘못이다. 세상에 나가서 내가 알고 있는 것을 사람들에게 알려 주어야 한다.'

이렇게 생각하자마자, 강도의 말발굽 소리가 들려왔다. 그는 그 소리를 그냥 지나쳐 버렸다.

"저런 사나이에게 들려준다 해도 알아듣지도 못할 것이다."

하지만, 곧 다시 마음을 고쳐먹고 밖으로 나갔다. 강도는 시름에 잠긴 표정으로 땅바닥을 내려다보면서 말을 몰고 있었다. 그 모양을 보니 가엾은 마음이 들어서 그에게로 달려가 그의 무릎을 잡았다.

"정다운 형제여, 제발 자신의 영혼을 아끼는 마음을 가져 주게! 그대 안에는 하나님이 계신다네. 그대는 스스로 괴로워하고 남도 괴롭히고 있지만, 이제 더 심한 괴로움을 당할 게 틀림없어. 그러나 하나님께서 그대를 얼마나 사랑하시는지, 그대를 위해 어떤 즐거움을 마련하셨는지 아는가! 제발 스스로 자신을 멸망시키는 일은 그만두게. 그 생활을 바로잡아 주게나!"

강도는 얼굴을 찌푸리고 먼 곳을 보며 말했다.

"비켜라!"

그러자 그는 더욱 강도의 무릎에 매달리면서 눈물로써 회가하도록 타이르는 것이었다. 강도는 눈을 들어 그를 물끄러미 바라보고 있다가, 이윽고 말에서 내려 그 앞에 털썩 주저앉았다.

"마침내 당신이 나를 이겼소. 나는 이십 년 동안 당신과 싸웠으나, 오늘 나는 당신에게 졌소. 지금의 나는 나 자신을 다스릴 수 없게 되었소. 아무렇게나 당신 좋을 대로 하시오.

처음에는 당신이 내게 설교했을 때, 나는 공연히 화가 치밀 뿐이었소. 그런데 당신이 세상 사람을 피해 몸을 숨기려 했을 때, 나는 당신 자신이 세상 사람에게 아무 도움도 주지 못한다는 걸 깨달았다는 것을 알고, 비로소 당신의 말을 생각하지 않을 수 없었소. 그 뒤 나는 당신을 위해서 마른 빵을 나뭇가지에 걸어놓게 되었던 것이오."

강도의 말에 그는 지난날의 크고 작은 일이 떠올랐다. 그 농가의 아낙네가 걸레를 깨끗이 빨았을 때야 비로소 테이블을 깨끗이 닦을 수 있었던 것을. 그와 같이 자신의 근심을 깨끗이 지우고 자기의 마음을 맑게 할 때 타인의 마음도 맑게 정화할 수 있다는 것을 깨달았다.

강도는 계속하여 말했다.

"당신이 죽음을 두려워하지 않았을 때, 내 마음이 움직였소."

그러자 그는 깨달았다. 농부들이 받침대를 탄탄하게 고정했을 때야 비로소 수레바퀴에 쓸 나무를 휠 수 있었다. 그와 같이 자기도 죽음을 두려워하지 않고 자기 자신을 하나님에 대한 견고한 마음을 가졌을 때 굽힐 줄 모르던 악인의 고집도 꺾을 수 있었던 것이었다.

강도는 다시 말했다.

"당신이 나를 가엾게 여겨 내 앞에서 눈물을 흘리니, 내 마음이 이렇게 얼음 풀리듯 녹아 버리고 말았소."

그는 진심으로 기뻤다. 죽은 나무 그루터기가 있는 곳으로 강도를 데리고 갔다. 두 사람이 가까이 다가가 보니 마지막으로 하나 남았던 그루터기에서도 사과나무의 싹이 움트고 있었다. 아들은 드디어 모든 걸 깨달았다.

목동들의 모닥불도 불기운이 강해졌을 때야, 비로소 생나무가 타는 것이다. 그처럼 자기 마음이 뜨겁게 타올랐을 때, 타인의 얼어붙은 마음에도 불을 지필 수 있다는 것을 확인하였다.

이제야말로 완전히 죄 갚음했다고 아이는 무척 기뻐하였다. 그는 마지막으로 그 이야기를 남김없이 강도에게 들려주었다. 그리고 숨을 거두었다.

강도는 그의 시신을 정성스럽게 매장하고, 그가 가르쳐준 대로의 생활을 하며, 세상 사람들에게 가르침을 전하게 되었다.

제3부

귀향

우리는 모두 죽은 뒤에 어디로 가게 될까? 처음 왔던 곳으로 돌아간다. 처음 왔던 곳에는 나라는 존재는 없다. 따라서 우리는 어디에 있었는지, 그곳에 얼마나 오래 있었는지, 그곳에는 무엇이 있었는지 기억하지 못한다. 만약 우리가 처음 왔던 곳으로 돌아 가게 된다면, 죽음 이후의 세계에 우리가 나라고 부르는 것은 존재하지 않을 것이다. 그러므로 우리는 죽은 뒤에 자신들의 생활이 어떻게 될지 전혀 알 수가 없다. 오직 한 가지 확실하게 말할 수 있는 것은, 태어나기 전의 우리에게 악이 존재하지 않았던 것처럼 죽은 뒤에도 악이 존재할 리 없다는 것이다. 그리하여 육체가 소멸했을 때 영혼은 완전히 자유로워지는 것이다.

주여! 당신은
내 삶의 마지막 순례자입니다

주여! 당신은 내 삶의 마지막 순례자입니다

나라에서 나라로 순례하였습니다

주여! 나의 고향을 찾게 하여 주시옵소서

너무나도 많은 오솔길을 헤매었습니다

주여! 참다운 길을 가리켜주옵소서

이미 나의 걸음은 지쳐 있습니다

주여! 당신 곁에 머물러 있게 하여 주옵소서

나의 두 손은 허무하게 묶여 있습니다

주여! 사랑의 불로 따뜻하게 하여 주옵소서

누구도 건네주지 않는 손을 나는 구하고 있습니다

주여! 기다리라는 말을 주옵소서
아아, 나는 거만하였습니다
주여! 겸손한 모든 것을 가르쳐 주옵소서
아아, 나는 정욕에 눈이 어두웠습니다
주여! 당신의 은총으로 비춰주옵소서
어떠한 속박도 나는 승낙하려 하지 않았습니다
주여! 당신의 멍에를 씌워주십시오
나는 사랑을 모르는 자입니다
오오, 주여! 자비를 베풀어 주옵소서
아직도 나는 가난한 자입니다.

농부 올리호비크의 반란

1895년 10월 15일, 나는 징병 검사를 받으라는 통보를 받았다.

그 후 신체 검사장에서 나에게 심지를 뽑을 차례가 돌아왔을 때, 나는 단호하게 심지를 뽑지 않겠다고 말했다.

심사관들은 나를 쳐다본 뒤 자기들끼리 말을 주고받더니, 왜 심지를 뽑지 않으려 하느냐고 물었다.

거기에 대해 나는, 입영 선서도 하지 않고 훈련병으로 무기도 갖지 않을 것이기 때문이라고 대답했다.

그들은 그것은 나중 일이니, 우선 심지부터 뽑으라고 명령조로 말했다. 나는 재차 거부했다.

그러자 관리들은 나 대신, 우리 마을 촌장에게 심지를 뽑으라고 강요하듯 명령했다.

촌장이 심지를 뽑았다. 674번이 나왔다.

기록계 관리가 그것을 기록했다.

그때 징병 사령관이 들어와서 나를 사무실로 불러 물었다.

"입영 선서를 하지 않겠다고 했다는데, 누가 그것을 가르쳐 주었는가?"

나는 서슴없이 대답했다.

"성서를 읽으면서 배웠습니다."

징병 사령관이 말했다.

"네가 성서를 그런 식으로 이해했다고는 생각할 수 없어. 성서는 무척 어려운 내용이거든. 성서를 이해하려면 많은 공부를 해야 해."

이 말에 대해, 나는 말했다.

"그리스도는 어려운 걸 가르치려 한 것이 아닙니다. 그 증거로 신분이 천하고 배우지 못한 문맹인들도, 그의 가르침을 이해하고 기꺼이 따르고 있지 않습니까?"

그러자 징병 사령관은 한 기관 병사에게 나를 부대로 보내라고 명령했다.

그 병사에 끌려 나는 그 부대의 취사장으로 갔다. 그곳에서는 병사들이 식사를 하고 있었다.

식사가 끝난 뒤, 그들은 나에게 왜 입영 선서를 하지 않았느냐고 물었다.

나는 말했다.

"왜냐하면 복음서에 맹세하지 말라고 적혀 있기 때문입니다."

그들은 깜짝 놀랐지만, 곧 이렇게 물었다.

"정말 복음서에 그런 내용이 있다는 말이지? 그럼, 어디 한번 찾아봐."

내가 그 부분을 찾아내 읽어 주자, 모두 귀를 기울였다.

"아무리 그렇게 씌어 있어도 군대에 입영하려면 선서를 하지 않을 수 없어! 그렇지 않으면 고통을 받게 될 거다."

나는 이렇게 대답했다.

"이 세상에서 생명을 버리는 자는 영원한 생명을 얻을 것입니다."

그러자 나를 다른 입영 예비 병사들의 대열에 집어넣고, 군인 복무규정을 설명했다.

나는 그들에게 그 규정을 하나도 지키지 않을 것이라고 말했다.

그들은 물었다.

"왜 어째서?"

나는 대답했다.

"그리스도 교도로서 나는 총을 들고 적으로부터 나를 지키지 않을 것이기 때문입니다. 그리스도께서 원수를 사랑하라고 가르치지 않았습니까?"

그들은 조롱하듯 말했다.

"아니, 너 혼자만 그리스도 교도란 말이냐? 우리 역시 다 그리스도 교도란 말이야."

나는 완강히 말했다.

"나는 다른 사람들에 대해서는 아무것도 모릅니다. 오로지 그리스도가 지금의 내가 행동하고 있는 것처럼 행하라고 말씀하신 것만을 다르고 있을 뿐입니다."

그들이 또다시

"네가 끝까지 병역을 거부할 경우, 우리는 너를 감옥에 가둘 것이다."라고 말하자, 나는 이렇게 대답했다.

"좋을 대로 하십시오. 하지만, 나는 내 믿음대로 군대에 복무하지 않을 것입니다."

바로 군법회의가 열렸다. 사령관이 부대 장교들에게 말했다.

"그놈의 애송이가 끝까지 병역을 거부하다니, 대단한 신념을 가졌군. 좋아! 수백만 명이 복무하고 있는 판에 저 혼자 거부해? 그자를 채찍으로 실컷 때려주면, 그 어리석은 생각을 버리겠지."

마침내 올리호비크는 체포되어 야쿠츠크 주써 군 교도소에 유형 당했다.

귀향

코르네이 바실리예프가 마지막으로 고향 마을에 돌아왔을 때, 그는 쉰네 살이었다.

아직 숱 많은 곱슬머리에는 새치 한 오라기 없었고, 얼굴 광대뼈 언저리에 흰털이 조금 희끗거릴 뿐이었다. 얼굴은 윤기가 흐르고 혈색이 빛나며 목덜미는 힘이 있었다. 그의 강인한 몸은 풍족한 도시 생활로 기름기까지가 번지고 있었다.

그는 20년 전에 병역을 마치고 타향에서 돈을 좀 모아 가지고 고향으로 돌아왔다.

처음에는 조그만 잡화상 가게를 냈다가, 수입이 여의치가 않아 가게를 거두고 가축 장사를 하게 되어, 체르카시에 가서 물건을 사서 모스크바에 가서 팔았다.

가야 마을에 있는 양철로 지붕을 씌운 그의 돌집에는 늙은 어머니와 아내와 아들과 딸, 벙어리 고아인 열다섯 살 난 조카, 하인이 한 사람 있었다.

코르네이는 두 번 장가를 들었다. 첫 아내는 몸이 약해 병치레만 하다가 자식도 낳지 못하고 죽자, 나이가 들어 다시 이웃 마을의 가난한 과부의 딸로 튼튼한 사랑스러운 처녀를 두 번째 아내로 맞이한 것이다. 아이들은 이 아내에게서 태어난 자식들이었다.

코르네이는 최근에 사들인 물건을 팔아 톡톡히 재미를 보았기 때문에 3천 루블가량의 목돈을 모아 갖고 있었다.

코르네이는 이웃 사람에게 마을에서 그리 멀지 않은 곳의 한 몰락한 지주가 임야를 헐값에 내놓았다는 말을 듣고, 목재 장사에 손을 대볼까 하는 생각을 가졌다. 그쪽 장삿속을 모르는 바가 아니어서였다. 이미 군대에 들어가기 전 목재상에서 수습 직원으로 일한 적이 있었기 때문이다.

가야 마을과 가까운 철도역에서 코르네이는 같은 마을 사람인 애꾸눈 쿠지마를 만났다. 쿠지마는 기차가 도착할 때마다 손님을 받으려고 두 필의 조랑말이 끄는 썰매를 몰고 나왔다.

그는 가난해서 의식적으로 부자를 싫어했지만, 유달리 돈 자랑하는 코르네이를 더 싫어하여, 그를 코르니시카(비속어 별명)로 부르고 있었다.

반코트 위에 털가죽 외투를 받쳐 입은 코르네이는 큰 여행용 가방을 들고 정거장 출구로 나와 걸음을 멈춘 뒤, 배를 약간 내밀고 심호흡하며 사방을 둘러보았다.

아침이었다. 조용하고 흐린 날씨에 약간 서늘한 기운마저 느껴졌다.

"아직 손님을 못 만났소, 쿠지마 아저씨? 그렇다면, 나나 태워다 주지 않겠소. 어때요?"

그가 말했다.

"어쩐다, 1루블은 줘야 하는데."

"70코페이카면 넉넉하지 뭘, 그래요."

"그렇게 돈이 많으면서 말이야. 그래, 이런 가난뱅이한테 30코페이카를 아낄 셈인가?"

"좋아요, 까짓것 뭐!"

코르네이는 작은 썰매 속에 가방과 다른 짐꾸러미를 집어넣고 뒷자리에 널찍하게 앉았다.

쿠지마는 마부석에 앉아 있었다.

"자, 이제 됐어요. 바로 출발해요."

썰매는 정거장 출입구에서 도로 쪽으로 빠져나왔다.

"요즈음 영감님 마을은, 우리 마을 말고 영감님 마을 말입니다. 경기가 어떻습니까?"

코르네이가 물었다.

"형편없지, 뭐."

"우리 어머니는 잘 계시겠지요?"

"물론 잘 계시지. 바로 며칠 전에도 교회에서 뵈었지. 젊은 마님도 건강하시더군. 다들 여전하지. 그런데 하인을 새로 들였다던데."

그렇게 말하면서 쿠지마는 가볍게 웃었다. 코르네이에게는 그 웃음이 이상야릇하게 느껴졌다.

"어떤 하인? 표트르는 어쩌고!"

"표트르가 악질 병에 걸리자, 작은 마님이 고향에서 예프스치그네이란 자를 데려왔어. 그러니까, 친정 마을에서 데려온 거지."

"아, 그래요?"

코르네이가 아내와의 혼담이 시작될 때부터, 예프스치그네이란 자가 이렇다느니 저렇다느니 하는 소문이 아낙네들의 입에 오르내리고 있었다.

쿠지마가 다시 입을 열었다.

"정말이지, 요즘 아낙네들의 입김이 얼마나 세어졌는지 몰라!"

"누가 아니랍니까!"

코르네이는 중얼거리듯이 말하고 일부러 화제를 돌렸다.

"그런데 영감님이 부리는 말도 어지간히 늙었군요?"
하고 덧붙였다.

"나도 늙었으니 당연하지, 안 그런가?"

쿠지마는 다리가 굽은 말에게 채찍을 휘두르면서 말했다.

길가에 주막이 있었다.

코르네이는 마차를 세우게 하고는 주막 안으로 들어갔다. 쿠지마는 말을 비어 있는 말구유에 넣으면서, 코르네이를 바라보지는 않았지만, 속으로는 은근히 자기를 불러주기를 기대하면서 봇줄을 손보고 있었다.

"쿠지마 아저씨. 들어와요. 한잔합시다."

코르네이가 문 앞으로 나와서 말했다.

"어이구, 고맙네."

쿠지마는 서두르지 않는 시늉을 하면서 대답했다.

코르네이는 보드카를 한 병 주문해 첫 잔을 쿠지마에게 먼저 권했다. 쿠지마는 아침부터 아무것도 먹지 않아서인지 취기가 돌았다.

그러더니 코르네이 옆으로 바짝 다가앉아, 그에게 마을의 풍문을 소곤소곤 들려주기 시작했다.

코르네이의 아내 마르파가 옛날 애인을 하인으로 들여 같이 살고 있다는 것이었다.

"나하고는 전혀 상관없는 일이지만, 자네가 안 됐다는 생각이 들어서 말이야. 세상의 웃음거리가 되는 줄도 모르고 죄의식도 없는 모양이야. 이에 대해 사람들은, '어디 두고보자, 곧 진짜 남편이 돌아오면 어떻게 하나' 다들 그러고 지켜보고 있지, 뭐."

쿠지마가 거나하게 취한 목소리로 말했다.

코르네이는 잠자코 그가 토해 내고 있는 말을 듣고 있었지만, 그의 짙은 눈썹은 차츰차츰 석탄처럼 반짝이고 있는 검은 눈 위로 처졌다.

"이제 말에게 물을 먹여야 할 때가 되지 않았소?"

코르네이는 병이 거의 비었을 때, 비로소 입을 열었다.

"자, 그럼 갑시다."

그는 주막 주인과 계산을 마치고 한길로 나왔다.

코르네이는 땅거미가 져서야 집에 도착했다.

맨 먼저 그를 맞이한 것은, 바로 그 하인이란 예프스치그네이였다.

코르네이는 그와 인사를 나누었다. 눈썹이 하얀 마른 체구의 예프스치그네이의 얼굴을 보고, '설마 이 남자와' 하는 듯이 고개를 저었다.

'저 늙어빠진 영감쟁이가 거짓말을 했군.'

그는 쿠지다가 하던 말을 떠올렸다.

'하지만 아직은 모를 일이야. 아무튼 두고 보자.'

쿠지마는 말 옆에 서서 곁눈으로 예프스치그네이를 눈짓으로 살피고 있었다.

"그러니까, 자네가 우리 집에서 살고 있단 말이지?"

코르네이가 물었다.

"예, 일을 해야 하니까요."

예프스치그네이가 대답했다.

"방의 페치카에 불은 지폈나?"

"그럼요, 다트베브 마님이 거기에 계신다고 했어요."

코르네이는 앞 계단으로 올라갔다. 그러자 아내 마르파가 목소리를 듣고 현관으로 쫓아 나왔다.

남편을 보자 얼굴이 새빨개지며 당황한 듯 애교스럽게 호들갑을 떨었다.

"어머님도 저도 목이 빠지게 기다리고 있었어요."

코르네이를 뒤따라, 그녀도 방으로 들어왔다.

"나 없는 동안 어떻게 지냈어?"

"여전하죠 뭐."

그녀는 옷자락을 잡아당기며 젖을 달라고 조르는 두 살 난 딸을 안아 올리며, 큰 걸음걸이로 성큼성큼 현관으로 나왔다.

그때 코르네이와 닮은 어머니가 슬리퍼를 신은 발을 끌면서 방안으로 들어왔다.

"그래, 잘 돌아왔다."

그녀는 떨리는 머리를 좌우로 흔들면서 말했다.

코르네이는 무슨 일로 돌아온 건지, 어머니에게 짧게 얘기하고, 쿠지마에게 돈을 주려고 발걸음을 돌렸다.

그가 현관문을 열자, 문 바로 옆에서 아내 마르파와 예프스치그네이가 바싹 붙어 서서 무엇인가, 얘기를 빠르게 주고받고 있었다.

그를 보자, 예프스치그네이는 후닥닥 마당으로 뛰어 내려가 버리고, 마르파는 마당이 있는 곳으로 가서 연통을 잡았다.

코르네이는 묵묵히 허리를 구부리고 있는, 그녀 옆을 지나 보따리를 마차에서 집어 들며, 쿠지마에게 차를 마시고 가라고 말했다.

코르네이는 모스크바에서 가지고 온 선물을 집안 식구들에게 나누어 주었다. 어머니에게는 실크 스카프, 딸 페지카에게는 그림책, 벙어리 조카에게는 조끼, 아내에게는 프린트 옷감 한 감이었다.

차를 마시는 동안도 코르네이는 불편한 얼굴로 묵묵히 앉아 있었다. 기뻐서 어쩔 줄 몰라 하고 있는 벙어리 조카를 쳐다보며 억지로 미소를 한번 지었을 뿐이었다.

그는 조끼를 선물 받은 것이 기뻐서 그것을 켰다 폈다 입었다 하다가, 코르네이를 향해 자기 손에 입을 맞추어 보이며 싱글벙글 웃었다.

차를 마시고 저녁 식사가 끝나자, 코르네이는 어린 딸과 함께 자는 침실로 갔다. 마르파는 설거지하느라고 주방에 남아 있었다. 코르네이는 혼자 탁자 앞에 앉아 턱을 괴고, 그녀를 기다리고 있었다.

아내에 대한 증오가 어지럼이 되어 그의 마음속에서 끓어오르기 시작했다. 그는 벽 선반에서 주판을 찾아내자, 호주머니에서 수첩을 꺼내 마음을 가라앉힐 심산으로 계산을 시작했다.

그는 계산을 하면서도 연신 문 쪽을 바라보며 식당에서 나는 소리에 주의를 기울였다.

몇 차례 주방 문이 열리며, 누군가가 현관으로 나가는 발소리를 들었지만, 마르파가 내는 소리는 아니었다.

이윽고 그녀의 발소리가 들리고 문이 열리더니 빨간 플라토크를 쓴 여전히 아름답고 혈색 좋은 그녀가 딸을 안고 들어왔다.

"먼 길 오느라 힘들었죠?"

그녀는 그의 어두운 안색을 알아채지 못한 듯 밝게 웃으면서 말했다.

코르네이는 그녀를 쳐다보고는, 아무 말도 하지 않고 다시 계산을 시작했다. 그러나 아무것도 계산할 것이 없었다.

"벌써 밤이 깊었어요."

그녀는 딸을 내려놓고 칸막이 뒤로 갔다.

그는 그녀가 잠자리를 챙기며 딸을 재우고 있는 소리에 귀를 기울였다.

'세상의 웃음거리가 되는 줄도 모르고……'

그는 쿠지마의 말을 떠올렸다.

'어디 두고 보자.'

그는 숨이 막히는 격렬한 마음으로 그렇게 생각하자, 천천히 일어나 몽당연필을 조끼 호주머니에 집어넣고 주판을 선반에 올려놓은 뒤 침실 문 쪽으로 다가갔다.

그녀는 성모상을 향해 서서 기도를 드리고 있었다. 그는 잠시 옆에 서서 기다렸다. 그녀는 잠시 성호를 긋고 고개를 숙인 뒤 속삭이듯 기도의 말을 외고 또 외웠다.

그에게는 그녀가 기도의 말을 다 외고 나서도 몇 번이나, 그것을 되풀이하고 있는 것 같았다. 드디어 그녀는 마지막으로 무릎을 꿇고 절한 뒤, 일어서서 입속으로 중얼중얼 기도의 말을 하며 남편을 향해 돌아섰다.

"이제 아가쉬키는 잠들었어요."

그녀는 딸을 가리키며 가볍게 웃으면서 침대 위에 걸터앉았다.

"예프스치그네이는 언제부터 와 있소?"

코르네이가 침실로 들어서면서 물었다.

그녀는 차분한 동작으로 숱이 많은 머리 한쪽을 어깨에서 가슴에 늘어뜨리고 손가락을 재빨리 놀려 풀기 시작했다.

그녀는 남편의 얼굴을 똑바로 바라보았다. 눈이 웃고 있었다.

"예프스치그네이 말인가요? 한 2, 3주일쯤 되었을 거예요."

"당신 그놈하고 관계를 갖고 있지?"

코르네이가 언성을 높여 단숨에 물었다.

그녀는 손에서 머리채를 놓았다가, 그 빳빳하고 숱 많은 머리채를 잡아 다시 땋기 시작했다.

"무슨 말도 안 되는 그런 소리를 하세요? 내가 예프스치그네이하고 관계를 갖고 있다뇨?"

그녀는 예프스치그네이라는 말에 힘을 주어 말했다.

"그런 터무니없는 말이 어디 있어요! 누가 당신에게 그런 말을 했어요?"

"어서 말해봐! 사실이야, 아니야?"

코르네이는 커다란 주먹을 불끈 쥐며 말했다.

"그런 쓸데없는 소리 하지 마세요. 그보다 어서 구두나 벗는 게 어때요?"

"어서 대답하지 못해!"

그가 연이어 소리치듯 말했다.

"기가 막혀서! 내가 예프스치그네이를 좋아한다고요? 누가 그 따위 거짓말을 하던가요?"

"아까 그놈하고 현관에서 무슨 말을 했지?"

"하긴 무슨 말을 해요? 통에 테를 둘러야 한다고 말했어요. 왜 그런 이상한 말씀을 하시는 거예요?"

"정말 그럴 거야! 사실대로 말하라고! 이 더러운 년!"

코르네이가 아내의 머리채를 덥석 움켜잡자, 그녀는 남편의 손에 잡힌 머리채에서 벗어나려고 아픔으로 얼굴을 찡그렸다.

"당신은 툭하면 사람을 때리려고 하죠. 그래, 당신이 그동안 나한테 뭘, 잘해준 게 있어서 그래요? 이렇게 살다 간, 나도 무슨 짓을 할지 몰라요."

"뭘, 어떻게 할 건데?"

그는 아내를 몰아붙이면서 말했다.

"왜 머리채를 잡아당겨요? 어머나, 이 머리카락 빠진 것 좀 봐. 어쩌자고 이렇게 지긋지긋하게 구는지 모르겠어. 도대체 내가 당신하고 왜 살아야 하는지."

그녀가 미처 말을 끝내기도 전에, 코르네이는 아내의 팔을 잡고 침대에서 단숨에 끌어 내려, 머리며 옆구리며, 가슴을 때리기 시작했다.

그가 때리면 때릴수록 그녀에 대한 가슴속의 증오는 더욱더 불타올랐다. 그녀는 고함을 지르며 달아나려고 몸부림쳤지만, 남편은 그녀를 놓아주지 않았다.

딸이 잠에서 깨어, 어머니에게 매달렸다.

"엄마!"

딸이 울며 소리쳤다.

코르네이는 어린 딸의 팔을 사정없이 움켜잡아 제 어머니한테서 떼어놓더니, 새끼 고양이처럼 한쪽 구석에다 내동댕이쳤다. 이에 딸아이는 외마디 소리를 지르고는 아무 소리도 내지 못했다.

"이 악마가 얘를 죽이려고 해!"

마르파는 소리치며 일어나서 딸 쪽으로 가려고 했다.

그러나 그가 다시 그녀를 붙잡아 명치를 후려쳤기 때문에, 그녀는 나무처럼 나자빠져서 소리를 그쳤다. 딸아이가 다시 깨어난 듯 날카롭게 울기 시작했다. 방안은 순식간에 난장판이 되었다.

그때 노모가 머릿수건도 쓰지 않고 백발을 풀어헤친 채 고개를 떨며 방안으로 들어와서, 아들과 며느리는 쳐다보지도 않고 소리치며 우는 손녀에게 다가가서 힘겹게 안아 올렸다.

코르네이는 괴로운 숨을 토하며, 마치 금방 잠에서 깨어, 자기가 지금 어디에 누구와 같이 있는지도 모르는 듯 주위를 둘러보며 멍하니 서 있었다.

마르파는 고개를 들고 신음하면서 피투성이가 된 얼굴을 옷소매로 닦으며 소리쳤다.

"이 악마! 그렇다. 네 말처럼 난 예프스치그네이하고 정을 통하고 있고 전에도 그랬어! 자, 어디 죽여 봐! 아가쉬카도 당신 딸이 아니야, 그 사람 딸이야!"

그녀는 빠르게 내뱉듯이 말하고는, 또다시 맞을 줄 알고 팔꿈치로 얼굴을 가렸다.

그러나 코르네이는 뭐가 뭔지, 아직도 모르겠다는 듯이, 그저 한숨만 거칠게 내쉬며 두리번거릴 뿐이었다.

"이 아이를 좀 보렴, 팔을 다 부러뜨리다니!"

노모는 아직도 큰 소리로 울고 있는 손녀의 팔이 빠져서 덜렁거리는 것을 그에게 들이밀면서 말했다.

코르네이는 홱 돌아서서 현관 계단 쪽으로 걸어갔다.

바깥은 여전히 꽁꽁 얼어붙어 있는 음산한 날씨였다. 눈송이가 날아올라 볼이며, 이마 위에 떨어졌다.

그는 계단에 앉아 난간 위의 눈을 쓸어 한 줌 입안에 털어 넣었다. 문 뒤에서는 마르파의 신음과 딸아이가 애처롭게 우는 젖은 소리가 들려왔다.

이윽고 현관문이 열리더니 노모가 딸을 안고 방에서 나와, 현관을 지나서 식당 쪽으로 가는 소리가 들렸다.

그는 일어서서 거실로 들어갔다. 심지를 줄인 램프가 탁자 위에서 가물거리고, 칸막이 뒤에서는 그가 들어옴과 동시에 더 커진 마르파의 신음이 거칠게 들려왔다.

코르네이는 말없이 옷을 걸쳐 입고 소파 밑에서 트렁크를 꺼내, 그 속에 자기의 물건들을 주섬주섬 챙겨 넣고 끈으로 잡아맸다.

"왜, 그래요? 왜! 내가 도대체 무슨 짓을 했다고……"

마르파가 애처로운 목소리로 울부짖었다. 코르네이는 대꾸도 하지 않고 트렁크를 들고 문 쪽으로 갔다.

"이 나쁜 놈! 넌 악마야! 어디 두고 봐, 천벌을 받게 될 테니까!"

그녀는 전혀 딴 목소리로 앙칼지게 쏟아냈다.

코르네이는 아무런 대답도 하지 않고, 벽이 흔들릴 정도로 힘껏 발로 차서 문을 닫았다.

주방으로 들어가면서 코르네이는 벙어리 조카를 깨워 썰매를 준비하라고 일렀다. 무거운 목소리에 조카는 잠이 깨지 않아 어리둥절한 표정으로 주위를 둘러보면서 두 손으로 머리를 긁었다.

그러다가 코르네이의 말을 겨우 이해한 듯 서둘러 일어나 펠트 장화를 신고 누더기 반코트를 걸쳤다.

그리고 등불을 들고 황급히 마당으로 나갔다.

코르네이가 벙어리 조카와 함께 조그만 썰매를 몰고 대문을 나와 간밤에 쿠지마와 함께 돌아왔던 그 길을 되돌아갔을 때는, 이미 날은 훤히 밝고 있었다.

첫차 출발 5분 전에, 그는 겨우 역에 닿았다. 벙어리 조카는 그가 표를 사서 트렁크를 들고 황급히 기차에 올라타는 모습을 지켜보고 있다가 기차가 보이지 않을 때쯤, 그에게 고개를 숙여 인사를 했다.

마르파는 얼굴에 입은 상처 외에 갈빗대가 부러지고 머리가 깨졌다. 그러나 젊고 건강한 그녀는 반년도 못 가서 완전히 회복하여 상처 하나 남지 않았다. 그러나 딸은 반병신이 되고 말았다. 팔뼈가 두 군데나 부러져 팔이 굽어버린 것이다.

코르네이가 떠나 버린 뒤로 그의 소식을 아는 사람은 아무도 없었다. 그가 살았는지, 죽었는지조차도 그의 행방은 묘연하여, 감감무소식이었다.

그로부터 어느덧 17년이 흘렀다. 어느 늦은 가을날, 해가 짧아져서 오후 4시인데도 주위가 어둑어둑했다.

안드레예바 마을의 가축들이 축사로 돌아가고 있었다. 계약기간이 끝난 목동들은 일을 마치고 사순절이 시작되기 전에 떠나버렸기 때문에, 지금은 아낙네며 아이들이 가축을 몰고 있었다.

가축 무리는 귀리를 베어낸 빈 밭을 지나, 먼지가 풀썩풀썩한 발굽 자국과 수레바퀴 자국으로 푹푹 패인 흙길로 나오자, 끊임없이 울음소리를 내며 마을 쪽으로 몰려가고 있었다.

가축 무리 바로 앞, 길 위에 비바람에 바래 검게 된 외투를 입고 넓은 모자를 쓰고 구부정한 등에 가죽 자루를 걸머진 키 큰 늙은이가 걸어가고 있었다. 허연 턱수염에 곱슬곱슬한 머리털까지 흰데, 눈썹은 검었다.

그는 축축하게 젖고 다 해진 장화를 신은 발을 질질 끌면서 힘겹게 한 발짝 한 발짝 떡갈나무 지팡이에 의지해 걷고 있었다. 뒤에서 가축 떼가 따라붙자, 그는 지팡이에 의지하여 걸음을 멈춰 섰다.

무명베로 머리를 감싸고 치맛자락을 걷어 올린 몸가짐으로 남자 장화를 신고 가축을 몰고 있는 앳된 처녀가 빠른 걸음으로 무리에서 뒤처지는 양들을 부지런히 몰면서 이쪽저쪽으로 뛰어다니고 있었다.

늙은이의 옆에 오자, 그녀는 걸음을 멈추고 노인을 쳐다보았다.

"안녕하세요, 할아버지?"

그녀가 낭랑하면서도 부드러운 목소리로 말을 걸어왔다.

"아, 아가씨도 안녕하시오."

늙은이도 대답했다.

"오늘 밤, 이 마을에서 묵으실 거예요?"

"글쎄! 피곤하긴 한데."

늙은이는 피곤한 목소리로 말했다.

"그런데 할아버지, 순경한테는 찾아가지 마세요."

여자가 친절하게 말했다.

"저의 집으로 오세요, 이쪽 끝에서 세 번째 집이에요. 저희 시어머님은 부담 없이 나그네들을 재워 주세요."

"세 번째 집이라면, 그 지노베예프 씨네 댁 말이오?"

늙은이는 뭔가 생각나는 게 있는 듯이 눈썹을 꿈틀거리며 말했다.

"아니, 저의 집을 아세요?"

"옛날에 들른 적이 있소."

"얘, 페주시카! 왜 그러고 있어? 저 절름발이 한 마리가 뒤처졌잖아!"

그녀는 가축 떼 뒤에 다리가 하나 없는 양을 가리키면서 소리쳤다. 그러자 여자는 오른손으로 나뭇가지를 휘두르며 굽은 왼손으로 머리 위에 쓴 무명베를 누르더니, 뒤처진 까만 양을 뒤쫓아 뛰어갔다.

지금의 이 늙은이는 코르네이였고, 젊은 여자는 17년 전에, 그가 팔을 부러뜨린 바로, 그의 딸 아가쉬카였다.

그녀는 가야에서 십 리 떨어진 안드레예바 마을의 부잣집으로 시집온 것이었다.

젊은 날 건장하고 돈 많고 자존심이 강했던 코르네이 바실리예프는 오랜 떠돌이 생활로, 지금은 완전히 몰락하여 몸에 걸치고 있는 해진 옷과 병적 증명서, 봇짐 속의 속옷 두 벌 외에는 아무것도 없는 늙은 거지 신세가 되어 있었다.

이와 같은 삶의 모습은 모두 조금씩 일어난 변화이었기 때문에, 그 자신도 언제 시작되어 왜 이렇게 되어버렸는지 말할 수 없을 것이다.

오직 한 가지, 그가 알고 있는 확신은 자신이 굳게 믿고 있는 것이 있다면, 그것은 지금의 불행이 아내의 부정에 있다는 것이었다.

그는 지난날의 일을 생각하면, 뭔가 이상야릇하고 가슴이 아픈 느낌이 들었다. 그리고 그 일을 생각할 때마다, 자기가 지내온 17년 동안 겪은 모든 불행의 제공자인 아내에 대한 증오가 끓어올랐다.

그는 아내를 때린 날 밤, 곧바로 숲을 판다는 지주한테 갔다. 하지만 뜻대로 숲을 사지 못했다. 이미 팔려 버린 뒤였다. 그래서 빈손으로 모스크바로 돌아가 분노의 위안으로 술을 마시기 시작했다.

그는 전에도 술을 마시기는 했지만, 이번에는 두 주일 동안을 거의 취해 있었다. 그리고 가까스로 정신을 가다듬고 남쪽 지방으로 가축을 사러 떠났다. 하지만 그는 물건을 잘못 사서 큰 손해를 입었다. 그는 다시 갔지만,

두 번째 물건도 실패했다.

그리하여 1년이 지나는 동안, 그가 가지고 있던 3천 루블은 25루블밖에 남지 않게 되어 생활을 유지하기 위해서는 고용살이하지 않으면 안 되게 되었다. 전에도 술을 마셨지만, 더욱 습관처럼 자주 마시게 되었다.

처음 1년 동안은 가축 상의 점원으로 지냈으나, 장삿길에 술을 마셔 취하는 바람에 허고당하고 말았다.

다음에는 먼 친척의 주선으로 술집에서 일하였지만, 오래 있지 못했다. 계산을 잘못해 주인에게 큰 손해를 끼친 후 쫓겨난 것이다. 그렇다고 집으로 돌아가는 것은 창피하기도 하고, 아내에 대해 원망하는 마음이 떠나지 않고 있었다.

'내가 없어도 그것들은 잘살고 있어. 어쩌면 아들 녀석도 내 자식이 아닐지 몰라.'

그렇게 그는 원망하고 있었다.

모든 일이 뜻대로 되어주지 않았다. 술 없이는 하루도 살아갈 수 없었다. 남의 집 점원으로도 들어가지 못하게 되자 목동으로 들어갔지만, 그곳에도 오래 붙어 있지 못했다. 하는 일마다 안 되면 안 될수록 그는 더욱더 아내를 미워하며, 그녀에 대한 원망은 깊어만 갔다.

마지막으로 그는 목축업을 하는 집의 목동으로 들어갔다. 그런데 운이 나쁘게도 가축이 병이 들고 말았다. 코르네이에게 책임이 있는 것이 아니었는데도, 주인은 화를 내며 점원과 그를 내쫓았다. 이제는 어디에도 일할 곳이 없었다.

코르네이는 방랑의 길을 떠나기로 굳게 마음먹었다. 그는 장화와 가죽 배낭을 구하고 차와 설탕과 8루블의 돈을 여행비로 지니고 키예프로 갔으나, 그의 마음에 들지 않아서, 다시 카프카스 지방의 노브이 아흔으로 갔다.

하지만 노브이 아흔에 도착하기도 전에, 그는 열병에 걸리고 말았다. 그러자 갑자기 몸까지 쇠약해졌다.

돈은 1루블 남짓밖에 남지 않은 데다, 아는 사람이라곤 한 사람도 없었다. 그래서 그는 고향집으로 갈 것을 결심했다.

'어쩌면, 그 여편네도 지금쯤은 죽었겠지. 그렇지 않고, 아직도 살아있다면 내가 그 여편네 때문에, 지금까지 어떤 고생을 겪어야 했는지 얘기라도 해야겠어.'

이렇게 마음먹고 고향으로 돌아온 것이다.

열병은 하루가 멀다고 그를 괴롭혔다. 그는 날이 갈수록 쇠약해져서 하루에 10리 그 이상은 걸을 수 없게 되었다. 아직 집까지 백 리나 남은 곳에서 돈이 한 푼도 없이 떨어지고 말았다. 하는 수 없이 구걸을 하면서 그곳 마을 순경이 주선해 주는 데서 묵곤 했다.

'이제, 네년이 나를 어떻게 만들어 놓았는지 똑똑히 보여 줄 테다!' 하고 그는 아내를 생각할 때마다 버릇처럼 힘없는 손으로 불끈 주먹을 쥐었다. 그러나 때릴 상대도 없고, 그 주먹에 힘도 없었다.

두 주일 걸려 그는 백 리 길을 걸었다. 그리하여 병들어 허약한 몸을 이끌고 힘겹게 마을 입구까지 왔다. 그리고 자기가 팔을 부러뜨린 아가쉬카를 만난 것인데, 아버지도 딸을 알아보지 못하고, 딸도 아버지를 알아보지 못한 것이다.

그는 아가쉬카가 하라는 대로 할 수밖에 없었다. 지노베예프의 집에 가서 하룻밤 묵어가게 해달라고 청했고, 그들은 허락했다.

방에 들어서면서, 그는 언제나 하듯이 성상을 향해 성호를 긋고 주인과 인사를 나누었다.

"얼마나 추우실까, 영감님! 이쪽으로 오세요. 페치카 옆으로 오세요."

탁자 위를 치우고 있던 주름투성이의 노파가 말했다.

젊은 농부인 아가쉬카의 남편은 탁자 옆의 긴 의자에 앉아 램프를 손질하고 있었다.

"옷이 젖기까지 하셨군요, 영감님! 자, 어려워하지 마시고 옷을 벗어 말리세요!"

젊은 농부의 말대로 코르네이는 윗도리와 장화를 벗고 발을 페치카 앞으로 내밀고 위로 기어 올라갔다.

그때 주전자를 든 아가쉬카가 방으로 들어왔다. 그녀는 벌써 가축 떼를 몰아넣고 그 뒤치다꺼리를 다 마치고 들어온 것이다.

"낯선 영감님 한 분 오지 않았어요? 우리집으로 오시라고 일러냈는데요."
그녀가 물었다.

"저기 계시잖아."

그녀의 남편이 뼈만 앙상한 두 다리를 문지르면서 코르네이가 앉아 있는 페치카 위를 가리키며 말했다.

그들은 코르네이를 차 마시는 자리로 오도록 불렀다. 그가 페치카에서 내려와 의자 끝에 가서 앉자, 그에게 찻잔과 설탕이 주어졌다.

이야기는 요즘 날씨며 가을걷이로 이어졌다. 보리농사가 시원치 않아 땅주인의 보리는 들판에 쌓아둔 채 싹이 나기 시작했으며, 그 원인은 기후 탓으로 나르려고 하면 비가 내려 작업이 늦어졌으나, 다행히 농부네 것은 다 날라 들였지만, 땅 주인네 것은 밭에서 다 썩어버렸으며, 들쥐들이 그 속에 다 새끼까지 치고 있다는 것이었다.

코르네이는 도중에 보릿가리가 잔뜩 널려 있는 들판을 보았다고 말했다. 새색시는 누르스름해진 옅은 차를, 다시 따라 그에게 권했다.

"할아버지, 사양 마시고 한 잔 더 드세요."

머뭇거리는 그에게 새색시가 말했다.

"팔은 어쩌다 그렇게 됐소, 색시?"

그는 가득 찬 찻잔을 그녀에게서 조심스럽게 받아 들고 눈썹을 꿈틀거리면서 물었다.

"아주 어렸을 적에 이 애의 아버지가 죽이려다가 이렇게 되었답니다."

수다스러운 시어머니가 말을 거들었다.

"그건 왜요?"

코르네이가 물으며 새색시의 얼굴을 살피듯 쳐다보았다. 그러자 그의 기억 속에서 돌연 파란 눈의 어린 예프스치그네이 벨르이가 되살아났다.

찻잔을 들고 있던 손이 떨려, 그는 찻잔을 탁자까지 가져가기도 전에 차를 반 넘게 엎질러 버렸다.

"이 아이의 아버지는 코르네이 바실리예프라고 하는 가야 마을 사람이었는데, 돈이 많았지요. 그런데 자기 마누라를 화가 나서 두들겨 패고는 이 아이까지 이렇게 병신을 만들어 버린 거예요."

코르네이는 검은 눈썹을 쉴 새 없이 꿈틀거리면서 말을 잃은 채 아가쉬카와 그녀의 남편을 번갈아 가며 쳐다보고 있었다.

"무슨 일 때문에 화가 났는데요?"

그가 설탕을 힘껏 깨물면서 물었다.

"그걸 누가 알겠어요. 마을 여자들 사이에는 곧잘 뜬소문이 나기 마련이잖아요. 뭐, 그 집 하인 때문에 이러쿵저러쿵 하면서 말이에요. 그 하인이란 사람은 좋은 사람이었는데, 우리 마을 출신이었지요. 그 집에서 오래 전에 죽어버렸지만."

"죽었다구요?"

코르네이는 되물으면서 마른 기침을 했다.

"죽은 지 오래됐어요. 우리는 그 집에서 며느리를 데려온 거죠. 잘 살았어요. 마을에서 첫손가락에 꼽혔으니까, 주인이 살아 계실 동안은 말예요."

"그래, 그 아버지는 지금 어떻게 됐습니까?"

"보나 마나 죽었겠죠. 그 뒤로 온데간데없이 사라졌으니까요. 벌써 십오 년이나 지났는걸요."

"더 될 거예요, 제가 막 젖을 뗐을 때라고 어머니가 말했어요."

"그래 색시는 아버지를 원망하지는 않소, 팔을 그렇게 만들었는데……."

코르네이는 그렇게 말하다가 갑자기 목이 잠겼다.

"어디 남인가요? 제 아버지인걸요. 자, 더 드세요, 속이 훈훈하게. 더 따라 드릴까요?"

코르네이는 대답도 하지 않고 흐느꼈다.

"왜 그러서요, 할아버지?"

"아무것도 아니오. 난, 이만 자러 가겠소!"

코르네이는 떨리는 손으로 기둥과 발판을 붙잡고, 길고 앙상한 다리를 끌면서 다시 페치카 위로 기어 올라갔다.

"별난 노인네야!"

할머니는 아들에게 늙은이 쪽을 눈짓하면서 말했다.

이튿날 코르네이는 누구보다 일찍 일어났다. 그는 페치카에서 기어 내려와 바싹 마른 발싸개를 비벼 부드럽게 했다. 그리고 간신히 딱딱한 장화를 신고 바랑을 어깨에 짊어졌다.

"아니, 영감님! 아침 밥이나 자시고 가시지 않고!"

할머니가 말했다.

"고맙지만, 가 봐야겠습니다."

"그럼, 어저저녁에 먹다 남은 과자라도 가지고 가세요. 바랑 속에다 넣어 드릴 테니 말입니다."

코르네이는 고맙다는 인사를 하고 작별했다.

"돌아가실 때 생각이 있으시면 들르시구려. 그럼 잘 가시우."

바깥에는 모든 것을 뒤덮을 듯 짙은 가을 안개가 자욱이 끼어 공기가 젖어 있었다.

그러나 코르네이는 길을 훤히 알고 있었다. 내리막이나 오르막길, 길가의 하나하나의 덤불, 버드나무 가로수까지 모두 기억하고 있었다.

지난 17년 동안, 어떤 것은 베어져 묵은 등걸에서 새순이 자라기도 하고, 또 다른 어떤 것은 어린나무가 고목이 되어 있기도 했지만, 가야 마을은 예나 조금도 다름이 없었다.

마을 변두리에 전에는 없었던 새집이 몇 채 들어서 있을 뿐이고, 목조집은 벽돌집으로 개조되어 있었다.

그의 돌집은 조금 헐었을 뿐 옛날 모습 그대로였다. 양철지붕은 오랫동안 칠을 하지 않은 데다 한쪽 모퉁이가 헐려 있고 계단은 무참히 기울어져 있었다.

자신의 옛집으로 다가갔을 때, 낡은 대문에서 망아지를 거느린 암말이 얼룩 털의 늙은 말과 건강한 망아지가 함께 나왔다.

얼룩 털의 늙은 말은 코르네이가 집을 떠나기 1년 전에 시장에서 사 왔던 암말과 닮아 있었다.

'아마 그때 뱃속에 들어 있었던 그놈이겠지. 저 처진 엉덩이 하며 넓은 가슴패기, 털북숭이 다리, 모든 것이 똑같아.'

그는 그때의 기억을 떠올렸다.

말들은 검은 눈의 아이가 물을 먹이러 몰고 가는 중이었다.

'저 애는 틀림없이 페지카의 아들, 내 손주 놈이 틀림없어. 검은 두 눈이

똑같은 걸 보니.'

아이는 낯선 늙은이를 잠시 바라보다가 먼지 속을 뛰어다니기 시작하는 망아지 뒤를 쫓아갔다. 그러자 아이의 뒤를 따라 옛날에 기르던 볼초크와 닮은 검은 개가 달려갔다.

'저건 볼초크인가?'

그는 한순간 생각했지만, 문득 그 개는 벌써 스무 살일 거라는 생각이 떠올랐다.

그는 현관으로 다가가, 옛날에 그가 앉아 난간의 흰 눈을 집어삼켰던 계단을 힘겹게 올라가 현관문을 열었다.

"누가 남의 집에 함부로 들어오는 거예요?"

여자의 목소리가 안에서 들려왔다. 그는 그 목소리를 알아들었다.

그와 동시에 삐쩍 마르고 힘줄이 불거진 주름투성이의 할멈이 문에서 얼굴을 내밀었다.

코르네이는 자기를 배신했던, 지난날의 그 젊고 아름다운 마르파를 상상하고 있었다. 그는 그녀를 증오하며 마음껏 욕해 줄 생각이었는데, 그의 앞에 나타난 것은 생각지도 않던 한 노파였다.

"동냥하려면 창문 밑에서 하면 될 텐데."

그녀는 귀청을 찌르는 듯 날카로운 목소리로 말했다.

"난 거지가 아닐세."

코르네이가 말했다.

"도대체 무슨 일로 왔어요, 또 무슨 볼일이 있어서?"

그녀의 몸이 갑자기 굳어졌다. 코르네이는 그녀의 표정으로 자기를 알아보았으리라고 생각했다.

"당신 같은 사람, 정말 지긋지긋해. 어서 가요. 썩 꺼져버려요!"

코르네이는 벽에 등을 기대고 지팡이에 의지한 채, 다시 그녀를 바라보았다. 그러자 놀랍게도 자신의 마음속에 그토록 오랜 세월 동안 품어왔던 그녀에 대한 증오가 한순간에 사라지면서, 심약한 감정이 가슴에 차오르는 것을 느꼈다. 격정의 한순간이었다.

"이봐요, 마르파! 우린 이제 얼마 살지 못해."

"저리 가요, 가버리라니까!"

그녀는 빠른 말로 표독스럽게 소리쳤다.

"할 말은 그것뿐이오?"

"그래요, 무슨 할 말이 더 있다고! 썩 꺼져버려! 당신처럼 고약한 비렁뱅이는 꼴도 보기 싫으니까."

그녀는 집 안으로 들어가서 문을 쾅 닫아버렸다.

"뭘, 그렇게 야단이세요?"

그때 젊은 남자의 목소리가 들리면서 허리춤에 도끼를 꽂은 농부가 모습을 나타냈는데, 그는 40년 전의 코르네이를 똑 닮아 있었다. 다만, 몸매가 조금 작고 말랐을 뿐, 검은 눈은 젊은 시절의 그와 똑같았다.

젊은이는 17년 전에 그가 그림책을 사주었던 아들 페지카였다. 그가 늙은 거지를 동정하지 않는 어머니를 나무라고 있었다. 그의 뒤를 따라 허리춤에 도끼를 꽂은 벙어리 조카도 나왔다.

이제는 의젓한 어른이 되어 제법 듬성듬성 난 턱수염까지 기르고, 긴 목에 날카로운 눈매, 얼굴에는 주름살이 잡힌 건장한 사내로 변해 있었다.

젊은 두 농부는 막 아침 식사를 끝내고 밭으로 가려던 참이었다.

"잠시 기다리세요, 할아버지."

하고 페지카는 말한 뒤, 벙어리 조카에게 눈짓으로 늙은이를 가리킨 다음 거실을 가리키더니, 빵 써는 시늉을 손짓으로 해 보였다.

그런 다음 페지카는 대문 밖 길로 나가고 벙어리 조카는 다시 집 안으로 들어갔다.

코르네이는 말없이 고개를 푹 숙이고 벽에 기댄 채 지팡이를 의지하고 서 있었다. 이제 그는 완전히 마음이 약해져서 복받쳐 오르는 오열을 가까스로 참고 있었다.

벙어리 조카는 집 안에서 방금 구워 향기로운 흑빵을 들고나와 성호를 긋고, 코르네이에게 건넸다.

코르네이가 빵을 받아 들고 역시 성호를 그었을 때, 벙어리는 집 문을 향해 두 손으로 얼굴을 매만지면서 침을 뱉는 시늉을 했다.

그는 그런 표정으로 숙모에 대한 불만을 표시한 것이다. 그러더니 그는 넋을 잃고 입을 벌린 채, 마치 알아보기라도 한 듯이 코르네이를 유심히 쳐다보았다.

코르네이는 더 이상 눈물을 참을 수가 없었다. 그는 외투 자락으로 눈이며 코, 턱수염을 가리면서 얼굴을 돌리고 현관 계단으로 발걸음을 향했다.

비로소 그는 어떤 독특한 감동과 기쁨을 느끼며 자기의 아들과 세상 사람들에 대한 겸양과 비하의 감정에 사로잡혔는데, 그 감정이 달콤하고도 씁쓸하게 그의 마음을 자극했다.

마르파는 창문으로 늙은이가 집 모퉁이로 자취를 감춘 것을 확인하고서야 안도의 한숨을 지었다.

마르파는 늙은이가 떠나 버리자, 베틀에 앉아 베를 짜기 시작했다. 그러나 솟구치는 분노와 슬픔으로 열 번도 더 북을 내동댕이치려고 했지만, 손이 움직이지 않았다.

그녀는 일손을 멈추고 조금 전에 만난 그 노인이 남편이라는 것을 알고 있었다.

지난날 자기를 그렇게 두들겨 패기는 했지만, 그래도 전에는 자기를 사랑해 주었던 바로, 그 사람에 대해 생각하며 옛일을 회상하기 시작했다.

그녀는 자기가 한 행위에 대해 두려워졌다. 자신이 취한 태도는 너무나 잘못되어 있었다고 후회하기 시작했다.

그렇다면, 도대체 그를 어떻게 대했어야 했단 말인가? 그 늙은이는 자기가 코르네이라는 것도, 집에 돌아왔다는 것도 말하지 않았지 않은가!

그녀는 다시 북을 들고 해가 질 때까지 계속 베를 짜는 것으로 용서를 빌었다.

한편, 코르네이는 저녁 무렵이 다 되어서 겨우 안드레예바 마을에 도착해 지노베예프의 집을 다시 찾았다. 그들은 전날과 마찬가지로 흔쾌히 늙은 걸인을 맞이했다.

"아니, 할아버지, 아직도 떠나지 않으셨어요?"

"그래 가지 못했소. 너무 몸이 쇠약해져서 가다가 할 수 없이 돌아왔지요. 하룻밤 묵게 해주시겠습니까?"

"어서 올라오셔서 몸부터 말리세요"

코르네이는 밤새도록 열병에 시달리다가 새벽녘에야 겨우 잠이 들었다. 눈을 떴을 때 사람들은 모두 일터로 나가고 집안에는 아가쉬카 혼자 남아 있었다.

그는 노파가 깔아 준 외투 위에 누워 있었다. 아가쉬카가 페치카에서 빵을 꺼내고 있는 모습이 눈에 띄었다.

"색시, 이쪽으로 와 주겠소"

그가 힘없는 목소리로, 그녀를 불렀다.

"잠깐만 계세요, 할아버지. 뭐 마실 것이라도 드릴까요,"

그녀는 빵을 뒤집어 놓으면서 말했다.

그는 아무 말도 하지 않았다.

그녀는 빵을 다 뒤집어 놓고 나서 엽차 한 잔을 들고 그에게 다가왔다.

코르네이는 그녀 쪽을 쳐다보지도 않고, 엽차를 마시려고도 하지 않았다. 어두운 그림자처럼 반듯이 누워서 꼼짝도 하지 않고 말하기 시작했다.

"가사!"

그가 나직한 목소리로 말했다.

"드디어 마지막이 온 것 같구나. 난 이제 죽는다. 부디 나를 용서해다오."

"그게 무슨 말씀이세요? 할아버지는 저에게 하나도 나쁜 짓을 하지 않으셨어요."

그는 잠시 잠자코 있었다.

"한 가지 부탁이 있는데, 부디 어머니에게 가서 말해다오. 그 떠돌이 영감이, 그 어제의 그 떠돌이 영감이 부디……."

그는 훌쩍거리기 시작했다.

"그럼, 저의 집에도 가셨어요?"

"그래, 내 말 좀 전해다오. 어제 그 떠돌이 영감이 말이다."

또다시 그는 목이 메어 말을 잊지 못하다가 마지막 힘을 토해 내며 말을 마쳤다.

"용서를 빌러 찾아온 거라고……."

이렇게 말하고, 그는 자기 가슴을 힘겹게 더듬었다.

"꼭 전해드릴게요, 할아버지. 그런데 뭘 찾으세요?"

늙은이는 아무 대답도 하지 않고 앙상한 손으로 품 안에서 종이 한 장을 꺼내 그녀에게 건넸다.

"이것을 주어라, 내 병적증명서다. 아, 이제야 정말 마음놓고 죽을 수 있게 됐구나."

노인의 얼굴에 희미한 밝은 표정이 떠올랐다. 눈은 천장을 응시한 채 그는 미동도 하지 않았다.

"촛불을!"

그는 입술을 움직이지 않고 말했다.

아가쉬카는 즉시 노인의 뜻을 깨닫고 성상에서 반쯤 타다 남은 양초에 불을 켜 그에게 건넸다. 그는 그것을 굵은 손가락으로 잡았다.

아가쉬카가 그의 병적증명서를 서랍 속에 넣어 놓고, 다시 그의 옆으로 왔을 때, 촛불은 그의 손에서 떨어져 있었다. 이미 두 눈은 감겨 있었고, 숨결도 멎어 있었다.

아가쉬카는 성호를 긋고 깨끗한 수건으로 그의 얼굴을 덮어주었다.

한편, 그날 밤 마르파는 한숨도 자지 못하고, 걸인으로 찾아온 늙은 남편을 생각하며 밤을 밝혔다.

날이 새기가 바쁘게 그녀는 겉옷을 걸치고 어제의 늙은이를 찾아 나섰다.

그 늙은이가 안드레예바 마을에 머물고 있다는 것을 알았다.

마르파는 울타리에서 지팡이로 쓸 나뭇가지를 뽑아 들고 안드레예바 마을로 갔다. 걸음을 재촉하면 재촉할수록 점점 두려워지기 시작했다.

'이제 그 사람과 화해하자, 그리고 집으로 그를 데리고 돌아와 서로의 죄를 용서하자. 그이를 제 집의 아들 앞에서나마 죽게 해주어야지.'
하고, 그녀는 걸음을 재촉하고 있었다.

마르파가 딸네 집으로 가까이 가자, 사람들이 모여 있는 것이 보였다. 어떤 사람들은 현관에, 또 어떤 사람들은 창문 밑에서 서성거리고 있었다.

이 사람들 모두는 40년 전에 떵떵거리며 살았던 이름난 부자 코르네이 바실리예프 그 사람이 거지 신세로 딸네 집에서 죽었다는 것을 알고 모여든 것이었다.

마르파가 집 안으로 들어가려고 하자, 사람들은 그녀에게 길을 비켜 주었다. 그녀는 성상 밑에 염포를 씌워 놓은 한 주검을 보았다.

필립 코이치가 사제가 목청을 높여 슬라브어로 시편을 읽고 있었다.

이제는 용서할 수도 용서를 빌 수도 없었다. 코르네이의 엄숙하고 평화로운 죽은 얼굴에서는, 그가 모든 것을 용서한 것인지, 아니면 아직도 화를 내는 것인지는 알 수 없는 어둠의 세계에 갇혀 있었다.

이것이 그의 마지막 귀향이었다.

광인狂人

여관에 도착하자, 나는 날씨가 너무 더워서 잠시 휴식을 갖기 위해 발코니에 나가 앉았다.

뙤약볕에 달궈진 길이 바로 눈앞에 실처럼 뻗어 있는 것이 보였다. 그 외로운 길은 산자락을 가느다란 나선형으로 휘감고 녹아내리고 있었다.

빨간 끈으로 장식된 몇 필의 노새가 방울 소리를 울리면서 술통을 싣고 조심스럽게 걸음을 옮기고 있었다. 그 느릿한 행렬이 마주 달려온 역마차에 잠시 흐트러졌다.

역마차 마부가 채찍을 힘껏 휘두르며 큰소리를 치자, 노새 행렬은 바위투성이의 산기슭 쪽으로 몸을 바싹 붙였고, 술통을 운반하는 마부들이 욕설을 퍼부었으나, 역마차는 뽀얗게 일어나는 먼지 속을 벗어나 내가 앉아 있는 발코니 바로 아래에서 멈춰 섰다.

마부가 마차에서 내려 말을 풀기 시작했다. 그때 근위병 모자를 쓴 뚱뚱한 여관 주인이 달려 나와 마차 문을 열자, 마부석에서 자고 있던 하인이 깜짝 놀라 눈을 뜨고 기지개를 켜며 마차에서 내려오기도 전에, 뒤쪽에 신분이 높은 분에게 두어 번 인사했다.

'저렇게 마부석에서 잠을 자고 기분 좋게 기지개를 켤 수 있는 자라면 러시아 사람이 분명해.'

그렇게 생각한 나는, 그 남자의 얼굴을 자세히 눈여겨보았다.

먼지 때문에 갈색이 된 노란 머리, 얼굴 중간에서 콧수염과 맞붙어버린 구레나룻, 그 밖의 행동에서 보이는 특징이 틀림없이 탐보프 지방이나 시베리아 지방 출신이 틀림없다는 결정적인 확신을 나에게 주었다.

아무리 어리석다고 생각해도, 먼 타국에서 뜻밖에 동포를 만나면, 먼저 반가운 마음이 앞선다.

잠시 뒤에 마차 안에서 혈색 좋고 밝고 건강해 보이는 얼굴의 남자가 내려왔는데, 그 표정에는 전혀 걱정거리가 없고, 약간 신경이 둔한 면을 보이고 있었다.

끈 달린 승마용 안경을 걸친 그는 좌우를 번갈아 둘러본 뒤 어린아이처럼 들뜬 목소리로, 마차 안의 동행자에게 목소리를 높였다.

"야! 정말 좋은 곳입니다, 아니, 멋진 곳이에요! 바로 이곳이 이탈리아로군요. 보십시오, 하늘이 저렇게 맑고 푸르다니! 꼭 사파이어 같아요! 진짜 이탈리아에 온 겁니다!"

"자네는 이미 그 말을 여섯 번이나 했어!"

마차 안에서 그의 동행자는 천천히 밖으로 내리면서 지친 듯 신경질적인 목소리로 말했다.

그 동행자는 상대방보다 나이가 훨씬 많은, 다소 마른 체형의 키 큰 남자였다.

몸 전체를 통일된 복장으로, 연한 초록색 외투에 삼베 모자를 쓰고, 금발인 머리는 먼지가 내려앉아 하얀 데다가, 생기 없는 눈이 눈썹에 가려있어 병적으로 보이는 얼굴은 창백하다기보다는 황록색이라고 하는 게 더 나을 것 같았다.

그 가련한 모습의 남자는 경탄과 만족의 표정을 보이지 않고, 말없이 상대가 가리키는 방향을 바라보았다.

"보세요, 저게 올리브입니다, 모두 올리브나무예요!"
하고 젊은 남자가 말했다.

“올리브의 초록색은 너무 지루하고 단조로워……”

녹색 복장의 남자가 말했다.

“우리나라의 자작나무 숲이 더 아름답지.”

젊은 남자는 그의 대답에 고개를 설레설레 저으며, 하늘을 올려다보았다. 어디선가 본 적이 있는 얼굴인데, 전혀 생각이 나지 않았다.

타 지방인 외국에서 러시아 사람을 알아본다는 건 쉬운 일이 아니다. 그들은 러시아에서는 독일인처럼 턱수염을 깎고 다니다가도, 유럽에서는 러시아식으로 턱수염을 기르는 반사적인 행동을 하는 것이다.

그러나 오래 생각할 필요가 없어졌다.

젊은 남자는 구김살 없는 표정으로, 나에게로 달려와서 러시아어로 소리쳤다.

“이것, 참 뜻밖이군요! 산과 산은, 결코 만나지 않는다는 속담이 맞는 말인가 봅니다. 그런데 날 전혀 못 알아보는 것 같군요. 옛 친구를 잊은 건 아니죠?”

“아! 이제 확실히 생각났습니다. 너무 많이 변해 있어서 알아보지 못했습니다. 턱수염을 기르고, 게다가 풍채까지 좋아지고 남자답게 혈색이 빛나는 얼굴이 좋군요.”

“건강한 육체에 건전한 정신이라고 하지 않습니까.”

그는 늑대도 탐낼 것 같은 치아를 드러내며 즐거운 듯 웃었다.

“당신도 변했어요. 나이를 먹은 것 같은 표정입니다. 세월의 흔적인가요? 그러고 보니 벌써 4년이나 됐군요. 세월이 많이 흘렀어요.”

“그렇군요. 그런데 이곳에는 무슨 일로……?”

“환자와 함께 여행하고 있습니다.”

그는 모스크바 의과대학 출신 의사로, 대학 시절 해부학 조수로 지낸 적이 있는데, 내가 해부학을 전공하기 5년 전부터 알고 지내던 사이였다.

그는 근면한 성품으로 착하고 봉사를 좋아하며, 매우 열심히 기초학문에 매진하고 있었다.

즉, 남이 풀어주지 않은 문제에는 전혀 관심이 없고, 그보다는 해답이 나와 있는 문저에 대해서만큼은 모르는 게 없는 의학도였다.

"그럼, 저 초록 복장을 한 사람이 당신의 환자란 말인가요? 저 사람과 도대체 어디로?"

"그렇습니다. 저 사람은 정말 보기 드문 특이한 환잡니다. 이 이탈리아에도 저런 환자는 만나볼 수 없을 것입니다. 한마디로 매우 특이한 환자죠. 원래는 머리가 좋은 사람인데, 이 부분이 약간 이상해져서(그는 자기의 이마를 가리켜 보였다), 지금 내가 그 증세를 치료 중이지요.

나와 함께 이곳에 왔는데, 그만 내가 당신하고 아는 사이라는 것을 말해버렸기 때문에, 그는 겁에 질려 있어요. 심한 우울증 환자입니다.

때로는 며칠씩 입을 열지 않다가도 갑자기 온몸의 털이 곤두설 것 같은 격렬한 말을 하지요. 모든 걸 부정해 버리리는 말이 극단적이에요.

나는 교양 없는 여자들의 미신적인 이야기 같은 건 믿지 않지만, 그래도 뭔가가 있는 것 같은 믿음은 있어요. 하지만 저 사람의 본성은 조용하고 얌전한 사람입니다.

외국에 나가고 싶어 하지 않았지만, 집안 사람들이 귀찮으니까 합세해 내보내기로 한 겁니다. 무슨 말로 공격할지 몰라서 늘 마음을 졸여 왔거든요.

때로는 하인과 하녀들까지 경찰에 불려 가서 조사를 받을 지경이니까요. 저 사람은 시골 고향에 가고 싶다고 했는데, 그곳의 누이와 재산분배 문제가 아직 해결되지 않아 저 사람 누이는 놀랐지요. 농부들한테 공산주의자라고 부추기면 소작료도 거둘 수 없게 될 테니까요.

　그래서 결국 외국 여행을 승낙하게 된 겁니다. 그가 꼭 가야 한다면 이탈리아 남부로 가고 싶다고 하여 칼라브리아를 향해 출발하게 되었고, 나 역시도 주치의로서 동행하게 된 이유입니다.

　하필이면 칼라브리아라니, 그곳에는 도둑과 성직자 말고는 아무것도 없어요. 그래서 난 호신용으로 마르세유에서 권총을 하나 샀습니다. 4연발 회전식으로요, 아시겠어요?"

"아, 알아요. 그건 그렇고, 정신 이상자와 늘 함께 있는다는 건 보통 힘든 일이 아니잖아요"

　"네, 하지만 저 사람은 이상한 짓을 하거나 난동을 부리지는 않습니다. 나름대로 저에게 호의도 가지고 있어요. 그러나 자기 말에 대한 반박은 용납하지 않지만, 나는 내 나름대로 만족하고 있습니다.

　모든 비용을 저쪽에서 부담하고 있는 데다 1년에 천 루블이나 급료로 받으니까요. 담배도 내 돈으로 살 필요가 없을 만큼 철저하게 배려해 주고 있어 불편이 없습니다. 괜찮으시다면, 저 불측한 환자를 한번 봐주겠습니까.

　환자를 이곳으로 데리고 오겠습니다. 어차피 우리는 작별할 거니까요. 저 사람은 매우 좋은 사람이고 머리도 굉장히 좋은 편인데, 다만……"

　"정신만 온전하다면 좋습니다."

　"당신을 난처하게 만드는 일은 없을 겁니다. 또 저 사람에게는 기분 전환이 필요하니 많은 도움이 될 겁니다."

　"아니, 나를 환자의 약으로 이용하려는 게요?"

하고 말하려는데, 그는 어느새 복도를 뛰어가고 있었다.

　나는 그의 자신의 희망을 위해 타인의 의사를 무시하는 러시아인 태도에 거부반응을 표하고 싶었지만, 그 옅은 초록색 복장을 한 공산주의자에게 이상하게도 관심이 끌렸기 때문에 기다리기로 했다.

잠시 후 그 사람은 멈칫거리고 부끄러워하는 태도로 발코니로 올라와서 정중하게 인사를 하면서 신경질적인 묘한 웃음을 지었다.

빠르게 움직이는 안면근육이 우스꽝스러운 표정으로, 얼이 빠진 듯한 표정으로 시시각각 변하는데, 표현하기 어려운 이상한 분위기를 띠고 있었다.

어디도 보지 않고 있는 듯한 눈에는, 무언가에 마음을 집중시키는 내면적 습관이 드러나 있었는데, 그것은 눈썹 위에 깊이 새겨진 주름에서도 볼 수 있었다.

저런 주름을 새겨서 밀어낸 표정에는, 분명 깊은 사연이 있을 듯, 하루아침에 저렇게 될 수는 없는 일이었다.

"예브게니 니콜라예비치 씨!"
하고 의사가 그를 불렀다.

"소개하겠습니다. 이런 곳에서 만나서 놀랐지만, 전에 대학에서 함께 고양이와 개를 해부했던 옛 친구입니다."

예브게니 니콜라예비치는 웃음을 지으면서 중얼거리듯이 말했다.

"만나서 반갑습니다. 실례가 되지 않을는지."

"그런데 기억하고 있습니까?"
하고 의사가 말을 이어서 했다.

"그때 우리 둘이 개의 신경 기관을 잘라 보았지요. 그랬더니 그 개가 기침을 했지요."

그러자 예브게니 니콜라예비치는 찌푸린 얼굴을 창문으로 돌리며 두어 번 헛기침을 한 뒤 나에게 물었다.

"러시아를 떠난 지 몇 년이나 되었습니까?"

"5년째입니다."

"그럼, 이곳 생활에는 꽤 익숙해졌겠군요."

예브게니 니콜라예비치는 그렇게 물으면서 얼굴에 붉은빛을 띠었다.

"예, 뭐, 그럭저럭……."

"그렇군요. 하지만 외국 생활이란 정말 불쾌하고 지루하군요."

"그야, 국내 생활도 그렇지요."

하고 의사는 무신경한 투로 말했다.

그때 느닷없이 예브게니 니콜라예비치가 큰 소리로 웃기 시작하더니, 겨우 진정시키며 더듬거리는 목소리로 말했다.

"이렇게 필립 다닐로비치는 늘 나와 논쟁을 하지요. 핫핫! 내가 지구는 별 중에서도 실패작이거나 병에 걸린 거라고 말하면, 이 사람은 그런 어리석은 말이 어디 있냐고 공격합니다. 그런데 외국에서나 자기 나라에서나 사는 것이 지루하고 불쾌한 이유를 뭐라고 설명하면 좋을까요?"

그렇게 말하면서, 다시 이마의 혈관이 붉게 되도록 크게 웃었다.

의사는 그가 바보 같다는 듯이 나에게 눈짓했다. 나는 병자에게 연민의 정을 보냈다.

"어째서 병에 걸린 별이 있으면 안 된단 말이오?"

이제 예브게니 니콜라예비치는 진지한 얼굴로 되물었다.

"인간도 병에 걸리잖소."

"그건 별에는 감각이 없기 때문입니다."

하고 의사가 나를 대신하여 대답했다.

"신경이 없으면 통증도 없으니까요."

"그럼, 우리 인간은 어떤가요? 병에는 신경 같은 건 필요가 없지. 포도나 감자도 병에 걸리지 않나? 나는 지구가 곧 폭발하거나 궤도를 이탈해서 우주 공간으로 사라지리라고 생각하네. 내 고향 칼라브리아 마을도, 겨울궁전에 있는 니콜라이 파블로비치 황제도, 우리 모두 날아가 버리고 당신이 산

권총 같은 건 필요 없게 될 거야."

그는 다시 웃기 시작하더니 집요한 표정으로 나에게 말했다.

"이런 식으로 살아서는 안 돼요. 무슨 조치를 해야 한다는 건 다 알고 있지 않소. 지구도 처음부터 다시 시작해야 합니다. 뭔가가 잘못되고 있소.

그것이 구성 물질 속에 포함되어 있는 건지, 달이 떨어져 나갔을 때, 뭔가 큰 이변이 일어난 건지, 그 이후부터 이상해졌단 말이오.

이를테면 지질학적 변동이 일어날 때의 지열 같은 것, 결국 병은 나았지만, 후유증이 남은 거지. 균형이 깨지면서 지구는 흔들리기 시작했소. 그리고 양적으로 어마어마한 것들이 발생했지요. 집채만 한 도마뱀, 한 장의 잎으로 주택을 가릴 만한 양치류…… 그러나 모두 멸종해 버렸소. 그런 거대한 것들이 어떻게 살아갈 수 있겠소?

그런데 이번에는 더 나쁜 일이 일어났어요. 폭풍 같은 질병이 시작된 거요. 뇌수와 신경이 기하급수로 발달하고 비대해져서, 뭐가 뭔지 알 수 없게 되고 말았지요. 결국 자연의 역사는 인간을 멸망시킬 거요, 두고 보시오!"

이런 뚱딴지같은 말을 한 뒤, 예브게니 니코라예비치는 입을 다물었다.

아침 식사 때, 그는 보르도산 포도주를 주문했는데, 그것을 컵에 따라 약간 맛을 보고는 불쾌한 듯 잔을 옆으로 밀어버렸다.

"왜 그러십니까?"
하고 의사가 물었다.

"맛이 없습니까?"

"맛이 없어."

환자가 말하자, 의사는 곧 주인을 불러 항의하고 종업원에게까지 화를 내며, 거의 절반의 이윤을 남기면서 맛없는 포도주로 손님을 속이다니, 이게 무슨 폭리냐고 비난했다.

그러자 예브게니 니콜라예비치는 비교적 침착한 목소리로, 왜 의사가 그렇게 화를 내는지 이해할 수 없다며, 이윤을 65퍼센트라도 남길 수 있는 것 아니냐, 또 맛없는 포도주라도 마시겠다는 손님이라면, 그 값을 내는 것은 당연하다는 등등의 말을 했다.

이러한 도덕성을 주제로 한 대화로 우리의 아침 식사는 끝났다.

광인다운 예브게니 니코라예비치는 자유분방한 말로, 나를 놀라게 했다. 그는 명백하게 마음의 상처를 받은 자의 전형으로 의사가 나에게, 그는 평생 큰 불행을 겪은 적이 없고 심리적 충격도 경험하지 않았다고 말했음에도 불구하고, 나는 그 용감한 해부의 심리학을 믿을 수가 없었다.

우리는 함께 제노아로 가서 변해버린 성안에 머물렀다.

예브게니 니콜라예비치는 나와의 대화에서 특별한 흥미를 나타내지도 않았지만, 그렇다고 유별난 혐오도 보이지 않았다. 그러나 자기 담당 의사와는 끊임없이 논쟁을 벌이고 있었다.

때로 우울증이 찾아오면, 그는 모두로부터 떨어져서 방안에 틀어박혀 있다가 간혹 밖으로 나왔는데, 그의 얼굴은 황백색으로 열병을 앓는 것처럼 몸을 부들부들 떨며, 눈에 눈물마저 글썽거리는 것처럼 보였다.

의사는 그의 생명을 염려해 면도칼과 권총을 숨기고, 신경안정제로 병자를 진정시키거나 향기 좋은 약초를 넣은 따뜻한 욕조에 몸을 집어넣기도 했다.

병자는 분노하여 괴로운 표정을 지으며 응석부리는 어린아이처럼, 의사의 지시에 따랐다.

기분이 좋을 때는 조용하고 말수가 적지만, 둑이 터진 것처럼 마구 말을 쏟아낼 때도 있었다.

그것이 이따금 발작적인 웃음이나 신경질적인 동작으로 간간이 끊어지기

도 하다가, 갑자기 다리를 걷어차인 것처럼 입을 다물어 듣는 사람을 의아
하게 만들었다.

이렇듯 기묘하고 역설적인 언동은 그 자신에게는 구구단을 외우는 것처
럼 쉬워 보였다. 그의 돌발적인 변화는 사실, 그가 자신의 이론적 근거로
자유롭게 선택한 논리정연한 논리이었다.

그는 많은 것을 알고 있었지만, 누구의 영향은 받지 않은 것 같았다.

때로는 퀴비에(프랑스 박물학자)와 훔볼트(독일 지리학자)의 권위를 끄집
어내는 것이 노력파인 의사의 마음에 들지 않았다.

"어째서 내가 훔볼트가 생각한 것처럼 따라야 한단 말인가? 훔볼트는 현
명한 사람으로 많은 곳을 여행도 했고, 그가 본 것, 느끼고 생각한 것을 아
는 건 분명히 흥미롭지만, 나로서는 그가 생각한 것과 똑같이 행동해야 할
의무는 없다고 보네. 훔볼트가 하늘빛 연미복을 입었으면, 나도 하늘빛 연
미복을 입어야 하나? 아마 자네가 존경하는 모세를 그런 식으로 믿고 있지
는 않으리라고 생각하는데, 안 그런가?"
하고 예브게니 니콜라예비치는 반론하는 것이었다.

"하지만, 예브게니 니콜라예비치 씨는 종교와 학문을 구별하지 않습니다.
어떻게 생각하지 않습니까?"

그러자 몹시 마음이 상한 의사는 나에게 동조의 말을 구했다.

"그런 구별 같은 건 없어."

그러자 병자는 단정적인 투로 말했다.

"같은 것을 두 개의 말로 표현하고 있을 뿐이네."

"아니에요, 하나는 기적에 기초를 두고 있고, 또 하나는 지성에 기초를
두고 있으며, 그다음으로 신앙을 요구하고 지식을 요구합니다."

"아니네, 둘 다 거기에 있다는 것은 기적이지. 종교는 기적에서 출발하지

만, 학문은 기적에 도착할 뿐이야. 종교는 인간의 지성으로는 진리를 알 수 없으며, 일반적인 지성 외에 또 하나의 현명한 지성이 있는데, 그것이 우리에게 모든 것을 준다고 말하고 있네.

그런데 학문은 모든 걸 다 알고 있다고 착각하고 우리를 속이지만, 실제로는 둘 다 모든 것을 알 수 있는 능력이 우리 인간에게는 절대 없으며, 그저 조금씩 알 뿐이라는 걸 보여 주고 있어.

그런데 그것을 스스로 인정하고 싶지 않아서, 어떤 사람들은 모세를 믿고, 어떤 사람들은 퀴비에를 믿는 거지. 거기에 무슨 진실과 거짓의 기준이 있겠나?

한쪽은 신이 어떻게 동물과 식물을 창조했는가를 말하고, 또 다른 한쪽은 생명력이 동물과 식물을 창조했다고 말하지. 그러니까 그것은 실제로는 지식과 계시의 대립이 아니라, 회의와 믿음의 대결이야."

"인간의 병리학적 진리는 지성을 통해 유기체의 법칙에서 끌어낼 수 있는데, 어째서 신앙에 의지하지 않으면 안 됩니까?"

"법칙에서 끌어낼 수 있는 것이라면, 물론 의지하지 않아도 되지만, 자네든 그 누구든 그런 법칙을 모르기 때문에, 결국은 믿고 기억하는 수밖에 없는 거라네."

"당신의 논리가 너무나 당당하다고 말하고 싶습니다."

나는 놀리는 듯한 투로 그의 두 손을 잡으면서 말했다.

"당신이 귀국하여 문교부 장관으로 임명되더라도 난 별로 놀라지 않을 것 같군요."

"날 비난하지 마시오, 제발 날 비난하지 말아요."

그는 감정을 담아 말했다.

"내 사상을 비웃지 말아 주시오. 나 역시 루소를 조롱한 적이 있고, 볼테르가 루소를 찾아와서 네 발로 기어다니란 말이냐(볼테르가 루소가 쓴 책을 읽고, 네 발로 기어가서 풀을 뜯어 먹어야 할 것 같은 기분이 드는데, 어떻게 그럴 수 있느냐고 말했다는 일화)고 한 것도 알고 있소

나는 고통스럽게 노력한 뒤 모든 악의 근원이 어디에 있는지를 알게 되자, 등골이 오싹해지는 걸 느꼈지요. 나는 누구에게도 그것을 말하지 않고 입을 다물고 있었지만, 인간의 고뇌와 눈물이 너무도 비참하여 차마 눈 뜨고 볼 수 없어서, 마침내 진리를 더 이상 숨겨둘 수 없게 되었소

우리는 멸망해 가는 존재입니다. 몇 세기에 걸친 타락의 희생자가 되어, 우리 조상의 죄를 모두 씻지 않으면 안 돼요. 우리는 어디서 치료를 받아야 할까 하는 둔제는 다음 세대가 깨닫게 될 거요."

"그렇게 되면 우리 인간의 회복은 진보보다는 퇴화하여 오랑우탄에 가까워질 때가 시작되겠군요."
하고 의사는 새 담배에 불을 붙이면서 말했다.

"동물에 근접해도 여러 가지 시행착오를 거쳐 천사가 되는 것도 불가능하지 않아요. 동물은 제각각 서식 장소가 정해져 있어서 다른 장소, 다른 환경으로 옮겨지면 곧 죽고 말지요.

강물은 우리에게 더없이 쾌적하고 청결하게 느껴지지만, 그 속에 바다의 연체동물을 풀어놓아 보시오, 곧 죽어 버립니다.

인간은 스스로 만족하고 있는 것만큼 풍부한 자질을 자연으로부터 받고 있지 않다는 것을 알아야 합니다. 그들의 신경과 뇌수의 병적인 발달은 자신에게 어울리지 않는 허구의 생활로 끌고 갔고, 그것 때문에 인간은 병들고 괴로워하며 죽어가는 겁니다.

어쨌든 사람들이 그 질병을 물리치면, 모두 안정을 되찾아 행복하게 살게 될 거요.

한 예를 든다면, 인도 어딘가의 민중이 지금까지 겪어온 역사를 돌이켜 보면, 자연은 민중에게 모든 것을 풍요롭게 베풀었고, 그 결과 국가적, 정치적 생활이라는 역병은 치유되었으나, 다른 유기체의 모든 기능에 대한 병적인 지성의 우월성은 사라졌습니다.

전 세계의 역사가 그들의 존재를 잊고, 그 모든 것을 망쳐버린 동인도회사가 출현하기 전까지는 인간다운 생활, 인간에게 가능한 생활을 영위하고 있었지요."

"그런데 말입니다."

하고 의사가 다시 끼어들었다.

"일반 대중은 우리나라에서도 그런 식으로 살고 있습니다."

"그건 내 말이 옳다는 유력한 증거일세. 자네가 일반 대중이라고 부르고 있는 그것이 바로 인류라는 거야. 그런데 그 일반 대중을 그들이 원하는 삶을 살 수 있게 내버려두지를 않는다는 거요. 바로 그것이 문제이지.

문명이라는 것은 무섭도록 비싼 대가를 치러야 하는 향연이오. 정부와 종교, 군대는 하층계급 인민들을 굶겨 죽이려 하고 있소. 무엇보다도 결정적으로 그들을 멸망시키기 위해, 자신들의 부를 과시해 보이며, 그들 속의 부자연스러운 취미와 불필요한 욕망까지 부추겨 필요한 것을 손에 넣는 기회까지 빼앗아 버리는 실정이란 말입니다. 불쌍하고 눈 뜨고 볼 수 없는 정경 아니오?

힘이 없는 백성은 혹독한 노동에 지쳐 굶주림에 아우성치고 있고, 지배자는 사상에 휩쓸려서 자신들의 욕망에 대한 만족을 발견하지도 못한 채 무기력한 허탈 상태에 빠져 있지 않소.

그런데 이 두 가지 질병과 두 가지 고뇌, 빈곤한 생활로 하여 열병과 이상을 일으킨 신경에서 오는 결핵 사이에, 문명의 밝은 빛에 사로잡혀, 어떻게든 인생을 즐기고 있는 유일한 부류의 사람들이 있지요.

그건 누구일까요? 우리나라에서 중간 정도의 지주들과 이 지방의 상인들 정도입니다. 그러나 자연은 모욕받으면 자기를 배반하는 것에는 어떤 형벌보다 엄격한 보복을 가하지요."

그는 그렇게 말하면서 거울 앞으로 다가갔다.

"자, 이 몰골을 좀 보시오, 이 얼굴, 정말 끔찍한 얼굴 아니오? 러시아의 농부 중에 누구의 얼굴이라도 좋으니까, 내 얼굴과 한번 비교해 보시오.

블루멘 바흐(독일의 인류학자, 1752~1840)도 생각하지 못한 새로운 카프카식 도시형이오. 이에 속하는 자는 관리, 상인, 학자, 귀족, 그밖에 모든 백혈병 환자, 갑상선비대증 환자 등인데, 그들이 교양 사회를 뒤덮고 있소.

그들은 허약하고 어리석고, 사악하고, 인색하여 꼭 나처럼 서른다섯에 늙어버려서 마치 두 장의 양탄자 사이에서 겨우내 자란 샐러드용 채소 같은 자들이오.

아, 불결해! 이런 식으로 살아갈 순 없어. 이건 너무 어리석고 너무 썩었어! 자연에 평화를 주어라! 하고 말하고 싶군.

지금은 자연이 마련해준 부드러운 잠자리로, 신선한 공기로, 믿음직한 자율 정신으로, 강인한 무정부적 자유로 돌아가야 할 때라는 말이요!"

그렇게 말하는 예브게니 니콜라예비치의 얼굴이 새빨갛게 달아오르고 이마에는 핏줄이 부풀어 오르더니, 갑자기 얼굴을 찡그리며 진지한 얼굴로 변하며 입을 다물었다.

*게르첸

자유인

네플르도프는 물결이 거센 넓은 강을 바라보며 뱃전에 서 있었다.

시내 쪽에서 성당 종소리의 은은한 울림과 금속적인 여운이 수면 위로 안개가 피어나듯 들려왔다.

네플르도프 바로 옆에 서 있던 마부와 뱃사람들이 모자를 벗어들고 성호를 그었다. 난간에 가장 가까이 서 있던 더벅머리 키 작은 늙은이는ㅣ네플르도프는 그 노인이 있는 것도 보지 못했지만ㅣ, 성호는 긋지 않고 고개를 든 채 네플르도프를 조용히 응시하고 있었다.

그 늙은이는 누더기 같은 외투에 낡은 잠방이를 입었고 다 헤진 곳에 형겊을 댄 가죽신을 신고 있었다. 등에는 작은 봇짐을 지고 머리에는 닳아빠진 모자를 비스듬히 쓰고 있었다.

"영감은 왜 기도를 드리지 않는 거요?"

네플르도프의 마부가 모자를 쓰면서 말했다.

"누구에게 기도를 드리란 말인가?"

늙은이가 도전하는 듯 단호한 기색으로 한 마디를 빠르게 토하듯 말했다.

"누구에게는 누구야, 하나님 말이지."

마부가 조롱하듯이 말했다.

"어디 그럼, 가르쳐줘 보게. 그 하나님이라는 게 어디에 있는지."

늙은이의 표정에는 어딘지 모르게 엄격한 데가 있어서, 마부는 잘못 걸려들었구나, 생각하며 당황했으나, 그런 내색은 하지 않고 많은 사람이 듣고 있는 데서 말문이 막혀 창피를 당하지 않으려고 애쓰면서 대꾸했다.

"어디라니? 뻔하잖아, 하늘에 계시지."

"그럼 자넨 거기에 가 봤나?"

"가보든 안 가보든, 하나님께 기도를 드려야 한다는 것쯤은, 누구나 다 알고 있는 거 아니오?"

"하나님을 본 사람은 아무도 없어. 아버지의 품 안에 있는 독생자만이 하나님이 보여 주었지."

눈살을 찌푸리면서 빠른 말투로 늙은이가 말했다.

"영감은 틀림없이 사교도인 모양이군. 구멍교도 말이야. 구멍이라도 믿는 거겠지."

마부는 채찍 손잡이를 허리춤에다 꽂고 말 봇줄을 바로잡으면서 말했다.

누군가가 웃음을 터뜨렸다.

"영감, 당신 신앙은 도대체 어떤 거요?"

나룻배의 뱃전에 달구지와 함께 서 있던 한 중년 사내가 물었다.

"나에게는 신앙 같은 건 없어. 나 외에는 아무도 믿지 않으니까."

늙은이는 여전히 단호하고 빠른 말투로 대답했다.

"어떻게 자기 자신을 믿을 수 있습니까?"

네플류도프가 이야기에 끼어들면서 물었다.

"자기 자신도 잘못하는 수가 있는 법인데."

"아니야, 그렇지 않아요."

늙은이는 고개를 저으면서 확신하는 투로 대답했다.

"그렇다면 세상에는 어째서 여러 가지 신앙들이 있지요?"

네플류도프가 다시 물었다.

"사람들이 남은 믿으면서 자기 자신은 믿지 않기 때문에 여러 가지 신앙이 생긴 거요. 나 역시 남만 믿다가 밀림에 들어간 것처럼 길을 잃어 헤매고 말았소. 완전히 길을 잃고 도저히 빠져나갈 수 없을 만큼 말이오.

구교도도 그렇고, 신교도도 그렇고, 제칠일 안식일 교도도 모두 자기네 신앙만 찬양하지만, 어느 것이나 다 눈먼 강아지처럼 이리저리 헤매며 기어 다니고 있을 뿐이오.

신앙은 많지만, 영혼은 하나이지. 그 영혼은 당신 속에도 내 속에도 저 사람 속에도 있다네. 그러니까 각자가 자신의 영혼을 믿기만 하면 모든 사람이 하나가 될 거라는 거지."

늙은이는 큰 소리로 말하면서 많은 사람들이 자기의 말을 들어 주기를 바라는 듯 계속 주위를 둘러보았다.

"그럼, 영감님은 오래전부터 그런 신앙을 가지고 있었습니까?"

네플르도프가 물었다.

"나 말인가요? 그야 물론. 그래서 벌써 이십삼 년째 박해받고 있답니다."

"박해를 받다니요?"

"그리스도가 박해받았던 것처럼, 나도 박해를 받고 있어요. 나를 붙잡아서는 재판소다, 수도원이다 하며, 말하자면 학자들과 바리새인들 사이로 끌고 다니는 거요. 정신병원에도 수용된 적이 있었어요. 그렇지만, 그들은 나를 어떻게 못 해, 난 자유로우니까.

'네 이름이 뭐냐'고 그들이 묻지. 내가 이름 같은 걸 가지고 있다고 좋아하는 줄 알아요. 하지만, 난 이름 따위는 아무 필요 없어요. 난 모든 것과 인연을 끊었어요.

난 이름도, 집도, 조국도 없고, 아무것도 없어. 난 다만 나 자신일 뿐이오. 그래도 뭐라고 부르냐고 묻는다면, 인간이라고 부를 뿐이지. '나이는 몇이지?' 난 나이 따위는 세어본 일도 없고, 또 셀 수도 없어. 난 언제나 있었고 앞으로도 언제나 있을 거니까요.

‘네 부모는 누구냐?’고 묻는다면, 나에게는 하나님과 대지 외에는 아버지도 어머니도 없지, 하나님이 아버지이고 대지가 어머니니까. ‘황제를 인정하느냐?’ 인정 안 하고 어쩔 건데? 황제는 황제 스스로 황제이고, 나는 나 스스로 황제지.

‘당신하고는 정말 얘기가 통하지 않아.’ 그러면 나도 이렇게 대답하지. ‘내 쪽에서 얘기하자고 부탁한 적 없어.’ 말하자면 이런 게 박해인 거지.”

“영감님은 지금부터 어디로 가실 겁니까?”

네플르도프가 물었다.

“하나님에게 맡기는 수밖에. 일이 있으면 일하고, 없으면 구걸이라도 하는 거지요.”

늙은이는 나룻배가 강기슭에 거의 다 온 걸 보고 이렇게 말을 맺은 뒤, 의기양양하게 자기의 말을 듣고 있던 사람들을 둘러보았다.

나룻배가 강기슭에 닿았다. 네플르도프가 지갑을 꺼내 늙은이에게 돈을 주려 하자, 늙은이는 거절했다.

“난 그런 건 받지 않아요. 빵이라면 몰라도.”

“아, 실례했습니다.”

“사과할 건 없소. 당신은 나에게 나쁜 짓을 한 게 아니오. 또 나에게 나쁜 짓을 할 수도 없고.”

늙은이는 내려놓았던 봇짐을 어깨에 짊어졌다. 그 사이 역마차도 강둑에 올려져 말이 연결되었다.

“나리도 참! 저런 인간하고 말을 섞으시다니.”

네플르도프가 사공에게 뱃삯을 치르고 마차에 올랐을 때, 마부가 그에게 말했다.

“저 사람은 아무짝에도 쓸모없는 부랑자일 뿐입니다.”

산송장

다음 날 아침, 나는 일찍이 눈을 떴다.

해가 막 떠오르고 있었다. 하늘에는 한 조각의 구름조차 없었다. 주위의 모든 것들은 찬란하게 빛나고 있었다.

아침의 맑고 깨끗한 햇빛이 어젯밤 내린 소나기의 뒷자리를 비추고 있었기 때문에 더 신선하게 느껴졌다.

마차 준비를 시키고 있는 사이에 나는 작은 과수원 쪽으로 어슬렁어슬렁 걸어갔다. 오래된 과수원은 황폐한 텃밭에 지나지 않지만, 그래도 그 주변은 축축이 물기에 젖어 있어 좋은 향기를 풍겨 주는 숲으로 변해 있었다.

아아, 밝은 하늘 아래서 자유로운 공기를 들이마신다는 것은 얼마나 상쾌한 일상인가. 넓고 푸른 하늘에는 종달새가 노래하고 그 방울 같은 지저귐은 마치 은으로 만든 염주 알처럼 떨어져 울려왔다.

그 날개에는 필경 아침 이슬을 싣고 날아갔을 것이다. 그리고 그 노랫소리마저도 이슬에 젖은 것처럼 느껴졌다.

나는 경건히 모자를 벗고 가슴 속 깊이 신선한 공기를 들이마셨다.

낮은 골짜기 비탈 위에 자란 덩굴 가까이에서 마른 풀잎 같은 벌집이 보였다. 그리고 그쪽으로 수풀이 두꺼운 벽처럼 우거져 있는 사이를 지나 뱀처럼 꼬불꼬불 오솔길이 길게 뻗어 있었다.

그 위에서 어떻게 자랐는지 검푸른 삼나무가 뾰족한 막대기처럼 줄기를 높이 뻗치고 있어 병정놀이하는 것 같았다.

나는 이 오솔길을 느린 걸음으로 걸어서 벌집 가까이 갔다. 그 옆에는 가늘고 작은 나뭇가지를 얼기설기 맞추어 지은 볼품없는 헛간이 있었는데 겨울 동안 벌집 통을 넣어 두는 곳이었다.

나는 반쯤 열린 쪽문 사이로 안을 들여다보았다. 그 속은 어둡고 고요했으며 건조한 공기가 떠돌고 있었다. 그리고 어디선가 박하와 향유 냄새가 풍겨왔다. 헛간 구석에는 네 발 달린 낡은 나무 침대가 놓여 있었고, 그 위에는 헝겊을 뒤집어쓴 무엇인지 분간할 수 없는 조그마한 물체가 보였다.

나는 그곳을 떠나려고 했다. 그러자

"서방님, 작은 서방님! 포돌 페트로비치!"

이렇게 부르는 소리가 들려왔다. 그것은 힘이 없고 느릿느릿한 쉰 소리였다. 갈대가 흔들리며 내는 소리 같기도 했다. 나는 주춤하고 발길을 멈췄다.

"포돌 페트로비치! 어서 들어오세요."

그 목소리가 반복되었다. 그것은 구석에 놓여 있는 침대 쪽에서 들려오는 거칠고 마른 음성이었다.

나는 그 곁으로 가보았다. 그러고는 깜짝 놀라 우뚝 섰다. 내 앞에는 산 사람이 시체처럼 누워 있는 것이 아닌가! 그런데 대체 뭘까?

머리는 바람 빠진 축구공처럼 형체를 잃고 있었으며, 마치 낡아서 누렇게 퇴색한 성상과 같은 모습을 하고 있었다. 날카로운 코는 뾰족한 주머니칼 같았고 입술은 어디에 붙었는지 분간할 수가 없었다. 다만 앞니와 눈만이 하얗게 빛났다.

수건 밑으로 노란 머리카락 몇 오라기가 이마 위에 흐트러져 있어 유령처럼 보였다. 이불이 포개져 있는 턱에는 역시 적동색의 작은 두 손이 희미하게 움직이고 있었으며, 마른 나뭇가지 같은 손가락이 꼼지락거렸다.

나는 깊은 관심을 가지고 천천히 주변을 살펴보았다. 그런데 그의 얼굴은 추하기는커녕 너무나 아름다웠다. 하지만 어딘가 무서운 데가 엿보이는 얼굴이었다. 그 얼굴이 나에게 처참하게 보인 것은 쇠붙이 같은 적동색 볼 위에 고통스러운 미소가 떠돌고 있는 것을 느꼈기 때문이다.

"저를 모르시겠어요? 서방님."

그 목소리가 속삭였다. 그러나 입술은 거의 움직이지 않았다.

"당연히 그러실 수밖에. 어떻게 저를 아시겠어요? 저는 루케리아예요. 생각나시나 몰라? 서방님의 어머님이신 스파스코오에 댁에서 춤을 가르쳐 드리고 있었죠. 기억나시나요? 합창할 때는 음잡이 노릇도 했었죠만."

"아! 루케리아!"

나는 외쳤다.

"당신이었소? 그랬구먼!"

"네, 서방님, 제가 바로 그 루케리아랍니다."

마침내 나는 할 말을 잃었다. 그리고 멍청한 죽은 사람 같은 눈을 내게로 돌리고 있는 침침하고 움직이지 않는, 그녀의 얼굴을 정신 나간 듯이 바라보았다. 이런 일이 있을 수 있을까?

우리 집안에서 가장 아름다웠던 여자. 키가 유난히 크고 살이 통통한 윤기 있는, 그리고 노래를 잘 부르는 웃기만 하던 그 여자라니!

루케리아에 대해서는, 나의 영리한 루케리아에게 많은 젊은이들이 그녀의 사랑을 구했으며, 당시 열여섯 살의 소년이었던 나까지도 은근히 연정을 품고 있었다.

"아아! 루케리아! 이게 대체 어찌 된 일이오?"

나는 그리움과 절망이 섞인 음성으로 말했다.

"네, 아주 몹쓸 일을 당했지요! 만약 싫지 않으시다면 제 얘기를 들어 주세요. 그 작은 통 위에 앉으셔서. 좀 더 가까이 오세요. 그렇지 않으면 제 말이 들리지 않을 거예요. 이젠 말도 제대로 못 하겠어요. 하지만 이렇게 만나 뵙게 되니 기뻐요! 그런데 서방님은 어떻게 이 작은 마을 아렉세에프카 같은 델 다 오셨나요?”

루케리아는 힘을 잃은, 하지만 조용한 목소리로 더듬거리지 않고 분명히 말했다.

“사냥꾼 예르모라이가 데려왔다오. 그렇지만, 그보다도 내가 듣고 싶은 것은……”

“제 신상 이야기 말이죠? 네 물론 말씀드리고 말고요. 아주 오래전, 아마 육칠 년도 더 되었을 거예요. 그때 저는 와시리이 포리야코프와 결혼했었 죠. 생각나세요? 그 아름다운 곱슬머리 사나이 말이에요. 서방님의 어머님 심부름을 맡아 하던 사내죠. 마침 그때 서방님은 시골에 안 계셨을 거예요. 모스크바로 공부하러 가셨지요. 와시리이와 저는 서로 깊이 사랑하는 사이 였어요. 저는 지금도 그를 잊을 수가 없어요.

그런데 어느 봄날 예고 없는 불행한 일이 일어났지요. 밤이었습니다. 날 이 밝을 무렵이 되었는데도 저는 잠을 이룰 수가 없었어요. 밤꾀꼬리는 아 름다운 소리로 정원에서 노래하고 있었지요. 저는 침대에서 일어나 그 밤새 소리를 들으려 층계까지 나가지 않고는 견딜 수가 없었답니다. 밤꾀꼬리는 떨리는 소리로 쉬지 않고 노래를 부르는 것이었어요.

그러자 누군가가 갑자기 저를 부르는 것 같은 생각이 들었답니다. 그것은 와시리이의 목소리로 정말 다정하게 ‘루케리아!’ 하고 부르는 것 같았어요. 저는 주위를 둘러보았죠. 그때 저는 아마 잠이 덜 깼던 모양이에요. 발을 헛디뎌 그만 윗돌 계단에서 땅 밑으로 굴러떨어지고 말았어요. 그래도 저는 크게 다치지는 않은 걸로 생각했었죠. 곧 일어나서 제 방으로 돌아갔을 정 도였으니까요. 다만 몸 안의 어딘가가 좀 아픈 것 같은 기분을 느꼈어요. 아! 서방님 숨을 좀 돌려야겠어요. 잠깐만, 정말 미안해요.”

루케리아는 숨을 몰아쉬며 말을 멈추었다. 나는 그녀를 보면서 놀랐다. 그녀가 재미난다는 듯 거의 숨도 쉬지 않고 신음조차 내지 않으며 이야기를 계속하였기 때문이다.

“그 일이 있고 나서부터는……”

루케리아는 이야기를 계속했다.

“저는 차츰 몸이 아프고 여위기 시작했어요. 피부색은 검어지고 걷기조차 괴로워졌죠. 그런 뒤로는 두 다리를 쓸 수가 없고 설 수도 없게 되어 늘 누워 있을 수밖에 없게 되었지요. 식욕이 없어지고 병세는 더욱 악화될 뿐이었죠. 서방님의 어머님께서는 친절하게도 저를 의사에게 보이시고 입원까지 시켜 주셨지요. 그랬는데도 병세는 조금도 나아지지 않았죠. 안타깝게도 의사들은 어떤 병인지조차 몰랐답니다.

의사는 여러 가지 방법을 동원해서 치료를 해주었어요. 불에 달군 인두로 척추를 지지기도 하고 얼음으로 온몸을 차게 했지만, 아무런 효과도 없었어요. 마지막에는 몸이 비틀리고 말았던 거죠. 마침내 의사는 치료해 봤자 소용없다는 선고를 했고, 또 불구의 몸을 댁에 둘 수도 없고 해서…… 즉, 그런 까닭에 이곳으로 오게 된 거랍니다. 여기에는 친척도 있고 하니까요. 보시는 바와 같이 제가 이런 곳에 버려진 것은 다 그런 병 때문이에요.”

루케리아는 가쁜 숨을 참으며 입을 다물었다. 그러고는 이내 옅은 미소를 지었다.

“그렇지만 이건 너무 심한데, 이런 누추한 곳에 누워 있다니.”

나는 소리쳤다. 그러나 그 뒷말이 미처 생각나지 않았기 때문에 이렇게 물었다.

“그럼 와시리이 포리야코프는 어떻게 됐소?”

이것은 얼빠진 질문이었다. 루케리아는 잠깐 시선을 돌렸다.

　“포리야코프가 어떻게 됐느냐고요? 그이는 저를 동정해 주었어요. 조금
은 말이죠. 그렇지만 곧 다른 여자와 결혼했어요. 그린노오에 태생의 처녀
와요. 그린노오에를 아시죠? 여기서 얼마 멀지 않아요. 그 처녀의 이름은
아그라페나예요. 그이는 저를 사랑해 주었지만 젊으니까 혼자 살 수 없었던
거죠. 무엇보다도 이 꼴이 된 저로서는 그이의 상대가 될 수 없는 것은 당연
하죠. 그이가 결혼한 색시는 사람 좋고 귀엽게 생긴 처녀였지요.

　이젠 아이까지 낳았답니다. 그 이도 이 근방에서 살고 있고, 지금은 서기
노릇을 하고 있지요. 서방님의 어머님이 고맙게 신원보증을 서주어, 이곳으
로 보내 주셨어요. 그런대로 일을 잘하고 있는가 봐요.”

　“그렇다면 루케리아! 당신은 줄곧 이곳에서 누워만 있었던 거요?”

　나는 다시 물었다.

　“네. 벌써 칠 년이나 된답니다. 여름에는 이 헛간에 누워 있지만, 추워지
면 욕실 쪽으로 옮겨 달라고 해서 거기 누워 있지요.”

　“누가 돌봐 주는 사람이 있나요? 또 걱정해 주는 사람이 있는지?”

　“네, 그야 어디에나 친절한 사람들은 있는 법이니까요. 저도 여기 그냥
버려진 상태로 있는 것은 아니에요. 그보다도 저는 남에게 수고를 많이 끼
치지 않고도 지낼 수 있거든요. 음식도 평상시처럼 먹고 항상 마실 물은 이
병에 들어있답니다. 이 병은 언제나 깨끗한 물로 가득 채워져 있죠.

　다행히도 병을 잡을 수 있는 한 팔을 아직 쓸 수 있거든요. 그리고 고아
여자아이가 있는데, 가끔 와서 제 시중을 들어줘요. 정말 착실한 아이랍니
다. 조금 전에도 왔었는데 못 보셨나요? 정말 귀염성 있고 예쁜 아이죠. 그
애가 이따금 꽃 같은 걸 갖다주기도 해요. 옛날에는 정원에 꽃이 무척 많았
더랬죠. 그랬는데, 지금은 다 없어져 버리고 말았답니다.

　하지만 들꽃도 좋으니까요. 뜰 안의 꽃보다도 좋은 향기가 나는 것들이

있답니다. 저 야생 백합 같은 것들은, 정말 매혹적인 향기를 풍기지요.”

“그런데 루케리아, 당신은 지루하다거나 처량하다는 생각이 들지 않소?”

“하지만, 어쩔 수 없잖아요? 저는 거짓말을 하고 싶지는 않아요. 처음엔 아주 고통스러웠어요. 그렇지만 차츰 지내고 보니까 습관이 돼서 어지간히 견딜 수 있게 되었어요. 이젠 아무렇지도 않은걸요. 생각해 보면 이 세상에는 저보다도 더 운이 나쁜 사람들이 얼마든지 있으니까요.”

“그건 또 무슨 소리요?”

“생각해 보세요. 세상에는 비바람을 피할 지붕조차 없는 사람도 있고, 또 눈이 먼 사람이나 귀가 먹은 사람들도 있는데, 저는 그래도 모든 것을 분명히 볼 수 있고 또 무슨 말이나 들을 수 있거든요. 땅속에서 두더지가 굴을 파는 소리까지도 저는 들어요. 그리고 어떤 냄새라도 맡을 수 있어요. 밭에서 자라고 있는 호밀이나 마당의 보리수에 꽃이 피면, 저는 누구한테 전해 듣지 않아도 제일 먼저 안답니다. 바람이 꽃향기를 전해 주니까요.

하나님의 뜻에 어긋나는 사람은 저보다도 훨씬 고통을 당하고 있어요. 정말 그래요. 몸이 온전한 사람은 누구나 죄에 빠지기가 쉽지만, 저는 죄하고는 전혀 인연이 없는 사람이 되어 버렸거든요. 아까도 알렉세이 목사님이 성찬식을 베풀기 위해 오셔서 ‘너는 참회할 것도 없다. 이렇게 있으니, 죄를 저지를 까닭도 없을 테니까.’하고 말씀하셨어요. 하지만 저는 이렇게 대답했죠. ‘마음속으로 짓는 죄는 어떻게 합니까!’ 그러자 목사님은 웃으면서 말씀하셨어요. ‘글쎄, 뭐 별로 큰 죄는 아닐 테지.’ 하구요. 정말 그래요. 저는 마음속으로는 큰 죄를 짓지는 않는다고 생각하거든요.”

루케리아는 다시 말을 이었다.

“무엇보다도 저는 무슨 일이든 생각지 않으려고 마음을 가다듬어요. 또 그런 일들이 떠오르지 않도록 주의를 해왔거든요. 그렇게 하니까 시간도 훨씬 빠르게 지나가요.”

나는 몹시 놀라지 않을 수 없었다.

“루케리아, 당신은 늘 혼자 있는데, 어떻게 아무런 생각도 하지 않고 지낼 수가 있단 말이오? 늘 잠만 자는 것도 아니잖습니까?”

“아닙니다. 서방님! 늘 잠만 자고 있을 만큼 편한 건 아니에요. 견디지 못할 정도로 아프지는 않지만, 그래도 오른쪽 몸과 뼈가 쑤시기 때문에 뜻대로 잠을 잘 수가 없답니다. 그래도 이렇게 늘 혼자 누워 있지만 아무런 생각도 하지는 않죠. 저는 다만 제가 살아 있어서 숨을 쉰다는 것만 느낄 뿐, 그 무엇에도 신경이 쓰이지 않는 거예요.

저는 눈을 떠 보거나 귀를 기울이고 듣기도 합니다. 꿀벌은 윙윙 날아다니며 가벼운 소리를 내죠. 비둘기는 지붕 위에 내려앉아 꾹꾹 거립니다. 암탉은 병아리를 데리고 빵부스러기를 쪼아먹으러 오죠. 그리고 참새와 나비들이 날아온다든가, 여간 재미난 게 아니랍니다. 작년엔 제비가 저 구석에다 둥지를 틀고 새끼를 여러 마리나 깠었어요. 정말 재미있었지요.

한 놈이 둥지로 날아들어 새끼한테 먹이를 주는 겁니다. 그러고는 다시 날아갑니다. 그러면 또 다른 놈이 곧 돌아오죠. 그런데 어떤 때는 둥지로 들어가지 않고 그곳을 지나쳐 버리는 일이 있어요. 그러면 새끼들이 작은 노란 주둥이를 내밀고 짹짹 울어댄답니다. 저는 그 이듬해에도 다시 와 주기를 바랐는데 나중에 들으니까 어떤 포수가 총으로 쏘아 버렸다나요. 대체 그런 새를 쏴서 뭘 하겠다는 것인지 모르겠어요. 제비는 딱정벌레만큼도 소용이 없는 건데…… 하여튼 사냥이란 인간들의 잔인한 놀이 같아요.”

“결코 나는 제비 같은 것은 쏘지 않았어.”

나는 허둥지둥 말했다.

“하지만 한 번은…….”

루케리아는 다시 말을 시작했다.

"아주 우스운 일이 있었지요. 언제인가 토끼 한 마리가 뛰어 들어오지 않았겠어요. 산토끼가 말이에요. 아마 사냥개한테라도 쫓기고 있었나 보죠. 문안으로 허겁지겁 달려 들어와서는 제 옆에 몸을 숨기고, 오랫동안 가만히 있었어요. 줄곧 코를 벙긋거리거나 수염을 비쭉거리면서요. 마치 관리 나리처럼 말이에요! 그러면서 저를 쳐다보는 것이었어요.

아마 제가 무서운 존재는 아닌 줄 알았던가 봐요. 나중에는 몸을 일으키더니 깡충깡충 뛰어 문간으로 나가서는 조심스럽게 밖을 살펴보는 거예요. 그때의 그 광경을 뭐라고 말하면 좋을까? 정말 우스운 토끼였지요!"

루케리아는 '우습지 않아요?' 하는 눈길로 나를 쳐다보았다. 그녀의 기분을 만족시키기 위해서 나도 웃었다. 그녀는 마른 입술을 혀로 축였다.

"겨울이 되면 아무래도 형편이 좋지 않아요. 늘 어두컴컴하니까요. 촛불을 켜기도 그렇고, 또 불을 켜봤자 무슨 소용이 있겠어요? 책을 읽을 때나 필요하겠지요. 저는 책 읽기를 좋아했습니다. 그렇지만 이런 몸으로 무슨 책을 읽겠어요? 읽을 거라곤 아무것도 없는걸요. 설사 있다고 하여도 책을 손으로 들 수가 있어야죠.

알렉세이 목사님이 위안이 될 거라면서 달력을 가져왔었지만. 소용이 없다고 생각하고는 도로 가져가 버렸답니다. 하지만 캄캄한 어둠 속에 조용히 귀를 기울이면 늘 무슨 소리인가 들립니다. 귀뚜라미 울음소리, 쥐가 소란을 피우는 소리에 이르기까지, 바로 이런 때 아무것도 생각하지 않는 편이 좋다는 것을! 그리고 저는 기도를 계속 드리고 있답니다."

루케리아는 잠시 숨을 돌리고 나서 말을 이었다.

"사실 저는 기도의 말씀을 그리 많이 알지는 못합니다. 그리고 하나님을 괴롭혀 드릴만 한 죄도 용서도 없습니다. 그러니 새삼스럽게 무얼 바라겠어요? 하나님은 제가 필요로 하는 것을 저보다도 더 잘 알고 계신답니다. 하나님은 저에게 십자가를 주셨어요. 저를 사랑하시기 때문이죠.

저는 '죽음의 기도', '마리아에 대한 찬미', 그리고 '모든 괴로워하는 자의 바람'을 되풀이해 외우면서 조용히 누워 있지요. 아무것도 생각지 않고, 아무 일도 없이 나날을 보내는 중이랍니다!"

잠시 침묵이 이어졌다. 나는 그 침묵을 깨뜨리지 않으려고 좁은 통 위에 꼼짝도 하지 않고 앉아 있었다. 내 앞에 누워 있는 한 생물의 참혹한 돌 같은 정적이 나에게 전해져 왔다. 그러자 내 몸이 마비되는 것처럼 느껴졌다.

"이봐요, 루케리아!"

내가 먼저 입을 열었다.

"나는 이런 생각을 했소. 당신을 마을에 있는 훌륭한 병원에 입원시켰으면 하는데……. 어때요? 아직 치료하면 가능성도 있을지 모르니까. 어쨌든 더 이상 혼자 내버려둘 수는 없거든."

루케리아의 눈썹이 약간 움직이는 듯싶었다.

"아녜요. 제발 병원 같은 덴 보내지 말아 주세요."

그녀는 오히려 거북하다는 듯이 작은 목소리로 대답했다.

"제 일을 너무 걱정하지 말아 주세요. 그런 곳에 가면 오히려 고통만 더할 뿐이니까요! 이렇게 된 이상 고칠 수는 없어요. 언젠가도 어느 유명한 의사가 저를 진찰해 보겠다고 한 일이 있어요. 저는 제발 내버려두어 달라고 했는데도 듣지 않고 저를 이리저리 뒤집고 손발을 두드려 보고 또 잡아당겨 보기도 하더니만, 이렇게 말하는 것이었어요.

'나는 학문을 위해서 이런 짓을 하는 거야. 학문의 종, 즉 학자란 말이다! 그러니 당신은 절대로 불평을 말해선 안 돼. 나는 여러 가지 의학 논문 발표 공로로 상패를 받았어. 그리고 당신 같은 사람들을 위해서 봉사하고 있는

거니까 명심해.'

그 의사는 여러 곳을 툭툭 두드려 보고는 제 병명을 말해 주었어요. 뭔지 아주 긴 이름이었는데, 그러고는 치료도 해주지 않고 가 버렸답니다. 그런 뒤, 한 주일 동안 뼈가 쑤시고 아파서 아주 혼났어요. 서방님은 '언제나 혼자서'라고 말씀하시지만, 늘 그런 건 아니거든요. 마을 사람들이 가끔 보려 와 준답니다. 그렇다고 큰 폐를 끼치는 건 아니죠.

처녀들도 찾아와서는 이야기를 들려주고 순례하는 여자들이 길을 잘못 들어 이곳으로 와서는 예루살렘과 키에프에 관한 이야기, 그리고 그 밖에 하나님의 거리에 대한 재미난 얘기를 들려주거든요.

게다가 저는 이제 혼자 있어도 무서운 줄 모르겠어요. 오히려 그편을 즐길 정도예요. 정말이에요. 그러니 서방님은 제 일을 조금도 걱정하지 말아 주세요. 병원 같은 덴 제발 데려가지 말아 주세요. 친절은 정말 고맙습니다만, 제 문제에 대해서는 더 이상 걱정하지 말아 주셨으면 좋겠어요. 부탁입니다!"

"그렇다면 당신 좋을 대로 해요. 루케리아, 나는 다만 당신을 위해서 말해 본 것뿐이니까."

"잘 알고 있어요. 서방님이 저를 위해서 그러신다는 뜻은 잘 알겠지만, 저를 도와주시겠다는 일이 정말 이루어질 수 있을까요? 다른 사람의 마음속을 안다는 것은 하나님밖에 없어요.

사람은 스스로 자기 일을 처리하지 않으면 안 됩니다! 서방님은 제 말을 곧이 안 들으시겠지만, 사실 저도 가끔은 아주 쓸쓸하게 생각될 때가 있어요. 세상에서 저밖에는 아무도 없는 것 같이 느껴지기도 해요. 저 혼자 살고 있는 것처럼 말이에요! 하지만 누군가가 저를 축복해 주고 있는 것처럼 생각되기도 하거든요. 가끔 저는 이상한 꿈을 꾸기도 한답니다!"

"대체 어떤 꿈을 꾸는지 말해 봐요, 루케리아!"

"뭐라고 확실히 말씀드릴 수 없는 꿈이랍니다. 서방님, 조금은 불분명한 꿈이죠. 게다가 꾸는 즉시 잊어버리곤 해서요. 뭐랄까, 마치 구름 같은 것이 내려와서는 확 퍼지자, 표현할 길 없는 상쾌한 기분이 되는 거예요. 그렇지만, 그게 정확히 뭔지는 모르겠어요. 다만 사람들이 옆에 있을 때는 전혀 안 보여요. 또 그럴 때는 제가 불행하다는 생각밖에는 어떤 느낌도 없어요."

루케리아는 괴로운 듯이 한숨을 쉬었다. 그녀의 호흡도 자유롭지 못한 손발처럼 편안하지 않아 보였다.

"서방님은 저에 대해 매우 걱정하시는 것 같은데, 안심하실 수 있도록 다른 이야기를 해드리지요. 기억나세요? 제가 젊었을 때는 얼마나 활발한 여자였어요? 말괄량이였지요. 서방님, 그래서 저는 지금도 가끔 노래를 부르곤 한답니다."

"노래를 불러? 당신이?"

"네, 옛날의 노래를 말이에요. 합창할 때 부르던 노래, 연회 때 부르던 노래, 크리스마스 노래, 기억나는 노래들을 부르는 거죠. 다행히도 저는 많은 노래를 잊어버리지 않고 있지만, 무도회의 노래만은 안 불러요. 이런 몸으로는 춤을 출 수가 없으니까요."

"어떤 식으로 부르는데? 기분 전환을 위해서인가요?"

"네, 기분을 바꾸기 위해서죠. 큰 소리는 낼 수 없지만 사람들이 알아들을 수 있을 정도는 돼요. 아까 작은 여자아이가 저를 돌봐 준다고 말씀드렸지만, 그 애는 정말 똑똑한 고아예요. 벌써 노래를 네 가지나 배웠거든요. 제 말을 곧이 안 들리시겠죠? 조금만 기다리세요. 제가 곧 노래를 들려드릴 테니까요."

루케리아는 숨을 들이마셨다. 이 반쯤 죽은 것 같은 인간이 노래를 부르려고 한다는 생각이 말할 수 없는 두려운 감정을 느끼게 하였다. 그러나 내가 아직 뭐라고 한마디도 하기 전에 겨우 들릴 만한, 그러면서도 맑고 깨끗한 노랫소리가 풀 향기처럼 귓가를 맴돌았다.

그녀는 '목장에서'라는 노래를 불렀다. 그 돌과 같은 표정은 조금도 변하지 않고, 눈도 못 박힌 듯 한곳만을 응시하고 있었다. 그러나 한 가닥 연기처럼 흔들리며 사라져가는 그 맑은 노랫소리가 사람의 마음을 감동하게 하는가 하면 영혼의 문을 열어놓는 듯했다.

그녀는 노래를 부르면서 자신의 모든 것을 쏟아놓는 천생의 여인이었다. 나는 그녀에 대해서 아무런 두려움도 느끼지 않았다. 내 가슴은 이루 말할 수 없는 연민의 감정으로 두근거렸다.

"아아, 이젠 안 되겠어요!"

루케리아가 갑자기 신음하듯 말했다.

"힘이 없는걸요. 서방님을 만난 기쁨 때문에 정신이 어디론가 떠나가는 것 같아요."

그녀는 가쁜 숨을 몰아쉬며 조용히 눈을 감았다.

그녀의 작고 싸늘한 손가락 위에 나의 손을 얹었다. 순간 그녀는 힐끗 나를 쳐다보았지만, 그 금빛 속눈썹의 침침한 눈꺼풀은 다시 감기고 조각처럼 움직이지 않았다.

조금 있자, 그녀의 두 눈이 희미한 어둠 속에서 빛났다. 눈물에 젖어 있었다.

나는 미동하지 않고 앉아 있었다.

"전 정말 바보예요!"

루케리아가 갑자기 힘찬 목소리로 말했다. 그러고는 눈을 크게 떴다. 그녀는 눈을 깜박거리며 맺힌 눈물을 떨치려고 했다.

"정말 부끄러워요, 내가 왜 이래야 하지요. 이런 일은 오랫동안 없었는데…… 작년 봄에 와시리이 포리아코프가 찾아온 뒤로 여태껏 없었지요. 그이가 내 곁에 앉아서 이야기하는 동안에는 아무렇지도 않았는데, 가고 나니까 갑자기 쓸쓸해져서 어찌나 울었던지. 왜 눈물을 흘렸을까요? 하지만 우리들 여자란 대수롭지 않은 일에도 울게 마련이니까요. 서방님, 참 서방님은 손수건 갖고 계시죠? 미안하지만 좀 닦아 주시겠어요?"

나는 곧 그녀가 바라는 대로 해주었다. 그리고 손수건을 루케리아에게 주었다.

그녀는 사양했다.

"이런 걸 받아봤자, 저에게 무슨 소용이 있겠어요?"

그녀는 슬픈 목소리로 말했다.

손수건은 값싼 것이었지만 깨끗하고 질 좋은 향수 냄새를 풍겼다. 그러나 나중에 그녀는 가냘픈 손가락으로 그 손수건을 잡더니 놓으려 하지 않았다.

나는 차츰 이 헛간 안의 어둠에 익숙해져서 그녀의 용모를 확실히 분간할 수 있게 되었다. 그녀 얼굴의 적동색 밑으로 감추어져 있는 가냘프고 불그스레한 빛깔조차 볼 수가 있었다. 적어도 내가 본 바로는, 아직도 그녀의 얼굴에는 옛날의 아름다웠던 흔적이 비껴간 연륜처럼 남아 있었다.

"서방님은 내가 편히 잠을 잘 수가 있느냐고 물으셨죠?"

루케리아는 다시 말을 시작했다.

"잠을 아주 짧은 시간에 불과하지만, 잠들 때마다 꿈을 꿔요. 그건 정말 기막힌 꿈이죠! 꿈속에서는 병을 앓고 있지 않답니다. 언제나 건강하고 젊은 몸이죠. 다만 한 가지 슬픈 일은 잠에서 깨어나 기지개를 켜려고 할 때, 마치 쇠사슬에 묶여 있는 것과 같은 부자유를 느끼는 거예요. 언제가 한 번은 정말 굉장한 꿈을 꾸었지요! 그 얘기를 해드릴까요? 그럼, 인내심을 가지고 들어주세요.

꿈속에서 저는 어느 목장에 서 있었는데, 그 둘레는 온통 황금빛으로 물결치는 밀밭이었지요. 그때 저는 털이 붉은 개를 한 마리 데리고 있었는데, 심술궂은 놈이어서 저를 물어뜯으려고 하는 거예요. 그런데 저는 낫을 한 자루 갖고 있었어요. 그건 보통 낫이 아니라 낫 모양의 달님이었어요. 저는 그 달님으로 나보다 키가 큰 밀을 베야만 했던 거죠. 그러는 동안 저는 더위에 지쳤고, 달님이 빛으로 번쩍번쩍 쏘는 것 같아 축 늘어지는 기분이 되어 버리고 말았어요.

그런데 갑자기 주위에 들국화가 피어나기 시작했어요. 활짝 핀 꽃송이들은 모두 저를 향해 있었고, 저는 정신없이 꽃을 따려고 허둥댔지요. 와시리이가 올 약속이 되어 있어서 화환을 만들어야겠다고 마음먹었던 거지요. 화환을 만들 시간은 충분하다고 생각한 나는 꽃을 꺾기 시작했죠. 그런데 아무리 꽃을 꺾어도 손가락 사이로 빠져 버린단 말이에요.

그리고 있는데, 누군가가 내 바로 곁에 와서 '루케리야! 루케리야!' 하고 부르는 거예요. '아아, 시간에 맞추지 못했구나. 정말 아깝다!' 이렇게 저는 단념했죠. 하지만 더 이상 어쩔 수가 없어서 저는 들국화 대신 달님을 머리 위에 얹었어요. 그러자 온몸에서 빛이 나면서 사방을 환하게 비치는 것이었어요. 이 무슨 조화일까요! 밀밭을 가로질러 빠른 걸음으로 저한테 다가오는 사람은 와시리이가 아니라, 예수님 바로 그분이 아니었겠어요!

어떻게 그분이 예수님인 줄 알았는지 그건 모르겠어요. 그림에 그려져 있는 모습과도 아주 달랐죠. 그렇지만 그분은 틀림없는 예수님이었어요. 수염이 없고 키가 크고 젊었는데, 몸에는 옷을 두르고 허리띠는 금빛이었답니다. 예수님은 손을 제게 내밀며 말씀하셨어요.

'두려워 말라. 나의 축복받을 신부여. 나를 따르라. 그대는 천국의 합창과

무도를 지휘하고, 또 낙원의 노래를 부를지어다.'

그래서 저는 그 손에 와락 매달렸지요. 붉은 개도 저의 발뒤꿈치를 따라왔어요. 그러자 우리는 모두 하늘을 향해 떠올랐어요! 예수님이 앞장서서 그 기러기 같은 긴 날개를 하늘 가득히 활짝 펼치고…… 나는 그 뒤를 따라 갔죠. 하지만 저의 붉은 개는 뒤에 그대로 남아 있지 않으면 안 되었어요. 그제야 저는 처음으로 깨달았답니다.—그 개가 바로 나의 병이었다는 것, 그리고 천국에는 병이 있을 자리가 없다는 것을 말이죠."

루케리아는 잠시 숨을 돌렸다. 그런 다음 다시 말을 이었다.

"그리고 한 가지 분명히 본 것이 있어요. 어쩌면 그건 환상이었는지도 몰라요. 저는 그게 무엇이었는지 전혀 모르겠어요. 그때 난 이 오막살이에서 자고 있었나 봐요. 그러자 돌아가신 부모님이 찾아오셔서 정중히 절을 하고는 말씀은 한마디도 안 하시는 거였어요. 그래서 물었죠

'아버님, 어머님! 저한테 절을 하시다니 웬일이세요?'

그러자 부모님이 말씀하셨어요.

'웬일이냐고? 너는 이 세상에서 온갖 고통을 다 겪었잖니. 그 때문에 너는 자신의 영혼을 살렸을 뿐만 아니라, 우리들의 무거운 짐까지도 없애 주었다. 그래서 저승에 있던 우리들도 아주 편해졌단다. 너는 네가 지은 죄를 속죄하고 우리의 죄까지도 대속해 주었단다.'

이렇게 말하고는 저한테 다시 절을 하는가 싶더니 그만 보이지 않게 되었지요. 그 뒤에는 헛간의 벽 밖에는 아무것도 남아 있지 않았답니다. 그 후로 저는 이 일이 매우 마음에 걸려서 참회하며 목사님께 이야기했어요. 그러자 목사님은 그것은 환상이라며, 환상은 성직자들에게만 나타나는 것이라는 의견이었어요. 한 가지 더 이야기하죠."

루케리아는 말을 이었다.

"꿈속에서 저는 길가의 버드나무 밑에 앉아 있었어요. 그때 제 모습은 지팡이를 들고 전대를 어깨에 둘러메고 손수건으로 이마를 동여맨 순례자와 같았지요. 그리고 저는 어딘가 먼 곳으로 순례를 떠나지 않으면 안 되었지요. 다른 순례자들이 끊임없이 내 옆을 지나갔어요. 터벅터벅 걸어와서 같은 방향으로 가버리는 거예요. 모두 피곤한 안색을 하고 있었고 거의 비슷비슷한 모습들이었어요.

그런데 저는 그 사람들 가운데서 서성거리고 있는 한 여자를 발견하였어요. 그 여자는 다른 사람들보다도 튼튼하고 키가 컸으며 야릇한 옷을 입고 있었는데 러시아 복장은 아니었어요. 거칠고 험상궂은 얼굴이었어요. 그리고 다른 사람들은 모두 그 여자의 곁을 피해 가는 거예요. 그런데 그 여자가 갑자기 뒤돌아보더니 저한테 성큼성큼 걸어왔어요. 그리고는 우뚝 서서 저를 뚫어질 듯이 쳐다보는 게 아니겠어요?

그 눈은 누런빛이고 크게 떴는데, 마치 매 눈 같았어요. 저는 '누구시죠?' 하고 물었죠. 그랬더니 그 여자는 '나는 너의 사신이다' 하는 거였어요. 저는 조금도 놀라지는 않았지요. 오히려 아주 기뻤어요. 저는 십자를 그었답니다. 그러자 저의 사신이라는 그 여자는 이렇게 말하는 것이었어요.

'루케리아! 안 됐지만, 아직 너를 데려갈 수는 없어. 그럼 잘 있어!' 하고 말이죠. 저는 어찌나 슬프던지!

'데려가 주세요. 아주머니 제발 데려가 주세요!'

이렇게 졸랐죠. 그러니까 저의 사신은 저를 돌아보면서 말했어요. 무슨 소린지 분명치 않은 말이었지요. '성 베드로제가 지난 다음에' 라고요. 그 말을 듣자마자 저는 잠을 깬 것입니다. 정말 이상한 꿈이었어요."

루케리아는 눈을 위쪽으로 치켜뜨고 깊은 생각에 잠겼다.

"그런데 슬프게도 이따금 일주일이나 한잠도 자지 못할 때가 있지요. 작년에 어느 아주머니가 찾아오셔서 수면제를 한 병 주셨어요. 그러면서 한 번에 마흔 방울을 마시라고 하더군요. 약은 효과가 아주 좋아서 잠을 잘 수 있었는데, 이젠 그 약도 거의 다 떨어져 버렸어요. 그 약이 어떤 약인지 서방님은 아시나요? 어떻게 하면 그 약을 구할 수 있을까요?”

그 부인은 아마도 루케리아에게 모르핀제를 주었을 것이다. 나는 그것과 같은 약을 구해주겠다고 약속했다. 그리고 그녀의 인내력에 대해서 다시금 경탄의 말을 하지 않을 수 없었다.

그러자 그녀는 대답했다.

“참 서방님도! 왜 그런 말씀을 하시죠? 인내력이라니 그게 뭐 대단하다고. 그게 누구더라? 참, 고행자 시메온이죠. 그이야말로 인내력이 대단한 사람이에요. 삼십 년 동안이나 기둥 위에서 살았다지 않아요! 그리고 어떤 성도는 가슴까지 땅속에 묻힌 채 개미 떼한테 얼굴을 파 먹혔다는 이야기도 있어요. 또 어느 학자한테서 들은 얘긴데, 이스마엘 사람들이 이웃 나라를 쳐들어가서 사람들을 괴롭히고 죽이는 등 갖은 행패를 다 부리자, 그때 한 정결한 처녀가 나타났대요.

그 처녀는 큰 칼을 차고 무거운 갑옷을 입고 적군 이스마엘 사람들을 공격해서 멀리 쫓아버렸다지 뭡니까. 싸움에서 승리한 후 그 용감한 처녀는 적을 향해서 이렇게 말했대요. ‘나를 화형에 처해 주세요. 나라를 위해서 나는 화형으로 죽겠다고 맹세했으니까’라고요. 그래서 이스마엘 사람들은 그 여자를 붙들어 불에 태워 죽였답니다. 이런 행위야말로 정말 거룩한 희생이지요! 거기에 비한다면 저 같은 것은 아무것도 아니에요.”

나는 잔 다르크의 전설을 그녀가 어떻게 들었는지 이상스럽게 생각했다. 나는 잠시 후 그녀의 나이를 물어보았다.

“스물여덟, 스물아홉, 서른 살까지는 아직 안 됐다고 생각하지만, 왜 나이 같은 걸 물으시죠? 저는 다른 얘기를 할 게 있는데……."

루케리아는 갑자기 숨이 넘어갈 듯 심한 기침을 하면서 괴로워했다.

"너무 많은 이야길 해서 그런가 보지."

나는 젖은 목소리로 말했다.

"그런가 봐요."

그녀의 목소리는 겨우 들릴 만큼 작았다.

"이젠 이야기를 그만하는 게 좋을지도 몰라요. 그렇지만 그게 무슨 상관이에요! 서방님이 떠나 버리시면, 저는 또 얼마든지 잠자코 있을 수가 있는 걸요. 어쨌든 가슴이 꽉 메는 것 같아요."

나는 작별을 고하면서 꼭 약을 보내주겠다는 약속을 되풀이했다. 그리고 다시 한번 잘 생각해 보고 필요한 게 있으면 말하라고 당부했다.

"아무것도 필요한 건 없어요. 저는 이 상태로 충분하답니다!"

그녀는 감격한 목소리로 말했다.

"부디 여러분들 모두 안녕하시기를! 서방님, 어머님께도 꼭 안부 말씀 전해 주세요. 이곳의 농부들은 모두가 가난하답니다. 만약 소작료를 조금이라도 덜어 주신다면! 농부들은 가진 것이 없거든요. 만약 그렇게 해주신다면, 모두 얼마나 고마워할까요. 하지만 저는 아무것도 바라는 게 없어요. 지금의 저는 아주 만족하고 있으니까요."

나는 루케리아의 소원이 꼭 이루어지도록 해주겠다고 약속했다. 그리고는 희미하게 빛이 스며들고 있는 문가 쪽으로 걸어갔다. 그때 그녀가 나를 불렀다.

"서방님, 생각나세요?:

이렇게 말하는 그녀의 눈 속과 입술에서 이상한 광채가 빛났다.

"옛날, 제 머리카락이 어떠했는지 기억나세요? 무릎까지 닿는 치렁치렁

한 긴 머리였었죠! 그걸 큰맘 먹고 잘라 버렸답니다. 벌써 오래전 일이에요. 정말 탐스러운 머리였는데! 하지만 몸이 이렇게 되고서는 빗을 수도 없으니까. 그래서 미련 없이 잘라버렸던 거죠. 그럼, 서방님, 안녕히 가세요! 이젠 얘기할 기운도 없답니다."

그날 사냥을 나가기 전에 나는 그 마을의 이장과 루케리아에 관해서 이야기를 나누었다. 나는 그에게서 루케리아가 마을에서 '산송장'이라고 불리고 있다는 말을 들었다. 그리고 그녀가 그런 몸인데도 조금도 마을 사람들에게 폐를 끼치지 않을 뿐만 아니라 한 마디도 불평이나 불만을 털어놓지 않는다는 이야기를 들었다.

"아무것도 해 달라는 말을 하지 않습니다. 그렇지만 어떤 일을 해 줘도 기뻐하지요. 정말 보기 드문 마음 착한 여자랍니다."

이장은 말을 이었다.

"그 여자가 하나님으로부터 벌을 받고 있다고 생각하는 사람도 있겠지요. 그러나 우린 그렇게 생각지 않습니다. 그 여자가 벌을 받는 건지 아닌지, 어쨌든 그런 판단을 할 수는 없겠죠. 그냥 지켜볼 뿐입니다."

몇 주일이 지난 뒤 나는 루케리아가 죽었다는 소식을 들었다. 그녀의 죽음은 성 베드로제가 지난 뒤에 찾아온 것이다.

소문으로는 그날 루케리아는 종소리를 듣고 있었다고 한다. 알렉세프에서 교회까지는 5마일도 더 떨어져 있고, 더구나 그날은 일요일도 아니었는데 말이다.

그러나 루케리아는 사람들에게 종소리가 교회에서 들려오는 것이 아니라 위쪽에서 들려온다고 말했다고 한다! 아마 그녀도 감히 그 소리가 하늘에서 들려오는 것이라고는 말할 수 없었을 것이다.

*투르게네프

탈주자

가도 가도 끝이 보이지 않았다. 파시카와 그의 어머니는 비에 흠뻑 젖어 몇 마일을 걷고 또 걸었다.

처음에는 곡식을 잘라 내고 밑줄기만 남은 불편한 밭을 가로질렀고, 이어 노랗게 물든 나뭇잎이 장화에까지 달라붙는 숲속의 축축한 길을 지나 먼동이 틀 때까지 계속 걸었다.

그러고는 두 시간 동안이나 어두운 현관 앞에 서서 문이 열리기를 기다렸다. 현관 앞은 바깥보다는 따뜻했으나 몸을 쓰러뜨릴 듯한 찬바람이 이곳에까지 사정없이 비를 몰아쳤다.

그래서 현관 앞에 환자들이 몰려와 더 이상 발을 들여놓을 자리가 없자, 파시카는 사람들 속으로 비비고 들어가 생선 비린내가 나는 양가죽 저고리에 얼굴을 파묻고 꾸벅꾸벅 잠이 들었다.

얼마 후 빗장을 여는 소리가 들리면서 문이 열리자, 파시카는 어머니와 함께 대기실 안으로 들어갔다. 그러나 그곳에서도 오랫동안 기다리지 않으면 안 되었다. 환자들은 모두 대기실에 놓여 있는 간이의자나 심지어 바닥에까지 쪼그리고 앉았다. 불편했지만, 아무도 몸을 움직이거나 입을 열지 않았다.

파시카는 물끄러미 사람들을 바라보았다. 그러자 여러 가지 우습고 야릇한 것들이 눈에 띄었으나 아무 말도 하지 않았다.

어떤 소년이 한 발로 깡충깡충 안으로 뛰어 들어왔을 때, 그는 어머니의 옆구리를 팔꿈치로 가볍게 치면서 이를 드러내고는 표정을 지었다.

“저 봐요, 엄마, 참새가!”

“잠자코 있으라는 데도……!”

작은 창구로 안내양의 졸린 얼굴이 보였다.

“여기 와서 이름을 대세요.”

기다리고 있던 환자들은 절름발이 소년을 포함해서 모두 창구로 몰려들었다. 안내양은 한 사람 한 사람에게 이름과 주소, 병의 증세와 그 밖의 여러 가지를 물었다.

어머니의 대답으로 파시카의 이름은 파울 가라크티노프라는 것, 나이가 일곱 살이라는 것, 그리고 병이 난 것은 부활제 때부터라는 사실을 알았다. 기록 카드에 이름을 쓰자, 또다시 잠시 기다렸다.

드디어 가운을 입은 의사가 대기실을 지나갔다. 그는 절름발이 소년의 곁을 지날 때, 어깨를 으쓱해 보이며 억양 없는 소리로 말했다.

“넌 바보로구나! 정말 바보란 말이다. 내가 월요일에 오라고 했는데, 화요일에 오다니! 내가 진료를 맡은 이상 걱정을 안 해도 되지만, 네가 정신을 바짝 차리지 않으면 다리가 없어져 버린단 말이야, 이 바보야!”

절름발이 소년은 눈을 깜빡거리면서 마치 구걸이라도 하듯 가련한 표정으로 말했다.

“이반 니코라비치, 제발 용서해 줘요.”

“뭐가 이반 니코라비치야!”

의사는 놀란 듯이 황급히 말했다.

“내가 월요일이라고 지시했으면, 너는 그대로 하기만 하면 되는 거야! 그래서 넌 바보란 말이다.”

진찰이 시작되었다. 의사는 진찰실에 자리를 잡고 앉아 차례로 환자들을 불러들였다. 이따금 그 방에서 귀를 찌르는 듯한 외마디 소리와 아이들의 울음소리, 그리고 의사의 화난 소리가 들려왔다.

"제발 소리 지르지 마. 죽이는 건 아니니까! 가만히 있으란 말이야!"

드디어 파시카의 차례가 왔다.

"파울 가라크티노프!"

의사가 거친 소리로 불렀다. 파시카의 어머니는 마치 이런 부름을 예상하지 못했는지 엷은 현기증을 느꼈으나, 곧 마음을 바로잡고 진찰실 문을 열었다. 의사는 진찰대 앞에 앉아 작은 망치로 두꺼운 책을 기계적으로 두드리고 있었다.

"어디가 아픈 거요?"

그는 들어온 사람은 보지도 않고 물었다.

"이 아이의 팔꿈치에 종기가 나서요. 선생님."

파시카의 어머니가 불안한 음성으로 대답했다. 그녀의 말은 파시카의 종기 때문에 걱정하고 있다는 뜻이 담겨 있었다.

"옷을 벗어!"

파시카는 가슴을 두근거리며 먼저 두건을 푼 다음, 소매로 코를 훔치고 나서 낡은 저고리 단추를 풀기 시작했다.

"아주머니! 당신은 병원 손님으로 온 거 맞아요?"

의사는 초조한 듯 말했다.

"좀 빨리빨리 하지 못해! 기다리고 있는 건 너뿐이 아니잖아!"

파시카는 허둥지둥 저고리를 마룻바닥에 내던졌다. 그리고 어머니의 손을 빌려 셔츠를 벗었다. 의사는 아무 느낌도 없는 사람처럼 무표정하게 소년을 바라보았다. 그리고 벗은 배를 여기저기 손바닥으로 두드렸다.

"아아, 이거 파시카 도련님! 굉장히 살이 찌셨구만!"

그는 이렇게 외치고는 한숨을 내쉬며 말했다.

"팔꿈치를 보여!"

파시카는 그릇의 핏물을 보자 겁이 나서 울음을 터뜨렸다.

"이런 바보 같으니! 장가를 가도 될 만큼 큰 사내 녀석이 울다니 못난 놈!"

의사가 소리쳤다.

파시카는 울음을 그치려고 애써 숨을 몰아쉬었다. 그가 어머니를 돌아보며 지은 표정이 이렇게 말하는 듯싶었다.

'병원에서 내가 울었단 말, 집에 가서 하지 마.'

의사는 환부를 자세히 살펴보고 꼬집어 보고 하더니, 한숨을 내쉰 다음 입맛을 다시고는 다시 팔꿈치를 매만졌다.

"당신은 머를 맞아도 돼. 아주머니!"

의사의 목소리가 높았다.

"왜 진작에 데려오지 않았소? 이 아이의 팔은 아주 틀렸는데! 거길 좀 봐요. 관절이 못 쓰게 된 걸, 당신은 모르나?"

"그 말씀이 사실인가요? 선생님!"

파시카 어머니의 음성은 떨고 있었다.

"선생님이라구요? 아들의 팔이 썩어 들어가고 있어. 그런데 선생님이구 뭐구가 어디 있어요! 팔 없이는 아무 일도 못 한단 말요. 그렇다면 어머니가 한평생 부양해야겠지! 자기 몸이라면 코 위에 작은 물집이 생겨도 여길 찾아오면서, 그래 자기가 낳은 자식은 팔이 썩도록 내버려 둬! 그리고도 당신이 부모란 말이오?"

의사는 담배에 불을 붙였다. 그러고는 담배가 타들어 가는 동안 파시카의 어머니를 꾸짖기도 하고, 콧노래를 부르기도 하고, 박자를 맞춰 머리를 흔들기도 하며 무엇을 생각하기도 했다.

벌거벗은 파시카는 그의 앞에 서서 콧노래에 귀를 기울이거나 담배 연기가 보랏빛으로 퍼져가는 것을 지켜보고 있었다. 담배가 다 타버리자 의사는 벌떡 자리에서 일어나 낮은 소리로 말했다.

"이봐요. 아주머니! 고약이든 무슨 약이든, 이렇게 된 이상 아무 소용이 없어요. 이 애는 여기에 놔두지 않으면 안 되겠어."

"그래야 하겠다면, 그렇게 해야죠, 선생님."

"수술을 해야 한단 말요. 그러니 파시카, 넌 여기 남아 있어."

의사는 아이의 어깨를 어루만지며 말했다.

"엄마는 돌아가도 넌 나와 함께 여기 남아 있을 수 있겠지? 여기도 나쁘진 않거든 꼬마 도련님! 파시카, 네 팔이 낫거든 나하고 뜸부기를 잡으러 가자. 또 여우도 보여 주지. 둘이 가서 보자꾸나. 응? 남아 있겠지? 엄마는 내일 다시 올 테니까."

파시카는 어떻게 하면 좋을지 몰라 어머니를 쳐다보았다.

"선생님 말씀대로 넌 여기 남아 있어야 돼."

그녀는 부드럽게 말했다.

"그래 넌 엄마 말을 잘 듣는 착한 아이야."

의사는 유쾌한 듯이 말했다.

"이러니저러니 더 말할 필요도 없지! 난 살아 있는 여우를 얘한테 보여 줄 테고, 시장에 데리고 가서 사탕 과자도 사 줄 작정이니까. 간호사, 이 애를 이층으로 데리고 가요!"

의사는 분명히 유쾌하고 수다스러운 사람이었다. 무엇보다도 파시카는 여태껏 시장에 가본 일이 없었고, 생전 처음으로 여우를 보고 싶은 생각도 있었기 때문에 한층 더 마음이 끌렸다. 그렇지만 엄마는 어떤 마음일까?

파시카는 이 문제를 여러모로 생각해 보았다. 그래서 어머니도 함께 남아 있도록 해 달라고 의사 선생님에게 부탁하기로 마음먹었다. 그러나 미처 말도 꺼내기 전에 간호사는 그를 이층으로 데리고 가버렸다.

입을 멍하니 벌린 채 주위를 둘러보았다. 층계는 물론 마룻바닥 문기둥까지 모두 아름답게 노랑 빛깔로 칠해져 있었고, 어디서나 달콤하고 구수한 냄새가 코끝을 자극했다.

이곳저곳에 마른 들풀이 걸려 있고 동양자수로 짠 융단이 깔려 아늑함을 더해 주고, 또 놋쇠로 만든 수도꼭지가 벽에 삐쭉이 내밀고 있었다.

그러나 그중에서도 파시카를 가장 기쁘게 한 것은 잿빛의 푹신한 침구가 놓여 있는 침대였다. 그는 베개와 침구를 만져 보면서 의사 선생님은 정말 좋은 집을 갖고 있다고 생각했다.

그곳은 작은 병실로 세 개의 나무 침대가 놓여 있었는데 첫 번째 침대는 비어 있었고, 두 번째가 파시카의 침대였으며, 마지막 침대에는 눈초리가 험상궂은 할아버지가 앉아 줄곧 기침을 하면서 타구에 가래침을 뱉으며 가쁜 숨을 몰아쉬고 있어 보기에도 안쓰러웠다.

파시카는 침대 가에 서서 열린 문 사이로 다른 병실 안을 살펴볼 수가 있었는데, 몹시 여위고 창백한 사나이가 머리 위에 고무 물주머니를 얹은 채 누워 있었고, 다른 침대에는 농부가 팔을 벌린 채 붕대를 감고 마치 할머니 같은 모습으로 힘없이 앉아 있었다.

간호사는 파시카를 침대 위에 올려놓자, 다시 한 아름의 옷가지를 들고 왔다.

"이건 모두 네 거란다. 어서 입어."

간호사가 말했다.

파시카는 자기의 낡은 옷을 벗고 기쁜 듯이 새 옷으로 갈아입었다. 셔츠와 바지, 얇은 회색의 가운을 걸치고 기분이 좋아서 자기의 모습을 이리저리 살펴보았다. 그러면서 이 옷을 입고 거리를 걸어 다니면 얼마나 좋을까, 하는 생각에 마음까지 설렜다.

어제인가 어머니의 심부름으로 냇가 채소밭에서 돼지에게 줄 잎사귀를 따러 갔을 때, 마을 아이들이 그의 주변에 늘어서서 부러운 듯이 자기의 옷을 바라보는 광경을 그려보았다.

간호사가 다시 왔을 때 양은그릇 두 개와 빵과 숟가락을 들고 있었다. 그녀는 그릇 하나를 노인에게 주고 다른 하나는 파시카에게 주었다.

"먹어라!"

간호사는 사무적으로 말했다.

파시카는 양은그릇 속에 기름기가 제법 많은 수프가 가득 들었고, 고기 한 조각이 놓여 있는 것을 보았다. 그래서 그는 의사가 매우 안락한 생활을 하고 있으며, 사실은 진찰할 때 자기에게 조금도 화를 내고 있지 않았다고 생각했다.

그는 수프를 장난삼아 한 입 마시고는 숟가락을 가볍게 핥았다. 그러면서 고기를 남겨 놓은 노인을 부러운 듯 곁눈질하다가 고기를 먹기 시작했는데, 되도록 오래 먹으려고 잘게 씹었다. 그러나 그런 노력도 순식간에 어이없이 사라지고 말았다. 그래서 한참 생각을 한 끝에 남은 빵도 먹어 치웠다.

그가 빵을 다 먹었을 때, 간호사가 다시 그릇 두 개를 가지고 왔는데, 이번에는 구운 고기와 감자가 들어있었다.

"너, 빵은 어쨌니?"

그녀가 물었다. 파시카는 대답 대신 볼을 불렸다가 푸우 하고 바람을 내불었다.

"그사이 다 먹어 버렸구나? 그럼 고기는 뭣하고 같이 먹을래?"

간호사가 꾸중하듯 말했다.

친절하게도 그녀는 다시 주방으로 가서 빵을 가지고 왔다. 파시카는 여태 껏 한 번도 구운 고기를 먹어 본 일이 없었다. 처음이었지만, 정말 맛이 있었다. 순식간에 모두 없어져 버리고 또 빵만 남았다.

그것은 먼저 것보다 더 컸다. 할아버지는 식사를 마치자, 남은 빵을 서랍 속에 넣어 두었다. 그래서 파시카도 그렇게 할까, 잠시 머뭇거리다가 마저 먹어 버리고 말았다.

식사를 마친 뒤 소년은 탐험하러 나섰다. 옆의 병실에는 조금 전에 침대 에서 보았던 사람들 외에 네 사람이나 더 있었다. 그 중의 한 사람이 시선을 끌었다.

그 사람은 키가 크고 말라빠진 농부로서 털이 많아 원숭이 얼굴을 하고 있었는데, 침대 위에 앉아 줄곧 머리를 시계추처럼 흔들었다.

파시카는 그에게서 눈을 돌릴 수가 없었다. 처음에는 농부가 계속하는 시 계추 같은 운동이 장난을 걸고 있는 사람을 웃기려고 하는 짓인 줄 생각했 지만, 한참 그의 얼굴을 바라보는 동안에 파시카는 그것이 견딜 수 없는 고 통을 나타내고 있음을 알았기 때문에 가엾은 마음이 들었다.

셋째 번 병실에는 검붉은 얼굴, 마치 진흙을 칠한 것 같은 얼굴을 한 두 사나이가 있었다. 그들은 침대 위에 꼼짝도 하지 않고 펭귄처럼 앉아 있었 는데, 그 야릇한 얼굴빛이며, 무엇이 무엇인지 분간할 수 없는 모습은 이교 도의 신과 비슷했다.

"아줌마! 저 사람들은 왜 저래요?"

그는 간호사에게 물었다.

"저 사람은 두창 환자들이란다."

파시카는 자기 방으로 돌아오자, 침대 위에 앉아 의사가 뜸부기를 잡으러 가거나 시장으로 같이 가기 위해 데리러 오기를 기다렸으나, 좀처럼 모습을 나타내지 않았다.

다른 병실 입구에 수련의인가 싶은 젊은이가 들어섰다. 그는 얼음주머니를 얹고 있는 환자 위에 허리를 굽히고 불렀다.

"마하이로!"

그러나 잠자는 마하이로에게는 들리지 않았다. 젊은 수련의는 손을 흔들며 가 버렸다. 의사를 기다리고 있는 동안 파시카는 옆 침대의 할아버지는 연거푸 기침을 하면서 타구 속에 계속 가래침을 뱉었다. 다른기침 소리는 길게 병실 안을 울렸다.

한편 파시카를 매우 재미나게 하는 일이 있었다. 그것은 노인이 기침하고 나서 숨을 들이마시면 가슴 속에서 파열음 같은 쇳소리가 여러 가지 음색으로 울리는 것이었다.

"할아버지, 할아버지 뱃속에서 무슨 소리가 울려요?"

파시카는 눈을 동그랗게 뜨며 물었다. 그러나 노인은 대답도 하지 않았다. 잠시 기다렸다가 또 물었다.

"그럼, 할아버지, 여우는 어디 있죠?"

"어떤 여우 말이냐?"

"산 여우요."

"어디 있냐고? 그야 숲속에 있을 테지."

시간이 상당히 흘렀으나 의사는 오지 않았다. 그 사이에 간호사가 차를 들고 와서 빵을 다 먹어 버린 것을 꾸짖었다. 수련의가 다시 와서 미하이로를 깨우려고 했으나 전등불이 꺼져 있었다.

의사는 여전히 오지 않았다. 시장에 가는 것도 뜸부기를 잡으러 가는 것도 너무 늦은 시간이었다.

파시카는 침대 위에 길게 누워 생각에 잠겼다. 의사가 약속한 사탕과 과

자며, 어머니의 얼굴과 목소리, 자기 집 방안이 너무 어두컴컴하다는 것, 늘 잔소리만 늘어놓는 에고로 누나의 일들을 떠올렸다.

그러자 좀이 쑤시고 서글픔에 빠져들었으나 아침이 되면 어머니가 찾아오겠지, 하는 생각에 다시 마음이 놓이면서 잠을 청했다.

잠시 후 그는 어떤 소리에 놀라 눈을 떴다. 사람들이 옆의 병실에서 작은 소리로 이야기하고 있었다. 희미한 빛이 미하이로의 침대 옆에 세 사람의 그림자가 움직이는 모습을 보여 주었다.

"침대째 들고 갈까? 아니면 시체만 내 갈까?"

한 사람이 물었다.

"시체만 내 가야 돼. 침대를 다시 놓으려면 자리가 없는걸. 제기랄, 좋지 않을 때 죽었단 말이야. 맙소사!"

이윽고 한 사람은 미하이로의 어깨를 잡고, 다른 한 사람은 발을 잡아 시체를 들어 들었다. 그러자 저고리 깃이 허공에 너풀거렸다. 여자같이 생긴 농부, 즉 세 번째 사나이가 십자를 그었다.

그리고 셋이 함께 발을 끌다시피 하면서 죽은 이의 옷깃을 밟을 듯 말 듯 병실을 빠져나갔다.

잠을 자는 노인의 가슴에서 꾸룩꾸룩 소리가 나며 이상한 가락을 울렸다. 파시카는 그 소리를 듣자 무서운 듯이 컴컴한 창문을 바라보고 있다가 갑자기 허둥대며 침상에서 뛰어내렸다.

"엄마야!"

그는 소리쳤다.

그리고 대답도 기다리지 않고 옆의 병실로 뛰어들었다. 희미한 불빛이 가까스로 어둠을 쫓고 있었다. 환자들은 같은 병실의 미하이로가 죽은 데 충격을 받았고, 게다가 그림자가 어른거리고 있었기 때문에, 모두 유령처럼 보였다.

여전히 어두운 침대 위에서 농부는 쉴 새 없이 중얼거리권서 머리를 시계추처럼 흔들며 앉아 있었다.

파시카는 두창 앓는 환자의 병실을 빠져나와 복도를 지나서 머리털이 긴 늙은 얼굴의 괴물 같은 넓은 병실로 기어들어 갔다가 다시 복도로 나오자, 그곳에 난간이 있었으므로 급히 층계를 뛰어 내려갔다. 오늘 아침 앉아 있던 대합실이었다.

그는 출입문을 찾기 시작했다.

손잡이가 찰깍! 하고 벗겨지자, 찬 바람이 불어왔다.

파시카는 고꾸라질 듯 마당 쪽으로 뛰어갔다. 머릿속은 빨리 이곳을 도망치자는 공포감으로 가득 차 있었다. 그는 집으로 가는 길을 몰랐지만 쉬지 않고 달리기만 하면 곧 어머니가 있는 집에 닿을 수 있으리라고 생각했다.

달은 어두운 구름 사이로 희미하게 비치고 있었다. 파시카는 곧장 앞쪽으로 달려가 작은 오두막집 뒤를 돌자, 관목숲에 다다랐다.

잠시 숨을 몰아쉬며 그곳에 서 있다가 다시 병원 쪽으로 갈려가 주위를 빙빙 돌았다. 그러나 거기서 어떻게 하면 좋을지 몰라 걸음을 멈추지 않으면 안 되었다. 바로 눈앞에 하얀 십자가가 서 있었기 때문이다.

"엄마야!"

소년은 외치며 다시 발길을 돌렸다. 그리고 시커먼 건물 앞을 지났을 때, 비로소 불이 켜져 있는 창문을 보았다.

캄캄한 어둠 속에 환히 비치는 붉은 빛은 더 큰 무서움을 불러일으켰다. 이제는 정신이 나간 미치광이처럼 된 파시카는 어디로 도망쳐야 할지 몰랐으므로, 어쨌든 살길을 찾아 그쪽으로 뛰어갔다.

창문 옆에는 층계와 작은 게시판이 붙어 있는 방문이 있었다. 파시카는 단숨에 층계를 뛰어 올라가서 창문 안을 들여다보았다. 순간 숨이 막힐 듯한 기쁨이 그를 사로잡았다.

그 창문 안에는 탁자가 있고 쾌활하고 수다스러운 의사가 손에 책을 들고 앉아 있었기 때문이다. 파시카는 너무 기쁜 나머지 소리치려고 했다. 그러나 무엇인가 막을 수 없는 힘이 가슴을 꽉 누르는 바람에 발밑이 휘청거렸다.

그와 동시에 소년은 비틀거리다가 그만 정신을 잃고 층계 위에 쓰러졌다.

그가 정신을 차렸을 때는 이미 날이 밝아 있었다.

무엇보다도 놀랍게 시골 장터와 뜸부기, 산 여우를 약속한 억양 없는 목소리가 그의 귓전에 속삭였다.

"넌 바보야. 파시카 이놈아, 넌 정말 바보란 말이야. 혼이 나게 좀 맞아야겠어! 그래야 정신 차리겠지."

*체호프

가난한 사람들

어두운 폭풍이 무너지고 있는 밤. 어느 가난한 어부의 오막살이집 방안. 쟈니는 난롯가에 홀로 앉아 누더기 조각의 낡은 돛을 깁고 있었다. 바람은 윙윙 울어대고 비는 작은 들창을 사정없이 때리고 거센 물결은 바닷가로 밀려들며 울부짖었다.

그 요란한 소리가 끊임없이 쟈니의 귀를 어지럽혔다.

바깥은 굉장한 날씨로 불안하도록 어둡고 추웠다. 하지만 가난한 어부의 오막살이 방안은 따뜻하고 아늑했다.

바닥은 마른 흙 그대로였지만 깨끗이 치워져 있었고, 난로에는 마른 나뭇가지들이 바작바작 소리를 내면서 타오르고 통나무로 짠 찬장에는 말끔히 닦은 접시들이 가지런히 놓여 있었다.

방구석에는 천으로 덮은 낡은 침대가 놓여 있는데, 아무도 누워 있지 않았지만, 방바닥 위에 펼쳐 놓은 커다란 요 위에는 다섯 명의 어린아이가 바다가 울부짖는 소리를 자장가 삼아 잠들어 있었다.

지금까지도 쟈니의 남편은 바다에서 돌아오지 않고 있었다. 어쩌면 빈 배로 돌아올 수가 없어서 어두운 바다에 그물을 던지고 있을지도 모른다. 이렇게 어둡고 추운 밤에 바다에서 고기잡이한다는 것은 위험한 일이다.

하지만, 그렇다고 해서 고기잡이를 하지 않을 수는 없지 않은가? 가족들을 굶주리게 내버려둘 수는 없었다.

그녀는 파도와 바람의 무시무시한 요동 소리에 귀를 기울였다. 이따금 날카로운 갈매기의 울음소리가 어둠을 찢고 들려왔다. 빗발이 점점 거세졌다.

그녀의 마음은 차츰 불안으로 흔들렸다.

그녀의 머릿속에 난파라는 무서운 환영이 떠오르기 시작했다. 배는 바위에 부딪혀 산산조각이 나고 사람들은 물에 빠져 허덕이고 있다. 무서웠다!

낡은 벽시계는 쉰 듯한 소리로, 그러나 제법 착실히 시간을 따라 흘러가고 있다. 똑딱똑딱…… 지금 아이들은 깊은 잠의 바다에 빠져 있었다.

그녀는 생각에 잠겼다. 세상을 살아간다는 것은 정말 어려운 일이다. 지금도 남편은 자기의 몸을 돌보지 않고 추위와 폭풍의 바다에서 식구들을 위해 시시각각 닥쳐오는 숱한 위험 속에 몸을 내맡기고, 그사이 그녀 역시도 아침부터 밤늦게까지 흐린 램프 불빛을 벗 삼아 일을 계속하지 않으면 안 되었다.

그런데 그 결과는 어떠한가. 낮과 밤을 구별하지 않고 부지런히 일하면서 살아간다는 것은, 과연 훌륭한 일일까?

그녀의 어린아이들은 여름이건 겨울이건 맨발로 돌아다니고 밀가루 빵 같은 것은 생각조차 해본 적이 없는 보리밥이나마 굶지 않고 먹게 되면 고마운 일이다. 어쩌다 가끔 생선은 먹을 수 있었다. 그나마 아이들이 앓지 않고 건강하게 함께 있어 주는 것도 하나님의 은혜라고 생각했다.

가난한 생활은 그렇다 치고 바람과 바다는 왜 저토록 무서운 소리로 울부짖는단 말인가. 그이는 지금 어디쯤 있는지 몰라!

'하나님, 아무쪼록 그이를 지켜주옵소서. 은혜를 베풀어 주십시오.'

잠을 자기에는 너무나 걱정이 앞섰다. 그녀는 일어서서 두꺼운 겉옷을 걸치고 등불을 들고 밖으로 나갔다. 남편이 돌아왔는지, 바다의 풍랑이 다소 잠잠해졌는지, 또 등대에 불이 켜져 있는지를 살펴보기 위해서였다.

밖은 어두웠다. 가늘지만 세차게 비가 내리고 있었다.

그녀는 마을 어귀 해변에 반쯤 쓰러져 가는 낡은 오막살이를 향해 발걸음을 옮겼다. 마치 그 오막살이는 빗속에 잠겨 있는 작은 섬처럼 보였다. 썩어 검은 벽에 낡은 문이 달려 있었는데 바람이 불 때마다 덜컹덜컹 소리를 냈다. 바람은 마치 휩쓸어 갈듯이 이 초라한 오막살이를 몰아쳤다.

문은 처량한 소리를 질렀고, 지붕 위를 덮은 갈댓잎은 마치 구원을 청하듯이 웅성거렸다.

그녀는 오막살이 문 앞에 서서 찌그러진 창문으로 안을 들여다보았다. 안은 몹시 캄캄했다.

"저 불쌍한 병자를 돌봐 주는 걸 깜빡 잊고 있었구나. 밤이 되면 병세가 더 나빠진다고 마을 사람들이 얘기했는데, 정말 저 이는 혼자 몸으로 아무도 돌봐 줄 사람이 없지."

이렇게 그녀는 생각했다.

그녀는 문을 두드리고 나서 무슨 소리가 들려오지 않을까 귀를 기울여 보았다. 그러나 집안은 조용했다. 아무런 대답이 없었다.

쟈니는 문 앞에 선 채 생각했다.

"딱하게도! 자기가 가족들을 돌보지 않으면 안 될 때 병이 나다니. 정말 야속도 하지. 둘째 아이를 낳자마자 과부가 되어 모든 일을 혼자 도맡아 하지 않으면 안 되는 때 병이 났으니! 이게 무슨 변이람!"

그녀는 몇 번이나 문을 두드려 보았다. 그러나 대답이 없었다.

"이봐요, 어떻게 된 거예요?"

쟈니는 목소리를 높였다. 그만큼 바람 소리도 요란스러웠다.

"괜찮아요. 잠들었으면 일어나지 않아도 좋아요."

바람은 그치지 않았다. 추위와 비에 젖어 몸이 으슬으슬 떨려오기 시작했다. 그녀가 집으로 돌아가려고 발길을 돌렸을 때, 돌연 겉옷을 채 갈 듯한 강한 비바람에 문이 열렸다.

그래서 그녀는 오막살이 안으로 들어갔다. 비에 젖은 등불이 어둡고 적막한 집 안을 비춘다. 안은 밖과 마찬가지로 축축하게 젖어 음산하고 추웠다. 오랫동안 집안에서 불을 지핀 일이 없다는 것을 곧 알 수 있었다. 지붕의 이곳저곳에서 빗물이 떨어졌다.

쪽문 반대편 지저분하게 쌓여 있는 짚 더미 위에 과부가 누워 있었다. 머리는 뒤쪽으로 처져 있었고 창백한 얼굴은 싸늘하게 입을 벌린 채 고통과 절망의 표정으로 얼어붙어 있었다. 무엇을 잡으려는 듯 뻗은 여윈 손은 갈대로 엮은 침소 밑으로 축 늘어져 있는 것이 시체가 분명했다.

죽은 엄마의 발밑에 놓인 더러운 포대기 속에는 두 어린 것들이 창백한 얼굴이었지만 곱슬머리의 볼이 귀여운 어린애가 얼굴을 찌푸리고 금발의 머리를 서로 맞대고 깊은 잠에 빠져 있었다.

죽음이 가까이 있는 것도, 폭풍의 성난 울부짖음도 모르는 평화로운 모습이 가슴을 뭉클하게 했다.

엄마는 죽어 가면서도 아이들의 발을 커다란 헝겊 조각으로 감싸주고, 자기의 옷을 아이들에게 걸쳐 주는 것을 잊지 않았다.

한 아이는 조그마한 손을 볼에 밀어 넣고, 다른 아이는 목에 귀여운 얼굴을 맞대고 있었다. 아이들의 숨소리는 조용하고 순조로웠다. 누구도 아이들의 평화스러운 잠을 방해할 수 없으리라.

그러나 폭풍은 점점 거칠어 갈 뿐이었다. 지붕에서 새는 빗방울이 죽은 이의 이마에 떨어지며 흘러내렸다. 마치 우울하게 일그러진 그녀의 얼굴 위의 눈물방울처럼 말이다.

마침내 그녀는 비바람 속을 뚫고 단숨에 집으로 돌아왔다. 겉옷 밑에다 무엇인가를 감추어 가지고 있음이 분명했다. 심장 뛰는 소리가 요란스럽게 들려왔다. 누군가가 뒤 쫓아오는 것 같아 뒤를 돌아볼 수가 없었다. 그녀는 오막살이집에서 무엇인가 훔쳐 가지고 온 것이 분명했다.

집에 돌아오자, 그녀는 가져온 짐을 침대 위에 놓고 허둥지둥 포대기로 덮었다. 그런 다음 의자를 가져다가 침대 옆에 놓고 그 위에 앉았다. 그러고는 침대 끄트머리에 머리를 묻었다.

자신의 돌발적인 행동에 파랗게 질려 흥분하고 있었다. 그녀의 양심은 괴로움에 스스로 비난하는 듯했다. 자기감정을 못 이겨 이따금 외마디 소리를 질렀다.

"이제 그이는 뭐라고 할까. 내가 무슨 짓을 했단 말인가! 다섯이나 되는 애들 돌보기에도 허덕이면서, 이 무슨 못난 짓이란 말인가? 그이가 돌아오셨나? 아니야, 차라리 나를 때리기나 했으면 속이 편할 텐데, 정말 난 매 맞을 짓을 했단 말이야. 아아, 그이가 뭐라고 한다면! 좋아, 차라리 단숨에!"

그때 문소리가 들렸다. 누가 온 모양이었다.

그녀는 몸을 떨면서 일어섰다.

"또 바람이 문을 두드린 거야. 하나님, 왜 저는 이런 못된 짓을 저질렀을까요. 어떻게 그이를 대할 수가 있을까요?"

그녀는 불안 속에서 온갖 괴로운 상념으로 안절부절못하면서 오랫동안 침상 옆에 묵묵히 앉아 있었다.

비는 멎어 있었다. 어느새 새벽이 잿빛으로 펼쳐졌다. 그러나 바람은 여전히 울어대고 바다는 포효를 멈추지 않았다. 그때 느닷없이 문이 열렸다. 그리고 방 안으로 신선한 습기 띤 바깥 공기가 흘러들어왔다. 키가 훤칠한 검게 탄 어부가 젖은 그물을 끌면서 집 안으로 들어왔다. 그는 말했다.

"지금 돌아왔어, 쟈니."

"아, 어서 오세요."

그녀는 이렇게 대답했지만, 일어선 채로 제대로 얼굴을 들 수가 없었다.

"지독한 날씨데."

"정말 그래드. 무서운 날씨였어요. 그런데 고기잡인 어땠어요?"

"말도 말아! 한 마리도 안 걸렸다니까. 그물만 찢겨서 돌아왔어. 정말 지독한 폭풍이더근. 난 오늘 밤 같은 폭풍은 처음 봤어. 바람은 악마처럼 짖어대고 배를 구슬처럼 갖고 논단 말이야. 나는 밧줄이 끊어져 배와 함께 바닷속에 삼켜지는 줄 알았어. 그래도 덕분에 목숨만은 건져 돌아왔지. 그동안 당신은 혼자서 뭘 하고 있었지?"

어부는 집안에 그물을 끌어들여 놓고 젖은 몸으로 난롯가에 앉았다.

"저요?"

그녀는 새파랗게 질린 얼굴로 말했다.

"전, 그냥 앉아서 뜨개질하고 있었어요. 바람이 너무나 요란한 소리를 내기에 혼자 있기가 무서워서…… 당신 일이 걱정돼서 말이에요."

"그랬겠지. 정말 굉장한 폭풍이었으니까. 그래서 어떻게 했지?"

남편은 중얼거리듯 말했다.

그들은 한동안 말없이 앉아 있었다.

이윽고 그녀는 무슨 죄를 저지른 사람처럼 머뭇거리며 말했다.

"여보, 시돈이 죽었어요. 언제 죽었는지 모르지만요. 아마, 어젯밤 당신이 그이 집에 다녀온 뒤였을 거예요. 죽을 땐 괴로웠겠죠. 아이들 생각을 하면 전 가슴이 미어져요.

아직 젖먹이인 아기를 둘이나 남겨 두고 죽었는걸요. 밑의 애는 아직 말도 못 하고 큰 애는 겨우 기어다니기 시작할 정도인데……."

여자는 입을 다물었다. 어부는 눈을 껌뻑거렸다. 선량하고 정직하게 보이는 그의 얼굴은 진지하게 상념에 잠긴 얼굴이 되었다.

"참, 기막힌 일도 다 있군 그래."

그는 참다못해 목을 긁으면서 말했다.

"어떻게 하면 좋을까? 우선 아이들을 데려오지 않으면 안 되겠군. 잠이 깨면 엄마를 찾을 텐데. 하지만, 아냐. 어떻게든 함께 살아봐야지. 여보! 빨리 가서 데려와요!"

그러나 여자는 앉은 자리에서 떠나려고 하지 않았다.

"왜 그래. 싫은가? 아이들을 데려오는 게 맘에 내키지 않아? 왜 그러는 거야? 쟈니……."

이윽고 그녀는 일어섰다. 그리고 잠자코 남편을 침상 옆으로 데리고 갔다. 그리고는 덮었던 포대기를 벗겼다.

거기에는 죽은 이웃 여인의 두 어린아이가 평화로운 꿈속에 잠의 나라를 평화롭게 여행하고 있었다.

*도스토옙스키

순례자

두 노인이 신앙의 도시 예루살렘을 향해 순례의 길을 떠났다.

한 사람은 부자 농부로 예핌 타라스이치 세베료프라는 이름이고, 다른 한 사람은 생활이 넉넉하지 못한 엘리세이 보도로프라는 사나이였다.

예핌은 고지식한 농부로 술도 마시지 않았고 담배도 피우지 않았으며, 도박에도 관심을 보이지 않았다. 세상에 태어난 이후로 남에게 욕을 한 적도 없는, 매사에 엄격하고 빈틈이 없었다.

예핌은 두 번이나 마을의 이장을 지냈으며 어김이 없이 자기가 맡은 일을 충실하게 해냈다.

식구도 많았다. 두 아들 외에 장가든 손자까지 있었는데, 모두가 한집에서 함께 살고 있었다. 얼핏 보기만 해도 매우 건강한 생활의 가장임을 알 수 있었다. 긴 턱수염을 길렀고, 나이 일흔 살이 되었는데도 등도 구부러지지 않았다. 이제야 수염에 약간 서리가 내리기 시작한 정도의 용모를 하고 있었다.

반면 엘리세이는 부유하지도 가난하지도 않은 평범한 노인으로, 젊어서는 목수 일을 하며 살았으나, 나이 먹은 뒤로는 집 안에 있으면서 꿀벌을 치기 시작한 것이 그의 소일거리였다.

가족으로 큰아들은 벌이를 위해 멀리 떠나 집에 없었고, 둘째 아들이 집에서 농사일을 돌보고 있었다.

엘리세이는 비교적 명랑한 성품의 노인으로 보드카도 마시고, 담배도 피웠다. 그는 노래 부르기를 좋아했으며, 온화한 성격의 소유자로 집안 식구들이나 이웃 사람들과도 늘 사이좋게 지내고 있었다.

그의 용모는 키가 작달막하면서 거무스름한 얼굴빛의 빈약한 농부로, 곱슬한 턱수염을 기르고, 자기와 같은 이름의 예언자 엘리세이처럼 머리가 벗겨져 대머리였다.

두 노인은 오래전부터 함께 성지 순례를 떠날 약속을 하고 있었으나, 예픔 노인 쪽이 늘 분주하여 이 일 저 일에 끝이 없었다. 한 가지가 끝났다 하면 곧 다음 일이 생기곤 했다.

손자의 혼인 잔치가 끝났다 했더니, 막내아들이 군대에서 돌아왔다. 그래서 이번에는 새로 집을 지어야 했다.

어느 날 마을에 행사가 있어서 두 노인은 우연히 만나 통나무 위에 나란히 걸터앉았다. 엘리세이가 말했다.

"어떤가? 언제쯤 성지 순례를 떠날 수 있지?"

예픔은 어두운 얼굴로 말했다.

"조금만 더 기다려 줘야겠어. 올해는 하는 일마다 뒤틀린단 말야. 그 공사를 시작했을 땐, 백 루블 정도면 될 것 같았는데, 벌써 3백 루블이나 들었는데도 끝이 보이지 않으니 말일세. 아무래도 여름을 넘길 모양이야. 글쎄, 주님의 뜻이시라면 올해 안에 떠나게 되겠지."

"내 생각 같아선 말일세."

하고 엘리세이는 말했다.

"그렇게 미루기만 해서는 방법이 없어. 마음먹고 떠나야지. 지금은 봄이라 꼭 좋은데 어떤가."

"때도 때지만, 일단 시작한 일을 어떻게 남겨 두고 가나?"

"그건 그렇지만, 그렇게 일을 맡길 사람이 없나? 아들이 다 알아서 할 게 아닌가?"

“뭘, 알아서 하겠나! 큰아들놈이라고 어디 믿을 수 있어야지. 엉뚱한 짓을 해놓을 게 뻔해.”

“그렇지도 않아. 우리는 어차피 죽을 몸 아닌가? 남은 자식들은 우리가 없어도 다 잘해 나갈 수 있다네. 자네 아들도 지금부터 일을 배워서 익혀야 해. 안 그런가?”

“그야 그렇지만, 뭐니 뭐니 해도 내 눈으로 완공을 보고 싶어서 말이야.”

“거참! 난 모르겠네! 이런 일 저런 일 모두 끝장을 보자면 한이 없어. 바로 얼마 전에 우리 집 여자들은 축제일이 다가온다면서 빨래한다, 집 안을 치운다, 아주 난리를 피우더군. 그때 우리 큰며느리가 아주 영리하게 말하지 않겠나. ‘축제일이 우리를 기다리지 않고 빨리 다가오니까, 그래도 살겠군요. 그렇지 않다간, 아무리 일을 해 봐야 다 할 순 없으니까요’라고 말하지 않겠나.”

예핌은 잠시 생각에 잠겼다.

“나는 그 공사에 여간 돈을 쏟아 넣었어야지. 길을 떠나는 데 빈손으로 갈 수도 없고 말이야. 그것도 한두 푼으론 되지 않을 테고, 아무리 적어도 백 루블 정도는 가지고 떠나가야지 않겠나.”

엘리세이는 웃음을 터뜨렸다.

“자네, 그런 소리 하다간 벌 받아요. 자네 재산은 나한테 비하면 열 곱절은 더 되는데, 돈 때문에 걱정하다니, 그런 일은 접어놓고, 언제 떠날 것인지 작정하기나 하게. 내게는 돈이 없지만, 그래도 떠난다면야 마련하지 못하겠나.”

예핌 노인도 웃으며 말했다.

“그러고 보니 대단한 부자로군. 어떻게 마련할 건가?”

“온 집안을 뒤지면 얼마쯤은 나오겠지. 모자라는 돈은 통나무 꿀벌 통 여

남은 개만 옆집에 팔면 되겠지. 전부터 사겠다고 말해 왔으니까.”

“판 벌통에서 수확이 좋으면 속이 상할걸세, 안 그런가?”

“속이 상해? 그런 말 꿈에도 하지 말게. 이 세상에는 죄짓는 일밖에는 아무것도 속상할 일이 없어. 영혼보다 더 소중한 건 없으니까.”

“물론 그렇지만, 그래도 집안일이 정리되어 있지 않으면, 마음이 편안하지 않거든.”

“그보다도 우리 영혼에 질서가 잡혀 있지 않으면 더 편안치 않을걸세. 어쨌든 이미 약속한 거니까 떠나야지 않겠나.”

엘리세이는 친구를 설복시켰다.

집으로 돌아온 예핌은 밤새도록 생각한 끝에 이튿날 아침, 엘리세이에게로 가서 말했다.

“그럼 떠나세. 자네 말대로 인간이 사는 것도 죽는 것도 모두 주님의 뜻이니, 아직 살아서 기운이 있을 때 꼭 가야겠어.”

그로부터 일주일 후 두 노인은 순례 여행 준비를 마쳤다.

예핌의 집에는 여윳돈이 있었으므로 1백 루블을 여비로 준비하고, 나머지 2백 루블은 늙은 아내에게 맡겼다.

엘리세이도 준비가 갖춰졌다. 바깥마당에 늘어놓은 통나무 꿀벌 통 중에서 열 개를 옆집 사람에게 팔아서 70루블이라는 돈이 마련되었다. 나머지 30루블은 식구들에게 조금씩 얻어냈다.

그의 늙은 아내도 죽을 때 쓰려고 모아두었던 돈을 모두 털어서 내놓고, 며느리까지 자기 돈을 내놓았다.

예핌 타라스이치는 아들에게 뒷일을 맡겼다. 어디서 얼마만큼의 건초를 벤다던가, 거름은 어디로 운반할 것이며, 집 건축은 어떻게 완공시키며, 지붕은 어떤 모양으로 올린다던가, 한 가지도 빠뜨리지 않고 지시했다.

하지만 엘리세이는 아내에게 팔아넘긴 통나무 꿀벌 통에서 깐 애벌은 따로 모았다가 어김없이 옆집 사람에게 건네주라고 분부했을 뿐, 집안일에 대해서는 한 마디의 말도 하지 않았다.

두 노인은 모든 준비를 끝냈다. 식구들은 과자를 굽고, 새 과반을 마름질하고, 농부화를 만들었다.

마침내 노인들은 나막신까지 마련해 떠났다. 두 집 식구는 동구 밖까지 전송 나와서 이들에게 작별을 고하자, 두 노인은 여행길에 올랐다.

엘리세이는 기쁜 마음으로 마을에서 멀어지자, 집의 일 같은 건 전부 잊어버렸다. 마음속으로 생각하고 있는 일은 여행 중에 부디 친구의 마음에 들도록 하자, 누구에게나 언짢은 말 같은 것은 삼가며 무사히 만족한 마음으로 목적지에 도착하고, 또 아무 탈 없이 집으로 돌아오자는 것뿐이었다.

그는 길을 걸으면서 기도문을 외우고, 자기가 알고 있는 성자의 전기를 마음속으로 더듬는데 정신을 모았다.

도중에 누군가와 동행이 되거나 여인숙에 들 때는 어떻게든지 남에게 친절한 응대를 하자, 하나님께서 일러주신 말씀을 말하도록 하자고 다짐하는 것이었다.

먼 길을 걸으면서 기쁜 마음으로 견딜 수 없을 정도였는데, 한 가지 엘리세이에게도 근대로 안 되는 일이 있었다. 그것은 코담배를 끊어 보려고 일부러 코담배 갑지를 집에 두고 왔는데, 그것이 아쉬워서 견딜 수 없었다.

마침 여행 중인 한 나그네에게서 얻었으므로 친구에게 잘못을 저지르지 않기 위해 슬쩍 뒤처져서는 코담배 냄새를 맡곤 했다.

한편 예핌 타라스이치도 기분이 좋은 듯 힘차게 발걸음을 걸었다. 나쁜 짓은 하나도 하지 않고, 쓸데없는 말은 한마디도 지껄이지 않았다. 그러나 마음은 편치 않았다. 집 걱정이 머리를 떠나지 않는 것이었다.

집에서는 어떻게들 하고 있을까 그것만 생각했다. 뭔가 아들에게 일러줄 것을 잊어버리지는 않았을까? 아들은 자기가 말한 대로 하고 있을까?

길가의 사람들이 감자를 심거나 거름을 운반하는 것을 보면 집에서도 저렇게 열심히 일을 하고 있을까, 하고 걱정되는 것이었다. 그만 이제라도 돌아가서 모든 것을 자기 손으로 해버리고 싶은 충동이 일어나는 것이었다.

두 노인은 5주일 동안 계속해서 신고 온 목피 구두도 다 떨어져 새 신을 사야 할 무렵 러시아 땅에 발길을 들어놓았다.

집을 떠나니 잠자리는 물론 식사도 돈이 들었는데, 국경을 벗어나 러시아 땅으로 접어드니 그 지방 사람들은 모두 다투어 두 노인을 자기 집으로 끌고 가려고 했다.

잠을 재운 뒤 먹을 걸 대접하고서도 돈을 받지 않을뿐더러, 도중에서 먹으라고 자루 속에 빵이랑 과자를 넣어 주는 친절을 베풀었다.

이렇게 두 노인은 홀가분하게 7백 리 길을 걸어 흉년이 든 낯선 고장에 당도했다.

거기서는 잠을 재워 주고 방값은 받지 않았으나 먹을 것은 아무것도 주지 않았다. 빵은 어느 집에서도 구할 수 없을 뿐 아니라, 어떤 곳에서는 돈을 주어도 빵을 살 수 없는 경우도 있었다.

사람들의 이야기에 의하면, 지난해 곡식이 조금도 영글지 않았다고 했다. 부잣집도 먹을 것이 없어, 가진 물건들을 모두 팔아 식량을 구했으며, 중류 생활을 하던 자는 빈털터리가 되었으며, 가난뱅이는 다른 지방으로 떠나가든가 동냥을 하면서, 아니면 마을에서 그럭저럭 하루하루 지내고 있는 형편이었다. 겨울 동안은 밀기울과 명아주로 끼니를 이었다고 했다.

어느 날 두 노인은 작은 마을에 들어가 각각 빵을 열다섯 개가량을 사서 하룻밤을 지낸 다음, 동이 트기 전에 길을 떠났다.

10리쯤 걸어가 날이 밝자, 어느 개울가에 이르러 거기에서 다리를 펴고 앉아 컵에 물을 부어 빵을 축여가며 먹은 다음 나막신을 갈아 신었다.

이렇게 앉아서 쉬는 동안에 엘리세이가 담배쌈지를 꺼냈다.

예핌이 그것을 보자 머리를 가로저었다.

"왜 그런 좋지 못한 버릇을 고치지 못하나?"

엘리세이는 거쩔 수 없다는 듯이 손을 내저으며 대답했다.

"나는 죄에 빠졌어. 도저히 고칠 수 없어."

두 사람은 일어나 다시 앞길을 재촉했다. 거기서 다시 10리쯤 걸어가니 마을이 앞을 가로막았다.

그 마을을 거의 벗어났을 때는 벌써 볕이 여간 뜨거워지는 것이 아니었다. 엘리세이는 너무나 지쳐 잠시 쉬어 물도 한 그릇 마시고 싶었으나 예핌은 걸음을 멈추려 하지 않았다.

예핌이 너무 빨리 걸었기 때문에, 엘리세이는 그 뒤를 따라가기조차 어려웠다.

"물을 좀 마셨으면 좋겠는데."

"마시지 그러나, 난 괜찮아."

엘리세이는 걸음을 멈추고 예핌에게 말했다.

"그럼, 날 기다리지 말게나. 나는 잠깐 저 농가에 들어가서 물을 얻어 마신 다음, 곧 뒤따라갈 테니까."

"그래 알았어. 곧 뒤따라오게."

예핌은 혼자 길을 따라 걸었고, 엘리세이는 농가 쪽으로 돌아섰다.

엘리세이가 농가에 다가가 집안을 살펴보니 석회 칠을 한 자그마한 농가 집이었다. 아래쪽은 까맣게 되고 윗부분만이 흰색이었는데, 오래도록 손보지 않아 칠은 벗겨지고 지붕은 한쪽이 허물어진 가난한 농가였다.

집의 입구가 뒤쪽에 있어 엘리세이는 뒷문으로 들어가, 집안을 둘러보니 담장 밑에 한 사나이가 드러누워 있었다. 마르고 턱수염도 없으며, 러시아 잠바를 입고 있었다.

짐작하건대 이 사나이는 시원한 그늘을 찾아 누워 있었던 것 같으나 그곳에 볕이 내리쬐고 있었다. 사나이는 누워 있긴 했지만 잠들어 있는 것 같지는 않았다.

엘리세이는 물을 좀 마실 수 없느냐고 말을 걸었으나 사나이는 아무런 대답도 하지 않았다.

병자이거나 아니면 무뚝뚝한 사나이라고 생각하고, 엘리세이는 문 쪽으로 다가갔다.

그때 집 안에서 어린아이의 우는 소리가 들려왔다. 당황한 엘리세이는 문의 고리를 힘껏 소리 나게 당기면서, 목소리를 높여

"실례합니다."

라고 인사했으나, 안에서는 대답이 없었다.

"안녕하십니까?"

하고 소리치듯 말해도 바스락 소리 하나 나지 않았다.

"아무도 안 계십니까?"

라고, 거듭 말했으나 대답이 없었다.

엘리세이는 그만 돌아서려고 하는데, 바로 문 앞에서 누군가가 신음하고 있는 듯한 거친 소리가 들렸다.

'무슨 변고가 생긴 게 아닐까? 어디 한 번 들여다보고 가야지.'

엘리세이는 집 안으로 들어가기로 마음먹고 손잡이를 돌려보니 자물쇠가 걸려 있지 않았다. 문을 열고 들어서니 방으로 통하는 문이 그대로 열려있었다.

오른편에는 난로가 있었고 정면이 상좌로 되어 있었으며, 그 구석에 성상
聖像과 테이블이 놓여 있고, 테이블 옆쪽에 의자가 놓여 있었다.

그 의자에 두건도 쓰지 않은 속옷 바람의 할머니가 걸터앉아 테이블에
머리를 올려놓고, 그 곁에는 비쩍 말라 배만 불룩한 밀랍 같은 얼굴빛의 남
자아이가 앉아서 할머니의 옷소매를 잡아당기며 칭얼대고 있었다.

엘리세이는 방안에 발을 들여놓았는데, 숨이 막힐 듯한 고약한 냄새가 요
동쳤다. 살펴보니까 페치카 바닥 위에 여자가 쓰러져 있는 것이 아닌가. 엎
어진 채 이쪽을 보려고도 하지 않고 불규칙하게 가래 끓는 소리만 내면서
한쪽 다리를 폈다 오므렸다 할 뿐이었다.

괴로운 듯 이리저리 뒤척이고 있는 그녀에게서 코를 찌르는 악취가 나고
있는 것이 분명했다. 틀림없이 여자는 대소변을 가리지 못하고 있는데, 아
무도 그 뒤치다꺼리를 해주지 못하는 모양이다.

할머니가 득득 눈을 들어 낯선 침입자를 바라보았다.

"누구요, 당신은? 무슨 볼일이오? 누군지 모르지만, 여긴 아무것도 없으
니……."

엘리세이는 가까이 다가가서 정중히 말했다.

"할머니, 물 좀 얻어 마시려고 그래요."

"아무것도 없다고 했잖수. 아무도 물을 떠 올 사람이 없어요. 물을 먹으
려거든 가서 떠 마셔요."

"어떻게 된 겁니까, 할머니? 집엔 성한 사람이라곤 하나도 없나요? 이 아
주머닐 돌봐 줄 사람도?"

하고 엘리세이가 물었다.

"아무도, 아무도 없어요. 뒷문에 사람이 죽어가고 있고, 우린 여기서 이
렇게……."

사내아이는 낯선 사람을 보고 잠시 입을 다물고 있다가 할머니가 말하는 것을 보자, 다시 그 소매를 잡아당기며

"빵 줘, 할머니, 빵!"

하면서 또다시 울기 시작했다.

엘리세이가 할머니에게 다시 물으려고 했을 때 밖에 있던 사나이가 안으로 비틀거리며 들어왔다. 벽을 의지하고 힘겹게 걸음을 옮겨 의자에 앉으려고 하는 모양이었으나, 그러지 못하고 출입문 한쪽 구석에 쓰러졌다.

그러고는 일어나려고도 하지 않고 가쁜 힘없는 어조로 말하기 시작했다. 그런데 한마디하고는 말을 끊고, 숨을 몰아쉬면서 다음 말을 이어갔다.

"우린 지금 전염병에… 걸렸는데, 게다가…… 흉년이 들어…… 저놈도 굶어서 다 죽게 되었소!"

농부는 턱으로 사내아이를 가리키며 울음을 토했다.

엘리세이는 등에 짊어진 자루를 치켜올려 두 팔을 멜빵끈에서 빼내었다. 자루를 바닥에 내려놓았다가 다시 걸상 위에 올려놓은 뒤 자루를 끄르기 시작했다. 자루를 열고 속에서 빵과 나이프를 꺼내어 한 조각 잘라서 농부에게 주었다.

농부는 그것을 받으려 하지 않고 사내아이와 여자 쪽을 가리켰다. 그들에게 주라는 것이다.

엘리세이는 사내아이에게 빵을 주었다. 사내아이는 빵 냄새를 같자, 팔을 뻗쳐 두 손으로 빵을 움켜쥐더니 입과 코를 처박고 먹기 시작했다. 그러자 페치카 구석에서 계집아이가 기어 나와 물끄러미 빵을 바라보았다.

엘리세이는 그 아이에게도 한 조각 주었다. 그리고 또 한 조각을 잘라 할머니에게 건네자, 그녀는 그걸 받아 들자 우물우물 먹기 시작했다.

"물을 떠 왔으면 좋겠군. 모두가 목이 탈 텐데. 내가 어젠가 오늘인가 물

을 가지러 갔었지만, 집에 오기도 전에 쓰러져버렸지. 물통이 거기 있긴 할 텐데. 혹시 누가 가져갔다면 모르지만……."

엘리세이는 우물이 어디 있는가 물어보았다.

할머니가 가르쳐준 대로 갔더니 물통이 있었다.

그래서 물을 떠다 식구들에게 나누어 먹였다.

아이들과 할머니는 물을 마셔가며 빵을 먹었으나 남자는 입에 대려고 하지 않았다.

"뱃속이 말을 듣지 않아요"
라고 힘겹거 말했다.

여자는 아여 일어나려고도 하지 않고 정신을 차리지 못한 채 나무 침대 위에서 몸부림만 칠 뿐이었다.

엘리세이는 가게로 달려가서 옥수수와 보리, 소금, 밀가루. 버터를 사 왔다. 그리고 고기를 찾아 장작을 패어 난로에 불을 지폈다. 그런 동안 기운을 차렸는지 계집아이가 거들었다.

엘리세이는 수프와 보리죽을 만들어 온 식구들에게 먹였다. 수프와 보리죽은 주인 남자도 먹고 할머니도 먹었다. 사내아이와 계집아이는 그릇 바닥까지 싹싹 훑아먹은 뒤 서로 껴안은 채 잠들어 버렸다.

농부와 할머니는 왜 이렇게 되었는지를 이야기했다.

"우리 집간은 그다지 넉넉한 살림살이도 아닌 데다, 지난해엔 가뭄으로 추수한 것이 아무것도 없어 기근이 든 가을부터는 전에 남겨 두었던 비상 곡식까지 털어먹었지요. 끝내 더 먹을 게 없어 이웃 사람들과 친절한 분들의 도움을 받았어요. 처음엔 꾸어 주기도 했지만, 차차로 거절하게 되었습니다. 어떤 사람은 꾸어 주고 싶은 마음은 태산 같지만, 아무것도 없으니할 수 없다고 하더군요. 또 우리도 한두 번이 아니어서 매번 손을 벌리기가 여간 민망스럽지 않았습니다. 이 사람 저 사람에게 돈과 밀가루와 빵을 꾸어 생활을 꾸려갔으니 말입니다.”

농부가 말을 이었다.

“나는 일을 찾아 여기저기 돌아다녔으나 일이 없었습니다. 모두가 입에 풀칠하기 위해 일을 찾아다니는 형편이니 말입니다. 어쩌다 하루 일하면 그다음은 일이 없어 굶은 채로 헤매지 않으면 안 되었습니다. 그래서 할머니와 딸아이가 이웃 마을로 동냥까지 하러 다니게 되었는데, 어느 집도 빵이 없으니까, 먹을 것을 얻을 수가 있어야지요. 그래도 굶어 죽지 않을 정도로 입에 풀칠은 했지요. 이럭저럭 햇보리가 날 때까지 연명해 가겠다고 생각했던 것인데, 글쎄 봄부터는 전혀 동냥을 주는 집이 없게 된 데다, 이렇게 열병까지 퍼지지 않았겠습니까. 형편은 더욱 심해져서 하루 먹으면 이틀은 굶어야 했지요. 마침내 들판의 풀까지 뜯어 먹게 되었는데, 그 풀 때문인지 아니면, 무슨 다른 이유가 있었는지 아내가 쓰러졌습니다. 아내는 앓아눕게 되었지만, 내게 아무런 힘이 없으니 암담한 형편입니다.”

농부는 이렇게 말했다. 그러자 할머니가 입을 열었다.

“나 혼자 정신없이 돌아다녔지만, 아무리 열심히 돌아다녀 보아야 누가 먹을 것을 주어야 말이죠. 그만 지치고 근력도 빠져서 주저앉아 버렸어요. 손녀딸도 몸이 약해진 데다가 이제는 겁까지 잔뜩 집어먹고 근처에 심부름을 보내도 가려고 하질 않는군요. 구석에 처박혀서 꼼짝도 하지 않고 있어요. 엊그제 이웃집 아주머니가 무슨 볼일인지 왔다가 모두 굶어 쓰러져 있는 것을 보더니 깜짝 놀라 돌아서서 나가버리지 않겠어요. 그 아주머니도 남편은 도망쳐 없고, 어린아이들하고 굶주리는 판이라 그럴 만도 하죠. 그래서 이렇게 온 식구가 드러누워 하나님의 부르심을 기다리고 있었습니다.”

두 사람의 사정 이야기를 들은 엘리세이는 그날로 친구를 따라가야 한다는 생각을 버리고 그 집에 머물렀다.

이튿날 아침 일어나자마자 엘리세이는 마치 자기가 이 집의 주인이라도 된 듯이 서둘러 집안일을 하기 시작했다. 할머니와 가루를 반죽하고, 페치카에 불을 지피고, 여자아이와 함께 쓸 만한 물건을 찾아보려고 온 집안은 물론 집 주변까지 돌아다녔다.

저건 어떨까 이건 어떨까 생각하며 찾아보았으나, 아무것도 없었다. 모조리 먹을 것과 바꾸어 버린 것이었다. 입을 옷가지도 없는 형편이다. 그래서 엘리세이는 꼭 있어야 할 필요한 물건을 마련하기 시작했다.

손수 만들기도 하고 밖에 나가서 사 오기도 했다. 이렇게 하여 엘리세이는 하루를 보내고 이틀이 지나 사흘을 묵었다. 사내아이는 기운을 다시 찾아 가게에 심부름도 가고 엘리세이를 잘 따랐다. 여자아이는 아주 명랑해져서 무슨 일이나 거들려고 나섰다.

줄곧 "아저씨, 아저씨!" 하며 엘리세이의 뒤를 졸졸 따라다녔다. 할머니도 일어나 이웃에 드나들게 되었다. 주인 남자도 벽을 짚고 걷게 되었고, 이제 드러누워 있는 사람은 그의 아내뿐이었으나, 그녀도 사흘째 되는 날에는 정신을 차리고 무엇을 좀 먹었으면 좋겠다고 했다.

'아니, 이렇게 오래 묵으려고 생각지도 않았는데, 그만 떠나야지.' 하고 엘리세이는 생각했다.

이 집에 머무른 나흘째 되는 날은 마을 축제 전날이었다. 엘리세이는 그 집 식구들과 함께 전야를 축하하고, 축제일 선물로 무엇을 좀 사준 다음, 저녁때는 떠나야겠다고 혼자 마음속으로 생각했다.

엘리세이는 또다시 마을에 내려가 우유랑 밀가루랑 식용 기름을 사다가 할머니와 음식 장만을 했다.

이튿날 아침에는 교회의 기도식에 참례하고 집으로 돌아와서 식구들과 같이 차려 놓은 음식을 먹었다. 이날은 여자도 일어나 집 안에서 천천히 거닐었다. 남자는 수염을 다듬고, 깨끗한 루바슈카를 입고는 마을에서도 부자 소리를 듣는 농장주인을 찾아갔다.

이 부잣집 주인에게 밭도 목초지도 저당을 잡혔으므로 햇보리가 나기까지 그 밭과 목초지를 경작하게 해줄 수 없겠느냐고 청하러 갔던 것이다.

저녁때 남자는 어깨를 축 늘어뜨리고 돌아와 눈물을 흘렸다. 부잣집 주인이 인정사정도 없이 돈을 갖고 오라고 했다는 것이다. 이 말을 들은 엘리세이는 생각에 잠겨 속으로 뇌까렸다.

"이 사람들은 장차 어떻게 살아가야 할까? 다른 사람들은 모두 풀을 베러 갈 때 목초지를 저당 잡힌 이들을 그냥 멀거니 집안에 앉아 있어야만 한다. 보리가 익으면 남들은 추수할 것이다. 사실 올해는 썩 잘 영글었다 하지 않은가! 하지만 이 사람들에게는 아무런 희망도 없다. 밭까지 부잣집에 저당 잡혔다고 그랬으니까. 내가 가버리면 이들은 전처럼 또 길에서 헤매야 한다."

엘리세이의 생각은 여러 갈래로 흩어져 그날 저녁때도 출발을 못 하고 다음 날 아침까지 미루게 되었다.

그는 뜰 안에 나가 저녁기도를 마친 다음 잠을 자려고 드러누웠으나 좀처럼 잠이 오지 않았다. 그 까닭은 의외로 돈을 많이 써버리고 시간도 너무 오래 지체하였으므로, 그만 출발해야 하는데, 차마 인정상, 이 집 사람들이 가엾어 떠날 수 없었기 때문이다.

'모든 사람을 도울 수는 없지. 처음에는 물을 길어다 주고 빵이나 한 조각씩 먹일 셈이었는데, 그것이 이렇게까지 되어 버렸으니. 한 가지 방법은 저당잡힌 목초지와 밭을 찾아 주지 않으면 안 되게 되었다. 밭을 찾아 주고, 다음에는 아이들에게 우유를 먹이도록 젖소도 사주어야겠고, 주인 남자에게는 보릿단을 운반할 말도 장만해 주어야 되지 않겠나. 이봐 엘리세이. 아주 말려든 모양이구나. 일을 벌여 놓고는 뭐가 뭔지 모르게 된 모양이군!'

엘리세이는 깔아나 베개로 삼았던 긴 외투를 더듬어 담배쌈지를 꺼내어 머릿속을 개운하게 하려고 했으나, 어찌 된 일인지 아무리 생각해도 이렇다 할 묘책이 떠오르지 않았다.

출발하지 않으면 안 되었으나 이 사람들이 가엾어서 그럴 수가 없으니 어쩔 도리가 없었다. 다시 긴 외투를 둘둘 말아 베개로 삼고 벌렁 드러누워 있는 동안 새벽닭이 울었는데, 그제야 깊은 잠에 빠져 버렸다.

잠결에 갑자기 누가 부르는 것 같은 기분이 들었다. 그래서 살펴보니, 출발할 채비를 한 자신이 등에는 자루를 짊어지고 손에는 지팡이를 들고서 문을 나서려는 것이었다.

문은 활짝 열려있으므로 그냥 걸어서 나가기만 하면 되었다. 문을 빠져나가려고 하는데 이쪽 울타리에 자루가 걸렸다. 그래서 그것을 떼려고 하자, 반대쪽 울타리게 각반이 걸려 풀어지게 되었다.

그것을 떼어 다시 감으려고 내려다보니 이게 웬일인가? 이건 울타리에 걸린 것이 아니었다. 계집아이가 붙잡고 "아저씨, 아저씨, 빵 좀 주세요!" 하고 아우성치고 있는 것이 아닌가. 발을 내려다보니 사내아이가 각반을 움켜쥐고 있었고 창문으로는 할머니와 주인 남자가 자기를 바라보고 있었다. 그 순간, 엘리세이는 잠에서 깨어서는 혼잣말을 중얼거렸다.

"내일은 밭과 목초지를 도로 찾아 주자. 그리고 말도 사고 햇보리가 나기까지 먹을 밀가루도 아이들에게 우유를 먹일 젖소도 사주어야겠다. 그렇지 않으면 저 멀리 바다를 건너서 하나님의 성지를 찾아간다고 한들 내 안에 있는 하나님을 잃어버리게 된다. 어려운 사람을 도와야지!"

그리고 나서 엘리세이는 아침까지 깊은 단잠을 잤다.

아침에 잠이 깨자, 곧 부자 농가를 찾아가서 사내가 빌린 돈을 모두 갚고 밭과 목초지를 되찾았다. 집으로 돌아가는 길에 낫을 사 들고 갔다. 그들은 그것마저도 팔아먹은 것이다.

그리하여 주인 남자를 목초지 풀을 베도록 내보낸 뒤 자기는 마을 농가를 돌아다니다가 주막집 주인이 말과 수레를 판다는 이야기를 듣고 그곳으로 걸어가는 동안 두 여인의 뒤를 따르게 되었다.

이 여인들은 열심히 이야기를 주고받고 있었다. 러시아어로 말하고 있었으나 엘리세이는 그녀들의 대화를 알아들을 수 있었다. 그런데 그녀들은 엘리세이 자신의 이야기를 하는 것이 아닌가.

"처음에는 어떤 사람인지 전혀 몰랐다는 거예요. 그냥 순례자라고 생각했대요. 물을 얻어 마시러 들어왔다가 그대로 눌러앉아 버렸다는군요. 글쎄, 오늘도 나는 이 눈으로 보았지만, 주막집에서 짐수레와 말을 사겠다고 했어요. 요즘 세상에 그런 사람이 다 있으니, 우리 거기 가서 구경하지 않을래요?"

엘리세이는 여자들이 자기를 칭찬하고 있다는 것을 알고는 황급히 주막으로 달려가 말값을 치렀다. 말에 수레를 맨 다음 밀가루를 싣고 집으로 돌아왔다.

문 앞에 당도하자 말을 세우고 마차에서 내렸다. 식구들은 말을 보고 깜짝 놀랐다. 아무래도 자기들을 위해서 말을 산 모양이라고 짐작은 했으나, 그것을 입 밖에 내어 말할 수는 없었다.

주인 남자는 문을 열면서 황급히 물었다.

"아니, 그 말은 도대체 어떻게 된 겁니까?"

"샀어. 마침 싼 걸 만났기에 말이지. 오늘 하룻밤 잘 먹도록 풀을 좀 베어 넣어 주게. 그리고 이 자루 좀 끌어 내려 주겠나?"

주인 남자는 갈을 풀고, 밀가루 부대를 광에다 갖다 놓은 뒤 풀을 한 아름 베어다가 말구유에 넣어 주었다.

이윽고 모두 잠자리에 들었다. 엘리세이는 집 밖에서 자기로 했다. 벌써 저녁 전에 자기의 행낭을 밖에다 내다 놓았다. 모두 잠들어 버리자, 엘리세이는 일어나 자기의 자루를 짊어진 뒤 나막신을 신고 긴 외투를 걸친 다음, 예핌의 뒤를 좇아 나섰다. 엘리세이가 5리쯤 갔을 때 날이 밝았다.

엘리세이는 나무 밑에 앉아 자루의 뚜껑을 열고 돈을 세어보았다. 겨우 17루블 20코페이카가 남아 있었다.

'아니, 이 돈으로는 바다를 건너서 긴 여행을 할 수 없다. 주님을 위한답시고 공연히 구걸하다, 자칫 죄나 지으면 큰일이 아닌가. 친구 예핌 영감이 가서 나 대신 촛불을 밝혀줄 테지. 나는 아무래도 죽기 전에는 성지 순례를 못 할 모양이군. 하지만 감사하게도 주님께서는 모든 것을 굽어살피시는 분이니까, 지금 너가 한 일을 은혜로 용서해 주실 것이 틀림없어.'

엘리세이는 일어나서 자루를 짊어지고 가던 길을 되돌아섰다. 다만, 그 마을만은 사람들의 눈을 피해 멀리 돌아서 떠나갔다. 이렇게 하여 엘리세이는 얼마 후에 구사히 집에 도착했다.

목적지를 향해 낯선 길을 갈 때는 걷는 일이 너무 힘들어 예핌 영감을 뒤쫓아가는 것이 고작이었는데, 이제 고향집으로 되돌아가기 시작하니, 마치 하나님께서 도와주시기라도 하는 듯이 아무리 걸어도 힘이 들지 않았다. 나들이 가는 기분으로 지팡이를 내두르며 걸어도 하루에 칠십 리 길을 가는 가벼운 여정이었다.

마침내 엘리세이가 집에 돌아왔을 때는 식구들이 막 들일을 마치고 돌아온 무렵이었다. 모두 노인의 귀가를 기뻐하며, 여행이 어떠했는지, 어쩌다가 동행과 떨어졌는가, 왜 목적지까지 가지 않고 돌아왔는가, 여러 가지를 묻기 시작했다.

엘리세이는 가족들에게 자세히 별다른 이야기하지 않았다.

"주님의 인도가 없었던 모양이야. 도중에서 돈을 잃어버렸지. 그때 예핌 영감마저 놓쳐 버렸어. 그래, 도저히 갈 수가 없었지. 아무래도 내 잘못인 모양이니, 너무들 책하지 마라!"

그러고 나서 할멈에게 남겨온 돈을 건네주었다. 엘리세이가 집안일을 여러 가지로 물어보니 만사가 순조로웠고, 아무런 불평 없이 식구들도 오순도순 잘 지내고 있었다.

예핌 영감네 집에서도 그날로 엘리세이가 돌아왔다는 말을 듣고서 자기 집 노인의 소식을 들으러 왔다. 그들에게도 엘리세이는 비슷한 말을 했다.

"자네 할아버지는 탈 없이 잘 가셨네. 나하고는 베드로 축일 사흘 전에 헤어졌지. 나는 뒤쫓아가려고 했지만, 뜻하지 않게 그만 돈을 잃어버렸네. 그래서 빈손으로는 갈 수가 없기에 그만 돌아온 걸세."

마을 사람들은 모두들 놀랐다. 어리석다고는 할 수 없는 성실한 사람이 성지 순례를 떠났다가 목적지에 닿기도 전에 돈을 잃어버리고 돌아오다니, 어쩌다가 그런 낭패를 당했을까? 하고 갸우뚱했으나 차차 그 일은 잊어버렸다.

당사자인 엘리세이도 모두 잊어버리고 다시 집안일을 하기 시작했다.

아들과 올겨울에 쓸 땔나무를 장만하고 아낙네들과 같이 밀을 빻았으며, 곳간 지붕을 새로 얹고 약속대로 꿀벌의 월동 준비를 해준 뒤 꿀벌 통나무를 새로 깐 애벌과 함께 옆집에 넘겨주었다.

할멈은 돈을 받고 판 통나무에서 애벌이 얼마를 깠는지 알려 주지 않으려고 했다. 그러나 엘리세이는 어느 통은 새끼를 못 까고, 어느 통에서는 새끼를 깠는지 모두 알고 있었다. 그래서 열 통이 아니라 열일곱 통을 옆집에 주었다.

가을걷이가 다 끝나자, 엘리세이는 아들을 돈벌이에 내보내고, 자기는 줄 곧 집에 있으면서 나막신을 만들거나 꿀통으로 쓸 통나무를 파내는 작업에 매달렸다.

엘리세이가 벙자들이 있는 농가에서 묵던 날, 예핌은 하루 종일 길목에서 친구를 기다렸다. 그는 혼자 너무 먼 길을 가지 않고 길가에서 한참을 기다 린 끝에 푹 낮잠까지 자고 일어나 기다렸지만, 친구는 끝내 오지 않았다.

눈을 크게 드고 둘러보았으나 이미 해는 저물어 가는데, 엘리세이의 모습 은 나타나지 않았다.

'이거 내가 잠자는 사이에 모르고 그냥 지나쳐 간 게 아닌가? 다리가 아 프다 보니 짐수레를 얻어 타고 지나가면서 나를 보지 못한 게 아닐까? 하지 만 보이지 않을 리가 없는데, 주위가 허허벌판이어서 눈앞이 다 보이는 걸. 내가 되돌아가면 오히려 엘리세이 영감이 앞질러 먼저 가 버려서 더 길 이 어긋날지도 몰라. 나도 앞으로 가는 게 좋겠군. 어쩌면 여관에서는 만나 게 되겠지.'

다음 마을에 당도하자, 이러이러한 영감이 이곳으로 오거든 내가 있는 여 인숙으로 데려다 달라고 마을 이장에게 부탁해 놓았다. 하지만 엘리세이는 끝내 여관에 모습을 나타내지 않았다.

예핌은 다시 길을 떠나 만나는 사람마다 이러이러한 키 작은 대머리 영 감을 못 보았느냐고 물어보았으나, 누구도 보았다는 사람이 없었다. 예핌 영감은 어처구니없어하며 혼자 계속 걸었다.

'그렇지. 오데사 근처가 아니면 배 안에서는 꼭 만나게 될 거야.'

그는 더 이상 생각하지 않기로 했다. 도중에 한 순례자와 동행하게 되었다. 순례자는 낡은 법복에 법모를 쓰고, 머리를 길게 기르고 있었다. 그는 그리스의 아토스에도 갔었고, 지금 이번 순례길이 두 번째 예루살렘 방문이라고 했다. 두 사람은 여인숙에서 만나 여러 가지 이야기를 나눈 끝에 동행하게 되었다.

그들은 무사히 오데사에 도착하였다. 두 사람은 밤낮으로 사흘간 배를 기다렸다. 세상 각처에서 모여든 숱한 순례자들이 그곳에서 예루살렘으로 데려다줄 배를 기다리고 있었다.

여기서도 예핌은 엘리세이에 관해 물어보았으나 아무도 보았다는 사람이 없었다. 예핌은 외국의 여행 통행증을 받았는데, 그 값은 5루블이었다. 그리고 왕복 뱃삯으로 40루블을 치른 다음, 도중에서 먹을 빵이랑 마른 청어 등을 샀다.

이윽고 배의 선적도 끝나 순례자들은 본선으로 옮겨타게 되었다. 예핌과 동행한 그 순례자도 탔다. 돛이 올려지고 배는 안벽岸壁에서 멀어져 큰 바다로 나갔다.

그날은 무사히 항해했는데, 저녁때가 되자 바람이 일고 비가 쏟아지면서 배가 흔들리기 시작하더니 바닷물이 갑판을 휩쓸었다.

배 안은 술렁거리고 여자 중에는 큰 소리로 울부짖는 이도 있었다. 남자도 겁이 많은 사람은 안전한 장소를 찾아 배 안을 우왕좌왕하였다.

예핌도 겁이 나지 않는 것은 아니었으나 겉으로 드러내어 내색하지는 않았다.

그는 짐이 든 자루를 끌어안고 입을 꽉 다문 채 탐보프에서 온 노인들과 같이 마룻바닥에 앉아 있었는데, 그 앉은 자세 그대로 그날 밤과 다음날 하루 종일을 오로지 자루만 정성껏 붙잡고 있었을 뿐 말 한마디 하지 않았다.

사흘째가 되자, 겨우 바람이 자고, 다음날 콘스탄티노플에 도착했다. 순례자 중에는 상륙하여 터키에 점령되어 있는 성 소피아 대성당을 구경하는 사람도 있었으나, 예핌은 상륙하지 않고 배 안에 남아 있었다. 다만 매점에서 빵을 조금 샀을 뿐이다.

하룻밤 하룻낮을 정박한 뒤 다시 큰 바다로 나왔다. 스미나 항에 잠시 기항한 다음에, 알렉산드리아 항구에 들렀다가, 마침내 작은 해안 도시 야파에 당도했다.

야파에서 순례자들은 모조리 상륙했다. 예루살렘까지 걸어서 70리 길이다. 상륙할 때 사람들은 또 아찔한 꼴을 당해야 했다. 배의 높은 갑판에서 밑에 있는 보트로 뛰어내려야 하는데, 보트가 계속 흔들리고 있어서 자칫하다간 바닷속으로 떨어질 위험이 있었다.

순례자 중에 두 사람이 물에 빠진 생쥐 꼴이 되었으나, 어쨌든 무사히 상륙하자, 모두 걸어서 성지를 향해 출발했다.

예핌은 사흘째 되는 점심때쯤 예루살렘에 도착하여 변두리의 러시아인 숙소에 여장을 풀고 여행 허가장 뒷면에 사인을 받은 다음, 식사를 마치고 동행한 순례자와 둘이 성지 순례를 떠났다.

가장 중요한 그리스도의 관(棺)은 구경하지 못하고 대주교 수도원을 참배했는데, 일행 도두는 안으로 안내되었다.

남자와 여자의 자리가 따로따로 준비되어 있었다. 산을 벗고 둥그렇게 둘러앉자, 한 신부가 물수건을 들고나와서 사람들의 발을 닦아주기 시작했다. 발을 다 닦고서는 입을 맞추어 주며 한 바퀴를 돌았다.

예핌에게도 발을 닦아주고 입도 맞춰 주었다. 밤 기도와 아침 기도를 드려 예배하고, 촛불을 밝혀서 죽은 양친에게 공양을 바쳤다. 그때 성찬이 나오고 포도주도 마셨다.

날이 새자, 이집트에서 마리아가 칩거했다는 암실로 가서 촛불을 바치고

기도드렸다.

그곳에서 멀지 않은 아브라함 수도원으로 가서 아브라함이 하나님을 위해 아들 이삭을 찔러 죽이려고 한 사베크의 동산에 올라가 보았다.

다음에 막달라 마리아에게 그리스도가 모습을 나타내셨다는 성지를 참관하고, 주님의 형제 야곱의 교회에도 들렀다.

동행한 순례자는 장소를 하나하나 안내하며, 이곳에서는 성금이 얼마, 저쪽에서는 얼마하고 희사하는 돈의 액수를 가르쳐 주는 것이었다.

한낮이 되어 숙소로 돌아와서 식사를 마치고, 이윽고 잠자리에 들 채비를 하기 시작했을 때, 순례자는 앗! 하고 놀라며 자기 옷을 이리저리 뒤지기 시작했다.

"아, 지갑을 도둑맞았구나. 분명히 23루블이 있었는데. 10루블짜리 두 장에다 잔돈이 3루블……."

순례자는 속이 상해서 푸념을 늘어놓는 것이었지만 할 수 없는 일이었다. 모두 자리에 들었다.

예핌도 잠자리에 들었으나, 문득 의심하는 마음이 생겼다.

'저 순례자는 돈을 도둑맞은 게 아니야. 처음부터 돈이 없었던 게 분명해. 어느 곳에 가서도 희사하지 않았으니까. 내게만 내라고 하면서 자기는 한푼도 내지 않았어. 그건 고사하고 1루블까지 빌려 가지 않았나.'

예핌은 그렇게 생각하는 자기를 스스로 꾸짖었다.

'내가 왜 사람을 의심하는지 모르겠군. 남을 의심한다는 건 죄스러운 일이야. 이런 쓸데없는 생각은 다시는 하지 말아야지.'

겨우 마음을 가라앉혔다고 생각하자, 다시 순례자가 돈에만 눈독을 들이고 있다는 점, 지갑을 도둑맞았다고 허풍스럽게 떠들어 대던 모습이 머리에 떠올랐다.

'아니, 정말로 돈이 없어서 그랬을까? 사람들의 눈을 속이기 위해 연극을 꾸몄겠지.'

이튿날 아침, 사람들은 일어나서 부활 대성당에서 거행되는 기도식에 참배하러 갔다. 그곳은 그리스도의 관이 있는 곳이다. 그 순례자는 예핌 곁을 떠나지 않고 졸졸 따라다녔다.

성당에 도착했다. 순례하는 사람들은 러시아인 외에 그리스인, 아르메니아인, 터키인, 시리아인 등 세계 각처에서 모여들었다.

예핌 노인도 다른 사람들과 같이 성문 안으로 들어갔다. 한 신부가 안내역을 맡아 순례자들을 인도했다. 터키 군인이 파수 보는 곁을 지나 그리스도를 십자가에서 내려 온몸에 기름을 칠했다는 아홉 개의 큰 촛대가 점화된 곳으로 안내하였다.

신부는 하나하나 설명하며 보여 주는 것이었다. 예핌은 촛불을 바쳤다. 그다음 안내 신부는 오른쪽 층계를 올라가 못 박혔던 십자가가 세워졌었다는 골고다로 안내하였으므로, 예핌은 거기서 잠시 기도를 드렸다.

그리고 예핌은 땅이 지옥까지 갈라진 자리를 구경하고, 다음으로 그리스도의 손발에 돗이 박혔다는 장소, 그다음에는 그리스도의 피가 아담의 뼈에 뿌려졌다는 아담의 관을 보았다. 그리스도가 가시관을 쓸 때 걸터앉았다는 돌과 그리스도를 달아맨 기둥도 보았다.

예핌은 그리스도의 발자국이라 불리는 두 개의 구멍 뚫린 바닥 돌도 구경했다. 안내 신부는 그 밖의 다른 것도 보여 주려고 했으나, 다른 일행들이 앞길을 재촉했으므로 그리스도의 관이 있는 동굴 쪽으로 따라갔다.

그곳에서는 다른 종파의 의식이 끝나자, 러시아 정교의 기도식이 시작되어 다소 분위기가 어수선했다.

예핌은 어떻게든 순례자와 헤어지려고 마음먹었다. 자꾸만 죄스러운 의혹이 치솟았기 때문이다. 그러나 순례자는 잠시도 예핌의 곁을 떠나려 하지 않고, 그리스도 관 앞에서의 기도식에도 같이 참여했다.

두 사람은 되도록 관 가까이 섰으면 좋겠다고 생각했으나 때는 이미 늦었다.

숱한 군중이 운집하여 앞으로 나가지도, 뒤로 물러서지도 못할 형편이다.

예핌은 가만히 서서 앞을 바라보며 기도드렸는데. 때때로 지갑은 무사한가 더듬어 보는 데 신경이 모아졌다.

예핌의 마음은 두 갈래로 갈라지고 있었다. 한편으로는 순례자가 자기를 속이고 있다고 생각했고, 또 한편으로는 정말 도둑을 맞은 것이라면 제발 자기는 그런 꼴을 당하지 말았으면 하고 생각했다.

예핌은 선 채로 기도를 드리면서 주님의 관이 놓인 회당 앞쪽에 36개의 성화가 타고 있는 곳을 바라보았다.

예핌이 꼼짝도 하지 않고 서서 사람들의 머리 너머로 바라보고 있으려니까 신기한 일이 있었다. 성화가 타고 있는 등잔걸이 바로 앞자리에 값싼 농부의 작업용 외투를 걸친 자그마한 노인이 보이는 것이 아닌가. 그 노인은 머리가 훌떡 벗겨진 게 엘리세이 보도로프를 똑 닮았다.

'아니, 엘리세이와 똑같잖아. 하지만 엘리세이일 리가 없어. 저 영감이 나보다 먼저 당도할 까닭이 없지. 앞의 배는 일주일 먼저 떠났다니까, 친구가 나를 앞질렀을 리가 없어. 그리고 우리가 탔던 배에도 없었잖아. 나는 순례자들을 하나하나 꼼꼼하게 살펴보았으니까.'

예핌이 그런 생각을 하는 동안 자그마한 노인은 기도를 시작했고, 세 번 머리를 조아렸다. 한 번은 정면에서 예배드리고 있는 러시아 정교 신자들을 향해 했고, 다음에는 좌우에 있는 러시아 정교 신도들을 향해 절했다.

노인이 오른쪽으로 얼굴을 돌렸을 때, 예핌은 분명하게 그 얼굴을 분간해

냈다.

역시 엘리세이가 틀림없었다. 거무스름하고 곱슬곱슬한 턱수염, 서리가 내리기 시작한 구레나룻, 게다가 눈썹도 눈도 코도, 하나에서 열까지 바로 엘리세이였다. 자기의 친구 엘리세이 보도로프가 틀림없었다.

친구를 찾아냈으므로 예핌은 좋아서 어쩔 줄 몰랐으나, 어떻게 엘리세이가 자기보다 먼저 도착했는지 그 점이 더 이상해서 견딜 수가 없었다.

'이 사람 보드로프, 어떻게 잘도 나보다 먼저 왔네, 그려! 아마도 누군가 그럴 만한 사람의 안내를 받았겠지. 가만있자. 나가는 출구에서 법복의 순례자를 따돌린 다음, 이제 친구와 같이 다녀야겠군. 그렇게 되면, 나도 앞쪽으로 갈 수 있을지 몰라!'

그는 이렇게 생각했다. 그래서 혹시라도 엘리세이를 놓치면 큰일이라고 예핌은 자꾸 그쪽으로 시선을 보냈다.

이윽고 기도식도 끝나 군중이 술렁거리기 시작했고, 십자가의 입맞춤이 시작되어 밀고 당기고 하다가 예핌은 옆쪽으로 밀려가 버렸다. 그런 작은 소동 속에서도 잘못하다간 지갑을 도둑맞을지 모른다는 걱정이 갑자기 치솟았다.

예핌은 한쪽 손으로 열심히 지갑을 더듬어 잡고, 조금이라도 덜 붐비는 자리로 나가려고 사람들을 헤치기 시작했다. 간신히 혼잡한 곳을 빠져나와 그 근처를 돌아다니며 엘리세이를 찾았다.

그 대성당 안의 이쪽저쪽 암실에는 세계 곳곳에서 온 순례자들로 붐볐다. 바로 그 자리에서 도시락을 먹고 책을 읽는 사람도 있었다. 그런데 엘리세이는 어디에도 없었다.

예핌은 숙소로 돌아가 보았으나 거기에도 친구는 없었다. 그날 밤 순례자는 돌아오지 않았다. 어디론가 자취를 감추었는데, 빌려준 1루블도 끝내 돌려주지 않은 것이다. 이제 그는 외톨이가 되어버렸다.

　이튿날, 예핌은 다시 그리스도의 관을 배례하려고 담보프에서 온 노인과 같이 갔다. 배 안에서 동행했던 사람이었다. 그곳에서도 애써 앞쪽으로 빠져나가려고 해보았으나, 여전히 밀려나 기둥 옆에 남아서 기도를 드렸다.

　문득 앞을 바라보니 앞쪽 성화 그리스도 관 옆에 엘리세이가 서 있는 모습을 보았다. 제단 옆에서 신부처럼 두 팔을 벌리고, 그는 머리에 환한 빛을 받고 서 있었다.

　'좋아, 이번에는 꼭 놓치지 않는다.'

　예핌은 결심했다. 사람을 헤치고 앞쪽으로 다가갔다. 겨우 앞으로 나섰다고 생각하자, 엘리세이의 모습이 보이지 않았다. 그 사이에 어디로인가 간 모양이었다.

　사흘째 되는 날, 그리스도 관 옆을 보니 가장 눈에 잘 띄는 특별 상좌에 엘리세이가 서서 두 팔을 벌린 채 머리 위에 무엇이 보이기라도 하는 듯이 우러러보고 있었다. 이번에도 머리는 환한 빛을 받고서였다.

　'됐어.'

하고 예핌은 방법을 생각해 냈다.

　'이번에야말로 내가 놓치나 봐라. 출구에 가서 기다리자. 거기라면 어긋날 리가 없지.'

　예핌은 밖에 나가서 언제까지나 우두커니 서 있었다. 반나절을 지키고 서 있었으나 흩어지는 군중 속에 엘리세이의 모습은 끝내 보이지 않았다.

　예핌은 예루살렘에 6주간 머무르면서 베들레헴에도, 베다니어도, 요단강에도, 그 밖의 여러 곳을 찾아보았다. 그리고 그리스도 관 옆에서 새 루바슈카에 도장을 받기도 하고(그것은 죽어서 수의로 입게 된다), 요단강의 성수를 작은 병에 담기도 했다.

또 예루살렘의 흙을 채취하여 몸에 지니고, 성화가 타고 있던 초를 얻기도 하고, 여덟 군데 연미사에 이름을 써넣느라고 돈을 써 버렸으므로 간신히 집으로 들어갈 여비만 남겼다.

이제 예핌은 귀로에 올랐다. 야파에 당도하자, 배를 타고 오데사까지 와서, 그다음부터는 도보로 집을 향했다.

예핌은 혼자서 걸어왔던 길을 되돌아왔다. 집이 가까워짐에 따라, 또다시 자기가 집을 비운 사이에 어떻게 살고들 있는지 걱정이 되기 시작했다.

'1년이나 지났으니 많이 달라졌겠지. 한 집안을 살만하게 만드는 데는 평생이 걸리지만, 재산을 없애려면 눈 깜짝할 사이거든. 내가 없는 동안 아들놈은 어떻게 집안일을 처리했을까? 봄에 농사일은 시작했을까? 소와 말은 겨울을 무사히 넘겼을까? 새로 지은 집은 내 지시대로 완공을 보았을까?'

그는 여러 가지 일들을 생각하자 발걸음은 빨라졌다. 이윽고 예핌은 지난해에 엘리세이와 헤어진 마을 근처에 이르렀다.

그 근처 사람들은 몰라볼 만큼 달라져 있었다. 그때는 형편없이 곤경에 처해 있던 사람들이 지금은 아무런 불편 없이 살아가고 있었다.

밭의 곡식드 풍성했다. 사람들은 모두 넉넉한 살림살이를 하며, 예전의 어려웠던 일은 잊어버리고 있는 것 같았다.

저녁때, 엘리세이가 물을 마시러 들어간 마을에 이르렀다. 마을에 발을 들여놓기가 바쁘게 루바슈카를 입은 소녀가 어떤 집에서 뛰어나왔다.

"아저씨! 아저씨! 우리 집에 들렀다 가세요!"

예핌은 그냥 지나치려고 했으나 소녀가 생글거리면서 예핌의 옷자락을 붙잡고 마구 집 쪽으로 끌었다. 입구 층계에 사내아이를 데리고 여자가 나와 서서 역시 손짓해 부르는 것이었다.

"아저씨, 들르셔서 저녁 잡수시고 가세요. 주무셔도 좋아요."

그래서 예핌은 안으로 들어갔다.

'들어왔으니, 엘리세이 영감의 일을 물어볼까? 그때 그 영감이 물을 마신다고 들른 집이 아무래도 이쯤 될 거야.'

예핌이 방 안으로 들어가자, 여자는 어깨에 멘 자루를 내리도록 도와주고 몸을 씻을 물까지 준비해 주었다. 그리고 테이블로 안내했다. 으유랑 보리 단지를 내놓고, 죽을 테이블 위에 올려놓았다.

예핌은 고맙다는 인사말을 한 뒤, 낯선 순례자를 이렇게 접대하는 것은 하나님의 뜻에 따르는 일이라고 그 가족들을 칭찬했다.

그러자 여자는 고개를 저으면서 말했다.

"우리는 순례하시는 분들을 대접하지 않을 수 없습니다. 어떤 순례자께서 우리에게 세상을 어떻게 살아야 하는지 가르쳐 주셨으니까요. 우리는 예전에 하나님을 잊어버리고 멋대로 살았기 때문에, 하나님의 벌을 받아서 모두가 죽을 날만을 기다리고 있었습니다. 지난여름에는 가족 모두가 병들어 버렸고, 먹을 것조차 없게 되었지요.

우리 식구들이 다 죽을 판이었는데, 하나님께서 어르신과 비슷한 분을 저의 집으로 보내주셨어요. 한낮에 물을 얻어 마시려고 들어오셨다가, 우리들의 모습을 보시고는 저의 집에 머물렀습니다. 병들고 굶어 드러누운 우리에게 마시고 먹게 하여, 마침내 우리들이 일어날 수 있게 만드신 후, 저당잡힌 땅과 짐수레와 말을 사주신 다음 떠나 버리셨던 거예요."

그때 할머니가 들어오면서 여자의 말을 가로챘다.

"우리들은 그분이 인간이었는지, 천사였는지 모를 정도였습니다. 온 식구들을 살뜰히 살펴주시고 끝내는 아무 말 없이 떠나버렸으니, 누굴 위해 하나님께 기도드려야 할지 모르겠습니다.

지금도 눈에 선합니다. 나는 드러누워 하나님의 부르심을 기다리고 있었는데, 문득 보니 낯선 대머리 할아버지가 물을 마시러 들어오지 않았겠습니까. 그런데 이 늙은이는 죄 많은 인간이라, 어떤 사람이 저렇게 들어와서 어물거리나 하고 생각했지요.

그런데 그분은 지금 말한 것 같은 일을 해 주셨던 것입니다. 우리들의 꼴골을 보자 드말없이 등에 짊어졌던 자루를 내려놓았어요. 자, 여기예요. 바로 여기다 놓고 끄르지 않았겠습니까!"

그때 여자아이가 말참견했다.

"아니, 할머니도 원! 처음에는 방 한가운데에 자루를 내려놓았다가 다시 걸상 위에 올려놓았는데……"

이렇게 식구들은 서로 말을 가로채면서 그 노인이 한 말이랑 한 일을 모두 들려줬다. 어디에 앉았다던가, 어디서 잤다던가, 무엇을 어떻게 했다던가, 누구에게 무슨 말을 했다든가 그들의 이야기는 끝이 없었다.

밤이 되어 말을 타고 돌아온 주인 남자도 역시 엘리세이의 말을 꺼내면서 자기 집에서 어떻게 도와주며 지냈는가를 이야기했다.

"만약 그분이 오시지 않았더라면, 우린 모두 죄를 지은 채 죽어버렸을 겁니다. 모두가 아무 소망도 없이 하나님과 인간을 원망하면서 죽음을 기다리고 있던 참에 그분이 오셔서 우리를 살려 주셨기 때문에, 비로소 하나님의 존재를 알게 되었고, 친절한 사람을 믿게 되었습니다.

하늘에 계신 우리 예수 그리스도시여, 원하옵건대, 그분을 내내 지켜주시옵소서! 그전에는 짐승이나 다름없는 생활을 하고 있었는데, 그분이 우리를 인간으로 만들어 주셨으니까요."

모두 예핌에게 마실 것, 먹을 것을 대접한 다음, 잠자리를 마련해 주었다. 예핌은 자리에 드러눕기는 했으나 잠이 오지 않았다. 예루살렘에서 세 번이나 엘리세이를 특별 상좌에서 보았던 일이 머리에서 떠나지 않았다.

'그렇구나! 그 영감은 여기서 나를 앞지른 것이다. 내 정성을 하나님께서 받아들이셨는지는 알 수 없지만, 그 친구의 믿음을 하나님께서 쾌히 받아들이신 것이다.'

이튿날 아침, 식구들은 예핌과 작별을 고하면서 길을 가는 도중에 먹으라고 자루 속에 군만두까지 넣어 준 뒤에 길 앞까지 나와 전송해 주었다. 그리하여 예핌은 집을 향해서 길을 떠났다.

예핌은 꼭 1년이 지나서 성지 순례를 마치고 집으로 돌아왔다. 집에 당도한 것은 저녁 무렵이었다. 아들은 집에 있지 않았다. 주막집에 갔던 것이다. 이윽고 아들이 거나하게 취해서 돌아왔다.

예핌이 여러 가지를 물어보았다. 그가 집을 비운 사이에 아들이 돈을 쓸데없이 낭비했다는 것은 어느 모로 보나 역력했다.

돈은 모두 나쁜 짓을 하는 데 써 버렸고, 집안일도 엉망으로 만들어 놓고 있었다. 아버지가 책망을 하자, 아들은 오히려 큰소리를 쳤다.

"아버지께서 아무 데도 가지 않았으면 좋았을 것 아니에요. 아버지는 성지 순례를 한다고 돈을 잔뜩 가지고 갔으면서, 내가 조금 쓴 걸 가지고선……."

노인은 화가 나서 아들을 때렸다.

이튿날 아침, 예핌 타라스이치는 아들의 일을 의논하러 이장에게로 가던 중 엘리세이의 집을 지나게 되었다.

그를 발견한 엘리세이의 아내가 현관 층계에 서서 인사를 했다.

"안녕하십니까? 영감님, 무사히 돌아오셨군요!"

예핌은 발길을 멈추고 말했다.

"덕분에 무사히 다녀왔습니다. 도중에 댁의 영감님과 헤어졌는데, 듣자니 벌써 돌아왔다고요?"

그러자 할머니는 이야기를 떠벌리기 시작했다. 이 할머니는 좀 말이 많은 편이었다.

"돌아오고 말고요. 우리 영감님, 벌써 옛날에 돌아왔어요. 성모 승천제가 지난 뒤 바로 올지 뭡니까. 하나님 덕택으로 무사히 돌아와서 온 식구가 경사가 난 듯 좋아했었죠. 그이가 없으면 집안이 쓸쓸해서요. 이제는 나이가 나이인지라 큰일은 하지도 못하지만, 뭐니 뭐니 해도 한 집안의 주인이니까, 모두가 의지하는 거죠. 글쎄 아들이 어찌나 반가워하는지 원! 아버지가 안 계시니까 눈 속의 빛이 꺼진 것 같다면서 말이에요. 그이가 어디 가면 정말 쓸쓸해요. 우린 모두 그분을 의지하고 소중하게 생각하니까요."

"그래, 지금 집에 있나요?"

"네, 있지요. 영감님, 꿀벌 통에서 애벌을 나누고 있어요. 올해는 아주 썩 좋은 애벌을 쳤대요. 모두가 하나님 덕택이지요. 남편도 그렇게 기운이 좋은 벌은 아직 한 번도 보지 못하셨다는군요. 우리가 죄를 짓지 않았으니까, 하나님께서 굽어살피셨나 봐요. 영감님, 좀 들어오셨다 가세요. 남편이 영감님을 보면 퍽 반가워하실 텐데요."

예핌은 마당을 지나 뒷문 쪽 꿀 벌통 앞에 있는 엘리세이에게로 갔다. 그런데 엘리세이는 머리에 그물도 쓰지 않고 장갑도 끼지 않은 채 긴 회색 외투를 걸치고 자작나무 밑에 서서 양팔을 벌리고 위를 쳐다보고 있었는데, 그 모습은 예루살렘의 그리스도 관 곁에서와 마찬가지로 대머리가 온통 빛나고 있었다.

그 머리 위에서는 예루살렘에서 본 것과 마찬가지로 햇빛이 자작나무 잎사귀 너머로 비치어 불이 타고 있는 것 같았다. 머리 주위로는 금빛 꿀벌이 떼 지어 날아다니고 있었으나, 그를 쏘려고는 하지 않았다.

엘리세이의 가내는 남편을 불렀다.

“예핌 영감님이 오셨어요!”

뒤돌아선 엘리세이가 그를 보자 반가워서 예핌에게로 달려오며, 턱수염 속에 기여든 꿀벌을 살그머니 집어냈다.

“어서 오게나. 그래, 무사히 다녀왔나?”

“몸은 갔다 왔지. 자네에게 줄 선물로는 요단강 성수를 가지고 왔네. 짬이 나면 우리 집에 와서 가져가게나. 한데 하나님께서 내 정성을 받아들이셨는지, 어떤지는 잘 모르겠네.”

“아무튼 경사스러운 일이야. 하나님의 가호가 있기를!”

예핌은 한참 동안 잠자코 있다가 입을 열었다.

“몸만은 갔다 왔지만, 영혼은 갔다 왔는지, 누가 알겠나. 정작 다른 사람이 갔다 왔는지도 알 수 없는 일이야.”

“무슨 일이고 간에 하나님의 뜻이네. 예핌 영감, 하나님의 뜻이라니까.”

“그리고 돌아오다가 자네가 물 마시러 들어갔던 그 집에 들렀었지.”

그러자 엘리세이가 허둥지둥 손을 내저었다.

“만사가 하나님의 뜻이라니까, 이보게. 예핌 영감, 하나님의 뜻이야. 모두 은혜로 받아들이자고…… 자, 어서 안으로 먼저 들어가게나. 내 꿀을 가지고 갈 테니 말일세.”

엘리세이는 그 이야기를 못 하게 하고 집안 이야기로 말머리를 돌렸다. 예핌은 훅 깊은 한숨을 내쉬고, 그 농가 식구들의 이야기며 예루살렘에서 보았던 이야기도 하지 않았다.

이 세상에서는 한 사람 한 사람이 죽는 날까지 자기 삶의 의무를 사랑과 선행으로 다 해야 한다는 것이, 바로 주님의 분부라는 것을, 비로소 깨달았기 때문이었다.

감방에서의 죽음

지금, 이 글을 쓰면서 나는 결핵으로 외롭게 죽음을 맞이한 한 사나이의 마지막 삶을 뚜렷하게 기억하고 있다.

그는 나와 마주 보고 누워 있던 미하이로프였다. 그러나 그에 관해서 내가 알고 있는 것은 아주 사소하다.

그는 스물다섯을 넘지 않은 매우 젊은 사나이였다. 키가 크고 좀 여위었으나 아름다운 용모를 지닌 젊은이였다. 그는 수감 되어 있었는데, 이상하리만큼 말이 없어 언제나 조용하고 우울한 표정을 짓고 있었다. 이 감옥 안에서 그의 삶은 끝내 시들어 버릴 것 같았다.

나중에 같은 죄수들도 여러 가지로 이야기했지만, 그는 사람들에게 좋은 인상을 남긴 것만은 틀림없어 보였다. 나는 그의 눈이 유난히 아름다웠다는 것을 기억하고 있을 뿐이다.

그는 찬 서리가 내린 어느 맑은 날 오후 세 시쯤에 삶과 마지막 이별을 고했다. 나는 투명한 햇살이 초록빛으로 약간 얼어붙은 유리창을 통해서 감방 안을 내리쪼이고 있던 아스라함을 기억하고 있다. 그 빛은 불행한 한 젊은이의 침상 위에도 어김없이 내리쬐었다.

그는 죽을 때, 사람을 분간하지 못하는 듯싶었다. 오랫동안 고통 속에 잠겨 괴로워하는 모습이 역력했다.

그날은 아침부터 자기 옆을 지나는 사람이 누군지 분간치 못할 정도로 병세가 악화해서 사람들은 그가 몹시 괴로워하고 있는 것을 보자, 어떻게든 좀 편하게 하려고 주변을 정리해 주었다.

그는 숨쉬기조차 힘겨운 듯 숨을 헐떡이고 가슴은 공기가 부족한 듯 높게 부풀어 올랐다. 그러자 그는 입고 있던 옷을 벗기 시작하더니 내복까지도 찢어 버렸다.

그의 볼품없는 긴 신체, 피골이 상접相接한 발과 손, 움푹 꺼져버린 배, 하나하나 그린 듯 두드러져 보이는 갈비뼈 위의 가슴—마치 해골과 꼭 같은 형상이었다.—그것은 보기에도 소름이 끼칠 정도였다.

그의 재산이란 몸에 붙이고 있는 부적 주머니와 쇠사슬과 나무로 만든 십자가가 전부였다.

그가 숨을 거두기 삼십 분 전부터 우리는 아주 조용히 몸을 삼갔다. 속삭이는 목소리조차도 거의 들리지 않았다.

모두 걸을 때도 발소리를 죽였다. 눈길로 주고받으며 다른 이야기들은 거의 하지 않았다. 그러고는 목구멍에서 골골 소리를 내는 죽음이 임박한 그 병자에게 가끔은 동정의 시선을 보냈다.

이윽고 그는 제대로 움직이지 않는 손으로 가슴 위의 부적 주머니를 잡아당겨 떼려고 안간힘을 썼다. 마치 그 부적 주머니가 그에게는 몹시 무겁고 답답하게 억누르고 있는 것처럼 보였다.

동료 죄수들은 그 주머니를 끌러 주었다. 그 후 십 분쯤 지나서 그는 한 마디의 말도 없이 죽고 말았다.

죄수들은 곧 간수에게 이 사실을 알렸다. 간수가 들어와서 감정 없는 표정으로 죽은 사람을 내려다본 다음 의사를 부르러 나갔다.

의사는 선량하게 생긴 젊고 몸집이 작은 사나이였는데, 곧 달려왔다. 빠른 걸음으로 높은 발소리를 내면서 감방으로 들어와 죽은 사람에게로 다가가서 언제나 그랬다는 듯이 무표정하게 맥을 짚어 보고 타진하더니 가볍게 손을 흔들며 나가 버렸다.

두 명의 죄수가 간수에게 알리기 위해 뒤따라갔다.

간수가 오기를 기다리고 있는 동안, 누군가가 작은 소리로 죽은 사람의 눈을 감겨 주는 게 좋지 않겠느냐고 말했다. 그러자 다른 한 사람이 머리를 끄덕이면서 그 말대로 잠자코 죽은 이의 두 눈을 감겨 주었다.

그러고는 베개 위에 놓여 있는 십자가를 집어서 목에다 걸어 주었다. 그런 다음 십자가를 그었다.

그러고 있는 동안에 죽은 이의 얼굴은 굳어졌다. 햇살은 그 위에서 어른거렸다. 입은 반쯤 벌려진 채 하얀 치열이 엷은 입술 사이로 드러나 보였다.

이윽고 간수가 들어왔다. 중년의 체격이 좋은 간수는 짧은 칼을 차고 헬멧을 쓰고 그의 뒤에는 두 사람의 보조 간수가 따르고 있었다.

그는 걸음을 늦추면서 사방에서 힐끔힐끔 쳐다보고 있는 죄수들을 의아스러운 듯이 둘러보았다.

그는 한 걸음 죽은 사람의 앞까지 오자, 마치 못 박은 것처럼 우뚝 멈춰 서서 더 이상 앞으로 나갈 힘이 없다는 자세를 취했다. 완전한 벌거숭이로 말라 버린 시체의 역한 냄새가 그를 당황하게 한 모양이었다.

간수장은 듬직히 가죽끈으로 된 단추를 끄르고 헬멧을 벗었다. 그러고는 크게 십자가를 그었다. 그는 날카로운 눈매의 근엄한 얼굴을 하고 있었다.

그때 나는 잿빛 얼굴의 치크노프 노인의 일을 떠올렸다. 노인은 한참 동안 아무 말 없이 줄곧 간수장의 얼굴에 이상한 시선을 보내며 일거일동을 뚫어지게 주시하였다.

두 사람의 시선이 마주쳤다. 그러자 치크노프의 아랫입술이 웬일인지 갑자기 떨리기 시작했다. 그는 이상하게 입술을 씰룩거리며 이를 드러냈다.

그러고는 좀 뜻밖의 모습으로 간수장을 향해 죽은 사람을 가리키며 빠르게 말했다.

"이 사나이에게도 어머니가 있었을까요?"

그리고 나서 황급히 저쪽으로 가 버렸다.

잠시 후 시체는 옮겨졌다. 그와 동시에 그의 침대도 함께 옮겨졌다.

침대의 짚이 바스락거리고 쇠사슬이 짤랑거렸다. 그리고 조용한 침묵 속에 시끄러운 소리를 내면서 마룻바닥 위로 끌려갔다. 모두 다 치워지고 시체도 옮겨졌다.

죄수들은 갑자기 웅성웅성 떠들며 제멋대로 이야기를 시작했다.

간수가 이미 복도에 나가 대장장이를 불러오라고 명령하는 소리가 들려왔다. 죽은 사람의 쇠사슬을 풀어주지 않으면 안 되었기 때문이다.

*도스토옙스키

혁명가 바람에 눕다

이 이야기는 1870년대 러시아에서 혁명가들과 정부 당국 사이 가장 치열하게 투쟁하고 있었을 때의 사건이었다.

아래로 처진 콧수염과 날카로운 눈매에 무표정한 얼굴을 한 남부지방의 독일인 총독은 어느 날 밤 군복차림으로 목에 백십자장을 걸고 서재 테이블에 앉아 있었다.

녹색 갓이 씌워진 촛불 밑에서 비서관이 두고 간 서류를 훑어보며, 시종 무관장이라고 서명한 뒤 하나씩 옆으로 밀어놓았다.

그 서류 중에는 반정부 음모 혐의로 노보로시스크 대학 수석 졸업생인 아나톨리 스베틀로구브에게 사형을 선고한 판결문이 있었다.

총독은 수심에 찬 얼굴을 찌푸리면서 황급히 서명했다. 주름이 잡힌 희고 가는 손가락으로 서류를 가지런히 맞추며 옆으로 제쳐놓았다.

다음 서류는 군대의 식량 수송비 지불에 관한 것이다. 그는 그것을 자세히 읽은 뒤 계산이 틀리지 않았는지 살피고 있다가 불현듯 스베틀로구브 사건에 관해 부관과 주고받은 이야기를 떠올렸다.

총독은 스베틀로구브 집에서 다이너마이트가 발견됐다는 그것만으로는 그의 범죄를 입증하기에는 충분하지 않다는 견해를 갖고 있었다. 그러나 부관은 다이너마이트 이외에도 그가 일당의 우두머리임을 암시하는 증거가 있다고 주장했다.

부관의 완강한 주장을 떠올리며 생각에 잠겨 있는 동안, 옷깃이 판지처럼 뻣뻣한 프록코트 속에서 심장이 불규칙하게 뛰기 시작했다. 숨결이 점차 거칠어지면서 목에 걸려 있는, 그의 기쁨이자 자랑인 백십자장 메달이 가슴 위에서 오르내릴 정도였다.

'아직도 늦지 않았어, 서기관을 다시 불러보자, 선고를 취소할 수는 없다 하더라도 형 집행을 늦출 수는 있을 거야.'

또다시 심장이 뛰기 시작했다.

그는 벨을 눌렀다. 이어 보좌관이 걸음 소리도 없이 들어왔다.

"이반 마트베비치는 퇴근했나?"

"아닙니다, 각하! 아직 사무실에 계십니다."

그러자 총독의 심장은 불규칙하게 뛰고 있었다. 며칠 전에 자기의 심장을 진찰한 군의관의 충고가 떠올랐다.

"심장이 염려되신다면, 잠시 업무를 그만두고 쉬셔야 합니다. 흥분하는 것이 가장 해롭습니다. 무슨 일이 있어도 흥분하는 것만은 꼭 피하십시오."

"부를까요?"

"아니야, 됐어!"

총독은 낮은 음성으로 말했다.

'그래, 고민하는 것이 사람을 흥분시키는 일이다.'

그는 속으로 생각했다.

이미 서명한 일이 아닌가.

'누구든 자기 침대를 살펴보고 그 위에서 잠을 자야 한다.'

그는 자기가 좋아하는 속담을 중얼거렸다.

'나하고는 상관없는 일이 아닌가! 나는 폐하의 명령대로 하면 되니까, 굳이 일을 복잡하게 만들 필요가 없지.'

그는 마음에도 없는 냉혹한 의지를 자기 내부에 불러일으키려고 양미간을 찌푸리며 속으로 다짐하듯 중얼거렸다.

그러자 이번에는 황제를 알현했을 때가 떠올랐다. 황제는 근엄한 얼굴의 그 유리알 같은 눈으로 그를 응시하면서 말했다.

"나는 경을 믿는다. 전쟁에서 충성을 다해 싸웠던 것처럼, 적색분자들과의 투쟁에서도 단호하게, 그들에게 속거나 적을 두려워해선 안 되네. 그럼 잘 부탁하네!"

황제는 그를 가볍게 포옹하며 복종의 서약으로 키스를 받기 위해 어깨를 내밀었다.

총독은 자기가 황제에게 했던 맹세의 말을 상기해 보았다.

"저의 단 하나 소망은 폐하와 조국을 위해 제 목숨을 바치는 일입니다."

그리고 황제에 대한 헌신적인 복종과 노예적 충성심의 발로를 떠올리며, 잠시나마 마음을 어지럽힌 상념을 몰아냈다. 그리고 나머지 서류에 서명한 뒤 다시 벨을 눌렀다.

"차는 준비 되었나?"

"예, 곧 준비하겠습니다. 각하."

"그래, 가도 좋아!"

총독은 깊은 한숨을 내쉰 뒤 심장 언저리를 쓰다듬으면서 무거운 걸음으로 텅 비어 있는 홀로 나갔다. 그리고 말끔하게 닦여 있는 바닥을 지나 사람 소리가 들리는 객실로 들어갔다.

총독 부인에게 손님이 와 있었다. 지사 부부와 칭송받는 대단한 애국자인 늙은 공작부인, 그리고 총독의 딸과 약혼자인 근위 사관의 모습이 보였다.

총독 부인은 얇은 입술과 찬 얼굴의 여윈 여자로, 나지막한 테이블 앞에 그림자처럼 앉아 있었다.

그 위에는 갈코올램프 위에 얹힌 은제 찻주전자와 찻잔들이 놓여 있었다.

슬픔을 가장한 목소리로 총독 부인은 젊게 차려입은 뚱뚱한 지사 부인에게 남편의 건강이 염려된다고 말했다.

"매일 같이 새로운 정보들이 끔찍한 음모와 함께 그 밖의 온갖 것들이 밝혀지고 있어요. 그것을 모두 우리 집 양반이 처리해야 하지 뭐예요."

"저런! 난 그 지긋지긋한 적색분자를 생각하면 화가 치밀어 올라요."

늙은 공작부인이 언성을 높여 말했다.

"맞아요, 정말 무서운 사람들이에요! 여러분은 곧이듣지 않으시겠지만, 우리 집 양반은 하루에 열두 시간이나 일을 한답니다. 약한 심장을 가지고 말이에요. 정말 걱정이에요."

남편이 들어오는 것을 보자, 그녀는 황급히 이야기를 바꾸었다.

"네, 꼭 한 번 들으러 오세요. 바르비니는 훌륭한 테너 가수죠." 하고, 그녀는 그때까지 그 얘기를 하고 있었던 것처럼, 지사 부인에게 즐거운 웃음을 던지며 가수 이야기를 했다.

한편 귀엽고 풍만한 체격의 총독 딸은 약혼자와 함께 객실 구석의 중국 병풍 뒤에 앉아 있었다. 그들은 일어서서 아버지 쪽으로 걸어왔다.

"오, 오늘 너희 둘을 이제야 보는구나!"

총독이 그렇게 말하며 딸에게 키스하고 예비 약혼자와 악수했다.

잠시 손님들과 인사를 주고받은 뒤 총독은 테이블에 앉아 최근에 있었던 일을 이야기하기 시작했다.

"안 돼요, 정치에 관한 이야기는 절대 하지 마세요, 담당 주치의가 금지했잖아요!"

하고 총독 부인이 이야기를 제지했다.

"아, 마침 코피예프 씨가 오시는군요. 또 무슨 재미난 세상 이야기를 해주실 거예요."

"어서 오서르, 코피예프 씨."

역시 그는 걸치는 재치와 익살로 유명한 코피예프는 요즘 일어난 여러 가지 일화를 유머러스하게 이야기하여 주위 사람들을 웃겨주었다.

"아니에요, 절대로 그럴 리가 없어요! 제발 좀 놓으세요!"

스베틀로구브의 어머니는 자기를 붙잡으려는 아들의 친구인 중학교 교사와 의사의 손을 뿌리치면서 날카로운 목소리로 소리쳤다.

스베틀로구브의 어머니는 머리가 약간 희끗희끗하고 눈언저리에 잔주름은 잡혀 있지만, 아직은 그리 나이가 많지 않은 아름다운 용모를 지닌 중년 부인이었다.

아들 스베틀로구브의 친구인 교사는 사형 선고서가 서명된 사실을 알고 그녀를 찾아가 그 끔찍한 소식에 충격을 받지 않도록 세심한 주의를 기울였다.

하지만 그녀의 아들이며 친구에 대해 한 마디밖에 하지 않았는데도, 그녀는 그의 조심스러운 목소리와 눈길만으로도 자기가 염려하고 있던 일이 기어코 밝혀진 것을 눈치채고 말았다.

그것은 도리의 어느 호텔 방안에서 일어난 일이었다.

"왜 이렇게 붙잡는 거예요, 놓아 줘요!"

그녀는 그들 가족의 오랜 친구인 의사의 손에서 빠져나가려고 몸부림치면서 소리쳤다.

의사는 한 손으로는 그녀의 팔꿈치를 붙잡고, 다른 손으로는 소파 앞의 테이블 위에 쓰러져 있는 작은 물약 병을 바로 세웠다.

그녀는 그가 붙잡고 있는 것을 다행으로 여기고 있었다. 왜냐하면 뭔가 해야만 한다고 느끼면서도, 막상 어찌해야 할지 알 수가 없었고, 충격에 자신이 자살할지도 모른다는 생각에 두려웠기 때문이다.

"이제 좀 진정하시고, 이 물약을 조금 마셔보세요."

의사는 잔에 물약을 따라주었다.

그러자 그녀는 가슴 쪽으로 머리를 숙이며 눈을 감은 채 체념하듯 소파 위에 쓰러졌다.

아들이 석 달 전에 표현할 수 없는 슬픈 얼굴로 작별 인사를 하던 것을 떠올리고 있었다. 또 한편으로는 비로드 재킷에 작은 맨발, 그리고 긴 금발 곱슬머리의 여덟 살 난 어린 시절의 아들 모습도 떠올렸다.

"그 아이를, 그 귀여운 내 아이를 죽이려 하다니!"

그녀는 갑자기 벌떡 일어나 테이블을 밀쳐내고 의사의 손을 뿌리쳤다. 그러나 다시 소파에 주저앉고 말았다.

"이래도 신이 있다는 말이에요? 이런 일도 말리지 못하는 신이 무슨 신이란 말인가요! 그런 신은 필요 없어요! 그 따위 신이라면……!"

그녀는 흐느껴 울다가 미친 것처럼 신경질적으로 웃으면서 소리쳤다.

"출세, 재산, 그 모든 것을 팽개친 그 아이를, 국민에게 모든 것을 바친 그 아이의 목을 매달아 죽인다고요?"

그녀는 그것 때문에 아들을 비난했던 일을, 지금은 정반대로 위대한 자기희생을 떠올리면서 울부짖었다.

"그 아이에게, 그 아이에게 그런 짓을 하다니! 그래도 선생님은 하나님이 있다는 거예요?"

하고 그녀는 소리쳤다.

"아닙니다. 그런 건 어쨌든 간에, 우선 이 약이나 좀 드세요."

"아니에요, 아무것도 먹고 싶지 않아요. 아, 어떻게!"

그녀는 절망적으로 흐느껴 울었다.

밤이 되자, 그녀는 말할 수도 울 수도 없을 만큼 지쳐 있었다. 그저 초점 없는 광적인 눈빛으로 허공만 응시하고 있었다. 의사가 모르핀 주사를 놓자 그제야 겨우 잠이 들었다.

그녀는 꿈도 꾸지 않고 깊은 잠에 빠졌지만, 깨어났을 때는 두려움에 더욱 떨고 있었다. 가장 무서운 것은 인간이 그렇게까지 잔인해질 수 있는가, 하는 것이었다.

그 깨끗하게 면도질을 한 무서운 장군들과 기관병들뿐만 아니라, 차분한 얼굴로 방 청소를 하러 와서는 마치 아무 일도 없는 것처럼 인사를 하는 하녀까지, 무슨 얘기가 그렇게 재미있는지 옆방에서 웃고 떠드는 사람들, 모두가 하나같이 얼마나 잔인한 사람들이란 말인가!

독방에 갇힌 지 두 달째 되는 스베틀로구브는 그동안 많은 걸 경험했다.

어릴 때부터 그는 스스로에게 숨겨왔지만, 부잣집 자식이라는 자신의 특권적인 입장이 매우 부정하다는 사실을 무의식적으로 느끼고 있었다.

그리하여 그 의식을 지워버리려고 애썼으나, 민중의 가난과 고통을 목격하거나 자기만 특별한 행복과 기쁨으로 넘친다고 생각할 때, 농부와 늙은 사람들, 부녀자와 아이들에 대해 미안한 감정을 갖지 않을 수 없었다.

그들은 그가 누리고 있는 기쁨에 대해서는 전혀 알지 못할 뿐만 아니라, 도대체 그것이 어떤 것인지 생각한 일조차 없고, 평생 혹독한 노동과 빈곤에서 벗어나지 못한 채 태어나 자라서 죽는 운명만을 되풀이하고 있었다.

그는 대학을 수석으로 졸업하자, 그러한 자책에서 벗어나기 위해 자기 마을에 모범학교를 세우고, 소비조합을 만들고, 의지할 데 없는 노인들을 위해 양로원 시설을 지었다.

하지만 이상하게도 그런 일을 하면 할수록 친구들과 수시로 만찬회를 열고 승마에 돈을 쓰고 다니던 때 이상으로 민중에 대한 죄의식은 점점 커져만 갔다.

그런 일을 한다고 모든 것이 끝나는 것은 아니며, 오히려 더 나쁜, 뭔가 왜곡되고 도덕적으로 부정한 것에 빠져 있다고 하는 생각에 사로잡혔다.

이런 생활로 농촌에서 봉사하는 자신에게 환멸을 느끼고 있던 무렵, 그는 대학 시절 키예프에서 가장 친하게 지내던 한 친구를 만났다. 그러나 그 친구는 3년 뒤 어느 날, 키예프 요새 참호 속에서 총살당했다.

누구보다 열정적이고 훌륭한 재능을 가졌던 친구는, 그를 어느 결사 단체에 가입하도록 권유했는데, 그 목적은 민중을 계몽해 그들의 마음에 인권사상을 불러일으키고 부패한 지주들과 정부의 지배에서 해방하기 위해 곳곳에 단체를 결성하는 일이었다.

그 친구와 동료들과의 대화를 통해 스베틀로구브는 지금까지 막연히 생각해 오던 일을 뚜렷하게 의식하게 되었다. 무엇을 해야 하는지를 분명히 깨달은 것이다.

그리하여 그는 새로운 친구들과의 관계를 지속하면서, 다시 고향으로 돌아가 새로운 활동을 시작했다.

그는 스스로 마을의 교사가 되어 성인반을 맡아 그들에게 책과 팸플릿을 읽어 주기도 하고, 농부들에게 그들이 놓여 있는 처지를 설명해 주었다. 그 밖에 정부에서 금지하고 있는 책까지 출판하면서, 어머니의 도움조차 빌리지 않고 다른 마을에서도 단체를 결성했다.

스베틀로구브는 그러한 활동을 시작하면서 생각지도 않던 두 가지 장애에 부딪혔다. 하나는 민중의 대부분이 그의 계몽 활동에 냉담할 뿐만 아니라, 거의 원한의 눈길로 그를 바라본다는 것이었다.

또 하나의 장애는 정부로부터의 탄압이었다. 그의 학교는 폐쇄되었고, 그의 집과 가까운 사람들의 집은 가택수색을 당했으며, 서적과 팸플릿들은 모두 압수당했다.

하지만 스베틀로구브는 첫 번째 경우 사람들의 무관심에 대해서는 그다지 신경 쓰지 않았다. 두 번째는 무의미하고 모욕적인 정부의 탄압에 극도로 분노하고 있었다.

자신과 마찬가지로 다른 지방의 동지들도 각자 그런 것을 느끼고 있었고, 정부에 대한 분노가 서로를 부채질하는 형태로 극한에 이르자, 수많은 사람이 힘으로 정부와 맞서 싸우기로 결심하기에까지 이르렀다.

이 결사의 우두머리는 메제네츠키라는 사람으로 불굴의 의지와 흔들림 없는 이론으로 무장하고, 오로지 혁명을 위해 모든 것을 바치고 있는 것으로 알려진 인물이었다.

스베틀로구브는 그의 혁명적 지도에 감화되어 열성으로 테러리스트 활동에 몸을 던졌다. 일은 위험했지만, 오히려 그 위험한 것이 그를 매료시켰다. 그는 자기 자신에게 말했다.

'승리냐 수난이냐, 둘 중의 하나다. 또 설령 수난이라 해도 그 수난까지 승리라고 할 수 있다. 그것은 미래의 목적을 달성하기 위한 최후의 승리가 아닌가!'

그의 마음속에 타오르는 불길은 7년에 걸친 혁명 활동이 계속되는 동안 꺼지기는커녕, 오히려 함께 활동하던 사람들에 대한 존경과 사랑에 힘입어 더욱더 맹렬하게 불타올랐다.

그는 자신의 목적을 위해 아버지한테서 물려받은 전 재산을 헌신적으로 내던진 것을 아무렇지도 않게 생각했고, 혁명운동 때문에 겪은 고통과 궁핍도 힘들게 느끼지 않았다.

하지만, 오직 한 가지 괴로웠던 일은 자신의 투쟁으로 인하여 어머니와 양녀처럼 돌봐 주고 있는 한 아가씨에게까지 아픔과 슬픔을 주고 있다는 사실이었다.

최근에 그가 별로 좋아하지 않는 같은 테러리스트 동지 가운데 한 사람이 찾아와서 경찰에 쫓기고 있어 불안하다며, 그에게 다이너마이트 몇 개를 숨겨달라고 부탁했다.

스베틀로브는 그 남자를 싫어했지만, 오히려 그런 용기 때문에 그의 청을 흔쾌히 승낙했다.

이튿날 경찰이 들이닥쳐 가택수색을 하던 끝에 다이너마이트가 발각되었으나. 어디서 어떻게 다이너마이트를 손에 넣었느냐는 심문에 대해, 그는 한 마디도 대답하지 않았다.

그렇게 해서 그가 각오하고 있던 수난이 시작되었다. 많은 동지가 처형과 감금과 추방을 당하고, 또 여성들까지 고통을 당하는 것을 목격한 그는, 오히려 자기도 빨리 그런 수난을 경험하고 싶었던 것이다.

그래서 체포되어 심문받았을 때, 오히려 그는 자기 자신이 자랑스러웠을 뿐만 아니라, 거의 기쁨까지 느꼈다.

그 기쁜 감정은 그들이 옷을 벗기고 몸을 수색한 뒤, 그를 감방에 무참히 처넣을 때까지, 또 철문에 자물쇠가 채워질 때도 변함없이 남아 있었다.

그러나 벌레들이 득실거리는 먼지투성이인 독방에서 옆방 동료가 벽을 두드려 좋지 않은 소식을 전하거나 예고 없이 불러내어 동지의 죄를 캐내려는 무자비한 자들의 심문을 제외하면, 늘 지루하고 고독한 가운데 하루가 지나고, 1주일이 가고, 다시 2주일이 지나가자, 그의 정신은 체력과 함께 점점 쇠약해지기 시작했다.

마침내 그는 고통에 찬 상황이 계속되자, 어떤 형태로든 종지부가 찍히기를 갈망하게 되었다. 그의 갈망은 자기의 정신력에 대한 의문을 품게 되자,

더욱 강해졌다.

두 달째에 접어들자, 그는 풀려나기 위해 모든 사실을 자백해 버릴까, 하는 생각에 사로잡혔다. 그는 돌연한 자신의 나약한 의지에 몸서리를 쳤지만, 그래도 전과 같은 정신력은 절대 돌아오지 않을 것임을 깨닫게 되자, 오히려 자신을 미워하고 경멸하면서도 점점 더 강해져 갔다.

무엇보다 견딜 수 없었던 것은 독방에 갇혀 있으므로 해서 자유의 몸이 었을 때는, 그토록 쉽사리 버릴 수 있었던 자신의 젊은 힘과 기쁨이 지금은 굉장히 매력적으로 느껴지며, 한편으로는 지금까지 좋게 여겼던 일들과 해온 혁명운동마저 후회되는 것이었다.

만약, 지금 자기가 자유의 몸이라면, 어디 시골이나 외국에 나가서 사랑하는 사람들과 함께 살 수 있다면, 얼마나 행복하고 즐거울까 하는 생각이 들었다.

어머니의 양녀가 아니더라도, 다른 여자와 결혼해서 소박하고 밝고 즐거운 일상의 성촐을 보낼 수 있다면 얼마나 좋을까.

단조롭고 외로운 독방 생활이 두 달째에 접어든 어느 날, 교도소장이 늘 하는 순찰 때 갈색 표지에 금빛 십자가가 박힌 작은 책 한 권을 스베틀로구브에게 건네주며, 지사 부인이 감옥까지 찾아와 죄수들에게 주라며, 몇 권의 복음서를 두고 갔다고 말했다.

스베틀로구브는 고맙다고 인사하고 웃으면서 그 책을 벽 옆에 있는 테이블 위에 놓았다.

교도소장이 돌아가자, 스베틀로브는 옆방에 있는 동료 죄수에게 신호를 보냈다. 그리고 교도소장이 별다른 새 소식은 가져오지 않았지만, 복음서를 주고 갔다고 말했다. 그 죄수의 대답도 마찬가지였다.

점심을 먹은 뒤 스베틀로구브는 습기로 달라붙은 책장을 한 장씩 넘겨

가며 읽어 보았다.

그는 지금까지 복음서를 일반 책처럼 읽어 본 적은 거의 한 번도 없었다. 복음서에 대해 알고 있는 것이라고는 중학교에서 신학 교사의 강의를 들은 것과 교회에서 사제와 부사제가 마치 노래하듯이 읽던 부분뿐이었다.

'제1장, 아브라함과 다윗의 자손 예수 그리스도의 족보는 다음과 같다. 아브라함은 이삭을 낳았고, 이삭은 야곱을, 야곱은 유다와 그의 형제를 낳았으며' 하고 그는 읽어 내려갔다.

모든 것이 그가 생각한 대로였다. 뭔가 복잡하기만 하고, 아무 데도 도움이 되지 않는 무의미한 내용이었다.

만약 이곳이 감옥 안이 아니라면 한 페이지도 끝까지 다 읽지 못했을 터이지만, 지금 그는 막연히 타성에 의해 성서를 읽고 있었다.

"마치 고골리가 쓴 소설 속의 페트루시카와 같군."

그는 자신을 그렇게 생각했다.

그런 다음 제1장의 그가 동정녀의 몸에서 태어났다는 것과, '그 이름은 임마누엘이라 하리라 하신 말씀이 그대로 이루어졌다. 임마누엘은 하나님께서 우리와 함께 계시다는 뜻이다.'라고 예언한 부분을 읽었다.

'그런 예언자가 뭐 하러, 이런 곳에 등장하는 것이람'하고 생각하면서, 그는 계속해 읽어나갔다.

그는 제2장의 세 명의 동방박사를 안내하는 별 이야기와, 제3장의 메뚜기와 꿀을 먹었다는 세례자 요한의 이야기, 제4장의 예수에게 높은 지붕에서 뛰어내리라고 유혹하는 악마 이야기를 읽었다.

하지만 그런 이야기들은 조금도 재미가 없어서 심심했지만, 책을 덮어 버리고 저녁이 되면 늘 하는 대로 셔츠를 벗어 이를 잡기 시작했다. 이 작업은 하루를 정리하는 일과처럼 되어버렸다.

그러다가 문득, 중학교 5학년 때 성경 시험에서 그가 산상수훈 속에서 예수가 말한 행복에 대한 계율의 하나를 답하지 못하자 곱슬머리에 얼굴이 붉은 신부님이 화를 내며, 그에게 낙제점을 준 일이 생각났다.

그것이 어떤 계율이었는지 생각이 나지 않아서, 그 계율에 대한 부분을 읽어 보았다.

"옳은 일을 하다가 박해를 받는 사람들! 하늘나라가 그들의 것이니? 으음, 이건 지금의 우리와 관계가 있는 건데……."
하고 그는 생각했다.

'나로 하여 고욕을 당하고 박해를 받으며 터무니없는 말로 갖은 비난을 다 받게 되면, 너희는 행복하다. 항상 기뻐하고 즐거워하여라. 너희가 받을 큰 상이 하늘에 마련되어 있다. 옛 예언자들도, 너희에 앞서 갖은 박해를 받았다.'

'너희는 세상의 소금이다. 만일 소금이 짠맛을 잃으면, 무엇으로 짜게 만들겠느냐? 그런 소금은 아무 데도 쓸데없어 밖에 내버리게 되어 사람들에게 짓밟힐 따름이다.'

"이건 완전히 우리를 두고 한 말이다."

그는 그렇게 생각하며 계속해서 읽어나갔다. 제5장을 다 읽고 났을 때, 그는 깊은 생각에 잠겼다.

'성내지 말라, 간음하지 말라, 보복하지 말라, 원수를 사랑하라.'

"그렇다, 모두 이렇게 살아간다면 혁명도 필요 없을 것이다."

그는 이렇게 읽어가는 사이에 많은 부분이 확실하게 이해되기 시작했다. 읽으면 읽을수록 이 책 속에는 중요한 말의 의미가 들어 있다는 생각이 점점 뚜렷해졌다.

어떤 구절은 마음속 깊이 감명을 불러일으켰고, 어떤 구절은 여태껏 한

번도 들은 적이 없었지만, 아주 오래전부터 이미 알고 있었던 것처럼 여겨
지기도 했다.

예수께서 동행하던 군중을 향하여 말씀하셨다.

'누구든지 나에게 올 때는 자기 부모나 처자나 형제자매, 심지어 자기 자
신마저 미워하지 않으면 내 제자가 될 수 없다. 그리고 누구든지 자기만의
십자가를 지고 나를 따라오지 않으면, 결코 내 제자가 될 수 없다. 너희 가
운데 누구든지 나의 제자가 되려면, 자기가 가지고 있는 것을 모두 버려야
한다.'

"그래, 바로 이거야!"

그는 갑자기 눈물을 글썽이며 소리쳤다.

"이것이 바로 내가 행하고자 했던 소명이다. 그렇다. 바로 이것이 내가
영혼을 바쳐 구하려 했던 뜻이야. 쌓아두지 말고 바쳐라. 여기에 기쁨이 있
고, 진정한 생명이 있다! 나는 사람들을 위해, 인간적 명예를 위해, 여러 가
지 일을 해왔어."

그는 절규하듯 생각했다.

'일반 대중으로부터의 평판은 아니지만, 내가 존경하고 사랑하는 나타샤
와 드미트리 셀로모프에게 잘 보이고 싶은 마음에서 행동했어. 그래서 의혹
이 생기고 마음이 불안했지. 나는 내 영혼이 스스로 명령한 데에 따라 행동
했을 때, 비로소 내 몸과 내 모든 것을 바치고자 했을 때만 기쁨을 느꼈던
것이다.'

이날부터 스베틀로구브는 그 책 속에 적혀 있는 말들을 읽고, 그것에 대
해 생각하는 것으로 대부분의 시간을 보냈다.

그것이 그 자신이 현재 놓여 있는 처지에서 구원해 주는 듯한 감동을 주
었을 뿐만 아니라, 그가 지금까지 한 번도 경험한 적이 없는 정신 활동을

불러일으켰다.

'왜 모든 사람은 이 책에 적혀 있는 대로 살아가지 않는 것일까?' 하고, 그는 고뇌했다.

'성경 말씀대로 살면, 단지 그 한 사람뿐만이 아니라, 모든 이들에게도 좋은 일이 아닌가? 그렇게 살아 나가기만 한다면 슬픔도 가난도 없고, 오직 행복만이 있을 것이다. 이 감옥살이가 끝나고, 내가 다시 자유롭게 살아갈 수 있게만 된다면……..'

'언젠가는 나를 석방해 주거나 유형지로 보내겠지. 어디서든 살아갈 수 있어, 아니 그렇게 살아갈 거야. 그렇게 살지 못할 이유가 없고, 또 반드시 그렇게 해야 해. 그렇게 살지 않는 것은 어리석기 짝이 없는 일이야.'

그가 그런 기쁨과 흥분 상태에 놓여 있던 어느 날, 교도소장이 면담할 시간이 아닌데도, 예기치 않게 찾아와서 기분이 어떠냐, 원하는 것은 없느냐고 물었다.

스베틀로구브는 교도소장의 급변한 태도에 뭔가 미심쩍게 생각하면서, 거절당할 줄 알면서도 담배를 청해보았다. 그러자 교도소장은 곧 가져오게 하겠다고 대답했고, 잠시 뒤 간수가 담배 한 갑과 성냥을 가져왔다.

'누가 나를 위해 부탁이라도 한 것이겠지.' 하고 스베틀로그브는 속으로 생각했다.

그는 담배에 불을 붙여 물고 간수의 갑작스러운 변화에 대해 그 의미를 생각하면서 감방 안을 왔다 갔다 했다.

이튿날 그는 법정에 불려 나갔다. 여러 번 나간 적이 있는 그 법정에서는, 그에 대한 심문은 전혀 없었다. 다만 재판관 한 사람이 그를 쳐다보지도 않고 일어서자, 다른 재판관들도 따라 일어섰다.

처음에 일어선 재판관은 손에 서류 한 장을 들고 부자연스럽고 억양 없는 목소리로 읽기 시작했다.

스베틀로구브는 귀를 기울이면서 재판관들의 얼굴을 쳐다보고 있었다. 그들은 모두 그의 얼굴은 보지 않고, 다만 심각하고 어두운 표정으로 동료의 목소리를 듣고 있었다.

그 문서에는 이렇게 적혀 있었다.

'가까운 장래, 먼 장래에 현 정부를 전복할 목적으로 혁명운동을 한 죄로, 피고 아나톨리 스베틀로구브의 모든 공민권을 박탈하고 교수형에 처함.'

스베틀로구브는 선고문을 듣고 군사 재판관이 하는 말의 의미를 이해했다. 그리고 그는 그 선고문의 모순을 깨달았다.

가까운 장래 또는 먼 장례라느니, 사형선고를 받은 자의 공민권을 박탈한다느니 하는 말의 모순을. 그 선고가 자신에 대해 가지는 의미를 전혀 이해하지 못하고 있었다.

그는 퇴정 명령을 받고 헌병과 함께 법정 밖으로 나왔을 때야, 비로소 자기가 사형선고를 받았음을 확실하게 이해했다.

'아니야, 이상해. 뭔가 잘못되었어. 말도 안 돼. 설마 그럴 리가 없어!'

감옥으로 돌아가는 호송차 속에서 그는 자신을 향해 중얼거렸다.

그는 지금 자기의 몸 안에 넘치고 있는 생명력을 어느 때보다 힘차게 느끼고 있었기 때문에, 자기의 죽음을 상상할 수가 없었다. 나라는 존재와 의식을 죽음과 결부시키는 것이, 바꿔 말하면 나와 내 비존재의 관념을 결부시킬 수가 없었다.

다시 감옥으로 돌아온 스베틀로구브는 독방에 앉아 눈을 감고 자신을 기다리고 있는 운명을 똑똑히 생각해 보려 했지만, 전혀 이해가 되지 않았다. 그는 자신의 존재가 없어진다는 것을 도저히 용납할 수 없었고, 또 사람들이 자신을 죽이고 싶어 한다는 것조차 믿을 수 없었다.

‘나는, 젊고 건강하고 행복하고, 그렇게 많은 사람의 사랑을 받는 나를 왜?’

그는 자신에 대한 어머니와 나타샤, 그리고 친구들의 우애를 떠올렸다.

“이런 나를 죽인다고! 교수형을 시킨다고! 도대체 누가, 무엇 때문에? 그리고 내가 없어진 뒤에는? 아니야, 그럴 리가 없어!”

하고 그는 자신에게 말했다.

그때 교도소장이 들어왔다. 스베틀로구브는 그가 오는 발소리를 듣지 못했다.

“누굽니까, 무슨 일입니까?”

그는 불안정한 소리로 물었다.

“아! 당신이군요! 그날이 그게 언젭니까?”

“그건 나도 모르겠네.”

교도소장은 그렇게 대답한 뒤, 잠시 말없이 서 있다가, 갑자기 비위를 맞추려는 듯 부드러운 목소리로 말했다.

“실은 이곳에 신부님이 오셨는데, 잠시 자네를 만나고 싶다는군. 그래서…….”

“만날 필요조차 없습니다. 전혀! 그냥 돌아가세요!”

스베틀로구브가 소리쳤다.

“그럼, 누군가에게 편지를 써 보내고 싶지는 않나? 그건 허락할 수 있네.”

“아, 그래요? 그럼 쓸 걸 좀 주십시오. 보낼 곳이 있으니까.”

교도소장이 나갔다.

‘그러니까 내일 아침에 죽을 거란 말이군.’

순간 스베틀르구브는 생각했다.

‘교수형은 언제나 아침에 집행하고 있지 않은가! 내일 아침이면, 난 이

세상에서 사라진다는 말인가? 아니, 그럴 리가 없어. 이건 꿈이야, 꿈!'

그러자 늘 보던 낯익은 간수가 와서 펜 두 자루와 편지지, 그리고 푸른빛 봉투 몇 장을 건네주며 테이블 앞에 의자도 갖다 놓았다. 이것은 모두 현실이고, 결코 꿈이 아니었다.

'생각해서는 안 돼, 더 이상 생각해서는. 그래! 어머니에게 마지막 편지를 쓰자.'

스베틀로브는 그렇게 생각하며 의자에 앉아 편지를 쓰기 시작했다.

'사랑하는 어머니!'

이렇게 첫 줄을 쓰자, 그는 눈물을 흘리기 시작했다.

'용서해 주십시오, 제가 그동안 어머님께 끼쳐 드린 모든 불효를 용서해 주십시오, 제가 잘못했는지도 모르겠습니다. 그러나 그 길밖에 어찌할 도리가 없었습니다. 이제는 저를 용서해달라는 말밖에 드릴 말씀이 없습니다.'

'아니, 용서해달라는 말만 계속 쓰고 있잖아?'

그는 생각했다.

'하는 수 없지. 뭐, 다시 고쳐 쓸 시간이 없어.'

'자식 노릇을 제대로 못 한 저에 대해서 슬퍼하지 마십시오. 언젠가는 누구나 다 죽기 마련 아닙니까? 저는 두렵지 않습니다. 또 제가 한 일을 후회하지도 않습니다. 그렇게 할 수밖에 없는 인생이었으니까요. 부디 용서해 주시기만을 바랄 뿐입니다.

그리고 다른 사람들도 원망하지 마십시오. 저와 함께 혁명운동을 했던 사람들도, 또 저를 사형에 처한 사람들도 모두 그렇게 할 수밖에 없었습니다. 그들을 용서해 주십시오. 그들은 자기들이 무엇을 하고 있는지도 모르고 있습니다. 이제 저는 용서해달라는 말은 더 이상 하지 않겠습니다. 그러나 그것이 제 마음속에서 저를 지탱해 주고 위로해 줍니다.

안녕히 계십시오, 어머니의 주름진 그리운 손에 키스를 보냅니다.'

눈물이 종이 위에 떨어져 잉크가 번졌다.

'저는 지금 울고 있지만, 그것은 슬픔이나 두려움 때문이 아닙니다. 짧은 저의 생애의 가장 엄숙한 순간에 대한 감동과 어머니에 대한 사랑 때문입니다. 저의 동지들을 원망하지 마시고 부디 사랑해 주십시오.

무엇보다 프로홀로프는 그가 제 죽음의 원인이 된 만큼 더욱 사랑해 주십시오. 모든 다른 사람들이 꾸짖고 미워하는 인간을 사랑한다는 것은 정말 기쁜 것입니다. 특별히 죄가 있어서가 아니더라도, 어쨌든 비난하고 싶은 사람, 미워하고 싶은 사람을 반대로 사랑하는 것은 참으로 기쁜 일입니다.

나타샤에게 그녀의 사랑이 저에게 위안이 되고 기쁨이 되고 있다고 전해 주십시오. 저는 지금까지 그것을 잘 알지 못했지만, 이제야 제 영혼의 깊은 곳에서 그것을 느끼고 있었습니다. 그녀가 있어서 저를 사랑해 준다는 걸 알고 있음으로써, 저에게는 살아가는 일이 즐거웠습니다. 이제 드릴 말씀은 다 했으니, 이만 펜을 놓겠습니다. 어머니, 안녕히 계십시오!'

그는 편지를 봉투에 넣은 뒤, 침대에 앉아 두 손을 무릎 위에 놓고 눈물을 삼켰다.

이제 그는 자신이 죽지 않으면 안 된다는 현실이 믿어지지 않았다. 몇 번인가, 그는 내가 꿈을 꾸고 있는 게 아닐까 하는 자문을 되풀이하며, 꿈이라면 얼른 깨어나기를 바랐다.

그리고 그것이 이번에는 다른 상념으로, 이 세상의 삶 전체가 꿈이고, 거기서 깨어나는 것이 죽음이 아닌가 하는 생각으로 그를 이끌고 갔다. 그렇다면 이 세상에서 삶의 의식도, 그가 기억하지 못하는 전생으로부터의 깨어남에 지나지 않을지 모른다.

그렇다면 이 세상에서의 삶은 삶의 시작이 아니라, 새로운 삶의 형식에 지나지 않을지도 모른다. 나는 죽어서 다시 새로운 삶의 형태로 이행하는 여행자이다. 그런 생각이 그의 마음을 사로잡았다.

하지만 그런 생각에 의지하려고 하자, 역시 그 생각이나 그 밖의 다른 생각도 죽음의 공포를 해소해 주지는 않는다는 것을 느꼈다. 마침내 그는 생각하는 데 지치고 말았다. 뇌가 더 이상 움직이지 않는 것 같았다. 그는 눈을 감은 채 아무것도 생각하지 않고 멍하게 앉아 있었다.

그는 편지를 다시 읽어 보았다. 그리고 끝에 가서 자신이 적은 프로홀로 프라는 이름을 보자, 갑자기 이 편지는 틀림없이 검열받을 것이고, 그렇게 되면 프로홀로프의 신세를 망쳐버리게 된다는 생각이 떠올랐다.

"아아! 큰일날 뻔했다!"

그가 소리쳤다.

그는 편지를 갈기갈기 찢어 등잔불에 하나하나 태워 버렸다.

그는 자포자기하는 심정으로 편지를 새로 쓰기 위해 다시 테이블로 갔는 데, 이번에는 어쩐지 차분하고 거의 즐겁기까지 한 기분이었다.

그는 다른 종이를 꺼내, 다시 쓰기 시작했다.

그의 가슴에 만감이 교차했다.

'사랑하고, 사랑하는 어머니!'

하고 쓰자, 그의 눈이 다시 눈물로 얼룩져 글자가 잘 보이도록 죄수복 소매 로 눈물을 닦았다.

'왜 저는 저 자신에 대해 잘 몰랐을까요? 왜 마음속에 언제나 간직하고 있었던 어머니에 대한 지극한 사랑과 감사의 은혜를 깨닫지 못했을까요? 이제야 저는 지난날 어머니와 말다툼하며, 심한 말을 한 것을 생각하니, 정 말 괴롭고 부끄러워서 왜 그런 말을 했는지, 저 자신도 잘 알 수 없는 심정 입니다. 부디 저를 용서해 주십시오. 그리고 좋은 점만을 생각해 주십시오.

저는 조금도 죽음은 두렵지 않습니다. 솔직하게 말씀드리면, 저는 죽음이 무엇인지 모르겠습니다. 죽음이 믿어 지지가 않습니다. 만약 죽음, 즉 멸망이 존재한다면, 서른 살에 죽든 그보다 조금 빨리 죽거나, 조금 늦게 죽든 다를 게 뭐가 있겠습니까? 또 죽음이 존재하지 않는다면, 더더욱 빨리 죽든 늦게 죽든 조금도 다를 것이 없습니다.'

'왜 나는 이렇게 철학적인 말을 늘어놓는 것일까?'

하고 그는 생각했다.

"조금 전의 편지에 썼던 내용을 써야 한다, 끝에 가서 뭔가 좋은 말을 썼던 것 같은데. 그래!"

'부디 저의 동지들을 나무라지 마시고, 오히려 사랑해 주십시오. 특히 자기도 모르는 사이에 저의 죽음의 원인이 된 동지를 사랑해 주십시오. 나타샤에게 키스를 보냅니다. 그리고 제가 언제나 그녀를 사랑하고 있었다는 걸 전해 주십시오'

"그런데 왜 그럴까? 도대체 어떻게 되는 것일까?"

하고 다시 생각했다.

"허무? 아니 허무는 아니야. 그럼 도대체 무엇일까?"

그는 갑자기 아직 살아 있는 인간은 그런 문제에 대답할 수 없다는 것을 똑똑히 깨닫기 시작했다.

"그렇다면, 왜 나는 이렇게 두서없이 자문하고 있는 거지? 무엇 때문에! 도대체 무엇 때문일까! 그냥 사는 거야. 이 편지를 썼을 때 살아 있었던 것처럼 사는 거야. 우리는 모두 오래전부터 죽음을 선고받았지만 살아오고 있지 않아? 그래, 사랑하기만 하면, 우리는 아름답고 기쁘게 살 수 있어. 지금도 나는 편지를 쓰면서 모두를 사랑했어. 그래서 무척 행복했지. 그렇게 살아야 해. 언제 어디서든, 자유의 몸이든 감옥 속에서든, 오늘도 내일도 마지막 순간까지 살 수 있는 거야."

그러자 지금 당장이라도 누구와 사랑하는 마음으로 정답게 얘기를 나누고 싶은 생각이 들었다.

그가 감방문을 두드리자, 간수가 들여다보았고, 그는 지금이 몇 시며, 언제 교대하느냐고 물었다.

그러나 간수는 대답이 없었다. 그래서 그는 교도소장을 불러달라고 부탁했다. 잠시 뒤 교도소장이 와서 무슨 일이냐고 물었다.

"어머니께 보내는 편지를 썼습니다. 꼭 전해 주십시오."

이렇게 말하자, 다시 어머니가 생각나 두 눈에 눈물이 솟구쳤다.

교도소장은 편지를 받아 들었다. 그리고 전해 주겠다고 약속하고 나가려 하자, 스베틀로구브가 그를 다시 불러 세웠다.

"당신은 매우 친절하신 분입니다. 그런데 왜 이런 괴로운 일을 하시죠?"

그는 교도소장의 옷소매를 다정하게 만지면서 말했다.

교도소장은 어색한 듯 슬픈 미소를 지으면서 시선을 내리깔고 말했다.

"먹고 살아야 하니까."

"이런 일은 그만두십시오. 뭔가 다른 길이 있을 겁니다. 당신처럼 친절하신 분이 왜. 어쩌면 저도……."

교도소장은 갑자기 흐느끼면서 몸을 돌리더니 감방문을 힘껏 닫고 나가 버렸다.

교도소장의 눈물이 사형수 스베틀로브를 감동하게 했다. 그는 기쁨의 눈물을 참으면서 벽을 따라 감방 안을 왔다 갔다 했다. 이제는 조금도 두렵지 않았다. 다만 세상을 초월한 감동뿐이었다.

죽으면 자신은 어떻게 될 것인가 하는, 그가 그때까지 풀려고 무척 애썼지만, 도저히 풀 수 없었던 문제도, 이젠 뭔가 실증적이고 논리적이지는 않지만, 그의 내부에 있는 생명의 의식에 의해 풀린 것 같은 느낌마저 들었다.

그는 복음서의 말을 생각해 보았다.

'잘 들어 두거라. 밀알 하나가 땅에 떨어져 죽지 않으면, 한 알이 그대로 남아 있고, 죽으면 많은 열매를 맺느니(요한복음 제12장 24절).'

'그래, 나는 지금 땅에 떨어지려 하고 있다. 그래, 바로 그거야.'

하고 그는 생각했다.

"어쨌든 잠을 좀 자둬야지. 나중에 지쳐버리지 않게."

그는 침대에 누워 눈을 감고 이내 잠이 들었다.

그는 아침 여섯 시에 밝고 즐거운 꿈의 여운 속에서 눈을 떴다.

꿈속에서 그는, 금발 머리 소녀와 함께 나뭇가지에 새까맣게 익은 버찌가 주렁주렁 달린 나무에 기어 올라가 큼직한 구리 쟁반에 버찌를 따서 담고 있었다. 그런데 버찌는 쟁반에 놓이지 않고 그대로 땅 밑으로 떨어져, 고양이 비슷한 등들들이 그것을 집어 위로 던졌다가 떨어지는 것을 다시 받고 있었다.

그 광경을 보고 소녀가 재미있다는 듯이 깔깔 웃어서, 스베틀로구브도 별 생각 없이 싱글거리며 웃었다.

그때 별안간 구리 쟁반이 소녀의 손에서 미끄러졌고, 스베틀로구브가 그 것을 잡으려고 했으나, 때는 이미 늦어 쟁반은 나뭇가지에 부딪히며 쇳소리를 내면서 땅에 떨어졌다. 그러나 그는 미소를 지은 채, 그릇 소리에 귀를 기울이면서 잠에서 깨어난 것이다.

그것은 톡드에서 철문이 열리는 소리였다.

복도 쪽에서 사람들의 발소리와 소총이 찰각거리는 소리가 들려왔다. 그의 뇌리에 불현듯 모든 것이 떠올랐다.

'아아, 조금만 더 잤으면!'

하고 스베틀로구브는 생각했지만, 이제는 그렇게 할 수 없는 노릇이었다.

발소리들이 그의 독방 앞으로 다가왔다. 자물쇠에 열쇠를 꽂는 소리와 문이 삐걱하고 열리는 소리가 들렸다.

헌병 장교와 교도소장과 호송병이 안으로 들어왔다.

'죽음, 그게 뭐 어쨌단 말인가! 좋다, 죽자. 그러면 모든 게 끝나는 거야.'

스베틀로구브는 간밤에 경험한 감동적인 정신의 고양감이 되돌아온 것을 느끼면서, 그렇게 생각했다.

스베틀로구브와 같은 감옥에는 자신의 지도자를 믿지 못하여 진정한 신앙을 찾고 있는 분리파 신자인 한 노인이 수용되어 있었다.

그는 러시아 정교회 대표 주교인 니콘 이후의 교회뿐만 아니라, 그가 반그리스도로 생각하고 있는 표트르 대제의 정부도 부정하는가 하면, 황제의 권력 기구를 담배의 나라라고 불렀으며, 이와 같은 자신의 의견을 용감하게 토로하면서 성직자들과 정부 벼슬아치들의 잘못을 폭로했다.

그런 연유로 재판을 받고 수감 되어 이 감옥에서 저 감옥으로 이송되어 수감 생활을 하고 있었다.

그러나 자신이 자유의 몸이 아니라 감옥에 있다는 사실로, 교도소장으로부터 박해를 받는 것도, 수갑과 족쇄가 채워지는 것도, 같은 죄수들로부터 야유를 받는 것도, 그 죄수들까지 관리들과 마찬가지로 신을 외면하고 자기네끼리 욕을 하며 독신 행위에 빠져 있는 것도, 그를 그다지 놀라게 하지 않았다. 그 이유는 자기가 자유의 몸이었을 때, 세상의 곳곳에서 그러한 광경을 보아왔기 때문이다.

그것은 인간들이 참된 신앙을 잃고 어미 품에서 떨어진, 아직 눈도 제대로 뜨지 못하는 강아지처럼, 세상의 여기저기를 헤매고 다니는 것에서 기인

한다는 것을 그는 알고 있었기 때문이다.

그는 또 참된 신앙이 존재한다는 것도 알고 있었다. 그것은 자기의 마음속에 그 신앙의 존재를 느끼고 있었기 때문이다. 그는 그 신앙을 곳곳에서 찾았다. 그중에서도 「요한묵시록」에서 그 뜻을 찾을 수 있으리라고 생각하고 믿었다.

'불의를 행하는 자는 불의를 행하도록 내버려두고 더러운 자는 그냥 더러운 채로 내버려두어라. 올바른 사람은 그대로 올바른 일을 하게 하고 거룩한 사람은 그대로 거룩한 사람이 되게 하여라.'

또 주님께서는 이렇게 말씀하셨다.

'자, 내가 곧 가겠다. 나는 너희 각 사람에게 자기 행적대로 갚아 주기 위해서 상을 가지고 가겠다.'

그는 끊임없이 이 신비로운 책을 읽으며, 언제나 각자의 행적대로 갚아 줄 뿐만 아니라 사람들에게 모든 신성한 진리를 게시하기 위해 곧 이 세상에 나타날 자를 끊임없이 기다리고 있었다.

스베틀로구브가 처형되는 날 아침, 그는 큰 북소리를 듣고 창문으로 기어올라, 창살 너머로 호송 마차가 한 대 서 있고 감옥에서 밝은 눈과 덥수룩한 곱슬머리 청년이 미소 띤 얼굴로 나와 마차에 올라타는 것을 보았다.

그의 하얀 손에는 한 권의 책이 들려 있었다. 청년은 그 책을 가슴에 꼭 안고 | 분리파 신자는 그것이 복음서임을 알아보았다 | 창문 너머로 안에 있는 죄수들에게 고개를 끄덕여 보이거나 미소를 지으면서 눈인사를 교환하고 있었다.

이윽고 말이 움직이기 시작하더니 호송 마차는 천사처럼 밝은 청년을 태우고, 호송병들에게 둘러싸여 포도 위를 덜컹거리며 옥문 밖으로 나갔다.

이 광경을 목격한 분리파 신자는 창문에서 내려와 침대에 앉아 생각에 잠겼다.

'저 청년은 진리를 깨달았어!'

하고 그는 깊이 생각했다.

'그래서 반 그리스도의 종놈들이, 그가 누구에게도 진리를 말하지 못하도록 교수형에 처하는 거겠지.'

무겁고 서늘한 가을 아침이었다. 아직 태양은 보이지 않고 바다 쪽에서 습기 찬 바람이 불어왔다.

시원한 공기와 집과 마을의 정경 뛰노는 말, 그리고 자기를 바라보고 있는 사람들이 스베틀로구브의 눈을 즐겁게 했다.

마부를 등지고 호송 마차 안의 의자에 앉아 그는 무심하게 자기를 호위하고 있는 병사들과 길을 가는 사람들의 얼굴을 바라보았다.

아직 이른 아침이어서 거리는 텅 비어 있고 가끔 바쁜 걸음의 노동자들만이 보일 뿐이었다. 그런가 하면 앞치마를 걸치고 석회를 뒤집어쓴 석공들이 바삐 걸어오던 걸음을 멈추고 돌아서서 호송 마차를 바라보았다.

그들 중 한 사람이 무언가를 말하며 손을 흔들었지만, 모두 다시 방향을 돌려 일터로 향했다. 또한 덜컹거리는 소리를 내면서 철근을 달구지에 싣고 온 마부들이 호송 마차에 길을 양보하기 위해 말의 고삐를 노련하게 잡아당겨 말을 한쪽에 세우고, 이상하다는 듯이 호기심에 찬 눈으로 호송 마차 안의 그를 쳐다보았다. 그들 중 한 사람은 모자를 벗고 성호까지 그었다.

하얀 모자에 앞치마를 두른 하녀가 바구니를 들고 대문에서 밖으로 나오다가, 호송 마차를 보고는 부랴부랴 집안으로 다시 들어가서 다른 여자와 함께 뛰어나왔다. 둘은 숨을 죽이고 눈을 크게 뜬 채 호송 마차가 멀리 사라질 때까지 꼼짝하지 않고 지켜보았다.

낡은 누더기를 걸치고 희끗희끗한 수염을 덥수룩하게 기른 중년의 남자가 스베틀로구브를 가리키며, 요란한 몸짓과 손짓으로 옆의 사람에게 무엇인가 안타깝다는 듯이 얘기하고 있었다.

그때 두 소년이 뛰어가서 얼굴을 마차 쪽으로 향한 채 앞쪽은 보지 않고 호송 마차와 나란히 걸어갔다. 나이 많은 소년은 빠른 걸음으로 걷고 있었고, 모자를 쓰지 않은 어린 소년은 나이 많은 소년을 붙잡고 겁먹은 얼굴로 마차를 쳐다보며 짧은 다리로 거의 넘어질 듯이 겨우 따라가고 있었다.

스베틀로구브는 그 소년들과 눈이 마주치자, 가볍게 고개를 끄덕여 보였다. 호송 마차에 실려 가는 무서운 남자의 고갯짓에 놀란 어린 소년은 눈을 크게 뜨고 입을 벌리고 금방이라도 울음을 터뜨릴 것 같았다.

스베틀로구브는 자기 손에 입을 맞춰 보이고 소년에게 부드럽게 미소를 보냈다. 그러자 소년은 자기도 모르게 사랑스럽고 순진한 웃음으로 거기에 화답했다.

이렇게 호송되어 가는 동안 앞으로 그를 기다리고 있을 절망적인 일에 관한 의식이 사형수 스베틀로구브의 평화롭고 엄숙한 마음을 어지럽히지는 못했다.

그러나 마침내 호송 마차가 교수대 앞에 당도하여 마차에서 내리자, 가로목으로 고정된 두 개의 기둥과 거기에 감겨 있는 갈색 밧줄이 바람에 가볍게 흔들리고는 것을 보았을 때, 그는 왠지 심장을 강하게 얻어맞은 듯한 기분이 들었다.

갑자기 그는 심한 구토를 느꼈다. 하지만 그것은 잠시뿐이었다.

교수대 주우에 소총을 든 병사들이 네 줄로 늘어서 있는 것이 보였다. 그 앞에는 장고들이 서성거리고 있었다.

그가 호송 마차에서 내리려 하는 순간, 큰북이 일제히 울리기 시작해 그는 소스라치게 놀랐다. 병사들의 행렬 뒤에는 스베틀로구브의 처형을 구경하러 온 사람들의 마차가 늘어서 있는 것이 눈에 들어왔다.

그런 광경은 그를 놀라게 했지만, 곧 감옥에 들어가기 전의 자신을 떠올리면서, 지금 자신이 알고 있는 모든 것을 사람들이 아직 깨닫지 못하고 있다는 것이, 오히려 가엾게 생각되었다.

'하지만 저 사람들도 언젠가 알게 될 것이다. 나는 죽지만 진리는 절대 죽지 않는다는 사실을 틀림없이 알 때가 올 거다. 그렇게 되면, 사람들이 내가 아닌, 모든 사람이 얼마나 행복해질까? 반드시 그렇게 될 것이다.'

그는 교수대 위로 끌려갔고, 그 뒤를 한 장교가 따랐다.

북소리가 그치자, 그 장교는 부자연스럽고, 넓은 장소에서는 더욱 약하게 울리는 목소리로, 이미 재판정에서 낭독되었던 처형할 자의 공민권을 박탈한다느니 하는 기묘한 글귀가 들어 있는 사형판결문을 읽었다.

'저 사람들은 도대체 왜, 이런 짓을 하는 것일까? 저들은 아무것도 모르고 있어. 가엾은 일이다. 이젠 나에게도 그것을 가르쳐줄 시간이 없구나. 하지만 곧 알게 되겠지. 모두가 알게 될 것이다.'
하고 스베틀로구브는 생각했다.

그때 긴 머리에 수척한 몸매의 사제가 스베틀로구브에게 다가왔다. 보랏빛 법복을 걸치고, 그 위에 작은 금 십자가를 걸고, 검은 비로드 소맷자락 밖으로 나와 있는 힘줄이 불거진 하얗고 마른 손에는 커다란 은 십자가가 들려 있었다.

"자비로우신 우리 주님!"

이렇게 말하면서, 그는 왼손에서 오른손으로 십자가를 옮겨 주더니, 그것을 스베틀로구브 앞에 치켜들었다.

스베틀로구브는 몸을 떨면서 뒷걸음질 쳤다. 그는 자기의 처형에 입회하면서 자비로운 주님이라느니 말하는 사제에게 하마터면 심한 야유를 보낼 뻔했으나, 곧 복음서 속의 '그들은 자기가 행하는 것을 모른다'라는 말이 생각나서 꾹 참고 중얼거리듯 조용히 말했다.

"아닙니다, 축복은 필요 없습니다. 미안하지만, 아무튼 고맙습니다."

그는 사제에게 손을 내밀었다. 사제는 십자가를 다시 왼손에 바꿔 쥐고 스베틀로구브의 손을 잡더니, 그의 얼굴을 보지 않으려고 애쓰면서 교수대에서 내려갔다. 그러자 다시 북소리가 울려 퍼지며, 다른 모든 소리를 압도했다.

사제에 이어 중키에 처진 어깨, 튼튼한 팔뚝을 가진 러시아풍 셔츠 위에 양복을 입은 남자가 교수대의 널빤지를 삐걱거리면서 빠른 걸음으로 스베틀로구브에게 다가왔다.

그 사람은 스베틀로구브를 힐끗 쳐다본 뒤 그에게 다가와, 술과 땀에 절어 역한 냄새를 풍기며 끈적끈적한 손으로 그의 팔꿈치 위의 두 팔뚝을 잡더니 아프게 조여 등 뒤로 꺾었다. 그러고는 꽁꽁 묶어 버렸다.

그리고 뭔가 생각에 잠긴 듯 잠시 서서 스베틀로구브를 힐끗 쳐다보다가 자신이 가지고 와서 교수대 위에 둔 도구를 살펴보기도 하고, 가로목에 매달려 있는 밧줄을 확인해 보기도 했다.

이윽고 그는 자신이 무엇을 해야 하는지 생각이 난 듯 밧줄에 다가가 그것을 매만지고 나서, 스베틀로구브를 교수대 끝으로 밀었다.

스베틀로구브는 사형선고를 받았을 때, 지금의 행위가 자기에게 무슨 의미가 있는지 몰랐는데, 이제부터 그 무서운 일을 빨리 능숙하게 진행하고 있는 사형집행인을 바라보고 있었다.

사형집행인의 얼굴은 극히 평범한 러시아 노동자의 얼굴로 흉악한 데라고는 조금도 없이, 매우 중요하고 어려운 일을 될 수 있는 대로 실수 없이 정확하게 수행하려는 사람답게 온 신경을 집중시키고 있는 표정이었다.

“어서 이쪽으로 좀 더 와…… 이쪽으로 더.”

하고, 사형집행인이 쉰 목소리로 말했다.

스베틀로구브는 시키는 대로 움직였다.

“주여! 도와주소서. 자비를 베풀어 주소서!”

그는 중얼거렸다.

스베틀로구브는 신을 믿지 않았고, 신을 믿고 있는 사람들을 곧잘 비웃기까지 했다. 그리고 지금도 그는 신을 믿고 있지 않았다.

왜냐하면 언어로 신을 표현할 수 없었고, 또 상상으로 파악할 수도 없었기 때문이다. 그러나 지금 그가 주여! 하고 부른 그 존재야말로, 가장 실재하는 어떤 것이라는 것을 잘 알고 있었다.

이 부름이 매우 절실하고 중요하다는 것도 그는 알았다. 왜냐하면 이 부름이 그에게 당장 용기를 주고, 그의 마음에 평화를 주었기 때문이다.

밧줄 쪽으로 다가가 무심코 병사의 행렬과 화려하게 차려입은 구경꾼들을 보았을 때, 그는 또다시 ‘도대체 왜 저들은 저런 짓을 하는 것일까?’ 하는 비통한 생각이 들었다. 그리고 그들과 자기 자신이 가엾어져서 두 눈에 눈물이 핑 돌았다.

그는 사형집행인의 날카로운 잿빛 눈을 응시하면서 물었다.

“자네는 내가 불쌍하게 생각되지 않나?”

사형집행인은 한순간 가만히 서 있더니, 그 얼굴에 가증스럽다는 듯한 표정이 떠올랐다.

“에잇, 무슨 허튼소리야!”

그는 그렇게 중얼거리더니, 자기의 외투와 삼베 자루 같은 것이 놓인 바닥에 허리를 구부렸다. 그리고 두 손을 재빨리 움직여 뒤에서 스베틀로구브를 안고 그의 머리에 마포 자루를 씌웠다. 그런 다음 재빠르게 허리와 가슴

께까지 끌어내렸다.

'주여! 당신의 손에 제 영혼을 맡기나이다!'

스베틀로구브는 복음서 속의 그 말을 떠올렸다.

그의 영혼은 죽음에 반항하지 않았으나, 그의 굳세고 젊은 육체는 죽음을 받아들이려 하지 않고 마지막까지 거기에 저항하며 싸웠다.

그는 소리치고 몸부림치려고 했지만, 그 순간 등을 강하게 맞아 발이 허공에 뜨고 숨이 탁 막히면서 머리가 윙! 하고 울리나 싶더니, 그의 의식에서 모든 것이 사라져갔다.

스베틀로구브의 육체는 잠시 흔들거리면서 교수대에 매달려 있었다. 어깨가 두어 번 꿈틀거리며 움직였다.

사형집행인은 2분쯤 기다리고 나서 음울한 표정으로 두 손을 주검의 어깨 위에 얹고 밑으로 세차게 잡아당겼다. 이제 주검은 더 이상 움직이지 않았다.

그저 머리에 자루를 뒤집어쓴 인형이 고개가 부자연스럽게 꺾이고 죄수 양말을 신은 두 다리가 축 늘어진 모습으로 흔들리고 있을 뿐이었다.

사형집행인은 교수대에서 내려와 형장 지휘관에게 이제 주검을 밧줄에서 끌어 내려 묻어주어도 된다고 보고했다.

한 시간 뒤 주검은 교수대에서 내려져 죄수 묘지로 운반되었다.

사형집행인은 자기가 해야 할 일을 다 했다. 그러나 그것은 괴로운 일이었다. 스베틀로구브가 내가 불쌍하지 않으냐고 한 말이 그의 머리에서 떠나지 않았다.

원래 살인범이었던 그는 징역형을 받은 뒤 사형집행인이 됨으로써 비교적 자유롭고 안락한 생활을 할 수 있었는데, 그날 이후 이제 다시는 이런 일을 하지 않겠다고 스스로 맹세하고, 사형을 집행하여 받은 돈은 몽땅 술을 마셔 버린 뒤, 그것도 모자라서 나들이옷까지 술값으로 팔아먹은 뒤에, 결국 독방에 감금되었고, 다시 병원으로 이송되었다.

테러 혁명당의 지도자의 한 사람으로 사형 집행을 당한 스베틀로구브를 이 운동에 끌어들였던 이그나치 메제네츠키는, 그가 체포된 읍에서 상트페테르부르크로 이송되었다.

그가 수감 된 감옥에는 스베틀로구브의 처형을 본 그 늙은 분리파 신자가 있었다. 그는 얼마 뒤 시베리아로 이송될 예정이었다.

그는 여전히 참된 신앙이 무엇인지, 어디서 어떻게 배워야 할 것인지 생각하면서, 이따금 기쁜 듯이 미소를 지으면서 사형장으로 끌려가던 그 광채 속의 청년에 대해 생각했다.

같은 감옥에 그 청년의 친구이자, 그 청년과 같은 신념을 가진 또 다른 젊은이가 있다는 사실을 알고, 이 분리파 신자는 무척 기뻐하며 간수장에게 그를 만나게 해달라고 간청했다.

메제네츠키는 감옥의 엄격한 규칙에도 불구하고 혁명당 동지들과 끊임없이 연락을 취하며, 그 자신이 지휘한 황제가 탄 열차를 폭파한다는 계획의 실행 보고를 기다리고 있었다.

그날도 자신의 계획에 약간의 허점이 있다는 것이 생각나서, 그것을 동지에게 전할 방법을 궁리하고 있었다.

그때 간수장이 그의 감방에 와서 나지막한 목소리로 같은 죄수 한 사람이 만나보고 싶어 한다고 말했을 때, 그는 어쩌면 동료들에게 연락할 가능성이 생길지도 모른다고 생각하여 기뻐했다.

“어떤 사람입니까?”

“농부 출신이야.”

“나에게 무슨 볼일이 있어요?”

"신앙에 관하 이야기하고 싶다는군."

메제네츠키는 빙그레 웃었다.

"그럼, 이리도 보내주십시오."

그리고 그는 생각했다.

'그 분리파 신자들도 역시 정부를 미워하고 있어. 어쩌면 쓸모가 있을지도 모르지.'

간수장이 나가자, 잠시 뒤 더부룩한 머리에 희끗희끗한 수염을 기르고, 선량하지만 지친 듯한 푸른 눈의 노인이 쪼그라든 모습으로 문을 열고 들어왔다.

"무슨 용건입니까?"

메제네츠키가 물었다.

"이야기할 것기 좀 있어서……"

"무슨 얘긴가요?"

"신앙에 대해서요."

"어떤 신앙 말씀입니까?"

"당신은 반그리스도 종들이 오데사에서 교수형에 처한 청년과 같은 신앙을 가졌다고 들었소만."

"어떤 청년을 말씀하시는 건지요?"

"가을 무렵에 오데사에서 처형당한 청년 말이오."

"아, 그 스베틀로구브 말이군요."

"맞아요, 바로 그 사람이오. 당신은 그의 친군가요?"

노인은 질문들 할 때마다 온화한 표정을 띤 눈길로 메제네츠키를 응시하다가, 이내 시선을 접었다.

"예, 아주 친한 친구였습니다."

“신앙도 같았고?”

“예. 그렇다고 할 수 있지요.”

메제네츠키는 웃으면서 대답했다.

“그 일로 당신하고 이야기하고 싶어서요.”

“그래서, 그게 무슨 얘기인지?”

“당신네의 신앙에 대해 자세히 듣고 싶소.”

“우리의 신앙이라……. 뭐, 우선 앉으십시오.”

메제네츠키는 어깨를 한번 움직이면서 말했다.

“우리의 신앙은 이런 것입니다. 세상에는 권력을 독점하여 민중을 괴롭히고 착취하는 자들이 있어, 우리는 온몸으로 그들과 싸우지 않으면 안 된다, 민중을 착취하고 민중을 괴롭히는 그 악랄한 무리의 발톱으로부터 그들을 해방하기 위해, 그자들을 멸망시키지 않으면 안 된다는 사명감에 저항하자, 그들이 우리를 죽이려 하고 있으므로, 우리도 그들을 죽이지 않으면 안 된다고 하는 것입니다.”

분리파 노인은 눈을 내리깐 채 깊은숨을 내쉬었다.

“우리의 신앙은 독재정권을 타도하고, 선거에 의한 자유로운 민주 정부를 수립하는 일입니다.”

노인은 깊은 한숨을 쉬며 일어서더니, 웃옷 자락을 넓게 펼치며 무릎을 꿇어 더러운 바닥에 이마를 조아리며 메제네츠키의 발밑에 엎드렸다.

“저에게 왜 이러십니까?”

“이 늙은이를 속이지 말고, 당신네의 신앙이 어떤 것인지 가르쳐주시오.”

노인은 일어서지도 않고 머리도 들지 않은 채 말했다.

“우리의 신앙이 어떤 것인지 솔직하게 말씀드렸습니다. 자, 일어나십시오. 안 그러면 말씀드리지 않겠습니다.”

노인은 일어섰다.

"그 청년의 신앙도 그런 것이었소?"

메제네츠키 곁에 선 노인은, 그 선량한 눈길로 힐끗 그의 얼굴을 쳐다보고는 다시 눈을 내리깔면서 말했다.

"그렇습니다 그래서 교수형에 처했지요. 저 역시도 그 신앙 때문에 페트로파블로프스크 요새로 이송되려 하는 중입니다."

노인은 낮게 머리를 숙인 채 말없이 독방에서 나가 버렸다.

'아니야, 그 청년의 신앙은 그런 것이 아니었어! 그는 참된 신앙을 알고 있었다. 하지만 이 자는 그 청년과 같은 신앙이라고 거짓말을 하거나, 아니면 뭔가 숨기고 있다. 그래, 좋다, 언젠가는 내가 진실한 신앙을 보여 주리라. 이곳이든, 시베리아이든, 어디든 간에 신은 존재해 있고, 인간도 살고 있다. 길을 떠나면, 한 번은 길을 물어야 하는 것이 신앙이다.'

노인이 그렇게 생각하며 신약성서를 펼치자, 묵시록이 열렸다. 그는 안경을 쓰고 창가에 앉아 읽기 시작했다.

그 후 7년이란 세월이 흘렀다. 메제네츠키는 페트로파블로프스크 요새에서 독방 생활을 마치고, 다시 징역 감옥으로 이송되었다.

그는 지난 7년 동안 온갖 고난을 다 겪었지만, 그의 사상적 경향은 조금도 변하지 않았고, 그의 체력도 줄어들지 않았다.

요새 감옥에 갇히기 전에 심문받았을 때, 그는 그 의연한 태도와 자신의 생살여탈권을 쥐고 있는 사람들에 대한 경멸적인 태도로, 예심판사와 판사들을 놀라게 했다.

마음속으로는 자기가 체포됨으로써 모처럼 시작한 혁명 사업이 중단된 것을 고민하고 있기는 했지만, 겉으로는 그런 기색을 드러내지 않았다.

다만 사람들과 접촉할 때는 증오의 불길이 타오르곤 했다. 어떠한 심문에도 입을 열지 않은 그는, 자신을 심문하는 법관 장교와 검사들을 욕할 기회가 생길 때만 입을 열었다.

심문자들이

"바른대로 자백하고 벌을 가볍게 받는 편이 좋을 텐데……."

하고 말하면, 그는 경멸하는 듯한 미소를 지으면서 말했다.

"당신들이 이익이나 공포로 나를 유혹해 동지를 팔아넘기게 할 생각이라면, 그건 당신들이 나를 당신들과 똑같은 인간으로 생각하고 있기 때문이오. 혁명 사업에 투신하여 이렇게 당신들에게 취조당하고 있는 내가, 최악의 사태에 대한 각오도 되어 있지 않을 줄 아시오? 당신들은 절대로 나를 위협하거나 겁먹게 할 수 없소. 마음대로 해보시오. 난 절대로 입을 열지 않을 테니까."

그는 그들이 난처한 표정으로 서로의 얼굴을 쳐다보는 모습을 보는 것이 통쾌했다.

그러나 페트로파블로프스크 요새 감옥으로 이송되어 높은 곳에 우윳빛 유리창이 하나밖에 없는 작고 축축한 독방에 갇혔을 때, 그는 몇 달이나 몇 년이라는 기한이 있는 것이 아님을 알고 공포를 느꼈다.

그 견고한 벽에 갇힌 죽음 같은 정적이 무서웠고, 자신이 혼자가 아니라 두꺼운 벽 저쪽에는 10년, 20년의 형을 선고받은 자신과 같은 죄수들이 있으며, 목을 매어 자살하거나 미치거나 결핵에 걸려 차례차례 죽어가고 있다는 사실이 무서웠다.

거기에는 죄수의 몸으로 여자도 있고 남자도 있고, 어쩌면 친구도 있을지 모른다.

'세월이 흐르다 보면, 나도 미쳐서 목을 매달아 죽을지 모르고, 병으로 죽을지도 모른다. 누구도 나의 존재에 대해 모를지도 모른다.'

그렇게 생각하자, 그의 마음속에 모든 인간에 대한 증오심이 일어났다. 그중에서도 그가 이곳에 갇히게 된 원인을 제공한 사람들에 대한 증오가 일기 시작했다.

그 증오에는 그것으로 향하는 대상이 필요했고 운동과 소음이 동반자처럼 필요했다.

그러나 그곳에는 죽음과 같은 정적과 말해도 대답하지 않는 사람들의 조용한 발소리, 문을 여닫는 소리, 정해진 시간에 가져다주는 식사, 말없이 왔다 가는 사람들, 어둠침침한 유리창으로 스며드는 아침 해와 다시 이어지는 암흑과 정적, 조용한 발소리, 미미한 움직임 소리가 있을 뿐이었다.

이렇게 오늘도, 또 내일도 배출구가 없는 증오가 그의 마음을 좀먹어 들어갔다.

그가 벽을 두드려도 아무도 응답하지 않고 있으면 간수가 조용한 걸음으로 다가와서, "금고실에 처넣을 거야!"하고 위협할 뿐이었다.

그런 중에 단 한 가지 위안의 시간은 잠잘 때뿐이었다. 그 대신 꿈에서 깨어나는 것은 무서웠다. 꿈속에서는 언제나 자신이 자유로웠고 대부분 혁명운동과 일치하지 않는 유희에 빠져 있었다.

이상한 바이올린을 켜기도 하고, 여자의 환심을 사려고 애태우기도 하고, 보트 놀이도 하고, 사냥도 하고, 때로는 이상한 학문적 업적을 이루어 외국 대학에서 박사학위를 받고 축하 만찬회에서 감사 연설을 하기도 했다.

그러한 꿈들은 이상하게 또렷한데도, 현실은 너무 우울하고 단조로워서 꿈의 기억과 현실을 구별할 수 없을 정도였다.

다만 꿈에서 가장 괴로운 것은, 그가 지향하고 원하는 것이 거의 실현되려고 할 기호에 꼭 눈이 떠진다는 것이다. 그런 경우 갑자기 심장이 세차게 뛰고 한순간에 즐거웠던 꿈의 세계는 무참히 사라지고 만다.

그리하여 뒤에 남는 것은 채워지지 못한 괴로운 욕망과 또다시 램프에 비치고 있는 감옥 안의 잿빛 벽, 그리고 몸 밑에서 짚이 한쪽으로 밀리는 딱딱한 침상뿐이었다.

잠자는 동안이 그에게는 가장 행복한 시간이었다. 그러나 독방 생활이 길어지면 길어질수록 그 잠마저도 잘 이루지 못하게 되었다. 그는 자신에게 가장 큰 행복인 꿈을 꾸고 싶었지만, 그것을 원하면 원할수록 잠은 가차 없이 달아나고 말았다.

'오늘 밤에는 잘 수 있을까?'

하고 생각만 해도 잠은 달아나 버렸다.

좁은 독방 속에서 아무리 구르고 뛰어도 전혀 도움이 되지 않았다. 격렬한 운동을 한 뒤에는 지칠 대로 지쳐 신경이 더욱 흥분되고, 머리까지 쑤셔서 눈을 감으면 뭔가가 번쩍거리는 암흑을 배경으로 머리를 산발하거나 대머리를 한 얼굴과, 커다란 입을 쩍 벌린 기괴한 얼굴들이 차례차례 나타났다. 그 얼굴들은 모두 끔찍한 표정들뿐이었다.

어떤 때는 눈을 뜨고 있어도 그런 얼굴들이 나타나고, 나중에는 얼굴뿐만 아니라 사람의 모습 전체가 보이며 말하고 춤을 추기도 했다. 그는 너무 무서워서 벌떡 일어나 벽에 머리를 부딪치며 소리쳤다. 그러면 문에 붙어 있는 조그만 창문이 열렸다.

"시끄러워!"

하고 말하는 낮고 억양 없는 목소리가 더 무서웠다.

"간수장을 불러줘!"

메제네츠키는 고함을 질렀다.

그러나 아무 대답도 없이 조그만 창은 닫혔다.

메제네츠키는 절망한 나머지 오로지 죽음을 원하게 되었다.

그러한 상태에 있던 어느 날, 그는 마지막으로 최후의 자살을 결심했다. 독방에는 끈을 걸어서 고리만 만들면, 침대에 올라서서 목을 매달 수 있는 통풍구가 있었다. 그러나 끈이 없었다.

그래서 홑이불을 갈기갈기 찢어서 끈을 만들었지만 모자랐다. 하는 수 없이 그는 굶어 죽으려고 이틀 동안 아무것도 먹지 않았다. 사흘째가 되자 몸이 완전히 쇠약해져 환각이 더욱 빈번하게 일어났다.

간수가 식사를 가져왔을 때, 그는 정신을 잃고 눈을 뜬 채 마룻바닥에 무참히 쓰러져 있었다.

의사가 와서 그를 침상에 눕혀 놓고 럼주를 먹이고 모르핀 주사를 놓자, 그는 곧 잠이 들었다.

이튿날 아침에 깨어나자, 의사가 머리맡에 서서 고개를 갸우뚱하고 있었다. 그러자 오랫동안 잊고 있던 격렬한 증오의 감정이 갑자기 그를 덮쳤다.

"이런 데서 일하면서 부끄럽지도 않소!"

그는 고개를 꼬며 자신의 맥박을 재고 있는 의사에게 말했다.

"나를 또 괴롭히려고 치료하다니, 이건 너무하는군! 마치 태형을 함께 거들며 채찍으로 갈겨주기 위해 치료해 주는 것이나 다를 게 없어!"

"그러지 말고 잠깐만 똑바로 누워 봐요."

의사는 그의 얼굴은 쳐다보지도 않고 주머니에서 청진기를 꺼내며 태연하게 말했다.

"놈들은 나머지 곤장 5천 대를 끝까지 치기 위해 상처를 낫게 해주는 거야. 빌어먹을, 모두 지옥에나 가버려!"

그는 갑자기 침대에서 두 발을 내지르며 소리쳤다.

"나가! 네 죽이 없어도 난 죽을 수 있어!"

"안 되겠군. 이봐 젊은이, 그러면 벌을 받아요."

"어서 나가, 영원히 꺼져버려!"

메제네츠키의 형상이 너무 험악해서 늙은 의사는 허둥지둥 나가버렸다.

약효가 있었는지, 위기가 지나간 건지, 아니면 의사에게 퍼부었던 증오 때문인지, 어쨌든 그는 제정신이 들어 완전히 새로운 생활을 시작하였다.

"놈들은 나를 영구히 이곳에 가둬둘 수는 없을 것이다. 또 그럴 리도 없겠지. 언젠가는 내보내 줄 거야. 어쩌면 그럴 가능성이 가장 높지만, 무엇보다도 사회가 바뀔지도 몰라. 우리 동지들이 여전히 활동하고 있으니까. 그러니 목숨을 소중히 해서 강하고 건강한 몸으로 나가서 활동을 계속할 수 있도록 해야지."

하고, 그는 희망적인 삶을 생각했다.

무엇보다도 그러한 목적에 가장 좋은 생활 형태에 대해 곰곰이 생각한 끝에 다음과 같은 결론에 도달했다.

밤 아홉 시에 잠자리에 들어 잠이 오든 안 오든 아침 다섯 시까지 누워 있을 것. 새벽 다섯 시에 일어나서 세수하고 옷을 입고 체조를 한 다음 용변을 보러 간다.

그런 상상 속에서 상트페테르부르크의 네프스키 거리에서 나제진스카야 거리를 향해 걸으면서 누군가를 만날 것 같은 희망을 머릿속에 그려본다.

'가게의 간판과 집, 거리에 서 있는 경찰관, 길을 오가는 마차, 바쁘게 지나가는 사람들.'

나제진스카야 거리에 그가 알고 있는 혁명가 동지의 집에 찾아가서 상면한 두 사람은, 이미 그 집에 찾아온 몇몇 동지들과 함께 당면한 계획에 대해 의논한다. 토론이 논쟁으로 발전한다.

그러면 메제네츠키도 자신의 의견을 말하고, 남의 몫까지 자기가 말해버린다. 이따금 그는 소리 내어 말하기 때문에, 당번 간수가 와서 조그만 창으로 들여다보며 주의를 주지만, 메제네츠키는 들은 척도 하지 않고 상상 속에서 상트페테르부르크에서의 하루를 보낸다.

동지의 집에서 두어 시간을 보낸 뒤 집에 돌아와 밥을 먹는데, 처음에는 그것도 상상 속의 식사였지만, 나중에는 간수가 가져다준 밥을 실제로 먹으면서, 언제나 겸허하게 먹으려고 애썼다. 그러고는 상상 속에서 집에 앉아 역사와 수학을 공부하고, 때때로 일요일에는 문학에 관해서 공부한다.

그의 역사 공부는 우선 특별한 시대와 민족을 선택해 그동안의 사건과 연대를 생각해 내는 내용이었다. 또 수학 공부는 암산하고 기하학 문제도 풀었다. 그것은 그가 좋아하는 과목이었다.

일요일에는 종일토록 푸시킨, 고골리, 셰익스피어 등을 생각해 보면서 스스로 글을 써본다.

잠자리에 들기 전에 다시 한번 상상 속에서 잠시 산책한다. 그리고 남자 친구나 여자 친구들과 농담을 섞어가며 즐거운 대화를 하고, 때로는 진지한 이야기를 주고받기도 하는데, 그것은 모두 전에 실제로 있었거나 새롭게 생각해 낸 내용들이다.

그렇게 하다 보면 이윽고 밤이 된다. 잠자리에 들기 전에 그는 운동으로 독방 안을 2천 걸음 정도 걷는다. 그런 다음 침대에 누우면 대부분 쉽게 잠이 든다.

이튿날도 똑같은 일과가 되풀이된다. 때로는 남부지방으로 달려가서 민중을 선동하여 폭동을 일으키고, 그들 민중과 함께 악덕 지주를 몰아내어 토지를 농부들에게 나눠준다.

그러나 그는 단숨에 분배해 주는 행위까지 상상하는 것이 아니라, 순서를 밟아 자세한 여러 가지 상상을 거쳐서 목적에 도달하는 것이다.

이렇듯 그만의 상상 속에서 그의 혁명당은 곳곳에서 승리를 거두어, 정부의 권력은 약화 되고 국민의회의 소집이 불가피해진다.

마침내 황제 일가와 모든 민중의 억압자들은 자취를 감추고 새로운 공화국이 수립되어 메제네츠키 자신이 초대 대통령으로 선출된다는 식이었다. 때로는 너무 빨리 거기에 도달해 처음부터 다시 시작하여, 다른 방법으로 목적을 달성하기도 했다.

가끔은 그 엄격한 생활규율에서 벗어나는 일은 있어도, 다시 제자리로 돌아가는 사이에 1년, 2년, 3년의 세월이 지나갔다. 그렇게 상상력을 구사함으로써, 그는 그 불쾌한 환각에서 벗어날 수 있었다.

때로는 잠을 이루지 못하고 온갖 얼굴들이 환각이 되어 나타날 경우도 있었지만, 그럴 때는 통풍구를 바라보면서 저기에 밧줄을 걸고 목을 매달면 하고 생각하는 것이었다. 그러나 그러한 정신적 발작도 오래 가지는 않아서 빠르게 마음을 극복할 수 있었다.

그리하여 그는 거의 7년이라는 세월을 보냈다. 금고 기간이 끝나고 징역형으로 옮겨질 때쯤은 무척 건강하고 생기가 넘치고 있었고, 조금도 정신력을 잃지 않고 있었다.

그는 예외적인 중죄인으로서 다른 죄수와의 접촉이 허락되지 않은 채 단독으로 호송되었다.

그리하여 크라스노야르스크 감옥에서 처음으로 같은 징역형으로 온 다른 정치범들과 접촉할 수 있는 기회를 얻었다. 두 명의 여성과 네 명의 남성, 모두 여섯 명의 정치범이었다. 그들은 모두 메제네츠키에게는 낯선, 젊고 새로운 모습의 젊은 혁명가들이었다.

즉 그들은 그를 잇는 새로운 세대의 혁명가들이자 후계자여서, 특별히 그의 관심을 끌었다.

메제네츠키는 그들이 자신의 발자취를 밟아 오고 있었고, 그들의 선배들,

특히 메제네츠키 자신에 의하여 이루어진 모든 사업을 높이 평가해 줄 것으로 기대하고 있었다.

그러나 놀랍게도 젊은이들은 그를 자기들의 선구자나 스승으로 전혀 생각하지 않을 뿐만 아니라, 오히려 그를 경계하며 멀리하는 것이었다.

그들 새로운 혁명가들에 의하면 메제네츠키와 그의 친구들이 지금까지 해온 일, 이를테면 농민 봉기 계획이나 테러 행위, 특히 크로포트킨 총독과 알렉산드로 2세까지 살해한다는 것은 모두 과오의 연속이었다고 비판하는 것이다.

그것은 알렉산드로 3세 시대의 엄청난 반동 정치를 부르는 결과를 가져왔을 뿐이며, 결국 세상을 퇴보시켜 농노제 시대나 다름없는 상태를 만들고 말았다는 것이다. 민중 해방의 길은 그것과는 다른 것이 아니면 안 된다는 것이, 그들 젊은 혁명가들의 의견이며 주장이었다.

거의 이틀 동안 밤낮을 두고 메제네츠카와 새로운 혁명가들 사이에 논쟁이 계속되었다.

무엇보다도 그들의 지도자로서 많은 사람들이 로만! 로만! 하고 이름으로만 부르고 있는 남자에 대해 자기의 견해에 대한 흔들림 없는 확신과, 메제네츠키와 그의 동지들이 여태껏 해온, 모든 활동을 오만한 자세와 경멸적인 태도로 부정하는 말이 그의 마음을 더욱 아프게 했다.

로만의 의견에 따르면 일반 민중은 모두 가축의 무리나 다름없으며, 그러한 미발달된 단계의 민중을 상대로 해서는 아무것도 할 수 없다는 것이었다. 그러므로 러시아 농민을 궐기시키려는 모든 혁명적 시도는 돌이나 얼음에 불을 붙이려는 것과 다름없다는 것이다.

가장 필요한 것은 인민을 교육하는 일, 그들에게 사회적 연대감을 주입하는 것이며, 그것은 대규모 공업의 발전과 그것을 기반으로 하는 민중의 사회주의화에 의해 비로소 가능하며, 토지는 민중에게 필요 없을 뿐만 아니라, 오히려 민중을 보수적으로 만들고 노예로 전락시킨다는 것이다. 그것은 러시아뿐만 아니라 유럽도 마찬가지라고 주장하였다.

그렇게 말하면서 그는 여러 권위자의 주장과 통계상의 자료를 암송해 보였다. 그러므로 민중은 토지에서 해방해야 하며, 그것도 빠르면 빠를수록 좋다. 그들이 공장으로 들어가면 갈수록, 자본가들이 많은 토지를 독점하면 할수록, 그리고 민중을 괴롭히면 괴롭힐수록 더욱 좋다는 것이다.

전제 정치, 특히 그중에서도 자본주의를 타도하는 것은 오직 일반대중의 단결에 의해서만 가능하며, 그 단결은 동맹이나 노동조합의 결성을 통해서만, 다시 말해 민중이 토지의 소유자가 되는 것이 아니라 프롤레타리아가 될 때야, 비로소 이루어질 수 있다는 것이다.

메제네츠키는 그와 논쟁하면서 분개를 느꼈다.

특히 그를 화나게 한 것은 풍요로운 금발에 반짝이는 눈을 가진 예쁜 얼굴의 여자였는데, 창턱에 걸터앉아 안 그런 척하며 두 사람의 얘기를 듣고 있다가, 이따금 로만의 주장을 지지하는 말을 하거나, 메제네츠키의 말을 듣고는 경멸하듯 빙글거리며 웃었다.

"농민을 모두 공장 노동자로 만든다니, 과연 가능한 일일까?"

메제네츠키가 물었다.

"왜 안 된단 말입니까? 그건 이미 경제상의 보편적인 법칙입니다."

예외없이 로만이 말했다.

"어째서 그 법칙이 보편적이라는 걸 알 수 있나?"

"카우츠키의 책을 읽어 보세요."

그러자 금발 머리 여자가 얕잡아보듯이 웃으면서 끼어들었다.

"설사 민중이 모두 프롤레타리아가 된다고 해도 말일세. 물론 나는 그런 건 인정하지 않지만, 그렇다고 가정해도, 어째서 자네들은 민중이 자네들이 멋대로 만들어낸 형식 속에 편입되리라고 생각하나?"

"거기에는 고학적인 증거가 있어요."

금발여자가 창가에서 메제네츠키 쪽으로 얼굴을 돌리며 말했다.

그 목적 달성을 위해 필요한 활동 방식에 대한 논쟁이 벌어지자, 양쪽의 의견 대립은 더욱더 치열해졌다. 로만과 그의 동지들은 노동자들의 군대를 조직하여 농민들이 공장 노동자가 되는 것을 돕고, 또 노동자들에게 사회주의를 퍼뜨릴 필요가 있다고 주장했다.

그리고 공공연히 정부와 싸우기보다는 목적을 달성하기 위해서는, 때로는 정부를 이용해야 한다고까지 말했다. 거기에 대해 메제네츠키는 정부와 직접 싸우고 테러도 해야 하며, 정부는 자네들 보다 강력하고 교활하다고 말했다.

"자네들이 정부를 기만하는 것보다, 먼저 정부가 자네들을 기만할 걸세. 그래서 우리는 민중의 선동을 통해 정부와 싸웠던 거네."

"오, 정말 굉장한 활약을 하셨군요!"

금발여자가 빈정거렸다.

"저는 정부와 정면으로 싸우는 것은 힘의 낭비라고 생각합니다."

로만이 말했다.

"지난 3월 일 | 알렉산드로 2세가 암살당한 날 | 이 힘의 낭비였다고?"

메제네츠키가 소리쳤다.

"우리는 자기 자신을, 자신의 생명까지 희생시켰네. 자네들이 집안에 편히 들어앉아 즐기면서 입만으로 떠들어 댈 동안 말일세."

"그렇게 즐긴 것도 없어요."

로만은 침착하게 말하며 동지들을 번갈아 둘러보면서, 주위 사람들의 웃음까지 유발하지는 못했지만, 자신감에 찬 크고 또렷한 소리로 의기양양하게 웃어댔다.

금발여자는 고개를 저으면서 경멸하는 듯한 미소를 짓고 있었다.

"뭐 그렇게 즐긴 것도 아니었습니다."

로만이 다시 말했다.

"그렇기는 하지만. 우리가 이런 곳에 앉아 있지 않으면 안 되게 된 것도, 지금의 반동 정치 덕택이니까요. 그 반동은 다름 아닌 3월 1일의 산물 아닌가요?"

결국 메제네츠키는 입을 다물었다. 증오로 숨이 막힐 것만 같아 말없이 복도로 나가버렸다.

메제네츠키는 격분되어 마음을 가라앉히려고 복도를 거닐었다. 감방문은 규칙상 저녁 점호 시간까지 열어두고 있었다.

금발 머리는 반쯤 깎였지만, 붙임성 있는 표정이 조금도 손상되지 않은, 한 키 큰 죄수가 메제네츠키에게 다가와 넌지시 말했다.

"우리 방에 있는 죄수가 당신을 좀 불러와 달라고 합니다."

"누군데요?"

"담배의 나라가 그의 별명입니다. 늙은 분리파 신자인데, 나에게 저 사람을 좀 불러주시오 하고 말했습니다. 당신을 말입니다."

"그 사람은 지금 어디 있소?"

"저기, 제가 있는 방입니다."

메제네츠키는 그 죄수와 함께 작은 방으로 들어갔다. 거기에는 몇 명의 죄수들이 벽에 붙인 침대 위에 걸터앉아 있기도 하고 누워 있기도 했다.

맨 끝 아무것도 깔지 않은 널빤지 침대 위에, 7년 전 메제네츠키를 찾아와서 스베틀로구브에 관해 물었던 분리파 노인이 잿빛 죄수복을 입고 시체처럼 누워 있었다.

노인의 파리하게 여윈 얼굴에는 주름살이 잔뜩 잡혀 있었으나, 머리는 아직도 숱이 많고 턱수염은 완전히 새하얗게 세어서 곤두서 있었다. 여전히 그 푸른 눈은 부드러우면서도 조심성이 많아 보였다.

노인은 똑바로 누워 있었는데, 열병에 걸려 있는 것 같았다.

메제네츠키는 그의 곁으로 다가갔다.

"무슨 일입니까?"

그가 물었다.

노인은 겨우 팔꿈치를 짚고 일어나 힘없이 떨리는 작고 앙상한 손을 내밀었다. 그는 몸을 흔들어서 자세를 바로잡고, 가쁜 호흡을 진정시키며 조용한 목소리로 말했다.

"당신은 그때 나에게 가르쳐주지 않았지만, 이제 난 모두에게 가르쳐 주겠소."

"무엇을 가르쳐 주겠다는 겁니까?"

"하나님의 어린양에 대해 가르쳐 드리고 싶소. 그 청년은 하나님의 어린양과 함께 있었지요. 그는 하나님의 어린양은 나를 이기고, 또 모든 사람을 이긴다고 하였소. 그 어린양과 함께 있는 사람들은 선택받은 사람, 올바른 사람이란 말입니다."

"난 잘 모르겠군요."

메제네츠키가 말했다.

"젊은 양반, 잘 생각해야 합니다. 황제는 짐승과 함께 권력을 얻었지만, 어린양은 황제를 이길 것이오."

"어떤 황제 말입니까?"

"일곱 명의 황제가 있는데, 그중 다섯 명은 쓰러지고, 이제는 한 명만 남았소. 그런데 그 나머지 한 명은 아직 세상에 오지 않았어요. 그러니까, 아직 얼굴을 내밀지 않고 있다는 말이오. 그리고 또 오더라도 그리 오래 가지 않을 거요. 다시 말해 곧 멸망할 거라는 말입니다. 알겠소?”

메제네츠키는 이제 노인이 미쳐서 헛소리한다고 여기고 고개를 저었다. 다른 죄수들도 모두 그렇게 생각하고 있었다.

메제네츠키를 데리고 왔던 죄수가 다가와서, 그의 어깨를 가만히 두드리면서 노인 쪽으로 눈짓했다.

“저 이상한 노인은 늘 저렇게 중얼거리고 있습니다. 그런데 자기도 무슨 말을 하고 있는지 모르고 있어요.”

그 방의 죄수들은 노인을 보고 그렇게 생각했다. 그러나 노인은 자기가 무슨 말을 하고 있는지 잘 알고 있었다.

그에게는 뚜렷하고 깊은 의미가 있는 말이었다.

그 뜻은 악은 영원히 인간의 세계를 지배하지 못한다, 오직 하나님의 어린양은 선량함과 온화함으로 악을 정복할 것이다, 그 어린양이 모든 사람의 눈물을 거두어 주어 질병도, 슬픔도, 죽음도 없어질 것이라는 의미였다. 그리고 그는 이미 전 세계에서 성취되고 있다고 확신하고 있었다.

왜냐하면, 그것은 죽음에 다가감으로써 그의 영혼 속에서 성취되고 있었기 때문이다.

“그 영광이 하루빨리 오기를! 아멘. 주 예수여!”

그렇게 중얼거리는 그의 얼굴이 메제네츠키에게는 광적으로 느껴지는 이상한 웃음이 떠올랐다.

“바로 저 노인이 민중의 대표자다.”

하고, 메제네츠키는 노인의 감방을 나오면서 확신에 찬 생각에 빠졌다.

“분명히 민중 속에서도 훌륭한 남자인데, 무지와 망상으로 보이는 것은

그의 불행이다. 저들도 | 로만과 그의 동지들 | 지금의 상태로 민중을 상대해서는 아무것도 할 수 없다.”

메제네츠키 역시도 한때 민중들 속에서 혁명 사업을 한 일이 있으므로, 그의 말을 빌리지 않아도 러시아 농민의 우둔함에 대해 잘 알고 있었다. 현역 또는 예비역 병사들에게 상관의 명령에 절대복종한다는 굳건한 믿음과 논리도 통하지 않는다는 것도 알고 있었다.

그런 것은 잘 알고 있었지만, 거기에서 발생하는 당연한 결론을 끌어내려고는 하지 않았다. 그래서 새로운 모습의 젊은 혁명가들과 나눈 대화가 그를 분노하게 하고 불쾌하게 한 것이다.

‘그자들은 우리가 한 일은 모두 소용없는 일이었을 뿐만 아니라, 오히려 해로운 일이었고, 그래서 알렉산드로 3세의 반동 정치가 태어났으며, 또 그것 때문에 민중은 혁명운동이 농노제를 폐지한 것을 원망하며 황제를 죽인 지주들에 의해 일어난 것으로 믿고 있다고 말하고 있다.

이 무슨 헛소리이며, 이 무슨 인식 부족이란 말인가! 또 그 오만불손한 태도는 어떠한가!.’

그는 그렇게 생각하면서 복도를 이리저리 거닐었다.

새 혁명가들의 감방을 제외하고, 다른 방은 모두 문이 닫혀있었다.

메제네츠키가 그 방에 가까이 갔을 때, 그 가증스러운 금발여자의 웃음소리와 단호하고 자신감 있는 목소리가 들려왔다. 자기의 얘기를 하는 것 같아서, 메제네츠키는 발걸음을 멈추고 귀를 기울였다.

로만의 말소리가 들렸다.

“경제학 법칙을 모르니까, 자신들이 한 일의 의미도 모르는 거야, 그래서 무려……”

메제네츠키는 무엇이 뭐라는 건지 알아들을 수 없었고, 또 듣고 싶지도 않았다. 그런 건 알 필요도 없었기 때문이다.

그의 말투만으로도 혁명을 위해 20년이라는 세월을 바쳐 온 자기를 얼마나 경멸하고 있는지 알 수 있었다.

메제네츠키의 마음속에, 지금까지 한 번도 느끼지 못했던 격렬한 증오심이 끓어올랐다.

그것은 하나님의 어린양에 대해 말한 노인처럼 동물적인 파렴치한 사람들이나 사형집행인, 간수 같은 짐승이나 다름없는 인종, 아니면 오만불손한 공론가들만 살아갈 수 있는 이 무의미한 세상 모든 사람에 대한 증오였다.

그때 당직 간수장이 그 여성 정치범을 여감방으로 데리고 갔다.

메제네츠키는 얼굴이 마주치지 않도록 복도 맨 끝 쪽으로 갔다. 간수장이 돌아와 로만이 있는 감방문을 잠그고, 메제네츠키에게 방으로 돌아가라고 명령했다. 메제네츠키는 반사적으로 시키는 대로 했지만, 방문을 잠그지 말라고 부탁했다.

독방으로 돌아간 메제네츠키는 벽 쪽을 향해 침대에 몸을 눕혔다.

'이제 나의 모든 것이 소멸하고 마는 걸까? 체력도 의지도 나의 재능까지도 무익하게 사라진단 말인가!'

최근에 그는 시베리아로 호송되는 도중, 스베틀로구브의 어머니로부터 편지를 받은 일을 떠올렸다.

그 편지에서 그의 어머니는 자기 아들을 테러 운동에 끌어들여, 결국 파멸시키고 말았다고 어리석은 여성 특유의 무지한 말을 늘어놓으며, 그를 원망하고 있었다.

그 편지를 받았을 때는 경멸하듯이 웃었다. 자기 자신이나 스베틀로구브가 지향하는 목적에 대해 그런 어리석은 여자가 무엇을 알겠느냐고 생각한 것이다.

그러나 지금 그 편지와 사람을 잘 믿고 정열적이며 사랑스러운 스베틀로구브의 인품을 떠올리자, 그는 먼저 스베틀로구브를, 이어서 자신에 대해 곰곰이 생각했다. 나의 인생은 그렇게 잘못되어 있었던 것일까?

그는 눈을 걷고 자려고 했지만, 난데없이 페트로파블로프스크 요새에 갇혔을 때, 처음 한 달 동안 사로잡혔던 그 무서운 상태가 되돌아온 것을 느끼고, 오싹해졌다.

또다시 머리가 지끈지끈 쑤시고 커다랗게 벌린 입과 흩어진 머리카락의 괴물 같은 얼굴이 어둠을 배경으로 나타났다.

그 환각은 눈을 떠도 사라지지 않았다. 게다가 잿빛 바지를 입고 머리를 깎은 죄수가 그의 머리 위에서 그림자처럼 흔들리고 있는 새로운 환각까지 나타났다. 그는 또다시 그 환상에 이끌려 끈을 걸 수 있는 통풍구를 찾기 시작했다.

배출구를 찾고 있는 견딜 수 없는 증오의 감정이 메제네츠키의 마음을 불안하게 했다. 그는 가만히 앉아 있을 수도, 마음을 가라앉힐 수도, 떼를 지어 덤벼드는 망상을 뿌리칠 수가 없었다.

"어떻게 해야 한단 말인가?"

그는 자문하기 시작했다.

"동맥을 끊을까? 목을 맬까? 그래, 그게 제일 간단해."

순간 그는 킥도에 뒹굴고 있는 장작 다발을 묶은 끈이 생각났다.

"저 장작 위나 의자 위에 올라가는 거야. 아직 복도에는 간수가 있어. 하지만 곧 자기나 밖으로 나가겠지. 그때 끈을 가지고 와서 통풍구에 목을 거는 거다."

메제네츠키는 문 옆에 서서 복도를 지나가는 간수의 발소리에 귀를 기울이며, 문틈으로 엿보았다. 하지만 간수장은 좀처럼 가지 않고 또 잠들지도 않았다.

메제네츠키는 계속 발소리에 귀를 기울이며 기회를 엿보고 있었다.

그때 병든 노인이 있는 감방에서는 그을린 램프가 켜진 어둠 속에서 숨소리와 중얼거리는 소리, 신음, 코고는 소리, 기침 소리와 함께 이 세상에서 가장 위대한 일이 일어나고 있었다.

늙은 분리파 신자가 죽어가고 있었고, 그 영혼의 눈에 그가 평생토록 추구해 온 모든 것이 게시될 것이다.

찬연한 신앙의 빛 속에서 그는 밝게 빛나는 청년의 모습을 한 하나님의 어린양을 보았는데, 그 앞에는 많은 나라의 사람들이 자신들만의 특유의 옷을 입고 모두가 환희에 차 있었고, 이제 지상에는 악은 존재하지 않았다.

노인은 그것들이 모두 그의 마음속에서, 또 전 세계에서 성취된 것을 알고 큰 기쁨과 평안을 느끼고 있었다.

같은 방의 죄수들에게 있어서는 노인이 마지막 순간에 심하게 목이 그렁그렁거리자, 옆에서 자고 있던 남자가 일어나 주위 사람들을 깨우자, 목이 그렁거리는 소리가 멎고 노인의 몸이 움직이지 않게 되어 차갑게 굳어가자, 다 같이 문을 두드렸을 뿐이었다.

간수장이 문을 열고 감방 안으로 들어왔다. 10분쯤 지나 죄수 두 명이 시체를 지고 아래층의 시체 보관실로 운반했다. 간수장도 감방문을 잠그고 두 사람 뒤를 따라갔다. 이제 복도에는 아무도 없었다.

'문을 잠가, 문을 잠그란 말이다.'

문틈으로 모든 것을 엿보고 있던 메제네츠키는 생각했다.

'내가 어리석기 짝이 없는 끔찍한 세상과 작별을 고하는 것을 방해할 놈은 이제 아무도 없어.'

메제네츠키는 그를 괴롭혀온 마음의 공포를 더 이상 느끼지 않았다. 그는 오직 자신의 계획에 방해자가 들어오는 일이 없기만 바랄 뿐이었다.

그는 두근거리는 가슴으로 장작더미로 다가가 끈을 풀어 잡아당긴 뒤 문 쪽을 힐끔거리며 자기 방으로 가져왔다. 그리고 의자 위에 올라서서 통풍구에 끈을 건 뒤 양쪽 끝을 힘껏 묶고 매듭을 당겨서 두 줄의 끈으로 올가미를 만들었다.

하지만 올가미가 너무 낮았다. 밧줄을 다시 걸고 새 올가미를 만들어 그것을 자기 목에 대어 본 후, 불안한 듯 문 쪽에 귀를 기울이며 의자 위에 올라섰다. 그리고 올가미에 목을 집어넣어 꼭 끼도록 한 다음, 의자를 발로 힘껏 차버리고 허공에 매달렸다.

아침 순찰을 할 때에야 비로소 간수는 메제네츠키가 옆으로 자빠진 의자 옆에 무릎을 구부리고 서 있는 모습을 발견했다.

간수는 그를 올가미에서 풀어놓았다.

연락을 받고 급히 달려온 간수장이, 로만이 의사라는 것을 알고 그를 불러 응급조치하도록 지시했다.

모든 수단을 다 써보았지만, 메제네츠키를 소생시킬 수는 없었다.

메제네츠키의 주검은 곧 시체실로 운반되어 늙은 분리파 신자의 시체와 나란히 널빤지 침대 위에 눕혀졌다.

소크라테스의 죽음

소크라테스가 감옥 안에서 죽은 지 얼마 안 되어, 그의 제자 중의 한 사람인 에케크라테스가 황급히 동료 파이돈에게 찾아갔다. 파이돈이 소크라테스의 임종을 끝까지 곁에서 지켜보았기 때문이다.

그래서 에케크라테스는 파이돈에게 그날에 있었던 모든 일, 즉 소크라테스가 무슨 말을 했고, 어떤 일을 했으며, 또 어떻게 죽어갔는지를 자세히 말해 달라고 부탁했다.

파이돈은 다음과 같이 이야기했다.

그날 우리는 여느 때와 같이 감옥 바로 옆 건물에 있는 재판정 안으로 들어갔다. 그러자 우리를 감옥 안으로 들여보내 주던 간수장이 나와서 지금 소크라테스의 재판 중이니 잠시 기다리라고 했다. 그때 그들은 소크라테스의 사슬을 풀어주고 독을 마시라고 명하고 있었다.

잠시 초조하고 불안한 시간이 흘렀다. 그러자 간수장이 다시 나와서 들어오라고 했다. 우리가 들어가 보니 소크라테스의 옆에는 산티페 부인이 창백한 표정으로 어린아이를 끌어안고 나란히 앉아 있었다.

산티페 부인은 우리를 보자, 이런 경우에 여자들이 흔히 그렇듯이, 갑자기 소리를 내어 울부짖으며 넋두리를 늘어놓았다.

"오늘의 면회가 마지막이에요. 이젠 더 이야기를 나눌 시간이 없답니다."

소크라테스는 아내를 달랬다. 그러고는 잠시 우리끼리만 있게 해 달라고 했다. 산티페 부인이 나가자, 소크라테스는 침상 끝에 앉아서 몸을 구부리고 두 손을 비비며, 우리를 바라보며 아주 침착한 어조로 말했다.

“여보게, 만족이란 고통과 결부되어 있는 거야. 이것은 놀라운 일이지. 나는 수갑과 쇠사슬로 묶여 있는 자세가 매우 고통스러웠지만, 이제 사약을 선고받고 풀려나고 보니 말할 수 없이 만족스럽단 말이야. 이걸 보면, 분명히 하나님은 두 가지 상반된 걸 함께 즐기고 싶어 하신단 말일세. 고통과 만족을 동시에 묶어놓고 한쪽이 없으면 다른 쪽도 경험할 수 없게 하시는 거지.”

소크라테스는 아직 무엇인가 더 말하고 싶은 듯한 표정을 지었다. 그러나 함께 있는 크리톤이 문 너머로 누군가와 작은 소리로 속삭이고 있는 모습을 보자, 그들이 무슨 이야기를 하고 있는지 물었다.

“선생님께 독을 마시도록 명령받은 간수의 전달 내용을 듣는 중입니다. 그의 말에 의하면 될 수 있는 대로 이야기를 나누지 말라고 합니다. 독약을 선고받은 사람이 흥분하면 약의 효과가 약해져서 두 번 세 번 마시지 않으면 안 된다는 이야기입니다.”

이렇게 크리톤이 대답했다.

“그게 무슨 글제야? 두 번이고 세 번이고 얼마든지 마셔 주지. 나는 자네들과 이야기를 나눌 기회를 놓칠 수가 없어. 그리고 평생을 통해서 성현의 길을 걸어온 사람에게는 죽음이 다가오는 것이 오히려 즐겁다는 것을 보여 줄 기회를 잃고 싶지 않다는 말일세.”

소크라테스는 아주 침착하게 말했다.

“하지만, 선생님께서는 저희를 남겨 두고 가시지 않습니까? 그런데도 만족하시다는 말씀입니까?”

우리들 중의 누군가가 물었다.

이에 소크라테스는 조용하면서도 단호하게 말했다.

“물론이지. 만약 자네들이 내 입장이 되었다고 해도 변함이 없을 걸세.

전 생애를 통해서 방해물이었던 육체의 정욕을 억제하려고 노력해 온 인간이 그 육체에서 해방되는 것을 기뻐하지 않을 수 없다는 사실을 유쾌하게 이해할 수 있을 걸세. 죽음은 육체에서의 해방에 지나지 않은 거야. 내가 종종 자네들에게 가르친 완성이라는 참뜻은 육체와 영혼과의 구별을 분명히 하고 영혼을 육체 밖에 있는 자기 자신 안에 집중시키는 것을 의미하지. 죽음은 이를 위해서 가장 아름다운 자유를 선물하는 것일세. 평생 예고 없이 죽음이 찾아오더라도 이미 준비가 된 삶을 살아온 인간이 막상 그때가 되어 당황한다는 것은 우습지 않은가?

그런 연유로 내가 자네들과 헤어져 슬프게 하는 것은 괴롭지만, 그렇다고 죽음을 환영하지 않을 수 없지 않은가. 죽음은 내 전 생애를 통해서 염원해 온 실현에 지나지 않으므로 자네들을 이 세상에 남겨 두고 가면서도, 내가 슬퍼하지 않는 데 대한 변명일세. 나의 이 변명은 내가 법정에서 한 변명보다 더 믿어 주기를 간절히 바라고 있네.”

소크라테스는 이렇게 말하면서 미소 지었다.

“하지만, 그러기 위해서는…….”

하고 케베스가 믿을 수 없다는 표정으로 말했다.

“육체를 떠난 뒤의 영혼이 티끌이나 연기처럼 소멸하거나 파괴되는 것이 아니라는 사실을 믿지 않으면 안 됩니다. 그런 사실을 알고 또 믿을 수만 있다면 세상의 모든 일은 선생님 말씀대로라고 해도 좋겠지요. 그러나 그것을 믿을 수가 없다면, 이것은 인간의 불행이 아니겠습니까?”

“옳아. 자네의 말대로야.”

소크라테스는 명쾌하게 말했다.

“물론 그것을 전적으로 믿을 수는 없다는 사람도 있겠지. 하지만 그것을 믿지 않으면 안 될 분명한 이유가 있다네. 옛 성현의 가르침은 죽은 사람들의 영혼이 저승에 가서, 이 세상에 다시 태어날 때까지 거기서 계속 존재한다고 말하고 였지. 이 가르침을 믿든지 안 믿든지 간에 사람들은 죽어서 태어난다는 사실 사람들뿐만 아니라 온갖 동물이나 식물들도 다시 태어난다는 것을 믿어 할 커다란 이유가 있는 거야. 만약 그것이 사실이라면 생존해 있는 자는 죽음을 두려워할 게 없어. 죽음은 오직 새 삶으로의 변화에 지나지 않는 것이니까 말일세. 이런 사실은 다음과 같은 추론만으로서도 충분히 믿을 수 있지. 즉 우리는 모두 이 세상에 살고 있으면서, 다시 태어날 영혼들이 존재하는 저세상의 생활을 기억하고 생각할 수 있는 것들을 가지고 있다는 확신은 인간만의 가치란 말일세.”

그리고 나서 소크라테스는 우리들이 전에도 여러 번들은 바 있는 논증 즉, 우리가 지닌 모든 지식은 다만, 기억에 불과하다는 예를 들어 다시 이야기를 계속하였다.

“만약 우리의 영혼이 현세 이전에는 살지 않는 것이라면, 기억이란 있을 수 없네. 그러니까 설령 인간의 육체는 반드시 죽어야 하는 일회적인 존재라고 하더라도 사물을 알고 또 기억하는 능력을 지닌 이상 영혼은 육체와 더불어 소멸하는 건 아니라는 확신이 나의 지론이네. 그러나 우리들의 모든 지식이 영혼이 있는 전세의 생활에 대한 기억일 뿐이라고 생각되는 것만으로는 충분하지 않을 걸세.

인간의 육체에서 독립된 불멸의 영혼이 존재한다는 데 대한 중요한 증거는 다음과 같은 점을 말할 수 있지. 즉 우리들의 영혼에 대해서 가장 원초적인 것은 아름다움이나 선, 정의나 진리에 속하는 관념이라는 점, 그뿐만 아니라, 이들 관념이 영혼의 본질을 형성하고 있다는 사실에 유의하길 바라네. 그리고 이들 관념은 죽음에 속하는 것이 아니기 때문에, 우리의 영혼도 죽음에 속하는 것이 아니란 말일세.”

소크라테스는 조용히 말을 끝냈다. 우리들은 모두 잠자코 있었다. 다만 케베스와 심미아스만이 작은 소리로 무엇인지 속삭이고 있었다.

"지금 자네들은 무슨 이야기를 하고 있나?"

소크라테스가 물었다.

"자네들이 내가 방금 말한 문제에 관해서 이야기하는 것이라면 그 생각을 말해 주게. 만약 자네들이 내 말에 찬성하지 않고, 더 좋게 이해를 도울 수 있는 설명을 알고 있다면 숨김없이 이야기해 주겠나?"

"제가 말씀드리겠습니다."

하고 심미아스가 입을 열었다.

"저는 선생님의 말씀에 대해 동의할 수 없습니다. 그래서 여쭈어보려고 합니다. 하지만 이런 질문이 선생님을 언짢게 하지 않을까 걱정입니다."

소크라테스는 웃으면서 말했다.

"나는 말일세. 나에게 어떤 일이 일어나도 그것을 불행이라고는 생각지 않는다네. 이런 내 생각을 다른 사람들에게 믿게 한다는 것이 힘이 드는군. 자네들까지 그걸 믿지 않는다면 다른 사람들이야 말할 나위도 없지 않겠는가. 지금의 나는 평상시와 조금도 다름없는 정신 상태로 있네. 쓸데없는 걱정은 말고 어서 자네의 의문 나는 점을 솔직히 물어주게."

"그럼, 제가 의문을 가지고 있는 점을 말씀드리겠습니다."

심미아스는 말했다.

"저에게는 선생님께서 영혼에 관해서 하신 말씀이 제대로 납득이 가지 않습니다."

"어떤 점이 그렇단 말인가?"

소크라테스가 물었다.

그러자 심미아스가 이어 말했다.

"선생님께서 영혼에 관해서 하신 말씀은 현악기를 연주하는 것과 비교해서 말할 수 있을 것 같습니다. 현악기의 현만을 생각할 때는 육체와 마찬가지로 일시적이라고 하겠습니다. 그러나 그 현악기가 내는 소리는 육체적인 것도 아니고 죽음에 속하는 것도 아니라고 생각합니다. 가령 악기가 깨지고 현이 끊어져도 그 악기가 낸 소리는 결코 죽은 것이 아니며, 깨진 뒤에도 어디엔가 남아 있다고 할 수 있습니다. 그러나 우리는 악기의 소리는 팽팽한 현에 긴장을 가함으로써 생기는 것만을 알고 있습니다.

마찬가지로 구리의 영혼도 육체의 여러 가지 요소를 어떤 관계에 연관시켜 놓음으로써 결합해 파생된 것이 아니겠습니까? 그러므로 악기의 소리가 그것을 형성하고 있는 일부분이 깨짐으로써 소멸하는 것과 같이, 우리의 영혼도 육체를 형성하고 있는 일부분이 깨짐으로써 사라져 버리는 것이 아니겠습니까? 즉 여러 가지 병이나 노쇠, 편중으로 인해서 육체가 해체되어 그 결과로 영혼도 소멸하리라 생각합니다."

심미아스가 말을 끝냈을 때, 나중에 서로 나눈 말이지만, 그때 우리들은 불안한 생각을 하고 있었다.

영혼의 불멸에 관한 소크라테스의 말을 믿어야 할지 망설이는 가운데 강한 반대의 논증이 나와서 우리를 괴롭힌 것이다. 우리들은 이 문제로 논의한 것들뿐만 아니라 앞으로 이야기될 수 있는 모든 내용에 대해서도 불안을 느끼기 시작한 것이다.

나는 종종 소크라테스의 언행에 대해 경이로운 감명을 느끼고 있었으나 이때처럼 놀란 적은 없었다.

소크라테스가 조금도 난처함 없이 답변하는 태도는 놀라운 일이 아닐지 모른다. 그러나 심미아스의 공격적인 말에 조금도 언짢아하지 않고 고개를 끄덕이면서 듣고 있는 관대함과 평정은 참으로 놀라운 태도였다. 그리고 소크라테스는 심미아스의 말뜻을 확인한 다음, 참으로 지혜로운 재주를 발휘하여 우리들의 의혹을 풀어주었다.

나는 그때 소크라테스의 오른편 침상 옆의 낮은 의자에 앉아 있었는데 그는 나보다 좀 높은 위치에 있었다.

이런 경우 소크라테스는 나의 머리카락을 만지작거리는 버릇이 있었다. 그래서 이때도 나의 머리를 손으로 어루만지면서 말했다.

"파이돈, 자네는 이 아름다운 머리카락을 잘라도 괜찮다고 생각하나?"

"네?"

"아니지, 잠깐만 나와 내기를 할까?"

"무슨 말씀입니까?"

나는 의아해하며 물었다.

"자네는 내일 머리를 깎도록 약속하는 거야. 단, 내가 조금 전에 말한 문제에 대해서 훌륭하게 설명할 수 있을 때 말이지. 만약 내가 제대로 설명을 하지 못하면, 나는 오늘 내 머리를 깎아 버리겠어."

나는 웃으면서 승낙했다. 그러자 소크라테스는 심미아스에게 말했다.

"심미아스! 자네 말대로 영혼은 현악기 소리와 비슷하네. 그래서 악기 소리가 현과의 바른 관계로 생겨나는 것처럼 우리의 영혼도 육체의 모든 요소 사이의 일정한 관계에서 생기지. 그렇다면, 지금 우리들이 이야기한 것, 그리고 자네도 동의한 것, 즉 우리들의 모든 지식은 자신의 뛰어난 재능과 지혜로 깨닫고 있는 것이 기억이라면 모순되지 않은가? 만약 영혼이 그 안에 존재하는 육체보다도 먼저 있었던 것이라면, 영혼이 육체의 각 부분의 일정한 관계의 결과라는 말이 어떻게 성립되겠나?

그렇다면 우리 자신의 모든 지식이 뛰어난 재능과 지혜를 통해 기억이라는 것을 인정한다면, 우리의 영혼이 육체로부터 독립된, 그 자신의 실체를 가지고 있다는 것도 인정하지 않을 수 없다네. 이 밖에도 현악기 소리와 영혼과는 다음과 같은 점에서도 다르다는 것이 분명하네.

즉 악기의 소리는 자기 자신이라는 사실을 모르지. 그러나 영혼은 자기 자신의 생활을 갈고 있는 거야. 알고 있을 뿐만 아니라, 그것을 이끌어가고 있는 거지. 악기의 소리는 악기의 상태를 스스로 바꿀 수는 없다는 점을 놓쳐서는 안 되네. 그리고 소리는 악기에만 의존하지. 하지만 영혼은 육체에서 독립하여 육체의 상태를 자유로이 바꿀 수가 있다네.

예를 들자면, 지금 내 육체의 모든 요소는 어제와 똑같이 정당한 상호관계를 유지하고 있네. 그러나 나의 영혼은 이 정당한 관계를 당장에라도 파괴하려고 결심할 수가 있다는 거야. 왜냐하면 자네들도 알다시피 내가 크리톤이 권하는 대로 이 감옥에서 도망쳤다면, 지금 이렇게 형의 집행을 기다리면서 자네들과 이야기를 나누고 있지는 않았을 것이니까.

내가 크리톤의 권유에 동의하지 않은 것은 공화국의 판결을 따르는 편이 도망치는 것보다 정당하다고 생각했기 때문일세. 이것은 곧 악기의 소리가 악기의 파멸을 선고한 것이 되는 거야. 즉 내 속에는 불멸의 본원을 알고 있는 어떤 것이 존재한다는 사실을 증명하는 이유가 된다는 걸세.

그렇기에 내가 명확하게 충분히 설명할 수 없다 하더라도, 나는 내 자신의 내부에 육체를 넘어선 자유로운 본연적인 것이 존재함을 인정하지 않을 수 없는 걸세. 그러니 나의 영혼이 불멸임을 믿지 않을 수 없다는 말일세."

소크라테스는 계속 말을 이었다.

"그리고 만약 영혼이 불멸이라면, 우리는 이 세상에서의 삶을 위해 영혼을 지켜야 할 뿐만 아니라, 육체가 사멸한 뒤에도 영혼을 지키지 않으면 안 되는 것일세.

왜냐하면 영혼은 불멸하여야 하고, 그 영혼이 이 세상에서 얻은 것을 다른 생활로 승화시키는 지혜와 같다면, 그것들을 될 수 있는 한 훌륭하고 바른 것으로 만들지 않으면 안 되네.”

그러고 나서 잠시 말을 멈추었다가 소크라테스는 다음과 같이 덧붙였다.

“하지만 여보게, 이젠 몸을 씻어야 할 시간이 되었나 보군. 몸을 깨끗이 씻고 나서 독을 마시는 편이 좋겠지. 여자들에게 시체를 씻기는 수고를 덜어 주기 위해서라도 말이야.”

소크라테스가 이렇게 말했을 때, 크리톤은 그의 아이들을 죽은 뒤에 어떻게 할 것이냐고 물었다. 그러자 소크라테스가 대답했다.

“크리톤이여! 내가 늘 말해 온 대로 하면 되는 거야. 아무것드 새로운 것은 없어. 자기 자신을, 자신의 영혼을 지키는 거지. 다만 그렇게 함으로써 자네들은 나를 위해서, 나의 애들을 위해서도, 또 자네들 자신을 위해서도 가장 좋은 일이 되는 거야. 새삼스럽게 약속을 하지 않더라도, 그렇게만 하면 되는 걸세.”

“약속대로 그렇게 하겠습니다. 하지만 장례식은 어떻게 할까요?”

다시 크리톤이 물었다.

“아무렇게 해도 상관없네.”

소크라테스는 담담하게 웃으면서 대답했다. 그리고 덧붙여 말했다.

“여보게, 자네들과 이야기하고 있는 것이 바로 나인가? 잠시 후면 싸늘해지고 또 움직이지 않게 되는 것은 내가 아니라는 사실을 크리톤에게 믿게 할 수 없을 것 같군.”

이렇게 말한 다음 소크라테스는 일어나 옆방으로 몸을 씻으러 갔다. 크리톤이 그의 뒤를 따랐다. 손짓으로 소크라테스는 우리에게 기다리고 있으라고 했다. 그래서 우리들은 방금 들은 이야기와 우리의 기둥이며 스승이며 지도자였던 분을 잃지 않으면 안 되게 된 불행에 관해서 이야기를 나누며 기다리고 있었다.

소크라테스가 목욕을 끝냈을 때, 그의 아이들이 안으로 들어왔다. 소크라테스에게는 두 명의 어린아이와 장성한 한 명의 아들이 있었다. 동시에 그의 하녀들도 자리를 함께했다. 잠시 소크라테스는 아이들을 비롯하여 하녀들과 이야기를 나눈 다음, 우리가 있는 곳으로 왔다. 주위는 이미 해가 저물어 가고 있었다.

얼마쯤 지나자, 관리가 들어왔다. 그는 소크라테스에게 말했다.

"소크라테스여! 당신께서는 나에게 조금도 화를 내거나 욕을 하거나 소리를 지르지 않는군요. 여태껏 내가 독을 마실 때가 되었다고 알리러 오면, 어떤 죄인이건 간에 모두 화를 내고 욕을 하며 아우성을 쳤습니다. 나는 얼마 전부터 당신이 어떤 분이신지 잘 알고 있습니다. 나는 당신이야말로 이곳에 온 죄인 중에서 가장 고귀하고 선량한 분이라고 생각합니다. 부디 나를 나쁘게 생각지 말아 주십시오. 당신께서는 당신에게 이런 형벌을 선고한 사람들을 알고 계실 겁니다. 그들을 미워하십시오. 나는 다만 독을 마실 때가 되었음을 알려드리러 온 것뿐입니다. 용서하십시오. 그리고 피할 수 없는 현실을 되도록 편안히 받아들이시도록 마음의 준비를 갖춰 주십시오."

이렇게 말하며 그 관리는 울음을 터뜨렸다. 그리고 고개를 돌린 채 황급히 나가 버렸다.

"그럼 안녕히 자, 그러면 우리는 우리가 해야 할 일에 대해 생각합시다."

소크라테스는 이렇게 말한 다음, 우리에게로 얼굴을 돌렸다.

"저 관리는 정말 좋은 사람이야. 여러 날 동안 여기서 그와 많은 이야기를 나눴었지. 그러는 동안 나는 그가 매우 훌륭한 사람이라는 것을 알았어. 지금 또 얼마나 마음속 깊이 나에 대해서 슬퍼해 주었던가. 그럼, 크리톤 명령대로 해주게, 준비되었으면 독약을 가져오도록 전해 주게."

크리톤이 당황해하면서 말했다.

"선생님, 아직 태양이 중천에 있습니다. 더 늦은 뒤에라도 괜찮지 않습니까? 또 대개 사람들은 밤을 즐기고 사랑의 만족을 취한 뒤에 독을 마신다고 합니다. 서두르실 필요가 없는데요. 아직도 시간은 많이 남아 있습니다."

"그게 아닐세, 크리톤."

이어서 소크라테스는 말했다.

"그 사람들은 그렇게 하는 편이 좋다고 생각했기 때문에 그렇게 한 거야. 그 사람들이 취한 행동은 모두 제각기 자기의 근거를 가지고 있는 걸세. 그러나 나는 그들처럼 생각하지 않거든. 좀 늦게 독을 마신댔자 내 눈으로 볼 때는, 그것은 자기를 우스꽝스럽게 만드는 데 지나지 않는 거지. 자아, 어서 가서 독을 가져오도록 일러주지 않겠나."

크리톤은 이 말을 듣자, 문 앞에 서 있는 간수에게 손짓했다. 그러자 간수는 잠시 후 소크라테스에게 독약을 마시게 할 집행인을 데리고 왔다.

"이럴 때 내가 어떻게 해야 하는지, 그 방법을 모르겠는데, 좀 가르쳐 주시오."

소크라테스는 침착한 음성으로 집행인에게 말했다.

"이렇게 하시면 됩니다. 우선 이것을 마시고 나서 다리가 묵직해질 때까지 걸어 다니는 겁니다. 다리가 무겁다고 느껴지면 침대에 누우십시오. 그때 독약이 효력을 보이기 시작하는 겁니다."

집행인은 이렇게 말하며 독이 든 잔을 소크라테스에게 건네주었다. 그는 망설임 없이 잔을 받았다. 그러고는 밝은 표정으로 평상시대로의 안색과 눈길로 집행인을 바라보면서 물었다.

"당신은 이렇게 사람에게 독을 마시게 하는 일이 하나님의 뜻에 어긋난다고 생각하십니까?"

집행인이 더듬했다.

"선생님, 우리는 명령 받은 일만을 수행할 뿐입니다."

"좋습니다. 어쨌든 나는 이 세상에서 저세상으로 옮겨가는 일이 늦지 않게 이루어지도록 하나님께 기도하지 않으면 안 됩니다. 자아, 이제 모두 그 기도를 드립시다."

소크라테스는 이렇게 말하고 천천히 독이 들어 있는 잔을 입으로 가져갔다. 그러고는 두려움이나 주저 없이 단숨에 비었다.

그때까지 우리는 울음을 참고 있었지만, 소크라테스가 독을 마시는 광경을 목격하자, 더 이상 참을 수가 없었다. 나는 울지 않으려고 마음먹었으나 눈물이 저절로 흘러나왔다.

끝내 나는 외투 속에다 머리를 묻고 울었다.

나는 소크라테스의 불행을 슬퍼하여 운 것이 아니라, 이와 같은 스승을 잃는 나 자신의 불행이 더 슬퍼서 운 것이다. 나보다도 먼저 견디다 못해 울고 있던 크리톤은 마침내 그 자리를 떠나 버렸다. 한참 동안을 아포로드르는 소리를 내어 울었다.

"여보게, 왜들 이러나?"

소크라테스의 가라앉은 목소리가 들려왔다.

"나는 여자들을 울리고 싶지 않아서 이곳에 못 오게 했네. 죽음은 장엄한 침묵 가운데 맞아들이지 않으면 안 되는 엄숙한 과정인 걸세. 조용히들 하지. 남자답게."

우리들은 간신히 울음을 참았다. 소크라테스는 얼마 동안 잠자코 걸음을 옮기고 있더니, 드디어 다리가 무거워졌다고 하면서 침상으로 가 똑바로 누웠다. 독약을 가져왔던 집행인의 말대로 하였다.

소크라테스는 꼼짝도 하지 않고 누워 있었다. 그가 이따금 소크라테스의 다리를 만져 보았다. 잠시 후에 집행인은 소크라테스의 한쪽 다리를 누르고 감각이 있느냐고 물었다. 그러자 그는 아무런 감각도 없다고 대답했다.

이윽고 집행인은 소크라테스의 다리를 재차 눌러보고 나서, 이미 몸이 싸늘하게 식어 죽음이 찾아왔음을 우리에게 알렸다.

"심장까지 싸늘해지면 끝이 나는 겁니다."

집행인은 사무적으로 말했다.

냉각 현상이 아랫배 부근까지 왔을 때 소크라테스는 갑자기 자기 몸 위에 덮여 있던 천을 젖히며 말했다.

이것이 그의 마지막 말이었다.

"크리톤! 아스클레피오스|Asclepius : 의학의 신. 소크라테스가 닭 한 마리를 아스클레피오스에게 빚졌다고 한 말에 대해서는 세 가지로 설명하고 있다. 첫째는 의학의 신 아스클레피오스에게 닭 한 마리를 헌납하라고 했다. 둘째는 아스클레피오스는 실제 인물이었다. 셋째는 농담의 가상 인물이라는 것이다.|에게 닭 한 마리를 빚졌네. 기억해 두었다가 갚아 주는 일을 절대 잊지 말아 주게."

그의 말은 분명히 이러한 방법으로 자기를 이 세상의 생활에서 구원해 준 의술의 신에 대한 감사를 뜻하고 있는 것이 분명했다.

"알겠습니다."

크리톤이 힘없이 대답했다.

"더 하실 말씀은 없으십니까?"

소크라테스는 이 물음에는 대답하지 않았다. 조금 있자 소크라테스는 경련을 일으키는 듯 미미하게 몸을 움직였다. 그러나 그의 눈은 움직이지 않았다. 그러자 크리톤은 소크라테스에게 다가가서 그의 눈을 감겨 주었다.

　　*플라톤